YAMADA Fûtarô

Les Manuscrits ninja

Edition intégrale

Roman traduit du japonais
par Suzuki Fumihiko, Vanina Luciani
et Patrick Honnoré

Éditions Picquier

DU MÊME AUTEUR

AUX ÉDITIONS PICQUIER

Les huit chiens des Satomi

Ce titre a précédemment paru aux éditions Picquier
en deux volumes :
Les Sept Lances d'Aizu
Les Sept Guerrières du clan Hori

Titre original : *Yagyu Ninpoucho by Futaro Yamada*

Mas de Vert
B.P. 20150
13631 Arles cedex

www.editions-picquier.com

En couverture : © Periplus Editions (HK) Ltd.

Conception graphique : Picquier & Protière

ISBN : 978-2-8097-1578-1
ISSN : 1251-6007

LES SEPT LANCES D'AIZU

I
LA PORTE DU TABOU PROFANÉ

1

Un matin de printemps de la 19e année de l'ère Kan'ei (1642), sur la grand-route du Tôkaidô embrumée de poussière, les yeux des passants furent attirés par une curieuse procession marchant silencieusement en rang serré.

Il y avait bien là une centaine d'hommes, piétaille portant verticalement la lance longue pour la plupart, mais également sept samouraïs à cheval, l'un en tête et les autres disposés à intervalles réguliers sur toute la longueur de la file, encadrés par les fantassins. Mais ce sont les pauvres hères que l'on apercevait entre les deux rangées de fantassins qui firent frémir les badauds.

Non pas que les gens d'armes fissent le moindre geste pour les dissimuler à la foule. Derrière chaque cheval, trois moines bouddhistes, soit vingt et un bonzes au total, tous de noir vêtus, étaient obligés de marcher les uns derrière les autres, vacillant sur leurs jambes, garrottés et entravés. Et quelles entraves ! Une seule et même corde leur liait les bras croisés dans le dos puis faisait un tour mort autour de leur cou avant de contraindre le suivant. Ainsi, il leur était absolument interdit de retarder la marche et de tomber, sans même parler de fuir.

— Plus vite !

— Attention à ne pas trébucher si tu ne veux pas étrangler tes petits camarades !

Et les coups dans le dos ou les reins pleuvaient. Les robes des bonzes étaient en lambeaux et leurs pieds en sang.

Cependant, les vingt et un moines, à qui la poussière du chemin collée par la sueur et les larmes avait fait perdre figure humaine, n'en gardaient pas moins la tête haute et fière. Parmi eux se trouvaient plusieurs barbes blanches ainsi que quelques novices qui n'avaient pas plus de douze ou treize ans.

— Quelle cruauté !...

— Sont-ils des bœufs ou des chiens pour être traités ainsi ?

— Et des bonzes encore...

Les badauds qui assistaient au spectacle, bras croisés, sentirent leurs poils se dresser en entendant dire qu'ils marchaient comme ça depuis le temple du mont Kôya, à plus de cent lieues vers l'ouest ! Mais le plus effrayant, c'étaient encore les trois molosses de race *akitaken*, gros comme des veaux, qui marchaient d'un pas pesant en tête du cortège avec des yeux brillants.

— Qu'ont-ils fait pour mériter cela ?

— Paraîtrait que ce ne sont pas de vrais bonzes, mais des samouraïs qui s'étaient réfugiés à Kôya...

— Paraît même qu'ils s'étaient rebellés contre le seigneur d'Aizu...

— Ah, évidemment... Si ce sont des rebelles, alors...

A ces mots, les badauds ravalèrent leurs murmures et se contentèrent de regarder passer le défilé.

Le cortège arriva ainsi jusqu'à Fujisawa, où se trouvait l'étape. De Fujisawa, il restait douze lieues jusqu'à Edo.

Un peu avant leur arrivée à Fujisawa, le cavalier de tête, un homme de petite taille à tête de singe, remit la corde avec laquelle il tirait ses trois prisonniers à l'un des fantassins et fit remonter la colonne à son cheval. On le vit ainsi adresser quelques mots successivement à chacun des six autres cavaliers. Après quoi il revint prendre sa place. Mais à peine entré dans Fujisawa, abandonnant la route d'Edo, le cortège bifurqua résolument au sud. Les trois énormes molosses, voyant le cavalier prendre une nouvelle direction, firent de même.

— Où est-ce que tu vas, Jônoshin ? cracha l'un des bonzes qu'il tirait. On ne va pas à Edo ?

Le samouraï à face de singe sourit de toutes ses dents.

— Avant Edo, nous allons faire un petit tour par un temple de femmes à Kamakura.

— Quoi ?

A ces mots, le bonze, pourtant un robuste gaillard d'une cinquantaine d'années, avait blêmi.

— Un temple de femmes... Tu veux dire le Tôkeiji ?

— Les ordres de notre seigneur étaient clairs : localisez tous les membres du clan Hori, femmes et enfants compris, en retournant chaque brin d'herbe s'il le faut. Tu croyais vraiment pouvoir nous cacher que trente de vos femmes se font passer pour des religieuses au Tôkeiji ?

L'angoisse cassa la voix du bonze.

— C'est bien deviné, j'en conviens. Mais le Tôkeiji est interdit aux hommes depuis l'ère Kôan, il y a trois cent cinquante ans !

Jônoshin se tourna vers son prisonnier pour lui adresser un sourire jusqu'aux babines.

— Ta fille O-Chie s'y trouve aussi, si je ne m'abuse... Obliger une telle beauté, que notre seigneur appréciait tant, à couper ses longs cheveux noirs pour devenir une nonne et se morfondre en litanies au Bouddha, si c'est pas pitié, ça... Enfin, voilà où ça mène de se rebeller, faut croire...

— Ferme-la ! grommela le bonze. Et que vas-tu faire au Tôkeiji ?

— Kamakura n'est qu'à deux lieues et demie. Je veux bien donner l'occasion à vos femmes de vous voir une dernière fois vivants et de prier pour vous. Grandeur d'âme de samouraï, vois-tu... Tu devrais me remercier !

Après un moment de silence, le bonze entrouvrit les lèvres :

— Merci ! dit-il d'une voix forte et profonde.

Puis, tendant le cou à travers le tour de corde, il se retourna vers ses camarades :

— Ecoutez tous ! Ils vont nous permettre de dire adieu à nos femmes au Tôkeiji. Dites merci, tous !

Les vingt bonzes qui n'avaient proféré ni une plainte ni un murmure tout au long de ce voyage en enfer exprimèrent pour la première fois une émotion. Comme une bienveillante eau chaude sur leurs corps glacés, les larmes leur montèrent aux yeux.

— Merci !

— Voilà qui fait fondre tout le ressentiment que j'avais contre notre seigneur...

Sur leurs chevaux, les sept samouraïs eurent un sourire dédaigneux devant cet accès d'émotion.

Une lieue après Fujisawa, le cortège passa devant Enoshima, puis longea la mer moutonneuse de la plage de Shichiri-ga-hama. Encore une lieue et demie et l'on entra dans Kamakura.

Il fut un temps où Kamakura avait été capitale shôgunale. Mais plus de trois cents ans s'étaient écoulés depuis et ce n'était plus qu'un bourg frileux dont ne subsistaient de sa splendeur passée que les innombrables temples et pagodes. Le printemps déjà fortement avancé augmentait encore la nostalgie du lieu, et l'étrange cortège qui faisait gronder le sol sous ses pas ne fut accueilli que par les pétales des fleurs de cerisier voletant au vent.

Le cortège prit vers le nord la route Yamanouchi et bientôt apparurent les tuiles du Tôkeiji. Trois des samouraïs mirent pied à terre et gravirent lentement les hauts degrés de pierres moussues qui menaient à la grand-porte.

2

Le Tôkeiji était certes interdit aux hommes, mais de là à dire que pas un chat mâle n'habitait ce temple de nonnes, ce serait évidemment mentir. De fait, les gardes à la porte étaient des hommes et quelques serviteurs mâles y vivaient également. Mais tous sans exception étaient fort âgés et portaient des grelots à la ceinture.

Quand le garde de faction aperçut les trois guerriers montant l'escalier de pierre, il s'empressa de s'arc-bouter de tout son poids contre les battants de la grand-porte, comme s'il avait affaire à des êtres d'une autre planète.

— Attendez ! firent les trois samouraïs en pressant le pas.

Mais ils n'arrivèrent au sommet que pour entendre les lourds battants se refermer. Un bruit de grelots restait perceptible à travers le bois massif ; ils se présentèrent d'une voix forte.

— Nous sommes des vassaux de Katô Akinari, seigneur du fief d'Aizu. Mon nom est Washinosu Rensuke !

Son grand corps semblait composé de masses de muscles assemblées et il portait la barbe.

— Et moi, Shiba Ichiganbô ! déclara le second, un homme au teint livide auquel manquait l'œil gauche.

— Et moi, Daidôji Tessai ! fit le dernier, un vieux sec comme un arbre mort, à cheveux et barbe blancs.

C'est ce dernier qui poursuivit d'une voix de vieux matou :

— Vous n'êtes sans doute pas sans savoir que Hori Mondo, vassal du fief d'Aizu, se cachait avec son clan depuis qu'il s'était rendu coupable de félonie envers son seigneur Katô Akinari au printemps de l'année dernière. Dûment mandatés par le conseil féodal, nous avons arrêté ces rebelles qui se terraient au temple du mont Kôya et les conduisons de ce pas à Edo pour y être exécutés. Or, d'après Mondo, une trentaine de femmes de leur clan se trouveraient présentement dans ce temple. Lui et ses hommes souhaiteraient les voir une dernière fois avant de quitter ce monde, et nous les faisons attendre en bas. Voudriez-vous transmettre cette requête aux femmes de la maison Hori et les faire sortir, je vous prie ? Pour un dernier adieu dans cette vie à leurs hommes…

— Attendez donc un moment…

De l'autre côté de la porte, le bruit de grelots s'éloigna.

Les trois samouraïs tuèrent le temps en examinant la grand-porte. Les lourds battants rivetés de fer semblaient disproportionnés pour un simple temple de femmes.

— Ne m'as-tu pas dit une fois que cette porte était à l'origine celle du château du daimyô de Suruga ?

— Si fait ! Le pavillon de réception, le pavillon du Bouddha, celui des appartements de l'abbesse, tous proviennent du château de Suruga.

— Par ma foi, c'était donc la grand-porte d'un fief rapportant cinq cent mille *koku*[1] de riz ! Je comprends qu'elle soit si imposante…

Et les trois hommes de hocher la tête d'un air entendu.

Le grand seigneur qu'ils désignaient ainsi sous le nom de daimyô de Suruga n'était autre que Tokugawa Tadanaga, frère cadet de Tokugawa Iemitsu, le shôgun en personne. Le domaine de Suruga était en effet redevable d'un impôt de cinq cent mille balles de riz. Or, Tadanaga avait été soupçonné neuf ans auparavant d'ourdir un complot contre son aîné Iemitsu et condamné à se faire seppuku. Le temple de femmes de Tôkeiji à Kamakura, vieux de trois cent cinquante ans et quelque peu vétuste, en avait profité pour hériter de certaines parties du château de Suruga démantelé en châtiment et les avait fait transférer à Kamakura la 11e année de Kan'ei, soit un an après la mort de Tadanaga.

Le son des grelots se fit de nouveau entendre derrière la grand-porte. Mais le garde n'était pas revenu seul.

— Hommes d'armes d'Aizu !

La voix était âgée.

1. Un *koku* équivaut en théorie à la quantité nécessaire pour nourrir un homme pendant un an (environ 180 litres). Pendant la période d'Edo, c'était l'unité de calcul du revenu des fiefs, et également l'unité de calcul du salaire des samouraïs.

— L'abbesse, à qui votre requête a été transmise, refuse de laisser sortir les femmes que vous demandez.

— Ah...

La réponse sembla surprendre les trois samouraïs qui échangèrent un regard. Celui aux cheveux blancs, Tessai, fit un signe de connivence aux deux autres puis déclara de sa voix mielleuse :

— Et peut-on en savoir la raison, je vous prie ?

— Toute femme qui passe cette porte rompt par ce geste toute attache avec le monde. Elle abandonne tout ressentiment et tout regret de sa vie antérieure. Certes, ces hommes qui veulent revoir une épouse, une mère ou une fille pour la dernière fois méritent notre compassion, mais dorénavant, ces pauvres femmes ont fait vœu de trouver leur soutien dans les enseignements du Bouddha. Revoir ces hommes ne pourrait que provoquer de nouvelles vagues de larmes dans leur cœur. N'exigez pas que le monde profane, souillé et vicieux paraisse à nouveau devant leurs yeux. Et si leurs hommes doivent mourir, dites-leur de mourir en hommes, comme des braves. Qu'ils soient assurés que nous prierons pour eux.

— N'a-t-elle donc aucune pitié, bien que servante du Bouddha ? Même nous, samouraïs, sommes plus généreux, puisque c'est par grandeur d'âme de samouraïs que nous avons fait ce détour jusqu'à Kamakura.

A ses mots, le ton de la vieille changea soudain et se fit plus sévère.

— Par grandeur d'âme de samouraïs, dites-vous ? Notre garde a aperçu vos prisonniers traités comme du bétail, la corde au cou ! Comment osez-vous parler de grandeur d'âme de samouraïs quand vous humiliez de sang-froid d'autres *bushi* ? Je doute que ce soit par charité. Je crains plutôt quelque horrible machination. Veuillez vous retirer !

Les trois hommes se raidirent.

— Il n'en est pas question ! répondit le géant, Rensuke. Nous avons d'ores et déjà promis aux hommes de Hori Mondo de leur donner une dernière occasion de revoir leurs femmes. Nous, les Sept Lances d'Aizu, ne pouvons manquer à notre parole !

— C'est votre affaire. Nous ne laisserons point sortir ces pauvres oiselles qui ont trouvé abri en notre sein, sachant le piège qui les attend. Ecoutez bien ceci. Ce temple est aux femmes qu'il abrite ce qu'est un château à sa garnison : une forteresse !

Un château de femmes, hum...

Le borgne Ichiganbô sourit mystérieusement à ces mots et fit un signe de la main à Jônoshin qui le regardait du bas de l'escalier. Jônoshin hocha la tête et se mit à galoper vers l'un des côtés du temple, suivi par ses trois chiens et un nuage de poussière.

— Un château de femmes, dis-tu. Voilà qui me donne bien envie de lui mettre le siège... Es-tu prête à le défendre, ton château, nonne ?

— Que manigancez-vous ? sursauta la vieille religieuse. Ce temple est interdit aux hommes depuis sa fondation. Auriez-vous l'intention de violer le tabou ?

Au même instant, on entendit les chiens aboyer de l'autre côté du temple. Plus qu'un aboiement, c'était un rugissement de fauves. Les religieuses sortirent des bâtiments en courant. Parmi elles, celles qui avaient pensé pouvoir s'enfuir par la porte de derrière ou par les deux portes latérales de service poussèrent un cri d'effroi en levant les yeux : sur le toit de chaque portail était posté un chien grand comme un veau, les yeux injectés de sang et rugissant comme un démon.

La voix de Rensuke ne le cédait en rien à celle des molosses.

— Je défonce la porte !

Face à la grand-porte, il déplaça sa jambe gauche sur le côté, fléchit légèrement le torse pour se mettre en posture d'attaque, arma son bras...

— *Oryaaa* ! hurla-t-il en détendant toute son énergie comme pour déchirer l'air.

Il n'avait pas frappé avec le poing mais la main ouverte, quatre doigts tendus, ne repliant que le pouce. Cette main traversa l'épais battant en chêne massif renforcé de rivets de fer comme s'il eût été de papier. Il la retira ensuite à la vitesse de l'éclair et frappa un autre coup, à un mètre du premier. Puis, se courbant comme une araignée, il perça un troisième trou au-dessous des précédents. Enfin, d'un effroyable coup de pied au centre de ce triangle, il fit sauter une ouverture suffisante pour laisser passer un homme.

Tout cela n'avait pris qu'un instant. Plus que sa force monstrueuse, c'était la puissance colossale de sa main devenue lame d'acier qui lui avait fait briser une porte aussi imposante. « Je défonce la porte ! » avait-il dit, et il l'avait fait !

Les trois samouraïs pénétrèrent l'un après l'autre à l'intérieur du temple. La vieille nonne se tenait figée, comme en catatonie. Rensuke la regarda en ricanant :

— Ouais, j'ai cassé votre porte, et alors ?

— A l'aide, tout le monde ! On nous envahit ! s'égosilla la vieille, le cou tendu comme une poule.

Du pavillon du Bouddha, des appartements de l'abbesse, des dortoirs des nonnes en retrait dans la forêt, une multitude d'ombres blanches jaillirent en désordre. Le pâle nuage d'encens qui flottait entre les pavillons en fut vite dispersé. Un des gardes de la porte se mit à courir vers la cloche à proximité. Donner l'alarme et faire venir du secours des temples les plus proches, pensait-il. Mais à peine avait-il saisi la corde qui permettait d'actionner la mailloche horizontale que Tessai, le samouraï aux cheveux blancs, en deux bonds avait déjà franchi six mètres. Une chaîne en fer noir s'était entre-temps déroulée à la racine de son poignet. Le samouraï sec comme un arbre mort était encore séparé de la cloche de trois mètres, mais le garde ne donnerait pas l'alarme car la chaîne s'était déjà enroulée à la mailloche. A l'autre extrémité de la chaîne, Tessai tenait une serpe à lame droite dont le manche était solidaire de la chaîne.

— Regarde bien !

Le bras maigre de Tessai tira sur la chaîne. La mailloche et la grosse corde à laquelle elle était suspendue tombèrent au sol comme une vulgaire breloque. Puis la chaîne se lova instantanément dans la paume de Tessai, comme douée de vie !

Les trois samouraïs se mirent à arpenter le temple, nullement gênés de fouler aux pieds l'enceinte sacrée réservée aux femmes. Ils jetaient des regards pleins d'arrogance et de concupiscence sur les religieuses paniquées qui couraient en tous sens.

— Que les femmes du clan Hori sortent !

— Inutile de chercher à fuir !

Ils avaient effectivement raison. Par l'ouverture pratiquée dans la grand-porte, un quatrième samouraï venait de pénétrer dans le temple. Sur les trois autres portes, les chiens aboyaient toujours et montraient les crocs.

Mais soudain les samouraïs arrêtèrent leurs pas.

3

Un groupe venait de sortir du pavillon des appartements de l'abbesse supérieure du temple, vers lequel marchaient les samouraïs : une vingtaine de femmes, des religieuses pour la plupart, vêtues de noir, et six ou sept autres en kimono blanc à manches étroites, coiffées en *kirisage*, c'est-à-dire les cheveux coupés net légèrement plus bas que les épaules, à quoi on pouvait reconnaître des femmes de la classe des *bushi* ou samouraïs en vêtements de deuil. Elles ne semblaient pas impressionnées par le tumulte environnant et vinrent calmement au-devant des guerriers. A ce spectacle, les religieuses qui couraient en criant s'agenouillèrent instantanément sur place comme si on les avait aspergées d'eau froide.

Les femmes en blanc s'immobilisèrent à leur tour devant les trois hommes d'armes. Une religieuse couverte d'une capuche blanche fit encore quelques pas en avant, le regard droit dans les yeux des samouraïs. Elle pouvait être âgée d'une trentaine d'années, belle peut-être, mais surtout impressionnante par la pureté, la rigueur morale et la vertu qui étaient gravées dans ses traits et semblaient inaccessibles à un être humain. Même les trois brutes à qui elle faisait face eurent un geste de recul.

Une autre religieuse âgée fit les présentations :

— L'abbesse Tenshû-ni, supérieure de ce temple... dit-elle.

Sur le visage fourbe et arrogant des trois guerriers, la surprise afflua comme une ride sur l'eau.

— Vous n'êtes pas sans savoir que notre abbesse est fille de feu Toyotomi Hideyori, autrement dit petite-fille du grand hégémon Toyotomi Hideyoshi. Vous vous êtes présentés comme des hommes du seigneur Katô d'Aizu. Je n'ai donc pas besoin de vous rappeler que feu le chef de la maison d'Aizu, Katô Yoshiaki, qui fut l'une des Sept Lances de Shizugatake, était un éminent et très loyal vassal du clan Toyotomi. Il ne saurait y avoir la moindre impolitesse de votre part à l'encontre de notre abbesse, n'est-ce pas...

La légère hésitation qui avait troublé les trois samouraïs était bien causée par la juste mesure des conséquences possibles de leurs actes quand ils avaient reconnu intuitivement la petite-fille du grand hégémon dans l'abbesse qui s'était présentée. Ils savaient tout cela, mais ne pouvaient s'empêcher, devant cette présentation formelle, de sentir leur corps se raidir.

— Je veux bien excuser ce que vous venez de faire... pour autant que vous vous retiriez à l'instant, déclara calmement l'abbesse d'une voix claire et sereine comme une perle qui roule.

Rensuke, Ichiganbô et Tessai faillirent plier la tête en signe de soumission.

A l'instant même, les rayons du soleil printanier qui éclairaient le groupe des religieuses se voilèrent soudain. Etait-ce un nuage qui obscurcissait le ciel ? Tout à coup, elles sentirent un contact étrange sur leur tête et levèrent les yeux de surprise.

Un grand filet comme une gaze de soie noire venait de les couvrir. Incroyable mais vrai, il était fait de fins cheveux de femmes. Pensant tout d'abord que ce n'était qu'une chose légère, elles cherchèrent à le déchirer entre leurs doigts. En vain. Autour de l'abbesse, les religieuses cherchaient le bord du filet pour le soulever, mais très rapidement d'autres filets vinrent élargir le piège. Chaque fois qu'une soulevait le bord extérieur, un nouveau filet anéantissait ce résultat.

— Quel est ce prodige ?

— D'où cela vient-il ?

Les rets semblaient tomber du ciel. Mais en réalité, chacun était relié à un fil presque invisible, et tout cet écheveau aboutissait dans les mains d'un homme debout près de la grand-porte.

Oui, c'était un quatrième samouraï d'Aizu, un jeune d'à peine dix-sept ou dix-huit ans, les cheveux en *maegamidachi*, c'est-à-dire la frange de devant non encore rasée, ce qui montrait qu'il n'avait pas atteint sa majorité, la peau blanche comme celle d'une fille et les lèvres roses comme s'il les avait fardées de vermillon. Et avec ça d'une beauté à faire tressaillir. Mais d'où lui venait cette blessure ? Qui l'avait blessé ? Et quand ? Une balafre comme un fil de soie rouge sombre lui traversait le nez et les lèvres du front jusqu'à la gorge. Il avait lancé ses filets alors que personne ne l'avait remarqué. Dans sa paume, ce n'étaient que de petites boules, mais quand il les jetait, elles se déployaient en l'air en autant de filets qui retombaient en silence comme un brouillard et pouvaient recouvrir une dizaine de personnes chacun.

Les trois samouraïs se retournèrent et murmurèrent son nom :

— Kôro Ginshirô…

— Voyons, tu ne vas pas…

L'un d'eux jeta un coup d'œil rapide vers les religieuses prises dans les rets, en se demandant s'il était bien raisonnable de traiter ainsi la supérieure et petite-fille de l'ancien maître du Japon.

Le jeune éphèbe répondit de sa position avec un sourire plein d'audace:

— Et alors ? Qu'est-ce que vous attendez pour capturer les femmes du clan Hori ?

Puis il ajouta en s'approchant au fur et à mesure qu'il réenroulait les fils noirs de ses filets:

— Regardez, là ! Dans mon « filet de brouillard », n'est-ce pas O-Chie, fille de Hori Mondo ? Et là, O-Sawa, femme de Tagai Matahachirô, le frère de Mondo ! Et Sakura, fille de Manabe Shôbei, l'autre frère de Mondo… Et encore six ou sept oiseaux du même acabit !

— Que… que faites-vous ? hurla la vieille religieuse d'une voix de folle. Vous ne pouvez être de véritables membres du clan Katô, descendant de l'une des Sept Lances de Shizugatake, pour oser traiter ainsi notre abbesse !

— Les Sept Lances de Shizugatake ? C'est une histoire vieille de soixante ans, ça ! Même Tessai ici présent n'était alors qu'un bébé, si même il était né. Cette Lance dont tu parles, feu notre seigneur, n'est plus, ni le grand hégémon. Le monde a changé depuis et les Tokugawa en sont devenus les maîtres. Nous, nous sommes les Sept Lances d'Aizu ! Nous n'avons rien à voir avec le clan Toyotomi, répliqua Ginshirô avec un rictus froid et sec qui choquait dans son beau visage. « Notre abbesse, notre abbesse »… Tu nous fais bien rire à invoquer sans cesse une protection pareille ! Ton abbesse, finalement, qui est-elle si ce n'est la sœur de Kunimatsu, fils de Hideyori, qui fut décapité sur le lit à sec de la rivière de Rokujô le soir de la défaite du clan Toyotomi au château d'Osaka, hein ? Elle ne doit qu'au fait d'être une femme d'avoir échappé à la décapitation. Et comme elle encombrait, les Tokugawa s'en sont débarrassés en l'enfermant dans ce temple ! La puissante nonne chef de guerre que voilà !

Toutes les religieuses qui entendirent ce discours pâlirent.

Car ce que venait de dire Ginshirô était la vérité. Mais ces mots… Où trouvait-il la cruauté de prononcer de telles paroles, comme s'il dépeçait de sang-froid un être humain ? Etait-ce à mettre sur le compte de son jeune âge ? ou de sa nature profonde ?

Par contre, ces mots affranchirent les autres samouraïs de leur irrationnelle hésitation.

— Parfaitement ! Et les Sept Lances d'Aizu ne se rétractent pas, une fois qu'une chose est dite !

— Un criminel qui trouve refuge à Kôya ne craint plus les poursuites en principe, fût-ce d'un daimyô. Et pourtant, nous avons réussi à extirper les Hori qui s'y croyaient à l'abri, nous les Sept Lances d'Aizu ! Et nous reculerions devant un temple de femmes ?

— L'honneur de notre seigneur est en jeu dans cette histoire. Si vous ne nous remettez pas les femmes du clan Hori, nous démolissons votre temple sur-le-champ !

Quand chacun des trois eut parlé, Tessai reprit de sa voix caressante :

— Nous n'avons nullement l'intention de nous en

prendre à ces femmes, voyons. Nous voulons simplement donner aux hommes du clan Hori, qui vont être exécutés, une dernière occasion de voir leurs femmes. Par simple bonté naturelle, n'est-ce pas... Et malgré cela, vous refusez de les faire sortir, sous l'orgueilleux prétexte que ce sont oiselles qui ont trouvé refuge en votre sein ! Voilà pourquoi nous avons dû user de méthodes un peu brutales... Allez, faites sortir bien gentiment les femmes Hori devant le portail !

— Madame la supérieure ! appela, d'une voix assurée, l'une des femmes prises dans le filet de brouillard. Soyez remerciée pour votre bienveillance. Mais moi, O-Chie, j'irai avec eux. Il ne faut pas les contredire, ou sinon ils risquent fort de détruire ce temple.

L'abbesse répondit d'une voix vibrante d'émotion, sans détacher son regard furieux des samouraïs d'Aizu :

— Détruire ce temple, vraiment ? Je serais curieuse de voir ça !

— Non ! Ne risquez pas votre honneur ! Ne permettez pas que la grand-porte du Tôkeiji, inviolée depuis sa fondation, soit souillée. En tant que femme du clan Hori, je ne pourrai plus vivre en ce lieu si je suis cause d'un aussi grave dommage.

— La grand-porte est d'ores et déjà souillée ! Et vous parlez de vivre, mais je ne peux m'empêcher de craindre quelque horrible projet derrière les paroles de ces hommes. Pensez à ce qu'ils ont déjà fait et voyez la fourberie de leurs visages.

— Ce sont les Sept lances d'Aizu et ils sont aimés de leur seigneur. Je crois en leur parole. Et puis…

La jeune femme poussa un soupir avant de reprendre :

— … Et puis nous désirons revoir une dernière fois nos époux, nos frères et nos pères.

L'abbesse ne répondit pas. Elle se méfiait des intentions véritables des samouraïs d'Aizu. Mais en même temps, elle aussi souhaitait offrir une dernière occasion à ses protégées de revoir leurs hommes en cette vie. Et ce n'était pas sans hésitation qu'elle avait refusé de prime abord.

— Nous, femmes du clan Hori, allons quitter ce temple. Nous sortons.

La voix de la jeune femme était parfaitement claire.

— Seigneur Ginshirô ! Otez ce filet, je vous prie.

4

Le filet qui les couvrait entièrement se souleva alors, sans qu'aucune des femmes n'ait remarqué le mouvement de la main de Ginshirô, pourtant à quelques pas d'elles. Le réseau de fils caressa légèrement le nez et la joue des femmes comme un courant d'air. Et là, à peine le temps de le voir prendre la forme d'une sorte d'entonnoir qu'il se regroupa instantanément en une petite boule qui disparut à l'étonnement de tous dans la main de Ginshirô ! Comment imaginer que c'était là un filet aussi résistant que s'il eût été fait de fils d'acier ?

Comme des oiseaux libérés de leur cage, les nonnes se dispersèrent dans toutes les directions. Seules l'abbesse et une dizaine de femmes restèrent sur place. Toutes, sauf l'abbesse, étaient coiffées en *kirisage* et portaient un kimono à manches étroites.

Celle qui s'avança au-devant des quatre samouraïs d'Aizu semblait avoir dix-neuf ou vingt ans.

— Je suis O-Chie. Menez-moi à mon père, je vous prie.

Son visage empreint de grâce et d'élégance regardait dans les yeux les quatre hommes sans aucune crainte apparente.

— Qui avez-vous pris au mont Kôya, mis à part mon père ?

— Hori Mondo, Tagai Matahachirô, Manabe Shôbei... Vingt et un hommes en tout ! Mais tu ne seras pas la seule à les voir, répondit Rensuke. Que toutes les femmes du clan Hori présentes dans ce temple sortent ! Combien êtes-vous ?

— Trente au total. Inutile de nous l'ordonner. Toutes viennent.

A cet instant, les trois chiens sautèrent à bas des portes latérales et coururent se réunir en un seul point, comme les plaques d'un éventail se regroupent autour de l'axe. Ils étaient si gros qu'on ne pouvait pas les voir s'approcher sans sentir ses poils se hérisser. A la suite de ses chiens, le samouraï à la face de singe s'approcha, un rictus dédaigneux aux lèvres : Gusoku Jônoshin, lui aussi des Sept Lances d'Aizu.

Des femmes se rassemblèrent autour d'O-Chie. La moitié d'entre elles étaient d'âge mûr, ou déjà âgées, tonsurées et en habit bouddhique. Les autres avaient encore les cheveux coupés à hauteur des épaules.

— Ah, voilà O-Kei, épouse d'Inaba Jûsaburô...

— Et là, la femme de Kanemaru Hansaku, O-Shina.

— Et là-bas, c'est O-Tori, la fille d'Itakura Fuden ! Elles sont toutes là, ma parole !

Les quatre guerriers tournaient sans la moindre retenue autour du groupe de femmes pour les compter et les identifier. Soudain, il y eut un claquement et Jônoshin eut un mouvement de recul en portant la main à sa joue.

— La chienne ! Elle m'a giflé !

— Parce que tu as osé me toucher le nez, macaque ! répondit une jeune fille d'environ dix-sept ans au joli visage mais au crâne rasé, les joues rouges de colère.

— Il suffit, O-Fue, intervint O-Chie. Calme-toi, nous allons voir mon père et ses hommes maintenant.

La jeune nonne acquiesça de la tête mais ne baissa pas les yeux devant Jônoshin. O-Fue avait l'esprit un peu attardé, et elle était la servante d'O-Chie.

Quand ils avaient vu leur maître porter la main à sa joue, les trois chiens avaient levé la tête. Les yeux de

Jônoshin croisèrent ceux de ses bêtes. Ils appartenaient à la même engeance. Comme répondant à un signal, les trois molosses encerclèrent immédiatement O-Fue, tête baissée, griffant la terre de leurs pattes.

— Pas ça, Jônoshin ! s'écria Ichiganbô le borgne. Du calme, ce n'est pas le moment. Il n'y a pas de spectacle sans public...

Le visage de l'abbesse se contracta à ces mots, comme si elle se demandait ce qu'il avait voulu dire. Ichiganbô ne soutint pas son regard et fit un signe du menton à O-Chie :

— Trente. C'est bon, passez la grand-porte et descendez. Vos pères, vos époux et vos frères vous attendent.

Contenues par cinq guerriers et trois chiens, les trente femmes de la maison Hori s'avancèrent vers la grand-porte. L'abbesse inquiète les suivait des yeux.

En bas de l'escalier de pierre, les lances étaient si nombreuses qu'elles semblaient aussi innombrables que les vagues de la mer. Mais c'est en voyant les vingt et un bonzes que l'on avait fait aligner devant elles qu'elles faillirent suffoquer : dans le dos de chaque bonze, un soldat pointait sa lance. Une longue corde, un samouraï à chaque bout, les reliait tous par le cou. Les femmes avaient été prévenues de leur état par la description qu'en avait faite le garde de la grand-porte, mais la réalité qu'elles avaient maintenant sous les yeux était autrement pitoyable.

— Ah, père !

— Ah, maître !…

Les chiens et les guerriers n'eurent nul besoin de presser les femmes à descendre. Elles couraient d'elles-mêmes au bas des marches, et les bonzes tendirent le cou à leurs appels, comme s'ils avaient oublié la corde qui les entravait.

— Attendez ! cria soudain le guerrier qui occupait le bout droit de la corde, à l'extrémité de la rangée.

Il remit le bout de la corde entre les mains d'un fantassin et se mit à courir comme le vent. Sa lance faisait bien trois *ken* de long, soit près de cinq mètres cinquante ! Il tendit cette lance extraordinaire de côté devant le rang des bonzes prisonniers.

— Plus un pas au-delà de cette limite ! cria-t-il.

Au milieu de sa face noire qui semblait passée à la suie, seul le blanc des yeux brillait. Ce n'était pas seulement sa peau qui lui donnait une apparence étrange ; il était également agile et vigoureux comme une panthère. Une panthère noire.

— Seigneur Hiraga Magobê… murmura une femme entre ses dents.

A vrai dire, malgré le nom de leur groupe, les « Sept Lances d'Aizu », seul parmi eux Hiraga Magobê possédait réellement l'art de la lance ; mais il en était un tel expert que sa réputation dans cet art était universelle.

— Vous aussi, femmes ! Sachez vous comporter en épouses et filles de samouraïs ! De la dignité ! Pas de crise inconsidérée ! Agenouillez-vous ici et profitez de ces derniers adieux.

— Vous avez parfaitement raison, répondit O-Chie en se tournant vers ses compagnes. Faisons comme il a dit.

Les trente femmes s'assirent à genoux à même le sol. Elles n'étaient séparées de leurs hommes que par la hampe de la lance de trois *ken* de Magobê, mais une fois leurs sens retrouvés, elles montrèrent qu'elles étaient bien filles et femmes de *bushi* : dents serrées et lèvres tremblantes, elles regardaient de tous leurs yeux les bonzes en face d'elles.

C'était une de ces molles journées de printemps. Les pétales de cerisier tombant des branches étaient la seule chose mouvante dans cette scène. Les trente femmes qui se trouvaient dans le temple étaient apparentées aux vingt et un prisonniers en route vers Edo pour y être exécutés. Tous ces hommes étaient pour elles, qui un père, qui un frère ou un époux. Et même pour qui n'aurait rien su des circonstances de cette scène, voir un jeune novice de douze ou treize ans face à sa mère ne pouvait que serrer le cœur. Après un long silence, Hori Mondo prit la parole :

— Par fidélité à l'idéal éthique des *bushi*, nous avons quitté Aizu. Nous savions que notre seigneur ne dédaignerait aucun moyen pour tirer réparation de notre acte. Et pourtant nous devons à sa mansuétude d'avoir pu venir jusqu'ici à Kamakura pour vous faire nos adieux dans cette vie. Maintenant, nous sommes prêts à endurer en *bushi* n'importe quelle punition… Femmes ! Faites votre deuil dans le calme et la sérénité.

Son visage n'avait pas perdu contenance et un sourire lui était même monté aux lèvres.

— Adieu !

A peine les femmes eurent-elles baissé la tête en ravalant un sanglot à ces paroles que le dernier samouraï, sur la gauche de la rangée, remit le bout de la corde qu'il tenait à un fantassin et s'avança.

— Ça y est, les adieux sont finis ? fit-il d'une voix caverneuse.

Il était de grande taille et sa barbe rasée bleuissait son menton. Mais surtout, sa manche gauche pendait dans le vide. Oui, il lui manquait le bras gauche…

Une branche fleurie de cerisier était fichée dans le col de son armure. Ce détail fit sursauter hommes et femmes du clan Hori.

Son nom était Urushido Kôshichirô. Bien sûr, il faisait partie des Sept Lances d'Aizu, dont il était sans aucun doute le plus expert au sabre. Mais en même temps, son tempérament était considéré comme diabolique, du fait qu'il tuait même sans raison, sur un coup de tête. Cela ne l'empêchait pas d'avoir l'odeur du sang en horreur. Aussi avait-il coutume de toujours porter une fleur avant de tuer. Et puisqu'il avait fiché cette branche de cerisier dans son col, tous ceux du clan Hori savaient parfaitement à quoi s'en tenir.

— Alors vous allez mourir, dit-il sèchement.

Hori Mondo tourna tranquillement la tête vers lui.

— Ici ? Vous ne nous emmenez pas à Edo ?

— Pas vous. Les femmes…

Les bonzes en restèrent sans voix.

— Tu vas tuer les femmes ? Mais elles sont déjà religieuses du Tôkeiji ! Tu ne comprends pas ce que ça veut dire ?

Kôshichirô ne répondit pas et dégaina son sabre sans un bruit.

Derrière les trente femmes, tels des dieux de la mort sur les marches du grand escalier de pierre, se tenaient immobiles Rensuke, Jônoshin, Ichiganbô, Ginshirô et Tessai, flanqués par les trois molosses, telles des statues de lions gardiens des temples.

II
L'AFFAIRE HORI MONDO

1

Mais revenons aux origines de cette histoire : pourquoi le clan Hori se trouvait-il ainsi voué à la disparition et à la mort ?

Il nous faut pour cela remonter à l'époque où le clan Katô d'Aizu était parvenu à se hisser au rang des plus illustres familles de daimyôs. Tout avait commencé quand Katô Yoshiaki avait bâti la fortune de sa famille à la force de sa seule lance, en débutant comme garde personnel auprès de Toyotomi Hideyoshi.

La 11e année de l'ère Tenshô (1583), alors qu'il n'avait que vingt et un ans, il avait fait retentir la gloire des Sept Lances de Shizugatake. Il avait combattu aux côtés de Toyotomi à Kyûshû, à Odawara, à Shikoku, ainsi que lors de l'expédition de Corée où il fit montre de ses compétences de chef en commandant les forces navales.

Mais à la bataille de Sekigahara, comme de nombreux autres clans guerriers, Yoshiaki se rangea du côté des Tokugawa. Il obtint alors le domaine de deux cent mille *koku* d'Iyo Matsuyama. Le dernier en vie parmi les anciens membres des Sept Lances, il parvint par ses seuls mérites et ses nombreux faits d'armes à obtenir pour lui et sa descendance, en l'an 4 de l'ère Kan'ei, le fief d'Aizu, d'une valeur de quatre cent mille *koku*, avant de s'éteindre la 8e année de Kan'ei, à l'âge de soixante-neuf ans.

Il n'avait qu'un unique héritier, Katô Akinari, ce qui, en définitive, se révéla funeste pour le clan.

Peut-être d'ailleurs Akinari avait-il des circonstances atténuantes. En effet, la plupart de ses vassaux et sujets vénéraient son père, à qui ils ne cessaient de le comparer. Il voulut vraisemblablement mettre son point d'honneur à prouver qu'il était aussi valeureux que lui. A moins que, une fois délivré de la pression qu'imposait l'image de son prestigieux géniteur, il se fût senti libre d'en faire à sa tête. Quoi qu'il en soit, il fut bientôt la cible de critiques de tous les côtés.

Parmi les successeurs directs d'illustres fondateurs de grandes familles, on trouve parfois des hommes de valeur qui parviennent sans peine à conserver l'héritage de leur aîné, si ce n'est à l'augmenter. Mais tant d'autres se montrent trop téméraires et, loin de préserver le fief paternel, le font littéralement exploser. Et tel fut Katô Akinari.

Un sang impétueux et de l'audace, voilà les seules choses qu'il tenait de son père. Conscient qu'il ne jouissait d'aucun crédit auprès des vassaux et du peuple de son fief, il finit par devenir très agressif. Les foyers de violence hérités de l'époque des Provinces Combattantes n'étaient pas encore tous éteints et quelques daimyôs voyous se livraient encore à toutes sortes d'exactions.

Devant les représentants du shôgunat, Akinari montrait le visage de la sérénité, celui du digne chef d'une grande maison. Mais en privé, c'était un débauché. Et quand un homme a goûté une fois aux plaisirs extrêmes, il devient capable de tout.

Dans sa résidence d'Edo et dans son château de Wakamatsu, il avait fait construire une resserre secrète, où il retenait jolies filles et beaux garçons en grand nombre, ainsi que ceux parmi ses vassaux qui avaient osé lui tenir tête. Quiconque entrait une fois dans cette resserre n'en ressortait jamais. Les seuls, hormis Akinari lui-même, à être au courant de ce qui se passait dans cet antre secret étaient les sept membres de sa garde personnelle, que l'on appelait « les Sept Lances d'Aizu », placés par ses soins sous le commandement d'Ashina Dôhaku.

Cela remontait à six, sept ans déjà…

Akinari s'adonnait un jour à la fauconnerie dans son château de Wakamatsu quand il essuya un coup de feu. Par chance, il ne fut pas blessé. Le coupable ne fut jamais découvert, mais Akinari se constitua une garde rapprochée de sept hommes triés sur le volet, qui devinrent « les Sept Lances d'Aizu ».

Or, il ne les choisit pas parmi les hommes qui avaient suivi le clan Katô depuis son fief d'Iyo mais parmi les *bushi* du cru.

Comme nous l'avons dit, la maison Katô venait de changer de domaine, passant du fief d'Iyo, au rendement annuel de deux cent mille *koku*, à celui d'Aizu, de quatre cent mille *koku*. Il avait donc fallu engager de nombreux samouraïs supplémentaires pour contrôler et administrer un domaine qui, après avoir été jadis le territoire exclusif du clan Ashina, était passé ensuite entre les mains d'illustres seigneurs avant lui.

C'est parmi des hommes du clan Ashina qu'Akinari sélectionna les Sept Lances d'Aizu, et cela sur le conseil d'Ashina Dôhaku lui-même. Par ce nom de « Sept Lances » qu'il leur conféra, le jeune seigneur voulait en imposer aux vassaux traditionnels de son clan qui ne voyaient en lui qu'un fils indigne de son illustre père. Un autre élément l'avait guidé dans son choix : Akinari était convaincu que ces hommes, derniers rejetons d'une illustre famille séculaire du Nord, qui avaient survécu pendant plusieurs générations à d'innombrables avanies et tragédies, avaient nécessairement acquis un art du combat et des techniques exceptionnelles.

Gusoku Jônoshin,
Washinosu Rensuke,
Daidôji Tessai,
Shiba Ichiganbô,
Kôro Ginshirô,

Hiraga Magobê,

Urushido Kôshichirô.

Tels furent les membres de cette équipe de choc à sa création, mis à part le jeune Kôro Ginshirô qui ne remplaçait que depuis peu son frère aîné Ginsaburô, mort deux ans auparavant.

Excités par cette promotion, enivrés aussi sans doute par les beautés vénéneuses que faisait miroiter Akinari à leurs yeux, ils devinrent ses gardes du corps les plus loyaux, ses hommes de main les plus sûrs. Les sept hommes traînaient dans tout le domaine à la recherche de belles femmes à sacrifier sur l'autel de leur maître. Ils avaient un don pour flairer ceux qui médisaient secrètement de leur maître, ceux qui nourrissaient rancœur ou vengeance, et les faisaient disparaître au nom de leur seigneur. C'était un escadron de démons, une sorte de police politique type GPU.

La quasi-totalité des vassaux gardaient le silence sur la conduite de leur maître et frissonnaient devant les exactions des Sept Lances.

Un seul ne s'inclina pas devant Akinari : Hori Mondo, membre du conseil des anciens.

Son père avait participé à toutes les guerres de l'époque précédente. Devenu le bras droit de Katô Yoshiaki à la fin de sa vie, il avait gagné le respect de son seigneur en tant que conseiller privé, avant de mourir bravement au siège du château d'Osaka.

Mondo, son fils, avait été quelque temps le tuteur du nouveau seigneur Akinari. Nonobstant le caractère instable et la conduite peu recommandable de son pupille, Mondo n'avait pas épargné son soutien et ses conseils. Stoïque, craignant qu'Akinari n'eût à souffrir d'un complexe d'infériorité, il préférait un jeune seigneur vif et courageux plutôt que sans énergie.

Mais au bout de deux ans, Mondo avait dû s'avouer son erreur. Un an de plus, et il comprit que ses espoirs étaient vains. Il adressa alors des remontrances à Akinari. Celui-ci fit la grimace, le mit à l'écart à la fin entra dans une grande colère. Ce qui n'arrêta pas Mondo, qui continua à lui faire des remontrances et à le défier.

Un nuage menaçant se forma entre les deux hommes.

Akinari et les Sept Lances n'osaient cependant pas s'en prendre à Hori Mondo. Mondo et sa maison jouissaient d'un trop grand prestige pour qu'on s'en débarrasse comme on extirpe un vulgaire navet. Fort de l'appui de sa parentèle et de ses pairs dont il avait su gagner la confiance, Mondo était intouchable.

Cette querelle, qui avait débuté quelque peu violemment, se changea peu à peu en un bras de fer mélancolique et sans issue. Akinari commençait à douter de la loyauté de son vassal, le soupçonnant d'être derrière l'affaire du coup de feu tiré sur lui pendant qu'il faisait voler ses faucons. Quant à Hori Mondo, il continuait à lui adresser des remontrances sur la gestion de son fief sans se douter de rien. Les

Sept Lances faisaient baisser la tête à tout le monde, dans le château ou dans la rue. Seuls Mondo et les membres de son clan leur lançaient des regards méprisants quand ils les croisaient. Les Sept Lances se retenaient et serraient les dents de dépit. Hori Mondo ne commettait pas d'erreur, ne dépassait jamais les bornes d'une attitude correcte.

Aucun des deux camps ne cédait le pas, et cet antagonisme insoluble finit par s'épanouir comme une fleur. Cette fleur, ce fut O-Chie, la fille unique de Hori Mondo. Un jour, sorti pour une chasse au faucon, Akinari aperçut sur son passage la silhouette d'O-Chie qui se rendait au temple pour faire ses dévotions. Devant son incomparable beauté, il s'enquit de sa famille.

— Qui est son père ? demanda-t-il.

— Elle est la fille du seigneur Hori, monseigneur, lui répondit-on.

A ces mots, les yeux d'Akinari s'écarquillèrent. Il savait que Mondo avait une fille, mais ses relations avec son vassal en étaient arrivées, en quelques années, au point où ils ne se voyaient quasiment jamais. Il ne s'attendait pas à ce que cette fille fût devenue une telle beauté.

Il se peignit alors sur le visage d'Akinari quelque chose qui ressemblait fort à du dépit. Un de ses sbires – lequel, on ne sait, mais il est certain qu'il s'agissait de l'une des Sept Lances – devina ses sentiments et lui suggéra d'ordonner à Mondo d'offrir sa fille comme dame de compagnie à son seigneur.

Tessai fut mandé pour transmettre la demande. Hori Mondo eut un sourire amer.

— Mondo n'offrira pas une victime en sacrifice à un *hihi*[1] lubrique ! fut sa réponse.

— Tu traites ton seigneur de *hihi* ? demanda Tessai.

— Oui, je dis les choses comme je les pense, car je ne fais pas partie des hommes qui tremblent, répondit fermement Hori. Quand notre seigneur sera revenu à une nature plus humaine, j'accéderai à son désir et offrirai volontiers ma fille comme maîtresse ou servante.

— Je retiens seulement que tu as traité ton seigneur de *hihi* lubrique. C'est bien cela que je dois rapporter à notre seigneur, n'est-ce pas ?

— Tout à fait.

A ces mots, un étrange sourire apparut dans la barbe blanche de Tessai. Car les Sept Lances, loin d'espérer que Mondo offrirait tranquillement sa fille, souhaitaient justement qu'il refuse. En face de lui, Mondo observait fixement ce sourire.

— N'as-tu pas honte de faire le maquereau à ton âge, imbécile ?

Le sourire de Tessai se figea. Il hocha la tête et se retira.

Dès le lendemain, avant l'aube, les Sept Lances d'Aizu lancèrent une attaque surprise sur la résidence de Hori Mondo.

A peine arrivés au portail, les sept hommes poussèrent un cri de surprise. Certes, ils se doutaient bien

1. Monstre légendaire, singe géant, proche du yéti tibétain.

qu'un homme tel que Mondo, après avoir congédié l'émissaire de son seigneur comme il l'avait fait, ne s'était pas endormi sans avoir pris quelques dispositions. Mais quelle ne fut pas leur stupéfaction de découvrir derrière le portail cent dix hommes armés de mousquets braqués sur les intrus ! Les Sept Lances avaient mûrement pensé leur coup et s'attendaient à devoir se battre, mais ils en restèrent cloués sur place avec leurs trois chiens.

— Moi, Hori Mondo, fit une voix tonitruante, je mets fin en ce jour à mon service auprès de la maison Katô !

Mondo, le casque sur la tête, se mit en marche, et l'énergie proprement tellurique qu'il dégageait était telle que les sept tueurs le laissèrent passer sans mot dire.

Un jeune homme suivit, tirant un cheval au mors, puis une dizaine de samouraïs à cheval, des chariots transportant probablement les femmes et les enfants, des lanciers à pied. Tous sortirent de la résidence en soulevant un nuage de poussière.

— Moi, Hori Mondo, je quitte désormais et pour toujours le domaine d'Aizu !

Après cet adieu solennel, le groupe s'ébranla. Le clan au grand complet avait dû se concerter à l'avance, car, de tous les coins de la ville, les gens des familles affiliées se joignirent en armure au cortège pour former une troupe de trois cents personnes, qui quitta Wakamatsu à grand bruit, en direction de l'est.

Après une lieue, la troupe franchit le col de Takizawa, puis arriva à Shirakawa après avoir traversé les villages d'Akai, d'Akatsu et de Seishidô.

Au même moment, les Sept Lances, ayant péniblement rassemblé suffisamment de soldats, se lançaient avec fureur sur leur piste. Mais au col, ils durent se jeter à terre au vacarme assourdissant d'un tir nourri de mousquets que le clan Hori avait disposés au sommet.

Les canons étaient pointés vers le ciel, mais à l'ouest se trouvait le château domanial. Le tyran grinça des dents et jugea que c'était une déclaration de guerre. Et, certes, les apparences pouvaient lui donner raison.

Ces événements avaient eu lieu au printemps de l'année précédente, la 18e année de Kan'ei, très exactement le quinzième jour de la troisième lune.

2

Le seigneur est le seigneur et peut bien manquer,
le vassal est le vassal et ne saurait lui manquer.

Cette conception de la loyauté a prévalu dans le *bushidô* du temps de paix, époque postérieure à notre histoire. Mais dans cette période troublée, où subsistaient des braises ardentes de l'ère précédente, le samouraï faisait passer l'honneur personnel avant le dévouement inconditionnel à son seigneur. Quand un suzerain refusait de reconnaître qu'il entachait son honneur, la loyauté dictait au vassal d'adresser un message officiel de rupture et de quitter le domaine seigneurial.

Une affaire semblable à celle de Mondo avait déjà eu lieu dans la maison Katô, avec un des vassaux dénommé Ban Dan'emon. Yoshiaki lui avait déclaré : « Peuh, tu n'as pas l'étoffe d'un général ! » Ce qui avait été cause que Dan'emon, furieux, avait rompu avec Katô pour entrer au service du château d'Osaka, abandonnant Yoshiaki l'écume aux lèvres. Et nul n'avait songé à traiter Ban Dan'emon de traître. Dans une autre affaire du même type, un dénommé Kuriyama Daizen était allé se plaindre directement devant le shôgun des vices de son seigneur Kuroda Tadayuki, et c'est bien le seigneur qui avait été châtié en conséquence.

Or cette dernière affaire datait seulement de six ou sept ans avant l'incident provoqué par Hori Mondo.

Akinari n'était donc pas justifié à frapper le clan Hori. « Qui s'abaisse à l'iniquité n'est pas un homme. » C'est fort de cette conviction que Mondo avait quitté le fief, entraînant avec lui de nombreux partisans, non seulement tous les gens de sa maison et ses affiliés, mais encore d'autres vassaux comme lui, qui s'étaient déclarés prêts à renoncer à leurs émoluments de samouraïs du clan Katô. Ils n'avaient d'ailleurs pris les armes que pour se défendre. Hori Mondo exprimait ainsi de façon on ne peut plus claire la digne fierté du samouraï s'opposant à un seigneur trop cruel. Dès qu'il fut sorti du territoire d'Aizu, il débanda sa troupe, afin de ne causer aucun trouble avec les fiefs voisins, ce que n'eût pas manqué de provoquer un groupe armé de cette importance errant de province en province. Quand Hori Mondo, qui ne voulait pas exposer la vie des petites gens à son service ni celle de ses jeunes samouraïs à la vindicte du clan Katô, les eut placés en divers endroits, il décida de confier les trente femmes de sa famille au temple Tôkeiji de Kamakura. Enfin, lui et ses deux frères, Tagai Matahachirô et Manabe Shôbei, à la tête d'une vingtaine d'hommes de leur sang, trouvèrent refuge dans le sanctuaire du mont Kôya.

Ces deux sanctuaires, le temple du mont Kôya et le Tôkeiji, accueillirent les fugitifs, estimant de leur devoir de le faire. Et ces derniers, une fois admis, renoncèrent bien sûr à toutes leurs attaches terrestres. En outre, une loi bouddhique ainsi qu'une coutume communément admise par la société de l'époque prescrivaient d'accorder la magnanime et immense protection du Bouddha à toute personne qui en faisait la demande, quand bien même il s'agirait de dissidents politiques poursuivis par un homme puissant.

Akinari était bien sûr tenu informé des moindres mouvements du clan Hori et savait parfaitement où ils se trouvaient. Sa nature excessivement ardente le jeta dans des crises de convulsions. Il semblait être devenu positivement fou. Il ne cessait de murmurer : « Je sacrifierai jusqu'aux quatre cent mille *koku* de mon domaine s'il le faut pour les retrouver ! Je ne connaîtrai de repos que je n'aie mis la main sur Mondo et que je l'aie fait mourir à petit feu... »

Katô finit par se tourner vers le shôgun. « Les Hori doivent être expulsés du mont Kôya ! » réclama-t-il.

Une année durant, il ne cessa de revenir présenter sa requête avec une persévérance acharnée. Le shôgunat donna finalement son feu vert.

Il faut remarquer que si le shôgunat donna son accord, ce ne fut pas pour céder au chantage d'un grand daimyô. Dans ce litige où s'affrontaient la volonté d'un suzerain et l'honneur d'un vassal, l'orientation politique qui commençait à se dessiner ordonnait qu'on donnât raison au suzerain, à une époque où le gouvernement shôgunal avait besoin de renforcer les fondements du régime féodal. Que savait exactement le shôgun de la conduite du daimyô Katô Akinari et des causes de cette affaire ? En tout cas, il fit mine d'en ignorer les détails. Seule lui importait la signification générale du geste de Mondo : non seulement le samouraï vassal avait rompu unilatéralement les liens avec son seigneur, ce qui n'était pas encore le plus grave, mais il avait quitté la capitale seigneuriale avec un groupe de partisans en armes et fait tirer des coups de mousquets face au château du domaine, et c'est cela que le shôgun considéra comme un acte de rébellion caractérisé.

La lettre portant cachet officiel du shôgunat en main, les Sept Lances se précipitèrent au mont Kôya pour faire valoir ce que de droit. Ils arrêtèrent Hori Mondo et ses deux frères, ses oncles et cousins et leurs principaux subordonnés, en tout vingt et un hommes qui furent traînés de force vers Edo sur la route du Tôkaidô.

— Allez ! Qu'on leur mette une corde au cou comme à des chiens !

Jusque-là, les Sept Lances avaient strictement respecté les ordres de leur seigneur. Mais en chemin, ils firent tourner bride à leurs chevaux pour faire un détour par le Tôkeiji de Kamakura. Or, cela, Akinari ne l'avait pas ordonné. C'est mus par leur propre haine qu'ils prirent cette initiative, sans douter un instant que leur seigneur ne manquerait pas de leur exprimer sa satisfaction quand ils lui rapporteraient le fait.

Leur idée était de supprimer toutes les femmes placées par Hori Mondo au Tôkeiji. Officiellement, s'ils avaient bien l'autorisation shôgunale de pénétrer dans le temple du mont Kôya et d'y procéder à l'arrestation des hommes du clan Hori, ils n'avaient pas celle de s'attaquer au Tôkeiji. Toutefois, puisque le shôgunat avait donné l'ordre de décapiter Mondo, les autorisant pour ce faire à profaner un sanctuaire aussi prestigieux que celui du mont Kôya, il fermerait bien les yeux sur leur petit écart envers le Tôkeiji. Tout au plus pouvaient-ils s'attendre à essuyer quelques reproches, rien de bien grave, pensaient-ils.

Voici donc Kôshichirô, dégainant son sabre de son unique main, qui s'avance vers les trente femmes de la maison Hori, qu'on avait fait sortir par la porte principale du Tôkeiji en employant une ruse qui avait admirablement réussi.

— Kôshichirô ! hurla Hori Mondo, qui, quoiqu'il fût lui-même résigné à mourir, réagit comme s'il eût soudain reçu une douche glacée. Vous allez assassiner les femmes ? Ne nous avez-vous pas dit que vous vous arrêtiez à Kamakura pour nous permettre de les voir une dernière fois ?

— Bah, c'était un mensonge, railla tranquillement Kôshichirô avec un geste méprisant de son menton glabre. Fallait bien ça pour vous faire tenir tranquilles, pas vrai ?

— Et vous pouvez encore vous dire des samouraïs en trahissant votre parole ?

— La parole à tenir, c'est entre samouraïs ! Mais avec des traîtres à leur seigneur comme vous autres, il n'y a rien à tenir ! Mondo, n'as-tu pas encore compris que ton cœur rebelle a provoqué la colère de ton seigneur ?

— Si fait, et nous sommes résignés à subir le supplice du feu ou de la crucifixion. Mais les femmes n'ont commis aucun crime, elles !

La brise printanière souffla sur la branche de cerisier plantée dans l'encolure de Kôshichirô. Au milieu des fleurs qui frémirent, un sourire froid et torve flotta sur les lèvres de l'assassin.

— Ça y est, tu as dit tout ce que tu avais à dire ?

III
LA LANCE DES SEPT MALHEURS

1

— Aaargh !

Nul en ce monde n'entendit jamais cri pareil à celui qui s'éleva l'instant suivant ! Les pauvres hères qui se tenaient derrière Kôshichirô étaient pourtant dotés d'une âme en acier trempé ; ils avaient été capables de se dresser contre leur seigneur, puis de se résigner bravement à une mort lente et cruelle. Mais c'est un cri du plus profond désespoir que ces braves laissèrent échapper malgré eux.

Le sabre long de Kôshichirô lança un éclair. En l'espace d'un souffle, trois têtes rasées roulèrent sur le sol. Non pas les têtes des moines enchaînés les uns aux autres, cela va sans dire, mais bien celles des nonnes agenouillées sous leurs yeux !

Des cous sectionnés jaillit un geyser de sang à plusieurs mètres dans le ciel. Les troncs, comme s'ils ignoraient qu'il leur manquait la tête, demeurèrent calmement assis dans leur robe teinte à la suie que la fontaine sanglante, en retombant à flots du ciel, reteignit de rouge.

Le démoniaque sabreur se retourna alors vers les hommes du clan Hori et prononça d'une voix sinistre :

— Le supplice du feu ou la crucifixion ? Ce châtiment serait bien trop doux pour des rebelles tels que vous ! Vous tuer ne nous suffit pas ! Si nous vous avons gardés en vie jusque-là, c'est uniquement pour pouvoir couper les têtes de vos mères, de vos femmes, de vos sœurs et de vos filles sous vos yeux ! Afin de vous donner un avant-goût de l'enfer !

— Oooh, mère ! Ooh, ma chère sœur ! s'écrièrent trois bonzes, d'une voix à peine humaine.

Mais dans leur mouvement pour tenter de se rapprocher des victimes, ils firent brutalement se serrer le garrot qui les liait les uns aux autres. Les bonzes portèrent leurs mains à leur cou en grimaçant de douleur.

— Ah ça… Faut pas faire de raffut comme ça, ça dérange vos voisins ! ricana Kôshichirô.

Puis il fit un signe du menton aux cinq nonnes suivantes.

— Vous là-bas, oui, vous cinq. Attention, les autres, tenez-vous tranquilles ! Seulement vous cinq, je vous permets de rejoindre vos hommes pour leur dire un dernier adieu.

Les cinq nonnes, comme hypnotisées par ses paroles, se levèrent. Oublieuses de la terreur causée par l'assassinat de leurs trois compagnes, elles ne songeaient qu'à rejoindre leurs malheureux parents. Elles se précipitaient vers eux quand Kôshichirô, tel un corbeau noir portant la foudre dans le bec, passa en courant dans leur dos en traçant un arc argenté dans le ciel avec sa lame, un dessin présentant deux sommets ondulés.

Les nonnes éperdues, entraînées dans leur course vers les moines, n'eurent aucune conscience de ce qui se passait. Elles s'écrièrent toutes en même temps :

— Père ! Frère !

Mais à l'instant où chacune allait se jeter dans les bras de l'homme qui lui faisait face, un fil de soie rouge jaillit verticalement au milieu de leur front et se tendit tout le long de leur corps. Les cinq corps s'ouvrirent en deux comme d'atroces pivoines écarlates se vidant de leurs pétales.

Quel coup de sabre était-ce là ? Kôshichirô, d'un seul geste, avait pourfendu la première nonne de haut en bas par le milieu de la tête, puis était remonté en ouvrant la seconde de bas en haut par l'entrecuisse, puis avait fait de même pour les trois autres en terminant par la dernière de haut en bas, le tout en courant.

A peine le temps de compter jusqu'à huit, et c'est huit femmes dont il avait ainsi fauché la vie ! Sans un regard pour les huit cadavres, il gardait la pose, parfaitement immobile au milieu de la brise de printemps qui faisait voleter les pétales de cerisiers derrière son dos. Comme grisé par sa prouesse, il semblait ainsi savourer d'un air extatique l'œuvre accomplie.

Puis, d'une voix étrangement basse, il souffla :

— A qui le tour ?

— Holà ! A moi de m'amuser ! intervint Magobê en saisissant avec adresse la hampe rouge de sa lance de trois *ken*.

Sa main était tannée comme un cuir sous les poils épais qui frisottaient, et d'une couleur si insolite qu'elle laissait imaginer que le sang de cet homme possédait des caractéristiques mystérieuses.

— Att... attendez ! fit une voix au loin, mêlée à un martèlement de sabots.

Une troupe de cavaliers arrivait au galop vers l'esplanade en soulevant un nuage de poussière. Parmi eux, on distinguait des bonzes et quelques villageois. Les moines du temple voisin, avertis de l'assaut mené contre le Tôkeiji, avaient dû appeler en toute hâte des officiers municipaux du village de Yamanouchi.

— Qui êtes-vous ? crièrent les officiers en sautant à bas de leurs chevaux. Ignorez-vous que ce territoire consacré ne vous permet d'exercer aucun privilège de vie et de mort, tout *bushi* que vous êtes ? En outre, vous vous trouvez ici devant un sanctuaire de femmes qui...

Mais le souffle leur manqua pour achever leur phrase, au spectacle qu'ils découvrirent alors. Ils demeuraient interdits, tandis que l'écume leur montait aux lèvres.

— Oh oh oh ! Des officiers de village ? Sachez que nous, hommes du clan Katô d'Aizu, sommes mandatés par le shôgun lui-même afin de punir ces rebelles. Si vous avez quelque chose à dire, adressez-vous au château d'Edo ! déclara Magobê en allant à leur rencontre en riant. En attendant, je vous emprunte vos chevaux, le gouvernement pourvoira aux frais ! Gare, écartez-vous !

Son visage buriné prit une expression sadique, comme s'il avait perdu toute humanité, quand sa lance avec un éclair transperça le flanc d'un des chevaux. Un ? Non, deux chevaux, embrochés à la file !

Magobê se glissa ensuite prestement sous le ventre du premier pendant que celui-ci se cabrait sur ses pattes arrière en hennissant, et... Quel spectacle ! Il empoigna la hampe par le milieu et souleva au-dessus de sa tête la lance avec les deux bêtes empalées à chaque extrémité.

— Regardez comme c'est joli ! Tourne manège ! Manège de chevaux ! Manège de chevaux de sang !

Il commença à faire tourner les chevaux dans le ciel, comme les pales d'un gigantesque moulin. Tour à tour, on voyait leurs crinières échevelées s'agiter dans les airs et leurs sabots racler la terre.

Les officiers municipaux, sidérés devant cette démonstration de force, étaient devenus très pâles, au bord de l'évanouissement. Aucun son ne semblait plus pouvoir sortir de leur bouche.

Puis Magobê, après avoir rejeté au loin les chevaux, embrocha six nonnes, exactement comme il l'avait fait avec les chevaux.

— Monstres ! Démons ! *Rasetsu*[1]... Cannibales ! gémissaient les bonzes du clan Hori en se tordant de douleur et grinçant des dents.

La corde qui les entravait pliait et ondulait sous leurs gesticulations désordonnées, mais aucun d'eux ne sentait plus la douleur dans sa chair. Leurs âmes souffraient bien davantage devant le supplice de leurs femmes, victimes de ce massacre effroyable.

Les sept samouraïs se retournèrent vers eux en éclatant de rire :

— Oui, en vérité, nous sommes des démons, des *rasetsu* mangeurs d'hommes ! Vous êtes désormais tombés en enfer, alors pleurez, criez, débattez-vous dans les tourments ! Nul châtiment n'est assez cruel pour des hommes qui ont traîtreusement affronté leur maître !

Les fonctionnaires accourus étaient bien incapables d'intervenir. Frappés de terreur, ils s'étaient changés en statues de bois.

— A moi maintenant ! dit l'un des hommes assis sur les marches de pierre.

Ichiganbô « n'a qu'un œil » se leva lentement, comme un spectre sinistre sortant de terre. Dans sa main, il tenait un bâton long d'à peine un mètre.

— Ayaaarh ! jeta-t-il soudain, imitant le cri d'un oiseau de proie.

---

1. Démons protéiformes d'origine indienne qui se nourrissent de la chair des humains ou s'emparent de leurs âmes.

Son arme claqua et vibra dans le vide avec un sifflement perçant comme un cri. Cela ressemblait à une sorte de matraque prolongée par un lacet noir long de plusieurs mètres. Car en réalité c'était un fouet, mais pas un fouet ordinaire en bambou ou en vannerie comme ceux dont on use pour cravacher les chevaux. Non, ce fouet-là était en cuir, c'était le knout que les envoyés de l'enfer font claquer sur les bêtes fauves. Le lacet pouvait être replié le long du manche et se déplier à volonté selon la distance où se trouvait sa cible, à trois ou sept mètres. Or pour l'heure...

... La lanière de cuir se déroula sur dix mètres et s'enroula autour du cou d'un cheval, qui poussa un hennissement aigu.

D'un seul jet, la courroie s'était tellement enfoncée dans le cuir épais de l'animal qu'on ne la voyait plus. Quand elle pénétra encore plus profondément dans sa chair, le cheval, babines retroussées, se mit à souffler bruyamment en écumant et à se débattre avec une telle violence qu'il semblait que l'encolure allait se détacher du corps.

A mesure qu'il haletait, les pulsations se propageaient le long de la courroie, et Ichiganbô, imprimant par de légères contorsions du poignet de subtiles ondulations à la courroie, relâchait ou resserrait sa pression sur le cou de l'animal. Le bras de l'homme bougeait à peine, ce qui donnait l'impression que la lanière palpitait, comme mue d'une vie propre.

La souffrance de l'animal était si intense qu'on l'aurait cru prisonnier d'un immense serpent noir qui aurait éprouvé un plaisir pervers à torturer sa victime. Le sang coulait à flots des naseaux de la malheureuse bête, de ses yeux, de ses oreilles…

Brusquement, la lanière se dénoua, dansa un instant dans le ciel pour finir par s'abattre à nouveau au milieu de la crinière. D'un coup sec, le fouet décapita l'animal avec la précision d'une lame.

Presque instantanément, le fouet lia ensemble cinq nonnes dont il fit un bouquet et qu'il étêta comme il avait décapité le cheval.

Figurons-nous l'esplanade, inondée du sang des dix-neuf cadavres de femmes qui gisaient un peu partout, et nous aurons une image exacte de la célèbre vue des enfers dite « la rivière sanglante de la montagne des morts ».

Qu'en était-il pendant ce temps des fiers et rudes samouraïs du clan Hori, qui avaient enduré bravement le calvaire de leur marche sur cent lieues le long du Tôkaidô, traînés comme des chiens ? Ils s'étaient tous avachis sur leur séant, vaincus, comme des lièvres apeurés. « Nous allons vous donner un avant-goût de l'enfer », avaient promis les Sept Lances. En vérité, le spectacle qui se reflétait sur leurs pupilles appartenait bien au monde des cauchemars les plus effroyables.

Hori Mondo se reprit néanmoins, et après un immense effort sur lui-même, s'adressa aux malheureuses victimes :

— Pardon… Pardonnez-nous…

Les bourreaux d'Aizu ne daignèrent même pas se tourner vers lui, trop occupés à se régaler de la vue des dix-neuf cadavres atrocement mutilés. Plus encore – hélas ! – ils dardaient leurs regards sanguinaires sur les onze femmes encore en vie, figées comme figures de cire.

— Bientôt, continua Hori Mondo, les dents serrées, nous vous suivrons dans la mort. Le malheur a voulu que vous partagiez notre châtiment puisque vous êtes de notre race, aussi résignez-vous à mourir en montrant du courage et de la dignité, comme il sied à des épouses et des filles de samouraïs.

Puis il ferma les yeux, imité par les autres moines. Tous, assis comme des rochers, commencèrent à psalmodier l'action de grâce rituelle au Bouddha Amida : « Namu Amida Butsu… »

Et en effet, qu'eussent-ils pu faire sinon réciter des prières ? Le roi des démons en personne n'aurait pu stopper ce massacre. Des larmes coulaient de leurs yeux clos, des larmes de sang.

— Hé, vous là-bas ! Ouvrez les yeux ! Contemplez l'agonie de vos femmes et de vos filles qui vont mourir par votre faute, vous leurs époux et leurs pères ! Comportez-vous en samouraïs !

Les guerriers d'Aizu pouvaient-ils imaginer cruauté plus atroce que de soulever de force les paupières de leurs prisonniers pour les humilier davantage ? Titubant comme s'il était ivre, Tessai venait en effet d'apparaître, sa barbe blanche caressée par la brise printanière. Il tenait à la main son *kusarigama*, sa serpe à lame droite reliée à une masse d'armes en fonte par une chaîne de plusieurs mètres.

Le vieillard, dont la peau parcheminée semblait collée aux os, était excité comme un gamin à la perspective de participer à cette orgie de sang.

— Regardez bien !

Avec aisance, le poids rond jaillit de la main de Tessai pour parcourir une dizaine de mètres jusqu'à l'œil d'un cheval qu'il fit éclater comme un œuf.

L'œil crevé, l'animal poussa un hennissement avant de s'élancer comme un fou sur l'esplanade couverte de sang et de commencer à en faire le tour. Ce spectacle était la bande-annonce du massacre qui allait se poursuivre, conformément à l'objectif des Sept Lances d'Aizu : inspirer l'épouvante au clan Hori, les plonger dans un tourbillon d'horreur et de douleur pour multiplier leurs souffrances.

Tessai observait d'un œil froid la course désespérée du cheval. Puis il hurla soudain :

— Finissons-en !

L'éclat de la chaîne métallique brilla à nouveau dans sa main. Elle s'élança vers le cheval, mais ce fut cette fois la serpe, dont la lame faisait environ soixante centimètres, qui d'un coup décapita l'animal, lequel poursuivit sa course folle sur une dizaine de mètres encore avant de tomber brusquement sur le flanc, comme un paravent.

Tessai extermina ensuite de la même manière

quatre nonnes en usant alternativement du contrepoids et de la faucille.

— Plus que sept... fit alors une voix qui semblait venir d'un songe.

Ginshirô, avec sa coiffure d'enfant et ses longues manches, parcourait du regard les cadavres gisant sur l'esplanade.

— Hé, attendez ! Il y a déjà eu trop de morts ! protesta-t-il.

Mais il s'avéra bien vite que son indignation n'était pas suscitée par un sursaut d'humanité.

— Sept femmes vivantes, c'est tout ? Et nous trois, alors ? On va rester là, à bayer aux corneilles !

— Nous trois ? Hé, nous sommes six ! intervint Jônoshin. Les hommes ont eu leur part, place aux chiens !

Il se leva et dit en regardant à ses pieds :

— Mais oui, Tenmaru, Chimaru, Kazemaru, vous aussi vous allez pouvoir vous amuser !

Les molosses, répondant aux noms du Ciel, de la Terre et du Vent, hurlèrent à la mort, leurs babines écarlates tournées vers le ciel.

— Quoi ? s'exclama Rensuke, tu ne vas tout de même pas offrir des femmes bien vivantes comme jouets à des clébards ? Quel gaspillage !

Le géant tendit ses grandes mains devant lui en agitant les doigts comme s'il s'agissait de gros vers de terre.

— Sept divisé par trois... Zut, ça tombe pas juste.

Ginshirô pencha la tête sur le côté, d'un air entendu.

— N'avons-nous pas aujourd'hui une occasion exceptionnelle de faire montre des techniques qui nous furent transmises par l'illustre Ashina Dôhaku ? Nous trois aussi voulons tester notre habileté sur des cibles humaines devant un public, car une telle aubaine risque de ne plus se présenter de sitôt. Alors, laissez-nous faire comprendre aux hommes du clan Hori à quels terribles adversaires ils ont affaire. Qu'ils ressentent jusque dans leurs entrailles la puissance de nos armes !

Le jeune homme tourna ensuite ses beaux yeux en direction des sept femmes assises près de la mare de sang. Car, oui, il avait des yeux magnifiques... Néanmoins, l'affreuse balafre rouge qui fendait son visage depuis le front jusqu'à l'arête du nez incitait à détourner le regard. Soudain, ces yeux s'agrandirent.

— Hé ! s'écria ce jeune homme de dix-sept ans avec la voix d'un madré de quarante. Quel heureux hasard ! Nous n'avons là que de jeunes beautés !

Un lourd silence s'abattit sur l'esplanade qu'un soleil brûlant s'obstinait à baigner de ses rayons, créant une étrange lumière, comme lorsqu'après avoir fermé les yeux on ne perçoit d'abord en les rouvrant qu'une sorte de clair-obscur. Etait-ce seulement une impression ou bien était-ce à cause des vapeurs sanglantes que dégageaient les cadavres encore chauds ?

On sentait sur le lieu du carnage le climat d'attente anxieuse qui précède la venue d'un ouragan.

Personne ne bougeait. Les guerriers du clan Katô aussi bien que les officiers municipaux, tous étaient figés dans l'immobilité des morts, comme s'ils n'appartenaient déjà plus à ce monde mais à celui des enfers.

Et pourtant... Celles qui paraissaient plus mortes que vives, plus mortes même que les dépouilles de leurs compagnes qui jonchaient le sol, c'étaient les sept femmes silencieuses, assises tête baissée, soumises à leur sort.

Par pur hasard, une seule de ces femmes avait la tête rasée, alors que les six autres portaient encore leurs cheveux noirs lâchés sur leurs épaules rondes couvertes du kimono blanc de deuil. Sous le soleil printanier, on eût dit des belles-de-nuit s'épanouissant au crépuscule.

Les trois hommes se concertèrent à mi-voix :

— Il reste O-Chie, la fille de Mondo. Cette garce est encore en vie...

— Il y a aussi O-Sawa, l'épouse de Tagai Matahachirô.

— Et encore Sakura, la fille de Manabe Shôbei.

— O-Tori, O-Shina, O-Kei et O-Fue.

— Ouah ! Intéressant ! Toutes des beautés qui ont fait jaser tous les hommes du fief ! Exactement ce qu'il faut à Ginshirô !

Le jeune homme riait :

— Quelle chance ! Il n'en reste pas beaucoup, mais quels morceaux de choix ! J'aurais tort de me plaindre. Ah... qu'on me laisse le temps de travailler ces donzelles-là avant de les tuer ! J'étais fou amoureux de celle qu'on nomme Sakura, elle est à moi. Je vous abandonne les autres.

Jônoshin se mit à compter sur ses doigts :

— Je prends O-Chie, et aussi...

Mais Rensuke protesta :

— Ah non, O-Chie est pour moi, et O-Tori !

C'est avec la mine réjouie de soudards qui s'apprêtent à faire bombance qu'ils se concertaient en se pourléchant les babines pour savoir quelle victime ils allaient dévorer en premier.

Parvenus finalement à un accord, ils se rangèrent en file indienne et se mirent en marche vers le groupe des femmes, suivis des trois chiens. Voilà le char de la mort qui s'ébranlait à nouveau. Ni l'abbesse supérieure Tenshû-ni, ni les officiers municipaux, non, aucun être humain n'était de taille à entraver la parade de ces dieux de la mort.

Maintenant les trois hommes se dressaient tels des gardiens *Niô*[1] devant les sept malheureuses femmes. Là-haut, devant le portail du temple, l'abbesse Tenshû-ni, soutenue par de vieilles nonnes, leva vers le ciel azuré un regard implorant et désespéré, quand ses yeux parurent soudain arrêtés par un point dans le ciel clair. Pour dire vrai, elle n'avait pas vu, mais entendu quelque chose qui la fit aussitôt se tourner vers les trois hommes, quoiqu'elle regardât bien

1. Les *Niô*, à l'origine dits « Rois de compassion », sont les statues, généralement d'aspect courroucé et menaçant, chargées de protéger les temples des démons et des voleurs.

au-delà d'eux, par-delà le petit bois, vers un cortège qui s'approchait de l'esplanade. Aucun de ceux qui y étaient réunis ne l'avait encore remarqué. Etaient-ils trop absorbés par le massacre qui venait d'avoir lieu, ou bien avaient-ils tous perdu l'ouïe ?

Rensuke avait déjà levé son bras et tendu sa terrible main au-dessus d'une des femmes, pouce replié, les quatre autres doigts tendus : la main même qui avait transpercé le portail du temple.

2

— Attendez !

Le premier des Sept Lances à percevoir le bruit fut le borgne, Ichiganbô. Les autres suivirent la direction de son regard, juste au moment où, surgissant au détour du bosquet verdoyant, le cortège faisait halte. Comme les fonctionnaires municipaux quelque temps auparavant, les nouveaux venus eurent le souffle coupé en découvrant l'horrible et indescriptible spectacle. Le même étrange silence pesa à nouveau sur la scène.

Tenshû-ni eut un cri et se dégagea aussitôt des bras qui la retenaient pour descendre quatre à quatre l'escalier de pierre. Arrivée au bas des marches, elle alla droit vers le cortège.

Celui-ci comprenait trente personnes tout au plus, pour la moitié des femmes, pas un seul lancier. Quoique leur mise sobre et modeste fût dépourvue de faste, on devinait qu'il s'agissait de dames de la haute société, ne fût-ce que parce qu'elles entouraient un véhicule élégant recouvert d'une luxueuse natte noire.

Tenshû-ni s'agenouilla devant le palanquin comme pour adresser une requête.

— Qu'est-ce qui se passe ? demanda Ichiganbô en hochant la tête d'un air dubitatif.

Jônoshin, qui lui aussi observait le cortège avec inquiétude, répondit :

— C'est le palanquin d'une femme, certainement l'épouse ou la fille d'un grand seigneur qui vient faire ses dévotions au temple… Non, non, une troupe si importante ne se déplacerait pas jusqu'ici à moins qu'il ne s'agisse d'un vassal direct du shôgun. Bah ! Nous avons nous-mêmes derrière nous le seigneur d'un fief valant quatre cent mille koku, pas de quoi avoir peur. Rensuke, continue !

Ginshirô tira sur la manche de Rensuke.

— Hé ! Il y a une femme là-dedans ? Hum, intéressant… Et si nous en profitions pour faire faire une visite du lieu à ces dames ?

Mais le cortège se remit en marche pour parcourir la distance qui le séparait de l'esplanade. Ichiganbô se figea soudain, les yeux écarquillés.

— Ça alors ! C'est le comble du bizarre !

— Hé, qu'est-ce qu'il y a, Ichiganbô ?

— Cela fait un petit moment que j'ai des soupçons… Regardez le blason gravé sur le char : il est un peu petit, mais on distingue trois larges feuilles de paulownia surmontées de cinq autres en rameaux… C'est le *Go-san-no-kiri* !

— Non ? s'étonna à son tour Kôshichirô.

L'unique manche du manchot trembla, signe que pour la première fois l'impassible bretteur était troublé.

— Le *Go-san-no-kiri*, le blason des Toyotomi ! firent en chœur les sept hommes.

A peine eurent-ils prononcé ces mots qu'ils se rappelèrent que la supérieure du temple était fille du défunt Toyotomi Hideyori. Elle était en principe la seule et unique descendante encore vivante de cette famille. Alors, qui diable pouvait oser se pavaner au cœur du pays dominé par les Tokugawa dans un palanquin gravé aux armes des Toyotomi ?

Les Sept Lances, oubliant momentanément leurs victimes, dardaient leurs regards sur le palanquin.

Qui est-ce donc ? Les pensées se mirent à tourbillonner sous leurs crânes, comme prises dans une violente bourrasque, sans qu'aucune réponse ne leur vînt à l'esprit. Un fou, probablement.

Le palanquin fut déposé devant eux. Cependant, le panneau coulissant de la porte demeura clos.

Un vieux samouraï, dont les manières calmes et solennelles ne laissaient pourtant pas supposer qu'il fût au service d'un hurluberlu quelconque, vint au-devant d'eux.

— Est-ce vous, messeigneurs, qui êtes responsables de cet outrageant abus de pouvoir ?

— Abus de pouvoir ? s'écrièrent les Sept Lances en se regardant.

Magobê se récria aussitôt avec hauteur :

— Comment ? Vous vous trompez complètement : sachez que, premier point, loin d'abuser arbitrairement de nos prérogatives, nous infligeons une punition méritée à des traîtres, et que, deuxième point, nous agissons sur ordre de Katô Akinari, notre maître, lequel…

— Nous entendrons vos raisonnements après que vous aurez fait enlever ces dépouilles, interrompit le vieil homme. Ensuite seulement nous parlerons.

— Ah, vous parlez de ça ? éructa Jônoshin, d'une voix haut perchée. Les rebelles que vous voyez là, non contents d'avoir semé la confusion dans le fief, ont osé diriger leurs mousquets contre le château de notre maître. Ils ont voulu faire les malins en croyant s'en tirer à bon compte, mais rira bien qui rira le dernier ! Qui êtes-vous, espèce de fou, pour parler avec une telle arrogance ? Faut-il que vous soyez complètement insensé, pour parcourir le domaine des Tokugawa accompagné d'un véhicule gravé aux armoiries des Toyotomi ?

De l'intérieur du palanquin, on entendit alors une voix énoncer calmement :

— Je vais leur parler, Shûri. Veuillez ouvrir.

C'était la voix d'une femme. Le vieux serviteur s'agenouilla et fit coulisser le panneau de la porte, devant lequel une suivante déposa une paire de socques en bois. Une femme descendit, vêtue d'un manteau de satin blanc d'où dépassaient les manches d'un kimono brodé de doubles plumes blanches. Elle ne devait pas avoir moins de quarante ans mais possédait cette beauté singulière qui ignore les ravages du temps. Sa peau un peu charnue, à la pâleur diaphane, donnait le sentiment qu'elle appartenait à un autre monde. Et ses yeux, quand ils vous regardaient fixement sans se troubler, recélaient une énergie obscure capable de faire courber la tête aux Sept Lances.

L'abbesse s'agenouilla humblement aux pieds de la dame.

— Je suis la mère de Tenshû-ni, dit celle-ci tranquillement.

— Sa... mère ? s'écria Tessai d'une drôle de voix.

Le vieillard ne pouvait en croire ses oreilles. C'était d'autant plus incompréhensible qu'elle semblait avoir à peine dix ans de plus que l'abbesse.

— Vous, la mère de Tenshû-ni ? Cependant... Tenshû-ni est la fille de seigneur Toyotomi Hideyori...

— C'est exact. Et j'étais son épouse.

A ces mots, les Sept Lances firent un bond en arrière, avant de se jeter spontanément à genoux en laissant échapper un cri unanime :

— Princesse Sen !

3

— Devant vous se trouve l'honorable princesse Sen, déclara solennellement le vieux *bushi* que la princesse avait appelé Shûri.

Bien qu'il parlât à voix basse, le silence de mort qui s'était brusquement abattu sur l'esplanade permit à tous de ne pas manquer un seul de ses mots. Comme s'ils avaient reçu une décharge électrique, les gens d'armes du clan Katô mirent aussitôt genou à terre.

La princesse Sen !

Ainsi donc s'expliquait la présence incongrue des feuilles de paulownia sur le véhicule, car, évidemment, seule l'épouse de Toyotomi Hideyori avait toute légitimité pour exhiber ce blason. Quant aux sept samouraïs, ils n'étaient pas encore revenus du choc causé par l'apparition de cette dame et persistaient à la fixer de leurs regards incrédules.

Eux-mêmes n'ignoraient rien de la tragédie qui avait marqué les jeunes années de la princesse Sen, victime de l'ambition politique du clan Tokugawa. Petite-fille de Tokugawa Ieyasu, elle avait été fiancée à sept ans à Toyotomi Hideyori. Mais le destin l'avait frappée à dix-neuf ans quand Ieyasu, se retournant contre son ancien allié, avait brûlé le château d'Osaka. Ayant miraculeusement réchappé des flammes, elle avait épousé en secondes noces Honda Tadatoki, lequel avait trépassé un certain nombre d'années plus tard, la laissant à nouveau le cœur brisé. C'était il y a dix ans. Depuis, la rumeur publique racontait qu'elle vivait désormais en recluse, après avoir pris le nom bouddhiste de Tenju-in. Qu'une telle femme vécût encore et fît même toujours partie du monde, voilà qui paraissait aux sept hommes dépasser l'imagination !

Rude surprise pour ces simples mortels, qui ne voyaient en cette femme que l'infortunée victime d'un sort malheureux et ne s'attendaient pas à se trouver face à une véritable grande dame dont ils ressentaient la force de caractère, voire l'audace d'arborer indéfectiblement le blason de son premier mari.

La princesse Sen, sans qu'aucune émotion ne vînt troubler la pureté de sa peau diaphane, prit alors la parole :

— Connaissant la loi séculaire qui régit ce temple et qui interdit aux individus mâles d'y porter leurs pas ou la main, vous vous êtes pourtant risqués à y perpétrer de telles atrocités ?

— Aïe, malheur à nous ! laissa échapper Rensuke d'un ton désespéré avant de déclarer d'une voix légèrement plus forte : Humbles vassaux du clan Katô d'Aizu, nous avons obtenu l'aval du shôgunat pour exterminer le clan Hori qui, l'année passée, s'est rebellé contre son seigneur.

— Les hommes que nous voyons là sont donc ceux du clan Hori ?

— Euh, c'est exact, ceux-là mêmes qui s'étaient enfuis sur le mont Kôya, sans parler de…

— Vous n'êtes pas ici sur le mont Kôya, que je sache ! Ce temple est placé sous l'autorité de ma fille ! déclara la princesse Sen en braquant sur les sept hommes un regard où brûlait une flamme pâle.

Le jeune Ginshirô, qui n'avait jamais réellement éprouvé la peur, releva la tête avec fougue.

— Nous écouterons vos semonces après, dit-il. Notre seigneur a engagé son fief, qui ne vaut pas moins de quatre cent mille *koku* ! Nous ne manquerons pas d'accomplir sa vengeance en exterminant jusqu'aux sept femmes que vous voyez là. Pour l'heure, faites-nous seulement l'honneur de regarder.

Le regard de Ginshirô prit une expression sanguinaire quand la princesse Sen s'avança d'un pas silencieux, pour se dresser de toute sa hauteur entre le tueur et les sept femmes.

— Halte là, princesse Sen ! Vous voulez donc être notre ennemie ? s'exclama-t-il rageusement.

La flamme dansa plus vivement dans les yeux de la princesse Sen.

— Ainsi donc, le domaine d'Aizu est en jeu ? Comme c'est intéressant ! Il me plaît de relever le pari. Eh bien moi, O-Sen, je gage ma vie pour protéger le temple des femmes !

Cette fois, même les Sept Lances ne dirent mot. Une fossette profonde creusa la joue de la princesse.

— Ecoutez-moi bien ! Si moi, O-Sen, je m'engage personnellement, ce ne sera pas seulement pour sauver le temple, j'exigerai aussi que vos prisonniers soient relâchés et absous !

— Hé ? s'écrièrent ensemble les sept hommes complètement affolés.

— Mais le shôgun… balbutia Jônoshin.

— Et alors ? Nous ne craignons pas d'aller contre la volonté du shôgun, répliqua la princesse Sen d'un ton glacial.

Les sept samouraïs ne proférèrent plus une parole.

Leur mutisme ne s'expliquait pas uniquement parce que – est-il besoin de le rappeler ? – la princesse Sen était la propre sœur aînée du shôgun, mais parce qu'ils avaient l'intuition que cette femme n'était pas prête à négocier.

Si, ainsi qu'elle venait de le dire, elle jurait sur sa vie de faire libérer le clan Hori en lui offrant la protection de sa manche de satin qu'ornait le tout-puissant emblème de paulownia, les sept guerriers d'Aizu, alors même qu'ils avaient déjà massacré la majorité des femmes, se trouvaient maintenant obligés de raisonner avec prudence.

Dire que cette mégère était apparue juste au moment où ils allaient se donner un peu de joie !

Quelle terrible ennemie !

Pour l'heure, il n'y avait plus qu'à se retirer et à faire profil bas.

On était obligé de tout arrêter.

Ichiganbô et Tessai se consultèrent d'abord du regard. Quand ils se furent accordés, ils jugèrent préférable d'éviter que le téméraire Ginshirô n'aille cracher d'autres mots inconsidérés.

Les deux hommes se jetèrent avec empressement aux pieds de la princesse :

— Permettez que nous nous retirions, pardon ! dirent-ils avec une humilité feinte.

Les autres se laissèrent entraîner et baissèrent les deux bras. Excepté Kôshichirô, qui n'en avait qu'un, cela va de soi.

— Halte ! commanda la princesse Sen, la bouche pincée, aux sept hommes qui partaient à reculons. Puisque vous êtes responsables de la mort de ces malheureuses, il vous revient de les remettre à leur place.

— A leur place ? Mais où ?

— Dans le Tôkeiji ! Quoique ce temple soit interdit aux hommes, je puis exceptionnellement vous autoriser à y pénétrer en cette occasion. Néanmoins, il va sans dire que vous irez seuls, sans que vos gardes vous accompagnent.

Qui l'eût cru ? Ces féroces bourreaux étaient subjugués par la princesse Sen !

Débuta alors le terrifiant chemin de croix des assassins. Les vingt-trois cadavres semblaient moins des corps que de sanglantes gerbes de fleurs rouges éparpillées sur le sol, que les meurtriers durent se résoudre à remonter une à une au sommet de la montagne.

Ils commencèrent leur périple, suant sang et eau. Non sans grincer des dents, certes, et ce n'était point par l'effet de la crainte ou du repentir, mais bien plutôt parce qu'ils bouillaient de rage contenue et s'efforçaient de ravaler leur humiliation.

L'abbesse Tenshû-ni observait en silence leurs silhouettes qui évoquaient de sombres serviteurs du diable exécutant quelque tâche infernale.

— Votre Grâce… commença-t-elle d'une voix tremblante. Laisserez-vous ces hommes repartir impunément ?

La princesse ne lui répondit pas, ni ne prit la peine de se retourner vers les hommes chargés chacun d'un cadavre sur son dos. Elle fixait intensément le centre de l'esplanade où les survivantes demeuraient assises, tête baissée, figées dans un macabre silence, unies pour ne sembler former qu'un seul être.

Etaient-elles sous le coup d'un collapsus à la révélation que leur frêle existence n'avait tenu qu'à un fil ? Ou étaient-elles encore terrorisées par le carnage effroyable qui venait de se dérouler sous leurs yeux ?

La princesse abandonna finalement sa contemplation silencieuse.

— Vous allez absoudre ces sept monstres ? répéta Tenshû-ni.

La princesse réfléchit un court instant, puis se tourna vers les bonzes du clan Hori, lesquels affichaient le plus complet désespoir.

— En effet, je dois les laisser accomplir leur mission qui est de convoyer ces coupables à Edo.

— Mais ces prisonniers y seront exécutés !

— Le shôgun l'a autorisé, il faut donc qu'il en soit ainsi.

— Certes, mais n'y a-t-il rien que l'on puisse faire pour l'empêcher ?

— Pas maintenant, dit la princesse d'une voix sombre. Car nous ne pouvons intervenir en faveur d'hommes jugés criminels par le shôgun lui-même, sans risquer de porter un grave préjudice à son autorité souveraine. Je ne puis oublier que le shôgun est aussi mon frère, c'est pourquoi j'espère trouver une occasion plus favorable de plaider la cause de ces hommes, en lui rapportant quel traitement cruel leur a été infligé. Cependant, il dépendra uniquement de la générosité du shôgun qu'ils soient exécutés ou graciés. Quant à moi, je vais sans délai rejoindre Edo.

C'est à ce moment que Hori Mondo s'écria, poussé par une irrépressible émotion :

— Merci, princesse !… Oh, merci !

Il ne pouvait avoir entendu les paroles de la princesse Sen ; sa reconnaissance ne portait donc pas sur son propre salut, mais sur celui des sept femmes que la princesse venait de soustraire à une mort horrible.

— Même si la mort nous attend au terme de notre voyage vers Edo, notre gratitude demeurera dans le royaume des morts, car jamais nous ne pourrons oublier la compassion dont vous avez fait preuve !

La princesse Sen avait levé les yeux vers le sommet de la colline où le grand portail éventré laissait voir un trou béant.

Elle secoua la tête.

— Néanmoins… murmura-t-elle, ces hommes ont détruit le portail qui abritait ces femmes, portail qui était jusque-là demeuré inviolé.

Alors la princesse, pour la première fois, éleva la voix :

— Que les femmes elles-mêmes leur infligent le châtiment qu'ils méritent ! proclama-t-elle, avant de se tourner à nouveau vers les sept nonnes, auxquelles elle s'adressa avec calme : Je fais ici appel à votre courage et à votre force d'âme, sachez donc bien entendre le sens de mes paroles. Je vous informe que je vais laisser repartir ces assassins.

Interpellées, les sept femmes relevèrent la tête toutes en même temps. On ne lisait dans leur regard ni surprise, ni abattement. Les quatorze prunelles noires, dans lesquelles venait de s'allumer une étrange lueur, se contentaient de fixer intensément la princesse.

— Puis-je croire que vous avez compris le fond de ma pensée, quand je choisis de relâcher vos bourreaux sans les punir ?

— Nous l'avons parfaitement compris, répondit aussitôt O-Chie d'une voix blanche, comme si elle n'était plus elle-même.

IV
DANS LA CITÉ DE TOUTES LES TURPITUDES

1

Qu'il me soit ici permis d'écrire quelques lignes à propos du Tôkeiji de Kamakura, où notre histoire a commencé. Appelé communément le temple « du Bonheur de l'Est » ou « de la Colline du Pin », il fut fondé par l'épouse de Hôjô Tokimune, en l'an 8 de l'ère Kôan (1284).

Deux invasions mongoles successives avaient épuisé Hôjô Tokimune, régent du shôgun à l'époque. Il décéda en l'an 7 de Kôan, à peine âgé de trente-quatre ans. Immédiatement après sa mort, son épouse prit la tonsure et se fit nonne. Dès lors, on l'appela Kakusan-ni, la « moniale Kakusan », ou plus formellement Kakusan Shidô Daishi, « grand maître zen de la Montagne d'Eveil ».

Kakusan-ni fonda le Tôkeiji l'année suivante. Il fut bien entendu voué à la libération de l'âme de son époux Tokimune, mais en même temps, elle institua un règlement tout à fait inédit : toute infortunée, fût-elle criminelle, qui pénétrerait dans ce temple s'y trouverait sous la protection de la compassion infinie du Bouddha. Kakusan-ni avait sans doute eu maintes occasions de côtoyer de ces femmes innocentes au destin tragique, entraînées dans les luttes des hommes pour le pouvoir et sacrifiées à leur tyrannie.

Voici ce qu'elle écrivit à son fils Hôjô Tokisada, nouveau régent du shôgun :

De Kakusan-ni à Tokisada. Ayant renoncé au monde, et par cela indifférente aux intérêts de la femme, je connais cependant que souvent femme devant s'abandonner à son époux despotique se donne la mort. Certes, femme qui l'ose est faible de nature et de peu de patience. Mais je ne peux m'empêcher d'éprouver pitié sur pareil enchaînement de conséquences. Aussi sollicité-je l'institution de la loi suivante : qu'une telle femme vienne en mon temple, ne sera plus rien à son mari. A l'issue de trois années sera libre et personne ne pourra menacer sa vie.

Tokisada obtint l'approbation de l'empereur, et le vœu de sa mère fut réalisé.

Depuis lors, nul ne put pourchasser une femme qui avait franchi cette porte. D'où vint bientôt le surnom que l'on donna au Tôkeiji de « temple-refuge » ou « temple-du-divorce ».

Un seul pas, et même, disait-on, le seul fait de jeter une sandale dans l'enceinte suffisait à certaines femmes serrées de trop près par un poursuivant pour se mettre sous le couvert de la loi du temple.

Qui veut couper un lien
prend vie en sa sainte garde
Colline du Pin

A couper un nœud
le Seigneur de Kamakura
saura pourvoir

Sur ordre
de Kamakura
rompez !

Le vent dans les pins
disperse
les ennemis trop pressants

Vous rendant à la Colline du Pin
avec regret
c'est déjà trop tard

La Colline du Pin
l'endroit
où l'homme perd la face

Ces quelques *senryû*, ou haïkus satiriques, bien que plus tardifs, en disent long sur le prestige dont jouissait le Tôkeiji. A l'image de nos contemporains tribunaux des affaires familiales, ce couperet sourd à la nuance a dû causer ses peines autant que ses joies, mais à l'époque féodale, l'existence d'une telle institution pour le salut des femmes était en soi d'une valeur considérable.

A la suite de Kakusan-ni, l'abbesse fondatrice, le poste de supérieure du temple fut toujours occupé par une veuve ou une princesse de famille noble. Une anecdote concernant Seitaku-ni, troisième abbesse, illustre bien le caractère de « château de femmes » de l'institution et de ses « seigneuresses ».

Seitaku-ni était l'épouse de Sakurada Sadakuni. Celui-ci mourut lors de la guerre qui mit fit au shôgunat de Kamakura. Elle se fit moniale et devint abbesse du Tôkeiji. D'une beauté sans égale, elle fut un jour surprise dans la rue par un samouraï épris d'elle qui la menaça de son sabre. Faisant prestement un rouleau d'une feuille de papier qu'elle avait sur elle, elle fit face au samouraï en garde droite. L'énergie mentale de la nonne se concentra dans son rouleau de papier, et sa garde était si serrée que le samouraï ne put découvrir la moindre faille par où l'attaquer. Terrifié, il préféra se sauver. Mais la moniale ne manqua pas cette occasion. Avec un cri, elle frappa le samouraï, qui s'évanouit l'écume aux lèvres.

Le prestige du temple de nonnes était demeuré intact jusqu'à sa vingtième abbesse, Tenshû-ni, qui n'était autre que la fille de Toyotomi Hideyori et la supérieure en titre au moment des événements que nous relatons ici.

Elle était à peine dans sa septième année lorsque le clan Toyotomi fut défait et perdit le château d'Osaka. Elle fut capturée avec son frère Kunimatsu, d'un an plus âgé. Kunimatsu fut décapité sur le lit à sec de la rivière du Rokujô, elle fut épargnée et envoyée au Tôkeiji.

Quand Tokugawa Ieyasu demanda gentiment à la fillette de sept ans : « Si vous avez quoi que ce soit à me demander, dites-le-moi sans retenue... », ce n'est pas elle mais la princesse Sen qui répondit : « Le règlement de ce temple est inébranlable depuis sa fondation. Nous souhaitons seulement que cela se perpétue pour toujours... »

La princesse Sen n'avait que dix-neuf ans à l'époque. Tenshû-ni ne pouvait donc pas être sa vraie fille. En fait, Tenshû-ni était la fille d'une des favorites de Hideyori, mais la princesse Sen avait décidé d'adopter la fillette, avec qui elle partageait l'expérience du malheur. La princesse Sen voulait aussi par ce geste faire montre de son indépendance vis-à-vis de son grand-père Ieyasu qui, après avoir marié sa petite-fille la princesse Sen à l'héritier des Toyotomi, avait ensuite décidé d'exterminer le clan de son ancien allié.

A dire vrai, Ieyasu, surnommé le Conquérant de Fer, avait pitié de Tenshû-ni non moins que de la princesse Sen. Il savait que toutes deux étaient d'innocentes victimes qu'il sacrifiait à son ambition personnelle.

Ieyasu accéda à la demande de la princesse Sen. Cela lui fut d'autant plus aisé que vouer Tenshû-ni à ce temple de nonnes était aussi pour lui un moyen de s'en débarrasser. Mais par la promesse de ce grand prince, la sécurité de Tenshû-ni acquit une signification particulière pour le nouveau shôgunat. La sécurité de Tenshû-ni, et par la force des choses celle du Tôkeiji. Et ceci, alors même que les circonstances particulières qui venaient de conduire à cette situation n'étaient connues de personne ou presque.

Ce qui explique que vingt-sept ans plus tard…

Vingt-sept ans plus tard, les Sept Lances d'Aizu avaient bien entendu dire que ce temple de nonnes était interdit aux hommes, mais il ne s'agissait pour eux que d'un vestige verdi de mousse oublié au milieu des mauvaises herbes d'un trou perdu et dirigé par la dernière survivante d'un clan vaincu. Et c'est ainsi qu'en détruisant, avec quelle impudence, avec quelle barbarie, nous l'avons vu, une porte qui n'avait jamais été ouverte pour un homme, et en foulant, c'est le cas de le dire, chaussures aux pieds les allées de ce temple, ils violaient une loi qui protégeait les femmes depuis plus de trois cents ans !

Une dizaine de jours après le massacre, un bonze itinérant coiffé d'un chapeau de bambou tressé et un samouraï dont le chapeau, lui aussi en bambou mais bien plus profond, dissimulait les traits, grimpaient les marches du Tôkeiji.

2

— Maître… dit le samouraï en montant l'escalier.

Le bonze était déjà devant la grand-porte. Il ne répondit pas et leva les yeux pour contempler le portail.

— Hum, voilà donc le fameux portail… murmura-t-il.

Environ dix jours s'étaient écoulés depuis les événements et le battant restait éventré par un grand trou triangulaire. Le dommage dépassait toute possibilité de réparation. Il faudrait le remplacer, ce qui ne serait pas une mince affaire. En tout cas, aucune réparation temporaire n'y avait été apportée. Cela témoignait de la gravité du deuil qui frappait le temple : personne n'avait encore retrouvé suffisamment de courage pour penser au portail.

— Regarde. Ce portail a paraît-il été transpercé par un homme à main nue, qui a ensuite ouvert ce trou d'un coup de pied. Qu'en penses-tu ?

— Un véritable expert en art du combat rapproché, alors…

— Un disciple de Chin Genpin, tu penses ?

Chin Genpin était un homme de l'empire des Ming arrivé au Japon à cette époque. Sa technique de combat, dans la tradition du temple de Shaolin, avait impressionné de nombreux combattants japonais.

— Je ne pense pas, non. Je n'ai jamais entendu dire que Chin Genpin ait enseigné à Aizu. L'art du combat rapproché remonte à la transmission du grand maître zen Daruma[1], rien d'étonnant à ce que de nombreux experts de l'art du temple Shaolin soient déjà venus au Japon bien avant Chin Genpin. Certaines écoles cachées dans telle ou telle montagne ont développé des techniques de combat rapproché dans ce style. A propos, maître, continua le samouraï, c'est la toute première fois que j'entre dans un temple de nonnes…

— Mais moi aussi !

— Voyons, ne me faites pas croire ça, maître ! Sauf votre respect, votre âge étant ce qu'il est… Et puis vous êtes là à l'invitation de la princesse Sen… Mais en ce qui me concerne, ai-je le droit de pénétrer dans ce temple, je me le demande…

— Tiens tiens, ça ne te ressemble pas de tortiller des fesses comme ça !

— Je devrais peut-être vous attendre ici devant le portail, non ?

— Mouais… En fait, je lis plutôt une certaine impatience sur ton visage…

— Ah ah ! Il est vrai…

Le samouraï avait souri.

— Allons ! Vois le trou. La donzelle a perdu sa virginité, accepter un deuxième ou un troisième homme ne

1. Bodhidharma en sanskrit, moine indien du IXe siècle et patriarche fondateur du *chan* en Chine, qui devint le zen en arrivant au Japon au XIIIe siècle. Il médita de longues années au temple de Shaolin (« petite forêt », *Shôlinji* en japonais) dans le Sud de la Chine, où fut développé un enseignement de combat rapproché qui se transmet encore aujourd'hui.

porte plus à conséquence, maintenant ! déclara le bonze, ce qui n'était pas vraiment un genre de plaisanterie très convenable pour un homme de son état.

Les deux hommes ôtèrent leur chapeau de bambou en riant. Le bonze était chauve et portait une barbe blanche. Le samouraï pouvait avoir trente-quatre ou trente-cinq ans. Il avait un visage aux traits forts mais son œil droit était fermé.

— S'il vous plaît ! cria le vieux bonze d'une voix de stentor.

Un bruit de grelots s'approcha et un portier apparut en courant.

— Veuillez annoncer Takuan, du Tôkaiji à Edo, à Son Eminence Tenju-in.

Tenju-in était le nom bouddhiste qu'avait pris la princesse Sen depuis qu'elle s'était retirée du monde.

— Seigneur Takuan !

Le portier s'empressa d'ouvrir le portail fracassé. Il avait manifestement été prévenu de la visite de Takuan, mais ce n'est pas la seule raison qui le fit se prosterner à genoux : c'était comme si venait de descendre du ciel devant ses yeux un être supérieur, qui transcendait les différences de sexe.

— La princesse Sen vous attend. Je crois qu'elle est au sanctuaire.

Il se releva dans un bruit de grelots et passa devant pour guider Takuan. Il n'eut aucune réaction à la vue de celui qui l'accompagnait.

Sôhô Takuan, à l'âge de soixante et onze ans, était encore plein de vitalité. Supérieur abbé et fondateur du Tôkaiji, le temple de la Mer de l'Est de Shinagawa à Edo, il était aussi le maître de sagesse du shôgun actuel, Tokugawa Iemitsu. L'empereur avait voulu le nommer *kokushi*, maître attitré de l'empereur, mais il avait persisté à refuser cet honneur. Son autorité et sa sagesse étaient universellement respectées, ce qui ne l'empêchait pas de rester très désinvolte.

— Ce temple est réellement splendide pour un temple de nonnes, dit le samouraï.

— Tu ne sais donc pas ? Le portail qu'on vient de passer, le sanctuaire principal, les appartements de l'abbesse, tous ces bâtiments proviennent du château de Suruga. Ceci explique cela…

Les deux hommes continuaient à deviser tout en marchant. L'ombre d'une hirondelle glissa sur leur ombre qui rampait sur le sol.

— Les samouraïs en question le savaient, eux, reprit Takuan, et cela ne les a pas empêchés de donner l'assaut avant de massacrer vingt-trois nonnes. Ce n'est manifestement pas le genre de lascars qu'on trouve sous le pas d'un cheval. Et il nous faut des hommes du même acabit. Personnellement, je n'en connais qu'un capable de rivaliser avec eux. C'est toi.

— Vous me surestimez, maître, sourit le samouraï.

— Voyons, tu es bien celui qui a un jour osé casser la gueule au shôgun, non ? Tu es l'homme de la situation !

— Bah, j'étais jeune…

Il fallut cette dernière réplique pour que le portier tourne enfin légèrement la tête. Pardon ? Casser la gueule au shôgun ?

De par son aspect, ce samouraï évoquait un seigneur, mais il y avait également chez lui un air de *rônin*, un de ces samouraïs sans emploi, sauvages et dissolus. Sa voix était calme, mais son regard dégageait une énergie particulière qui faisait reculer les gens. Son œil droit crevé était effrayant, mais pas moins que l'autre, plissé par le sourire. Cet homme n'était certainement pas quelqu'un d'ordinaire, même si le portier était bien incapable de le définir.

— En tout cas, quand j'ai reçu la lettre de la princesse Sen, j'ai tout de suite pensé à toi. Un rôle sur mesure. A vrai dire, ce n'est pas moi qu'elle attend aujourd'hui, c'est toi !

Les pas en pierre du chemin les conduisirent au sanctuaire principal. C'était un grand bâtiment pourvu d'un étage au toit de tuiles bleues saillantes. Les trois hommes y pénétrèrent en silence.

Les rayons de soleil étaient presque estivaux, mais l'intérieur restait frais. La fumée pâle de l'encens emplissait la salle. Un grand nombre de plaques funéraires en bois étaient posées sur l'autel, et plusieurs silhouettes se prosternaient devant elles.

Takuan et le samouraï restèrent debout à l'entrée du bâtiment, le temps que leurs yeux s'habituent à la pénombre.

— Quarante-quatre… murmura le samouraï au bout de quelques instants.

Il voulait parler des plaques funéraires.

Tenshû-ni et la princesse Sen, assises à genoux aux côtés des sept femmes prosternées, tournèrent les yeux vers eux.

— Monsieur le maître de zen, soyez remercié d'être venu de si loin…

Takuan et le samouraï s'agenouillèrent. Avant de saluer Tenshû-ni, Takuan posa une question :

— Princesse Sen, pourquoi quarante-quatre plaques funéraires sur l'autel ?

— Hori Mondo et ses hommes, vingt et un hommes au total, tous ont été exécutés à Edo.

— C'est bien ce que je pensais…

— J'avais envoyé quelqu'un qui a pu me confirmer le fait. Katô Akinari a sans doute hâté l'exécution des membres du clan Hori quand il a appris que ses Sept Lances avaient profané le Tôkeiji, craignant que le shôgunat n'intervienne dans cette affaire. Mais il n'a pas ordonné aux hommes de Hori de se faire seppuku. Il ne les a pas décapités non plus. Il ne les a pas soumis au supplice du feu ou de la croix. Non, pire que ça ! Pour prolonger leur souffrance, il leur a coupé les doigts et les orteils un à un pendant trois jours ! Et il s'est diverti à ce spectacle en buvant du saké. Il y avait même un enfant parmi les hommes du clan Hori… Est-ce là l'acte d'un être humain ?

Takuan resta sans voix.

— Ce n'est pas tout. Quand ses sept sbires lui ont rapporté leur action au Tôkeiji, Akinari les a félicités en ces termes : « Je ne pourrais pas vanter vos actes en public, mais à vous je le dis, voilà du beau travail ! »

Le silence pesait lourdement dans la salle du sanctuaire. Takuan avait complètement oublié qu'il n'avait pas encore salué son hôtesse. La colère, le ressentiment et la douleur de ces femmes étaient comme un vent glacial qui cristallisait le silence en passant sur le visage de Takuan. Une réunion de guerriers avant la bataille n'aurait pas dégagé pareille âpreté.

Au bout de quelques instants, la princesse Sen reprit la parole :

— Mais même sans cela... je ne serais point disposée à excuser le clan Katô, même si je ne savais rien d'autre que ce qu'ils ont fait dans ce temple. Tenshû-ni ici présente est ma fille. Les gens du clan Katô ont souillé de sang le château de ma fille. Ils doivent être punis...

La princesse Sen avait un tempérament violent. Sans doute à cause de la connaissance qu'elle avait, depuis son plus jeune âge, du goût atroce de la cruauté.

Elle habitait aujourd'hui l'aile Takebashi du château d'Edo où elle vivait comme une recluse. Mais les rares fois où elle sortait, son palanquin arborait toujours le blason du clan Toyotomi. Pourquoi arborer les armoiries de son premier époux, alors qu'elle avait été remariée à Honda Tadatoki après la chute du château d'Osaka ? Voulait-elle signifier qu'elle avait péri dans le feu du château d'Osaka aux côtés de son premier époux, Toyotomi Hideyori ? Ou était-ce pour planter une épine dans le pied des Tokugawa dont elle était pourtant la descendante ?

— Si je demandais au shôgun de punir le clan Katô, je sais qu'il ne négligerait pas ma demande, reprit la princesse de sa voix profonde.

Sans doute... se dit Takuan. Mais justement, pourquoi ne le faisait-elle pas, et pourquoi au contraire était-ce à lui qu'elle faisait appel ?

— Mais je n'ai pas l'intention de demander réparation au shôgun, ajouta-t-elle.

3

A peine Tokugawa Iemitsu avait-il été nommé troisième shôgun, qu'il avait déclaré devant les daimyôs assemblés :

« Contrairement à mon père et mon grand-père, à qui votre aide fut indispensable pour asseoir leur domination sur le pays, je suis né shôgun. Vous êtes donc mes vassaux et je vous traiterai comme tels. S'il y en a parmi vous qui ont du mal à courber la tête, qu'ils réfléchissent bien maintenant avant de faire un pas. »

Et c'est ainsi que Tokugawa Iemitsu assura son autorité sur ses trois cents vassaux. Mais, s'il y avait dans ce monde une personne devant laquelle le fier shôgun lui-même ne pouvait que se faire tout petit, c'était bien sa sœur la princesse Sen, dorénavant Son

Eminence Tenju-in. C'est du moins ce que pensait Takuan. Il avait vu à une ou deux reprises les larmes perler aux yeux du shôgun à l'évocation du nom de la princesse. Le destin de sa sœur, immolée à l'ambition du clan Tokugawa, ne pouvait que lui inspirer la pitié.

— Il n'est pas question pour moi de demander quoi que ce soit au shôgun. Au contraire, si le shôgunat envisageait d'intenter une action punitive contre le clan Katô, je l'en dissuaderais, déclara la princesse Sen, un éclat mystérieux dans le regard. Pour punir les hommes qui ont souillé ce château de femmes, je ne veux pas faire appel aux hommes. Et toutes ici présentes sont de mon avis. Nous n'avons nul besoin de l'intervention des autorités pour apprendre à ces monstres la gravité de leur crime.

Quand Takuan regarda les sept visages pâles comme des figurines de cire dans l'obscurité, il en eut froid dans le dos. Aussi belles, douces, adorables qu'elles fussent au premier regard, leurs visages semblaient bordés d'un halo blafard et phosphorescent d'aspect funeste.

— Ecoutez-moi bien, les sept nuisibles qui ont brutalisé ce temple seront exterminés par des mains de femmes, est-ce clair, maître Takuan ? Puis nous ruinerons le fief d'Aizu et ses orgueilleux quatre cent mille *koku*.

La princesse Sen jeta alors un regard vers les sept femmes.

— Je n'ai d'ailleurs pas eu besoin de leur inspirer ce projet, elles y étaient bien décidées… Mesdames, je vous présente le grand maître zen Takuan du Tôkaiji à Edo, mon réconfort et mon refuge. Veuillez vous présenter…

D'une voix claire, les femmes déclinèrent leur nom à tour de rôle :

— Je me nomme O-Chie, fille de Hori Mondo.

— Sakura, fille de Manabe Shôbei, frère cadet de Mondo.

— O-Sawa, épouse de Tagai Matahachirô, autre frère cadet de Mondo.

— O-Tori, fille d'Itakura Fuden, de la parentèle de Mondo.

— O-Kei, épouse d'Inaba Jûsaburô, vassal du clan Hori.

— O-Shina, épouse de Kanemaru Hansaku, également vassal du clan Hori.

Ces six femmes avaient encore leurs cheveux. Seule la septième était entièrement rasée. Les dents serrées, elle avait l'air d'un garçon.

— O-Fue, servante de mademoiselle O-Chie ! cria-t-elle d'une voix perçante comme une flûte, comme pour illustrer son nom, *fue*, « la flûte », avant de poursuivre : Mais quand même, Votre Eminence Tenju-in, je crois bien que ce bonze plein de rides est un homme ! Pourquoi est-ce que vous l'avez fait venir, alors ?

La princesse Sen répondit d'une voix soudain beaucoup plus étouffée :

— Nous aimerions nous passer de l'aide d'un homme, certes…

D'un regard, elle retint O-Fue qui allait à nouveau prendre la parole à contretemps.

— Nous nous passerions volontiers de l'aide d'un homme si nous le pouvions, certes... reprit-elle, mais nos ennemis ne sont pas des hommes ordinaires. Comme je l'ai écrit au révérend Takuan, l'une des Sept Lances, le dénommé Washinosu Rensuke, est d'une force physique sans égale, capable de briser la grand-porte ferrée de ce temple à mains nues. Hiraga Magobê est un vrai démon quand il a une lance dans les mains. Urushido Kôshichirô n'a qu'un bras mais est un sabreur démoniaque. Gusoku Jônoshin manœuvre trois chiens gros comme des lions avec autant d'aisance que s'ils étaient ses propres membres. Shiba Ichiganbô est un maître du fouet, et Daidôji Tessai est redoutable avec son *kusarigama*. Quant à Kôro Ginshirô, qui est encore très jeune, il jette un filet mystérieux qui prend les gens au piège comme dans une brume. Ce n'est pas tout. Derrière les Sept Lances d'Aizu se trouvent un vieillard du nom d'Ashina Dôhaku, qui fut leur instructeur, et le seigneur cruel d'un fief riche de quatre cent mille *koku* annuels, qui ignore même les mises en garde du shôgunat.

— Je comprends, fit Takuan en hochant la tête.

La princesse Sen se tordait les mains d'irritation.

— Notre rancune contre eux est profonde. Mais les défier aujourd'hui reviendrait à faire combattre une mante religieuse contre un char de combat...

— Révérend Takuan, nous sommes prêtes à mourir ! s'écria O-Kei, dont le visage, maintenant au bord des larmes malgré le ton énergique, avait la grâce typique de la femme mariée.

— Non ! Ils ne demanderaient rien de mieux que de vous tuer... Soyez prudentes. Ne vous abandonnez jamais au désespoir. Pensez en premier lieu à survivre, en second lieu à vaincre, répliqua la princesse Sen avant de continuer, après un mouvement de la tête : Vous êtes femmes et filles de samouraïs, vous avez donc une certaine connaissance de l'art du combat, même sommaire. Néanmoins, il est clair que cela ne suffit pas pour faire jeu égal avec nos ennemis... C'est pourquoi j'ai requis l'aide du grand maître de zen que voici. Je sais qu'il fraye plus avec des samouraïs qu'avec des bonzes, et je lui ai demandé de nous présenter un homme capable de vous entraîner, un homme qui fasse de vous des adversaires à jeu égal avec la bande d'Aizu. C'est la raison pour laquelle je ne vous ai pas encore autorisées à engager votre vengeance.

La princesse Sen se tourna vers l'homme assis à côté de Takuan. Celui-ci leva distraitement les yeux au plafond en caressant son menton glabre. Il y avait de l'audace en lui, certes, mais d'un autre côté on se demandait s'il pouvait être bon à quelque chose...

— Alors ? As-tu compris maintenant pourquoi je t'ai demandé de m'accompagner ici ?

— Fort bien compris. Je me disais aussi... Les explications que vous m'aviez données chemin faisant ne m'avaient pas paru très claires… Hum, tout ça m'a l'air fort intéressant…

Le samouraï sourit de son œil unique. Mais il ne prit aucun gant pour prononcer la phrase suivante :

— Bon, j'ai compris… Mais quand je vois les femmes que j'ai maintenant devant mon œil, il est clair que je pourrais les instruire pendant cent ans qu'elles n'en seraient pas plus de taille à affronter les Sept Lances !

— Que dites-vous ? fit l'abbesse Tenshû-ni, vexée par ce commentaire.

— Le récit que j'en ai reçu suffit à mesurer à quel point vos ennemis sont redoutables, continua le samouraï sans se départir de son calme. Leurs techniques de combat sont indéniablement le fruit d'un entraînement qui a dû leur faire suer sang et eau. Si j'en crois ce que j'ai entendu, l'un de ces sept samouraïs n'a qu'un bras et un autre, bien qu'encore tout jeune, présente une balafre au milieu du visage. Je ne serais pas surpris d'apprendre que ces blessures sont les traces d'un entraînement d'une sévérité que vous ne pouvez imaginer.

— Tout comme toi ! dit Takuan en désignant l'œil du samouraï, c'est bien ton père qui a coupé ton œil d'un coup de sabre !

— A supposer qu'on s'y mette aujourd'hui, imaginez ce que deviendraient des femmes aussi belles et graciles si elles suivaient un entraînement un tant soit peu poussé, visant à en faire des combattantes capables de tenir tête à de tels guerriers !

Le samouraï éclata d'un rire qui retentit dans le silence de la salle. Mais étrangement, ce rire n'était pas qu'ironie. Il exprimait aussi comme un espoir.

La princesse Sen était sur le point de répliquer, mais l'une des sept femmes sortit du rang comme un papillon noir prenant son envol et fut plus rapide qu'elle. C'était celle qui avait la tête rasée, O-Fue, la servante d'O-Chie. Ses joues étaient rouges de colère.

En un clin d'œil, elle envoya au samouraï une gifle retentissante.

— Oh, mais personne ne te demande de nous entraîner ! Je te jure que nous abattrons bien nos ennemis toutes seules ! Que fais-tu là, si tu as si peur de ces monstres ? Allez, ouste ! Sauve-toi comme un chien peureux que tu es !

— Fue ! Il suffit ! intervint O-Chie avant de se tourner, les yeux scintillants, vers le samouraï. Je vous prie d'excuser l'impolitesse d'O-Fue. Elle est un peu simplette et manque de patience… Ce qui n'empêche qu'elle dit vrai. Ne vous inquiétez plus de nous.

— Révérend, dit la princesse Sen. Qui est ce samouraï, d'ailleurs ?

— Ah ! Quel idiot je fais ! Voilà que j'ai oublié de vous le présenter… Veuillez me pardonner, répondit Takuan d'un air confus. Je vous présente le fils aîné de Yagyû Tajima-no-kami.

— Oh ! C'est donc le fameux…

— Yagyû Jûbei est mon nom.

4

— Oh ! C'est donc le fameux…

Cette interjection tronquée en disait néanmoins beaucoup. Le nom de Jûbei était parvenu aux oreilles de dame Tenju-in, alors qu'elle avait coupé tout lien avec le monde profane, ou tout au moins avec le monde de la violence guerrière…

Yagyû Jûbei Mitsuyoshi…

Ce n'était certes pas uniquement comme fils aîné de Yagyû Tajima-no-kami, considéré comme un dieu du sabre, qu'elle connaissait son nom. Très jeune encore il s'était fait la réputation de dépasser son père dans l'art du sabre. Mais on lui connaissait également un goût pour le vagabondage et un tempérament hardi. Et même dame Tenju-in avait sans doute eu vent de certains bruits qui couraient sur cet homme, en particulier qu'il aurait décliné l'offre du shôgun en personne de devenir son maître de sabre.

La princesse Sen changea la direction de son regard et le reposa sur le samouraï borgne.

— Déguerpis, poltron ! Ouste ! Vas-tu t'en aller ?

C'était O-Fue qui agonisait de nouveau Jûbei d'injures. Les femmes d'Aizu, elles, n'avaient marqué aucune surprise à son nom. Pour elles, Yagyû Jûbei était un parfait inconnu.

— Hum… fit Jûbei en levant les yeux sur O-Fue, une moue au coin des lèvres comme s'il se donnait le temps de la réflexion.

Puis il sourit :

— Toi, non. Toi, tu es forte. Je ne parle pas pour toi…

— Jûbei, reprit la princesse Sen. Vous reconnaissez que nos ennemis sont redoutables. Mais, comme je viens de le dire, n'est-ce pas justement parce qu'ils sont redoutables que nous avons besoin de vous ?

— Il ne s'agit pas seulement d'entraînement… répondit calmement Jûbei en délaissant O-Fue pour se tourner vers la princesse Sen. Qu'il s'agisse du sabre ou de la lance, du fouet, du filet ou du *kusarigama*, je devine derrière toutes ces techniques un art secret dont les arcanes ne se transmettent qu'à l'intérieur du clan, avec interdiction absolue de les divulguer au-dehors. Je dirais même qu'ils doivent venir d'un de ces clans qui ont pour loi de préserver la pureté de leur sang depuis des générations sans jamais procréer à l'extérieur, de façon à produire des génies absolus et transmettre leurs techniques secrètes sans dégénérer.

— Mais ne vous ai-je pas entendu dire « tout ça m'a l'air fort intéressant » ? insista Tenshû-ni en s'approchant de lui. Qu'entendiez-vous tout à l'heure par « intéressant » ?

— Eh bien, en premier lieu, en écoutant votre histoire, je me suis dit : voilà des monstres contre lesquels il y aurait un réel danger pour moi à croiser le fer, un réel intérêt à me mesurer. En deuxième lieu, j'ai trouvé intéressante l'idée de devenir le maître de toutes ces faibles et jolies femmes, et de me battre par procuration, si je puis dire, à la façon d'un maître pêcheur aux cormorans qui envoie ses oiseaux rapporter les poissons pour lui…

Jûbei ne quittait pas son air gouailleur.

— Alors, acceptez-vous cette affaire ou pas ? s'écrièrent ensemble la princesse Sen et Tenshû-ni, exaspérées.

— Quand je dis faibles femmes, j'excepte évidemment cette jeune nonne, continua Jûbei avec un sourire en regardant l'adorable petite O-Fue. Celle-là, non… Quelle combattante d'élite ! Mais toutes jolies, oui ! Le paradis, quoi ! Quelle chance que vous ne vous soyez pas encore rasé la tête ! C'eût été un peu regrettable de vous trouver toutes sans plus un poil sur le caillou… Enfin non, je veux dire… Même chauves, vous seriez toutes aussi mignonnes que cette jeune nonne, j'en suis sûr !

— Si j'avais pu imaginer qu'une chose aussi atroce leur arriverait… dit Tenshû-ni. Quand le clan Hori m'a confié ses femmes, je n'ai pas pensé que le clan Katô enverrait des bourreaux aussi obstinés. J'ai pensé au contraire qu'il serait cruel de les obliger à vivre comme des nonnes toute leur vie. C'est pourquoi je leur ai conseillé de garder leurs cheveux. En fait, je pensais ne leur offrir ici qu'un asile temporaire…

A l'époque de notre histoire, le temple Tôkeiji n'offrait pas uniquement asile aux femmes désireuses de divorcer, mais à n'importe quelle femme souffrant dans sa vie, pour quelque raison que ce soit.

Il n'était donc pas rare d'y voir des nonnes n'ayant pas reçu la tonsure. Un *senryû* illustre parfaitement cette situation :

Nonne en cheveux
pendant trois ans j'ai entendu
le vent dans les pins

— Mais, Jûbei, dit la princesse Sen d'une voix inquiète, je n'aime pas beaucoup l'idée que vous acceptiez cette mission pour la seule beauté de ces femmes…

— Qu'elles s'apprêtent toutes à mourir !

— Pardon ?

— Je dis que ces femmes doivent mourir. Toutes.

La princesse Sen et Tenshû-ni pâlirent. L'œil unique de Jûbei, fixé sur les sept femmes, lança un éclair.

— Que cela soit bien clair, déclara-t-il aux femmes du clan Hori. Un tel ennemi ne se vainc pas sans qu'on y laisse sa vie. Puisque Son Eminence Tenju-in me le demande, moi, Yagyû Jûbei, je vous soutiendrai, mais je ne combattrai pas. Je vous jetterai dans l'enfer, dans l'arène de toutes les turpitudes, où vous trouverez la mort. Vous êtes bien d'accord ?

Ces mots s'enfoncèrent comme un coin d'acier dans le sein tendre des sept femmes, qui levèrent la tête. Elles venaient soudain de comprendre que ce borgne n'était pas un homme comme les autres.

— Depuis le début, nous sommes prêtes à mourir !

— Il ne s'agit pas seulement de vos vies. Vous abandonnerez toute vertu aussi.

Les visages pâlirent à nouveau. L'instant d'après, elles acquiesçaient d'un signe de tête définitif. Jûbei eut un sourire.

— Si vous êtes résolues à tout, alors je vous enseignerai l'art du combat. Mais pas l'art du sabre. Pour commencer dans la Voie du Sabre, il est déjà trop tard. Je vous enseignerai l'art de la guerre.

— De la guerre ?

— Pour abattre de tels monstres, ce n'est pas l'art du guerrier qu'il vous faut, mais l'art de la guerre.

Jûbei tourna les yeux vers Tenshû-ni.

— Madame l'abbesse, me permettez-vous de séjourner dans ce temple afin d'enseigner à ces femmes ?

Tenshû-ni eut l'air d'hésiter un instant avant d'acquiescer.

— C'est nous qui vous le demandons. Ce temple n'autorise pas les hommes à y pénétrer, mais les circonstances l'imposent pour cette fois. Evidemment, aussi longtemps que vous y séjournerez, vous devrez porter une ceinture de grelots. Vous n'y voyez pas d'inconvénient, n'est-ce pas ?

— Des... des grelots ?

Un court instant, Jûbei eut l'air surpris, puis il sourit. Il se rappelait le portier qui les avait conduits jusqu'ici, Takuan et lui. Il portait effectivement des grelots autour des reins. Afin de prévenir les nonnes de l'approche d'un homme.

— Entendu !

Peu après, une nonne apporta des grelots et les ceignit aux reins de Jûbei.

— Comme dit le proverbe, « un stratagème ne réussit que secret », déclara Jûbei. Je souhaiterais parler avec ces sept femmes. Je voudrais surtout leur poser plus de questions sur les Sept Lances d'Aizu. Où pourrions-nous nous réunir ?

— Vous pouvez utiliser le pavillon de mes appartements, répondit Tenshû-ni. A moins que...

— Ou pourquoi n'iriez-vous pas dans le bois de cyprès qui se trouve derrière le temple ? l'interrompit la princesse Sen.

— C'est ça ! Très bonne idée ! Allons-y !

Jûbei se leva et se mit en marche. Les sept femmes le suivirent. Les grelots aux reins de Jûbei sonnaient. Takuan le suivit du regard.

— Dire que cet homme, qui m'a l'air tout guilleret en prenant sa nouvelle fonction aujourd'hui, a fait la grimace quand on lui a proposé de devenir le maître de sabre du shôgun... murmura Takuan en souriant.

— Révérend, est-ce bien ? demanda Tenshû-ni, légèrement inquiète.

— Quoi donc ?

— Je me demande s'il est vraiment convenable de laisser sept femmes entre les mains de cet homme. Il semble se permettre certaines inconvenances de langage par moments, n'est-ce pas...

Takuan se défaussa par une réponse pour le moins allusive.

— Eh bien, en quelque sorte, on peut dire qu'il est effectivement un peu trop hardi pour hériter d'un domaine produisant douze mille cinq cents *koku*, mais qu'il n'est sans doute pas non plus incapable d'un minimum de zèle...

A la tête que fit la princesse, on voyait qu'elle n'était pas sûre d'avoir vraiment saisi le sens de ces paroles. Tenshû-ni non plus.

— Révérend, est-ce qu'au moins il conduira ces femmes à la victoire ?

— Eh bien, en quelque sorte, on peut dire que...

Takuan persistait à noyer le poisson.

— ... Yagyû Jûbei, voyez-vous, c'est le genre d'homme qui refuse d'hériter de douze mille cinq cents *koku* annuels et dédaigne le poste de maître de sabre du shôgun, pour, laissant tout cela à son frère Munefuyu, aller vivre quelque part dans la nature, gravir des montagnes, se baigner dans des torrents. Or parfois, n'est-ce pas, les montagnes de rocs et les torrents d'eau glacée l'ennuient, et ce sont des montagnes de cadavres qu'il rêve de gravir, des torrents de sang dans lesquels il souhaite se baigner... Voilà pourquoi, désespéré de la morne vie de tous les jours, il passe en réalité le plus clair de son temps à s'arracher les poils de barbe ! Tel est Yagyû Jûbei. Qui donc mieux que lui pourrait réussir ce défi ?

Dans le bois de cyprès teinté de bleu sous les rayons du soleil d'été, les sept femmes suivaient Jûbei. Remarquant soudain une chose, O-Fue leva la tête.

— Mademoiselle O-Chie… Ses grelots ne sonnent pas.

La surprise gagna les sept femmes. Aux reins de Jûbei qui marchait sur le sentier entre les bambous, les grelots se balançaient mais ne sonnaient pas.

Jûbei se retourna et sourit avec une moue candide.

— Ha ha ha, cela vous intrigue, hein, mademoiselle la combattante d'élite ?

A l'instant même, les grelots se remirent à sonner.

V
LE SERPENT A SEPT YEUX

1

Le jardin avait été créé par Kobori Tôtoumi-no-kami à la demande de Katô Yoshiaki, le père d'Akinari, dont il était l'un des habituels compagnons de cérémonie du thé. Il comprenait une butte, une pièce d'eau, des rochers et des arbres... Oui, il avait dû être l'un des plus célèbres jardins d'Edo parmi les résidences particulières des daimyôs.

Depuis, la butte s'était écroulée, l'eau était souillée de vase, pierres et arbustes avaient disparu sous les mauvaises herbes : le jardin n'avait plus rien de ce qui faisait la quintessence des créations de l'école Enshû. C'était à se demander si cette résidence n'était pas abandonnée. Or, en fait, plusieurs centaines de personnes y logeaient en permanence. C'était donc le cœur corrompu de son seigneur que reflétait cette désolation. Il pleuvait une bruine sinistre en cette matinée, et du sol montait une forte odeur de moisi.

Cette demeure seigneuriale, à proximité du temple Zôjôji dans le quartier de Shiba, était la résidence d'Edo d'Akinari. Deux parapluies traversèrent vivement le brouillard bruineux qui couvrait le parc.

Les deux silhouettes atteignirent un bâtiment de pierre aux murs passés à la chaux, qui ressemblait à un entrepôt. Une corde noire pendait à côté de la lourde porte coulissante. L'un des hommes tira sur la corde. Celle-ci actionna une sonnaille à l'intérieur par un trou sous le toit, bien que l'épaisseur des murs empêchât qu'aucun son se fît entendre au-dehors.

La porte coulissa à demi. Un jeune samouraï montra son beau visage, traversé de haut en bas d'une balafre rouge. C'était Ginshirô.

— Ah, Tessai et Magobê ! dit-il.

— Nous avons quelque chose à annoncer au seigneur, dit Tessai. Est-il encore en train de dormir ?

— Il vient de se réveiller, je pense…

Tessai et Magobê furent introduits. L'intérieur de l'entrepôt présentait un paysage des plus bizarre : l'œil était d'abord attiré par une montagne de bahuts, de huches et de paniers en vannerie au milieu de nombreux coffres dits « boîtes aux mille pièces d'or » empilés contre l'un des murs. Tous remplis de trésors divers, bien sûr.

C'est le livre Grandeurs et Vicissitudes des grandes familles de bushi, plusieurs générations plus tard, qui nous apprend qu'« Akinari fut un déplorable chef du clan Katô. Il laissa péricliter la puissance militaire de son clan pour s'adonner à son goût des richesses. Il amassait sans cesse en tranchant à vif dans la chair de son peuple affamé, tant il tirait de plaisir à l'or et à l'argent. De ce fait, ses entrepôts étaient remplis de trésors. »

On remarquait ensuite des lances, des sabres, des fouets, des chaînes et de nombreuses armes appuyés ou pendus aux autres murs. On trouvait par ailleurs un lit dans le style des barbares occidentaux, une baignoire, et – à quoi cela pouvait-il bien servir ? – un tranchoir assez grand pour qu'un homme tienne couché sur sa planche. La lumière provenant d'un vasistas muni d'une grille jetait d'atroces reflets sur ces objets souillés de sang noirci.

Entrepôt des richesses du daimyô, resserre de ses voluptés. Ces armes et ustensiles étaient les outils par lesquels le maître tout-puissant de ce lieu donnait corps à ses rêves les plus morbides. C'est là qu'il s'adonnait à des expériences de cruauté sur les femmes. A ce jour, des dizaines de femmes s'étaient tordues de douleur, avaient rampé sur le sol avant de mourir comme de jolis insectes que l'on épingle. Dans la majorité des cas, les Sept Lances d'Aizu avaient servi de bourreaux.

Cette resserre servait également de casemate aux Sept Lances d'Aizu, qui en assuraient par roulement la garde de nuit. Akinari avait baptisé ce bâtiment « l'Enfer des Fleurs ».

Un grand escalier occupait un coin de la salle. Les trois samouraïs y montèrent en étouffant leurs pas. L'étage était aménagé en un appartement luxueux.

L'antichambre était fermée par une cloison coulissante décorée à la poussière d'or.

Tous trois s'assirent et gardèrent un moment le silence, l'oreille aux aguets. Quand enfin un léger mouvement se fit entendre de l'autre côté de la cloison, Tessai prit la parole :

– Etes-vous éveillé, seigneur ?

La voix endormie d'Akinari répondit, non sans avoir laissé passer quelques instants :

– Tessai ? Qu'y a-t-il ?

– Hier soir, Shôji Jin'emon de Yoshiwara est venu annoncer l'arrivage annuel de poupées de Kyôto. Il souhaite prendre note de vos désirs…

– Combien au total ?

– Trente-huit, selon ses dires. Comme l'an passé, il y aurait dans le lot quelques filles de familles de la noblesse de cour.

– Ça, c'est intéressant… Belles ?

– Je ne les ai pas encore vues. Mais si vous m'en donnez l'ordre, j'irai à Yoshiwara un de ces jours m'en assurer.

– Très bien. Je t'en laisse juge, mon bon Tessai, tu connais le genre qui me plaît. S'il y a quelques jolies filles de courtisans et si elles ont de la grâce, prends-les au prix qu'il t'en demandera.

Akinari était pingre. Mais pour les femmes, il dépensait sans compter. Et lui faire miroiter une fille de la noblesse de cour de Kyôto, c'était le voir instantanément pris de passion. Plus une fille possédait de grâce et d'élégance, plus il trouvait délicieux de la souiller et de faire d'elle une bête. Dans ces cas-là, l'avare devenait prodigue et gaspillait des fortunes. Il gaspillait aussi les femmes. Ou pour le dire autrement, quand il en trouvait une à son goût, il faisait exécuter toutes les autres en sa possession.

Faire le vide et nettoyer, c'était le travail des Sept Lances d'Aizu. Par le viol, par le sang… Et plus les viols étaient révoltants, plus les exécutions étaient cruelles, plus Akinari y prenait de plaisir, la bave aux lèvres et des éclairs au fond des yeux.

— Combien y en a-t-il ? demanda Tessai à voix basse à Ginshirô.

— Six.

Les trois samouraïs échangèrent un regard. Ils parlaient bien sûr des femmes qui se trouvaient cette nuit-là avec leur seigneur derrière la cloison.

Cela faisait plusieurs jours qu'Akinari ne dormait pas dans son lit. Il faisait allonger cinq femmes nues côte à côte et dormait par-dessus comme sur un futon vivant, une sixième dans ses bras.

Depuis le temps qu'elles excitaient l'imagination des guerriers ! Elles allaient enfin tomber entre leurs mains. L'image de ces visages, de ces corps et de leurs cris se superposant à celle des instruments de torture de l'étage en dessous leur mit la bave aux lèvres. Ils ne purent réprimer un sourire.

— Eh bien, sortons, firent-ils après s'être consultés d'un signe de tête.

Ils avaient commencé à redescendre l'escalier, quand Tessai regarda soudain une marche à ses pieds…

— Qu'est ceci ?

— Quoi donc ? demanda Magobê, en dirigeant son regard vers le point que fixait Tessai.

Tessai s'était arrêté sur la cinquième marche à partir du haut. A côté de son pied, deux grandes traces terreuses de sandales de paille étaient clairement visibles. Tessai regarda plus bas. Pas d'autre trace sur aucune marche, mais à nouveau deux autres au pied de l'escalier, treize marches plus bas.

— Qu'est-ce que... s'écria Magobê sous le coup de la surprise.

Il dut s'y reprendre pour déglutir. Double surprise. Premièrement, quelqu'un s'était introduit dans la resserre juste après eux et se trouvait il y a un instant à peine sur cet escalier. Deuxièmement, l'intrus avait atteint la treizième marche en un seul bond et était redescendu de même.

Les trois guerriers descendirent en restant sur leurs gardes. Parvenu en bas des marches, Magobê attrapa une des lances posées contre le mur. La porte était restée ouverte depuis que Tessai et Magobê étaient entrés. Ils trouvèrent deux autres empreintes sur le seuil.

La pluie tombait toujours. Tous trois sortirent en courant sans prendre le temps de se rechausser. Mais ils arrêtèrent leurs pas dans la cour. Personne. Et aucune autre empreinte que celles des socques de bois que Tessai et Magobê avaient laissées en venant.

— Tessai... murmura Ginshirô en montrant du doigt le mur de clôture à proximité de la porte de l'entrepôt.

Sur le mur blanc, sept cercles doubles étaient tracés à l'encre noire, trois au-dessus de quatre, comme qui dirait sept barriques empilées. Sur le côté étaient tracés ces mots: *Le serpent a sept yeux*. Les guerriers laissèrent échapper un bruit de gorge indistinct.

Sept cercles. Sept cercles doubles: sept grands ronds entourant sept petits ronds. Sur l'instant, ils ne comprirent pas. Puis ils se souvinrent que « l'œil de serpent » était le blason de la famille Katô. Il existait aussi des blasons familiaux à « trois yeux de serpent », représentés par trois cercles doubles comme ceux-ci, d'autres à « neuf yeux de serpent ». Mais sept… Aucune famille ne portait de blason à « sept yeux de serpent »…

Ces symboles, et la phrase qui les accompagnait, avaient été tracés il y a un instant à peine: l'encre coulait encore et s'effaçait petit à petit sous les gouttes de pluie.

— Qui a fait ça? demanda Magobê.

— « Le serpent a sept yeux »… Qu'est-ce que ça signifie? fit Ginshirô avec une grimace.

A l'instant même, Tessai aperçut deux autres traces de pas sur les tuiles de l'auvent. Il leva les yeux et poussa un cri guttural.

Sous le ciel de cendre, la pluie d'argent tombait obliquement. Une silhouette toute de noir vêtue, la tête enveloppée d'un foulard noir, le regard fixé sur Tessai, se tenait sur le faîte. Non… impossible en vérité de savoir où portait son regard, car, par-dessus son foulard noir, la silhouette portait un masque de nô : *hannya*, la femme en furie.

2

Dans l'espace entre le toit et le parc, la pluie tombait comme de fins filaments d'argent.

Quelque chose de liquide et de froid coula le long de la colonne vertébrale des trois Lances, mais ce n'était pas la pluie. La silhouette noire avait-elle bondi sur l'auvent pour atteindre le toit ? Les traces de pas à l'intérieur et sur les marches de l'escalier leur avaient donné une idée de l'extraordinaire agilité et de la force de l'intrus. Mais ce n'était pas cela qui donnait des sueurs froides à Tessai, Magobê et Ginshirô, car ils n'étaient pas hommes à craindre ce genre de force.

Ce qui les figea un moment sur place, c'était l'éventualité que cette silhouette au masque de *hannya*, maintenant assise à califourchon sur le faîte du toit comme si c'était la chose la plus naturelle, fût…

— Un espion ?

Tessai pensait évidemment à un espion du gouvernement shôgunal.

L'idée d'avoir affaire à un survivant du clan Hori ne les effleura même pas. Ils avaient exterminé tous les hommes de valeur du clan Hori. Il ne pouvait plus rester un seul homme de ce clan capable d'une telle prouesse. Bien sûr, ils regrettaient bien de ne pas avoir exécuté les sept dernières femmes au temple, mais certainement pas parce qu'ils imaginaient qu'elles puissent venir se venger.

Non, s'ils avaient gardé une pointe d'inquiétude depuis les événements de ce jour-là, c'était du fait de l'apparition imprévue de la sœur du shôgun.

Plus de deux mois s'étaient écoulés.

Ces femmes avaient trouvé refuge au Tôkeiji, certes, mais elles appartenaient à un clan qui s'était rebellé contre son seigneur. L'extermination du clan n'était que méritée, il en allait de l'honneur d'Aizu. C'était d'ailleurs bien pour cela que le shôgunat avait autorisé l'arrestation des hommes du clan Hori dans l'enceinte même du sanctuaire du mont Kôya !

Telle était la conviction des Sept Lances. Mais d'un autre côté, vu la colère que la princesse Sen avait piquée, il n'était pas impossible qu'elle soit allée faire une scène d'hystérie au shôgun pour exiger des mesures punitives à l'encontre du clan Katô. C'était cela qu'ils craignaient.

A vrai dire, aucune allusion du shôgunat à cette affaire n'était parvenue à leurs oreilles depuis leur violation du Tôkeiji, et cela ne laissait pas de les inquiéter…

Eh bien, ma foi, le shôgunat aura finalement décidé d'envoyer un espion pour prendre ses informations sur la situation actuelle du clan et l'attitude de notre seigneur… se dirent un court instant les trois hommes. Puis en y réfléchissant mieux :

— Mais pourquoi un espion du shôgun porterait-il un masque de femme en colère, hein ? murmura Ginshirô.

— S'il s'agit d'un espion du shôgun… cracha Magobê entre ses dents.

Il fit quelques pas, comme pour s'éloigner de la resserre, en traînant sa lance de trois *ken*. Il ne s'était pas écoulé une minute depuis qu'ils avaient repéré l'intrus sur le toit.

— Je m'en vais lui mettre la main au collet et lui retirer son masque, pour en avoir le cœur net !

Il planta soudain obliquement le manche de sa lance dans le sol. L'instant suivant, sans lâcher la base de la lame, Magobê s'envolait. Il n'avait ni couru, ni crié. Une simple impulsion du pied avait suffi pour effectuer ce que, dans une époque ultérieure, on appellerait un saut à la perche.

Sous la pluie, la souple hampe rouge se redressa verticalement. Magobê lâcha prise et, se détachant sur le ciel gris, bondit comme une panthère noire en direction du toit de l'entrepôt. Tessai et Ginshirô, qui admiraient la performance d'en bas, crurent un instant que la *hannya* se figeait de surprise. Mais l'instant d'après, c'est plutôt leur sourire qui se figea : la silhouette d'ombre assise à califourchon sur le faîte fit un bond, sans prendre aucun élan ; les deux silhouettes, celle de la *hannya* et celle de Magobê, se croisèrent dans le ciel. Puis la *hannya* agrippa la hampe de la lance plantée verticalement qu'avait lâchée Magobê, pendant que celui-ci, comme fauché dans son saut, basculait dans le vide et s'effondrait sur le sol. La *hannya* noire, relançant son impulsion grâce au manche de la lance, traça une large parabole dans le ciel, très loin de l'entrepôt.

— Magobê... s'écrièrent Tessai et Ginshirô.

Mais ce n'était pas leur complice qu'ils regardaient, car il était bien temps de se préoccuper de Magobê !

Tessai n'était pas encore revenu de sa surprise qu'il avait déjà lancé sa chaîne, ce qui en disait long sur son aptitude au combat. La masse d'armes solidaire de la chaîne déchira la pluie en anticipant l'endroit exact où la *hannya* allait achever sa parabole aérienne. Mais elle se réceptionna en souplesse en pliant les jambes, et laissa passer la boule métallique au-dessus de sa tête en sifflant. Sans perdre un instant, elle partit en courant vers l'autre extrémité du parc.

— Sshâââ ! cria Tessai en bondissant à la poursuite de l'intrus, non sans avoir ramené sa chaîne à lui.

Sa rapidité était incroyable pour son âge. Soudain, il stoppa : l'intrus venait d'entrer dans un bosquet de bambous.

La bambouseraie était trop dense pour qu'un individu puisse s'y mouvoir librement. La *hannya* s'y engouffra pourtant, puis s'arrêta, se retourna et porta la main à sa bouche. C'était proprement insensé : elle avait l'air de rire.

Evidemment, son masque empêchait de se rendre compte si elle riait réellement. Mais Tessai n'en douta pas un instant: il avait vu le spasme des épaules.

Elle croit m'avoir neutralisé parce qu'elle pense que mon kusarigama ne pourra pas me servir dans ce bois de bambous... pensa-t-il.

— Quelle audace ! marmonna le vieux, les yeux injectés de sang.

Tessai se contenta de suivre la bordure du bosquet, sans y pénétrer. La *hannya* avait toujours l'air de se moquer de lui, comme un chat qui s'est mis hors de portée du chien qui le poursuivait.

Tout à coup, de la main de Tessai un objet métallique se propulsa en direction du bois de bambous. C'était une serpe, se dirigeant verticalement.

La *hannya* devait voir Tessai à travers l'épaisseur des bambous. Tout en le provoquant de son rire, elle effectuait de légers déplacements en fonction de ceux de Tessai, afin de se trouver toujours dans un angle mort et d'éviter ainsi ses armes de jet.

Or, Tessai avait lancé sa serpe de façon à ce que la *hannya* ne puisse l'apercevoir. Au moment où la lame verticale allait passer à un mètre cinquante derrière la *hannya*, elle pivota d'elle-même et continua sa course en tournoyant à l'horizontale cette fois. Tessai avait en effet visé un point situé à trente centimètres sur le côté et un mètre cinquante derrière la *hannya*, où il avait repéré un espace très réduit libre de toute végétation. Et où surtout son ennemi était dans l'impossibilité de le voir. La serpe avait parcouru verticalement les sept mètres qui la séparaient de ce point en frôlant les bambous.

Evidemment, quand on combat à la chaîne et à la serpe, c'est le bout de la chaîne alourdi d'une boule de fonte qu'on lance : la chaîne s'enroule autour de l'ennemi et, une fois celui-ci lié, il ne reste plus qu'à le frapper d'un coup de serpe. Qu'un combattant jette au contraire la serpe dépassait l'imagination… Et surtout, que la serpe puisse effectuer une rotation en plein vol pour continuer horizontalement et bifurquer pour revenir vers son point de départ !

A vrai dire, il fallait avoir assisté au massacre du Tôkeiji pour connaître l'horrible perfectionnement des techniques de combat de ce guerrier.

Dans un bruit d'ouragan, la lame de soixante centimètres de la serpe se mit alors à faucher les bambous avec autant de facilité que s'il se fût agi de riz en herbe. La bambouseraie qui jusqu'alors protégeait la silhouette noire était devenue sa prison, puisqu'il lui était maintenant impossible d'esquiver la serpe.

La lame projeta une gerbe de feuilles de bambou et de gouttes de pluie avant de venir se replacer dans la main de Tessai. Le guerrier eut un sourire, car il était persuadé d'avoir coupé en deux le corps de son ennemi. Ses yeux n'avaient-ils pas vu le sang gicler ?

— Quoi ?

Mais son sourire se figea avant même que la lame retrouve son maître. Car ce n'était pas du sang qui avait jailli, et Tessai n'avait pas senti la résistance attendue dans la chaîne…

La *hannya* s'était jetée au sol pour esquiver la serpe ! Où avait-elle trouvé la place ? La silhouette noire se redressa. Un sabre à la main. Tessai comprit ce qui s'était passé : son adversaire avait sabré d'un seul coup les pieds de bambous devant lui dans le même mouvement qu'il s'était jeté à plat ventre. La lame de la serpe n'avait donc coupé que les parties supérieures des mêmes bambous avant qu'ils s'abattent, repoussés par la *hannya* en plongeant.

Et voilà : quelques tronçons de bambous, coupés deux fois, commençaient à peine à retomber sur le sol, frappant verticalement la terre, dans un bruissement de feuilles et une brume de rosée !

La forme masquée fit un bond en arrière. Sa silhouette s'effaça peu à peu dans la bruine, laissant Tessai planté là, vidé de toute envie de lui donner la chasse.

– Que s'est-il passé, Tessai ? demanda Ginshirô en arrivant au pas de course à sa hauteur.

– Il s'est échappé... fit l'ancien, l'air mauvais, les lèvres tordues.

– Sus ! cria Ginshirô en s'élançant à son tour.

Mais Tessai le retint.

– Laisse, il est trop loin. Et même si tu le rattrapes...

Le vieux samouraï ne termina pas sa phrase. C'était bien la première fois que ses paroles laissaient transparaître un tel manque d'assurance !

– Et Magobê ? demanda-t-il en se retournant.

La pluie tombait de plus en plus fort. Au milieu du parc, Tessai reconnut le dos de Magobê, assis par terre en tailleur et ruminant son échec. Il était vivant, en tout cas…

— Tu as perdu connaissance en tombant ? Ça ne te ressemble pas, ça !

Ginshirô fournit l'explication :

— Quand l'intrus et Magobê se sont croisés en l'air, il lui a placé un coup de poing sur un point névralgique qui lui a fait perdre connaissance. Ça ne lui ressemble pas, comme tu dis, parce qu'il était loin d'imaginer un combattant possédant une telle habileté et une telle technique. Regarde-le ! Il en grince des dents de colère !

Et en disant ça, Ginshirô lui-même grinçait des dents.

L'ennemi avait réussi à mettre Magobê hors de combat en un clin d'œil par cette technique aérienne. Puis il avait profité de la lance de l'adversaire qui vibrait encore pour rebondir…

Tessai ne pouvait d'ailleurs estimer avoir mieux réussi que Magobê. L'échauffourée dans le bosquet de bambous lui avait appris l'extraordinaire maîtrise de leur ennemi inconnu.

Le plus insupportable, pour Tessai, c'était le sourire qui n'avait jamais quitté son adversaire. Il était clair que s'il l'avait voulu, il aurait facilement pu tuer Magobê au lieu de simplement lui faire perdre connaissance.

Il voulait juste se moquer de nous, pensa-t-il.

— Qui était-ce, à ton avis ? demanda Ginshirô, les yeux injectés de sang.

— Deux hypothèses…

— C'est-à-dire ?

— De deux choses l'une… Soit il s'agit d'un espion du shôgun. Mais dans ce cas, je ne m'explique pas pourquoi il nous a provoqués et s'est moqué de nous…

— Et la deuxième hypothèse ?

— … Un membre du clan Hori.

— Un homme de Hori Mondo ? Mais ils n'ont plus un seul combattant de ce niveau !

— Ecoute, Ginshirô. Nous avons laissé sept femmes au Tôkeiji.

— Arrête… Tu veux dire que notre adversaire était l'une de ces sept femmes ? C'est impossible !

— Reste calme. C'était un homme, évidemment… Mais imagine que les sept femmes du clan Hori aient fait appel à quelqu'un pour réaliser leur vengeance… Ce quelqu'un pourrait être celui dont nous venons de recevoir la visite… Cependant, continua Tessai, dubitatif, dans ce cas pourquoi n'a-t-il pas simplement tué Magobê ? Et pourquoi ce masque de *hannya* ? Et quelle est la signification de ces sept yeux de serpent ?

Ginshirô restait les yeux fixés sur Tessai.

— Quoi qu'il en soit, reprit Tessai, il faut aller à Kamakura pour voir de quoi il retourne…

La *hannya* sauta au bas de l'enceinte de pierre de la résidence Katô et se retrouva dans une ruelle déserte. Sans cesser de courir, l'individu vêtu de noir ôta son masque.

Pas question de montrer mon œil ! Ils m'auraient reconnu…

C'était Yagyû Jûbei, le samouraï borgne.

Mais quelle bande de dépravés ! J'en avais des sueurs froides… Il ne va pas être facile de trouver un stratagème pour que les sept femmes parviennent à les exterminer, puisque je n'ai pas le droit de m'en charger…

VI
LES CORBEILLES

1

Oyajibashi, le « pont du Vieux », devait son nom au fait d'avoir été construit par Shôji Jin'emon, surnommé « le Vieux » par le petit peuple de Yoshiwara.

Ce n'était encore qu'un modeste pont de bois sous lequel poussaient des roseaux, dans l'odeur fade de la marée qui remontait jusque-là.

A l'est du pont se dressait un objet étrange.

Etrange est d'ailleurs trop dire ; rien de moins étrange à cette époque, puisqu'on en trouvait de semblables un peu partout au Japon : le phallus de pierre d'Oyajibashi mesurait près de deux mètres de haut. Une corde sacrée en faisait le tour à sa base, et sur la pierre était gravé : *Dôso Konsei Dai Shinrei*, « le grand esprit du spermatozoïde d'or de Dôso ». Autrement dit, une variante de Dôsojin. Originellement, Dôsojin est un dieu protecteur de la sécurité des chemins, mais également un dieu de la sexualité, ce qui explique que Shôji Jin'emon, en bon commerçant, ait tenu à ériger ce phallus à proximité de son pont, pour la prospérité des affaires.

Tessai et Magobê traversèrent le pont à cheval, puis tournèrent à gauche à hauteur du Dôsojin. Bien sûr, totalement indifférents à cette superbe et quelque peu comique colonne de pierre.

— Ginshirô devrait revenir de Kamakura d'ici ce soir.

— Hum... Décidément, ça me tracasse. Pourvu que Ginshirô ait pu s'assurer de ce que fabriquent ces bonnes femmes !

— Ce jour-là, nous aurions mieux fait de toutes les supprimer !

— Tu as raison. On n'aurait pas dû se laisser impressionner par la princesse Sen.

Les deux guerriers continuaient à deviser, faisant marcher leurs chevaux de front.

— Tout de même, cet homme masqué, et sa façon de se moquer de nous en écrivant « Le serpent a sept yeux »... Il y a de quoi se foutre en rogne !

— Bah, pour l'instant, nous sommes en service commandé pour choisir quelques poupées pour notre seigneur, alors acquittons-nous rapidement de cette tâche et rentrons vite attendre le retour de Ginshirô à la résidence.

Ils remontaient le quai en direction d'Odenmachô. Sur la rive opposée, passant sous un toit pour entrer dans une des échoppes, un homme leva discrètement un œil unique à leur passage. De ce côté-là de la rivière, une enfilade d'échoppes et d'ateliers de charpentiers, fabricants de tatamis, maréchaux-ferrants, fabricants de lanternes, tailleurs de pierre, chaudronniers, tonneliers et autres, abritait toute une vie de pauvreté industrieuse, vibrant des mille bruits de sa fébrile activité. Ainsi la production de tous ces artisans se trouvait-elle adossée au quartier des plaisirs de Yoshiwara, qui générait une importante et constante demande.

C'est chez un tonnelier que le *bushi* borgne était entré. En bordure du chemin, le long du canal, sept ou huit cuves de bois assez grandes pour contenir un homme étaient alignées.

— Les voilà donc, déclara le samouraï pour lui-même.

Cela surprit le patron tonnelier, qui était en train de parler à l'un de ses apprentis.

— Pardon, monsieur ? Vous avez dit quelque chose ?

— Non, je parle pour moi, répondit Yagyû Jûbei avec un sourire.

Quelques apprentis pliaient et tressaient le bambou dans l'échoppe, le patron était en train de confectionner une grande corbeille.

— Ne vous arrêtez pas, continuez, reprit Jûbei aimablement. Ainsi donc, à Yoshiwara, les tonneaux à eau de pluie ont également un autre usage ?

Quelques instants auparavant, le patron tonnelier lui avait parlé de « la cuve à l'envers » : à Yoshiwara, un client qui achetait une femme sans avoir l'argent pour payer était enfermé en guise de punition dans une cuve placée à l'envers et fixée à un pieu au milieu de la rue des bordels. Telle était la loi de Yoshiwara, jugée et appliquée par les habitants eux-mêmes.

— A propos, vous aurez fini toutes ces corbeilles avant demain au plus tard, n'est-ce pas ?

C'était effectivement la commande de Jûbei que le patron et ses apprentis étaient en train de tresser. Le patron travaillait à la plus imposante, une corbeille aussi grande que les cuves alignées sur le quai, plusieurs de ses apprentis à une corbeille un peu moins grande, et le dernier à une autre encore plus petite. Tous travaillaient du plus vite qu'ils pouvaient.

La veille, Jûbei avait fait apparition dans l'échoppe du tonnelier et lui avait mis le marché en main : « Dix ryôs si vous pouvez me fabriquer trois corbeilles le plus rapidement possible, en travaillant jour et nuit. » Et ce matin, il était repassé pour hâter le travail. Trois corbeilles de bambou pour dix pièces d'or ! Le tonnelier n'avait pu retenir sa salive. Mais d'un autre côté, des conditions aussi exceptionnelles l'avaient fait hésiter. « Certes, nous savons tresser le bambou pour faire les cercles de nos seaux et tonneaux, mais c'est que faire des corbeilles, c'est point not'métier ! » avait-il protesté. Ce à quoi Jûbei avait répondu : « Vous cassez pas la tête, il suffit que le tressage soit serré. Trois corbeilles à mailles bien serrées, c'est tout ce que je demande. Pour le reste, si ce n'est pas régulier, si ça part de travers, ça m'est égal. »

— Comme vous l'voyez, monsieur, vos trois corbeilles sont presque terminées, y en a plus que pour un moment. Mais qu'est-ce qu'un samouraï comme vous peut bien vouloir faire de trois grandes corbeilles mal foutues comme ça ? s'enquit de nouveau le patron.

— C'est pour un démon qui mérite une petite « cuve à l'envers »...

Le patron s'interrompit un instant pour lui jeter un regard interrogatif. Mais en voyant son client continuer à fumer sa pipe d'un air imperturbable, il se dit qu'il avait peut-être mal entendu.

— ... Surtout que ça va pas être possible de les porter su'l'dos, des affaires pareilles !

— Elles sont trop lourdes ?

— Non point ! Elles sont légères, étant faites en bambou, mais trop grandes pour mettre su'l'dos. Faudra les faire porter en charrette. Où c'est-y qu'elle est vot'résidence ?

Jûbei vida sa pipe en la frappant d'un coup sec.

— Bah, transportez-les donc jusqu'au bord du canal, ça ira.

— Ce bord de canal-ci ? répéta le tonnelier, incrédule, la voix chevrotante.

Mais Jûbei avait tourné son œil unique vers la rue et était plongé dans la contemplation de la foule qui passait le pont du Vieux en direction de Yoshiwara.

2

Chemin qui bifurque
Un saule à deux troncs
Secoué par le vent où irai-je ?
J'irai où vous serez

Du fond du bordel, une voix de fille pleine de trémolos montait sur un accompagnement de *shamisen*, et des hommes chantaient gaiement en rythme avec elle.

A l'époque, la location de palanquin n'était pas encore un service très populaire, et à vrai dire les seuls à pénétrer en palanquin dans Yoshiwara étaient les médecins. La plupart des clients y venaient à cheval et chaque maison de passe disposait d'un espace devant pour attacher les chevaux. Tessai et Magobê attachèrent leurs montures devant l'un de ces établissements qu'ils connaissaient bien, mais n'y entrèrent pas. Ils se hâtèrent au contraire vers la maison Nishida-ya, sise au n°1 du district Edochô, le plus huppé de Yoshiwara.

Dans ce quartier-là, les filles racolaient de leur voix haut perchée de petit oiseau en cage des hommes en vêtements somptueux qui marchaient dans la rue en laissant paraître leur sourire émoustillé. Tessai et Magobê écartèrent le célèbre rideau de porte orange et kaki de la maison Nishida-ya.

— Va dire au Vieux que Daidôji Tessai d'Aizu est là, fit Tessai à l'une des filles de rang inférieur.

Tout de suite, entouré de plusieurs filles, arriva du fond de la maison un homme d'une soixantaine d'années, coiffé d'un bonnet rouge à la Daikoku, le dieu de la richesse. C'était un vieux bonhomme à la peau bouffie et luisante de graisse, comme s'il se nourrissait de toute la vitalité qui s'échappait de cette cité des femmes. Affable en apparence, cependant ses yeux étroits dégageaient quelque chose d'inquiétant et dangereux.

C'était Shôji Jin'emon, le fondateur de Yoshiwara en personne.

— Eh bien, je vous attendais ! Entrez donc... Par ici, s'il vous plaît... Hé, vous autres ! Préparez un gueuleton en l'honneur de mes invités !

Depuis que Tokugawa Ieyasu avait transféré la capitale shogunale à Edo, les vassaux directs du clan Tokugawa, seigneurs et feudataires de tout le pays affluaient dans cette ville nouvelle, et avec eux des commerçants, artisans et artistes de chaque région, qui s'étaient condensés comme nuage d'été. Répondant à cette demande masculine, courtisanes et prostituées avaient bientôt tissé aux quatre coins de la ville une aguichante toile d'araignée. Les établissements de plaisirs étaient donc dispersés un peu partout dans Edo, et c'est Shôji Jin'emon qui fut à l'initiative d'une demande au shôgunat pour un regroupement de ce secteur en un seul quartier réservé, qui devint Yoshiwara.

Il fit valoir que ce système limiterait la corruption des mœurs, les enlèvements de filles et la criminalité due aux *rônin*, les samouraïs désœuvrés ou au chômage. Le shôgunat en fut convaincu et, en l'an 3 de Genna (1617), donna son accord à la demande de Jin'emon.

Jin'emon fit remblayer les marécages à proximité de Fukiya-chô à Nihonbashi à la fin de l'année suivante et c'est sur ce terrain que fut construit un vaste quartier de plaisirs. C'était une plaine, *hara*, couverte de roseaux, *yoshi*. D'où son nom de *Yoshiwara*, « la plaine des roseaux ». Et pour porter chance, il changea le caractère *yoshi*, « roseau », pour un autre caractère *yoshi*, « bon augure », ce qui devint son nom définitif : *Yoshiwara*, « la plaine du bon augure ».

Précédés de Jin'emon, Tessai et Magobê traversèrent un couloir envahi d'un nuage lumineux de pollen de fleurs, à moins que ce ne fût de poudre de riz, et pénétrèrent dans une pièce au fond du bâtiment.

— Je vous présente mes nouvelles poupées de Kyôto ! dit Jin'emon dans un sourire, en ouvrant les deux volets de la cloison de papier qui donnait sur la galerie extérieure du jardin.

Tessai et Magobê ne purent retenir un soupir d'admiration.

Une quarantaine de filles levaient les yeux sur eux. Les deux visiteurs ne les avaient pas remarquées avant que la lumière n'entre par les fenêtres, tant le silence de la pièce était profond. Aucune ne rompit ce silence quand ils entrèrent, et pour les deux hommes, ce fut comme un éblouissement, une percée du soleil entre les nuages une journée de saison des pluies.

— Toutes d'authentiques poupées de Kyôto, insista Jin'emon en riant.

Aujourd'hui encore, nous ne savons pas grand-chose des origines de Shôji Jin'emon. Une théorie en fait un ancien *rônin* d'Odawara. Une autre, un aubergiste de Suruga. Lui-même répugnait à parler de son passé. Son vrai nom était Jinnai, mais ne voulant pas être confondu avec un contemporain nommé Kôsaka Jinnai, voleur soi-disant disciple du célèbre samouraï Miyamoto Musashi, il aurait changé son nom pour Jin'emon. Craignait-il donc qu'on le confonde avec un voleur ? L'anecdote est curieuse, mais nul doute que le bon vieux papa débonnaire et aisé entouré de filles qu'il était devenu était également capable de commettre les pires forfaits de sang-froid.

Les approvisionnements étaient constants. Pour les femmes de mauvaise vie, il se fournissait à trois marchés : Kyôto, Nara-Fushimi et Fuchû de Suruga.

Mais une fois par an, il achetait aussi à Kyôto des filles qui n'étaient pas des courtisanes. Idéalement des vierges, qu'il faisait transporter à Edo. C'étaient des agents locaux à lui qui achetaient les filles, et l'époque étant ce qu'elle était, il est probable que certaines étaient enlevées de force.

Car il faut bien se dire que la fille de Kyôto représentait d'une certaine façon l'idéal féminin pour le provincial mal dégrossi qu'était encore l'homme d'Edo. Et une mignonne petite vierge pouvait rapporter beaucoup plus, revendue une somme exorbitante comme concubine à un daimyô, qu'à travailler dans un bordel.

En ce temps-là, même de grands seigneurs fréquentaient Yoshiwara, et personne ne trouvait cela étrange. Certains magistrats ou hauts fonctionnaires du gouvernement faisaient parfois appeler des filles de Yoshiwara pour leur faire « moudre du thé ». Les filles engagées de la sorte ne prenaient aucun client la veille, d'où l'origine de l'expression « elle moud du thé » pour désigner une fille qui n'attrape aucun client.

L'un des très bons clients de Jin'emon était le daimyô d'Aizu. Un radin notoire, mais qui ne regardait pas à la dépense dès qu'il s'agissait de filles de Kyôto. Voilà pourquoi Jin'emon s'était rendu personnellement quelques jours auparavant à la résidence Katô pour annoncer son nouvel arrivage.

— Hum, joli lot... fit Magobê, extasié.

Et Tessai, tout sec et maigre comme un arbre mort qu'il était, n'en avait pas moins dans les yeux des éclairs sensuels fort vifs.

— Trente-huit, vous dites ? Mais nous n'en avons pas besoin d'autant. Juste cinq ou six pour le moment...

— C'est parfait ! J'ai justement six authentiques filles de nobles de cour, répondit Jin'emon. Comme vous le voyez, toutes les filles ici présentes portent un kimono identique. Seigneur Daidôji, avez-vous l'œil assez expert pour reconnaître six filles de la plus exquise noblesse ?

Tessai et Magobê se mirent à arpenter la pièce en dévisageant les filles une à une comme s'ils achetaient des poulets.

— Celles que je désignerai, avancez ! cria Tessai.

A cette époque, à Yoshiwara, la vente des femmes se faisait de façon tout à fait officielle. Depuis que la prostitution était cantonnée au quartier de plaisirs, les femmes qui se prostituaient à l'extérieur étaient arrêtées et vendues aux enchères sur la grande avenue de Yoshiwara, comme des poissons ou des légumes.

Néanmoins, il ne s'agissait pas en l'occurrence de professionnelles. Elles avaient descendu la route du Tôkaidô en sachant très bien le destin qui les attendait, mais gardaient encore leur air de petit oiseau effarouché de vraies jeunes filles de la capitale impériale, gracieuses et craquantes à souhait.

— Première sélection, en avant ! gueula Tessai d'une voix cassée.

Vingt et une filles s'avancèrent silencieusement, comme un parfum qui émane d'une corolle. Les deux acolytes les observèrent encore un moment, puis, se retournant brusquement :

— Alors, patron, lesquelles ?

Mais Jin'emon se contenta de sourire d'un air moqueur, et ils durent reprendre leur examen.

Ils leur firent ouvrir la bouche, vérifièrent les dents, caressèrent le bras et pressèrent le sein. En dernier ressort, ils les pincèrent pour sentir si leur peau exhalait le « parfum de vierge ».

Il n'en restait que onze.

— Hum, c'est difficile...

Toutes pouvaient passer pour d'authentiques filles de nobles. De toutes émanait un parfum chaste comme le lis.

A l'époque, le domaine réservé de l'empereur produisait en tout et pour tout vingt mille quinze *koku*, quatre *to*, neuf *shô* et cinq *gô* de riz. Un noble de la cour, qui plus est un courtisan de rang subalterne, vivait donc dans une misère qui dépasse l'imagination. Dans ces conditions, nul ne trouvait choquant qu'une fille de courtisan se retrouve avec un destin de prostituée à Edo.

Des pauvresses, certes, mais qui ont dans le sang la grâce ineffable des familles dont les origines remontent à plus de deux mille ans ! Si le chef de la maison Katô ne les prend pas, leur exquise beauté les destine aux plus hauts rangs parmi les courtisanes de luxe, pins majestueux que les daimyôs de tout le pays se disputeront ! se dirent Tessai et Magobê, conquis.

Oui, mais aucune des onze ne semblait le céder aux autres sur ce point et la capacité de jugement des deux hommes calait pour les départager. Hum, voilà qui était bien embêtant... Ce qui n'était évidemment qu'une pose : en réalité, ils étaient aux anges.

L'année précédente, Tessai avait eu quelque mal à reconnaître trois pures vierges au milieu d'un lot d'une dizaine de filles. Leur exquise séduction à toutes avait rendu le verdict difficile. Cette fois-là, ce n'était pas Magobê mais Ichiganbô qui accompagnait Tessai, et le lascar avait résolu le problème grâce à un stratagème pour le moins original. Il avait fait monter une jument par un étalon devant la fenêtre, sous les yeux des filles, puis leur avait fait écarter les jambes : le résultat n'avait pas manqué d'apparaître, clair comme de l'eau de source.

— J'ai une idée ! s'écria soudain Tessai. Magobê, passe-moi ta lance !

— Tu plaisantes ! répondit Magobê avec un haussement d'épaules. Je ne viens pas dans le quartier des plaisirs avec ma lance !

Mais Tessai s'approcha pour lui chuchoter quelque chose à l'oreille. Magobê acquiesça, un sourire lui vint, puis ses yeux se mirent à briller. Quand le conciliabule fut fini, il se tourna vers Jin'emon qui observait la scène d'un air interrogatif.

— Eh bien, patron ! Si nous parvenons à deviner lesquelles de ces pucelles sont filles de courtisans de la cour impériale, nous les vendrez-vous toutes les six pour le prix de cinq ?

— Mais interdiction de les faire parler, est-ce clair ?

— Cela va de soi !

— Dans ce cas, nous sommes d'accord !

Magobê sourit et descendit dans le jardin.

Aucune des filles n'avait encore prononcé le moindre mot. Sans doute Jin'emon leur avait-il préalablement imposé le silence, mais à vrai dire, elles étaient trop tendues pour se poser des questions sur ce que ces hommes avaient l'intention de faire.

Magobê réapparut peu après devant la galerie en traînant deux bambous qu'il avait dû couper quelque part dans le jardin et qu'il ébranchait avec son couteau.

— Seigneur Hiraga, auriez-vous l'intention de faire des lances de ces bambous ? demanda Jin'emon, sachant que Magobê était un expert dans cette arme. Je ne sais pas ce que vous comptez faire, mais n'oubliez pas que, tant qu'un marché n'est pas conclu, ces filles sont mon trésor personnel.

— Rassurez-vous, je ne suis pas en train d'épointer des piques. Voyez, je fais les bouts ronds.

— Oh oh... des perches à étendre le linge, alors ?

— Effectivement, c'est un peu ça, si vous voulez : nous allons faire prendre l'air à quelque chose en le suspendant sur ces perches ! répliqua Magobê en riant.

Puis il lança une des perches à Tessai.

— Allez, les onze, toutes là-bas sur un rang ! cria ce dernier en indiquant la galerie extérieure d'un geste du menton, sur laquelle grimpa également Magobê.

Tessai se plaça en bout de ligne et plaqua sa perche horizontalement à hauteur de leur poitrine. A l'autre bout, Magobê, sa perche tenue verticalement, cria :

— Attention, patron, vous êtes prêt ?

La perche de bambou de Magobê fit un quart de cercle et descendit devant le nez des filles comme une étoile filante verte jusqu'à effleurer leurs pieds.

— Ah !

Un cri retentit. C'était Jin'emon.

Magobê remonta alors rapidement sa barre de bambou avec un mouvement circulaire qui fit s'enrouler les pans des onze kimonos. En un clin d'œil, vingt-deux jambes blanches et onze ventres éclatants de jeunesse comme des ventres de rainette furent exposés au soleil de la saison des pluies.

Un court instant, les filles restèrent plantées là sans comprendre. Puis elles se mirent à onduler du buste, à se tordre et se balancer, comme pivoines sous le vent. Mais la perche qui avait accroché leurs bas de kimonos jusqu'à mi-corps, elle, ne broncha pas. Certaines filles se plièrent en deux pour cacher leur nudité.

Un court instant, ce fut effectivement comme un paysage de splendides kimonos à qui l'on fait prendre l'air sur une perche au soleil.

— J'en ai assez vu ! s'écria Tessai.

— Entendu ! répondit Magobê en déroulant le bambou. Les kimonos retombèrent, et quelques filles avec eux.

— Je sais maintenant quelles sont les filles de nobles de la cour impériale, patron !

— Je vous écoute…

Tessai marcha devant la rangée de filles et en désigna six du doigt. Jin'emon en resta bouche bée, ce qui disait assez que Tessai avait tiré dans le mille.

— Seigneur Daidôji, vraiment… y aurait-il donc une marque quelconque sur le ventre de ces filles qui…

— Certes non, mon cher Jin'emon ! répondit Tessai d'un air fat. Mais on dit que les filles de la noblesse de cour ont moins de pudeur que celles d'extraction plus commune, du fait qu'en permanence des servants s'occupent de leur corps jusqu'au bain et aux toilettes. Je n'ai pas dit qu'elles étaient impudentes. Issues de familles de courtisans assez pauvres pour les vendre comme filles de joie, il y a évidemment entre elles et le haut du panier de la cour impériale la même distance qu'entre la terre et le ciel, mais cela n'empêche que bon sang ne peut mentir, et quand Magobê a exposé leurs parties intimes en plein soleil, celles qui ont eu besoin d'un tout petit peu plus de temps que les autres pour ressentir de la pudeur, ce sont les filles de la noblesse de cour, ce que j'ai pu déterminer en observant leurs visages et leurs mouvements.

Cet examen n'avait pas paru très orthodoxe à Jin'emon, mais Tessai avait deviné juste, ce qui ne laissait aucune place à la contestation.

— Formidable, déclara-t-il en courbant la tête. De gauche à droite, les princesses Kitasono, Marikôji, Nanatsuji, Shimomikado, Senjô et Asukayama.

Puis, se tournant vers les six élues, il ajouta avec un bon sourire :

— Réjouissez-vous ! Vous n'aurez pas à travailler dans mon établissement, puisque le seigneur d'Aizu vous veut toutes !

Mais ces paroles créèrent un vif émoi parmi les six filles.

— Oh non, de grâce ! dit l'une d'elles d'une voix tremblante.

— Comment ? Cela ne vous plaît pas ? Et pourquoi ? demanda Jin'emon.

— Nous serons assassinées !

— Ainsi, servir le seigneur Katô signifierait être assassinée, c'est cela ? Mais que... mais qui... pourquoi ?

Ce n'était pas tant Jin'emon que Tessai et Magobê qui semblaient choqués de leur réaction.

Les six filles tendirent ensemble le doigt en direction de la cloison opposée. Quand ils virent les mots tracés à l'encre noire, les trois hommes en eurent le souffle coupé : Combien de filles vendues à Katô d'Aizu ont été assassinées ? Des dizaines au bas mot...

Tessai et Magobê sursautèrent.

— Qui ? Qui a écrit ça ? Quand ?

3

Les filles de Kyôto échangèrent un regard.

— C'est... une aiguille, dit l'une d'elles.

— Une aiguille ? Et... comment s'appelle-t-elle ?

demanda Jin'emon en étouffant un raclement de gorge.

De par l'activité de la maison, le linge des pensionnaires était mis à rude épreuve : vêtements, sous-vêtements et literie requéraient raccommodages et ravaudages quotidiens. Mais les filles avaient peu de temps à y consacrer et montraient rarement le moindre talent pour ces travaux d'aiguilles qui demandent patience et minutie. C'est pourquoi la plupart des maisons employaient des couturières à demeure pour satisfaire la demande, couturières que l'on appelait les « aiguilles ».

Les filles de Kyôto racontèrent alors qu'une belle couturière inconnue était entrée dans la salle tout à l'heure et avait écrit ces mots sur la cloison de papier. Jin'emon leur fit reproche de ne pas l'avoir dit plus tôt, mais leur réponse fut évidemment : « Mais c'est vous qui nous avez ordonné de n'ouvrir la bouche sous aucun prétexte ! » Ce qui eut pour effet de lui clore le bec.

Tessai et Magobê trépignaient de colère.

— Jin'emon ! Vous devez retrouver cette aiguille !

Mais Jin'emon resta immobile, assis sur le tatami.

— Seigneur Daidôji, je souhaiterais savoir d'abord si ce qui est écrit sur cette cloison est vrai.

— C'est mensonge !

Néanmoins, la surprise que leur avait procurée cet événement les avait décontenancés, et le trouble qui se lisait dans leurs yeux était un aveu.

— Vous… vous osez suspecter le clan Katô ? Vous

donnez crédit à ce bruit sans fondement ? s'écria Tessai.

— Jin'emon ! Qu'attendez-vous pour faire chercher cette aiguille ? Voulez-vous donc que la maison Nishida-ya soit considérée comme ennemie du clan Katô ? renchérit Magobê.

Plus Tessai et Magobê exagéraient, plus ils s'enfonçaient dans un tissu d'absurdités. Jin'emon faisait le sourd, les yeux fixés sur les caractères tracés sur la cloison comme pour mieux réfléchir.

— Veuillez me suivre, je vous prie, dit-il en se levant le premier.

En suivant le dos voûté de Jin'emon le long des couloirs du Nishida-ya, les deux samouraïs ruminaient leurs récriminations. Qui a écrit cela ? se demandaient-ils. Comment Jin'emon peut-il rester si calme ? Aurait-il l'intention de cacher cette femme ? Si nous n'arrivons pas à obtenir les poupées de Kyôto à cause de cette histoire, notre seigneur en sera ulcéré...

Ils pénétrèrent dans une autre pièce. Jin'emon s'assit le premier.

— Allez, seigneur Tessai, dit-il, vous pouvez me le dire, ce qui est écrit est la vérité, n'est-ce pas ?

Tessai ne répondit pas.

— Car voyez-vous, les poupées de Kyôto que vous m'avez achetées jusqu'à présent... Celles qui partent servir d'autres seigneurs m'écrivent généralement de saison en saison, ou me font parvenir des petits cadeaux que leur maître leur donne, n'est-ce pas… Or je me suis toujours demandé pourquoi je ne recevais jamais la moindre nouvelle des filles que monseigneur Katô avait achetées, c'est étrange, n'est-ce pas ?

Le regard inquisiteur de Jin'emon fit monter le sang à la tête de Magobê qui en devint violet.

— Et alors ? Où est le problème ? L'acheteur d'un produit n'a pas de comptes à rendre, que je sache ?

— Effectivement. Vous les avez achetées, elles sont à vous. Mais vous comprendrez que, sachant que vous achetez mes produits pour les abîmer, je puisse manquer de motivation pour vous en trouver de nouvelles.

— Comment ça ?

Magobê retint Tessai.

— Dites-nous plutôt, Jin'emon, vous savez qui a écrit ces mots ?

— Oui.

— Qui ?

— Eh bien, il me faudrait appeler toutes nos aiguilles pour m'en assurer, mais à mon humble avis, une seule peut avoir fait ça. Hier, une femme que je ne connaissais pas est venue et m'a demandé de l'employer. Une femme d'une telle beauté qu'il m'a paru tout à fait regrettable qu'elle exerce comme simple couturière. Je lui ai donc dit de revenir aujourd'hui. Il fait peu de doute que c'est cette femme qui a écrit ces mots, et si vous voulez mon avis, elle doit déjà être loin.

— Quel est son nom ?

— Elle a dit se nommer O-Ama…

— O-Ama ?… Mais *ama* signifie bonzesse ! s'étrangla Magobê.

Tessai avala sa salive.

— Jin'emon, qui est cette femme, d'après vous ?

— Je l'ignore… Mais si nous parlons bien de celle qui a tracé ces mots, elle doit avoir un rapport avec les poupées de Kyôto tuées par le passé.

Cette fois, la phrase était tournée comme si les crimes du seigneur Katô étaient une certitude. Mais l'allusion ne fit même pas bondir les deux samouraïs. Au contraire, ils parurent soulagés : Jin'emon ne savait rien de l'affaire du clan Hori…

Tessai darda son regard perçant sur Jin'emon.

— Alors, le Vieux, vous nous les vendez cette année, vos poupées de Kyôto ?

— Ma foi, ça dépend du prix que vous y mettrez… rétorqua le fondateur de Yoshiwara d'un air finaud. C'est deux mille ryôs d'or chacune.

Nous savons qu'à l'époque, un employé dans une maison de samouraï gagnait deux ryôs de salaire annuel. Une seule nuit de la courtisane la plus cotée de Yoshiwara coûtait un ryô. Voilà qui nous donne une idée de ce que pouvait coûter la fréquentation des quartiers de plaisirs. Et nous donne par la même occasion un ordre de grandeur sur les profits que réalisaient les maisons de Yoshiwara. Puisque le seigneur Katô voulait acheter des filles, il devait s'attendre à payer un prix en conséquence. Mais deux mille ryôs pour une fille…

— J'ai cru comprendre que vous en vouliez six. Cela nous fait donc douze mille ryôs pour le lot.

Les prix avaient soudain monté… Plus exactement, un tel prix s'entendait pour autre chose que les filles en elles-mêmes…

Maintenant que Jin'emon connaît le secret du clan Katô, il inclut le prix de son silence, comprit immédiatement Tessai.

— Très bien, répondit sèchement Tessai avec un hochement de tête.

La réaction de son seigneur à l'annonce de cette tractation se présenta à son esprit. Sans doute sa colère ne s'apaiserait-elle qu'en réservant aux six filles un traitement proportionnel au prix payé. Tessai sentit sa gorge se nouer.

— Toujours heureux de vous compter parmi mes pratiques, remercia Jin'emon.

— Ces filles sont donc à nous maintenant ? Vous n'avez plus aucune réticence à leur sujet, je pense ?

— Absolument. Leurs répondants ont tous signé un acte par lequel ils renoncent à m'incriminer de toute responsabilité si par malheur leur parente ou pupille venait à décéder de maladie ou d'accident, dit Jin'emon d'un ton parfaitement serein, comme si le « manque de motivation » qu'il avait évoqué tout à l'heure n'avait été qu'une façon de parler. Néanmoins, messeigneurs, comment allons-nous faire voyager ces poupées de Kyôto ?

— Eh bien, comme l'année précédente, non ?

— C'est gênant. Les filles ont eu un aperçu de la

maîtrise de seigneur Hiraga dans l'art de la lance. Cela les a sans doute conduites à donner quelque foi à ce message et elles doivent avoir peur. Si je leur annonce qu'elles vont être acheminées jusqu'à la résidence de monseigneur Katô, elles risquent de faire grand tapage.

— Ah…

Magobê plaqua soudain une main sur son front. Sur lequel une veine apparut instantanément.

— Eh bien, si cela risque d'être compliqué, je leur ferai perdre connaissance par une pression sur un point névralgique…

Ses propres mots lui rappelèrent douloureusement l'*atemi* que l'inconnu masqué lui avait placé quelques jours auparavant, lui causant un malencontreux évanouissement. Sa main se porta inconsciemment à son ventre.

— Cela ne suffira pas, commenta Jin'emon. Même évanouies, il sera impossible de les faire sortir en palanquin. Seul le médecin peut entrer et sortir du quartier en palanquin. Faire entrer six palanquins et y charger les filles attirerait à tous les coups l'attention du contrôle à la grand-porte…

Jin'emon réfléchit un instant, puis frappa son genou du plat de la main.

— J'ai une idée ! Prétendons que ce sont de vraies poupées de Kyôto !

— De… de vraies poupées de Kyô ?

— Mais oui ! L'idée est excellente, je ne le dis pas pour me vanter ! Seigneur Daidôji, vous ferez préparer six coffres en bois suffisamment grands pour contenir les poupées de Kyôto, je vous prie !

L'idée de Jin'emon était la suivante: une fois évanouies, les six filles seraient mises dans six coffres en bois. Les filles sortiraient de Yoshiwara dans ces coffres, qui seraient rentrés auparavant chargés des douze mille pièces d'or de l'échange. Deux mille ryôs d'or, le prix de chacune des six filles, représentaient un poids à peu près équivalent à celui de chacune des poupées de Kyôto. Le contrôle n'y verrait rien à redire.

L'idée sembla en effet judicieuse aux deux samouraïs, qui y virent en outre une façon typique du Vieux de s'assurer ainsi d'être payé en espèces et au comptant.

— Eh bien, faisons donc comme ça !

— Mais il nous faudra quelques jours pour faire fabriquer les coffres. Même en urgence, on ne pourra pas les avoir avant après-demain soir au moins.

Tessai et Magobê sortirent dans le couloir. La nuit approchait. Raccompagnés par Jin'emon à la porte, les deux samouraïs disparurent. Alors, une silhouette mince et agile s'extirpa d'entre les pilotis de la véranda et plongea dans l'obscurité.

Voilà ce qu'on appelle de l'argent mal acquis...

Si Tessai et Magobê avaient encore été là, ils auraient reconnu O-Chie, fille de Hori Mondo, sous ce déguisement de couturière.

Les deux guerriers avaient manqué de concentration. Tant qu'il s'agissait de sélectionner les filles, ils avaient gardé toutes leurs facultés en alerte. Mais ils s'étaient laissé troubler par le message tracé sur la cloison. Une fois qu'ils avaient laissé voir leur confusion, Jin'emon avait facilement obtenu d'eux le prix qu'il voulait.

Bien entendu, les recherches dans le Nishida-ya ne révélèrent aucune trace de cette nouvelle couturière.

Après avoir récupéré leurs chevaux attachés devant la maison de passe, ils sortirent par la grand-porte de Yoshiwara, puis se lancèrent au galop vers Shiba et la résidence du clan Katô à Edo.

— Est-ce que Ginshirô est déjà rentré ? demanda Tessai au portier avant même de chercher à voir son seigneur.

Ginshirô était déjà de retour de Kamakura. Les autres lances d'Aizu faisaient cercle, les bras croisés. A peine Tessai et Magobê firent leur apparition que Ginshirô dit :

— Les sept femmes n'étaient pas au temple.

Tessai hocha la tête.

— Je m'en doutais, fit-il. Cette aiguille à Yoshiwara devait être l'une d'elles.

Tessai et Magobê racontèrent les événements du Nishida-ya et le message sur la cloison. Les autres samouraïs écoutèrent cette histoire avec stupéfaction.

— D'après les informations que j'ai pu obtenir, les sept femmes se sont dirigées vers Edo, bredouilla Ginshirô. Personne n'a pu me dire où elles étaient allées exactement, mais à la lumière du récit de

Tessai, il est clair qu'elles sont à Edo et doivent attendre une occasion de tirer vengeance du clan Katô.

Les sept samouraïs prirent la décision de partir chacun de leur côté à la recherche des sept filles du clan Hori. Gusoku Jônoshin sortit dans la cour pour parler aux trois grands chiens assis dans l'obscurité :

– Tenmaru ! Chimaru ! Kazemaru ! Vous vous souvenez des femmes au temple de nonnes de Kamakura ? Sept filles ont survécu. Trouvez-moi où elles ont leur nid à présent ! C'est compris ?

En ce qui concerne les poupées de Kyôto, il fut décidé que Tessai superviserait le plan élaboré avec le Vieux de Yoshiwara. Sur ce, Tessai se rendit chez son maître Akinari.

VII
LA POUPÉE BARBUE

1

Deux jours plus tard, Daidôji Tessai quittait le quartier de Yoshiwara par la grand-porte, suivi de douze portefaix transportant deux par deux six coffres de bois brut. Shôji Jin'emon leur servait d'escorte.

Point n'est besoin de préciser que le contenu initial de ces malles, les douze mille ryôs que Tessai avait fait passer à l'aller, se trouvait désormais en lieu sûr, dans la maison Nishida-ya. Les six filles de joie que notre homme avait droguées dormaient à présent au fond des coffres.

Positionnées à la verticale, les caisses en bois brut auraient pu faire penser à des boîtes pour poupées à taille humaine. Mais comme on les avait couchées afin de faciliter leur transport, elles ressemblaient plutôt à des cercueils. Tessai était le seul à savoir que cette sinistre comparaison avait du vrai ; une fois la grand-porte passée, les pauvres captives rejoindraient une destination dont elles ne reviendraient jamais.

Cette nuit-là, Tessai circulait à pied.

Une fois dans le quartier d'Odenmachô, le vieux samouraï emprunta une ruelle discrète qui longeait la douve. Elle était absolument déserte ; seule la lueur du firmament qui se reflétait dans l'eau l'éclairait. La nuit était déjà bien avancée. Les maisons et les échoppes le long de la rue avaient déjà toutes fermé portes et volets.

Tandis qu'il suivait la rive, Tessai passa devant huit grands baquets en bois cerclés de bambou bien alignés. Il atteignait le pont du Vieux lorsqu'il entendit un cri derrière lui. Surpris, il se retourna.

— Monseigneur ! Regardez, là ! s'exclama le portefaix qui marchait en queue du cortège. L'homme désignait quelque chose du doigt.

Tessai suivit du regard la direction indiquée, et ce qu'il vit ne manqua pas de l'étonner : à peine éclairée par le reflet lumineux de la rivière, une silhouette vêtue de noir se tenait debout dans la ruelle. Elle portait un masque de *hannya* !

— Reculez ! ordonna Tessai. Allez vous mettre à l'abri sous les auvents !

Les portefaix affolés se précipitèrent vers les maisons. Tessai porta la main dans le bas de son dos sans quitter l'inconnue des yeux.

La démone demeurait plantée là, comme si elle le narguait. Cependant, la mésaventure de l'autre soir avait appris à Tessai que son adversaire ne se serait jamais montré sans raison, encore moins par simple bravade. La main posée sur sa chaîne, Tessai guettait fébrilement le moment où il pourrait enfin tuer l'inconnue et lui ôter son masque. Le métal cliquetait déjà sous la pression de ses doigts.

— Cette fois... grogna le vieillard d'une voix sombre, tu ne m'échapperas pas.

A peine avait-il prononcé ces paroles que, vif comme l'éclair, il lança sa chaîne sur son adversaire. Entraînée par son propre poids, la masse d'armes se trouvait déjà à quatre mètres de lui lorsqu'il dégaina la faucille de sa ceinture.

Mais, tel le poisson volant noir, l'inconnue masquée bondit sur le côté pour esquiver l'attaque et se cacha sous un baquet retourné qui se trouvait juste à côté d'elle.

S'il était effectivement assez grand pour contenir un être humain, le baquet, chose étrange, venait miraculeusement de se retourner pour permettre à la démone de se glisser à l'intérieur avant de reprendre sa position initiale.

Malgré son étonnement, Tessai resta concentré sur le combat sans s'attarder davantage sur ce mystère.

— Tiens, l'insecte caché là-dessous se retrouve en cage ! ricana-t-il.

Non pas qu'il crût son adversaire assez stupide pour s'estimer en sécurité sous un baquet retourné...

Dès que je m'approcherai, elle tentera de me couper les jambes.

Il lança de nouveau le poids qui s'éleva dans le ciel au-dessus de la douve en sifflant. La chaîne entraînée à sa suite se tendit à la verticale, puis elle se mit à tournoyer comme un cyclone pour former un gigantesque cône translucide juste au-dessus de la tête chenue du vieillard. Sa mâchoire squelettique se tordait en un rictus grotesque et claquait affreusement.

— J'ai déjoué ton traquenard, misérable cafard, maintenant tu es à ma merci ! A la bonne heure !

Le cône gigantesque s'inclina dans le ciel où flamboyaient les dernières lueurs du couchant, puis la masse de fonte s'abattit sur le flanc rebondi de la cuve de bois à une vitesse fulgurante.

Le fracas retentit en écho dans la nuit. Le coup de masse venait de pulvériser littéralement le baquet en mille morceaux, sans réussir pour autant à réduire en bouillie l'inconnue embusquée, contre toute attente.

A sa grande surprise, Tessai s'aperçut que la masse avait rencontré une matière souple et résistante dans laquelle elle était empêtrée.

L'homme distingua un énorme panier en bambou au milieu des débris. Il retenait dans ses mailles la chaîne en métal du *kusarigama* !

Mû par une fureur redoublée, Tessai tira dessus de toutes ses forces, mais en vain. Les mailles serrées retenaient inextricablement la boule de métal, si bien que la corbeille finit même par se renverser. Elle s'inclina de façon comique vers le sol et se mit à rouler cul par-dessus tête. Comme la chaîne ne se libérait toujours pas, Tessai en déduisit qu'il devait y avoir plusieurs corbeilles emboîtées les unes dans les autres. Cette triple épaisseur de vannerie tressée serré avait amorti l'impact fulgurant de la boule en métal et la retenait prisonnière.

L'inconnue masquée se mit debout, indemne, les bras croisés, l'air calme et tranquille. Pourquoi ne fuyait-elle pas ? Qu'avait-elle à rester plantée là sans s'émouvoir ? Ne voyait-elle pas que Tessai avait une autre arme sur lui ?

Il saisissait la faucille surdimensionnée de son autre main quand il entendit soudain un cri haut perché dans son dos :

— Daidôji Tessai !

Tessai fit volte-face avec la vivacité d'un jeune homme, comme s'il avait été monté sur ressort.

A l'entrée du pont du Vieux, le vétéran aperçut cinq silhouettes affublées de masques de *hannya* dans la lumière bleutée du ciel. Cinq figures de furies démoniaques... Cette vision fantasmagorique pouvait faire douter de sa réalité.

Elles l'invectivaient avec des voix féminines et cristallines, ce qui confirma au vieillard que ces femmes étaient bien réelles.

— Tessai ! Tu as osé profaner le temple des femmes ! L'heure de ton châtiment a sonné !

— Ha ! ha ! ha ! Vous me faites bien rire, dames du clan Hori, mais vous ne me faites pas peur !

Tessai regrettait cependant sa première adversaire. Sa faucille devait le protéger contre cinq combattantes de plus à présent. Mais puisque cinq est supérieur à un et qu'il convient toujours de se battre là où l'ennemi est le plus nombreux, le vieux combattant se résigna. Il pensait que les cinq furies se déploieraient sans tarder et que la seule façon de les abattre toutes d'un seul coup consistait à les attaquer le premier. Fort de ce rapide calcul, Tessai lança sa faucille.

A l'origine, le *kusarigama* est une arme de femme. Sa chaîne ne mesure généralement pas plus d'une soixantaine de centimètres, de façon à ce qu'un individu de taille moyenne puisse la manier. Or, la chaîne de Tessai était d'une longueur inhabituelle, et d'autant plus impressionnante. Elle devait avoisiner les dix *ken* de longueur totale, soit plus de dix-huit mètres. Son lanceur n'avait qu'à empoigner la chaîne par le milieu en la faisant tournoyer comme un lasso pour faucher la cible de son choix. Un seul coup suffisait.

On entendit soudain le sifflement strident de la chaîne. La serpe se dirigeait droit sur les cinq femmes. Il comptait bien les abattre toutes en un seul jet.

Mais les cinq démones vengeresses se déployèrent soudain. Les deux à l'extrémité droite de la rangée prirent leur élan et se jetèrent au sol. Elles restèrent étendues face contre terre comme si elles venaient de tomber, tandis que leurs trois compagnes ne bougeaient pas.

— Préparez-vous à mourir ! hurla Tessai.

La lame de la faucille était sur le point d'atteindre le ventre de sa première cible.

— Ah !

La victime présumée n'avait pas poussé ce cri. C'était Tessai ! La lame avait pourtant frappé la femme debout au milieu de la rangée. Elle avait fait un bruit énorme d'ailleurs, et l'impact avait même fait jaillir des étincelles bleutées. La victime avait à peine vacillé, mais son masque était tombé, en revanche, dévoilant un phallus sacré en pierre au lieu d'un visage humain !

La faucille venait de frapper le Dôsojin que Shôji Jin'emon avait fait édifier à l'entrée du pont. Tessai ne s'était aperçu de la supercherie qu'une fois la lame fichée dans la pierre.

A ce propos, arrêtons-nous un instant pour souligner la puissance de Tessai et le bruit formidable que fit la lame de sa puissante faucille lorsqu'elle s'enfonça au cœur de la colonne de pierre !

Le masque et le voile opaque qui camouflaient le Dôsojin avaient abusé Tessai. S'il n'y avait eu que le phallus de pierre, l'homme aurait perçu le piège, mais le fait que les femmes se soient jetées à terre au dernier moment, la nature de leurs costumes et leur présence de part et d'autre de la colonne avaient contribué à égarer l'œil pourtant exercé du vieux guerrier.

— C'était un piège ! rugit Tessai.

Il tira sur la chaîne avec une violence telle qu'une autre se serait rompue. Mais il se retrouvait bloqué entre la faucille fichée dans la pierre et l'énorme corbeille en bambou. Tandis qu'il essayait de se dégager, les quatre femmes en profitèrent pour se précipiter vers lui, leurs sabres dégainés à la main.

— Tu as perdu, Tessai ! Prépare-toi à mourir !

Ce n'est pas elles qui avaient formulé ces paroles, mais quelqu'un qui se trouvait derrière le vieux guerrier. Surpris, Tessai se retourna. Alors qu'il s'attendait à voir la démone, il aperçut trois nouvelles silhouettes masquées qui couraient vers lui, des lames étincelantes à la main.

Tessai garda son calme, réalisant qu'il ne s'agissait que de femmes et que son sabre n'était pas loin. Il pourrait l'attraper et se défendre, si toutefois il parvenait à se dégager. Le vieil homme ne se résoudrait jamais à abandonner le *kusarigama* auquel il avait consacré son existence de *bushi* et insufflé la vie. La mise hors de combat de son *kusarigama* avait laissé Tessai totalement désemparé. Sans son arme, il n'était plus que l'ombre de lui-même.

— Aaargh ! fit le vieil homme quand les sept lames transpercèrent son ventre et sa poitrine.

Il tomba en arrière. Les assaillantes se ruèrent sur leur victime avec une telle frénésie qu'elles faillirent se blesser mutuellement. Mais peu leur importait ; ces femmes n'avaient plus peur de la mort depuis qu'elles étaient descendues dans la cité des guerriers.

2

L'écriture est lente à décrire le déroulement de ces événements qui n'avaient duré que deux ou trois minutes en réalité, entre le premier coup que Tessai avait porté à son agresseur masqué jusqu'à ce que l'homme transpercé par sept lames vengeresses rende son dernier soupir.

Les portefaix réfugiés sous les auvents n'avaient pas bougé, ils semblaient gelés sur place. Leurs muscles étaient tétanisés par la peur, de véritables planches en bois.

Soudain, la porte d'une baraque s'ouvrit.

— Hé ! crièrent alors les deux hommes postés là, en tombant à la renverse de terreur et en laissant leur chargement rouler sur le sol.

Une silhouette au masque de *hannya* apparut dans l'encadrement de la porte. Elle fit quelques pas à l'extérieur, puis s'arrêta et se retourna vers les portefaix.

— Hé, vous deux ! interpella le masque d'une voix grave et virile. Travaillez-vous pour le clan Katô ?

— Pas habituellement, balbutia l'un d'eux. Seulement pour cette fois, parce que l'occasion s'est présentée.

— Si vous ne voulez pas prendre un coup de sabre, je vous conseille de vous tenir tranquilles. Je n'hésiterai pas à vous couper en deux ! fit l'inconnu.

Sur ces paroles, l'homme se dirigea vers les sept femmes agenouillées qui entouraient le cadavre de Tessai. Elles avaient encore le souffle court et les mains crispées sur les gardes de leurs sabres, comme si elles étaient collées.

— Je vous félicite, leur dit Jûbei, car vous vous

êtes débrouillées seules. Je vous ai observées depuis l'atelier du tonnelier en fumant ma pipe, et j'ai pu constater que vous avez parfaitement mené votre attaque, encore que vous ayez eu de la chance… Vu la manière dont vous vous y êtes prises, deux ou trois d'entre vous auraient pu y laisser la vie.

Jûbei leur fit encore d'autres remontrances, puis il se dirigea vers la divinité en pierre.

— Voyez jusqu'où la faucille de Tessai s'est enfoncée. Elle a presque réussi à couper la colonne en deux. Quelle arme redoutable ! Elle aurait dû se briser, mais non, c'est comme si le phallus de pierre avait avalé la lame sous le coup de la colère. C'est un châtiment divin ! commenta Jûbei sur un ton légèrement ironique malgré sa perplexité.

Tandis qu'il s'adressait aux femmes, les portes des baraques s'étaient ouvertes les unes après les autres. Les têtes des habitants étaient apparues dans les embrasures dès l'instant où Jûbei était allé rejoindre les sept jeunes filles.

— Filez maintenant, je m'occupe du reste. Allez, déguerpissez ! ordonna-t-il d'un ton sec.

— Je n'arrive pas à retirer mon épée ! gémit une des filles.

— Quoi ? s'exclama Jûbei en examinant le corps de Tessai que sept lames transperçaient toujours.

Les muscles du cadavre s'étaient raidis suite au spasme de l'agonie, si bien que les femmes n'arrivaient pas à extraire leurs armes. Jûbei se pencha au-dessus du corps et les retira sans difficulté.

— Partez ! commanda-t-il à nouveau.

Les sept furies se relevèrent, un peu étourdies, puis elles rengainèrent leurs épées et saluèrent l'homme de la tête avant de quitter les lieux.

Les habitants du quartier, qui avaient timidement ouvert leurs portes en entendant ces bruits inhabituels, les refermèrent en poussant des cris épouvantés dès qu'ils distinguèrent malgré l'obscurité ces masques effrayants qui filaient à la vitesse du vent.

— Parfait, à vous maintenant ! murmura Jûbei, seul au milieu de la ruelle.

Il se tourna vers la foule des portefaix et des artisans assemblés autour de lui.

— Laissez-moi vous conter l'histoire d'un daimyô. Je tairai son nom ; seuls les portefaix connaissent son identité. Cet homme a tous les vices et toutes les perversions que l'on peut imaginer. Il aime par-dessus tout torturer à mort de belles jeunes filles. Récemment, ce sombre individu a mandaté un homme de main pour qu'il fasse venir six courtisanes de Yoshiwara à sa résidence. C'est le cadavre de ce sbire que vous avez sous les yeux. Cet homme retournait chez son maître avec les malheureuses victimes. Si vous pensez que je mens, je peux ouvrir ces coffres devant vous pour vous prouver ce que j'avance... Le combat dont vous avez été témoin avait pour but de venger ces pauvres filles.

A ces mots, le maître tonnelier et ses apprentis se précipitèrent vers les six caisses en bois pour les ouvrir.

Un original avait dernièrement commandé des paniers de très grande taille à l'artisan. Le tonnelier, dont la curiosité avait été piquée par cette commande extraordinaire, s'était laissé séduire par le charisme de l'inconnu et avait accepté sa proposition. Voilà pourquoi l'artisan et ses ouvriers, armés de cisailles et de leviers, soulevaient à présent les couvercles des coffres.

Ce qu'ils découvrirent à l'intérieur leur arracha des cris d'horreur.

La lune venait d'apparaître dans le ciel nocturne. Son disque bleuté s'élevait lentement au-dessus des toits vers l'orient. Dans sa pâle clarté, les six beautés endormies faisaient penser à d'authentiques poupées, comme on en trouvait à la capitale impériale.

— Il a dit vrai, murmura un homme.

— Vous aviez raison, monseigneur, renchérit un autre.

— Comment un daimyô peut-il torturer de pauvres jeunes filles à mort ?

Fabricants de tatamis, forgerons, lanterniers, cantonniers, chaudronniers itinérants et d'autres représentants de la caste des artisans encerclaient les coffres à présent. Leurs visages arboraient tous un air horrifié. Trois d'entre eux se tournèrent brusquement vers les portefaix pour les interpeller avec agressivité :

— Comment avez-vous pu accepter une telle besogne ?

— Vous avez de la chance d'avoir quitté la ville

sans qu'on vous ait coupé les couilles !

— Allons donc ! Ces types ne doivent pas en avoir, et s'ils en avaient, je les leur arracherais, aboya le troisième, un homme au visage large comme une meule à grain, qui brandissait un gros marteau.

Nous ne saurons jamais si les portefaix risquaient réellement de perdre leurs attributs, mais toujours est-il qu'ils perdirent leur sang-froid.

— Pi… pitié ! Ecoute, on ne savait pas ce qu'il y avait dans ces coffres ! implora l'un d'eux.

— On vient juste de le découvrir, je te le jure, gémit un autre.

— Je t'en supplie, ne me frappe pas ! Ne me fais pas de mal !

Jûbei, qui s'efforçait de ranimer les six jeunes filles évanouies, rit derrière son masque avant d'intervenir en faveur des malheureux portefaix.

— Allez, vous les avez assez réprimandés comme ça, laissez ces hommes tranquilles, dit-il en promenant un regard circulaire sur la foule assemblée. Ecoutez-moi ! Maintenant que vous connaissez la vérité, j'aurais besoin que vous m'aidiez, si vous y consentez.

— Que faut-il faire ? demanda le maître tonnelier.

— Il faudrait faire disparaître les débris de la cuve et les corbeilles.

— Et le cadavre ?

— Ah, le cadavre… Oui, emportez-le aussi. Non, laissez les portefaix s'en charger.

— Nous ferons comme vous nous l'avez demandé, monseigneur. Hé, vous tous ! Approchez !

— Attends ! Encore une chose ! ajouta Jûbei pour retenir l'homme. Il doit sûrement y avoir des cantonniers parmi vous ; je m'adresse solennellement à vous, messieurs les casseurs de pierre, pour vous prier de m'accorder une faveur. Je songe au Dôsojin que voici. Lorsque les libertins en route pour Yoshiwara passeront devant la faucille fichée dans le phallus sacré, ils y verront un mauvais présage pour leur virilité et rebrousseront chemin. Je pense qu'il faudrait le casser en cinq, six morceaux et le faire disparaître ensuite.

Les artisans s'exécutèrent aussitôt, aidés des portefaix réquisitionnés pour la tâche.

Bien que totalement brisé, le véritable héros de cette soirée était le baquet ; on ne parlait que de lui. Il faut dire que la première furie, qui n'était autre que O-Chie, avait réussi à se cacher à l'intérieur, aidée d'O-Tori et de Sakura. C'étaient elles qui avaient manœuvré l'immense baquet pour permettre à leur compagne de se glisser dessous.

— Euh, monseigneur, il y a un problème, dit timidement un tailleur de pierre à Jûbei. Ce phallus sacré a été édifié sur ordre du maître du Yoshiwara.

— En effet, sur ordre de l'individu qui a vendu ces courtisanes à un tueur sadique.

— Comment ? s'étonna le cantonnier. Alors, ces six jolies poupées…

Jûbei tournait son regard vers les coffres quand

soudain, les six jeunes femmes se redressèrent les unes après les autres et s'assirent, les yeux grands ouverts et hagards. Tessai les avait juste assommées. Elles avaient perdu connaissance alors qu'elles se trouvaient encore à l'intérieur de la maison Nishida-ya, et se réveillaient à présent face à un visage inconnu portant un masque de furie ! Les pauvres filles devaient s'imaginer qu'elles cauchemardaient toujours.

— J'aimerais les renvoyer à la capitale, mais j'aurais besoin d'argent pour couvrir leurs frais de voyage... murmura Jûbei pour lui-même.

Il resta plongé dans ses réflexions un moment avant de s'exclamer sur un ton amusé :

— Mais je connais quelqu'un qui possède de l'argent mal acquis ! Il faudrait plutôt en faire profiter ces filles. Cela laverait d'ailleurs cet or de l'infamie dont il est entaché. Cet acte de rédemption pourrait même apaiser la conscience pervertie de son propriétaire, marmonna Jûbei avant de s'adresser aux ouvriers en prenant un air important. Approchez, messieurs les tonneliers et cantonniers, je dois vous dire quelque chose à l'oreille.

Environ un quart d'heure plus tard, un étrange convoi franchissait le porche d'entrée du Yoshiwara. La petite troupe se composait de maîtres artisans et d'apprentis, répartis en trois groupes. Ils portaient trois grands baquets posés sur des échelles.

— Halte là ! cria un garde. Que venez-vous faire ici à une heure si tardive ?

La grand-porte du quartier des plaisirs restait ouverte toute la nuit, mais les gardes en faction dans la guérite, sidérés par la vision de ces hommes et de leur étrange chargement, les empêchaient de passer.

— Nous venons livrer le patron de la maison Nishida-ya. Il nous a commandé ces trois baquets, expliqua calmement un tonnelier.

— Ah, je vois ! Encore un mauvais payeur à qui le Vieux va faire subir une « cuve à l'envers » sans doute ! lança un garde. Mais pourquoi en a-t-il commandé trois ?

— Nous n'en savons rien, répondit le tonnelier, vous n'avez qu'à lui poser la question. On nous a seulement ordonné de livrer ces baquets lorsqu'ils seraient achevés.

3

Puisque le tonnelier affirmait que les baquets avaient été commandés par Shôji Jin'emon, principale notabilité du quartier, le garde n'opposa plus de résistance et laissa la curieuse troupe franchir la porte.

Une fois les baquets déposés devant le Nishida-ya, au n° 1 du district Edochô, les artisans et leurs aides disparurent dans la nuit. Une silhouette s'extirpa aussitôt du baquet du milieu avec la souplesse d'une chauve-souris, puis tendit les bras vers les baquets situés à droite et à gauche du sien afin d'aider deux autres silhouettes vêtues de blanc à sortir de leur cachette. L'inconnu en noir se dirigea ensuite vers l'entrée du Nishida-ya.

A cette époque, les maisons du quartier des plaisirs ne pouvaient pas rester ouvertes toute la nuit. De ce fait, la porte d'entrée du bordel était close. L'homme frappa et un jeune domestique vint ouvrir le portillon. Mais à peine eut-il passé la tête au-dehors que le garçon laissa échapper un cri.

Shôji Jin'emon arriva aussitôt, alerté par les bruits insolites qui résonnaient dans la maison.

Sa face replète se décomposa à la vue du spectacle qu'il découvrit alors : la lumière bleutée de la lune éclairait la rue comme une fine pluie argentée et les branches des saules se balançaient dans le vent. Six corps étaient assis sous l'arbre, enveloppés dans des suaires, le front surmonté d'un triangle de papier destiné à chasser les démons. Les linges semblaient maculés de taches d'encre, mais c'était en fait du sang.

Il doit s'agir des six filles que j'ai envoyées au maître du clan Katô... se dit Jin'emon en frissonnant.

Il se retint au haut du portillon, mais parvint vite à retrouver son sang-froid ; il n'était pas homme à se laisser troubler facilement.

— Hum... Quelqu'un essaie peut-être de me jouer un mauvais tour, gronda-t-il.

Plusieurs voix féminines s'élevèrent alors, languissantes et lugubres :

— Nul ne sait…

— … combien de filles parmi celles qui furent vendues au seigneur Katô d'Aizu…

— … trouvèrent la mort par sa faute…

— … Leurs âmes errent toujours sur le chemin des enfers…

— … et inondent de leurs larmes les rives du fleuve infernal.

Jin'emon prit la parole pour les menacer, ce qu'il ne faisait que rarement.

— Arrêtez cette mascarade, diables de renardes ! beugla-t-il en haussant les épaules, puis il se précipita tout d'un coup vers les femmes.

A peine avait-il fait un pas qu'il bascula vers l'avant et se retrouva les paumes contre le sol. Un pied vint se poser contre son dos ; l'homme comprit aussitôt que quelqu'un l'avait attendu dehors pour lui faire ce croc-en-jambe. Et l'individu avait le pied lourd comme une pierre.

— Sais-tu pourquoi nous sommes ici ? Nous voulons de l'argent pour que les filles puissent payer leur passage sur le fleuve, déclara une voix sépulcrale.

— Qui es-tu ? s'écria Jin'emon en gémissant de douleur.

Il tourna brusquement la tête et vit que son agresseur portait un masque de *hannya*. L'individu le regardait.

— Je suis Enma, le juge des enfers ! fit le masque avant d'ajouter en riant : Ou plutôt non, je suis son auguste épouse !

Pour la première fois de son existence, Jin'emon eut peur. Il ne redoutait ni les courtisanes grimées en spectres, ni la force inouïe de l'homme qui le tenait à sa merci. Non, ce qui l'effrayait, c'était de ne pas reconnaître ce mystérieux inconnu.

Où Daidôji Tessai est-il donc passé ? Il m'a semblé le voir partir avec ces filles il y a peu, se disait Jin'emon.

Il avait deviné que la fausse « aiguille » qui avait laissé ce message avait un lien avec les dames du clan Hori que Katô Akinari avait fait assassiner. Il n'aurait jamais imaginé cependant qu'elles s'en prendraient à lui, et encore moins qu'elles posséderaient un allié aussi puissant que son agresseur masqué.

Mais Jin'emon n'était pas un vulgaire patron de bordel. Même à plat ventre comme un crapaud, il s'adressa à l'inconnu d'une voix menaçante :

— Vous semblez ignorer qui je suis !

— Pensez-vous ! Vous êtes Shôji Jinnai ! déclara le masque.

L'inconnu connaissait donc son véritable nom !

— Le voleur de grand chemin ! ajouta l'inconnu.

— Que… que dis-tu ? s'exclama Jin'emon, qui écarquilla les yeux de surprise.

Le masque rit discrètement.

— Il y avait trois Jinnai autrefois : Kôsaka Jinnai, Tobisawa Jinnai et Shôji Jinnai. Cette bande de brigands écumait les huit provinces du Kantô.

— Qui… qui êtes-vous ?

— Moi ? Kôsaka Jinnai !

— Que... Foutaises ! Cela fait trente ans que Kôsaka Jinnai est mort !

En effet, Kôsaka Jinnai, le célèbre brigand, avait été arrêté et crucifié sur le pont Torigae, à Asakusa, durant l'été de l'an 18 de l'ère Keichô. L'arrestation de leur complice avait remis les deux autres Jinnai sur le droit chemin et motivé de nouvelles carrières, disons... plus honnêtes : Tobisawa avait ouvert un commerce de vêtements de seconde main ; quant à Shôji, comme nous l'avons vu, il avait lancé le commerce des femmes dans le quartier de Yoshiwara.

Que cet homme ait connu le passé secret de Shôji Jin'emon dépassait l'imagination !

— Je suis Kôsaka Jinnai le second, soutint l'homme sans se démonter.

Ces mots achevèrent d'effrayer Jin'emon. Même s'il savait que l'homme au masque de *hannya* mentait, son aplomb le faisait trembler. D'autant que l'ancien bandit de grand chemin était devenu un notable opulent et jouissait à présent d'une certaine notoriété.

— Combien d'argent veux-tu ?

— Douze mille ryôs !

— Mais tu veux me ruiner !

Le masque éclata de rire. Ce vieux grigou avait soutiré douze mille ryôs au clan Katô, mais semblait effaré qu'on lui réclame la même somme. Sa pingrerie provoqua l'hilarité de l'inconnu masqué.

— Je plaisantais ! Je ne suis pas aussi cupide que toi. Si tu acceptes de débourser deux mille ryôs, je me montrerai conciliant.

— Deux mille… gémit Jin'emon.

Il avait l'impression qu'on lui arrachait un membre.

— Et si je te donne ces deux mille ryôs, tu promets de ne plus jamais revenir ?

— Pas du tout ! Je reviendrai, répondit sèchement l'homme au masque.

Jin'emon s'indigna :

— Même entre canailles, il y a des règles à respecter !

Il avait dit cela avec un tel accent de douleur dans la voix que le pauvre Jin'emon se fit pitié lui-même.

— C'est bien, tu avoues enfin que tu es une canaille, Jin'emon, plaisanta l'homme d'une voix rauque, mais prends garde, si jamais j'apprends que tu vends encore les filles de ta maison au clan Katô, tu peux être sûr que tu me reverras !

Dès que les deux mille ryôs eurent franchi le portillon de la maison Nishida-ya, l'homme au masque de démone referma violemment le couvercle du coffre qui les contenait et cria à Jin'emon réfugié à l'intérieur :

— Et ne t'avise pas de regarder dehors ou je te jette un sort !

Après cela, il fit un signe aux artisans et aux portefaix dissimulés dans l'ombre. Les hommes portèrent les six jeunes filles de Kyôto et les déposèrent dans deux grands baquets qu'ils chargèrent sur les échelles avec le coffre. Puis ils se dirigèrent vers la grand-porte au pas de course, les échelles sur les épaules.

Le portillon s'entrouvrit discrètement, mais à peine les yeux de fouine de Jin'emon avaient-ils lui dans l'obscurité que l'homme se fit aussitôt rappeler à l'ordre.

— Tu tiens vraiment à perdre la vue, Jin'emon ? gronda le masque d'une voix rauque.

Terrifié, Jin'emon referma aussitôt la porte.

— Disons qu'il ne s'est rien passé, d'accord, Jinnai le brigand ? lança le masque en guise d'adieu, avant de rejoindre en courant la petite troupe qui arrivait déjà au niveau de la grand-porte.

Après les avoir rejoints, la sombre silhouette s'envola, légère comme une feuille, avant de disparaître à l'intérieur d'une cuve.

— C'est encore nous, dit un des portefaix aux gardes en les saluant de la tête. Mille excuses, nous vous dérangeons à nouveau, et à une heure bien tardive, mais il y a eu une erreur. Le patron du Nishida-ya n'avait besoin que d'un baquet en fait, et nous devons remporter ces deux-là !

Le garde, qui ne savait encore rien des événements de la nuit, laissa passer les porteurs.

Un peu plus tard cette nuit-là, six coffres de bois brut se retrouvèrent devant le portail de la résidence Katô à Shiba.

A peine la sentinelle les avait-elle prévenus que six parmi les Sept Lances d'Aizu se précipitèrent dehors. Les samouraïs avaient arpenté la ville jusqu'à la tombée de la nuit à la recherche des femmes du clan Hori, avant de rentrer bredouilles. Ils furent étonnés de ne pas trouver Tessai à une heure si tardive.

C'est bizarre, pensèrent-ils chacun de son côté, pourquoi Tessai n'est-il pas encore rentré alors qu'il ne devait faire qu'un aller-retour pour Yoshiwara ? Ce n'est pas très loin de Shiba, on ne met pas des heures pour s'y rendre… Faut-il envoyer quelqu'un à sa recherche ?

Puis les samouraïs se firent part de leurs réflexions :

— Ces caisses n'ont pas pu arriver là toutes seules, tout de même !

— Où Tessai est-il passé ?

— Et les portefaix qui les ont apportées, où ont-ils disparu ?

Un samouraï essaya alors de déplacer un coffre. A son poids, il pensa aussitôt qu'il devait contenir une fille. Mais personne ne pouvait le vérifier, vu que les couvercles étaient cloués.

La présence de ces coffres abandonnés devant la résidence de leur maître était néanmoins très gênante. Les six hommes décidèrent de les faire transporter par des valets en armes jusqu'à la porte de la resserre que l'on appelait « l'Enfer des Fleurs ». Cela leur serait plus facile ensuite de les déposer à l'intérieur.

Sitôt qu'il apprit que les coffres étaient arrivés, Akinari apparut en haut de l'escalier. On les avait redressés, puis alignés contre le mur. Les samouraïs racontèrent à leur maître comment ils les avaient trouvés. Le front d'Akinari se fronçait au fur et à mesure du récit ; il semblait trouver cette situation préoccupante, lui aussi.

— Qu'est-il arrivé à Tessai, d'après vous ?

— Nous sommes aussi étonnés que vous, répondit Magobê. Si je peux me permettre de formuler une hypothèse, Tessai s'est peut-être aperçu que quelqu'un le suivait une fois la livraison effectuée, et il aura probablement cherché à se débarrasser de l'espion. Je ne vois aucune autre explication.

— Soupçonnerais-tu les nonnes du temple ?

— Absolument pas, monseigneur, si son agresseur n'était qu'une femme, Tessai ne mettrait pas tant de temps à revenir. S'il s'agit de l'intrus de l'autre soir, c'est une autre histoire, en revanche ! Avec son masque de démone, l'homme aura fait fuir les portefaix, ce qui expliquerait leur absence.

— L'homme au masque de *hannya*… Il protégerait les nonnes qui se sont réfugiées à Edo… Je vois. Vous ne connaissez toujours pas son identité, n'est-ce pas ?

— Non, monseigneur, malheureusement pas, avoua Magobê.

Les samouraïs blêmirent soudain, humiliés de devoir reconnaître leur échec devant leur maître.

Ginshirô serrait les dents. Ce beau jeune homme s'en était voulu d'avoir cru que Tessai vaincrait l'inconnu l'autre jour, vu qu'il l'avait laissé échapper dans la bambouseraie, mais il ne doutait pas cette fois de l'issue du combat. Il était certain que le vieux samouraï ne sous-estimerait pas la force de son adversaire une seconde fois. Le terrible *kusarigama* devait avoir déjà coupé ce démon en deux !

— Assez perdu de temps ! Arrachez les couvercles ! commanda Akinari dont les yeux brillaient depuis l'arrivée des coffres.

— Monseigneur, prenez garde ! intervint Kôshichirô.

Ce dernier regarda les coffres avec un air inquiet avant de se diriger vers celui du milieu.

— Je ne sais pas pourquoi, mais j'ai un mauvais pressentiment. Veuillez vous écarter.

Le jeune homme prit son élan. La lame de son long sabre étincela lorsqu'il arracha le couvercle planté de clous.

— Aaah ! s'écria Kôshichirô, pourtant préparé au pire.

Il y avait un corps debout et enchaîné dans le coffre. Une longue faucille pendait autour de son cou : Daidôji Tessai ! Ses yeux grands ouverts donnaient l'impression qu'il regardait fixement ses compagnons. Au moment où le couvercle céda, le cadavre tomba vers l'avant.

— Tessai ! s'exclama Akinari qui s'apprêtait à courir vers le vieillard lorsqu'il se figea, comme foudroyé. Il venait d'apercevoir un dessin et des caractères tracés au fond du coffre.

Quelqu'un avait dessiné deux pupilles de serpent au-dessus de quatre autres. L'inscription gravée disait: *Le serpent a six yeux*.

Les samouraïs se ruèrent sur les coffres pour les mettre en pièces, mais des pierres énormes apparurent soudain au milieu de la sciure. L'une d'elles roula sur le sol et manqua écraser le pied d'Akinari.

Chacune avait exactement la même forme obscène que le grand phallus taillé dans la pierre.

VIII
MAÎTRE JÛBEI

1

Un immense cryptomère pointait sa cime dans le soleil couchant qui embrasait le ciel. Le « *sugi* millénaire » du Tôkaiji était si grand que les pêcheurs l'apercevaient au large de Shinagawa.

Un tintement cristallin porté par le vent estival vint frôler les branches de l'arbre vénérable, s'éleva dans le ciel où il retentit longuement, puis virevolta avant de se poser sur le sol. C'était un très joli son de grelots, ma foi, mais il surprenait moins que la jeune personne entièrement vêtue de noir qui l'escortait.

En dépit de sa spectaculaire apparition, cet être était bel et bien une femme aux longs cheveux noirs. Elle s'était élancée du sommet d'une colline non loin de là, avait couru vers le cryptomère millénaire avant de bondir avec une grâce toute féline jusqu'à une corde suspendue au bout d'une branche. Il devait y avoir un poids à l'autre bout de la corde, car elle reprit sa position initiale sitôt que la fille l'eut lâchée pour retomber sur ses pieds.

Une autre jeune femme vêtue de noir s'élança alors à son tour ; elle dessina une courbe aérienne dans le ciel avant de lâcher la corde et de se poser aussi légèrement qu'une feuille.

Enfin... presque aussi gracieusement que sa comparse, car en réalité, elle atterrit sur les fesses en poussant un cri tonitruant.

Il s'agissait d'O-Fue, la servante de la fille de Hori Mondo. Une voix mâle s'éleva et la réprimanda si vertement que son joli minois fit une grimace de dépit.

— Bouge-toi de là ! La prochaine arrive !

L'avertissement surprit la jeune femme comme un claquement de fouet. O-Fue se releva maladroitement, mais heureusement juste à temps. La fille suivante – O-Sawa, la femme de Tagai Matahachirô, le frère cadet de Hori Mondo – put se poser au même endroit.

— Très bien ! Tu tiens le bon rythme ! commenta Jûbei assis sur un rocher, un éventail à la main.

O-Sawa vint s'asseoir derrière lui, près d'O-Chie, d'O-Kei, d'O-Shina, d'O-Tori et de Sakura. L'énergie que les femmes avaient déployée pour effectuer cet exercice appelé « le saut du pendule » leur avait littéralement coupé le souffle. Dans le bosquet derrière elles, deux chevaux attachés à un arbre paissaient tranquillement.

— O-Fue, recommence ! ordonna Jûbei en lui adressant un signe de la tête.

Couchée à plat ventre sur le sol, O-Fue tenta en vain de se relever à l'aide de ses poignets et se mit aussitôt à masser ses reins endoloris. Quelques mois auparavant, au printemps, alors qu'elle se trouvait au Tôkeiji, la jeune femme avait rasé ses cheveux. Maintenant qu'ils avaient repoussé, la coiffure qu'elle portait – un carré *kirisage* – lui donnait l'apparence d'une fillette.

— Allez, un peu de courage ! Crois-tu vraiment qu'on peut vaincre les Sept Lances d'Aizu en se traînant de cette façon ?

Piquée au vif, elle se releva d'un bond comme si elle n'avait jamais eu mal au dos. Les joues rouges, elle serra les dents et courut jusqu'au sommet de la colline. Jûbei la suivit du regard en s'éventant nonchalamment.

A ce jour, malgré leurs efforts acharnés, les Lances d'Aizu n'avaient toujours pas localisé l'endroit où se cachaient les sept filles du clan Hori. Elles avaient quitté le temple des femmes de Kamakura pour prendre la route d'Edo, voilà ce qu'ils savaient. Et de fait, elles étaient cachées dans le dernier endroit auquel ils auraient pensé : le Tôkaiji de Shinagawa, le temple de l'école zen dont l'accès était interdit à toutes les choses impures susceptibles de dévoyer les hommes, ce qui, en principe, comprenait le saké et les femmes.

Le shôgun Iemitsu avait fait ériger ce temple de la Mer de l'Est tout spécialement pour l'abbé Takuan au cours de la 15e année de Kan'ei. Le domaine du Tôkaiji couvrait plus de quinze hectares et ne comportait pas moins de dix-sept pagodes et pavillons. C'était assurément un très grand temple.

— Bien joué ! lança Jûbei.

O-Fue venait de réussir le saut du pendule et s'était correctement réceptionnée sur ses pieds. Aussitôt, Jûbei alla détacher les chevaux.

— Exercice suivant : équitation.

Il remit les brides, l'une entre les mains d'O-Kei, l'épouse d'Inaba Jûsaburô, l'autre dans celles d'O-Tori, la fille d'Itakura Fuden, deux vassaux du clan Hori exécutés avec leur chef à Edo. O-Tori était une jeune femme potelée, ce qui n'était pour déplaire à personne, bien au contraire.

Les sept femmes du clan Hori n'étaient pas novices en équitation. Filles de *bushi*, elles avaient toutes été initiées à la monte du temps où leurs familles servaient le daimyô Katô à Aizu. Néanmoins, cette initiation sommaire n'avait rien de comparable avec l'entraînement poussé de Jûbei.

Dans le parc immense inondé de lumière, les deux filles se mirent en selle et commencèrent à chevaucher à reculons selon la figure appelée *wanori*.

Le *wanori*, qu'on appelle aussi « l'araignée lance sa toile » ou « assaut par cinq points », est un exercice de rapidité qui consiste à chevaucher en suivant le tracé imaginaire d'une étoile à cinq branches. Pour dessiner un pentagone bien serré, il faut exécuter une course rapide, ce qui exige une très grande maîtrise de la part du cavalier.

Les deux femmes commencèrent par esquisser un pentagone relativement large. A l'évidence, leur maîtrise de l'art hippique n'avait rien à voir avec celle de frêles demoiselles : les deux chevaux noirs soulevaient un gigantesque nuage de poussière blanc à chaque virage. Les visages très pâles des jeunes femmes ruisselaient de sueur sous l'effort et la chaleur. Elles parvinrent peu à peu à décrire une figure plus petite.

— Respiration selon le mode de Kyû... mode de Shô... mode de Kaku... ordonnait Jûbei tout en accélérant le rythme afin que les cavalières calent leur respiration sur celle de leurs montures.

Chaque fois qu'ils se croisaient, les chevaux lancés à pleine vitesse se frôlaient davantage.

— *Manji-tobi* ! cria Jûbei.

A cet ordre, les deux cavalières s'appuyèrent vigoureusement sur leurs étriers, puis s'élancèrent en tournoyant vers le ciel où elles dessinèrent un svastika solaire avant d'échanger leurs chevaux en plein galop. Malheureusement, l'une d'elles rata son coup et retomba dans la poussière. Les sabots ne passèrent pas loin de son crâne.

— O-Tori, relève-toi ! Recommence avec O-Shina ! ordonna Jûbei sans s'émouvoir.

Une fois l'exercice réussi, les filles eurent tellement de mal à reprendre leur souffle que leurs épaules se soulevaient à chaque inspiration. Sous le soleil brûlant, elles n'avaient plus une seule goutte de sueur à transpirer. Leurs jeunes visages étaient aussi flétris que des fleurs fanées.

Cependant, Jûbei ne les laissa pas se reposer bien longtemps.

— Vous êtes toujours vivantes ? Vous devez vous entraîner comme si votre vie en dépendait, vous comprenez ? Attaquez-moi sans redouter la mort ! hurla Jûbei.

Les filles formèrent un cercle autour de leur maître. Les bras ballants, Jûbei ne prit aucune posture de défense, ni aucune arme : il avait seulement son éventail replié dans la main. Les jeunes femmes connaissaient bien cet exercice ; le samouraï le leur faisait répéter tous les jours. Elles dégainèrent leurs sabres sans trembler et se ruèrent aussitôt sur lui.

A vrai dire, Jûbei éprouvait une rare volupté à se faire agresser par sept beautés dépourvues de tout accessoire féminin comme de la moindre trace de rouge à lèvres. Avec leurs vêtements noirs et leur sabre nu, elles lui faisaient penser à sept lis noirs. Cette vision l'excitait d'autant plus que leurs haleines mêlées à l'odeur de la poussière et à celle de leur sueur lui évoquaient justement le parfum troublant d'un nuage de pollen de lis noirs. Mais cette vision voluptueuse et poétique ne faisait pas perdre ses moyens au samouraï : en quelques mouvements de coudes et d'éventail, il para les attaques des sabres qui dansaient comme des épis de blé sous la brise. Non seulement les lames ne l'atteignaient pas, mais il veillait même à ce que les filles ne se blessent pas l'une l'autre. Les jeunes femmes n'avaient pas conscience de sa prévenance, trop occupées à l'assaillir.

Au tout début de leur séjour au temple, elles avaient été sidérées que le samouraï leur demande de se battre avec de vrais sabres alors qu'il n'avait qu'un éventail pour se défendre. Elles avaient d'abord eu très peur pour lui, bien évidemment. Puis elles avaient songé qu'il se moquait peut-être d'elles, ce qui leur avait fait monter le rouge de la colère aux joues. Mais dès le premier assaut, leur inquiétude et leur ressentiment s'étaient envolés, tant Jûbei les avait surpassées au combat. Elles l'attaquaient sans ménagement à présent car elles gardaient à l'esprit qu'un jour les Sept Lances d'Aizu, et non plus leur maître, se tiendraient en face d'elles. Si leurs attaques devaient encore gagner en efficacité, la témérité avec laquelle ces sept jeunes femmes se jetaient sur leur professeur lui glaçait littéralement le sang.

L'enseignement de Jûbei avait rapidement porté ses fruits puisque ses élèves avaient été capables de régler son compte à Daidôji Tessai devant le pont du Vieux, sans lui laisser le temps de contre-attaquer.

Cela ne prit pas plus d'une ou deux respirations au samouraï pour disperser cette tornade noire. Jûbei avait réussi à désarmer ses assaillantes avec un banal éventail – dont la monture n'était même pas en acier – pour seule arme. En outre, il asséna à chacune d'elles un *atemi* paralysant à la rate et les déséquilibra grâce à un discret mouvement de la jambe. Les sept filles se retrouvèrent par terre autour de lui telles les fleurs d'un bouquet éparpillé.

— Debout ! hurla-t-il, impassible comme une statue de bronze. Yagyû Jûbei, maître d'armes du shôgun autrefois, vous fait l'insigne honneur de vous enseigner l'art du combat ! Profitez-en !

Alors qu'il les motivait ainsi sur un ton impérieux, il remarqua une expression particulière sur le visage épuisé de l'une de ses élèves.

— O-Fue ? Tu aimerais nous dire quelque chose ?

— Je... je... bégaya O-Fue. Je me demandais comment j'ai réussi à vous mettre une gifle l'autre jour, au Tôkeiji...

— C'est cette énergie que tu dois retrouver justement ! Allez, debout ! Mon père m'a enseigné l'escrime au sabre alors que je n'étais qu'un enfant, et c'est d'ailleurs au cours d'un entraînement que j'ai perdu mon œil. Moi aussi, j'ai éprouvé dans ma chair les souffrances de la Voie du Sabre. Vous, vous avez des ennemis à tuer ! Vous n'avez pas le droit de vous sentir fatiguées ! Vous avez peut-être réussi à liquider Tessai, mais c'est uniquement parce que vous avez eu beaucoup de chance. Et n'espérez pas qu'une telle aubaine se représente. Chaque Lance est capable de vous tuer toutes les sept d'un seul coup ! Croyez-moi, vous êtes encore loin de ce genre de prouesse ! Allez, debout !

Leur professeur était aussi cruel que sévère : jamais un mot d'encouragement, rien que des commentaires impitoyables...

Les filles se relevèrent tant bien que mal en s'appuyant sur leurs sabres. Malgré le soleil brûlant, leur maître leur lançait des regards aussi glacés que le givre d'automne.

Soudain, un sourire apparut aux coins de ses lèvres.

— Mes jolies fleurs manquent d'eau ? Qu'à cela ne tienne, je m'en vais leur en donner !

2

Le professeur Jûbei avait l'habitude de faire travailler cet autre exercice à ses élèves.

Un vaste étang s'étendait à proximité du cryptomère millénaire ; le jardin du Tôkaiji était une création du célèbre Kobori Tôtoumi-no-kami, et l'agencement des rochers, des arbres et des pièces d'eau répondait aux canons esthétiques de l'école Enshû. Cet élément aquatique, appelé le *Yokuhô-chi* ou « l'étang où se baigne le phénix », était caractéristique de ce style.

On avait planté un long et gros bambou en plein milieu de l'eau. Jûbei – car c'était bien son initiative – l'avait mis là pour entraîner ses élèves à enjamber l'étang en ne prenant qu'un seul appui intermédiaire sur le bambou.

Son tronc était plus large que la plante des pieds des filles, mais y aurait-il eu une planche bien stable d'un mètre de large qu'aucun être humain ordinaire n'aurait été capable de traverser l'étang en deux enjambées seulement. Or, ce bambou, rond, lisse et souple, faisait à peine la moitié de cette largeur.

O-Chie et O-Tori parvinrent pourtant à accomplir cet exploit du premier coup. Enfin, une première fois qui n'était que la suivante de mille autres depuis le début de leur formation, bien évidemment. O-Shina et O-Sawa projetèrent une magnifique gerbe d'eau en tombant. O-Fue réussit l'exercice ; la chute d'O-Kei et de Sakura lança de splendides colonnes de gouttes irisées vers le ciel.

Chose étonnante, les filles ne remontaient pas à la surface de l'eau. Seule une fine ondulation troublait l'onde. Le bleu de l'étang devint plus sombre, la lumière du jour commençait à décliner sans qu'aucun changement notable ne vînt troubler l'étendue liquide et indifférente. Puis, au bout de dix minutes, quatre têtes de femmes surgirent sur la rive opposée. Chacune tenait un frêle roseau entre ses lèvres.

— Pas mal, fit Jûbei. Sortez et approchez. Je vais vous donner un petit cours de tactique théorique en attendant que vos vêtements sèchent.

Les tenues noires trempées épousaient leurs formes de façon suggestive.

— L'étang où se baigne le phénix… dit O-Tori en regardant ses compagnes. Ce nom lui convient vraiment bien.

Les sept anciennes pensionnaires du Tôkeiji formèrent un cercle autour de leur maître. Le vent avait tourné. La brise du soir soufflait mollement dans les branches du cryptomère à présent.

— Alors, pas trop dur ? demanda Jûbei qui leur adressa pour la première fois un sourire un peu chaleureux.

— Dur ? Absolument pas ! répondit O-Chie en secouant la tête. Ce n'est rien quand on sait que nous nous entraînons pour éliminer nos ennemis.

— Chaque jour qui passe est un jour de plus que ces diables d'Aizu ont la chance de vivre, renchérit Sakura. Cette seule pensée me mortifie ! Maître Jûbei, nous avons réussi à supprimer Tessai l'autre jour. En unissant nos forces, nous arriverons à tuer les six autres, n'est-ce pas ?

— Ne vous surestimez pas ! grimaça Jûbei. Votre entraînement ne vous permet certainement pas de venir à bout des Sept Lances en l'état actuel ! Et vous pourriez vous perfectionner pendant cent ans que vous ne leur arriveriez pas à la cheville. Je vous ai déjà mises en garde à ce sujet !

O-Kei et O-Shina levèrent le menton.

— Dans ce cas, maître, pourquoi nous entraînez-vous ?

— Pour que vous soyez capables de prendre la fuite.

— La fuite ?

— Ne vous imaginez surtout pas que vous viendrez à bout des Sept Lances facilement. Si vous échouez à votre première tentative, vous devrez attendre qu'une autre occasion se présente. Et si par malheur vous n'arrivez pas à vous enfuir après cet échec, je peux vous dire que vous n'aurez jamais de seconde chance. Et il vous sera très difficile de décamper.

— Mais nous ne voulons pas faire une chose pareille !

— Nous n'avons pas quitté le temple des femmes dans ce but !

O-Kei et O-Shina avaient crié de concert. Leurs cinq compagnes lançaient à Jûbei des regards enflammés. Celui-ci se contenta de dévisager ses élèves l'une après l'autre, imperturbablement.

— Si vous ne changez pas d'état d'esprit, vos ennemis ne feront qu'une bouchée de vous toutes, je vous le garantis !

— Eh bien, maître, quelle disposition d'esprit devrions-nous adopter, d'après vous ?

— D'abord, vous devriez vous montrer plus souples.

A vrai dire, Jûbei faillit leur répondre d'une façon plus inconvenante, mais il se borna à leur prédire qu'elles rêvaient si elles pensaient vaincre leurs ennemis de manière frontale, et ce malgré la rigueur de leur entraînement. Cela n'avait rien de très encourageant, mais c'était néanmoins la stricte vérité.

Autrement dit, la seule façon de vaincre les Sept Lances consistait à les attaquer avec une arme spéciale. Et l'arme spécifique de ces femmes, c'était leur féminité, ou, pour appeler les choses par leur nom, leurs charmes. Cela permettrait-il de venir à bout de ces guerriers invincibles ? Rien n'était moins sûr, mais les jeunes femmes ne disposaient pas d'autres atouts. En outre, cette stratégie convainquait totalement Jûbei.

Par chance, chacune possédait une beauté particulière.

O-Chie, la fille de Hori Mondo, avait dix-neuf ans. Par sa grâce et son élégance de jeune vierge, elle pouvait rivaliser avec n'importe quelle fille de daimyô.

O-Sawa était l'épouse de Tagai Matahachirô, frère cadet de Mondo. Elle avait trente ans, et ce regard aimant que tout homme désirait voir dans les yeux d'une épouse occupée à coudre à la lumière d'une lanterne.

Sakura était la fille de Manabe Shôbei, autre frère cadet de Mondo. Elle avait dix-sept ans, elle était fringante et délurée comme un jeune éphèbe qui chevaucherait un cheval blanc sur une selle d'argent dans le soleil levant.

O-Kei avait épousé Inaba Jûsaburô, un vassal du clan Hori. Du haut de ses vingt-cinq ans, elle était élégante, gracieuse et arborait un air fier.

Agée de vingt-sept ans, O-Shina – la femme de Kanemaru Hansaku, un autre vassal du clan Hori – possédait une peau blanche, des yeux et des lèvres humides qui lui conféraient un charme érotique très convaincant.

O-Tori, la fille d'Itakura Fuden, avait vingt ans. Gaie et potelée, elle était la seule, avec O-Fue, qui parvenait parfois à arracher un sourire à Jûbei. Elle était pourvue d'un optimisme aussi inébranlable que son sens de l'humour et ne s'en départissait jamais, même au cours des entraînements les plus éprouvants.

Et enfin O-Fue, dix-huit ans, la servante d'O-Chie... Si elle avait bien l'esprit un peu dérangé, cela n'affectait en rien son cœur droit et pur. Ses actes étaient toujours sincères, ce qui faisait d'elle la préférée de ses compagnes.

Oui, ces sept filles sauraient répondre aux attentes de Jûbei, pour peu que ce dernier leur exposât sa stratégie. Mais, malgré son cœur d'acier, il n'avait toujours pas osé la leur révéler.

3

Les sept femmes n'avaient pas conscience de leur beauté. Seule la flamme de la vengeance brûlait dans leurs yeux. Mais si elles-mêmes ne se rendaient compte de rien, les hommes, eux, tombaient rapidement sous leur charme.

Le temple zen où elles séjournaient était normalement interdit aux femmes, mais l'abbé Takuan avait fait une exception en acceptant de les accueillir. « Vous êtes bien sûr que cela ne posera pas de problème ? » avait demandé Jûbei à Takuan en riant. Le moine avait immédiatement répondu : « Mes bonzes sont assez avancés sur le chemin de la Voie pour ne pas se laisser distraire par des beautés qui se pavaneraient sous leur nez ! » Dans ce cas... Mais Jûbei avait préféré prendre ses précautions : il avait obligé ses élèves à porter une ceinture de grelots, peut-être accessoirement pour se venger de ce qu'elles lui avaient fait subir au Tôkeiji...

Néanmoins, il arrivait que cet homme – le sévère maître Jûbei – détournât son œil unique pour ne pas voir certaines choses, lorsque la féminité de ses élèves apparaissait dans toute sa crudité par exemple. En cet instant, avec leurs vêtements trempés plaqués contre leur peau, ses élèves assises face à lui avaient des poses très... décontractées. S'il n'avait pas regardé ailleurs, leur vue l'aurait tout simplement fait blêmir.

— Soyez plus souples ! répéta-t-il.

A la réflexion, ce commentaire était parfaitement inapproprié, mais les sept paires d'yeux rivés sur les lèvres du maître prenaient immanquablement au sérieux le moindre de ses propos.

— Maître Jûbei, qu'entendez-vous par « plus souples » ?

— Ah, euh... eh bien, c'est-à-dire que... De nos jours, les femmes font des études et s'y montrent d'ailleurs assidues. Elles sont sérieuses, appliquées... Tout ça, c'est très bien, mais elles manquent un peu de souplesse d'esprit pour les choses de la vie réelle. Elles ont du mal à adapter leur comportement aux circonstances, par exemple. Enfin, ce n'est pas bien grave... reprit le professeur. Passons à autre chose… Aujourd'hui, j'aimerais soumettre une citation de *De l'insondable subtilité de la sagesse immuable* à votre réflexion, une œuvre du révérend Takuan qui traite des arcanes de l'art du combat. Ecoutez bien : « Où fixerai-je mon esprit ? Si je fixe mon esprit sur le mouvement du corps de mon ennemi, le mouvement du corps de mon ennemi détournera mon esprit. Si je fixe mon esprit sur la lame de mon ennemi, la lame de mon ennemi détournera mon esprit. Si je fixe mon esprit sur ma volonté agressive, ma volonté agressive détournera mon esprit. Si je fixe mon esprit sur mon sabre, mon sabre détournera mon esprit… »

Jûbei récitait l'œil fermé, sa voix rauque portée par la brise du soir. Au début, les regards des femmes avaient été vifs et attentifs, comme si elles avaient sondé la portée de chaque phrase en silence. Puis, peu à peu, leurs regards s'étaient amollis, comme si elles avaient écouté de la musique. Etait-ce là un effet de la brise vespérale ?

— « … Si je fixe mon esprit sur ma défense, ma défense détournera mon esprit. Si je fixe mon esprit sur la posture de l'ennemi, la posture de l'ennemi détournera mon esprit… »

— Hiii ! hurla O-Fue tout à coup. Elle était assise en face de Jûbei.

— Une guêpe ! crièrent O-Sawa et O-Shina en agrippant les bras de Jûbei et en posant leur front sur ses genoux.

Surpris, Jûbei ouvrit son œil. Une grosse guêpe

passa près de sa tête, virevolta autour des deux filles blotties contre lui comme pour se moquer d'elles, puis disparut dans le crépuscule. Jûbei la suivit du regard sans bouger les bras. Il ne l'avait pas vue venir car il avait récité l'œil fermé et sa propre voix l'avait empêché d'entendre l'insecte approcher.

Si cette guêpe avait été un ennemi, je serais mort… se dit-il avec un sourire au coin des lèvres.

Il réalisa soudain que les deux femmes l'immobilisaient et sourit de plus belle. Il ne les repoussa pas brutalement, ne les morigéna pas non plus. Son calme n'avait rien à voir avec l'expression d'une colère contenue, bien au contraire : ces filles avaient tué un homme, s'étaient jetées à l'eau, dans le feu, sur ordre de leur maître, et voilà qu'elles paniquaient à cause d'une simple guêpe ! A la vérité, Jûbei souriait parce qu'il les trouvait adorables.

— Si je fixe mon esprit sur les femmes qui se cramponnent à moi, les femmes qui se cramponnent à moi détourneront mon esprit… fit soudain une voix près de lui. Vous préférez peut-être la compagnie de ces jeunes femmes à celle d'un vieux bonze, monsieur le professeur ?

La barbe blanche de Takuan flottait dans l'air du soir et encadrait son large sourire.

— Ah ! Euh… non, bien sûr que non… C'est-à-dire que… se troubla Jûbei, c'est à cause de l'abeille, vous comprenez ?

— Vraiment ? Et cette position, c'est la « parade contre les abeilles » de l'école Yagyû, je présume ?

De plus en plus rieur, Takuan s'approcha de Jûbei.

— Le messager de Son Eminence Tenju-in est venu tout à l'heure. Elle donne une cérémonie du thé aujourd'hui et invite l'une de vos élèves à se joindre à elle, comme elle le fait toujours. Qui sera l'heureuse élue du jour ?

La princesse Sen vivait dans la résidence de Takebashi-Gomon, une dépendance du château shôgunal d'Edo. Elle ne venait jamais perturber l'entraînement des femmes du clan Hori, mais invitait parfois l'une d'elles à la cérémonie du thé pour leur témoigner son soutien. Elle savait combien leur entraînement devait être très éprouvant physiquement…

IX
MANJI-TOBI

1

La porte Takebashi-Gomon du château d'Edo s'ouvrit. Une petite troupe munie de cinq lanternes qui éclairaient à peine sortit dans l'obscurité. Il faisait nuit noire.

— Bien, vous souhaiterez une bonne nuit à la princesse Sen de notre part, je vous prie, fit une voix de femme en s'écartant du groupe de silhouettes qui l'avaient escortée jusqu'ici.

Tout à coup, les lanternes s'éteignirent dans un bruit de papier déchiré.

— Pas de panique, c'est moi, fit une voix masculine pour calmer ses compagnons qui commençaient à s'agiter, même si cette remarque n'était pas d'une grande utilité…

— Mais… pourquoi avez-vous éteint nos lanternes, messire Jûbei ?

— On nous observe.

— Quoi ?

— L'espion nous guette depuis que nous sommes arrivés. Il est toujours là, d'ailleurs...

— Qui est-ce, seigneur Jûbei ? Et où est-il ? Cet insolent a l'impudence d'espionner à la porte du château shôgunal ! J'appelle les gardes !

— Inutile. Ces femmes refusent qu'on leur vienne en aide. Je n'ai même pas le droit de leur prêter main-forte.

Cette conversation se tenait entre Yagyû Jûbei et Yoshida Shûri, vassal du shôgun, membre du conseil des anciens et attaché au service de la princesse Sen. La princesse avait invité O-Tori pour la cérémonie du thé ce soir-là.

— Quoi qu'il en soit, seigneur Jûbei, si vous dites que quelqu'un nous observe, cela signifie que la route n'est pas sûre. Ne préférez-vous pas rentrer demain matin ?

— Non. Passer la nuit ici ne changerait rien. Celui qui nous observe ne quittera pas la porte des yeux jusqu'à ce que nous soyons partis. O-Tori, allons-y.

O-Tori acquiesça discrètement et marcha jusqu'aux palanquins qui les attendaient.

Tandis qu'elle s'installait, Jûbei gagna le second véhicule, mais n'y monta pas. Il se retourna vers Yoshida Shûri qui observait anxieusement ses deux hôtes dans l'obscurité.

— Pour tout vous avouer, seigneur Shûri, il était inutile d'éteindre les lanternes. Notre espion est un chien.

— Un chien ?

— Nos ennemis ont d'ores et déjà repéré cet endroit. Nous ne pourrons plus accepter les invitations de la princesse Sen dorénavant, même si je le regrette profondément.

Jûbei salua Shûri visiblement abasourdi par cette annonce et grimpa dans un palanquin.

— Porteurs ! Nous ne rentrons pas tout de suite à Shinagawa. Vous allez courir un moment autour du château !

Jûbei avait fait appel à des porteurs de quartier sans attendre ceux que la princesse Sen avait envoyés chercher au Tôkaiji. Il laissa les jalousies baissées ; il avait remarqué que le chien s'était redressé sur ses pattes sitôt que les palanquins s'étaient ébranlés, et que l'animal les suivait désormais.

Dans la pâle clarté d'un croissant de lune de trois jours, au bord des douves dont l'eau scintillait, les porteurs poursuivaient leur course à petites foulées. Jûbei, quant à lui, réfléchissait, bras croisés.

Visiblement, ils ont eu l'idée de surveiller la porte Takebashi-Gomon et la résidence de la princesse... Ils en ont mis du temps ! Compte tenu de ce qui s'est passé au Tôkeiji, il était évident que la princesse et les femmes du clan Hori étaient en rapport, d'une façon ou d'une autre... Il faut vraiment qu'ils aient le sang totalement vicié pour avoir mis si longtemps à arriver à cette conclusion...

Quoi qu'il en soit, maintenant qu'ils nous ont repérés, nos ennuis ne font que commencer...

Que les Lances d'Aizu aient appris que les femmes du clan Hori fréquentaient dame Tenju-in ne posait pas de problème en soi. En revanche, s'ils découvraient qu'elles se cachaient à Shinagawa, au Tôkaiji… Mais pouvait-on dissimuler sept femmes là-bas indéfiniment ?

Les envoyer dans la résidence familiale des Yagyû à Kobikichô ? Il n'était pas certain que le père de Jûbei, le vieux Tajima-no-kami, cette tête de bois, vît cela d'un très bon œil. Bien sûr, si son fils lui expliquait la situation, il ne les renverrait pas, mais il serait difficile pour le vieil homme de cacher leur présence à ses disciples qui vivaient à demeure. Les gens jaseraient. Sans parler du fait que les femmes ne pourraient plus prétendre qu'elles se vengeaient sans l'aide de personne si leur base arrière se trouvait au sein de l'école Yagyû. Non, décidément, il valait mieux les garder au Tôkaiji. Les Lances d'Aizu ne feraient jamais le lien entre ces femmes et un temple zen, de toute manière…

Pour l'heure, il fallait à tout prix éviter que leurs ennemis voient que les palanquins rentraient au Tôkaiji.

Jûbei trouvait curieux qu'un seul chien les suive.

Il avait remarqué l'énorme bête de race *akitaken* tapie près du pont de Takebashi dès son arrivée à la résidence de la princesse. Le samouraï avait immédiatement trouvé sa présence insolite. Mais ce ne fut qu'au moment de repartir, en voyant ce chien planté au même endroit, qu'un nom lui était spontanément venu aux lèvres :

— Gusoku Jônoshin !

Gusoku Jônoshin, l'homme aux trois chiens, celui que les femmes du clan Hori lui avaient décrit...

La garde aurait immédiatement repéré un homme posté près d'une porte du château shôgunal, mais un chien... Personne n'avait prêté attention à lui. Ses congénères devaient vraisemblablement surveiller les autres portes de la résidence de la princesse...

Jûbei se concentra sur les bruits environnants.

Un chien nous suit... Un seul... Je ne vois personne avec lui... Oui, un chien seul...

— Porteurs ! Rebroussez chemin ! Laissez le second palanquin partir devant...

Jûbei cherchait à troubler son poursuivant en l'obligeant à suivre un seul véhicule.

— Porteurs ! Apercevez-vous un chien ? demanda-t-il un instant plus tard.

— Un chien ? Si fait, seigneur ! Un chien, et un gros ! Il suit l'autre voiture.

— Ah ! Raté... Faites demi-tour ! Rattrapez vos collègues, vite !

La ruse de Jûbei aurait décontenancé un être humain, mais le chien ne s'y était pas laissé prendre : il avait reçu l'ordre de suivre la femme et poursuivait donc le palanquin d'O-Tori. Il n'avait que faire de celui de Jûbei.

Soudain, le chien se mit à aboyer. Des aboiements lui répondirent au loin, puis d'autres encore, dans la direction opposée.

Il y avait bien trois chiens. Ils communiquaient entre eux. Leur maître devait se trouver dans les parages. Et si Jônoshin se cachait dans le coin, les cinq autres Lances ne devaient pas être bien loin non plus.

Jûbei releva la jalousie et aperçut le molosse qui courait derrière le palanquin de tête. Le samouraï leva la main et lança une sorte d'étoile filante vers la bête. Il s'agissait en fait d'un *kozuka*, un couteau de lancer. Jûbei était capable de toucher une hirondelle en plein vol et se faisait fort d'atteindre ce chien à la jugulaire. Or l'animal, qui était presque aussi grand qu'un veau, tourna légèrement la tête, vit la lame et bondit sur le côté pour l'esquiver.

— Oh oh, bien vu ! fit Jûbei, qui n'admirait pourtant que rarement les prouesses d'un adversaire.

— Seigneur, vous allez bien ? On continue ? s'écrièrent les deux porteurs.

Ce n'était pas tant la sécurité de leur client que la leur qui inquiétait ces hommes.

— Ne vous arrêtez surtout pas ! répondit Jûbei sur le ton du client mécontent. Si vous vous arrêtez, le chien vous sautera dessus !

Il devenait urgent d'abattre le molosse.

— Doublez le palanquin de devant ! Passez à la corde, côté berge ! O-Tori ! Tu m'entends ? Relève ton store ! *Manji-tobi* !

Instinctivement, O-Tori s'élança. Elle flotta durant quelques secondes dans les airs, croisa Jûbei qui avait bondi lui aussi et exécuta avec lui la figure qui imitait un svastika bouddhique. L'instant d'après, ils étaient de nouveau confortablement assis dans les palanquins, à un détail près : ils avaient échangé leurs véhicules.

Si O-Tori avait su à l'avance qu'elle exécuterait un *manji-tobi* cette nuit-là, elle ne l'aurait certainement pas si bien réussi. Mais elle avait agi par réflexe. A l'entraînement, la jeune femme avait souvent raté ce saut et s'était même retrouvée par terre entre les deux chevaux. Ce qu'elle venait de réussir malgré elle, ce n'était rien moins qu'un *manji-tobi* entre deux palanquins !

Si leur fardeau leur avait paru plus léger durant un court instant, remarquons que les porteurs ne s'étaient pas rendu compte que leurs passagers avaient permuté. Ils étaient obnubilés par le molosse bavant qui courait à quelques pas seulement de leurs mollets.

O-Tori se trouvait à présent au bord de la douve ; sa voiture était en train de doubler celle de Jûbei à la corde.

Les porteurs n'en menaient pas large, mais ils cachaient leur peur à cause de leurs clients, des personnages suffisamment importants pour se rendre à la résidence de la princesse Sen, au château d'Edo, après avoir quitté le Tôkaiji de maître Takuan.

— Porteurs ! Ne vous arrêtez surtout pas ! Quoi qu'il arrive, continuez de courir, c'est compris ? ordonna Jûbei avant d'ouvrir le store qui donnait côté ville et de montrer son visage au chien. Son visage affublé du masque de *hannya*, bien sûr. Un reflet doré brilla un court instant dans l'œil de l'animal. Jûbei sut alors que ce dernier l'avait bien vu.

Le chien pensa alors que… non, personne ne sait ce qu'il pensa. Fut-il surpris de voir une tête qu'il ne connaissait pas ou rassuré de constater que la femme qu'il croyait suivre n'avait pas d'arme ?

Dans un aboiement terrifiant, le chien sauta sur le masque de démone.

– Oh ! s'écrièrent les porteurs.

Puis les jalousies retombèrent et le palanquin se mit à tanguer violemment, comme si une tornade se déchaînait à l'intérieur. On entendit crier. Les porteurs ne savaient pas s'il s'agissait d'un cri de bête ou d'un cri humain.

Soudain, le palanquin devint plus léger. Une silhouette humaine était descendue et courait à côté des porteurs.

– Vous avez dominé votre peur avec courage, et je vous en félicite ! dit l'ombre.

Les porteurs tournèrent légèrement la tête et tombèrent nez à nez avec une *hannya*. Cette fois, ils ne purent réprimer le hurlement qui ne demandait qu'à sortir de leur gorge depuis le début de cette aventure.

A l'intérieur du palanquin, il n'y avait plus qu'un chien gros comme un veau, lourd comme un homme.

Et… et le chien ? pensèrent les deux porteurs.

Autrefois, Jûbei avait combattu un hobereau qui lui cherchait des noises. Le samouraï savait que ce fier-à-bras prendrait ses jambes à son cou à la vue d'une arme. Il avait donc décidé de l'affronter à mains nues. Le hobereau, quant à lui, lui avait sauté dessus avec son sabre à la main, mais Jûbei avait réussi à esquiver le coup, puis à l'empoigner par la barbe. « Tu as perdu ! » avait crié Jûbei avant de lui cracher au visage et de lui flanquer un grand coup de pied dans l'estomac.

Il venait de faire à peu près la même chose au chien : il avait plongé son avant-bras dans la gueule du fauve au moment où il pénétrait dans le palanquin, tous crocs dehors.

Est-ce que notre homme s'était fait mordre ? Mais pour mordre, il faut pouvoir refermer la mâchoire du haut sur celle du bas avec une certaine force… ce que le chien n'avait pu faire à cause du bras de Jûbei ! Ce dernier n'avait eu qu'à empoigner la mâchoire supérieure du molosse avec son autre main pour lui déchirer la tête en deux !

2

— Porteurs ! appela Jûbei qui s'adressait cette fois au palanquin de tête. Tournez à droite juste avant le pont !

Ils entendirent la voix de Jûbei, l'homme qu'ils pensaient transporter, et ne se doutèrent donc de rien.

Un pont enjambait la douve. Porteurs et palanquins s'engouffraient dans une ruelle où s'élevaient les résidences des riches daimyôs, quand les deux autres chiens apparurent sur le pont. Ils eurent le temps d'apercevoir les deux équipages.

Sans parler des cas où il devait affronter un adversaire humain, Jûbei répugnait à tuer des animaux. Il avait tué le premier chien parce qu'il devait l'empêcher d'appeler ses congénères. D'ailleurs, s'il avait eu affaire à des hommes, la mort du poursuivant de tête aurait certainement suffi à faire perdre la trace des palanquins aux autres. Mais on ne déjouait pas des chiens aussi facilement. Les deux nouveaux arrivants venaient d'apercevoir leurs proies dans la lumière de la lune et aboyaient furieusement.

— Tenmaru ! Chimaru ! cria Jônoshin qui franchit le pont à son tour. Oh, mais je vois…

Comprenant que ses bêtes avaient levé du gibier, l'homme s'engouffra dans la ruelle et leur courut après en soulevant un nuage de poussière.

— Décidément, ça ne suffira pas à les semer, marmonna Jûbei pour lui-même.

Il avait pensé laisser le palanquin avec le chien mort à un coin de rue pour attirer ses adversaires, mais il n'avait pas assez d'avance pour que cette tactique fonctionne.

D'un côté, il y avait l'eau, de l'autre, les murs en pisé des résidences seigneuriales, et deux molosses derrière eux. Jûbei et O-Tori ne parviendraient jamais à les distancer ; les palanquins finirent par s'arrêter.

— Maître Jûbei, dit O-Tori d'une voix ferme par la jalousie du palanquin, ces hommes sont les Lances d'Aizu. Nous n'avons pas à fuir !

— Attends, ne sors pas pour l'instant... Porteurs ! Rejoignez le palanquin de tête !

Jûbei sortit et se posta entre les deux véhicules. Il se retourna pour faire face aux chiens et à Jônoshin qui arrivaient en courant.

— Oh oh, te voilà... fit Jônoshin en s'arrêtant à quelques pas de lui.

Dans la lumière du clair de lune, Jûbei découvrit le visage simiesque et grimaçant du déplaisant personnage.

Jônoshin n'avait jamais croisé l'homme au masque de furie, mais il en avait suffisamment entendu parler pour savoir qu'il avait eu la témérité de pénétrer dans la résidence Katô et qu'il avait humilié Tessai et Magobê. L'individu qui se trouvait devant lui ne pouvait être que le mystérieux complice des femmes du clan Hori grâce auquel, de l'avis de Kôshichirô et d'autres encore, elles avaient réussi à assassiner Tessai...

Les deux fauves s'étaient accroupis, prêts à bondir. Le masque restait debout au milieu de la rue, un sabre nonchalamment tendu au bout de son bras. Les deux chiens renoncèrent à attaquer l'homme armé et reculèrent doucement afin de laisser leur maître s'en charger.

— Attendez... gémit Jônoshin qui ressentait physiquement l'énergie meurtrière du masque de *hannya*.

Cet homme masqué, dont le sabre paraissait si léger dans sa main, devait posséder assez de force pour fendre une plaque de fer en deux. Gosuko

Jônoshin sentit des gouttes de sueur glacées rouler le long de sa colonne vertébrale, puis une tendresse redoublée le submergea pour ses deux bébés si bien dressés qui avaient, dès le premier coup d'œil, mesuré la force potentielle de leur adversaire.

— En arrière ! Couchés ! Ne le quittez pas des yeux ! ordonna-t-il à ses bêtes tout en reculant.

Jûbei, lui, se sentit soudain roulé. Il avait sous-estimé ses ennemis tout à l'heure et il comprenait à présent qu'il ne s'en débarrasserait pas facilement. Il avait entraîné les deux chiens à sa suite pour en découdre, mais les choses ne se passaient franchement pas comme prévu. Les chiens se mirent à aboyer. Jûbei redouta que les autres Lances d'Aizu ne rejoignent aussitôt leur camarade. Le tempérament audacieux et indépendant du samouraï borgne l'avait poussé à provoquer ces terribles combattants, mais il n'avait jamais envisagé de les battre tous les six d'un coup. A vrai dire, il n'avait jamais eu l'intention d'intervenir du tout, par respect pour la volonté des femmes qu'il servait.

Les yeux injectés de sang, les molosses ne lâchaient pas le second palanquin du regard, comme s'ils avaient deviné ce qu'il contenait.

Contre des hommes, je ne ferais rien, mais contre des chiens… réfléchit Jûbei. Et puis, il n'est pas question qu'ils restent accrochés à nos basques plus longtemps…

Il fit un pas en avant.

Une voix s'éleva.

— Hé ! Jônoshin !

Sur le pont, une silhouette flanquée d'une haute lance venait de faire son apparition.

— Je suis là, Magobê ! Fais le tour et prends-le à revers, répondit Jônoshin tout en reculant avec ses chiens.

L'homme sur le pont sursauta ; sans doute venait-il de reconnaître l'homme au masque de *hannya* debout près des deux palanquins.

— Je te retrouve enfin ! cria la silhouette, qui était bien celle de Hiraga Magobê.

Magobê n'avait pas oublié l'humiliation qu'il avait subie dans le parc de la résidence Katô, la plus terrible de toute sa vie.

— Cette fois, tu ne m'échapperas pas...

La pointe de sa lance fit un quart de cercle, puis il s'élança à toutes jambes vers la rive opposée en pointant son arme à l'horizontale.

— *Hannya* ! cria-t-il au masque, ce n'est pas cette nuit que tu m'auras ! Attends-toi à goûter à la lance de Magobê !

La blancheur de ses dents contrastait avec son teint de laque. Le lancier visait Jûbei.

La douve qui séparait l'homme de sa cible mesurait plus de deux *ken* de large. Compte tenu de la largeur des rues sur berge, quatre *ken* environ séparaient les deux adversaires. Or, comme nous le savons, l'arme de Magobê mesurait trois *ken*.

Dans les temps anciens, une hampe de lance classique faisait habituellement sept *shaku* de long, soit deux mètres au grand maximum. Une hampe plus longue présentait un défaut flagrant : si son adversaire réussissait à l'approcher d'assez près, le lancier se trouvait alors à sa merci. Selon certains, c'est au génie militaire d'Oda Nobunaga que l'on doit l'invention de la lance longue de trois *ken*, soit près de cinq mètres cinquante. Et effectivement, les assauts à la lance longue avaient fait preuve d'une efficacité redoutable au temps des grandes batailles de l'époque des Provinces Combattantes.

Magobê possédait une de ces longues lances à hampe rouge de trois *ken*... sans compter les trois *shaku* de la lame ! Et il la manipulait aussi facilement qu'une baguette de tambour.

– Ote ton masque ! cria Magobê sur un ton sarcastique tout en armant sa lance.

Seule la douve les séparait à présent. Même s'il connaissait la puissance de l'homme masqué, Magobê savait pertinemment qu'aucun homme au monde ne pouvait franchir un fossé plein d'eau sans un minimum d'élan. Dès que l'homme au masque sauterait pour venir au contact, Magobê le cueillerait au vol sans difficulté et le déséquilibrerait avant de l'empaler comme un poisson. Nul besoin d'être un pêcheur émérite pour ça.

Magobê était persuadé d'avoir l'avantage.

– Il y a deux femmes Hori dans les palanquins, pas vrai ? Elles sont condamnées, mais toi... Tu es quelqu'un, je te respecte pour cela ! Si tu enlèves ton masque et te prosternes devant moi maintenant, j'accepte de dire un mot à notre seigneur pour qu'il te laisse la vie sauve !

Tandis qu'il prononçait cette tirade, Magobê avait remarqué que la *hannya* restait fermement plantée devant un palanquin, comme pour le protéger.

— Chimaru, arrache-lui son masque !

Jûbei avait la lance en face de lui et les deux chiens féroces de chaque côté.

C'est alors que l'un des molosses bondit tous crocs dehors, profitant de ce que l'homme masqué scrutait la lance pour attaquer.

Le masque se tourna à peine vers le chien. Magobê en profita pour allonger son arme avec une puissance telle qu'elle aurait pu traverser un mur de métal.

L'homme masqué mit un genou en terre. Un cri aussi sinistre que celui d'un homme que l'on écartèle s'éleva au-dessus de sa tête. En un éclair, dans un *riken no tachi* parfait, le sabre de Jûbei avait fendu en deux le chien nommé Chimaru jusqu'au thorax, puis s'était retiré. Dans un même mouvement, Jûbei avait réussi à esquiver la lance de Magobê qui était allée se ficher dans le palanquin posé derrière lui. Le lancier tenta en vain de la retirer : Jûbei la bloquait par terre avec son genou !

3

Plouf ! Le corps du chien pourfendu tomba dans la douve comme une pierre en lançant une magnifique gerbe d'eau. Puis, durant quelques secondes, le calme régna.

Pour la première fois de sa vie, la lance de Magobê avait raté sa cible et lui avait même échappé des mains. Il avait manqué d'un peu de distance pour décocher son arme à pleine puissance. Au moment où il avait tenté de ramasser la hampe sans y réussir, il n'avait pas pu réprimer un cri de surprise : le genou de l'homme au masque de *hannya* possédait assez de force pour la maintenir si fermement au sol qu'elle y semblait cousue.

Et pourtant, cela ne l'empêcha pas de crier victoire en retroussant les lèvres :

— J'en ai tué une ! J'ai senti l'impact de son corps dans le manche ! Jônoshin, j'en ai eu une ! Débarrasse-nous de cet homme maintenant et allons vérifier qu'il y a un cadavre à bord de ce palanquin !

Jônoshin avait remarqué lui aussi que la lame de la lance de son acolyte était ressortie rouge de sang. Tout comme il avait vu Chimaru se faire sabrer auparavant. Un coup de lame vraiment parfait. Il avait immédiatement ordonné à Tenmaru d'attaquer l'homme, mais le troisième chien était resté aussi pétrifié que son maître devant l'individu masqué, genou à terre, qui les fixait avec un regard terrifiant. A vrai dire, ce n'était pas tant le regard du masque que la position de l'homme qui les glaçait d'effroi. S'ils attaquaient maintenant, Jônoshin et Tenmaru se feraient couper en deux aussi facilement qu'une feuille de papier. Le chien jugeait visiblement leur désavantage tactique avec plus d'acuité que son maître : il ne bougeait pas d'un poil, comme s'il était ensorcelé.

— Sors !

C'était le premier mot que le masque de furie prononçait, la voix basse et sereine.

En réponse à cet ordre, le store du second palanquin s'ouvrit et une jeune femme en descendit. Son long sabre toujours en garde, l'homme masqué fit pivoter le fourreau du sabre court qu'il portait à la ceinture vers l'arrière pour permettre à la jeune femme de le dégainer.

— Ce soir, c'est le tour de Magobê, fit le masque. Il n'a plus sa lance…

— Mais… protesta la femme en regardant la douve large de deux *ken* qui la séparait de son adversaire désigné.

— Aurais-tu oublié le bambou ? répliqua le masque.

La fille regardait toujours la douve. La seule chose qui pouvait servir d'appui était la hampe de la lance placée en travers. Puis elle leva la tête et sourit au clair de lune.

— Oh ! La fille d'Itakura Fuden !

— Oui… O-Tori, je te reconnais !

A peine Magobê et Jônoshin avaient-ils prononcé son nom qu'elle grimpa sur la hampe de la lance. Son corps potelé traversa la douve avec légèreté.

— Oui, c'est bien moi, O-Tori, la fille d'Itakura Fuden ! Ne bouge pas de là, Hiraga Magobê !

Ce que la jeune femme était en train de faire dépassait l'entendement. L'homme au masque de *hannya* venait de prendre possession du pont. Magobê sentit la peur monter en lui et lui suggérer de tourner les talons, mais pour l'honneur des Lances d'Aizu, il devait rester.

Il se savait moins expert au sabre qu'à la lance, mais Jônoshin était là ; il ne pouvait pas fuir sous ses yeux. Et pourquoi s'enfuirait-il devant O-Tori, d'abord ? Magobê tira son sabre avec un air décidé et cria :

— Viens donc !

Le nom d'O-Tori signifie « oiseau », et c'est effectivement avec l'assurance d'un volatile qu'elle parcourut la lance, telle une oiselle de paradis au service de la princesse Sen…

— Espèce de sorcière effrontée ! ne put s'empêcher de crier Magobê, tant il la trouvait ensorcelante.

Il était ennuyé : il pouvait couper la hampe de la lance pour faire tomber O-Tori dans la douve, mais en même temps, il hésitait à couper en deux son arme rouge, plus précieuse que sa propre vie… Il tergiversa un instant de trop.

Magobê se décida enfin. La lame fit un arc de cercle et trancha net la hampe dans un bruit sec. Mais comme le batteur au base-ball qui frappe la balle avec une fraction de seconde d'hésitation, la lance ne tomba pas dans l'eau. Du moins pas le morceau que le genou de l'homme masqué retenait et sur lequel O-Tori parvint à rester en équilibre, juste à l'endroit où Magobê avait abattu sa lame. Il lui suffirait d'un seul saut pour atteindre son ennemi sur l'autre rive… ce qu'elle fit en se servant du bout de la hampe comme d'un ressort.

— Ce que tu viens de mettre en pièces, c'est ta vie, Magobê !

Magobê vit alors la fille redescendre du ciel dans la lumière du clair de lune. Ses cheveux noirs et ses manches flottèrent dans les airs durant quelques secondes. Pendant ce temps, le sabre de Magobê terminait encore le mouvement qu'il avait exécuté pour couper la hampe de la lance, ce qui mettait le combattant dans une position éminemment vulnérable.

— Alors, tu te souviens ? cria O-Tori en assénant un coup de sabre sur la tête de Magobê.

Les deux corps roulèrent l'un sur l'autre.

— Bien joué, approuva la *hannya* avec un hochement de tête. Achève-le, maintenant.

L'homme masqué rengaina son sabre tranquillement. Le métal émit un cliquetis cristallin, puis il décocha la lance qu'il bloquait sous son genou et la récupéra au vol. Il ne semblait pas se préoccuper de Jônoshin ni de son chien. Jônoshin retrouva ses esprits le premier.

— Tenmaru ! Attaque ! cria-t-il en sautant comme un fou.

Le chien était resté parfaitement immobile jusque-là, ramassé sur lui-même. Par peur de l'homme masqué, ou dans l'attente du moment opportun ?

Quand son maître lui ordonna d'attaquer, il saisit aussitôt l'occasion. Il bondit comme une panthère noire droit sur la tête de sa cible qui se tourna vers la douve, envoyant l'animal faire un vol plané malgré lui au-dessus de l'eau ! Tenmaru eut l'air de trouver sa situation totalement incongrue. Il acheva sa course aérienne à côté du cadavre de Chimaru en projetant une gerbe d'eau argentée dans la nuit.

La *hannya*, qui avait franchi la douve en se servant de la lance comme d'une perche, se trouvait déjà sur l'autre rive.

— Non, Tenmaru ! cria Jônoshin en perdant son sang-froid. Il tenta de rejoindre la démone mais la pointe de la lance lui barra le chemin depuis la berge opposée avant qu'il ait pu prendre son élan.

— Ne bouge pas, Jônoshin…

— N'hésite pas à lui donner un coup de lance au besoin, fit O-Tori, encore essoufflée d'avoir décapité Magobê.

— Vraiment ? Tu m'autorises à tuer Jônoshin ? demanda Jûbei à voix basse.

Mais O-Tori ne répondit pas.

— Les chiens, reprit Jûbei, je les ai tués sans demander la permission, mais je dois t'avouer que je n'avais aucune envie de voir une femme se battre contre des chiens. Excuse-moi.

O-Tori rougit. Il avait raison. Elle et ses compagnes

avaient juré de tuer tous leurs ennemis de leurs propres mains.

— Je m'occupe de Jônoshin, fit-elle en traversant le pont.

Jûbei la rattrapa par l'épaule.

— Attends. Il ne faut pas trop gagner. Si tu élimines Magobê et Jônoshin toute seule, tes six amies en seront fâchées. Et puis la perspective de se faire éliminer l'un après l'autre devrait donner des sueurs froides bien plus désagréables aux Lances d'Aizu et à leur daimyô, Katô Akinari, pas vrai ?

Le fait d'affaiblir psychologiquement l'ennemi faisait effectivement partie du plan de Jûbei. Mais sa réaction s'expliquait également par le fait qu'il redoutait depuis un moment sans le dire que les quatre autres Lances d'Aizu ne rappliquent. Le combat contre Magobê n'avait pas duré longtemps, mais si ses complices se trouvaient dans le quartier de Takebashi-Gomon, ils ne tarderaient plus à arriver.

— Garde donc un peu de plaisir en réserve !

Puis il s'adressa aux porteurs de l'autre côté de la rive.

— Porteurs ! Vous devez avoir eu une sacrée frousse ! Partez vite, tant que je tiens celui-là en respect !

Les quatre hommes coururent à petites foulées flageolantes jusqu'à leurs palanquins. Le véhicule qui avait transporté O-Tori était vide, mais l'autre, quant à lui…

— Renversez son contenu au sol ! cria la *hannya*.

L'homme masqué savait combien Jônoshin voulait voir qui Magobê avait tué. Un porteur souleva la jalousie du palanquin et fit rouler son contenu par terre.

— Kazemaru !

Un chien ensanglanté venait de tomber. Jônoshin se sentit soudain paralysé d'horreur. Les porteurs en profitèrent pour disparaître à toute allure avec leurs palanquins.

Un rire retentit dans le lointain. Jônoshin tourna la tête. O-Tori et la *hannya* avaient disparu ; ce ricanement le frappa en pleine face.

Quelque temps plus tard, Jônoshin pénétrait dans la résidence Katô à Shiba. Sa tenue était dans un tel état qu'il se sentit soulagé qu'il fît nuit. Son seul chien survivant, Tenmaru, n'avait pas meilleure allure et marchait la tête basse, la queue entre les jambes.

Les deux palanquins suivaient derrière. Il avait réussi à les retrouver. Le samouraï avait commencé par menacer les porteurs, puis, voyant que cela ne servait à rien, il avait changé d'approche, leur promettant une forte récompense s'ils acceptaient de le suivre. L'un des palanquins contenait le corps de Magobê, l'autre ceux de ses chiens Chimaru et Kazemaru.

Une fois parvenu devant le portail de la résidence Katô, Jônoshin se tourna vers les porteurs.

— Tenez, voilà votre récompense ! dit-il en dégainant son sabre.

L'affront que le clan Katô venait de subir devait rester secret. Et puis, Jônoshin avait besoin de passer ses nerfs sur quelqu'un. Les porteurs restèrent pétrifiés, incapables de réagir.

Avant même qu'il ait eu le temps d'esquisser un geste, Jônoshin entendit un bruit sec contre la lourde porte renforcée de ferrures : une lance venait de se ficher dans le bois.

Jônoshin ne vérifia même pas s'il s'agissait de la lance de Magobê. On avait accroché un message à la hampe. L'homme écarquilla les yeux.

Les porteurs de palanquin en profitèrent pour prendre leurs jambes à leur cou.

Sur la feuille, on pouvait voir un dessin : deux doubles cercles au-dessus de trois autres.

Et cette phrase : *Le serpent a cinq yeux*.

X
LE GANG DES FURIES

1

Se croyant menacé par un monstre, Katô Akinari ouvrit les yeux. Il n'y avait rien d'autre autour de lui que l'obscurité profonde.

« Qui va là ? » tenta-t-il de crier, mais aucun son ne sortit de sa gorge.

Il vit des luminescences bleutées briller dans la nuit. Il essaya de se lever, mais ne parvint à remuer ni bras ni jambes. Mais le pire de sa situation n'était pas qu'il fût immobilisé, mais ces douleurs lancinantes qui lui transperçaient les membres : il venait de réaliser qu'il était nu et cloué sur la planche de son tranchoir géant.

Les lumières bleutées se rapprochèrent jusqu'à ce qu'il vît sept têtes de *hannya* surgir des ténèbres. S'agissait-il de véritables démones ? Evidemment non : chacun des sept masques de *hannya* tenait un sabre. Les lueurs bleutées n'étaient que les reflets de leurs lames.

« A moi ! A l'aide ! » voulut-il crier.

En vain. Son gosier resta paralysé.

Les sept furies effleurèrent son corps avec leurs lames.

— Que faites-vous ? s'entendit-il enfin hurler tandis qu'il se débattait.

Les masques tombèrent aussitôt et dévoilèrent une vision plus terrifiante encore ; ils cachaient des visages horriblement ensanglantés !

— Vous !

Oui, ils étaient tous là : Hori Mondo, Tagai Matahachirô, Manabe Shôbei, Inaba Jûsaburô, Kanemaru Hansaku, Itakura Fuden ! Malgré le sang qui les défigurait, Akinari avait reconnu les hommes qu'il avait cloués et torturés avec ce même tranchoir, dans cette antichambre de l'enfer, et qu'il avait démembrés de ses propres mains.

Les sept hommes firent rouler leurs sabres contre le ventre d'Akinari qui se tordait d'épouvante à chaque coup de pointe, mais ne parvenait pas à se dégager pour autant. Il lui semblait que Mondo et ses compagnons mettaient un temps infini à retirer leurs lames de ses chairs.

— Au secours… Mondo… Pardon ! hurla Akinari.

Au moment où retentit ce cri de fauve à la torture, les visages de ses bourreaux se défirent de leur peau. Ces chairs sanguinolentes dissimulaient d'autres visages, ceux de sept superbes jeunes femmes !

— Chiennes ! Je vous… hurla Akinari au comble de la fureur.

Il se leva de la table de torture en s'arrachant la peau, bondit sur ses pieds et se jeta sur son sabre posé à son chevet. Il le dégaina, puis transperça le corps d'une des femmes. Le hurlement terrible qu'elle poussa lui fit reprendre ses esprits. Il se réveillait enfin !

Ses yeux s'habituèrent peu à peu à la pénombre. Dans la faible lumière des quatre candélabres placés aux coins de la chambre, il vit le sabre dans sa main, puis, étendu à ses pieds, le corps de sa favorite maculé de sang.

Mais peut-on qualifier de favorite une femme, ou plutôt une victime, offerte en sacrifice ? Cela faisait longtemps qu'elle n'était plus qu'une poupée de chair, une pure beauté destinée à combler les pulsions funestes du seigneur d'Aizu.

Si le jugement d'autrui lui avait pesé autrefois, si jadis cela l'irritait d'être considéré comme un fils indigne qui n'arrivait pas à la cheville de son père, le célèbre Yoshiaki, Akinari avait fini par trouver du plaisir dans son rôle de tyran. Sans retenue, au vu et au su de tous ceux qui le méprisaient naguère, il avait étalé sa débauche au grand jour. A la nuance près qu'une fois le goût pervers de la torture pris, il avait entretenu son vice dans le secret de cette resserre afin d'en jouir avec des raffinements infinis et une cruauté toujours renouvelée.

Mais en dépit de cela, les sens d'Akinari s'étaient émoussés, à l'instar du cancéreux qui perd peu à peu ses sensations gustatives. Désormais, le seigneur d'Aizu ne ressentait plus d'excitation ni de plaisir, au point que tout désir l'avait quitté.

L'idée que les femmes du clan Hori ourdissaient un complot contre sa personne lui procurait une sensation nouvelle…

Etait-ce de la peur ? Non, bien au contraire : c'était de la fureur. Sa rage à l'égard du clan Hori venait de se rallumer.

— Attrapez-moi toutes ces femelles ! avait-il ordonné aux Lances en trépignant de colère. Qu'on leur passe une longe au cou et qu'on me les amène ici ! Je vais leur faire subir la même humiliation, la même souffrance et la même terreur que celles que j'ai fait subir à leurs pères, leurs époux et leurs frères !

A cet ordre, les sept guerriers s'étaient aussitôt élancés à la recherche des dames Hori, mais n'avaient pas réussi à retrouver leur trace.

Puis, pour couronner le tout, Tessai et Magobê – que tous, même leurs complices, pensaient invincibles – avaient été éliminés par ces femmes sans la moindre difficulté.

Où se cachent-elles ? Qui est donc cet individu masqué qui les aide ?

On a retrouvé le cadavre de Tessai dans le coffre à la place des poupées de Kyôto achetées à Yoshiwara, mais Jin'emon, qui me les avait envoyées et que j'ai aussitôt interrogé, n'a cessé de me répéter qu'il était absolument certain d'y avoir déposé les filles promises.

Jin'emon lui avait cependant paru nerveux. Le daimyô d'Aizu, qui avait pris l'habitude de se méfier de tout le monde, avait soupçonné le proxénète de se jouer de lui et même d'être le complice des dames Hori. Il ne pouvait s'empêcher de penser que le monde entier en avait après lui.

Ces dames Hori ne me font pas peur, pas plus que leur comparse, peu importe qui il est ! Même si je dois bien reconnaître que ça m'énerve de ne pas connaître son identité...

A la vérité, personne n'avait jamais réussi à déstabiliser le seigneur d'Aizu jusque-là, mais ce mystérieux inconnu commençait à l'inquiéter sérieusement. Appartenait-il au château d'Edo ?

Il songea à la princesse Sen, la sœur du shôgun... Se pouvait-il que...

Mais ce n'est qu'une pauvre veuve retirée du monde. Je n'ai pas à trembler devant elle, se dit Akinari.

Malgré tout, l'idée qu'elle soutenait peut-être les femmes du clan Hori fit monter en lui un sinistre pressentiment : il préférait mille fois affronter le shôgunat que cette grande dame qui lui en imposait.

En effet, sitôt les détails de l'affaire du Tôkeiji connus, il avait envisagé l'idée qu'elle tirait peut-être les ficelles. Il avait alors commencé à se renseigner auprès des marchands qui fréquentaient la résidence shôgunale de Takebashi et auprès d'anciens domestiques. Comme personne n'avait entendu parler des sept femmes, Akinari avait fini par relâcher sa surveillance.

Pas tout à fait en réalité, puisque les Lances avaient continué d'épier les alentours de la résidence de la princesse à tour de rôle. Et c'était après avoir rendu visite à la princesse dans cette même demeure que l'homme masqué et O-Tori avaient assassiné Magobê et deux des chiens de Jônoshin avant de se volatiliser !

— Pourquoi ne les as-tu pas poursuivis ? s'écrièrent Kôshichirô, Ichiganbô, Rensuke et Ginshirô, fous de colère à l'égard de leur comparse Jônoshin.

— Je ne pouvais me résoudre à abandonner les cadavres de Magobê, de Chimaru et de Kazemaru, gémit Jônoshin en baissant la tête d'un air abattu.

Pour la toute première fois, ses camarades virent de la peur au fond de ses yeux !

— Soyez très prudents vous aussi, poursuivit-il dans un soupir douloureux. Ce masque est un surhomme ! Le pire, c'est qu'il a entraîné O-Tori. Cette fille sait se battre à présent !

— Elle, se battre ? s'esclaffèrent les quatre samouraïs qui estimaient que Jônoshin exagérait.

Si Akinari avait offert aux Sept Lances des postes élevés, il ne l'avait pas fait pour leur témoigner une affection particulière, mais dans le but de se prémunir contre un nouvel affront de la part des vassaux de son père. Ces samouraïs d'exception étaient rapidement devenus les instruments de ses appétits et de ses fantasmes. De plus, il devait bien reconnaître que leur bravoure le rassurait.

Il est peu probable que l'homme au masque de

furie vienne à bout de ces cinq-là, songea-t-il. Tessai et Magobê se sont fait avoir parce qu'ils se croyaient trop forts.

Hé oui, à peine éveillées, ses angoisses le quittaient déjà. D'ailleurs, tant qu'il ne perdait pas son sang-froid, rien n'inquiétait Akinari. Rien, hormis ses terrifiants cauchemars nocturnes.

Le jour où, jeune homme, alors que le domaine d'Aizu venait de lui revenir, il avait fait son entrée solennelle au château en tant que nouveau daimyô en titre, il avait croisé l'hégémon de Sendai, le célèbre Date Masamune, qui lui avait alors lancé cette pique :

— Seigneur Katô, votre fief d'Aizu domine incontestablement les régions du Nord-Est. Autrement dit, ce que le shôgun attend de vous, c'est que vous me teniez à l'œil. Me comprenez-vous bien ? Votre rôle est de surveiller le vieillard bien diminué que vous avez sous les yeux !

Akinari lui avait alors répondu sans ciller :

— Monseigneur, si votre domaine ne rapportait pas six cent mille *koku* annuels mais le double, sachez que je ne me contenterais pas de vous surveiller, mais que je serais déjà en train de chevaucher vers vous pour venir vous le prendre !

Celui que l'histoire retiendra sous le surnom de Dragon Borgne avait aussitôt cessé de rire.

Akinari n'avait pas hésité à tenir tête au célèbre Date Masamune pour mieux prouver par cette attitude impudente qu'il n'était pas un banal héritier apathique.

C'est pourquoi il enrageait contre lui-même chaque fois qu'il se réveillait après un nouveau cauchemar. Et chaque fois, il retournait sa colère contre une malheureuse victime, immanquablement une femme.

Il venait donc de découper une fille en morceaux à cause de l'un de ces rêves funestes. Ses yeux flamboyants de colère scrutaient les quatre coins de sa chambre.

On avait fixé un anneau de métal à un pilier sis dans un angle d'où partaient de fines chaînes. Ces chaînes, entortillées autour des chevilles de trois femmes, s'enfonçaient dans leur peau blanche.

Les prisonnières de la resserre avaient d'abord été effrayées par la cruauté et la perversion d'Akinari, avant d'éprouver une fascination morbide pour les agissements diaboliques du maître des lieux, dont l'univers de volupté malsaine leur avait tourné la tête, avait perverti leur sensualité et les avait presque rendues folles. Nombre d'entre elles s'étaient abandonnées passivement aux mains de leur bourreau, d'autres s'étaient tout bonnement résignées à la mort.

Car Akinari éprouvait une véritable passion pour ces femmes, qu'il exprimait à sa manière. Oui, même s'il les traitait comme des bêtes, il les aimait.

Mais la situation avait changé depuis qu'il ne ressentait plus de désir pour elles. Comme il aurait brisé une assiette ou piétiné un objet d'art dans un accès de fureur, il ne ressentait plus que dégoût et frustration à leur égard.

Celles parmi ses esclaves qui avaient senti ce changement avaient bien tenté de s'évader, mais, rattrapées par les Sept Lances, elles avaient péri dans les pires sévices. On avait enchaîné les survivantes comme des chiens, à l'instar de ces trois femmes dans l'angle de la salle.

Certes, Akinari n'aimait plus les femmes, mais sans elles, le monde n'était plus qu'un désert infernal. Sa raison lui dictait de ne plus les tuer car il devenait de plus en plus difficile de se procurer des femelles aptes à le satisfaire.

« Les femmes qui entrent chez le seigneur Katô n'en ressortent jamais. » Voilà la rumeur qui circulait à Edo et jusque dans sa province, si bien qu'il n'arrivait plus à trouver des filles.

Celle qu'il venait d'assassiner comptait parmi ces proies chèrement acquises. Et pourtant, Akinari ne se calmait pas. Repris par sa folie sanguinaire, il scrutait la chambre avec des yeux de dément, à la recherche de sa prochaine victime, quand on l'appela :

— Monseigneur !

2

— Vous êtes réveillé ?

Il reconnut la voix de Kôro Ginshirô derrière la porte. Ce dernier attendit que son maître fût levé avant d'entrer.

— Excusez-nous de vous déranger en pleine nuit, mais nous venons d'échafauder un plan. Nous aurions besoin de votre aval pour le mettre à exécution.

En effet, la veille au soir, Akinari avait vertement reproché aux cinq hommes leur incapacité à débusquer les dames Hori et à démasquer leur mystérieux complice. Les samouraïs avaient perdu la face et voulaient se racheter.

— Tu peux entrer ! autorisa Akinari en faisant mine de se réveiller.

Ginshirô parut étonné de trouver son maître debout, un sabre ensanglanté à la main, le cadavre d'une femme étendu à ses pieds.

— Nettoie mon sabre, ordonna Akinari en lui jetant l'arme.

Le beau Ginshirô se ressaisit aussitôt et pénétra dans la chambre. Il tira quelques feuilles de papier de sa veste et commença à frotter le sabre avec un geste élégant. Après quoi il le tendit à Akinari qui le rengaina.

— Cette chambre est pleine de sang, dit-il, je descends... Fais-la nettoyer !

Même l'été, la resserre restait sombre et humide. La fraîcheur des dernières nuits annonçait l'arrivée de l'automne.

Akinari rejoignit les quatre samouraïs assis en rond qui s'impatientaient.

— Il paraît que vous avez une idée ? leur demanda-t-il.

Ginshirô apparut derrière lui avec la dépouille ensanglantée de la fille sur le dos. Il la jeta négligemment près de l'entrée, comme il l'eût fait du cadavre d'un chien, avant de prendre sa place en silence.

La flamme d'une bougie grésilla avant de s'éteindre.

— Voilà, fit Ichiganbô en levant son œil unique, nous avons retourné le problème dans tous les sens cette nuit et nous sommes arrivés à la conclusion suivante : notre ennemi actuel est le mystérieux homme masqué, et non ces femmes du clan Hori. C'est sur lui que nous devons concentrer nos efforts.

— En effet, je suis de ton avis, grogna Akinari en grinçant des dents. Mais qui peut-il bien être ?

— Croyez-vous qu'il puisse s'agir d'un agent du gouvernement, monseigneur ?

Akinari prit un air soucieux, mais finit par secouer la tête :

— Non. S'il travaillait pour le shôgunat, il n'aurait pas besoin de se déguiser ni de narguer le clan.

L'idée que l'inconnu fût un espion du shôgun lui avait déjà traversé l'esprit. Elle lui avait même donné froid dans le dos. Il avait déjà croisé le génial Matsudaira Izu-no-kami, que tous surnommaient à juste titre Izu-le-Rusé, au château d'Edo. L'individu était passé maître dans l'art d'employer agents secrets et guerriers furtifs. Mais pour l'heure, rien n'indiquait qu'il eût envoyé des espions surveiller le clan Katô.

— Ce que nous savons, c'est que Tenju-in soutient cet homme, déclara Akinari.

Même s'il s'agissait d'une entrevue informelle entre gens familiers, le seigneur d'Aizu avait nommé la princesse Sen sans citer son titre honorifique, ce qui révélait bien son état d'esprit vis-à-vis de cette dame.

— Tenju-in n'est qu'une putain. Elle apporte son aide aux filles Hori uniquement parce que ce sont de damnées femelles ! maugréa-t-il.

— Monseigneur ne redoute-t-il pas d'affronter l'honorable Tenju-in ? s'enquit Ichiganbô, l'œil fixé sur son maître.

Le seigneur d'Aizu parut hésiter quelques secondes.

— Bien sûr que non ! répliqua-t-il avec un haussement d'épaules. Pourquoi devrais-je trembler quand le gouvernement lui-même m'a autorisé à me venger des rebelles ? Cela prouve assez que le shôgun considère le clan Hori comme félon. Personne n'a le droit de protéger des criminels. Et encore moins de les aider à faire la guerre au clan Katô ! Voilà certainement pourquoi notre homme porte un masque ; il sait pertinemment qu'il commet une faute grave envers notre clan. Si nous tuons ces femmes et leur complice, Tenju-in ne pourra rien dire. Et nous devons les supprimer, sans quoi ma famille perdra la face !

Akinari ne leur tenait pas ce discours pour la première fois, mais Ichiganbô avait jugé important de réentendre sa position.

— Puisque vous êtes déterminé à affronter

l'honorable Tenju-in, commença Ichiganbô en jetant un regard circulaire à ses compagnons, nous avons un plan pour éliminer l'homme au masque.

— Vous savez donc où il se trouve ? s'empressa de demander Akinari. Vous m'avez dit qu'il n'habitait pas la résidence de la princesse et qu'il n'y a pas remis les pieds depuis la dernière fois, il me semble ?

— En effet, mais nous pourrions l'obliger à venir jusqu'à nous.

— Comment ?

— En commettant des cambriolages.

— Quoi ?

— Nous allons mettre Edo à sac, déguisés sous des masques de *hannya* !

— Des masques de *hannya* ?

— L'inconnu se cache sous un masque de ce genre. Après le meurtre de Tessai, nous avons tenté d'enquêter auprès des habitants du quartier du pont du Vieux, mais ces gens étaient terrorisés et ont prétendu ne rien savoir. Si ce n'est un enfant témoin de l'assassinat, qui a affirmé qu'il avait vu huit furies, ce qui signifie que les femmes Hori portent ces masques, elles aussi. Si une bande de cambrioleurs masqués pénétrait chez les gens, imaginez un peu la panique !

— Comment nos ennemis sauront-ils que c'est nous ?

— Nous ferons en sorte qu'ils le sachent. Ce n'est pas de l'argent que nous emporterons, mais des jeunes filles !

Les cinq samouraïs ricanèrent.

— L'Enfer des Fleurs manque de femmes par les temps qui courent, n'est-ce pas, monseigneur ? dit Ichiganbô d'un ton moqueur.

— C'est pour cela que vous voulez enlever ces filles ?

— C'était notre idée de départ, mais maintenant nous souhaitons aller plus loin.

— C'est-à-dire ? Que comptez-vous faire encore ?

— Kidnapper des hommes aussi.

— Des hommes ? Et pourquoi ?

— En fait, nous avons l'intention de kidnapper des jeunes femmes et leurs époux. Nous surprendrons des couples au cours de leur nuit de noces. Ensuite, nous enverrons les jeunes épouses ici et leurs maris à la résidence shôgunale de Takebashi.

Akinari sursauta.

— Pourquoi chez Tenju-in ?

— Nous ne savons pas comment la princesse Sen réagira. Qui pourrait le savoir, d'ailleurs ? Cependant, monseigneur, vous vous souvenez certainement de cette rumeur qui circulait à Edo, au sujet de la princesse... Rappelez-vous, on racontait que Son Altesse était une vicieuse qui faisait l'amour à des hommes avant de les livrer à la mort, dit Ichiganbô, un sourire aux lèvres. En réalité, cette rumeur était une calomnie. La mort tragique du premier mari de la princesse, monseigneur Hideyori, et celle de son second époux, monseigneur Tadatoki, décédé dans la fleur de l'âge, avaient enflammé les imaginations. Les mauvaises langues en ont profité pour tailler une très vilaine réputation à la sœur du shôgun. Dont nous allons nous servir.

Rensuke intervint alors :

— En général, expliqua-t-il, une rumeur, même fausse, ne disparaît jamais totalement des mémoires. Si l'on devait retrouver un homme kidnappé devant la porte de la résidence de la princesse ou dans sa chambre nuptiale, les flammes embraseraient de nouveau le tas de cendres. La réapparition de cette rumeur fera trembler l'honorable Tenju-in !

— Ça lui apprendra à se mêler des affaires des autres ! ajouta Ginshirô. Elle aura beau se mettre en rogne, jamais elle ne pourra prouver que nous sommes les kidnappeurs.

Alors qu'il avait paru si abattu un peu plus tôt, Jônoshin retrouvait lui aussi sa belle assurance.

— Les gens y verront forcément un coup de l'homme au masque. Cela le poussera à faire un faux pas : je suis convaincu qu'il nous tombera dans la main après ça !

— Grâce à ce stratagème, nous aurons des filles, notre vengeance sur la princesse et un piège bien tendu pour appâter l'inconnu masqué. C'est ce que j'appelle faire d'une pierre trois coups ! déclara Ichiganbô.

Même ce ruffian d'Akinari n'avait jamais osé lâcher des voleurs dans Edo. Il contempla les visages des cinq samouraïs.

— Vous… vous me jurez de ne pas commettre d'impair, rien qui risquerait de nuire au clan Katô ?

— Vous pouvez faire confiance aux Lances d'Aizu !

Akinari soupira profondément.

— Entendu, je m'en remets à vous. Faites selon votre plan !

3

Telle une ombre chinoise pleine de grâce, un cortège nuptial traversait le pont de Kyô bashi sous la lumière pâle de la lune.

Les nuages qui défilaient devant l'astre nocturne ridaient la surface miroitante de l'eau. L'automne s'annonçait.

Des hommes en costumes d'apparat portaient des lampions, suivis par un long défilé de coffres de bois et de malles en osier. Ce soir-là, O-Ito, la fille du drapier de la grande maison Yorozu du quartier Takara à Nihonbashi, épousait le fils du fabricant de saké de la maison Kaga, sise dans le quartier Hachikan à Kyôbashi. Au milieu du pont, le porteur qui se tenait en queue du cortège vit une sorte de serpent tomber du ciel. L'homme entendit un choc : quelque chose venait de frapper le palanquin.

Tout à coup, le véhicule qui transportait la mariée se souleva de l'épaule du porteur, passa par-dessus la balustrade et s'envola au-dessus de l'eau.

Toutes les personnes présentes avaient les yeux écarquillés devant ce spectacle inattendu, s'attendant à ce que le palanquin tombe dans l'eau d'une seconde à l'autre. Mais celui-ci, que le fameux serpent retenait au pont, s'inclina et plongea soudain sous la rambarde.

Après avoir poussé un cri de surprise, tous ceux qui accompagnaient le cortège nuptial coururent jusqu'à la balustrade. De là, ils aperçurent une embarcation sur la rivière.

Le palanquin, tel le cocon duveteux d'une phalène, glissa le long d'un fil qui évoquait celui d'une araignée jusqu'à la frêle embarcation où on le chargea. Puis une silhouette humaine se laissa glisser le long de l'épais cordon noir avant de prendre place au fond de la barque.

Qui aurait pu deviner que c'était le fouet en cuir d'Ichiganbô qui venait de réaliser ce tour de force ?

Posté sous le pont, le samouraï avait lancé son fouet qui s'était entortillé autour du palanquin et l'avait soulevé. La foule avait cru assister à une intervention surnaturelle.

Et pour cause, la barque s'était volatilisée vers Hatchôbori avec trois passagers aux figures de démones *hannya* parfaitement reconnaissables à son bord.

Un messager alla aussitôt rapporter les faits à la maison Kaga dans le quartier Hachikan. Les membres de la nouvelle famille de la jeune épouse tombèrent tous dans un trouble extrême, en particulier son fiancé, Shinsaburô. Il était follement épris d'O-Ito, que l'on surnommait la Belle de Takara. Il devint pâle comme un linge et se mit à trembler de tous ses membres tandis que les membres de la maison Kaga se précipitaient vers le pont de Kyô bashi.

Au milieu de cette confusion, Shinsaburô disparut.

Quelques jours plus tard, un homme de la maison rapporta l'avoir vu monter à bord d'un palanquin cette nuit-là. Personne ne l'avait revu depuis.

La bande de brigands, que tous baptiseraient bientôt le « gang des furies » et qui allait semer la panique parmi les jeunes couples d'Edo, venait de commettre son premier forfait.

Shume, le fils aîné de Mamiya Daigaku, pénétra avec sa jeune épouse, Tazu, dans la chambre nuptiale de leur résidence du quartier de Kôjimachi. C'était leur nuit de noces ; la fraîcheur annonçait le début de l'automne.

La renommée de Shume, réputé pour sa beauté parmi les samouraïs de rang *hatamoto*, n'égalait pas celle de sa fiancée, la magnifique Tazu, elle aussi fille d'un vassal direct du shôgun.

Les jeunes mariés entendaient les convives festoyer dans la salle à côté. Eux-mêmes n'avaient pas bu d'alcool, hormis la coupe que les promis échangeaient traditionnellement pour sceller leur union. Ils se sentaient ivres pourtant, ivres de désir et d'avoir tant attendu cette nuit.

Mais ils étaient des enfants de samouraïs. Aussi

restaient-ils sagement assis l'un en face de l'autre dans la douce lumière des bougies. Shume et Tazu se distinguaient à peine dans la pénombre, comme s'ils étaient des visions fantasmatiques.

Les cils de la jeune femme projetaient des ombres sur sa joue, ses lèvres tendrement serrées évoquaient la chair d'un coquillage, la rondeur de ses seins se soulevait doucement à chaque respiration…

Elle m'appartient tout entière. Je peux l'enlacer et la serrer dans mes bras à présent.

Shume et Tazu échangèrent un regard brûlant. La jeune fille détourna les yeux. Il y avait un paravent à six panneaux dorés dans un coin de la pièce, derrière lequel on avait posé des feuilles de papier de soie et un petit chien en faïence en guise de corbeille.

— Tazu… fit Shume d'une voix étouffée.

Il se sentit pris de vertige. Il s'approcha de sa femme, posa une main sur son épaule, l'autre sous son menton.

Tazu releva la poitrine et se pencha vers lui. Shume sentit le contact de ses seins doux comme de la neige poudreuse sous ses doigts, il huma son souffle au parfum de fleur, et la flamme du désir l'embrasa. Il avait l'impression que la pièce baignait dans une douce brume.

Mais bientôt, le jeune époux réalisa qu'il ne rêvait pas : ils étaient bel et bien cernés par un nuage de brouillard. Etait-ce du brouillard ? Non : il s'agissait d'un filet très dense.

— Que… qu'est-ce que…

Durant un instant, il crut que ses sens lui jouaient des tours, mais il leva la tête et aperçut, collée au plafond tel un lézard gecko, une silhouette humaine à travers les mailles du filet. La silhouette portait un masque de furie ! « Aaah ! » aurait crié le jeune marié si un son avait pu sortir de sa gorge.

Le filet qui recouvrait les époux commença à se resserrer autour d'eux. Plus ils se débattaient, plus le filet souple les emprisonnait, les serrant si fort qu'ils arrivaient à peine à respirer.

— Prends garde, Ginshirô ! dit soudain une voix derrière le paravent, d'où sortirent deux silhouettes masquées.

— Je sais, répondit l'homme collé au plafond.

Il descendit sans faire le moindre bruit. Shume et Tazu avaient déjà perdu conscience. Les jeunes mariés disparurent de leur chambre pendant leur nuit de noces. Au matin, on trouva un masque écarlate de *hannya* cloué sur le paravent doré.

« Le gang des furies kidnappe les jeunes mariés ! »

En quelques jours, la rumeur se répandit parmi la population d'Edo.

Une fois sa réputation faite, la bande continua de perpétrer des enlèvements en usant de moyens surhumains qui tenaient presque de la sorcellerie. Mais le gang des furies ne se contentait pas de kidnapper, il assassinait également.

Si les bandits se retrouvaient cernés et acculés, ils

pourfendaient leurs assaillants comme ils eussent coupé des radis. Le groupe se composait de cinq membres, qui portaient tous des masques de *hannya*. Même les sergents de ville fuyaient devant ces canailles, ces diables incarnés qui n'hésitaient pas à tuer les gêneurs pour parvenir à leurs fins.

Toutefois, on ignorait tout de l'identité de ces bandits et des raisons pour lesquelles ils enlevaient uniquement de jeunes époux.

On continua de célébrer des mariages à Edo cependant ; certaines noces ne pouvaient visiblement pas attendre. De plus, le gang des furies n'attaquait pas tous les jeunes couples. En fait, on s'aperçut bien vite qu'ils choisissaient leurs proies parmi les plus beaux jeunes gens et les belles jeunes filles.

On connut enfin les motifs de ces rapts après les premières libérations des victimes masculines.

Shinsaburô, le fils du négociant de saké du quartier Hachikan, fut le premier à rapporter les conditions de sa captivité.

Après avoir appris l'enlèvement de sa fiancée O-Ito, le jeune homme avait croisé un palanquin. Le passager l'avait hélé ; une fois à l'intérieur, il s'était senti mal et avait rapidement perdu connaissance.

Plus tard, il s'était réveillé dans une résidence inconnue, allongé sur un grand lit recouvert de damas pourpre, entouré de panneaux de bois doré et de lampes aux abat-jour en soie ; certainement la maison d'un *daimyô*. Comme il avait trouvé l'air frais, Shinsaburô en avait déduit qu'il faisait nuit.

Soudain, il avait senti la peur le gagner.

— Holà ! Il y a quelqu'un ? avait-il appelé d'une voix aiguë.

La cloison avait aussitôt glissé sans bruit pour livrer passage à un visiteur. A sa vue, Shinsaburô avait poussé un cri terrifié.

Le visiteur était une femme entièrement nue, affublée d'un masque de furie ! Son corps enduit de graisse luisait dans l'obscurité.

Le captif avait alors tenté de se lever, pour s'apercevoir qu'il était entièrement nu, lui aussi, et que des cordes lui entravaient les poignets et les chevilles.

Puis la femme l'avait violé.

Le pauvre garçon avait été abusé par une femme, un drame aussi cruel et terrible que le viol d'une femme par un homme, en toute bonne définition.

La femme n'avait pas dit un mot, se contentant de haleter et de gémir de plaisir. Même après que ce beau jeune homme eut cessé de se débattre, elle avait continué d'abuser de son corps sans le détacher ; le calvaire s'était répété dix jours et dix nuits.

Au début, le malheureux avait eu l'impression que plusieurs femmes se succédaient, mais au bout de quelques jours, il n'avait plus été à même d'estimer ni de ressentir quoi que ce soit.

Puis, un jour, on l'avait détaché. Il n'avait plus la force de se mettre debout ; ses membres maigres comme des fils et mous comme des chenilles se dérobaient sous lui.

Shinsaburô ignorait quand on l'avait fait sortir exactement. Il se rappelait seulement avoir erré dans le brouillard en pleine nuit, se souvenait vaguement d'avoir été transporté en palanquin, puis ficelé sur la croupe d'un cheval.

Il s'était finalement retrouvé assis, totalement hagard, devant la porte de la résidence shôgunale de Takebashi par un beau matin d'automne. Dix jours avaient passé depuis son enlèvement. Ce jeune homme si beau n'était plus qu'une loque, tant moralement que physiquement.

Au bout de quelques jours, il avait trouvé la force de faire le récit de son aventure à ses proches.

— Où est O-Ito ? s'était écrié Shinsaburô, comme si la mémoire lui revenait soudain.

— On n'a pas retrouvé sa trace, lui avait-on répondu.

Le visage de Shinsaburô n'avait montré aucun étonnement ni aucune tristesse. Il ne ressentait plus rien hormis cette douleur poignante qui lui serrait le cœur chaque fois qu'il pensait à elle.

Quant au vassal du shôgun, le beau Mamiya Shume, il avait vécu le même enfer que le bourgeois Shinsaburô. Au bout de dix jours, on l'avait également retrouvé devant la porte de la résidence de Takebashi.

— Où est Tazu ?

— Elle n'est pas revenue.

La réponse n'avait pas ému le visage songeur et impassible de Shume.

Les deux jeunes hommes n'étaient pas les seuls à avoir connu ce sort ; on dénombrait une dizaine d'enlèvements à ce jour. La rumeur commença de se répandre dans tout Edo : « Les hommes connaissent l'enfer à la résidence de Takebashi. »

Ces étranges événements bouleversaient presque davantage les sentinelles de la porte de Takebashi que les malheureuses victimes elles-mêmes.

Un matin, les gardes avaient trouvé un homme à bout de forces, puis, quelques jours plus tard, un deuxième, puis un troisième, tous dans le même piteux état. Les récits de ces rescapés leur avaient paru totalement incompréhensibles, tant les événements décrits semblaient irréels. Les hommes en armes avaient jugé que des événements aussi choquants risquaient de couvrir d'opprobre la famille du shôgun. Ils s'étaient donc empressés de chasser ces hommes, un geste qui n'avait guère arrangé les choses. En effet, des bruits fâcheux s'étaient mis à circuler sur le compte de la princesse Sen !

« La princesse Sen est jalouse du bonheur des jeunes mariés parce qu'elle est veuve. Elle enlève les fiancés pour les violer et les épuise totalement avant de les jeter de son palais comme des ordures. »

Ces fausses allégations à l'encontre de leur maîtresse embarrassaient grandement les gardes.

« D'où viennent ces hommes ? Pourquoi les a-t-on amenés ici ? »

Les gardes avaient beau les interroger, les victimes

étaient incapables de dire d'où elles venaient. Elles avaient le cerveau totalement confus et brumeux.

Pour ne pas aggraver la situation, les gardes se gardèrent de les tuer ou de les conduire à la milice urbaine. Ils leur firent promettre de se taire avant de les renvoyer chez eux. Cependant, les rumeurs continuèrent d'aller bon train.

Yoshida Shûri, le fidèle conseiller de Tenju-in, vint trouver les sentinelles.

— Trouvez-moi les bandits qui déposent ces jeunes gens devant notre porte ! ordonna-t-il.

Les hommes d'armes avaient déjà organisé des tours de garde, mais sans succès. Il y avait toujours une nuit où, fatigués de veiller, ils se montraient moins vigilants, ce qui permettait aux criminels de jeter les hommes exténués devant la porte de la résidence.

Nul ne pouvait dire quand les malheureuses victimes étaient déposées là. Les gardes ne voyaient personne, n'entendaient pas le moindre pas, comme si ces actes étaient l'œuvre d'un démon.

Un gros chien noir marchait à pas de tortue au beau milieu de la nuit : c'était Tenmaru. Son poil, ordinairement blanc, était teint en noir. L'éclat mordoré de ses yeux luisait dans les ténèbres par intermittence.

On avait ficelé le corps d'un homme sur le dos de l'animal. Ses cheveux détachés se balançaient, ses membres touchaient à peine le sol. Le chien, gêné par ce fardeau pour marcher, se dirigeait vers la résidence de Takebashi en silence.

Une fois devant la porte, l'animal tourna le cou et coupa les liens avec ses crocs. Le corps de l'homme glissa sur le sol.

Une fois l'homme à terre, l'animal se mit à courir en traînant la corde déchiquetée derrière lui. Puis, tel un démon, il disparut dans l'obscurité.

4

Il faisait nuit.

Sur le lit recouvert de damas écarlate, un bel homme étendu avait cette fois encore les poignets et les chevilles attachés au matelas. D'après son apparence, il devait appartenir à la garde du shôgun. Au-dessus de lui, une femme au masque de *hannya* s'acharnait à lui prodiguer des caresses qui le mettaient au supplice.

Le malheureux en était à son dixième jour de calvaire. La femme l'enlaçait, le serrait, collait sa chair épaisse et blanche au corps pâle et décharné de l'homme, lequel, visiblement plus courageux que les autres, trouvait encore la force de gémir :

— Tue-moi… n'hésite pas, achève-moi !

— Je vous en prie, criez… criez plus fort… chuchota la femme derrière son masque. Criez… afin de couvrir ma voix. Il y a un trou dans la cloison. Des hommes nous surveillent.

L'homme eut un mouvement de surprise, puis il se contorsionna en hurlant des paroles inintelligibles. Tandis qu'elle faisait onduler son corps nu contre celui de son partenaire, elle lui chuchota :

— Ne faites rien qui pourrait éveiller leurs soupçons et écoutez attentivement ce que je vais dire. Je sers le maître de cette maison... mais je suis prisonnière en réalité, comme vous. Si j'agis ainsi, c'est que ces hommes ont menacé de me fouetter. Mais je veux m'enfuir... Vous allez quitter cet endroit demain matin ; ensuite, on vous jettera devant la porte de la résidence de Takebashi. Une fois libre, pourrez-vous avertir la milice urbaine de ce qui se passe ici ?

Le jeune homme avait beau gémir et pousser des cris, il n'avait rien perdu de ces paroles murmurées à voix basse derrière le masque terrifiant. La jeune femme quant à elle avait continué de le violer frénétiquement.

— Vous êtes à Edo, dans la résidence du clan Katô d'Aizu.

Cette femme était au service d'Akinari depuis si longtemps qu'on pouvait la considérer comme une « survivante ».

Menacées du fouet, d'être passées au fil de l'épée ou encore embrochées sur une lance, les femmes avaient pour mission d'exténuer les jeunes mariés. Les supplices se déroulaient dans la salle au rez-de-chaussée de la resserre, où l'on avait disposé des panneaux dorés pour imiter une demeure luxueuse.

Mais derrière ces panneaux, Akinari et les Sept Lances (qui n'étaient plus que cinq) regardaient la femme et le jeune homme s'accoupler avec un plaisir évident.

Enlever des filles, se venger de la princesse, défier l'inconnu masqué qui protégeait les dames Hori : si Ichiganbô s'était félicité de faire d'une pierre trois coups, ce spectacle érotique constituait un quatrième coup par ricochet !

Quant aux jeunes épouses, on les avait enfermées à l'étage. Plus elles contentaient les désirs sexuels d'Akinari, moins les pauvres filles qui l'avaient jusqu'alors servi lui paraissaient utiles. La femme au masque de *hannya* avait entendu des hurlements effroyables au rez-de-chaussée. Elle était certaine que l'on avait assassiné ses compagnes.

Un jour, en surprenant une conversation entre les samouraïs, elle avait appris que les hommes kidnappés étaient déposés devant la porte de la résidence de Takebashi.

– Si les hommes du shôgun ne viennent pas perquisitionner cette demeure, je suis perdue. Je vous en supplie, avertissez le préfet de la milice, bredouilla la jeune femme tout en haletant. Je vous ai tout dit. A présent, faites semblant de vous évanouir.

Le jeune homme soupira tout en soulevant son corps pour simuler l'orgasme. Loin de feindre l'évanouissement, il perdit réellement connaissance.

Tout essoufflée, la femme masquée se releva et sécha rapidement son corps en sueur avant de se diriger vers la cloison qui masquait un escalier. Elle avait accompli sa mission.

Elle fit glisser le panneau derrière lequel se trouvait Akinari. A ses côtés, elle vit Kôshichirô, Ginshirô, Jônoshin et Rensuke.

Le coude de Ginshirô fit un mouvement rapide. Soudain, une lueur aussi prompte qu'une étoile filante jaillit et s'abattit sur le masque de furie qui se brisa en deux, découvrant le visage stupéfait de la femme qui se retint de crier.

La lame avait seulement fendu le masque.

La pauvre fille recula comme si on la repoussait brutalement en arrière. Elle avait la chair de poule. Les samouraïs firent irruption dans l'alcôve ; c'était la première fois qu'ils agissaient ainsi.

Au moment où la femme se retournait vers le captif, elle entendit un bruit sourd qui venait du tatami sur lequel le prisonnier était toujours étendu. Il y avait quelque chose ou quelqu'un en dessous.

C'est alors qu'un des tatamis qui bordaient le matelas bascula, révélant le torse d'Ichiganbô. Sous le tatami, collé sur la paille tressée, était dissimulé un anneau de métal pris dans un épais morceau de bois. Ichiganbô tenait dans sa main une cordelette reliée à l'anneau.

La femme découvrait l'existence de ce mécanisme caché sous le sol de la resserre. Elle comprit aussitôt que le samouraï avait entendu tout ce qu'elle avait dit à sa victime.

— Nous a-t-elle trahis ? demanda sèchement Akinari.

— Oui, concéda Ichiganbô en hochant la tête d'un air lugubre.

L'espion s'était relevé.

— Nous devons la punir. Dommage pour ce garçon, maintenant qu'il connaît notre secret, nous devons l'éliminer.

Rensuke tenait la femme par le bras. On la traîna jusqu'au tatami d'où Ichiganbô était sorti.

L'emplacement du tatami dévoilait un trou béant de forme carrée. Ginshirô attrapa une lanterne et la jeta dans le gouffre.

— Aaaah ! s'écria la femme penchée au-dessus de l'abîme.

Elle avait poussé un cri terrifié, d'une terreur sans commune mesure avec toutes celles qu'elle avait éprouvées jusque-là.

XI
UNE JEUNE MARIÉE EN ENFER

1

Une nuit pluvieuse d'automne, le gang des furies kidnappa un couple juste après la cérémonie de mariage qui avait eu lieu dans la boutique d'un armurier de Kanda.

La nourrice de la jeune fille, que la nuit de noces inquiétait, alla discrètement s'assurer que tout se passait bien. Or, en se rendant dans la chambre des mariés, elle remarqua un volet entrouvert, puis aperçut de nombreuses traces de pas boueuses dans le couloir.

Quand elle pénétra dans la chambre, elle vit, épinglé sur le paravent, un masque rouge de *hannya*. A cette nouvelle, la maisonnée fit grand tapage. Au milieu du tumulte, un commis de boutique se mit à crier depuis le portillon qui donnait sur l'arrière-cour :

— A l'aide ! Il y a un homme évanoui par ici !

Une forme semblable à un rondin de bois gisait sous la pluie ; il s'agissait en réalité du corps inanimé de monsieur le marié. Le jeune homme était nu comme un ver. Sa fiancée, quant à elle, restait introuvable.

Cette même nuit, un homme au masque de furie courait sur l'avenue. Il s'arrêta à la hauteur d'un autre individu masqué, accompagné d'un chien.

— As-tu croisé des sergents de ville ? s'enquit le premier masque.

C'était la voix de Ginshirô.

— Rien à signaler, répondit Jônoshin, qui faisait le guet. Tenmaru nous avertira si un mouchard rôde dans les parages.

Drôles de bandits qui comptaient sur un chien pour monter la garde et traitaient les fonctionnaires du gouvernement de « mouchards » !

— Et Rensuke, qu'est-ce qu'il fabrique ?

— Il ne devrait pas tarder, dit Ginshirô à voix basse. Le marié est un grand gaillard, il doit le gêner pour courir.

Au même moment, ils virent quelqu'un arriver vers eux en sautant parmi les flaques. Grâce aux reflets brillants de l'eau de pluie, ils distinguèrent malgré l'obscurité la silhouette d'un homme qui portait un corps aux cheveux dénoués. Le nouveau venu les rejoignit, totalement à bout de souffle.

— Merci pour ta peine, dit Jônoshin. Des chevaux nous attendent là-bas, derrière ce mur.

Les trois hommes se précipitèrent aussitôt vers les coursiers.

Ils tournèrent dans une venelle à l'angle de l'avenue et trouvèrent effectivement, derrière un mur en pisé, deux chevaux ainsi que deux hommes masqués : Ichiganbô et Kôshichirô.

— Vous entendez ? La famille a commencé à donner l'alerte, fit Ichiganbô, un sourire aux lèvres et l'oreille tendue vers les clameurs qui montaient de l'armurerie non loin de là.

— Ne perdons pas de temps !

Ils ficelèrent les deux jeunes gens comme des sacs de linge sur les selles et prirent la route du sud, chevaux lancés au galop.

Les corps des captifs ballottaient contre les flancs des montures et leurs longues chevelures traînaient sur le chemin bourbeux. De part et d'autre de ce curieux équipage, cinq hommes masqués couraient comme des démons.

Jônoshin hurlait après son chien qui ne cessait d'aboyer.

Kôshichirô ralentit soudain son allure et resta en arrière. Ichiganbô, qui courait à ses côtés, s'en étonna :

— Qu'est-ce qui t'arrive, Kôshichirô ?

— Je n'aime pas ça.

— Quoi ?

— C'est Tenmaru. Il n'arrête pas de grogner et d'aboyer.

— Hum, j'ai remarqué moi aussi. Il se passe quelque chose.

Le borgne observa le chien. Le fait que son comparse baisse la voix pour lui parler l'intrigua encore davantage.

– Le chien en a après Rensuke, continua Kôshichirô. Regarde-le bien : tu ne trouves pas que notre ami a l'air plus petit qu'à l'ordinaire ?

– Sacré nom de… lâcha Ichiganbô.

Il retint son cri de justesse. Le bruit de la pluie qui battait le pavé et le martèlement des sabots ferrés l'auraient couvert, de toute façon. Le borgne jaugea la petite troupe qui les devançait et trouva effectivement Rensuke un peu court sur pattes pour un géant. Habituellement, il dépassait ses compagnons.

– Mais alors, si ce n'est pas Rensuke… qui est-ce ?

– L'homme que nous attendons.

– Hé ?

– Il est enfin sorti de sa cachette. C'est lui, c'est le masque !

Même s'ils avaient créé le gang des furies pour attirer leur ennemi dans leur piège, les samouraïs ne s'attendaient pas à ce que cet individu se manifeste avec autant d'arrogance et de témérité. Un frisson glacé parcourut Ichiganbô.

– Que fait-on maintenant ? On le tue ?

– Non, attends, répondit Kôshichirô en secouant la tête. Capturons-le plutôt. Ensuite nous le traînerons pieds et poings liés devant le seigneur Katô et nous lui arracherons son masque !

Il pressa le pas. A hauteur des chevaux, il interpella l'un des coureurs :

— Rensuke !

L'homme ne s'était pas encore retourné que le long sabre étincelant de Kôshichirô s'abattait sur lui comme de la giboulée.

« Craack ! » fit le masque de l'homme en se fendant en deux. Seule la moitié gauche glissa à terre, car l'inconnu avait eu le temps de rattraper l'autre moitié et la maintenait fermement contre son visage.

— Hé hé hé !

Cette voix railleuse n'appartenait pas davantage au géant.

— Dégaine ton sabre ! ricana Kôshichirô qui venait de remarquer l'arme à la hanche gauche du rieur. Ce dernier était droitier, ce qui impliquait qu'il ne pouvait attraper son arme sans lâcher la moitié de masque.

Le démon du sabre relâchait ses bras levés en posture d'attaque, quand l'inconnu fit brusquement volte-face et se précipita sur la gauche du cheval qui galopait devant lui.

— Hé ! Arrête-toi ! lança Ichiganbô.

Le fouet de cuir, qui ressemblait plus que jamais à un serpent marin, fendit le rideau de pluie et s'élança après l'ombre qui s'enfuyait.

Aucune chance que l'inconnu esquive ce coup ! Et pourtant, le fouet rata sa cible.

— Hé ! Il s'est glissé entre les deux ! avertit Ginshirô.

Ichiganbô comprit avec stupeur ce qui s'était passé : sa proie venait de se glisser sous le ventre d'un cheval au galop. Mais comment avait-il eu le temps d'effectuer cette acrobatie ? L'homme réapparut bientôt entre les deux coursiers et se hissa prestement sur celui de droite, près du jeune marié ligoté.

Une fois en selle, il tourna son visage toujours à moitié masqué vers ses poursuivants pour les narguer. Un sacré farceur, le bonhomme !

Les quatre hommes se lancèrent aussitôt à sa poursuite.

« Shaaa ! » siffla la lanière de cuir en direction du fuyard. Ichiganbô visait à droite cette fois.

— Fais attention ! Tu vises ton complice ! lança la voix du cavalier.

— Il a raison ! Regardez qui est ficelé sur la croupe de l'animal, s'exclama aussitôt Ginshirô. C'est Rensuke !

Ichiganbô se représenta alors le visage de son comparse et manqua sa cible. Le fouet claqua dans le vide. La pointe de cuir continua de frétiller quelques secondes encore, comme si elle hésitait à revenir.

— Sus à l'ennemi ! Ne t'occupe pas de Rensuke ! Attaque ! tonna Kôshichirô, les mâchoires crispées de fureur.

Le cavalier frappa la croupe des chevaux avec son sabre toujours coiffé du fourreau.

Le fouet tourbillonna à nouveau dans les airs avant de se tendre avec une vivacité animale. N'oublions pas que cette arme redoutable était aussi coupante qu'une lame !

Elle s'abattit sur un des coursiers qui se cabra. Son cavalier enfourcha promptement l'autre monture et prit une quinzaine de mètres d'avance sur ses poursuivants.

— Il ne faut pas qu'il s'échappe ! s'écria Ichiganbô, les lèvres écumantes.

Il tenta de sauter sur l'inconnu, mais s'étala de tout son long dans une flaque de boue ! Kôshichirô, Ginshirô et Jônoshin, qui le suivaient de près, culbutèrent à leur tour.

Le temps que les quatre hommes comprennent qu'ils venaient de trébucher sur le corps de Rensuke, le cheval et son cavalier avaient disparu dans les profondeurs de la nuit.

Rensuke était seulement évanoui. Par chance, la lanière de cuir s'était contentée de trancher les liens qui le maintenaient au cheval.

Le samouraï avait été assommé alors qu'il venait de capturer le jeune marié et traversait le jardin. Ensuite, l'ennemi masqué avait substitué son corps à celui de son prisonnier.

Une fois revenu à lui, Rensuke se sentit profondément humilié. Le géant entra dans une violente colère et arracha la plupart des arbres qui ornaient le jardin de la demeure des Katô à mains nues. Cela n'apaisa pas sa fureur pour autant.

— Pour… pourquoi m'avoir laissé la vie sauve? gémissait-il d'une voix douloureuse.

Le fait que l'inconnu masqué ait laissé leur comparse en vie glaçait les autres Lances jusqu'aux os.

2

Le vent d'autan chantait dans la cime des pins. Sous le ciel limpide, une nuée rougeoyante de libellules voletait de-ci de-là. En contrebas de la pinède, dans la baie de Shinagawa, une multitude de voiles de bateaux brillaient sous le soleil.

Près de ce lieu enchanteur, au sommet d'une colline qui surplombait le temple Tôkaiji, se trouvait un pavillon nommé « l'Ermitage des bruines printanières ». C'était dans cette même bâtisse que Takuan avait séjourné, au cours de son exil à Dewa Kaminoyama. De retour chez lui, il l'avait fait démonter et transporter jusqu'à Shinagawa, puis rebâtir dans l'enceinte de son temple au sommet de cette colline.

Depuis ce promontoire, le regard embrassait l'ensemble du sanctuaire, vaste de cinq cents mètres carrés. Ce panorama, sans conteste l'un des plus beaux paysages que l'on puisse contempler, se déroulait à perte de vue jusqu'à la mer.

C'était donc là, par cette belle journée d'automne, que sept femmes assises en cercle conversaient. Le ton de leur discussion était grave ; aucune ne semblait remarquer le vent qui soufflait dans la pinède, ni les bateaux dans la baie, ni les libellules rouges.

Au bout d'un moment, O-Chie regarda machinalement vers le flanc de la colline.

— Maître Jûbei arrive ! cria-t-elle soudain.

A ces mots, les femmes se levèrent aussitôt. Etrangement, l'apparition de leur maître parut les contrarier…

Le samouraï gravit l'escalier de bois qui menait au sommet. Une fois en haut des marches, il s'arrêta et regarda les sept femmes avec un air dubitatif :

— Je vous cherchais. On m'a dit que je vous trouverais ici, dit-il. Il paraît que vous tenez une réunion extraordinaire ? Que complotez-vous ?

— Maître ! dit O-Chie. Il s'agit de cette terrible affaire dont tout le monde parle à Edo.

— Une terrible affaire ? Ah, mais de quelle terrible affaire parlez-vous ?

— Mais de ces brigands qui enlèvent des couples de jeunes mariés ! On les appelle le « gang des furies »…

Jûbei fronça les sourcils et leur lança un regard sévère :

— Comment êtes-vous au courant de ces événements ? Vous ne quittez jamais l'enceinte du temple…

— En fait, maître, nous allons en ville chacune à tour de rôle, confessa O-Sawa.

Chose que Jûbei leur avait formellement interdit de faire !

— Et dans quel but ?

— Afin de collecter des renseignements sur le clan Katô !

Ces filles aiment tenter le diable… songea Jûbei en frissonnant. Ignorent-elles que leurs ennemis les cherchent partout ?

— Ne vous fâchez pas, maître, plaida O-Shina, nous ne sommes sorties qu'une seule fois chacune, c'est tout ! Nous n'en pouvions plus de rester ici à attendre les bras croisés.

— Eh bien, faites comme bon vous semble, grommela Jûbei. Après tout, libre à vous de vous faire prendre et tuer ! Mais supposez que les Sept Lances découvrent votre cachette. Vous serez bien avancées !

Il se renfrogna. En réalité, il s'inquiétait beaucoup pour la sécurité de ces femmes, surtout qu'elles semblaient d'humeur téméraire. Mais l'homme était pudique et il lui répugnait de dévoiler le fond de son cœur.

— Si jamais le clan Katô apprenait que le Tôkaiji donne asile à des femmes et s'il en informait le gouvernement, maître Takuan risquerait d'avoir de sérieux ennuis. Pensez un peu à lui ! finit-il par leur dire.

Cette recommandation fit tressaillir ses élèves, qui échangèrent des regards confus.

— Vous avez raison, nous nous sommes montrées très imprudentes, reconnut O-Chie avec humilité.

O-Sawa releva brusquement la tête.

— Revenons à cette histoire de gang, dit-elle. Il est clair que les Lances sont derrière tout ça !

— Je sais, fit simplement Jûbei.

— On raconte que ces bandits enlèvent des couples de jeunes mariés, commenta l'une d'elles. Les hommes ont été retrouvés près de la résidence de Takebashi, mais personne n'a revu leurs épouses. Je parie que messire Akinari torture ces femmes dans l'Enfer des Fleurs !

— Je sais, répéta Jûbei.

— Quant aux rumeurs qui circulent sur la princesse Sen à propos des pauvres jeunes hommes retrouvés évanouis devant sa porte, je suis sûre qu'il s'agit d'un complot fomenté par nos ennemis pour la compromettre !

— Je sais, dit Jûbei pour la troisième fois.

Comme le samouraï n'avait manifesté aucune surprise à chacune de leurs remarques, les sept femmes commencèrent à s'énerver.

O-Kei, d'habitude si réservée, se surprit même à hausser le ton :

— Puisque vous le savez, maître, qu'attendez-vous pour intervenir ? Préférez-vous que cet abominable complot suive son cours ?

— Vous omettez un élément crucial.

— Lequel ?

— Quelles sont les seules personnes capables de deviner les motifs de ces kidnappings ? Vous, la princesse et moi-même. Il me paraît évident que nos ennemis cherchent à nous provoquer.

Les sept femmes restèrent silencieuses cette fois. Elles n'avaient effectivement pas pensé à cela.

— Ces cinq furies sont autant de piques qui nous asticotent le derrière pour nous pousser à la faute !

— Cela leur ressemblerait assez ! s'exclama O-Sawa. Mais vous ne trouvez pas que nous devrions intervenir ? Vous préférez nous savoir terrées ici comme des poules mouillées ? Cette attitude serait vraiment indigne !

— Relevons le défi qui nous est lancé ! lança O-Chie, les joues en feu. Nous savons que les Sept Lances surveillent les endroits où se déroulent les mariages. Devançons-les ; nous parviendrons peut-être à les prendre à leur propre piège.

— Ce n'est pas aussi simple que tu l'imagines, fit remarquer Jûbei en souriant. Nos adversaires ont l'avantage. Réfléchissez à votre expérience avec Tessai et Magobê : vous avez réussi à les avoir par surprise parce qu'ils ne s'attendaient pas à être attaqués. Aujourd'hui, la situation est totalement inverse : ce sont vos ennemis qui tendent les embuscades.

— J'en suis consciente, admit O-Chie, mais nous ne pouvons laisser les mauvaises langues ternir la réputation de notre bienfaitrice à cause de nous. Il faut faire quelque chose !

— Ah ça oui ! Il faut absolument faire quelque chose ! Je suis entièrement d'accord avec toi. Tiens, au fait, j'ai croisé le fer avec les Lances la nuit dernière.

— Oooh ! Et alors ?

— Echec total, dit Jûbei sur un ton impassible.

— Vous, maître Jûbei ? Ils vous ont vaincu ?

— A plate couture, oui. Je suis mort de honte.

— Mais vous en êtes sorti vivant...

— Hé hé hé ! C'est que j'ai eu de la chance : j'ai réussi à m'enfuir de justesse ! dit Jûbei en souriant.

Puis, lançant un regard penaud à son auditoire, il poursuivit :

— Bon, j'en plaisante maintenant avec vous, mais je peux vous dire que je n'en menais vraiment pas large hier soir.

Ces dames étaient littéralement suspendues à ses lèvres. Totalement subjuguées, elles trouvaient qu'il n'y avait pas d'homme au monde plus fascinant que Yagyû Jûbei.

Il faut dire qu'elles n'avaient connu que les hommes de leur clan, des guerriers aux mœurs conventionnelles prodigieusement ennuyeux.

Jûbei, en plus de son tempérament indéniablement viril, savait faire preuve d'une certaine finesse. En effet, les deux traits remarquables de sa personnalité étaient le raffinement et la force brutale. Il alliait la sévérité d'un père à la liberté allègre de l'enfant, si bien que ce cœur de granit s'était mis à éprouver une tendresse bienveillante à l'égard de ses élèves. Son impassibilité coutumière relevait moins de l'indifférence que du flegme, et ce sens de l'humour dont il ne se départait jamais le distinguait indéniablement des hommes de sa caste.

Dans le même temps, les sentiments de ces femmes à l'égard de leur maître avaient subtilement changé, comme l'air ondoie sous l'effet d'une forte chaleur. Chacune s'était efforcée de dissimuler à sa façon ce changement à ses compagnes, c'est-à-dire le plus habilement du monde, selon qu'elle était vierge ou veuve. Ainsi donc, ces dames n'en avaient rien laissé paraître. De plus, elles étaient bien trop focalisées sur leur vengeance.

Comment un individu aussi peu sensible à la psyché féminine que Jûbei aurait-il pu se rendre compte de leur attachement ?

— Maître, demanda O-Chie, quelles étaient vos intentions lorsque vous avez décidé d'affronter les Sept Lances ?

— Pas de les tuer, répondit Jûbei, ce privilège reste le vôtre. A ce propos, nous n'arriverons pas à stopper cette conspiration en en éliminant seulement un ou deux. Nous devons prendre des mesures plus radicales.

— A quoi pensez-vous ?

— Je vous en dirai plus après ; laissez-moi d'abord vous raconter ce qui s'est passé. Dissimulé sous mon masque, j'ai retrouvé ces bandits chez un armurier de Kanda. Comme ils s'apprêtaient à commettre un nouveau forfait, j'ai décidé de me faire passer pour l'un d'entre eux. Et je peux vous dire que ça n'a pas été facile !

Ses élèves étaient suspendues à ses lèvres.

— Mais oui ! Rendez-vous compte : Kôshichirô

n'a qu'un bras, Ichiganbô a l'air d'un poulpe ratatiné qui aurait mariné trop longtemps dans son jus, Jônoshin est un nabot. Quant à Ginshirô, on dirait une jouvencelle ! Bref, faute de mieux, je me suis fait passer pour Rensuke. Je dis « faute de mieux » parce que je n'ai pas sa stature de colosse, évidemment. Je comptais sur l'obscurité pour duper les Lances, au moins jusqu'à ce que je sois entré dans la résidence des Katô. Malheureusement, on m'a repéré avant.

Son auditoire retenait son souffle.

— Le chien ne s'est pas laissé avoir. Dès que Kôshichirô s'est rendu compte de la supercherie, il a balancé un coup de sabre en plein dans mon masque et l'a fendu en deux. Heureusement qu'il ne visait qu'à révéler mon visage, je crois qu'il ne m'aurait pas raté sinon !

Les femmes se taisaient toujours.

— Je me demande bien qui lui a transmis sa technique, d'ailleurs... dit Jûbei pour lui-même. Je ne l'ai vu faire qu'une seule passe, mais quelle adresse ! C'est un prodige ! Je ne sais pas si j'arriverais à le battre en duel.

Jûbei avait prononcé ces dernières paroles sur un ton grave. A l'évidence, il ne plaisantait pas cette fois. Il avait même un regard absolument terrifiant, celui des hommes confrontés aux abîmes insondables de la Voie du Sabre.

3

Un silence oppressant planait à présent sur la colline, comme si le soleil automnal s'était soudain recouvert de glace.

— Maître, si vous n'aviez pas l'intention de les tuer, fit alors O-Chie pour briser le silence, dans quel but vouliez-vous approcher ces bandits ?

— C'est là où je voulais en venir. Maintenant, je vais vous révéler la pierre angulaire de mon plan ! fit Jûbei en inclinant la tête. Pour empêcher ces bandits de nuire, il va falloir pénétrer dans leur résidence, et pour cela, se montrer très rusé… Tendez bien l'oreille.

Telles sept fleurs, les charmants visages se penchèrent vers Jûbei qui entama son récit en baissant la voix. Le samouraï éprouvait un certain plaisir à ces petits jeux enfantins. Une fossette creusait d'ailleurs légèrement sa joue.

— Dès que la rumeur à propos du gang des furies a commencé à circuler, j'ai tenté de m'introduire dans la demeure des Katô. J'ignorais alors tout de vos escapades. Vous avez vraiment eu de la chance que ces hommes ne vous repèrent pas car ils sont sur leurs gardes. Des hommes armés d'arquebuses prêtes à faire feu défendent la résidence jour et nuit depuis le fameux soir où je me suis introduit chez eux, expliqua Jûbei avec un sourire espiègle. C'est d'ailleurs à ce moment-là que j'ai eu l'idée de me faire passer pour l'un d'eux, mais ce plan a échoué, comme je viens de vous l'expliquer. J'ai bien réfléchi et j'ai pensé à autre chose.

Le samouraï se caressa le menton.

— Je vais me faire passer pour un jeune marié, annonça-t-il aux sept femmes ébahies.

Au bout de quelques secondes, O-Sawa prit la parole et lui demanda :

— Si je peux me permettre, maître, vous nous avez dit que Kôshichirô vous avait arraché votre masque, il me semble.

— J'ai eu la présence d'esprit de tenir l'autre moitié sur la partie droite de mon visage. Ils ont seulement vu mon profil gauche, celui où j'ai encore mon œil.

Les femmes observèrent le visage de Jûbei ; sa paupière droite était mince comme un fil alors que la gauche était aussi ronde que le disque lunaire.

— Il faisait nuit noire et, dans le chaos du combat, je doute qu'ils aient réussi à distinguer mes traits. Je n'aurai donc aucun mal à me faire passer pour un jeune marié inconnu.

— Avez-vous décidé du rang et de la qualité de votre personnage ?

— Pas encore, mais pas d'inquiétude, je trouverai bien.

Jûbei se caressa la joue, l'air pensif.

— Le seul ennui, c'est que le gang n'enlève que des jeunes gens bien faits de leur personne... Il faudra donc que je sois beau. Malheur ! Comment faire ? Je ne sais vraiment pas comment m'y prendre.

Me voilà bien désemparé... A votre avis, est-ce qu'un peu de poudre fera l'affaire ? Qu'en pensez-vous ? Répondez-moi ! De quoi aurai-je l'air avec le teint poudré ?

Les sept femmes se retenaient de rire.

— Maître, répondit O-Shina, nos ennemis auront tôt fait de vous démasquer. Dès qu'ils verront que le fiancé est borgne, ils reconnaîtront Yagyû Jûbei ! Vous avez pu dissimuler votre infirmité sous un masque, mais pensez-vous qu'il soit bien prudent de vous montrer à visage découvert ?

La question tombait fort à propos.

Yagyû Jûbei avait donné des leçons d'escrime au shôgun Iemitsu autrefois. Le caractère farouchement indépendant du jeune samouraï, qui n'en faisait déjà qu'à sa tête à cette époque, avait fini par choquer le généralissime. Jûbei avait essuyé des remontrances et ne s'était plus rendu au palais d'Edo après cela. Il n'avait donc jamais eu l'occasion de rencontrer Katô Akinari. Il va sans dire que les Sept Lances ne le connaissaient pas non plus, puisqu'ils arrivaient à peine d'Aizu.

Akinari et ses sbires n'avaient aucune raison d'imaginer que l'aîné de la famille Yagyû prêtait main-forte aux dames du clan Hori. Cependant, s'ils venaient à le découvrir, le conflit se transformerait alors en une guerre ouverte qui opposerait les grands seigneurs des clans Katô et Yagyû. Cette situation risquait de porter préjudice à Tajima-no-kami, le père de Jûbei, ce que ce dernier voulait à tout prix éviter.

Voilà pourquoi il avait toujours pris soin de dissimuler son visage sous un masque de hannya.

— Nous allons lui jouer un bon tour ! murmura Jûbei en souriant.

— Maître, répéta O-Shina, vous ne porterez pas de masque ?

— Je fermerai l'œil pour faire semblant d'être aveugle. Nos adversaires ne m'ont jamais vu, et puisque leur sale affaire marche, je parie qu'ils se méfient moins. Je pense même qu'ils choisissent à présent leurs futures victimes uniquement sur leur réputation, déclara Jûbei avec optimisme avant de se rembrunir. Mais il reste un problème, et pas des moindres : je suis loin d'être bel homme…

— Ce n'est pas vrai !

O-Fue, la suivante d'O-Chie, avait prononcé ces paroles d'une voix emportée.

— Maître Jûbei est l'homme le plus séduisant de tout le Japon !

Les autres femmes regardèrent la jeune fille d'un air étonné avant d'échanger des sourires complices. Elles ne se moquaient pas de leur compagne, bien au contraire ; elles partageaient toutes son point de vue. Les jeunes femmes trouvaient vraiment cet homme à la peau tannée et à la barbe de plusieurs jours très séduisant !

— Bien, si vous le dites ! fit Jûbei avec sérieux. Dans ce cas, c'est décidé, je vais jouer au jeune marié. Maintenant, je dois choisir une fiancée, car il nous faut un couple d'imposteurs.

— Les faux époux enlevés ensemble espionneront la demeure du clan Katô ! ajouta O-Chie.

Les yeux des sept femmes se mirent aussitôt à briller.

— Je veux faire la fiancée !

— Non, moi !

— Choisissez-moi !

Les filles criaient toutes en même temps.

— Ne vous emballez pas ! Même déguisées en mariées, ces hommes vous reconnaîtront ! Vous ferez illusion un temps, la tête dissimulée sous la coiffe de soie et le corps sous un manteau de brocart, mais ils finiront par vous démasquer.

— Nous sommes conscientes des risques.

— Je serai là en cas de danger, mais je ne pourrai pas répondre de la vie de celle qui m'accompagnera ; je ne sais pas ce qu'il se passera une fois que nous aurons été faits prisonniers.

— La seule perspective de pouvoir régler son compte à Akinari nous ravit déjà !

— Non ! Il est trop tôt pour l'éliminer. Nous devons d'abord rendre son honneur à la princesse Sen et mettre le gang des furies hors d'état de nuire. Laissons vivre Akinari pour le moment, rien que pour le plaisir de le tourmenter davantage. Je sais que cette perspective ne vous satisfait pas mais soyez patientes, je crois que le maître d'Aizu a totalement perdu la tête : ses sbires se livrent au brigandage à présent. S'il est descendu aussi bas, cela veut dire qu'il panique. Il doit vivre l'enfer. Laissons-le se ronger les sangs encore un peu ; ensuite, nous lui ferons subir une humiliation qui le fera mourir de honte.

En vérité, Jûbei voyait une autre raison de différer l'assassinat d'Akinari : il attendait qu'une occasion plus propice se présente, mais garda cette information pour lui.

En outre, ces dames ignoraient que l'assassinat d'un daimyô du rang d'Akinari leur vaudrait la peine de mort. Toutefois, comme elles étaient résignées à mourir, Jûbei jugea inutile de le leur dire.

— Autant vous prévenir : celle qui jouera le rôle de la fiancée risque de mourir avant d'avoir obtenu vengeance. Alors, qui vient avec moi ? Qui veut m'accompagner ?

— Moi ! Choisissez-moi, je vous en supplie !

— Moi !

— Je veux y aller avec vous !

Cette fois encore, elles répondirent en chœur. Chacune connaissait les raisons qui motivaient ses compagnes.

Elles rêvaient toutes de mourir en épouse de Yagyû Jûbei, même si elles savaient que ce rôle durerait le temps de la comédie destinée à piéger l'ennemi. Mais ça, aucune d'entre elles n'aurait osé l'avouer.

— Me voilà bien embarrassé ! s'exclama Jûbei, sidéré.

L'œil brillant, il se passa la main sur le front ; le samouraï semblait ému. N'allez pas imaginer qu'il avait deviné les sentiments de ses élèves ! Il était simplement bouleversé par le courage dont ces femmes faisaient preuve.

— Tirons au sort, proposa-t-il en se relevant. Reculez un peu, je vais percer l'œil du serpent.

Les femmes s'écartèrent en l'observant avec des mines perplexes. Elles formèrent un cercle plus large au centre duquel Jûbei traça sept anneaux sur le sol avec la pointe de son sabre : trois cercles au-dessus de quatre autres. Puis il demanda aux filles d'en choisir chacune un.

— Etes-vous prêtes ? Que le destin décide !

Il lança son sabre dégainé vers le ciel. La lame étincela sous les rayons lumineux, puis, telle une étoile filante, vint se planter à la verticale dans un cercle : c'était celui qu'O-Kei avait choisi.

4

On célébrait des noces dans la vaste demeure de Toriyama Kengyô, un membre éminent de l'association des aveugles de Yushima.

La famille Toriyama mariait sa fille à un jeune homme qu'elle comptait adopter. Celui-ci, un certain Gentatsu, médecin de son état, était le frère de Misawa Gendô, un membre du conseil privé du shôgun au château d'Edo. D'après la rumeur, de nombreuses raisons avaient présidé à cette union entre la fille d'un aveugle et un médecin de haute lignée. La première était que Gentatsu avait la vue mauvaise, la seconde, que Toriyama Kengyô offrait une dot importante – l'homme s'était enrichi en prêtant à usure –, et la troisième, que sa fille O-Sono était d'une beauté exceptionnelle, en dépit de la balafre rouge pâle qui courait de son cou à sa joue.

— O-Sono...

Assis sur le lit, Gentatsu appelait sa jeune épouse.

— Viens près de moi.

Gentatsu n'était plus un jeune homme : il avait trente ans passés, portait une queue-de-cheval nouée sur la nuque à la manière *sôhatsu* et gardait les yeux constamment fermés. On disait qu'il avait de « mauvais yeux », façon de dire qu'il n'y voyait rien du tout !

— J'arrive... murmura sa jeune épouse en approchant.

La jeune femme devait être extrêmement pudique, car elle portait encore l'étole cramoisie sur sa tête.

— Chère O-Sono, je suis aveugle. Tout à l'heure dans la lumière, j'arrivais à distinguer certaines choses, mais ici, dans cette chambre, je n'y vois absolument rien. C'est grâce à cette infirmité que j'ai pu t'épouser, mais à cause d'elle je ne peux contempler ton joli visage, dit le marié, la voix nouée par l'émotion.

Hum ! J'ignorais que maître Jûbei était si bon comédien ! se dit O-Kei déguisée en O-Sono, mais elle était bien trop nerveuse pour s'extasier plus longtemps sur les talents de son maître.

— Ou… oui, balbutia-t-elle.

Le cœur de la jeune femme battait la chamade. Elle se trouvait seule dans une chambre en compagnie de Jûbei, à tenir le rôle d'une mariée le soir de sa nuit de noces. Même s'il ne s'agissait que d'une comédie, O-Kei sentait son sang s'échauffer. Elle tremblait de tous ses membres.

— Non… je… murmura-t-elle en retenant son souffle tandis que Jûbei l'attirait vers lui pour lui caresser la joue.

— Mais tu as gardé ton voile ?

— A cause de cette vilaine cicatrice sur ma joue…

— Allons, tu sais bien que je ne peux pas te voir, ne sois pas si timide, O-Sono. Je suis ton mari à présent.

Jûbei commença à la caresser tendrement à tâtons, comme un aveugle l'aurait fait.

La peau de la jeune femme devint moite. O-Kei frémit en serrant les lèvres. Allons, ce n'est pas la première fois ! Je suis une femme mariée, pas une jeune vierge effarouchée ! se dit-elle pour contenir les émotions qui la submergeaient. Pour se calmer, elle se remémora le visage de son défunt époux, Inaba Jûsaburô.

Des sept dames du clan Hori, O-Kei était celle qui possédait le tempérament le plus calme et le plus retenu, et une volonté de fer. Et voilà qu'elle faisait la coquette dans les bras de Jûbei. Le samouraï se sentait totalement perdu !

Au secours ! Faites que les Lances viennent à ma

rescousse ! priait-il intérieurement.

Même les yeux fermés, il avait deviné que les cinq hommes étaient accrochés au plafond comme des geckos.

— Aaah ! hurla O-Kei en levant les yeux.

Elle venait enfin de remarquer les silhouettes pendues au-dessus de sa tête. Aurait-elle su qu'elles se trouvaient là qu'elle n'aurait pas eu le temps de réagir, car une sorte de brouillard opaque tomba alors sur elle.

O-Kei le reconnut aussitôt : il s'agissait du filet grâce auquel elle-même, nombre de ses compagnes et l'abbesse du Tôkeiji de Kamakura avaient été faites prisonnières.

— Le fi…

Elle faillit dire « Le filet ! », mais à peine avait-elle ouvert la bouche qu'elle se retrouva dans les bras de Jûbei. Le samouraï avait senti que la jeune femme allait trop parler. Alerté par la réaction de sa compagne, il l'avait prise dans ses bras pour l'empêcher de faire échouer leur plan. Leurs ennemis ne devaient pas découvrir leur stratagème et il n'avait pas trouvé d'autre moyen de la faire taire.

« Nous devons jouer le jeu jusqu'au bout ! » avait décrété Jûbei au tout début de la mission. Il allait bientôt regretter ces paroles. En voyant O-Kei réagir de façon insolite, le samouraï avait d'abord songé : Enfin, nous y voilà ! Pourvu qu'O-Kei comprenne mon geste. J'espère qu'elle va continuer à jouer le jeu, elle est assez intelligente pour cela. Maintenant qu'il cherchait à desserrer son étreinte, il n'arrivait plus à se détacher de la jeune femme. Leurs deux corps étaient littéralement collés l'un à l'autre !

Jûbei s'aperçut qu'une sorte de gaze lui recouvrait le corps. Ce matériau était si fluide qu'il épousait parfaitement les contours de sa joue et de ses membres. Instinctivement, il remua les bras pour tenter de se libérer, sans succès. L'empois de gaze le serrait même davantage, si bien qu'O-Kei dut se cambrer. Les seins et le ventre moelleux de la jeune femme glissèrent contre le torse de Jûbei qui ne parvint soudain plus à respirer et perdit connaissance.

5

Dans son cauchemar, des serpents rampaient sur son ventre, puis sur son corps tout entier. Elle se réveilla en sursaut.

Elle entrouvrit les paupières ; elle faillit hurler, mais parvint à contenir son cri et se redressa sur son séant.

La figure lisse et blafarde de Katô Akinari se trouvait juste en face d'elle !

Bien qu'encore à moitié endormie, le geste de Jûbei lui revint confusément en mémoire : il l'avait empêchée de trahir leur secret. Elle prit donc sur elle et ne manifesta pas la moindre surprise, d'autant qu'elle s'attendait à rencontrer le maître d'Aizu.

— Tu es réveillée ? demanda Akinari en ricanant.

Il tenait la ceinture de la jeune femme dans sa main. O-Kei regarda son ventre et s'étonna de ne plus y voir la large bande de tissu. On lui avait laissé son voile sur la tête et le visage : Akinari s'était contenté de dénouer sa ceinture.

— Je sais qu'une vilaine cicatrice te barre la joue, aussi t'ai-je laissé ta coiffe. Tu vois, je sais me montrer magnanime, dit Akinari avec un ricanement diabolique.

Il scruta le regard d'O-Kei à travers le tissu, enfin celui de l'épouse de Gentatsu. Il ne s'était pas aperçu de la supercherie !

Comment se fait-il que les Lances n'aient pas dévoilé mon visage ? se demanda O-Kei. Ils n'ont peut-être pas eu le temps ? La fausse cicatrice que j'ai collée sur ma joue a dû réussir à les tromper... Il semble convaincu que je suis la fille de Kengyô.

Où suis-je ? Et où ont-ils emmené maître Jûbei ?

Je dois me trouver dans la demeure du clan Katô à Shiba, mais dans quel pavillon exactement ? Certainement dans la fameuse resserre secrète dont maître Jûbei a parlé, la réplique de celle qu'Akinari possède dans son domaine d'Aizu : l'Enfer des Fleurs !

O-Kei ne voyait Jûbei nulle part dans la vaste salle aux murs blancs. Une dizaine de femmes accroupies sur le sol l'observaient en revanche.

Leurs yeux, dans lesquels se réfléchissaient les

feux des lanternes, brillaient de crainte et de curiosité. Au centre de la chambre trônait un lit recouvert de draps couleur sang.

— Fille de Kengyô, malgré ta balafre, tu possèdes un regard d'une rare beauté. Je vais te faire l'honneur de t'aimer.

Tandis qu'il prononçait ces paroles, Akinari jeta la ceinture sur le côté et s'approcha de la jeune femme.

— Toute femme qui pénètre en ces lieux y reste pour toujours, ajouta-t-il. Très peu ont tenté de s'échapper, tant cet endroit est un jardin des délices !

Akinari se pencha vers elle en se passant la langue sur les lèvres. Pendant un instant, O-Kei manqua sauter sur lui pour le mordre au cou.

C'est lui, l'homme que je hais tant !

Le visage du seigneur d'Aizu avait minci depuis la dernière fois qu'elle l'avait croisé sur ses terres.

Maître Jûbei a dit de ne pas le tuer pour le moment. Mais où est donc maître Jûbei ?

Elle détourna les yeux en serrant très fort la mâchoire. Lorsqu'il s'aperçut que la jeune femme évitait son regard, Akinari lui dit :

— Holà, on dirait que tu me résistes. Hé hé hé ! Elles font toutes ça au début, et puis…

D'une main, Akinari lui saisit la nuque et dénuda sa poitrine de l'autre.

O-Kei tenta de se dégager d'un bond, mais quelque chose la retint et elle se retrouva sur le dos. Une douleur fulgurante lui parcourut la cheville.

Les pans de son kimono s'ouvrirent complètement, découvrant son ventre et ses seins. Elle vit alors la chaîne qui entravait une de ses chevilles.

— Ah ! Ta peau est plus blanche que la neige ! s'exclama Akinari en éclatant de rire.

Il se redressa en bombant le torse ; un éclair brilla dans son regard, puis il se pencha sur elle.

La jeune femme le repoussa vigoureusement et roula sur le côté, mais, trop tard ! il avait réussi à attraper le bas de son kimono. Emportée dans son élan, elle voulut se mettre debout, mais sa jambe enchaînée la fit tomber de nouveau.

Jamais dame O-Kei ne s'était retrouvée dans une position aussi inconvenante. Mais peu importait l'indécence, le danger lui faisait oublier sa soif de vengeance comme l'identité de son agresseur. Ne disposant d'aucune arme pour se défendre, la jeune femme n'avait pas d'autre solution que de tenter de lui échapper.

— Hé hé hé, oui, débats-toi ! susurrait-il tandis qu'il promenait les yeux sur son ventre et ses seins en bavant.

On aurait dit un chiot qui s'amusait à piétiner la neige avec ses pattes pleines de boue. Il prenait son temps, se délectait de poursuivre cette femme apeurée, de la laisser lui échapper, puis de la rattraper, comme un chat avec une souris.

Akinari était plus excité que jamais, surtout depuis qu'il avait vu les femmes masquées violer les jeunes mariés. Ces scènes lui avaient donné le goût d'un nouveau jeu qui consistait à laisser leur masque aux femmes. C'était d'ailleurs la raison pour laquelle il n'avait pas retiré son voile à O-Kei.

Les femmes enchaînées aux piliers regardaient cette scène étrange… Etait-elle effrayante pour elles ? Certaines captives souriaient, d'autres affichaient une expression insondable. Cependant, elles regardaient toutes le couple de leurs yeux vides.

O-Kei avait encore l'esprit embrumé. La jeune femme ne parvenait qu'à peine à soutenir son corps affaibli. Des tremblements la secouaient par vagues, comme si elle suffoquait.

« Vous ne devrez pas seulement risquer votre vie, mais votre vertu également », avait dit maître Jûbei.

Voilà, c'est le moment d'abandonner toute pudeur. Mais serons-nous plus avancés lorsque mon corps aura été souillé dans ces conditions humiliantes, et par Akinari, mon plus mortel ennemi ?

Elle sentit la main osseuse du seigneur d'Aizu lui toucher le sein. O-Kei n'eut pas la force de le repousser cette fois. Des larmes brûlantes montaient dans ses yeux, quand soudain, une voix s'éleva :

— Messire… je dois vous parler au sujet du fiancé.

Akinari retira sa main.

— Ah, j'ai oublié de descendre vous voir ! J'étais trop occupé à savourer mon plaisir.

— Le jeune homme se nomme Misawa Gentatsu.

Une lueur d'espoir emplit le cœur d'O-Kei.

Il parle de maître Jûbei ! Que lui est-il arrivé ?

— Il est bizarre. Il n'est toujours pas revenu à lui alors que trois femmes se sont déjà évanouies sur son ventre.

— Hein ? Qu'est-ce que c'est que cette histoire ? demanda Akinari, interloqué.

Puis il se perdit dans ses pensées durant quelques secondes.

— C'est bon, j'arrive, dit-il en hochant la tête.

Il descendit au rez-de-chaussée en emportant son sabre.

XII
LA FOSSE

1

Lorsque Jûbei était enfin revenu à lui, il était dans une cour où retentissaient les chants des insectes cachés dans les plantes automnales. Le samouraï ne se souvenait pas comment il était arrivé là. L'avait-on attaché sur la croupe d'une haridelle, transporté en palanquin ou avait-il effectué le trajet à dos d'homme, comme il le faisait à présent ?

L'homme qui le portait avait les épaules larges et des muscles vigoureux. Jûbei entrouvrit son œil valide pour examiner les alentours. Le géant se déplaçait à pied en compagnie de trois ou quatre complices. L'un d'entre eux devait porter le corps d'O-Kei.

Il doit s'agir de Rensuke, conclut-il d'après la stature imposante de son porteur. Bigre ! Il fait au moins trente centimètres de plus que moi. C'était totalement stupide de vouloir me faire passer pour lui…

Ce damné filet m'a vraiment pris au dépourvu ! Les filles disaient vrai : on aurait dit des cheveux tressés. Il dégageait un parfum subtil, comme si on l'avait frotté avec un onguent aux vertus magiques. Mon visage et ma poitrine étaient poisseux comme du papier mouillé. Ça m'a coupé le souffle, d'ailleurs. Ginshirô et son filet de brume... Que faire contre une telle arme ?

On conduisit ensuite les deux captifs dans un vaste entrepôt. Jûbei comprit aussitôt qu'il s'agissait du fameux « Enfer des Fleurs » de messire Akinari.

Le maître des lieux est-il là en ce moment ? se demanda Jûbei. Tandis qu'on le portait dans une salle au rez-de-chaussée, on emmena O-Kei à l'étage.

Une vague d'angoisse saisit alors le cœur du samouraï. Son propre sort lui importait peu, mais il avait peur pour la jeune femme car il n'avait aucune idée de ce qui allait lui arriver.

Qu'importe. Maintenant que nous sommes engagés dans l'aventure, attendons, nous verrons bien !

On le balança sur un matelas aussi moelleux qu'un sac bourré de paille de riz.

Ah, ça ! Quel accueil ! s'extasia Jûbei avec ironie. Sa joie fut de courte durée ; on noua des cordes autour de ses poignets, puis il se retrouva nu comme un ver et étendu de tout son long sur le matelas.

Les lampes éclairaient à peine les lieux, mais leur lumière était suffisante pour que Jûbei continue de jouer les aveugles. Les hommes de garde quittèrent la pièce quelques instants plus tard, mais Jûbei sentit qu'on le surveillait encore.

Ces imbéciles n'ont pas l'air de réaliser qu'ils tiennent l'homme au masque ! pensa-t-il intérieurement en se réjouissant. Il faut dire qu'il ressemblait vraiment à un authentique médecin : le samouraï s'était noué les cheveux dans la nuque et prenait des poses pleines de componction.

Ceci dit, s'ils me percent à jour, je vais me retrouver dans un drôle de pétrin !

Il est ma foi assez naturel de s'endormir, allongé sur un matelas épais et les yeux fermés. C'est précisément ce qui arriva à Jûbei, qui ronfla bientôt comme un sonneur.

Avait-il dormi longtemps avant que ce corps doux et tendre le réveille en enfourchant le sien ?

Surpris, il ouvrit l'œil le temps d'un battement de cils ; à la vue du masque de hannya grimaçant penché au-dessus lui, son cœur s'emballa.

Mais ce corps charnu et tiède contre sa peau la rassurait en même temps : il appartenait bel et bien à une femme.

Que me veut-elle ?

Sans rien laisser paraître, Jûbei continua de ronfler. La fille tenta de le réveiller : elle secoua d'abord son corps inerte, l'enlaça de ses bras, l'étreignit, puis finit par le chatouiller un peu partout.

D'abord vaguement déconcerté, Jûbei sentit des sensations troublantes le gagner.

Il devenait difficile de feindre l'évanouissement

dans de telles conditions. Jûbei savait néanmoins qu'il valait mieux ne pas revenir à lui tant que l'homme qu'il recherchait ne s'était pas montré. En outre, une fois réveillé, il doutait de parvenir à résister très longtemps à cette enjôleuse. Le samouraï préféra faire semblant de dormir encore un peu.

Quoiqu'il possédât une étonnante maîtrise de lui-même, Jûbei n'en était pas moins homme ; une partie de son anatomie ne resta pas insensible plus longtemps aux taquineries de la fille.

— Oh ! oh ! oh ! fit-elle avec un rire de gorge.

C'est, du moins, le bruit que Jûbei crut entendre sous le masque de *hannya*.

Bah ! Peu me chaut ! maugréa Jûbei intérieurement. Et, sans se soucier de son appendice au garde-à-vous, il se mit à ronfler plus fort.

Mais quand la fille nue s'allongea complètement sur lui, la patience du samouraï atteignit ses limites. Une légère ondulation parcourut ses muscles.

— Mmmh... gémit la femme.

Cette dernière eut même l'impression de sentir la peau du captif la brûler. Elle s'écarta un peu, sa poitrine s'éloigna du torse de son partenaire, puis son ventre... Il y eut bientôt un espace vide entre eux. Tout à coup, la fille reçut un coup violent en plein dans le plexus. Elle s'évanouit instantanément.

— Zzzzzzzzz...

C'était le bruit que Jûbei, toujours aussi imperturbable, faisait en ronflant.

La fille ne bougeait plus. Elle était vautrée sur lui

comme une coulée de crème fouettée. Plusieurs personnes devaient observer le couple, car on entendit soudain un brouhaha dans un coin de la salle, puis les pas de plusieurs individus qui se dirigeaient vers le lit.

— Que lui est-il arrivé ?

— Aucune idée !

— Hé ! Réveille-toi !

Le claquement sec d'un fourreau jeté par terre retentit. Jûbei garda les yeux clos et ronfla de plus belle.

— Rrrrôôô…

— Ce gars n'a toujours pas repris conscience depuis l'attaque du filet de brume ?

Les samouraïs n'imaginèrent pas un seul instant que le prisonnier faisait semblant de dormir. Vous devez vous demander comment ils se laissaient berner si facilement. Eh bien, pour tout vous dire, ils faisaient tellement confiance au pouvoir du filet magique de Ginshirô qu'ils en devenaient eux-mêmes aveugles ! A leur décharge, Jûbei jouait son rôle à la perfection, si bien que personne n'aurait réussi à percer son manège à jour.

— Elle est fatiguée ?

— Ça se pourrait. Notre seigneur l'a peut-être un peu trop malmenée hier soir, quand il s'est amusé avec elle.

— Fais venir une autre fille.

On traîna le corps de la première femme hors de la pièce. Une deuxième entra. Jûbei comprenait enfin pourquoi on retrouvait les jeunes hommes kidnappés dans un état misérable, tels des fantômes vidés de leur énergie vitale.

La seconde femme s'évanouit à son tour. Puis une troisième…

Jûbei ne les frappait pas de gaieté de cœur, mais il y était bien obligé. Après tout, c'était un cas de légitime défense !

2

— Tu t'appelles bien Misawa Gentatsu ? fit une voix aiguë.

— Arrête de faire semblant de dormir ! Réveille-toi !

Un claquement strident retentit tout près du visage de Jûbei. Pendant un instant, il crut même qu'on lui fouettait le tympan avec une badine en argent ; heureusement, ce n'était qu'une garde de sabre qui venait de heurter une pièce de métal. Kôshichirô avait dégainé sa lame longue de trois *sun*, puis l'avait rengainée d'un geste vif. Ce vacarme aurait réveillé n'importe quel dormeur.

— Aooh… oh… grogna Jûbei d'une voix ensommeillée comme s'il se réveillait.

— Hé, toi ! Arrête de te moquer de nous ! On t'a à l'œil, tu sais !

— Aoooooh ! fit à nouveau Jûbei, sourd aux vociférations de ses geôliers.

Les paupières toujours closes, il tourna la tête de droite à gauche, comme s'il ne savait pas où il se trouvait. Il jouait son rôle d'aveugle à la perfection.

— O-Sono… O-Sono ? appela-t-il d'une voix enrouée. Où est O-Sono ? Elle était avec moi tout à l'heure !

— On n'est pas chez Kengyô ! lui cria Rensuke.

— Je vous demande pardon ? Vous dites que je ne suis pas chez le père de ma bien-aimée ? Mais alors, où suis-je ? Et qui êtes-vous ?

— Nous sommes les furies !

Jûbei poussa un cri de surprise feinte, puis il se mura dans le silence. Kôshichirô le contempla avec perplexité.

Trois femmes avaient perdu connaissance sur le corps de cet homme. C'était incompréhensible. Kôshichirô avait eu le temps de l'observer, caché derrière la cloison. Il aurait mis sa main à couper que cet homme dormait encore profondément une minute auparavant. Le dormeur n'avait pas bougé durant tout le temps où il l'avait surveillé.

Ce qui cloche, c'est que ces trois filles sont tombées dans les pommes ! Ça, c'est vraiment bizarre !

Il tendit la main pour soulever les paupières de Jûbei. Elles étaient tellement collées qu'il ne parvint même pas à les entrouvrir. L'homme inclina la tête sur le côté, l'air visiblement perplexe.

— Est-ce qu'il est vraiment aveugle ? demanda-t-il à voix haute.

Il avait tenté d'ouvrir l'œil droit de Jûbei, celui qu'il avait perdu.

Jûbei réagit à ce geste et balbutia d'une voix craintive :

— Euh... pardonnez-moi, monseigneur, mais qu'est-il arrivé à O-Sono, ma chère épouse ?

Akinari, précédé de Ginshirô, entra dans la pièce précisément à cet instant.

— C'est cet homme qui épuise les filles pendant qu'il dort ? demanda Akinari en marchant droit vers le lit. Hé, toi ! Tu es réveillé ?

— Monseigneur, il ne roupille plus, mais il est bien aveugle, intervint Kôshichirô.

Akinari se posta au chevet de Jûbei.

— Vous ne le trouvez pas un peu vieux pour un jeune marié ?

Il se retourna vers ses hommes.

— Comment s'appelle-t-il ?

— C'est le frère cadet d'un membre du conseil des anciens, le distingué Misawa Gendô. Son nom est Gentatsu. Quant à son épouse, c'est la fille de Toriyama Kengyô. Comme vous le savez, elle est très belle, même si elle a une balafre sur la joue. On raconte que cette disgrâce expliquerait ce mariage tardif avec un homme plus âgé qu'elle.

— Bon. Et pour les filles ? Comment a-t-il fait pour les assommer ?

— Nous sommes incapables de vous répondre ! Il peut s'agir d'un accident comme d'un acte délibéré.

Akinari se pencha pour examiner ce jeune marié peu ordinaire. Il n'apprit rien de plus. La scène excitante qu'il venait d'abandonner à contrecœur revint le hanter au point qu'il regarda au plafond par réflexe. Il ne songeait plus qu'à donner suite au jeu pervers dont il avait à peine commencé à profiter au premier étage.

— Ce type n'est pas clair. S'il pose le moindre problème, n'hésitez pas à lui faire la peau, conclut-il sèchement.

Comme il se relevait pour partir, quelque chose lui retint le pied, si bien qu'il trébucha avant de basculer vers l'avant. Akinari se retrouva à quatre pattes sur le prisonnier.

Malgré ses chevilles et ses poignets liés, Jûbei était parvenu à tirer l'ourlet du kimono du seigneur d'Aizu vers lui et à attraper l'homme par la cheville.

— Hé ! s'écrièrent les Sept Lances en chœur.

Plantés comme des piquets, ils virent les bords du lit se relever comme une gigantesque vague écarlate, puis le matelas s'enroula sur lui-même. Jûbei avait réussi à le soulever en tirant sur ses liens et s'y était enfermé avec Akinari.

— Le bâtard ! Quel… quelle impudence ! rugit Rensuke d'une voix de dément.

Comme il était prêt à se jeter sur le matelas, la voix qui s'en éleva le cloua sur place :

— Gare ! Fais un pas, et ton maître y passe !

— Monseigneur !

Les Lances devinrent aussi pâles que des linges.

Ces hommes, qui maîtrisaient si bien leur art qu'ils passaient presque pour des sorciers, restaient sidérés devant cette scène spectaculaire et totalement inattendue. La surprise les empêchait d'intervenir.

— Mon… monseigneur ! dirent-ils en se mettant sur la pointe des pieds.

Akinari ne répondit pas. Au lieu de cela, le matelas, qui ressemblait à un énorme tube de rouge à lèvres à présent, se mit à gigoter.

— Hé oui, c'est comme ça que j'ai endormi les damoiselles ! fit la voix de Misawa Gentatsu.

Les Lances ne comprirent pas qu'il venait de répondre à la question d'Akinari. Ils n'avaient plus qu'une seule pensée en tête : Cette canaille s'est emparée de notre maître et l'a neutralisé !

— Qui es-tu ? s'écrièrent-ils.

Les quatre hommes sursautèrent à leur propre cri. Le brouillard qui avait obscurci leur esprit venait enfin de se lever ! Mais la réponse qu'ils entrevoyaient les terrifia totalement :

— C'est lui, c'est l'inconnu au masque de *hannya*, le partenaire des femmes du clan Hori !

— Oui, c'est bien moi, Misawa Gentatsu, le gendre de Toriyama Kengyô !

Ils entendirent un rire étouffé à l'intérieur du matelas.

— Pouah ! Quelle différence avec ma chère épouse ! Ce n'est vraiment pas agréable de tenir ce gaillard dans les bras ! Il pue ! C'est une véritable infection ! Il sent la mort…

3

— Quoi ? L'inconnu au masque serait Misawa Gentatsu ?

— Non, c'est impossible. Moi je crois que la vérité, c'est que notre homme se fait passer pour un médecin !

Les Lances venaient enfin de comprendre la supercherie !

— Est-il seulement aveugle ?

Les quatre hommes conclurent qu'il l'était vraiment. Ils songèrent alors aux fois où ils avaient affronté le masque.

— Cet homme est aveugle ? Mais il s'est si bien battu contre nous !

Les hommes eurent l'impression de sentir leurs cerveaux s'embrouiller à nouveau.

— Aussi incroyable que ça puisse paraître, c'est la stricte vérité. Cela veut dire que cet adversaire est encore plus redoutable que nous ne l'avions présumé !

Leur confusion était telle qu'ils en oublièrent leur maître prisonnier durant un instant.

Rensuke reprit ses esprits le premier.

— Hé ! Toi là-dedans ! Tu as l'air d'ignorer, fripouille, que l'homme que tu tiens dans tes bras n'est autre que le maître du riche domaine d'Aizu ! Mesures-tu mieux la portée de ton crime ?

Rensuke venait de dévoiler leur secret malgré lui !

— Et toi, si tu sais où se trouve ton intérêt, garde-toi d'intervenir, répliqua la voix depuis l'intérieur du lit.

Le matelas se contorsionnait comme un gros ver cramoisi. Akinari devait avoir perdu conscience, mais il était impossible de savoir exactement ce qui se tramait à l'intérieur.

A la vérité, Jûbei était en difficulté. Il avait attendu que sa proie se montre, et quand Akinari – car il s'agissait bien de lui – était apparu, le samouraï lui avait décoché un coup de coude bien placé et le tenait depuis à sa merci… Certes, mais il n'avait toujours pas réussi à libérer ses bras et ses jambes. En effet, les cordes nouées autour de ses poignets et de ses chevilles traversaient le tissu et ressortaient de l'autre côté, de sorte qu'elles emportaient le matelas avec elles quand on tirait dessus.

— Si le maître du fief y passe, une lignée riche de quatre cent mille *koku* s'éteindra ! chantonnait Jûbei avec l'insouciance d'un homme dans son bain.

Les Lances observaient sans sourire cette chose rouge et grotesque qui faisait penser à un gigantesque lombric. Leur précieux seigneur, le daimyô d'Aizu, était emprisonné là-dedans ! Face à une telle situation, le sabre de Kôshichirô, le poing de Rensuke ou le filet de Ginshirô n'étaient d'aucune utilité.

Soudain, Ginshirô, qui n'avait rien dit jusqu'à présent, leva les yeux au plafond.

— Je sais qui est sa fiancée ! dit-il entre ses dents.

Il se retourna aussi lestement qu'un oiseau pour se précipiter à l'étage avant d'en redescendre avec la jeune épouse. Il lui avait retiré son voile cette fois, bien évidemment.

— La voilà ! C'est O-Kei !

— L'épouse d'Inaba Jûsaburô ! s'écrièrent Rensuke et ses deux autres compagnons avec stupéfaction.

La femme avait la joue barrée d'une cicatrice, mais après réflexion, les hommes comprirent que cette balafre pouvait très bien être le résultat d'un savant maquillage. La personne au regard étincelant qui se tenait devant les quatre hommes était bien celle qui comptait parmi les plus belles femmes d'Aizu ; il s'agissait effectivement d'O-Kei !

Kôshichirô porta aussitôt la main à son sabre.

— Et maintenant, Gentatsu l'imposteur, que décides-tu ? lança-t-il au matelas. Si tu ne libères pas immédiatement notre maître, je coupe en deux ta soi-disant épouse, la belle O-Kei. A toi de voir !

Le gros ver rouge s'immobilisa.

— Oh, c'est bien toi, ma tendre amie ? fit la voix toujours aussi insouciante. O-Sono ! Chère O-Sono, à cause de ma cécité, j'ai commis une terrible méprise ! La personne que je tiens dans mes bras, ce n'est point toi, ma tendre chérie, mais un homme que je ne connais pas. Il est sec comme un tas d'os !

— Ah, misérable vermine ! Je te ferai ravaler ton insolence à l'égard d'un daimyô prestigieux ! fulmina Kôshichirô.

La main du sabreur en colère trembla sur la garde du sabre qui émit un cliquetis nerveux et métallique.

— Libère mon maître ou je tranche la tête de cette

femelle avant de te transpercer à l'intérieur de ton bastion molletonné !

— Ne te gêne pas, s'écria O-Kei en levant fièrement la tête. Tue-moi !

La jeune femme avait parfaitement saisi l'enjeu de la scène qui se déroulait sous ses yeux.

Maître Jûbei retient Akinari prisonnier dans ce matelas !

— Je savais que je risquais ma vie en venant ici. Je n'ai pas peur de mourir. Alors, qu'est-ce que tu attends ? Dégaine ton sabre et tue-moi !

— Fais ce qu'elle te dit, et j'envoie ton maître la rejoindre dans la seconde qui suit ! railla la voix.

Les samouraïs fulminaient et suaient à grosses gouttes. Ils ne pouvaient rien faire tant qu'ils ne savaient pas ce qui se passait exactement à l'intérieur du matelas. Kôshichirô, parfaitement immobile, avait la main figée sur la garde de son sabre.

— Alors, Kôshichirô ? Tu ne me découpes pas en morceaux ? Tu ne vas pas me massacrer ? lui lança O-Kei.

Elle lui fit un sourire en coin, puis lui balança un coup à l'épaule. Un gémissement monta dans la gorge du samouraï qui se mit à frissonner de la tête aux pieds. C'en était trop ! Sa patience avait des limites. Il était sur le point de laisser exploser sa colère quand Jônoshin lui prit le bras.

— Attends ! dit-il.

Il se tourna ensuite vers le matelas :

— Ecoute, Gentatsu ! Faisons une trêve !

— Une trêve ? Hé hé hé ! Ma foi, je te comprends. Ma tête et celle de cette femme ne pèsent pas bien lourd, comparées à celle d'un seigneur qui dirige un fief aussi rentable qu'Aizu !

— Comme tu le dis ! Nous n'avons pas peur de sacrifier nos vies, nous non plus, mais celle de notre daimyô, ça, c'est une autre histoire !

Jônoshin s'assit et agita les mains vers ses trois complices pour les inciter à faire comme lui. Ils le rejoignirent sur le tatami, pâles et défaits de honte. Eux, se faire humilier de la sorte !

— Pour commencer, aurais-tu l'obligeance de sortir de ce matelas ? demanda Jônoshin en gratifiant ses comparses d'un clin d'œil. Il poursuivit : Nous ne pouvons pas parler sereinement dans ces conditions. Sors de cette cachette, je t'en prie !

Brusquement, le bord rouge du futon se releva, puis le faux Gentatsu apparut. Les quatre hommes eurent le temps d'apercevoir Akinari inanimé contre le corps de son ennemi, qui en avait profité pour passer autour du cou de son prisonnier une cordelette qu'il avait ensuite nouée à son poignet.

4

— O-Sono… Veux-tu bien couper les cordelettes qui lient mes bras et mes jambes au futon, s'il te plaît ? demanda Jûbei. Ah, tu aurais besoin d'un outil tranchant ? Voyons, ces drôles te prêteront bien quelque chose. Hé ! Je me rappelle qu'un de ces illuminés répétait sans cesse : « Je vais te trancher la tête ! Je vais te trancher la tête ! » Il est très dangereux de laisser un outil coupant entre les mains d'un fou pareil. Arrache-lui vite son sabre des mains !

— Donne-moi ton arme ! ordonna O-Kei à Kôshichirô.

Ce dernier faillit s'étrangler de rage :

— Stupide catin ! rugit-il, un *bushi* ne remet jamais son arme à son adversaire !

— Comme tu veux, ton maître va mourir dans ce cas, menaça Jûbei. Regarde comme il est pâle ! Oh, rassure-toi, il est juste évanoui, mais si je presse cette zone de son cou avec mon doigt…

— Attends ! intervint à nouveau Jônoshin avant de se tourner vers Kôshichirô : Nous n'avons pas le choix, camarade. Donne ton arme à la fille. La vie de notre noble suzerain compte davantage que ton ressentiment personnel !

— Voilà qui est bien parlé ! Je constate qu'il y en a au moins un de raisonnable parmi vous. Sachez bien que si j'avais voulu tuer votre seigneur vénéré, j'aurais profité de la première occasion. Et pourtant, je ne l'ai pas fait. Pourquoi donc ? Parce que je n'en ai jamais eu l'intention.

O-Kei attrapa la poignée du sabre et le dégaina avec un geste souple.

Tremblant de tous ses membres, Kôshichirô resta planté au garde-à-vous. La main de la jeune femme qui tenait l'arme frémissait aussi. Pourtant, personne n'avait peur, bien au contraire : Kôshichirô tremblait de dépit, et O-Kei parce qu'elle se retenait de transpercer le corps du démon du sabre.

L'arme à la main, elle se dirigea vers le lit et trancha les liens qui entravaient Jûbei. Pendant qu'O-Kei libérait son complice, les Sept Lances examinaient le visage de leur seigneur avec des airs ébahis.

Akinari avait glissé sur le dos. Il avait la mâchoire béante, comme si elle s'était décrochée. Un filet de morve coulait de son nez et on lui voyait le blanc des yeux. Les quatre hommes ne purent s'empêcher de trouver leur maître évanoui franchement laid.

— Monseigneur ! s'écrièrent-ils. Ils s'apprêtaient à s'élancer pour lui porter secours quand ils s'arrêtèrent brusquement dans leur élan.

— Bien. Je vous écoute !

Jûbei était assis sur le lit. Il avait passé un bras autour de la taille de son prisonnier, l'autre autour de son cou, et le maintenait dos contre lui.

— Vous n'êtes qu'une meute d'animaux sanguinaires. Toutefois, cet homme est votre maître et vous êtes ses valets. Je sais combien l'idée de le perdre vous terrifie, aussi je vous demande de vous calmer. Je n'ai pas l'intention de le tuer. Regardez !

Jûbei donna un coup de genou dans le dos d'Akinari pour le ranimer. La gorge du daimyô émit un son qui évoqua le caquètement d'une poule. Les prunelles noires reprirent leur place dans leurs orbites.

— Ah ! Nous pouvons nous parler en face à présent. Je suis tout ouïe ! Qu'avez-vous à me dire ?

Jûbei promena son regard sur ses interlocuteurs et… hé ! mais non, pas du tout. Vous vous doutez bien qu'il continuait d'appeler O-Kei « O-Sono » et qu'il gardait les yeux fermés.

— Ah ! C'est juste que… euh… nous voulions te dire que… commença Jônoshin, mais comme il ne savait pas quoi dire, il se tut.

En effet, quand il avait sommé Jûbei de sortir du matelas pour lui parler, il songeait surtout à faire la peau à cet orgueilleux. Or, la main de l'aveugle étreignait toujours le cou d'Akinari. Jônoshin ne pouvait rien faire. Il finit par déclarer :

— Je préfère te laisser la parole.

Akinari parut se réveiller. Il se débattit mollement, mais l'inconnu resserra aussitôt la main sur son cou. Le maître d'Aizu émit un couinement sonore qui inquiéta Jônoshin.

— Attends ! Tu viens de promettre que tu n'attenteras pas à la vie de mon maître ! gémit-il d'une voix désespérée.

— Puisque tu parles de ça, je connais sept monstres qui avaient juré de ne pas faire de mal aux femmes d'un temple de Kamakura ! Sais-tu ce qu'ils ont fait ? A peine avaient-elles franchi le portail qu'ils les ont assassinées, énonça calmement Jûbei d'un ton lugubre. Toutefois, je suis prêt à libérer ton maître, mais à certaines conditions.

Malgré la colère, une question préoccupait les

Lances plus que tout : dans quel but cet homme s'était-il introduit dans leur demeure ? Il voulait probablement qu'ils arrêtent de traquer les dames du clan Hori. Qu'à cela ne tienne, ils obtempéreraient bien volontiers... et ne tiendraient pas parole très longtemps. Pour l'heure, peu leur importait de consentir, puisque leur seule priorité était de sauver leur précieux seigneur.

— Etes-vous prêts à entendre mes revendications ?

— Parle, nous t'écoutons.

— D'abord, je veux que vous libériez les prisonnières enfermées au premier étage ! O-Sono, vas-y !

— Nooon ! cria Akinari en se tortillant.

Ce dernier venait visiblement de reprendre connaissance et de comprendre ce qui se tramait.

— Si tu refuses, je te tords le cou ! menaça Jûbei en serrant son bras davantage. Akinari gémit à nouveau.

— C'est d'accord ! Nous allons libérer les filles immédiatement ! lança Jônoshin.

Il se mordit les lèvres, puis jeta un regard entendu à ses trois compagnons.

O-Kei s'élança vers l'escalier qui menait à l'étage. Jûbei entendit les filles redescendre.

— Hé, le géant ! Va ouvrir le portail ! ordonna le maître d'armes. Puis tu diras aux sentinelles de laisser les femmes sortir. Hé, face de babouin !

Il avait à peine prononcé ces paroles qu'un sourire embarrassé se dessina sur ses lèvres. Il venait d'appeler Rensuke « le géant » et Jônoshin « face de babouin ». Comment un aveugle pouvait-il savoir à quoi ressemblaient ces deux hommes ? Jûbei se rendait compte de sa gaffe un peu tard.

— Oui, toi ! Il paraît que tu possèdes un chien, je me trompe ? Fais-le venir. Tu vas l'enchaîner à l'intérieur de cette resserre. Dépêche-toi d'obéir, ou ce minable de daimyô va…

Akinari tourna de l'œil une nouvelle fois.

Les deux ruffians tressautèrent. Ils se dirigèrent vers la porte de la resserre en toute hâte et en claquant des dents. Aucun des deux n'avait assez de recul sur les événements pour s'étonner qu'un aveugle ait su à quoi ils ressemblaient.

Quand ils avaient consenti à laisser partir les captives tout à l'heure, les quatre hommes avaient alors échangé un regard entendu. Même si les femmes quittent cette pièce, on pourra compter sur les gardes dans la cour et sur les sentinelles en faction devant la porte pour les empêcher de sortir ; au pire, Tenmaru s'en chargera ! Mais leur ennemi avait percé à jour leurs intentions. Ce type est un malin !

— Dépêchez-vous ! commanda Jûbei.

Rensuke cria aux sentinelles de laisser passer les femmes et Jônoshin appela son terrible molosse. Tenmaru, qui s'était mis à grogner avec férocité, se tut sitôt que son maître l'eut rabroué. L'animal se retrouva enchaîné.

O-Kei surveillait les samouraïs depuis le seuil de la porte et s'adressait en même temps aux femmes :

— Allez ! Faites vite ! Restez groupées jusqu'au portail. Une fois dehors, dispersez-vous rapidement ! recommanda-t-elle tandis qu'elle les faisait sortir de la resserre.

Une fois les prisonnières dehors, elle se rendit auprès de Jûbei.

— Voilà, elles sont parties ! annonça-t-elle.

Jûbei hocha la tête et se leva. Il avait gardé le sabre de Kôshichirô et le braquait dans le dos d'Akinari.

— Maintenant, c'est à toi de jouer ! dit-il au seigneur d'Aizu.

— Que dois-je faire ?

— Avance !

— Mais pour aller où ?

— A la résidence shôgunale de Takebashi !

— Quoi ?

— De drôles de rumeurs circulent sur le compte de Son Altesse la princesse Sen. On dit qu'elle se livrerait à la débauche avec des jeunes mariés. Je ne comprends vraiment pas pourquoi le fils d'un marchand de saké ou le fils adoptif d'un armurier intéresseraient une princesse de son rang. Un daimyô riche de quatre cent mille *koku* lui siérait davantage. Si l'on retrouvait ce seigneur devant sa porte, la réputation de Son Altesse serait totalement compromise. C'était le but de tes manœuvres, non ? dit Jûbei d'un ton moqueur, les yeux toujours clos.

Voilà l'occasion que Jûbei attendait, la raison pour laquelle il avait eu besoin de s'introduire dans la résidence des Katô. Ce plan périlleux était le seul à pouvoir mettre un terme aux agissements du gang des furies et à faire subir à Akinari une humiliation qui le ferait mourir de honte.

— Voilà ma deuxième condition. Si vous l'acceptez, alors je laisserai la vie sauve à ce misérable daimyô !

— Je refuse !

— Continue comme ça et j'envoie ta tête valdinguer dans un coin de la pièce ! répliqua Jûbei.

Il pointa son sabre contre la nuque d'Akinari. A ce geste, Jônoshin s'écria :

— Non ! Messire, soyez patient, au moins pour le moment. Votre vie est trop précieuse. Obéissez ! Venez par ici, venez, je vous en conjure !

Le samouraï à face de singe s'agitait comme un beau diable. Akinari, mâchoires serrées, s'exécuta et fit lentement un pas en avant.

Pendant ce temps, Jûbei recula de trois pas, son sabre pointé dans le dos d'Akinari, et fit signe à O-Kei de venir près de lui. Puis, alors qu'il posait un pied sur le matelas…

— Ichiganbô ! cria Ginshirô.

Tout à coup, le tatami sur lequel Jûbei et O-Kei venaient de monter bascula à la verticale !

— Ah ! fit simplement Jûbei avant de disparaître le sabre à la main et O-Kei sous le bras.

Au revers du tatami, un homme à la carrure impressionnante tenait un anneau de métal entre ses mains : ce géant n'était autre qu'Ichiganbô le borgne.

— Hourra ! s'écrièrent les quatre samouraïs.

Ils s'élancèrent vers leur compagnon en battant

des mains.

— J'ai réussi à le faire monter sur le tatami ! expliqua Ginshirô. Et bravo, Ichiganbô ! Excellent travail !

— Quant à moi, commenta le borgne, j'ai tout suivi pendant que j'étais là-dessous. Je me suis tellement retenu d'intervenir que mon sang bouillonne encore d'impatience. Sacrebleu ! Je suis épuisé !

Malgré la fatigue, Ichiganbô souriait à pleines dents. Puis, d'un bond, il sortit de la cavité aménagée sous le tatami, enjamba le rebord du matelas et sauta sur le plancher. A peine s'était-il relevé qu'il dit :

— Dépêchez-vous de rattraper les filles ! Ce sale rat est tombé dans notre piège, il ne peut plus s'échapper. Nous devons retrouver nos prisonnières avant qu'elles ne révèlent le secret du clan Katô. Songez aux conséquences si elles parlent ! Ces femmes n'ont pas pu aller bien loin. Surtout, ramenez-les toutes !

— Hé ! Il a raison !

Les quatre hommes s'élancèrent aussitôt à leur poursuite. Ichiganbô leur cria :

— Prenez le chien avec vous, et les chevaux !

Puis il s'agenouilla aux pieds d'Akinari et leva les yeux vers son maître.

— Pardonnez-moi, monseigneur ! Je savais ce qui se passait au-dessus de ma tête et j'aurais voulu vous venir en aide plus tôt, mais tant que vous étiez entre les mains de l'ennemi, je ne pouvais rien faire à part attendre. Je suis heureux de vous voir sain et sauf. Comme je hais cet homme pour ce qu'il a osé nous faire ! Rassurez-vous, il est pris au piège, et je ne vois pas comment il pourra s'en sortir cette fois. Passez votre colère : disposez de lui comme il vous plaira.

Le maître d'Aizu s'était recroquevillé sur lui-même et respirait difficilement.

— Lui… Qui… qui… ? murmura-t-il.

Ses yeux trahissaient une terreur infinie. Il paraissait avoir beaucoup souffert.

— Comment ça, monseigneur, mais c'est l'homme masqué qui aide les filles du clan Hori ! J'ignore qui il peut être. Je ne connais aucun aveugle capable d'un tel tour de force. Je vais tâcher de découvrir son nom, et s'il est aussi aveugle qu'il le prétend ! gronda Ichiganbô.

Il fit un clin d'œil à son maître, puis alla décrocher une lanterne suspendue au mur.

Akinari se releva. Au fond de ses yeux, la peur se transforma soudain en colère.

Sous le tatami relevé à la verticale s'ouvrait un puits de forme carrée. Il régnait une obscurité totale à l'intérieur. Akinari et Ichiganbô se penchèrent au-dessus de la fosse. Un vent glacial chargé d'une puanteur abominable s'éleva et les frappa violemment en pleine face.

5

C'était vraiment le puits de la mort !

Encore raté ! songeait Jûbei en tombant vers les

ténèbres. Son corps heurta soudain une substance indéfinissable. Il prit O-Kei dans ses bras pour lui éviter d'atterrir trop violemment. Jûbei n'aurait su dire combien de temps la descente avait duré. En revanche, il était sûr d'avoir senti de la boue glacée lorsqu'il avait touché le fond de l'abîme.

Hum, je n'ai pas atterri sur un sol en dur, mais dans de l'eau, se dit-il, visiblement content de son sort. Il se releva péniblement ; l'eau lui arrivait jusqu'aux hanches.

— O-Sono, rien de cassé ?

Jûbei continuait d'appeler O-Kei par son nom de mariée.

— Tout va bien, répondit-elle en se cramponnant à son cou.

Elle avait les yeux fermés et serrait le cou du samouraï tellement fort que Jûbei n'arrivait pas à la repousser.

— Nous avons perdu la partie, déclara-t-il sur un ton joyeux. Je n'avais pas remarqué cette fosse creusée dans les fondations à ma première visite !

Il leva la tête. Le puits faisait environ six mètres de profondeur. Il aperçut la lueur des torches loin au-dessus. Autour d'eux, l'obscurité était totale.

— Maître Jûbei…

O-Kei avait fini par lâcher le cou du samouraï pour s'accrocher à son bras.

— Qu'est-ce que c'est ? De l'eau ?

— De l'eau… répondit Jûbei avec hésitation.

Il venait de comprendre qu'ils n'étaient pas

tombés dans de l'eau. Non, la fosse était remplie d'une fange à la surface de laquelle flottaient des blocs d'une substance dense et huileuse.

— On dirait... de la boue... Elle sent vraiment mauvais. Bizarre...

En effet, la fosse dégageait une puanteur qui saisissait à la gorge et soulevait le cœur.

— Hé, le masque ! fit une voix en haut du puits. Es-tu vivant ou mort ?

Deux têtes apparurent dans la lumière de la trappe qui surplombait le gouffre.

— Ohé ! Si par malheur tu es encore en vie, sache que tu n'en as plus pour très longtemps. Regarde autour de toi. Tu es tombé en enfer !

Le samouraï et sa compagne virent alors une lanterne accrochée au bout d'une cordelette descendre lentement vers eux. La flamme éclaira faiblement l'abîme.

— Aaaah !

O-Kei n'avait pu retenir un cri d'horreur.

Jûbei saisit le premier objet à sa portée et le lança sur la lanterne. La flamme s'éteignit en grésillant, mais quelques flammèches eurent le temps de voltiger dans les airs avant de retomber dans la boue. Ce peu de lumière avait permis à Jûbei de constater qu'il se trouvait dans une fosse mortuaire.

Une femme, qui projetait de s'échapper, s'était penchée récemment sur ce gouffre et avait poussé un hurlement terrifié, comme O-Kei venait de le faire.

Et pour cause : juste avant que la flamme ne

s'éteigne, Jûbei et sa compagne avaient aperçu ce qui gisait au fond de ce trou.

La fosse était fermée par quatre murs en pierre d'un bleu presque noir, luisants d'humidité. Elle mesurait environ neuf mètres carrés de superficie. Au fond de ce puits, un amoncellement de cadavres en décomposition formait une gangue immonde qui arrivait aux hanches. Le liquide que le samouraï avait d'abord pris pour de la boue était en fait un mélange d'humeurs et de fluides émanant des cadavres.

D'ailleurs, l'objet que Jûbei avait utilisé pour étouffer la flamme devait être un os.

Il y avait un nombre infini de corps dans cette fosse. A qui pouvaient-ils bien appartenir ?

Quand la flamme de la lanterne avait éclairé le fond du puits, Jûbei avait aperçu une main toute noire qui pointait l'ouverture du doigt ; puis des ventres enflés, prêts à éclater, telles de monstrueuses méduses flottantes prises dans des nasses de cheveux qui ondoyaient comme des algues. Au milieu de ce bouillon, le samouraï identifia des motifs et des couleurs encore intacts : des kimonos féminins. Ce spectacle glaça son cœur d'horreur.

Des femmes ! Ces corps étaient des cadavres de femmes !

— Voici les dépouilles des malheureuses fleurs que ces diables ont effeuillées ! dit Jûbei avec une voix étranglée par l'émotion, employant une métaphore surprenante en la circonstance.

Il essayait de se montrer fort et de garder son

calme, mais des gouttes de sueur froide perlaient à son front.

Voilà tout ce qui restait des femmes que ce monstre d'Akinari et ses sept âmes damnées avaient sacrifiées à leur bon plaisir !

— Et... et... et... et... et... balbutia O-Kei qui semblait avoir perdu l'esprit. Nos pères et nos frères sont probablement ici, eux aussi...

— Très certainement, murmura Jûbei pour lui-même. Il s'était souvent demandé où Akinari se débarrassait des cadavres de ses victimes.

Ce mystère est tiré au clair ! songea-t-il amèrement. Non seulement Akinari a fait construire un immense charnier pour y entreposer des cadavres, mais il continue à vivre juste au-dessus et à se livrer à ses jeux pervers comme si de rien n'était.

— Cet homme est un véritable cannibale ! gronda Jûbei avec une rage contenue.

Ce cri avait jailli du tréfonds de son âme.

— Ha ! ha ! ha ! ha ! ha !

Les murs et l'eau croupie firent résonner un rire venu d'en haut.

— Vous ressemblerez bientôt aux débris qui flottent autour de vous ! En remerciement pour tous les outrages que vous m'avez fait subir !

— La haine que j'éprouve pour ceux qui ont tué Magobê et Tessai est sans bornes. Maintenant, reste à savoir comment vous faire payer !

Ces voix étaient atroces ; à l'évidence, Akinari et Ichiganbô exultaient de joie et de haine.

— Va-t-on vous transpercer avec une lance ?

— Vous écraser sous un rocher ?

— Ou vous arroser d'huile avant de mettre le feu ?

Ils ne plaisantaient pas. Ils avaient bien l'intention de tuer les deux prisonniers tombés dans la fosse. Ils se délectaient déjà du supplice qu'ils allaient leur infliger.

— Monseigneur, reconnaissez que cet homme nous a tenu tête de façon admirable ! Il serait regrettable de l'éliminer si tôt.

— Que dis-tu ? Il est hors de question de le laisser vivre plus longtemps !

— Attendez, monseigneur ! J'ai une idée.

Jûbei les entendit chuchoter.

Quelques instants après, Ichiganbô s'adressa à la fosse d'une voix mielleuse :

— Hé, l'aveugle, écoute un peu ! Nous sommes prêts à te laisser la vie sauve. Il serait vraiment dommage de supprimer un homme de ta trempe. Veux-tu te joindre à nous ? Nous te proposons l'insigne honneur de devenir membre des célèbres Lances d'Aizu !

Le silence fut la seule réponse de Jûbei.

— Toutefois, nous avons deux conditions. Premièrement, tu dois nous dire où tu caches les autres femmes du clan Hori.

Silence.

— Deuxièmement, tu dois nous révéler qui tu es. Quel est ton nom ?

Bien que sa voix fût aimable, elle trahissait une curiosité intéressée. L'homme brûlait de connaître les réponses à ses deux questions.

— Réponds-nous, et nous te laissons la vie sauve. Sinon…

Les rôles s'étaient inversés. Les Lances avaient l'avantage à présent.

— C'est la mort qui t'attend, tu comprends ? Jamais nous ne vous laisserons sortir de cette fosse !

— Keuf keuf keuf…

L'homme au fond de la fosse faisait un bruit étrange.

Akinari et Ichiganbô penchèrent la tête pour mieux l'entendre.

Ils pensèrent d'abord que la puanteur des corps en décomposition le faisait suffoquer, ou encore qu'il avait perdu la raison. Mais la voix grossit et tandis qu'elle se changeait en éclat de rire, un objet heurta la tête d'Akinari avec un bruit sec.

Il venait de recevoir un morceau de squelette couvert de chairs putréfiées.

— Bougre d'idiot ! tonna Ichiganbô.

Il se redressa et retint Akinari pour l'empêcher de basculer dans la fosse. Ce dernier tomba sur le derrière, la tête entre les mains, puis il se releva d'un bond en éructant :

— Cette fois, ton compte est bon !

Il se précipita comme un fou vers les paravents, les écarta violemment et quitta la pièce.

On avait décoré la salle du rez-de-chaussée pour tromper les jeunes hommes kidnappés, mais, derrière les écrans de bois doré, tout un arsenal était accroché au mur : sabres, lances, *kusarigama*, ainsi que toute une collection d'engins de torture.

Akinari attrapa un arc et des flèches.

Au même moment, un grand tumulte s'élevait devant la porte de la resserre. Des cris de rage mêlés à des hurlements terrifiés retentissaient çà et là. Toutes les femmes avaient été rattrapées et on les ramenait à l'intérieur de la résidence. On pouvait entendre résonner les sabots des chevaux et les aboiements victorieux de Tenmaru jusque dans la resserre.

— Oh hisse ! fit Rensuke à bout de souffle, en poussant les femmes au bas de l'escalier.

On les avait traînées à l'intérieur à grands coups de taloches.

Les filles se laissèrent glisser sur le sol comme des gerbes de fleurs fanées. Elles gémissaient et rampaient les unes sur les autres. Certaines saignaient abondamment ; elles avaient dû recevoir des coups de fouet, à moins que Tenmaru ne les ait mordues.

— Vous oubliez l'honneur que le seigneur vous a fait en vous choisissant ! cria Rensuke d'un ton menaçant. Vite ! Vite ! Regagnez votre niche ! Allez, ouste, grimpez à l'étage !

Akinari jeta un regard à son compagnon avant de regagner l'alcôve, un arc et des flèches à la main. Ichiganbô avait fait descendre une autre lanterne au fond de la fosse.

— Hé, toi, en bas ! Tu n'as pas envie de nous lancer autre chose, par hasard ? Essaie donc un peu pour voir !

Jûbei tenta d'éteindre la lampe avec un projectile, mais Ichiganbô parvint à l'esquiver habilement en manœuvrant la cordelette.

— Monseigneur, j'ai l'impression qu'il se trouve près du mur ouest. Oui, je le vois ! Il est bien là !

Ichiganbô imprima un mouvement de rotation à son poignet. La lampe se balança d'avant en arrière, puis se mit à tourner au-dessus du gouffre. La flamme tournoyait lentement, unique point lumineux au fond de ce charnier ténébreux où stagnait une eau putride.

— Ah ! Je le vois enfin, moi aussi ! s'exclama Akinari avant de bander son arc.

Une fois la première flèche lancée, on entendit un bruit d'eau étouffé.

— L'avez-vous eu, monseigneur ? Ce serait presque dommage ! maugréa Ichiganbô.

— Non ! Ce satané aveugle a esquivé ma flèche. Mais dis-moi, pourquoi trouves-tu que ça serait dommage de l'atteindre ?

— Hé ! hé ! hé ! Il devrait souffrir encore un peu avant de mourir. Au fond de ce trou, il est fait comme un rat !

Akinari jeta un coup d'œil à la fosse et un sourire se dessina aussitôt au coin de ses lèvres.

— Par ma foi, tu as raison. Ce ne serait pas si mal de le rater. Remarque, je ne serais pas mécontent si ma flèche mettait dans le mille ! Mais je préfère m'amuser un peu, ricana Akinari en hochant la tête.

Il encocha une seconde flèche et tira, puis les sifflements des tirs se succédèrent. L'archer riait à gorge déployée.

— Ha ! ha ! ha ! ha ! ha ! Et maintenant, dansez ! Dansez, misérables rats musqués au fond de votre égout ! Je vous apprendrai à me défier !

Jûbei protégeait O-Kei de son corps. Tous deux avaient reculé contre un mur. Jûbei arrêtait les flèches qui pleuvaient sur eux avec la lame de son sabre. Leur situation paraissait totalement désespérée.

La lampe qui tournoyait au-dessus de leurs têtes semblait narguer les deux malheureux, noyés dans le brouillard opaque des gaz délétères qui s'échappaient des corps en décomposition.

Shuuuuut ! La lame repoussa une nouvelle flèche qui venait de fendre cette brume macabre. Les ténèbres étaient si denses que personne ne sut où elle retomba.

Durant tout ce temps, Jûbei avait gardé les yeux fermés.

— Je ne pourrai plus faire semblant d'être aveugle très longtemps, murmura-t-il à l'oreille d'O-Kei, mais je dois continuer pour le moment, tant que ce géant nous regarde. Il veut savoir si j'y vois ou pas. S'il se rend compte que je suis seulement borgne, il devinera tout de suite qui je suis. Une fois qu'ils sauront mon nom, nos ennemis pourront me causer de graves ennuis à l'avenir.

— A l'avenir, maître ? Vous espérez vraiment

sortir de ce trou ? gémit O-Kei.

— Mais j'y compte bien, en effet !

Le sabre dévia une nouvelle flèche.

— Mais il se pourrait que nous n'en réchappions pas, après tout, ajouta le samouraï.

Sa voix parut mélancolique, quoiqu'il affichât toujours le même sourire.

— Je crois que j'ai sous-estimé leurs forces. C'est entièrement ma faute, j'aurais dû me montrer plus prudent. Pardonne-moi, je suis désolé de t'avoir entraînée dans cette histoire.

— Je n'ai rien à vous pardonner... vous qui risquez votre vie pour nous...

La jeune femme frissonna. Son propre destin lui importait peu. Elle songeait au prodigieux bretteur qu'était Yagyû Jûbei. S'il meurt à cause de nous dans cette misérable fosse, quelle perte irremplaçable !

— Si je dois mourir ici, sachez que je n'aurai aucun regret, car...

Elle était sincère. Mourir avec Jûbei ! Cette seule pensée la remplissait d'enthousiasme. La jeune femme ne put réprimer ses sentiments plus longtemps.

— Maître Jûbei, et si vous lâchiez votre sabre...

... pour me donner un baiser ! faillit-elle dire, mais elle se retint de justesse. Elle passa les bras autour du cou du samouraï qui la repoussa sans ménagement. Elle le gênait pour manœuvrer son arme ! Il esquiva une nouvelle flèche.

— Il reste encore un espoir, dit-il.

— Hein ? Mais lequel ? Comment pourrions-nous sortir d'ici ?

— J'espère que les femmes que nous avons libérées sont allées avertir la milice du préfet d'Edo, chuchota Jûbei.

Il tenta de sourire, en vain ; un pli amer creusa sa joue.

— Ah, c'est peine perdue ! J'ai demandé à la princesse Sen d'empêcher le shôgunat d'intervenir dans cette affaire. Je crains que ma démarche ne se retourne contre nous à présent.

— Maître, il est trop tard, de toute façon.

— Au moins, je ne connaîtrai pas la honte d'être secouru par les fonctionnaires du shôgun !

— Alors, mourons ensemble ! Dame O-Chie et les autres dames sauront nous venger, souffla O-Kei.

Deux autres flèches les frôlèrent avant de se briser contre le mur.

Soudain, un rire hystérique retentit.

XIII
CLOUÉ AU PILORI !

1

Sur un chemin qu'éclairait à peine un rayon de lune, quatre femmes couraient à perdre haleine quand, à environ vingt mètres derrière elles, des sabots ferrés lancés à pleine vitesse firent vibrer le sol. Les femmes perdirent l'équilibre, comme si elles avaient été balayées par un souffle magique.

A quelques pas de là, trois femmes retranchées dans une ruelle se retrouvèrent soudain face à un samouraï manchot. A sa vue, elles poussèrent des cris et se jetèrent sur le sol. Elles avaient reconnu la sinistre silhouette du démon du sabre, Urushidô Koshichirô, malgré l'obscurité !

Dans une rue toute proche, des femmes en fuite couraient lorsqu'elles trébuchèrent sur des palanches. Deux des fugitives s'effondrèrent. Leurs compagnes préférèrent se jeter dans les vagues qui venaient se briser contre le quai de la baie de Shinagawa plutôt que de se constituer prisonnières.

— Hé, pas si vite ! héla un jeune homme.

Une brume noirâtre jaillit de la manche évasée de son kimono. L'étrange brouillard retomba sur la mer.

— Puisque vous avez tellement envie de mourir, venez dans l'Enfer des Fleurs ! cria-t-il.

Le jeune homme était si fluet que le vent aurait pu l'emporter, mais Ginshirô repêcha toutes les filles tombées à l'eau d'un seul coup. Quel était le secret de cet énergique coup de filet ? D'où lui venait sa merveilleuse technique ?

Des femmes se cachaient un peu partout, une ici, l'autre là, tapies, le cœur battant, dans un fossé, sous un pont ou derrière un rocher. Soudain, elles entendirent un chien féroce aboyer ; les manches et le bas de leurs kimonos se retrouvèrent bientôt entre les crocs du redoutable Tenmaru.

On ramena les captives à dos de cheval ou d'homme dans la demeure de la famille Katô.

— Douze… treize… et voici la quatorzième ! déclara Rensuke en jetant la dernière prisonnière sur le sol de la resserre. Il devrait y en avoir dix-sept, cria-t-il à la cantonade. Il en manque trois. Il faut les retrouver ! N'en laissez aucune s'échapper !

C'est alors qu'il vit Jônoshin arriver en compagnie de Tenmaru. Rensuke arrêta son compagnon en lui faisant les gros yeux.

— Attends ! gronda-t-il. Il manque encore trois filles, ne rentre pas le chien !

Jônoshin lui décocha un regard courroucé.

— Nous avons capturé toutes les filles ! La preuve : Tenmaru remue la queue !

— Je te dis qu'il n'y en a que quatorze ! répliqua Rensuke. J'ai compté moi-même.

— Hum ! Bizarre… Il en manque trois, dis-tu ? marmonna Jônoshin.

Tandis qu'il réfléchissait, Ginshirô et Kôshichirô arrivèrent à leur tour. Lorsqu'il connut le motif de la dispute, Ginshirô leur demanda de l'attendre et se dirigea au pied de l'escalier.

— Hé ! Il y en a trois juste là, venez voir !

Les autres le rejoignirent.

— Tiens, c'est vrai !

En effet, derrière l'escalier, un haut coffre camouflait trois femmes allongées les unes sur les autres. Leurs corps nus et blancs se détachaient dans ce renfoncement mal éclairé ; elles portaient des masques de *hannya*.

— Nous les avions complètement oubliées, celles-là !

Il s'agissait des trois victimes du mystérieux aveugle. On les avait laissées là, telles de vulgaires feuilles mortes emportées par le vent, parce qu'elles avaient échoué dans leur mission. Le vacarme environnant n'avait pas réussi à les réveiller.

— Debout ! Allez, réveille-toi ! cria Ginshirô en flanquant un coup de pied dans les côtes d'un corps inanimé.

La fille étendue sur le dos n'eut aucune réaction ; elle ne râla même pas.

Tandis que les quatre brutes contemplaient ces corps nus et blancs, une lueur concupiscente s'alluma soudain dans leurs prunelles, grasse comme une tache d'huile.

— Bon, ça suffit ! Laissons-les, nous avons d'autres priorités pour le moment, finit par dire Jônoshin qui avait réussi à réprimer le désir pervers qui montait en lui. Allons informer notre maître que nous avons retrouvé toutes les filles.

— Ah, oui ! Je l'ai vu prendre un arc il y a quelques minutes, se souvint Rensuke. Il doit avoir réglé son compte au type de la fosse.

— Nous filons à l'étage enchaîner les prisonnières. On vous laisse ! dirent Kôshichirô et Ginshirô avant de grimper l'escalier.

Jônoshin se posta devant la porte de la resserre et s'adressa à la cour plongée dans l'obscurité d'une voix tonitruante :

— Merci à tous, beau travail ! Vous pouvez regagner vos postes à présent et reprendre votre surveillance. Restez sur vos gardes. Nous pensons que des espions rôdent autour de la maison. Si un passant vous paraît suspect, attrapez-le ou sonnez l'alerte.

Pour finir, il s'adressa à son énorme molosse assis dehors :

— Tenmaru ! Reste là et surveille l'entrée !

Puis il tendit le bras pour refermer la lourde porte coulissante.

« Il reste un espoir ! Espérons que les femmes qui se sont échappées auront eu le temps de prévenir la milice ! » avait dit Jûbei.

Cet espoir semblait totalement anéanti !

Ginshirô et Kôshichirô redescendirent du premier étage et rejoignirent leurs compagnons.

— Bon, allons-y ! dirent les quatre hommes.

Ils pénétrèrent dans la salle où se trouvait leur maître, l'un à la suite de l'autre.

C'était une fraîche nuit d'automne, mais Akinari s'était mis torse nu pour tirer plus à son aise. Ses hommes entrèrent au moment où il bandait la corde de son arc. Une flèche s'engouffra dans la fosse. Il recommença aussitôt la manœuvre et décocha une autre flèche. Akinari était en nage et soufflait bruyamment, si bien qu'il ne s'aperçut pas tout de suite de la présence des Lances. Il canardait la fosse comme un forcené.

— Nous avons retrouvé toutes les femmes ! déclara Rensuke. L'avez-vous eu, maître ?

Un éclat moqueur brilla dans l'unique œil d'Ichiganbô.

— Je pense qu'il est encore en vie, dit-il en souriant, notre vénéré maître ne fait que s'amuser pour le moment. Jette un coup d'œil en bas, tu verras, c'est assez comique de voir ces deux rats se battre avec l'énergie du désespoir !

Sur ces paroles, il fit tournoyer la lampe en cercle au-dessus de l'abîme.

« Vyoooum ! » fit la corde de l'arc en vibrant. Au fond du trou, une traînée argentée aussi fugace qu'une goutte de pluie brilla, puis la flèche brisée retomba dans le noir.

— Mouais... grommela Ginshirô.

Le garçon se pencha davantage au-dessus du puits.

— Ce type... est-il vraiment aveugle ? demanda-t-il.

— Ça paraît incroyable, hein ? répliqua Ichiganbô. Pourtant, d'après ce que j'ai pu observer, il ne fait pas semblant.

Grâce à la flamme, ils pouvaient voir au fond de la fosse. On aurait dit une roseraie : les flèches se dressaient, certaines brisées, d'autres plantées net dans les cadavres disséminés un peu partout dans le bouillon macabre.

Quel maladroit ! songèrent les quatre hommes qui retinrent un claquement de langue désapprobateur. Leur maître était sacrément mauvais tireur !

— Disons que monseigneur s'amuse un peu avec eux, expliqua Ichiganbô en s'efforçant de masquer son ironie. Il est vrai qu'il serait dommage de les tuer sans les tourmenter. Et puis c'est sans danger, puisqu'ils sont pris au piège !

Sans percevoir la critique acerbe qui se cachait sous cette dernière remarque, Kôshichirô jeta au fond du trou un regard admiratif :

— Quel combattant admirable ! s'extasia-t-il. Ah ! Comme je regrette de ne pas avoir eu l'occasion de croiser le fer avec lui alors que nous vivions sur le même sol et sous les mêmes cieux ! Si seulement...

— Ouais ! Je suis de ton avis, renchérit Ichiganbô. J'ai bien essayé de lui proposer un marché, son nom en échange de sa vie, tout ça, mais… Dis, Kôshichirô, tu crois que tu arriverais à le battre si tu te retrouvais face à lui ?

— Je ne saurais te répondre avant de l'avoir affronté… murmura son compagnon.

Il contemplait toujours la fosse, comme si son regard sombrait dans les profondeurs de gouffres infernaux. Jûbei avait eu exactement le même regard quand il avait évoqué les talents d'escrimeur de Kôshichirô devant les femmes, au Tôkaiji. Mais cela, les Sept Lances ne pouvaient pas le savoir.

— Je serais même heureux qu'un tel homme me batte ! déclara Kôshichirô. Aimerais-tu assister à un combat entre lui et moi, Ichiganbô ?

— Quoi, un duel ? intervint Ginshirô. Ah oui, j'aimerais bien voir ça ! dit le jeune homme avec un sourire rêveur.

Akinari, qui l'avait entendu, intervint aussitôt d'une voix hystérique :

— Non ! Je vous l'interdis !

Le seigneur d'Aizu avait les veines du front bleues et gonflées de rage.

— Il est hors de question que cet homme pose un pied sur la terre ferme ! Ce serait trop… dangereux, balbutia-t-il. Qu'il crève dans cette fosse !

Jûbei lui avait visiblement flanqué une peur bleue. Rensuke se tourna vers son maître avec un air offensé :

— Monseigneur ! Personne ne peut rivaliser avec le sabre de Kôshichirô. De plus, vous semblez insinuer que nous sommes incapables de vous protéger.

— Laissons le duel de côté, intervint Ginshirô, la tête inclinée comme s'il était en train de réfléchir. Songez que s'il meurt, nous ne connaîtrons jamais son nom, ni l'endroit où se cachent les filles du clan Hori. A moins que…

Brusquement, il claqua la main sur sa cuisse :

— Bon sang, j'ai une idée !

— Parle !

— Ichiganbô, si tu laissais pendre la lanière de ton fouet dans la fosse, notre gaillard s'empresserait de la saisir pour grimper. Monseigneur pourrait alors atteindre sa cible plus facilement. Une fois le drôle sorti de la fosse, Kôshichirô le défierait aussitôt au sabre. Non, mieux que ça : pour grimper le long de cette corde avec sa compagne dans les bras, il serait forcé de laisser son sabre en bas. Dans ces conditions, monseigneur, vous ne pourriez pas le rater !

Quel irrespect à l'égard de son seigneur et maître ! La jeunesse de Ginshirô expliquait sans doute son inconscience. Quoique… vu sa propension à insulter les hauts dignitaires en face, il pouvait très bien se montrer délibérément sarcastique à l'égard d'Akinari.

Toujours était-il que ce dernier n'avait pas perçu la raillerie, car son regard s'illumina :

— Il va grimper vers moi en se balançant le long d'un fil ? Oui… c'est très bien, ça ! Et là, je mettrai dans le mille ! En plein dans le mille ! s'exclama l'imbécile. Sans vouloir t'offenser, Kôshichirô, tu n'auras pas l'occasion de croiser le fer avec lui. Je vais réussir à nous en débarrasser sans ton aide. Cette fois, je ne le raterai pas !

— Hé, Ginshirô ! Tu es certain que notre type montera le long du fouet ? Il se doutera du piège, tu ne crois pas ? fit remarquer Ichiganbô.

— Il y sera bien obligé.

— Comment ?

— Le feu ! Versons de l'huile enflammée !

— Quelle brillante idée ! J'ai eu la même tout à l'heure. Enfin, pas pour le faire sortir de son trou. Attends, nous risquons d'avoir un problème !

— Tu penses à un incendie ? Non, pas si on verse une petite quantité de combustible seulement. Ils seront piégés entre quatre murs ; ils n'auront pas d'autre solution que de grimper à la corde pour échapper aux flammes !

— Bon, on s'y met ?

Akinari et ses cinq acolytes reculèrent leurs têtes de la bouche de la fosse.

— Attendez que je revienne avec l'huile ! leur dit Ginshirô. Je monte à l'étage !

Mais, alors qu'il s'apprêtait à partir, il s'immobilisa et poussa une étrange exclamation. Les autres, alertés par ce cri, tournaient la tête quand une voix perçante les cloua sur place.

— Pas un geste, Akinari !

Debout face à Ginshirô, un archer bandait son arc tellement fort que la corde et le bois dessinaient un cercle aussi parfait que la pleine lune. L'archer – une femme entièrement nue – portait un masque de *hannya* qui dissimulait son visage. Son corps immaculé resplendissait comme la neige.

— N'avancez pas ou je tire ! menaça une autre fille qui se tenait sur la droite des hommes tétanisés.

— Ma technique de tir n'est pas celle d'une gamine. Et pour cause ! J'ai été entraînée à Aizu ! Vous voulez vérifier ?

A leur gauche, les hommes virent apparaître une troisième chasseresse. Trois flèches brillantes étaient pointées sur le cœur d'Akinari.

2

Cette apparition cloua littéralement les six hommes sur place.

Ils avaient commis une grossière erreur, à rester assis autour du puits à regarder l'homme et la femme pris au piège. Mais qui aurait pu prédire ce qui venait d'arriver ? Ils mirent d'ailleurs quelques secondes à réaliser ce qui était en train de se passer.

— Que... qu'est-ce que ça veut dire ? balbutia Akinari, les lèvres serrées. Que signifie cette mascarade ?

Son étonnement laissa vite place à la fureur. Les femmes qui le menaçaient étaient ses favorites. Comment ses esclaves personnelles osaient-elles se rebeller, elles qui cédaient toujours au moindre de ses désirs et prenaient plaisir à accomplir les actes pervers qu'il leur imposait ? Ces vicieuses avaient même pris goût à violer les jeunes hommes !

— Etes-vous devenues folles ? rugit-il.

Ses hommes, pour leur part, avaient bien retenu ce que la troisième avait déclaré : « Ma technique de tir n'est pas celle d'une gamine. Et pour cause ! J'ai été entraînée à Aizu ! »

Les samouraïs avaient les yeux fixés sur les trois femmes nues qui tenaient chacune un arc prêt à tirer.

Ces filles-là ne font pas partie de la volaille d'Akinari ! se dirent-ils. Les putains du maître ont la chair molle et flasque comme de l'argile blanche. Ces femmes ont des corps fermes aux contours bien dessinés.

— Qui êtes-vous ? demanda Kôshichirô d'une voix rauque.

La femme sur la droite baissa lentement les bras. Ses compagnes avaient toujours leurs armes pointées sur Akinari, si bien que les Lances n'osaient pas bouger.

Soudain, la fille lâcha la corde de son arc et ôta son masque d'une main.

— O-Sawa !

Le masque cachait le visage de l'épouse de Tagai Matahachirô, le frère cadet de Hori Mondo.

O-Sawa réarma son arc et le banda à nouveau, puis la fille du milieu ôta son masque à son tour :

— Sakura !

En effet, il s'agissait bien de Sakura, la fille de Manabe Shôbei, un autre frère de Hori Mondo. Après qu'elle eut réarmé son arc, la femme de gauche enleva son masque.

— O-Fue !

O-Fue, la suivante de la propre fille de Mondo, O-Chie. La jeune fille avait les joues en feu. Elle lança à Ginshirô un regard furieux.

— Toi, je me souviens du son de ta voix ! Tu m'as bourré les flancs de coups de pied. Je vais te le faire regretter ! cria-t-elle en pointant sa flèche sur la poitrine du jeune homme.

Les samouraïs faisaient de drôles de têtes à présent. Plus ils réfléchissaient à ce qui était en train de se passer, plus leurs visages se figeaient comme des masques.

Les femmes du clan Hori se cachaient parmi les poules d'Akinari ? Non, il n'y a que les putains du maître à l'étage. Ces trois-là étaient évanouies, c'est pour ça qu'on les avait laissées près de l'escalier. Ensuite, les autres filles se sont enfuies, mais on les a toutes ramenées dans la resserre. Jônoshin a soigneusement fermé la porte à clé, je l'ai vu faire. En plus, Rensuke est resté posté devant tout le temps où on l'a laissée ouverte. Personne n'a pu entrer sans être vu. Et plus tard non plus, puisque Tenmaru a constamment monté la garde.

Par les anneaux de l'enfer ! C'est impossible !

Et pourtant, leur incrédulité ne pouvait contredire ce qu'ils avaient sous les yeux : trois femmes du clan

Hori pointaient leurs flèches sur eux. Les corps de ces filles, exaltées par un esprit de vengeance et savourant leur triomphe, avaient pris la teinte de roses.

Comment avaient-elles fait pour arriver jusqu'ici ? La question restait entière.

O-Kei avait été tirée au sort pour tenir le rôle de la fiancée de Jûbei et, grâce à leurs déguisements de mariés, tous deux étaient parvenus à s'introduire dans la demeure des Katô. Malgré la confiance qu'elles avaient en leur instructeur, les six autres femmes avaient jugé son plan très périlleux et n'avaient pu s'empêcher de s'inquiéter. Le hasard avait envoyé celle qui possédait le plus de sang-froid dans l'antre du démon, mais O-Kei se serait certainement rongé les sangs autant que ses compagnes si elle s'était retrouvée à leur place.

Les six femmes avaient donc pris la décision de suivre le couple après son enlèvement chez Toriyama Kengyô. Par souci d'exactitude, précisons qu'elles s'étaient postées aux alentours de la résidence Katô à Shiba, certaines que l'on kidnapperait leurs complices la nuit même de leurs prétendues noces.

Comme prévu, à la nuit tombée, deux palanquins encadrés par une escouade d'individus vêtus de noir avaient fait leur apparition. Convaincues qu'ils transportaient leur compagne et leur maître, les femmes avaient laissé passer les palanquins en serrant les dents : les attaquer aurait fait échouer le projet de Jûbei. Le samouraï ne s'était pas rendu compte de leur présence, pas plus que les Lances d'ailleurs.

Les six femmes avaient attendu dans l'obscurité afin de s'assurer que le plan de Jûbei se déroulait comme prévu. Elles ne savaient pas si leur attente durerait une ou plusieurs nuits, vu que le samouraï s'en remettait lui-même au hasard.

L'angoisse les avait aidées à monter la garde malgré la fraîcheur de cette nuit d'automne.

Quelque temps plus tard, elles avaient vu une dizaine de femmes sortir par la petite porte située à l'arrière de la résidence. Jûbei leur avait dit qu'il comptait libérer les prisonnières d'Akinari. Cet événement prouvait qu'il avait réussi à la faire.

Cependant, peu après leur fuite, une troupe de cavaliers accompagnés d'un chien s'étaient lancés à la poursuite des fuyardes. Les dames Hori avaient alors assisté à une traque acharnée, à un véritable déchaînement de violence et de cris.

Que peut-il se passer à l'intérieur ? s'étaient-elles demandé. O-Sawa, Sakura et O-Fue avaient croisé trois fugitives à quelque distance du domaine, qui leur avaient appris qu'une inconnue les avait aidées à s'enfuir. En revanche, elles avaient été incapables de leur dire ce que cette inconnue était devenue. Les pauvres avaient l'esprit troublé par le fracas menaçant des chevaux de leurs poursuivants qui résonnait partout autour d'elles.

Nous devons absolument entrer ! avaient aussitôt pensé les trois dames du clan Hori. Elles n'avaient pas eu besoin de se parler. Un regard avait suffi, un coup d'œil lourd d'une détermination inébranlable.

Elles avaient changé de vêtements pour se mêler aux fuyardes qui couraient sur l'avenue et s'étaient rapidement fait repérer par un cavalier. Les hommes les avaient jetées à terre et leur avaient flanqué des coups de pieds. Le claquement d'un fouet en cuir avait résonné près de leurs oreilles, puis O-Sawa, Sakura et O-Fue avaient fait semblant de tomber évanouies afin qu'on les transporte dans la resserre secrète. Grâce aux kimonos empruntés aux fugitives et à leurs chevelures en bataille qui retombaient devant leurs yeux, Rensuke ne les avait pas reconnues.

Lorsqu'on les avait jetées au pied des marches, les jeunes femmes avaient gémi comme de véritables martyres et s'étaient même débattues en simulant une crise de désespoir. Rensuke leur avait alors ordonné de monter au premier étage.

Elles en avaient profité pour jeter un coup d'œil rapide au rez-de-chaussée, dans l'espoir d'y trouver Jûbei, jusqu'à ce qu'elles aperçoivent trois femmes masquées sans connaissance dans un renfoncement sous l'escalier. Il avait ensuite fallu agir très vite, car si elles ignoraient ce qui les attendait là-haut, elles savaient en revanche que leurs déguisements ne tromperaient personne très longtemps dans une pièce bien éclairée.

A la vue des filles évanouies, les dames Hori avaient aussitôt échangé des regards entendus. Avisant un large coffre, elles y avaient dissimulé les trois malheureuses inanimées, avaient passé leurs masques, s'étaient dévêtues, puis allongées par terre.

Tout s'était passé si rapidement que Rensuke, occupé à récupérer les captives que l'on ramenait dans la resserre, ne s'était pas rendu compte du manège.

Le calme était bientôt retombé. Les Sept Lances avaient compté leurs prisonnières avant de rejoindre leur maître. Les trois femmes n'avaient pas bougé, profitant de leur position pour écouter les conversations dans la pièce voisine.

Il leur avait fallu très peu de temps pour comprendre de quoi il retournait. Elles étaient restées sidérées durant quelques instants, puis avaient réussi à se ressaisir et à passer à l'action.

Ce lieu maudit, dédié à toutes les perversions et aux supplices les plus atroces, abritait également un arsenal d'armes suspendues au mur de l'entrée : sabres, lances, gourdins, arcs et flèches, parmi lesquels Akinari s'était lui-même approvisionné un peu plus tôt. Les trois dames Hori avaient saisi des arcs avant de pénétrer dans la pièce à pas de loup pour mieux se placer derrière leur homme et ses sicaires qui leur tournaient le dos, tout occupés à scruter le fond du puits. Une fois ces hommes bien en joue, elles s'étaient manifestées.

Je veux décocher cette flèche et qu'elle transperce le cou de ce diable et de ces brutes sans cœur ! pensèrent les trois femmes tandis que leurs mains se mettaient à trembler.

— Hé... du calme! s'écria Ichiganbô en écarquillant son œil. Vous êtes sûres de vouloir tirer? Vous... vous n'avez que trois flèches et nous sommes six. Dès que vous aurez tiré, nous vous réduirons en bouillie!

— Nous le savons très bien! répliqua Sakura. Mais peu importe. Puisque nous ne pouvons pas vous tuer tous en même temps, nous nous contenterons d'Akinari!

Les trois flèches étaient pointées sur leur cible.

Les fiers valets pâlirent pourtant à ces mots, car rien ne pouvait terrifier davantage les cinq samouraïs que la perspective de perdre leur seigneur.

— Très bien. Mais sachez qu'une fois que vous aurez tiré, vos deux compagnons retenus ici seront définitivement perdus, menaça Jônoshi entre ses dents. Vous pouvez encore les sauver, si vous vous montrez raisonnables...

Les visages des tireuses blêmirent à leur tour. A l'instar des Sept Lances, les dames Hori redoutaient par-dessus tout de perdre leur maître. La vie de Jûbei comptait tellement à leurs yeux qu'elles savaient que la mort d'Akinari ne compenserait jamais sa perte.

— Nous montrer raisonnables? Explique-toi! lança Sakura.

— Considérons que nous sommes quittes pour ce soir. Si vous déposez vos arcs, vous avez ma parole que nous vous laisserons repartir, vous et vos deux compagnons qui se trouvent dans la fosse.

— Ta parole ne vaut rien! répliqua Sakura avec un sourire glacial.

La jeune femme ne ressemblait plus à la douce demoiselle de jadis, si prévenante et aimable avec tous, même avec les domestiques.

— D'ailleurs, pour ce qui est de libérer nos amis, nous nous passerons de votre consentement !

— Et comment comptes-tu t'y prendre ?

— Rensuke, il y a un rouleau de corde dans l'entrée. Va le chercher et apporte-le ici ! Tu vas ligoter tes quatre amis. Ne t'occupe pas de ton maître en revanche.

— Pourquoi fais-tu ça ?

— Quoi ! Nous n'allons pas nous laisser ficeler comme des bêtes ! rugirent Kôshichirô et Ginshirô.

— Si vous ne faites pas preuve d'un peu plus de bonne volonté, nous allons tuer Akinari !

Les pointes des flèches brillantes inquiétèrent Ichiganbô et Jônoshin.

Ce sont des femmes. Dans les situations de crise, elles peuvent vite perdre tout contrôle et se montrer capables du pire !

— Ne t'énerve pas ! Nous désirons simplement savoir pourquoi tu veux nous attacher, demanda Jônoshin d'une voix douce.

— Nous devons vous mettre hors d'état de nuire, le temps que nous aidions nos amis à sortir de ce puits.

— Ce ne sera pas nécessaire ! Si tu promets de ne pas t'en prendre à notre seigneur, nous promettons de vous laisser tranquilles, fit Jônoshin sur un ton doucereux.

— Si vous ne résistez pas, on ne vous fera aucun mal, du moins pas cette nuit ! promit Sakura, la voix vibrante de colère.

Un rictus durcit son charmant visage, masquant les émotions qui s'agitaient en elle.

— C'est mon dernier mot ! conclut-elle d'une voix ferme. Je sais que vous n'avez aucune parole !

Elle venait encore de leur assener qu'on ne pouvait pas leur faire confiance. Les cinq hommes ne trouvèrent rien à répondre. Ils savaient tous ce que les Sept Lances avaient fait au Tôkeiji : ils s'étaient dédits et avaient massacré les membres du clan Hori malgré leurs promesses.

— Bon, puisqu'elles insistent, fais ce qu'elles demandent ! dit Ichiganbô à Rensuke en lui lançant un regard discret.

Ce dernier acquiesça d'un signe de tête avant de s'exécuter. Il revint, l'air penaud, avec la corde.

— Fais deux nœuds pour chacun d'entre vous ; passe un nœud autour des poignets, l'autre autour du cou. Voilà. Maintenant, mettez-vous à la queue leu leu ! ordonna Sakura, la pointe de sa flèche toujours rivée sur Akinari. J'ai vu le regard qu'Ichiganbô t'a lancé. Si jamais tu tentes d'aider tes amis à dénouer leurs liens, tu vas le regretter !

Puis la jeune femme se retourna vers O-Fue :

— Quand il aura fini, ligote-le ! Ensuite, tu vérifieras qu'il a serré les nœuds de ses complices suffisamment fort.

La suivante déposa son arc par terre et fit ce que Sakura lui avait demandé. Puis cette jolie jeune fille à l'esprit un peu dérangé se mit à rire aux éclats en paradant autour des captifs.

— Vous vous rappelez ? C'est de cette manière que vous avez attaché mon maître et ses hommes ! dit-elle en riant à gorge déployée tandis que des larmes coulaient sur ses joues.

Elle rappelait aux Lances de quelle façon ils avaient traîné les hommes du clan Hori à leur suite, leurs cous entravés par une corde. A cette évocation, les cinq bourreaux tressaillirent malgré eux. Ce léger mouvement suffit à resserrer un peu plus la corde. Ils grimacèrent de douleur.

— Rassurez-vous, lança Sakura avec un sourire sinistre, nous vous infligerons une mort moins cruelle que celle que vous avez fait subir à nos familles.

Puis elle se tourna vers O-Fue, le visage dur :

— Lance le reste de la corde dans la fosse !

La servante obéit immédiatement.

— Maintenant, tous les cinq, tenez bien la corde ! O-Fue, appelle messire Gentatsu. Tu as compris ? Dis à Misawa Gentatsu que nous sommes venues le sauver ! insista-t-elle en haussant la voix.

Elle craignait que la jeune fille ne laisse échapper le nom de Jûbei par mégarde ; mais O-Fue n'avait visiblement pas oublié que Jûbei les aidait sous le sceau du secret.

— A tes ordres ! Seigneur Gentatsu ! cria-t-elle en

se penchant au-dessus de la fosse. Messire l'aveugle, Misawa Gentatsu ! Holà ! C'est moi, O-Fue, je suis venue vous aider ! Vous êtes sauvé ! Attrapez la corde !

Puis elle se tourna vers les cinq hommes :

— Allez, vous autres, créatures de l'enfer, tirez !

Les samouraïs tirèrent, contraints d'obéir par deux autres femmes qui pointaient leurs flèches, l'une sur la poitrine d'Akinari, l'autre dans son dos. Les liens qui entravaient leurs poignets et leurs cous les obligeaient à se cambrer, de sorte qu'ils se mirent à ressembler au sobriquet qu'O-Fue leur avait attribué : à ces démons à tête de bœuf ou de cheval qui tourmentent les damnés dans les profondeurs infernales.

Au bout de quelques instants, la tête de Jûbei émergea du puits, son sabre dans la bouche et O-Kei sous le bras. Ils étaient dans un état pitoyable : leurs visages et leurs vêtements étaient entièrement maculés de boue et de restes macabres.

— Hum ! Hum ! Je crois bien que j'ai perdu ! dit le samouraï en souriant, les yeux toujours clos.

— Ce n'est pas faute de vous l'avoir répété ! le gourmanda O-Fue. Votre plan était bien trop risqué ! Ah, si j'étais venue avec vous, les choses se seraient déroulées autrement !

— Je n'ai rien à répondre, tu as entièrement raison ! concéda Jûbei de bonne grâce. J'ai perdu, vous avez gagné. Je me doutais bien qu'il se passait quelque chose là-haut, mais je dois avouer que je suis vraiment surpris de vous voir ici.

Il jeta un regard à Akinari. Enfin, pas à proprement parler, puisqu'il gardait les yeux fermés. Toujours est-il qu'il avait la tête tournée vers lui comme s'il pouvait le voir. Puis il demanda :

— Eh bien, qu'allons-nous faire de ce daimyô de bas étage ?

3

— Qu'allons-nous faire de lui... ? demandèrent les femmes.

A cette question, une lueur sanguinaire s'alluma dans leurs yeux.

— Je sais, fit Jûbei, vous voudriez le tuer sans plus attendre. Je comprends. Moi aussi, je ne demanderais pas mieux que de tordre ce cou d'une pâleur maladive jusqu'à ce qu'il se détache du reste de son corps. Non pas pour lui faire payer ce qu'il m'a fait subir, mais à cause de ce que j'ai vu dans cette fosse. Je peux vous certifier que les crimes de cet individu sont absolument abominables. De telles horreurs dépassent l'imagination. Cependant, si nous supprimons cet esprit diabolique maintenant, je trouve que son châtiment sera encore trop doux.

Katô Akinari était certes un démon de la pire espèce, quoique dans la situation où il se trouvait, menacé par trois flèches et en présence d'un individu tout juste revenu d'entre les morts, il semblât sur le point de défaillir de terreur. Le démon restait planté là comme une poupée de cire.

— Bref, je préférerais m'en tenir au plan initial, conclut Jûbei, et le laisser en vie.

— Je me doutais que vous ne changeriez pas d'avis, commenta O-Sawa. Sachez que nous vous obéirons.

— C'est donc entendu.

Le samouraï fit un pas vers Akinari. Ichiganbô réagit le premier et écarquilla si bien son œil unique qu'il semblait sur le point de jaillir de son orbite.

— Que comptes-tu faire de mon maître ? gronda-t-il d'une voix rauque.

— Comme je l'ai déjà dit, je vais le traîner jusqu'à la résidence de Takebashi et l'exposer à la risée publique.

— Tu ne vas pas faire ça ! hurla Rensuke en se débattant.

La tête et le corps du géant étaient enflés et rouges de colère.

— C'en est trop ! Je n'en peux plus !

Soudain, la corde épaisse qui lui liait les poignets se rompit.

Oubliait-il que trois flèches visaient toujours son précieux maître ? Mais… malheur ! Lorsque Jûbei avait dit « C'est donc entendu », les trois femmes avaient imprudemment baissé leurs arcs !

— Ah ! Je vous ai bien eus !

Le sol se mit à trembler sous ses pieds tandis qu'il se ruait comme une tornade noire sur les archères, qui, prises de panique, pointèrent leurs arcs sur lui et tirèrent. Si le géant réussit à dévier deux des flèches d'un simple revers de la main, la troisième l'atteignit à l'épaule. Ah ! Quelle musculature ! La flèche fit un bruit métallique en rebondissant, comme si elle avait heurté une plaque de fer, tandis que la pointe lui égratignait à peine la peau !

Mais le coup fit chanceler l'homme qui tenta de se rétablir sur un pied pendant que l'autre rencontrait le vide de la fosse !

Puis son énorme corps bascula en se contorsionnant de façon étrange et disparut dans le puits, la corde toujours autour du cou.

Des gémissements s'élevèrent en chœur ; le géant étranglait tous les autres samouraïs dans sa chute. Kôshichirô, Ichiganbô, Ginshirô, Jônoshin, quatre combattants d'exception étaient à terre, et dans quel état !

Au bout de quelques secondes, Kôshichirô glissa sur la surface lisse du tatami avant de disparaître à son tour. Ce colosse de Rensuke entraînait son camarade derrière lui ; Kôshichirô ne pouvait résister avec un seul bras valide.

Les autres membres de cette étrange cordée se mirent à griffer la surface du tatami et à ramper comme des vers de terre.

— Laissez faire ! Laissez-vous tomber dans le trou ! lança Jûbei.

Il passa le bras autour du cou d'Akinari avant de les avertir à nouveau :

— Gare ! Si vous restez là, vos deux compagnons suspendus dans le vide mourront pendus !

Et en effet, le tremblement de la corde témoignait bien que les deux hommes gigotaient et avaient besoin d'aide. Les trois autres semblaient souffrir tout aussi atrocement. Ils n'eurent bientôt plus d'autre choix que de se jeter dans le puits.

— Aaargh ! Il n'y a pas d'autre solution… Ichiganbô ! Lance-toi dans le vide ! fit Jônoshin dans un râle. Il se trouvait au bout de la file des étranglés.

Ichiganbô se pencha en avant et bascula dans la fosse, suivi bientôt par Ginshirô qui grinça des dents en tombant. Puis vint le tour de Jônoshin.

— Attends ! ordonna Jûbei pour l'arrêter. Toi, tu n'as pas besoin d'aller là-dedans. Tu vas venir avec nous.

La lame de son sabre lança un éclair, trancha la corde, puis Jônoshin se retrouva à plat ventre avec un cou qui semblait plus grand de trente centimètres à cause de la tension du garrot ! Il avait le menton posé contre le tatami et haletait bruyamment.

— Partons ! Euh… à propos, comment dire… Je vous conseille de vous mettre quelque chose sur le dos, dit Jûbei en souriant, le pied posé sur le dos de Jônoshin.

O-Sawa, Sakura, O-Fue et O-Kei réalisèrent soudain qu'elles étaient nues ; elles en rougirent de honte de la tête aux pieds.

— Ah ! J'allais oublier les autres filles que nous

avons libérées. Je crois qu'ils les ont toutes ramenées. Allons les chercher ! Suivez-moi !

Une fois les prisonnières descendues du premier étage, Jûbei revint près de la fosse et s'adressa aux ombres qui grouillaient au fond du gouffre macabre.

— Hé ! Je tenais à vous prévenir que je vais verser de l'huile et qu'ensuite je mettrai le feu… Mais non, je plaisante ! Ce n'est pas cette nuit que vous allez mourir. Je vais juste faire de vos vies et de celle d'Akinari de véritables cauchemars. Les fameuses Sept Lances d'Aizu vont se briser l'une après l'autre ; les sept yeux du serpent du clan Katô vont disparaître, tout ça grâce à de frêles mains de femmes !

Un concert d'aboiements sauvages retentit du fond du trou. Comme une meute de bêtes fauves, les quatre hommes empêtrés dans le bouillon de cadavres poussèrent des hurlements furieux et lancèrent des imprécations contre Jûbei. Ce dernier ne comprit rien de ce qu'ils disaient car ils hurlaient tous en même temps et les murs de la fosse renvoyaient leurs voix en écho.

— Attention, vous feriez mieux de ne pas me mettre en colère ! railla-t-il. Soyez patients, le jour de votre exécution viendra !

Sur ces paroles, il éclata de rire, puis s'adressa à O-Fue :

— Remets la trappe en place.

Une fois le puisard refermé, le sol ne ressemblait plus qu'à un banal plancher de tatamis. Les aboiements cessèrent aussitôt.

Jûbei inspecta sa tenue et sourit aux femmes avec une expression mélancolique.

— La lutte va être sans merci ! Allons, mettons-nous en route !

Il prit Akinari sous un bras et Jônoshin sous l'autre avant de franchir tranquillement la porte. Personne n'aurait imaginé que Jûbei faisait mal à ces deux fardeaux en les portant comme il le faisait. Et pourtant, les deux hommes, eux, souffraient autant que s'il leur broyait les os.

— Tu… tes yeux… tu peux voir ? demanda Jônoshin en passant la main devant le visage de Jûbei.

Jônoshin avait toujours eu du mal à croire que cet homme était aveugle pour de bon, mais de là à imaginer que Jûbei simulait la cécité pour cacher qu'il était borgne…

— Hé oui ! lui répondit Jûbei en riant. J'y vois ! Je vois avec les yeux du cœur. La preuve, je sais que tu as une face de macaque !

Il n'ouvrait toujours pas son œil valide.

— Allez, Jônoshin ! Ouvre la porte ! commanda-t-il. Ensuite, tu tiendras Tenmaru en laisse. Méfie-toi ! Si tu tentes de fuir ou de dire à ton chien d'attaquer les filles, je tue Akinari ! Tu m'as compris ?

Mâchoires serrées, Jônoshin fit glisser la lourde porte. L'énorme dogue assis à l'entrée leva des yeux flamboyants vers son maître avant de pousser un hurlement terrifiant.

— Tais-toi ! lui murmura Jônoshin d'une voix angoissée. C'est moi !

Tenmaru, soupçonneux, ne quittait pas son maître des yeux tandis que celui-ci détachait sa chaîne d'une main tremblante. Le cri du molosse avait attiré l'attention des sentinelles et des hommes d'armes disséminés dans la cour intérieure, et ils accouraient déjà vers la resserre.

— Tu vas dire aux gardes : « Monseigneur s'est trouvé mal. Sur le conseil de messire Misawa Gentatsu, éminent médecin du district de Yushima à Hongô, nous nous rendons chez messire Toriyama Kengyô afin qu'il dispense une séance d'acupuncture à monseigneur. Préparez son cheval. » Voilà ce que tu vas leur dire mot pour mot ! ordonna Jûbei.

Jônoshin s'exécuta. Les gardes en proie à une agitation extrême avaient des mines éberluées.

— Qu'est-ce que vous avez à lambiner ? leur cria Jônoshin d'une voix stridente. C'est une urgence ! Dépêchez-vous de faire ce que je vous dis !

Il ne coopérait que pour satisfaire le marionnettiste qui tirait les fils à sa guise.

Quelques minutes plus tard, on amena le cheval d'Akinari. Jûbei l'enfourcha avec son otage sous le bras. Il le tenait serré contre lui pour dissuader Jônoshin ou les soldats de tenter de le prendre. Pour tout dire, le samouraï procédait surtout de cette façon parce que le daimyô venait encore de tourner de l'œil.

Des gardes s'approchèrent de Jônoshin et lui demandèrent discrètement :

— Seigneur Gusoku… que se passe-t-il ?

— Expliquez-nous ce qui vous arrive, monseigneur.

Les gardes fixaient leur suzerain et l'inconnu en selle, quand une vingtaine de filles surgirent soudain de la resserre. Hormis Jônoshin, pas un seul membre des Sept Lances n'était en vue.

Les vassaux du clan Katô faisaient mine d'ignorer les agissements d'Akinari et de ses sicaires, mais en réalité ils se doutaient de leurs agissements. Sinon, pour quelle autre raison se seraient-ils précipités à la poursuite des fugitives et auraient-ils monté la garde autour de ce bâtiment maudit sans relâche ?

Lorsque les femmes qu'ils avaient ramenées à la résidence quelque temps auparavant étaient sorties sous leur nez et lorsqu'ils avaient vu ce parfait inconnu monter à cheval avec leur maître sous le bras, les gardes avaient aussitôt flairé l'étrangeté de la situation. Ils s'étaient surtout demandé avec une certaine anxiété pourquoi les autres Lances étaient invisibles.

— Taisez-vous ! Silence ! s'égosilla Jônoshin au bord des larmes. Ne me posez aucune question, leur dit-il encore. Ne vous inquiétez pas, je veille sur notre maître. Il y va de sa vie, comprenez-le bien ! Je vous le répète : c'est urgent. Ecartez-vous ! Que quelqu'un aille ouvrir le portail !

Si « il y va de sa vie » et « c'est urgent » furent ses propres paroles, le cavalier aveugle perché sur sa monture qui ne l'avait pas quitté du regard une seule seconde lui avait dicté la suite de son exhortation.

Les hommes d'armes s'écartèrent à contrecœur, l'air peu convaincus. Le cheval se mit en marche.

Tenmaru avait pris la tête du cortège, suivi de Jônoshin qui le tenait par sa chaîne. Le cavalier inconnu serrait dans ses mains les rênes de son cheval et la corde attachée à la ceinture de Jônoshin. Jûbei lui avait épargné un plongeon dans la fosse pour qu'il fasse taire son terrible chien. Non que Jûbei craignît le molosse : il voulait simplement éviter que ses grognements n'alertent d'autres gardes ou la horde de domestiques que les Katô employaient.

Derrière le cheval, la colonne des femmes fermait la marche.

Le ciel se couvrait de nuages, le clair de lune était voilé. Jûbei reçut des gouttes de pluie froides sur le front.

Son prisonnier fermement maintenu sous le bras, Yagyû Jûbei chevauchait nonchalamment avec un air triomphant.

4

Le matin suivant, devant la porte de la résidence de Takebashi, près du palais shôgunal d'Edo, on retrouva deux individus et un chien entortillés dans une chaîne qui les reliait les uns aux autres. Ils avaient visiblement passé la nuit sous une pluie battante.

Ils étaient aussi pâles et défaits que des criminels au pilori. L'un des hommes était étendu sur le dos, inconscient, et avait la bouche grande ouverte, si bien qu'il pleuvait dedans.

Katô Akinari, Gusoku Jônoshin et Tenmaru avaient été déposés là par un cavalier du nom de Misawa Gentatsu. L'homme avait agi seul ; les captives libérées et les dames du clan Hori s'étaient volatilisées dans la ville balayée par l'averse.

Après avoir attaché les deux prisonniers et le chien près de la porte de la résidence de Takebashi, le cavalier s'était éclipsé à son tour. Seul l'écho des sabots de sa monture avait résonné dans la nuit.

Jusqu'au lever du soleil, Jônoshin et Tenmaru s'étaient contorsionnés dans tous les sens pour tenter de briser leurs chaînes. Curieusement, le féroce animal n'avait pas grogné une seule fois en présence du cavalier comme si, au souvenir de la crainte que cet inconnu lui avait inspirée à leur première rencontre, il obéissait à l'ordre de Jônoshin.

Donc, sitôt le cavalier parti, Jônoshin et Tenmaru avaient commencé à se débattre comme de beaux diables. Non seulement leurs efforts n'avaient servi à rien, mais Jônoshin s'était même blessé ; une côte fêlée probablement. Près de lui, toujours sur le dos, pattes en l'air comme un crapaud, Akinari était resté étendu sans bouger de la nuit.

— Si seulement monseigneur n'était pas là ! avait dit Jônoshin en jetant un regard hostile à son pitoyable seigneur.

Le géant avait alors ruminé ces pensées en son for intérieur : Les Lances ne doivent leur défaite d'hier qu'à la bêtise insondable de ce maître indigne ! Si nous n'avions pas eu ce boulet avec nous, l'inconnu n'aurait jamais pu agir à sa guise. Bon sang ! Nous lui aurions réglé son compte cette fois, et pour de bon !

— Chut ! N'aboie pas ! gronda sourdement Jônoshin à Tenmaru qui commençait à grogner.

Nous devons absolument quitter cet endroit avant que quelqu'un n'arrive !

Malheureusement pour eux, l'aube se leva avant qu'ils aient réussi à s'échapper. Lorsqu'ils ouvrirent la porte et tombèrent sur eux, les gardes firent des mines parfaitement ahuries.

— Regarde ! On en a récolté deux ce matin ! dit un garde.

— Cette fois, il y a même un chien ! Oh, quelle énorme bête ! Hé, vous tous, venez voir ! cria un autre.

— Tiens, c'est bizarre ! s'exclama le premier. Les autres étaient beaux garçons alors que ces deux-là, ils sont vraiment vilains.

Une foule de soldats et de domestiques s'attroupaient devant la porte.

— Holà ! Au secours ! Délivrez-nous ! les supplia Jônoshin en se tortillant dans tous les sens. Nous ne sommes ni des gueux, ni des voyous. Nous ne pouvons pas vous dire nos noms, mais sachez que nous appartenons à une honorable famille. Si vous aviez la bonté de détacher cette chaîne, nous ne manquerions pas de vous témoigner notre reconnaissance !

Une troupe de gens d'armes et de laquais commençait à se former autour des captifs. Quelqu'un s'écria tout à coup avec une voix étrange :

— Mais c'est le chien du clan Katô d'Aizu ! Je me souviens de lui à cause de sa taille impressionnante. Le clan Katô est très fier de cet animal.

Le pauvre Jônoshin s'était imaginé que personne ne les reconnaîtrait, mais un autre homme s'exclama :

— Il a raison ! Regardez l'homme étendu par terre. Il porte sur sa manche le blason aux yeux de serpent !

— Et à qui appartient ce blason ?

Un garde se dirigea rapidement vers le palais, un gourdin à la main, en disant :

— Il faut avertir la princesse Sen immédiatement !

5

— Place ! Faites place à Son Eminence Tenju-in ! cria un garde qui se trouvait près de la porte de la résidence de Takebashi.

L'assemblée tomba aussitôt à genoux en prosternation.

— Hé, toi là-bas ! Arrête de gigoter ! ordonna un garde.

— Fais taire ton animal ! cria un autre.

— Son Eminence arrive !

Trois hommes en armes se précipitèrent sur Jônoshin et lui donnèrent quelques coups sur la tête pour lui faire courber le dos. Ils s'adressèrent ensuite aux serviteurs :

— Qu'on aille chercher un seau d'eau pour réveiller celui-là !

— Son Eminence ne doit pas le voir dans cet état !

— Voilà l'eau ! Jette-la sur le dormeur !

Le porteur aspergea le visage d'Akinari. Rappelons que ses yeux et sa bouche avaient reçu de la pluie durant toute la nuit sans le moindre résultat.

Le seau d'eau eut davantage d'effet puisqu'on l'accompagna de coups de bâton bien sentis dans les côtes. Akinari gémit doucement avant d'ouvrir enfin les yeux. Il contempla d'abord le ciel pluvieux d'un air hébété, puis les visages penchés au-dessus de lui. Il tourna la tête vers la douve, vit ensuite le pont et, avant même qu'il eût fini d'inspecter les environs, il tressaillit.

— Prosterne-toi ! L'honorable Tenju-in est ici !

Les coups de bâton plurent à nouveau. Akinari courba les épaules et posa ses mains à plat sur le sol. Malgré cette position inconfortable, il aperçut une haute et noble silhouette sous la grande arche. Une dame entourée d'une dizaine de suivantes et de domestiques. Un serviteur tenait un parapluie au-dessus de la tête de cette éminente figure qui contemplait Akinari avec un regard hautain. De loin, la dame évoquait un majestueux héron blanc.

— J'ai ouï dire que cet énorme chien appartiendrait à la famille Katô, dit tranquillement la femme.

Akinari pensa qu'elle s'adressait aux gens de sa suite.

— Les hommes que je vois là-bas font-ils partie de ce fameux clan, eux aussi ? Veuillez leur demander leurs noms, ordonna-t-elle à l'un des samouraïs qui l'accompagnaient.

L'homme s'approcha des deux prisonniers en leur jetant un regard sévère, puis il leur demanda de décliner leurs identités.

— Croyez-moi, balbutia Jônoshin en proie à une grande agitation, nous n'avons aucun lien avec le clan Katô ! Mon nom… Pour ce qui est de mon nom, je m'appelle Gusoku… non ! Mon nom est Inu… c'est-à-dire « le chien »… Inuyama Jôtarô, et lui, c'est mon cousin, Inukawa Shakunosuke. Nous sommes des *rônin*.

— Ah oui ? Ton visage ressemble à celui d'un singe et tu dis que tu t'appelles « le chien » ? Comme c'est amusant ! Qu'en pensez-vous, messire Inuyama, « la montagne du chien » ? plaisanta la princesse Sen.

Toutes les suivantes éclatèrent de rire. Le samouraï qui avait demandé son nom à Jônoshin, lui, ne riait pas, bien au contraire. Il reprit son interrogatoire avec le même sérieux :

— Et pour quelle raison aurait-on laissé deux *rônin* enchaînés ici ?

— C'est que nous n'en savons rien ! Hier, durant

la nuit, alors que nous nous promenions le long du grand canal du Dôsan, nous nous sommes soudain sentis mal et avons perdu connaissance. Lorsque nous avons repris nos esprits, nous nous trouvions ici même. Quel affreux spectacle pour Son Eminence ! Nous vous serions infiniment reconnaissants de bien vouloir détacher cette chaîne afin que nous puissions nous retirer sans plus tarder.

— Et ce chien, il est à toi ? On dit qu'il appartient à la famille Katô.

— Le chien ? Non, nous n'avons rien à voir avec ce chien ! Je ne sais pas d'où il sort !

— Je te crois volontiers car ne dit-on pas que chien et singe s'entendent mal ? ironisa la princesse Sen. Néanmoins, j'ai l'impression que tu aimes bien cet animal.

Sous le parapluie, les yeux de la princesse brillaient comme deux points incandescents au fond d'un gouffre.

— Au printemps dernier, des hommes du clan Katô et leurs chiens ont envahi un temple de femmes à Kamakura et se sont livrés à des violences innommables, déclara la princesse sur un ton glacial. Cette prestigieuse famille doit sa renommée à son précédent seigneur, un homme remarquable qui comptait parmi les Sept Lances de Shizugatake. On raconte que le maître actuel de ce clan emploierait ses chiens pour forcer la porte des dames.

La voix calme et majestueuse de la princesse traversa le rideau de pluie et vint frapper les oreilles des deux hommes prosternés.

Akinari avait un bâton appuyé sur la tête ; son front baignait dans la boue. Soudain, la nausée le prit et il se mit à gémir. Jônoshin tira sur la chaîne qui le reliait à son maître pour l'empêcher d'exploser de rage, car si Akinari entrait dans une de ses colères coutumières, la situation serait totalement perdue ! Jônoshin savait que personne ne devait faire de lien entre eux et le clan Katô.

— Ce n'est qu'une rumeur, poursuivit la princesse. J'espère que ces deux hommes nous ont dit la vérité. Cependant, j'aimerais vérifier qu'ils ne mentent pas. Shûri, dites à vos gardes de conduire ces deux inconnus à la résidence des Katô. S'il s'avère qu'ils n'ont réellement aucun lien avec ce clan, vous les remettrez aux mains de la milice afin de connaître leur identité.

Puis la princesse tourna le dos aux prisonniers. Elle riait sous cape. Akinari et Jônoshin relevèrent la tête et jetèrent des regards assassins sur cette majestueuse silhouette qui évoquait tant un héron blanc.

6

L'averse s'était changée en bruine. Au petit matin, le ciel s'éclaircit peu à peu. Dans le palais, le tambour annonça l'arrivée du shôgun.

On avait laissé les deux prisonniers garrottés devant la porte de Takebashi. Depuis combien de temps s'y trouvaient-ils, livrés à la vue de tous comme deux malfrats enchaînés au pilori ? En tout cas, Akinari n'avait pas perdu son sang-froid, ce qui tenait du miracle !

Au bout d'un moment, les deux enchaînés comprirent qu'ils allaient quitter cet endroit sans plus tarder. En effet, une petite troupe de valets en armes chaussés de simples sandales en paille tressée accouraient en portant deux litières.

— Montez sur ces chaises. Ordre de la princesse Sen ! commandèrent-ils aux deux captifs enfin libérés de leurs chaînes.

Akinari avait un air toujours aussi ahuri, contrairement à Jônoshin dont les traits étaient déformés par la colère.

— Cherche, Tenmaru, cherche ! chuchota-t-il au chien. Celui qui nous a amenés ici est l'homme au masque qui a tué tes frères Kazemaru et Chimaru ! Tu te souviens de son odeur, n'est-ce pas ? Alors pars ! Suis sa trace et trouve l'endroit où il se cache !

Le chien profita de ce que l'on installait les deux hommes de force dans les litières pour…

— Hé ! Le chien se taille ! s'exclama un garde.

— Bougre d'idiot ! Pourquoi t'as lâché la chaîne ?

— Mais parce que cet animal a une force incroyable ! Il est énorme ! Je n'ai pas réussi à le retenir.

— Il est parti par là ! Attrapez-le !

S'ensuivit un moment de confusion au cours duquel les gardes hurlèrent tous en même temps.

Tandis qu'ils se ruaient vers Tenmaru, un éclat doré traversa les prunelles de la bête. Elle dressa les oreilles, fit brusquement demi-tour et s'enfuit, rapide comme l'éclair. Personne ne put l'arrêter.

— Revenez ! Tant pis pour le chien ! tonna le vieux Yoshida Shûri.

On voyait bien à sa mine qu'il était mécontent de ses hommes, mais, à leur décharge, le fidèle samouraï et conseiller de la princesse ne savait pas combien Tenmaru était puissant et intelligent.

— Conduisez ces deux-là à la résidence du clan Katô, poursuivit Shûri sur un ton résigné.

On souleva Akinari et Jônoshin du sol. Les deux hommes se retrouvèrent juchés sur les épaules des porteurs. Les palanquins sur lesquels on les avait fait asseoir ne comportaient aucun panneau ni mantelet. Il ne s'agissait en fait que d'une simple planche posée perpendiculairement sur deux palanches, comme les chaises de fortune sur lesquelles les passeurs faisaient monter leurs clients pour effectuer la périlleuse traversée des fleuves Oi ou Fuji.

La troupe se mit en marche. Lorsqu'ils baissaient la tête, Akinari et Jônoshin avaient l'air de criminels ; quand ils levaient les yeux au ciel, ils ressemblaient à deux nigauds. Ils décidèrent alors de se mettre de profil, ce qui les obligea à voir que les passants les regardaient en riant. Les prisonniers avaient la sensation que leur peau se craquelait sous les rayons de soleil, qu'elle allait s'enrouler sur elle-même et laisser leurs chairs à nu.

Quel vilain coup on leur faisait là ! Le cortège longea la douve qui contournait la citadelle et se dirigea vers la porte Ote. Cette entrée était l'accès principal à la forteresse shôgunale et restait ouverte même les jours où les seigneurs des clans importants ne présentaient pas leurs hommages. En ce début de matinée, de très nombreux vassaux – hauts dignitaires du régime ainsi que notables fonctionnaires gouvernementaux – la franchissaient déjà. Parmi cette foule de personnages importants se trouvaient également de grands feudataires accompagnés de leur suite, venus traiter des affaires au château. Tout ce beau monde regardait passer les deux hommes juchés sur ces drôles de palanquins avec étonnement.

Ce spectacle plongea le ministre Matsudaira Izu-no-kami dans un abîme de perplexité. Il s'arrêta près d'eux et observa longuement le visage d'Akinari avec un regard inquisiteur. Le ministre, impassible, allait les laisser repartir quand quelqu'un interpella le seigneur d'Aizu d'une voix assez forte pour être entendue :

— Oh ! Qui vois-je ? Monseigneur Katô en personne !

Cet indiscret n'était autre que Date Masamune, ce vénérable grand seigneur.

— Quel magnifique palanquin ! Et du dernier chic avec ça ! Dites-moi, où vous rendez-vous donc de si bon matin ?

Comme les deux chaises à porteurs remontaient

la foule en sens inverse, Date Masamune fit demi-tour pour marcher aux côtés d'Akinari. Ce dernier aurait sauté au bas de son siège et décampé en pleurant s'il avait pu. Des hommes de l'escorte de Masamune s'approchèrent des porteurs pour les interroger. Ceux-ci leur répondirent :

– On a trouvé ces deux individus enchaînés devant la porte du palais de Takebashi ce matin. Ils prétendent qu'ils n'ont rien à voir avec le clan Katô.

Les soldats rapportèrent aussitôt ces paroles à leur seigneur Masamune.

– Tiens ! Cet homme n'est pas monseigneur Katô ? Je me disais bien que ce visage sans noblesse convenait mal au suzerain du domaine d'Aizu ! Il a plutôt la mine d'un débauché qui aurait passé la semaine dans un bordel ! Et pourtant, sa ressemblance avec messire Katô Akinari est vraiment troublante : on dirait son sosie ! se gaussa Masamune en éclatant de rire.

Il rit si fort que tout le monde l'entendit.

C'est ainsi que du château d'Edo au quartier de Shiba, Akinari vécut un indescriptible supplice. Il pensa même qu'il aurait moins souffert s'il avait été l'un de ces condamnés dont on laissait les têtes tranchées devant les geôles du shôgun.

Ils arrivèrent enfin à la résidence des Katô. Le personnel du domaine était en émoi. Et pour cause : ces gens avaient trouvé un peu plus tôt dans la matinée quatre membres des Sept Lances dans une fosse creusée sous l'Enfer des Fleurs. Les samouraïs y avaient passé toute la nuit.

— Ah ! Monseigneur, enfin !

— Sa Seigneurie est saine et sauve !

Les quatre rescapés étaient sortis de la resserre et accouraient vers leur maître, leurs corps encore maculés de morceaux collants et noirâtres de macchabées.

— Nous... s'écria Jônoshin hystérique, nous n'avons aucun lien avec les Katô ! Regardez-nous bien ! Lui, c'est un faux Akinari, et moi, Jônoshin, je suis tout aussi faux que lui !

Que c'était drôle de voir Jônoshin se tortiller en prétendant qu'il n'était pas lui-même ! Son intervention laissa le temps à ses quatre acolytes de se rendre compte que les porteurs n'étaient pas des coursiers ordinaires. Les samouraïs, sans savoir ce qui était arrivé à leur maître et à Jônoshin, réfléchirent très vite à la manière de faire face à la situation, avant de se précipiter vers les litières.

— Il dit la vérité ! Cet homme n'est pas mon maître ! déclara l'un d'eux.

— Non, ce n'est pas lui, mais comme il lui ressemble ! Il doit s'agir d'un imposteur ! Que mijote-t-il ? ajouta un autre.

— Interrogeons ces vauriens et découvrons ce qu'ils veulent ! renchérit le troisième.

Ils ne savaient plus ce qu'ils disaient. Rensuke frappa alors six gardes qui tombèrent sur le derrière. Il prit ensuite Akinari et Jônoshin sous chaque bras et courut à l'intérieur du bâtiment.

Les porteurs, contenant un fou rire, affectèrent d'être vexés.

— Ça alors, quelle grossièreté ! On n'échange donc pas les politesses d'usage chez les Katô ? Bref, pour en revenir à ces deux individus, nous ne savons toujours pas s'il s'agit du maître du clan Katô et de son sbire ou non.

— Non, ceux-là sont d'authentiques, de véritables... bafouilla Ichiganbô, qui s'était posté devant les gardes pour leur barrer le passage... de véritables imitations !

Le borgne fit la grimace. Quelle étrange réponse il venait de faire là !

— Des imitations ? Vous voulez dire que vous ne reconnaissez ni votre maître, ni votre compagnon ? Bien, puisque vous le dites, nous allons les conduire à la milice, comme la princesse Sen nous l'a ordonné.

— Surtout pas ! Ce sosie du seigneur Katô est suspect ! Songez au déshonneur qui retomberait sur le clan Katô si vous le présentiez au préfet. Il vaut mieux que nous l'interrogions nous-mêmes, mais nous vous promettons de venir au palais de Takebashi rendre compte de cette affaire à la princesse plus tard. Pour l'heure, je vous serais infiniment reconnaissant de vous retirer.

De grosses gouttes de sueur perlaient au front d'Ichiganbô.

Les hommes d'escorte de la princesse jugèrent leur mission terminée.

— Eh bien, soit, conclut le chef des gardes.

Veuillez saluer monseigneur Katô de notre part, le vrai, bien sûr !

Sur ce salut pour le moins caustique, le sergent ordonna à ses hommes de se retirer d'une voix solennelle.

Les Lances et Akinari étaient rentrés dans la demeure. Avec leurs cheveux et leurs vêtements pleins de sang, de larmes, de sueur et de boue, les samouraïs avaient l'air de pitoyables revenants.

— Je n'ai plus confiance en vous ! Je rentre à Aizu ! cria leur maître d'une voix qui leur transperça l'âme.

Les Lances auraient voulu se réfugier six pieds sous terre.

7

Rentrer à Aizu ! Comme si c'était aussi simple ! Pour retourner dans sa province, un grand seigneur devait obtenir la permission du shôgun. Akinari se trouvait dans la capitale depuis le mois d'avril de l'année précédente. Il y avait donc séjourné le temps minimum obligatoire et avait reçu en juin l'autorisation de regagner son fief. Mais les suites de l'affaire Hori l'avaient contraint à rester à Edo jusqu'à l'automne. Souvenons-nous qu'il avait décidé de régler cette affaire sitôt qu'il avait compris que sept survivantes projetaient de se venger de lui et rôdaient dans les environs. Pour justifier ce changement de date,

Akinari avait prétexté qu'il était malade.

Toutefois, depuis que deux hommes de sa garde d'élite, ceux en qui il avait le plus confiance, étaient morts et suite à son humiliation publique, il n'osait plus sortir en plein jour. Il refusait de se rendre au château shôgunal et répugnait même à quitter sa résidence de Shiba.

— C'est une sage décision, monseigneur, commenta Rensuke. Une fois dans votre forteresse d'Aizu, vos ennemis ne pourront plus rien contre vous.

Malgré sa taille impressionnante, Rensuke paraissait désemparé. Il craignait que son maître, toujours sous le coup de l'humiliation atroce qu'il venait d'essuyer, n'explose de rage. Le géant tentait donc de calmer Akinari, mais ce dernier lui lança un regard foudroyant.

— Couard ! Tu rentrerais à Aizu sans éprouver la moindre honte ! Tu n'es pas digne d'être un homme !

Les samouraïs se prosternèrent.

— Vous ! C'est vous qui avez inventé ce maudit « gang des furies », vous qui avez jeté des hommes devant la porte de la résidence de Takebashi ! Par votre faute, on m'a exposé à la raillerie publique. Et lorsque je me suis retrouvé aux mains de l'ennemi, vous n'êtes même pas venus me délivrer ! Vous n'êtes que des bons à rien !

Akinari semblait oublier complètement qu'il avait donné son aval à ce complot.

— Bandes d'incapables ! Je veux vous voir mourir tous les cinq sur-le-champ !

Quelques secondes passèrent, puis la voix grave et froide de Ginshirô rompit le silence.

— Si nous mourons, qui vous protégera, monseigneur ?

— Des paroles, tout ça ! Ton courage s'arrête là !

— Que les Lances meurent, c'est exactement ce que désirent ces fichues bonnes femmes, il me semble.

Le visage d'Akinari se durcit, puis il se mit à jurer entre ses dents. Ginshirô avait fait mouche. Soudain, son maître donna un violent coup de pied dans la tête de Jônoshin.

— Dans ce cas, je me contenterai de ta vie, jeta-t-il à Jônoshin. Meurs ! Ouvre-toi le ventre immédiatement !

— Mon... seigneur ! s'écria le malheureux qui avait du sang plein la bouche. Calmez-vous ! Je comprends votre fureur, mais accordez-nous un peu plus de temps. Ce n'est pas que j'aie peur de mourir, mais je ne supporte pas l'idée de quitter cette vie avant d'avoir zigouillé ces garces et leur damné complice avant. Monseigneur, j'ai lancé Tenmaru sur les traces de ce scélérat. Il le retrouvera grâce à son flair. Je suis absolument certain que mon chien découvrira l'endroit où il se cache. Maître, je vous en supplie, attendez qu'il revienne ! De grâce !

— Vraiment, Tenmaru suit sa piste ? demanda Akinari en regardant le samouraï avec mépris. Cela ne change rien : je pars pour Aizu demain. Après-demain au plus tard. Demandez à mes gens de préparer mon départ. Quant à toi, Jônoshin, tu ferais mieux de me rapporter la tête de ce misérable masque d'ici là, ou tu mourras ! Je te laisse la vie sauve en attendant. C'est sa tête ou la tienne, tu m'entends ? Je ne quitterai pas Edo sans la tête de quelqu'un ! menaça Akinari d'une voix vibrante de rage.

Puis il tourna les talons et se dirigea d'un pas chancelant vers l'arrière du bâtiment.

XIV
SOUVENIRS D'EDO

1

« Je pars pour Aizu, avait déclaré Akinari, demain ou après-demain ! » Facile à dire ! Le périple d'un grand seigneur de retour vers sa province n'avait rien à voir avec celui du voyageur qui part à l'aventure, son balluchon sur le dos. Tout daimyô voyageait avec une escorte constituée de plusieurs centaines de fantassins et de cavaliers. En outre, la préparation d'un tel voyage n'était pas simple, car il fallait, entre autres choses, prévenir de son passage et réserver des gîtes le long des soixante-cinq lieues qui séparaient la capitale du domaine d'Aizu. Enfin, le daimyô devait informer officiellement le shôgunat de son départ.

Toutefois, Akinari n'était pas homme à revenir sur une décision. Quant aux membres des Sept Lances, ils étaient en partie responsables de ce départ intempestif. Ils se sentirent donc obligés de prendre les dispositions nécessaires et se montrèrent particulièrement zélés en la matière, bousculant les conseillers privés du seigneur, au grand étonnement de ces derniers, et aboyant leurs ordres aux petits vassaux terrorisés.

Une troupe comptant plusieurs dizaines de cavaliers quittait le domaine du clan Katô à Shiba tandis que des fournisseurs y entraient à toute hâte. La pagaille qui régnait était telle que l'on aurait dit qu'un typhon était passé par là.

— Plus qu'à un typhon, ce désordre me fait penser à l'évacuation d'une citadelle après la défaite ! remarqua Kôshichirô qui observait toute cette agitation avec un sourire forcé.

— Mais c'est exactement ça, répondit froidement Ginshirô, nous battons en retraite après avoir perdu la bataille.

Sa voix ne trahissait aucune émotion, mais la lueur vive dans ses yeux révélait assez combien il bouillait de rage.

— Et encore, ajouta Ichiganbô, je ne sais pas si on nous laissera partir aussi facilement.

Comme le borgne semblait inquiet, Ginshirô se tourna vers lui pour lui jeter un regard sévère :

— Tu veux parler des femmes Hori ? Qu'elles viennent nous trouver, je ne demande pas mieux ! Je ne suis pas comme Tessai, Magobê ou Jônoshin. Si on m'a eu hier, c'est uniquement parce que nos ennemis détenaient notre seigneur en otage.

— Ce n'est pas aux Hori que je pensais, mais au

shôgunat, rectifia Ichiganbô. Le shôgun nous laissera-t-il partir pour Aizu ? Vu la tournure des événements, je me demande si nous ne sommes pas allés un peu loin avec la princesse Sen. Si la princesse nous dénonce au shôgun, il pourrait très bien s'opposer à notre départ. Bah ! Attendons que le conseiller de monseigneur revienne. Il est allé au château solliciter un entretien avec le ministre Matsudaira Izu-no-kami.

— Ça m'arrangerait qu'on nous refuse l'autorisation, dit Kôshichirô. Pour être franc, je n'ai aucune envie de rentrer. Je préférerais rester à Edo, le temps de régler leur compte à ces garces de filles et au masque de *hannya* !

— Confidence pour confidence, je partage ton point de vue, maugréa Rensuke. Je n'ai pas peur de dire le fond de ma pensée : ce serait bien commode si monseigneur quittait Edo sans nous ! Tant qu'on l'aura sur les bras, on sera obligés d'assurer sa sécurité, ce qui nous laisse peu de latitude pour agir. Nous devons absolument venger la mort de Tessai et de Magobê ! Il est hors de question que nous quittions Edo avant d'avoir liquidé tous nos adversaires !

— Est-ce qu'on ne ferait pas mieux de s'attaquer carrément au shôgun ?... dit Ginshirô.

Il haussa les sourcils dans l'attente d'une réponse.

— Arrête de délirer, gamin ! répondit Ichiganbô avec un sourire désabusé. Du calme ! Attends que Tenmaru revienne et nous réglerons leur compte aux filles Hori. Au fait, il n'est toujours pas rentré ?

— Jônoshin l'attend devant la porte.

— Ce chien est-il vraiment capable de dénicher la cachette de l'ennemi ? D'après Jônoshin, il est resté enchaîné devant le palais de Takebashi plusieurs heures après que l'homme au masque s'en est allé.

— Oui, c'est justement ce qui inquiète Jônoshin. Mais Tenmaru n'est pas un chien ordinaire ; on peut espérer qu'il réussisse... mais s'il échoue, il faudra que notre compagnon s'ouvre la panse...

Au même moment, l'émissaire du clan Katô à Edo, le conseiller Horikawa Kahê, qui était parti solliciter l'autorisation du ministre Matsudaira Izu-no-kami, rentra de mission.

Même s'il était parfaitement au courant, Kahê ne participait pas aux sordides activités d'Akinari. Le digne conseiller gardait en tête la façon dont on avait puni Hori Mondo pour avoir osé critiquer le comportement du maître d'Aizu. Voilà pourquoi il fermait les yeux sur les agissements d'Akinari, même si sa lâcheté pesait sur sa conscience.

— Avez-vous obtenu l'autorisation officielle du ministre ? demandèrent les quatre samouraïs en chœur.

— Il nous l'a accordée, répondit le conseiller.

— Tant mieux !

— Cependant, reprit Kahê en faisant la grimace, au cours de notre entrevue, le ministre m'a demandé à brûle-pourpoint : « Je crois savoir que monseigneur Kâto n'a toujours pas d'héritier mâle. Mes informations datent peut-être ? » Ce à quoi j'ai répondu qu'en effet, monseigneur n'avait toujours pas d'enfant. Le ministre a alors pris un air curieux, puis il a dit : « La succession au fief d'Aizu de quatre cent mille koku est donc en suspens. » Quelle funeste façon de donner congé à un seigneur en partance !

— Nous avons déclaré au shôgunat que monseigneur était malade. Voilà sans doute pourquoi le ministre vous a tenu ces propos, expliqua Rensuke.

On sait qu'Akinari avait différé son voyage au prétexte qu'il était souffrant. Au cours de son entrevue avec le ministre, Horikawa Kahê avait tenu les propos suivants : « Akinari se remet mal de sa maladie. Il pense que l'air du pays lui ferait du bien. Il souhaiterait donc rentrer sans tarder. Vous comprendrez qu'il lui soit impossible de venir au palais pour prendre congé dans ces conditions. Il vous prie de lui pardonner cette licence aux règles de la politesse. »

— Pour tout vous dire, poursuivit Kahê, j'ai eu la vague impression que le ministre Matsudaira ne se laissait pas berner. Tout le temps où il m'a écouté, il avait une lueur ironique dans les yeux. Croyez-moi, j'aurais préféré me trouver cent pieds sous terre que devant lui à ce moment-là !

Le regard de Kahê trahissait du ressentiment à l'égard des Sept Lances.

— Rien de bien grave, puisqu'il a autorisé monseigneur à partir, répliqua Ginshirô, que l'attitude chagrine de Kahê irritait.

— Il a peut-être donné son aval, poursuivit le

conseiller, mais c'est justement ce qui m'inquiète. Je me demande si certaines captives ne se sont pas rendues dans les locaux de la milice après leur libération. J'ai l'impression que le ministre a entendu parler du complot contre la princesse, même s'il n'y a pas fait directement allusion. Je trouve tout cela extrêmement préoccupant.

— Messire le conseiller, je crois plutôt que vous aimeriez que le gouvernement désapprouve notre maître !

Kahê sortit de sa rêverie et répondit, troublé :

— Quoi ? Oh non, messires ! Je voulais seulement dire que…

Kôshichirô éclata de rire.

— Messire le conseiller, vous vous faites trop de bile ! Vous êtes bien le seul à vous ronger les sangs ; personne ne vous reproche rien ! Le shôgun se tait parce qu'il a autorisé le clan Katô à punir les rebelles ; il souhaitait réaffirmer le pouvoir des grands feudataires sur leurs fiefs en faisant un exemple. Le droit se trouve de notre côté, pas du côté de ceux qui protègent les rebelles ou qui les encouragent à prendre leur revanche ! dit-il à Kahê sur un ton aigre. Qu'il s'agisse ou non de la propre sœur du shôgun !

Un page arriva avec un message.

— J'apporte un message de messire Gusoku Jônoshin pour les Sept Lances : *Je pars avec Tenmaru. Je reviendrai avec une bonne nouvelle. Attendez-moi jusqu'à ce soir à la résidence de Shiba.*

— Tenmaru a fini par revenir ? demandèrent les quatre hommes.

— Oui, le chien est rentré tout à l'heure.

— Et Jônoshin est reparti seul avec lui ?

— Oui. Il a réfléchi un long moment devant la porte, puis il a dit qu'il partait en reconnaissance avec son chien. Ensuite, il a disparu on ne sait où.

2

Jônoshin suivait Tenmaru qui courait à perdre haleine à travers Edo. Les derniers rayons du jour baignaient la ville de soleil.

L'animal avait mis longtemps à revenir ; c'est dire combien il avait peiné à retrouver la piste de l'ennemi.

Comme ses acolytes, Jônoshin avait douté que Tenmaru parvienne à découvrir la cachette de l'homme au masque. Ce n'était pas la première fois que le chien croisait sa route. Il l'avait déjà rencontré le soir où Magobê avait été tué. Ce fameux soir où Chimaru et Kazemaru avaient été assassinés, eux aussi. Tenmaru s'était même retrouvé dans la douve, si bien qu'il n'avait pas pu suivre alors la piste de ce mystérieux adversaire. Jônoshin avait longuement hésité avant d'envoyer son limier sur ses traces. Et pour cause ! Il était inquiet pour son chien. Mais Tenmaru a une dent contre cet homme, lui aussi, avait pensé Jônoshin. « Va, mon chien, je te fais confiance ! » l'avait-il encouragé en faisant le vœu qu'il réussisse. Si le chien ne débusquait pas la cachette de leurs adversaires avant le départ d'Akinari, Jônoshin devrait s'immoler. Le samouraï commençait à désespérer quand Tenmaru était réapparu !

La lueur brillante dans les yeux du molosse lui avait aussitôt révélé que son chien avait réussi. Lorsqu'elle avait remonté la piste, la bête s'était arrêtée à chaque carrefour, mais à présent qu'elle conduisait son maître à l'ennemi, elle courait droit vers son but en foulées sûres.

Le samouraï n'avait ni dormi ni mangé depuis la nuit précédente. A cause de la fatigue, son visage ressemblait à une tête de singe desséchée. Seul son regard injecté de sang qui brillait autant que celui de son chien lui donnait un semblant de vie.

Cette fois, hannya, tu ne m'échapperas pas !

Soudain, Tenmaru s'arrêta, puis il jappa en se retournant vers son maître.

Ils étaient devant le temple Tôkaiji à Shinagawa.

Jônoshin restait interdit devant le haut portail.

L'inconnu au masque se cacherait dans le célèbre sanctuaire de la secte zen ? Mais alors, les femmes Hori s'y trouveraient, elles aussi. Non, impossible ! La secte zen interdit l'accès de ses temples aux femmes.

— Tenmaru ! Tu es sûr qu'il est entré ici ? demanda Jônoshin, incrédule, en regardant son chien.

Le molosse soutint le regard de son maître et aboya de nouveau.

Jônoshin se souvint alors que Takuan était le supérieur de ce temple. Non que le samouraï imaginât la moindre connivence entre l'abbé du Tôkaiji et la princesse Sen, mais il venait de se souvenir de certains propos qui circulaient sur ce personnage. On racontait qu'il n'était pas un vieux bonze ordinaire à l'existence austère. Bien au contraire même : il éprouvait un intérêt si vif pour l'art du combat qu'il avait rédigé un ouvrage sur l'art du sabre intitulé *De l'insondable subtilité de la sagesse immuable*. D'autre part, le temple de Kamakura, où les femmes du clan Hori s'étaient d'abord réfugiées, appartenait également à la secte zen.

Ce ne serait pas impossible, après tout, se dit Jônoshin. Comme il ne savait quoi penser, il hésitait à s'introduire dans le temple. Il n'osait pas se fier uniquement au flair de son chien et à de vagues hypothèses. Il devait pourtant retrouver leur ennemi avant le départ de son maître ; ce temple était sa seule piste.

Jônoshin, bras croisés, fixait le portail des yeux, doutant toujours. Des bonzes sortaient à intervalles réguliers par la porte cochère. Certains avaient la tête dissimulée sous un ample chapeau de bambou.

Brusquement, le samouraï disparut.

Moins de dix minutes plus tard, un bonze accompagné d'un chien gravissait l'escalier de pierre qui menait au Tôkaiji.

Chez quel fripier avait-il acheté cette robe noire et ce chapeau de moine pèlerin ? Ce faux bonze, car il s'agissait bien de Jônoshin, avait même – ô surprise ! – le crâne rasé.

Jônoshin avait d'abord envisagé de localiser l'endroit où le masque se cachait, puis de retourner à Shiba rameuter les Sept Lances. Mais une fois devant le Tôkaiji, il avait finalement décidé de s'introduire dans la place seul, en éclaireur, sous un déguisement.

A la différence des temples de femmes et des résidences seigneuriales, le Tôkaiji n'avait pas de garde en faction devant sa porte et ne bénéficiait pas d'une surveillance très poussée. Des bonzes allaient et venaient, et personne n'arrêta ce moine qui déambulait dans le temple en compagnie d'un chien.

Guidé par Tenmaru, Jônoshin chemina parmi les beffrois et les pagodes, passa devant le pavillon principal, les quartiers des bonzes et les appartements de l'abbé...

Soudain, le molosse se mit à grogner.

Jônoshin était arrivé près d'une prairie qui s'étendait au pied d'une colline située derrière les bâtiments monastiques. Le soleil dardait ses derniers rayons à travers les branches gigantesques des cryptomères. Une jeune fille se promenait sous les arbres.

— O-Chie !

Jônoshin et son chien se jetèrent brusquement à plat ventre sur le sol.

3

Bingo ! C'est bien là qu'elles se cachent !

Même si ce qu'il voyait confirmait ses hypothèses, Jônoshin était totalement sidéré.

Takuan protégerait les femmes du clan Hori ?

Tapi dans l'herbe, Jônoshin regardait avec des yeux injectés de sang O-Chie qui s'avançait gracieusement vers lui.

Le samouraï réfléchit à toute allure. Vite, je dois trouver une idée !

Tuer O-Chie ? Rien de plus facile. Mais je ne vois pas les six autres. Et l'inconnu au masque de hannya ? Ce type est terriblement rusé et possède une force incommensurable par-dessus le marché ! Rien que d'y penser, j'en ai la chair de poule ! Je ne vais jamais réussir à le liquider tout seul.

Bon, admettons que je tue la fille et que je rentre à Shiba. Je pourrais revenir plus tard avec les Sept Lances pour attaquer le temple... Hé, mais non ! Les complices d'O-Chie pourraient en profiter pour se volatiliser ou pour renforcer leur dispositif de défense. Le pire, ce serait que ce stratège de Takuan lance une offensive contre le clan Katô dans le but de protéger son temple !

C'est alors qu'une idée lumineuse lui traversa l'esprit.

Je vais kidnapper cette donzelle et m'en servir comme otage pour faire pression sur ses complices ! Je vais rendre la monnaie de sa pièce à ce damné masque, vu qu'il a enlevé monseigneur et nous a fait chanter. Je vais lui retourner la politesse ! Une fois la meneuse de ces femelles capturée, nos ennemis seront à notre merci.

Bon, c'est décidé : je tente le coup. Et si je n'arrive pas à maîtriser O-Chie, je la tue.

— Tenmaru ! Va te mettre derrière la fille pour l'empêcher de filer ! Tu as compris ? Allez, va ! chuchota-t-il.

Le samouraï se releva d'un bond. Il avait un sabre court dissimulé dans la manche de son habit noir.

Les rayons du soleil couchant diffusaient une brume fine dans l'air. A travers ce brouillard, O-Chie vit soudain la silhouette d'un homme surgir devant elle. Elle reconnut l'habit monastique ainsi que le chapeau de pèlerin, et cessa aussitôt de prêter attention à ce soi-disant moine. Avec un mouvement souple, elle se pencha pour cueillir des patrinias qui poussaient au milieu des buissons d'eulalies. Elle avait les bras chargés d'une multitude de fleurs : campanules, lespédèzes, œillets et d'autres encore.

O-Chie fit trois pas vers le bonze qui venait dans sa direction. Soudain, la lame cachée dans la manche lança un éclair. Elle tressaillit, puis s'immobilisa.

— O-Chie, lança l'homme, c'est moi !

Sous le chapeau, le visage simiesque de Jônoshin lui souriait. Dès qu'elle reconnut les dents blanches de celui qui lui faisait face, la jeune fille laissa tomber les fleurs et fit un bond de près de deux mètres en arrière.

— N'essaie pas de t'enfuir ! commanda Jônoshin.

Soudain un aboiement résonna. O-Chie comprit que le féroce molosse, plus agile que n'importe quel être humain, se tenait dans son dos. Elle voulut crier, mais…

— N'appelle pas ! lui lança Jônoshin. Tenmaru, si elle ouvre la bouche, tu lui sautes dessus !

Les fleurs gisaient sur le sol. La figure délicate de la jeune fille faisait penser à une fleur égarée dans la brume crépusculaire. Jônoshin la regardait avec un sourire sinistre aux lèvres.

— Tes copines se cachent ici avec toi, c'est ça ?

La jeune fille se garda de répondre.

— Et le masque de *hannya,* où est-il ? Allons, parle ! Qui est-ce ?

Toujours aucune réponse.

— Si tu refuses de me répondre, Tenmaru va se charger de te délier la langue, menaça le samouraï. Dis-moi, beauté, où préfères-tu qu'il te morde ? Là, autour de ce cou gracile, ou mieux, dans tes jolies joues ?

O-Chie fit un quart de tour sur elle-même pour se placer à égale distance du chien et de l'homme, puis, sans les quitter des yeux, elle commença à reculer doucement. La jeune femme avait dégainé son sabre. Jônoshin se déplaçait au même rythme que sa proie, le regard fixé sur le profil délicat de la jeune fille. Il ne rêvait que d'une chose : Il faut que je mette la main sur cette fille !

La brume du soir, dense et blanche, rehaussait le

profil parfait qui se découpait sur le ciel nocturne. Dans ce décor, la beauté de la jeune femme semblait presque surnaturelle. Jônoshin repensa alors aux raisons qui avaient poussé le clan Katô et ses vassaux Hori au conflit : Hori Mondo avait refusé de marier sa splendide fille à son suzerain.

Si je ramène cette femme à Shiba, monseigneur sera fou de joie. Je pense même qu'il me pardonnera le fiasco de la nuit dernière. Il fera de cette garce une de ses catins ; il la sacrifiera à ses plaisirs charnels. En tout cas, monseigneur ne risque pas de l'épouser, vu ce qu'elle lui a fait endurer ! Il nous la laissera peut-être, une fois qu'il se sera bien amusé !

L'imagination de Jônoshin s'échauffait : il voyait déjà O-Chie tomber dans la fosse infernale de la resserre. Sa face de singe rougissait d'excitation.

Maintenant, je dois trouver le moyen d'emmener cette fille à Shiba.

Il commença à échafauder différents plans dans sa tête.

Première solution : je reste derrière elle, le sabre discrètement pointé dans son dos, et nous gagnons la sortie en silence. Deuxième solution : je l'assomme avant de la mettre sur le dos de Tenmaru, qui partira en courant à toute allure. Même si quelqu'un le repère, personne ne pourra le rattraper. Ce chien est rapide comme l'éclair !

— Tu voudrais crier, n'est-ce pas ? Tu voudrais appeler à l'aide ? railla Jônoshin.

Il cherchait surtout à l'empêcher de rameuter ses

complices, aussi s'ingéniait-il à l'impressionner.

— C'est moi qui ai torturé ton père et qui lui ai donné le coup de grâce. Tu rêves de me tuer, n'est-ce pas ? Oui, je sais bien que tu en meurs d'envie ! Tu sais, ça ne me déplairait pas qu'une fille aussi splendide que toi me porte le coup fatal ! Mais réfléchis bien ; si tu me tues, Tenmaru ira aussitôt chercher mes camarades et reviendra avec eux. Ce sera la guerre entre le clan Katô et le grand maître Takuan ! Il y aura du spectacle ! Et du grandiose ! Le grand maître se retrouvera mêlé à un sacré scandale. Hé, imagine un peu : il a donné asile à des femmes rebelles au mépris de toutes les règles monastiques, et les a même encouragées à défier un daimyô ! Il aura du mal à nier son implication. Le gouvernement l'accusera sûrement de complicité et le condamnera de nouveau à l'exil. Bon, tu envisages toujours d'appeler tes amies ?

Les joues pâles de la jeune fille eurent soudain l'air bien creuses.

— Je n'ai besoin d'aucune aide pour vous crever, toi et ton chien !

Elle ne quittait pas Jônoshin du regard et gardait son sabre pointé sur le chien. Tels deux jaspes, ses yeux lançaient un éclat bleuté dans la brume.

Jônoshin se laissa envoûter durant quelques secondes. Il n'avait jamais eu l'occasion de s'entretenir avec la jeune fille à Aizu, même s'il en avait toujours rêvé.

Non ! se dit-il pour reprendre le contrôle de

lui-même, son regard ne cherche pas à me séduire, c'est celui d'un guerrier prêt au combat. Qui aurait cru qu'elle acquerrait une force pareille ?

Il frissonna, puis se sentit soudain gagné par la fureur.

« Tenmaru ! Saute-lui dessus ! » voulut-il crier, mais seule une exclamation étonnée sortit de sa bouche. Il faut dire qu'il assistait à un spectacle surprenant !

C'était inimaginable ! A plus de trois mètres au-dessus du sol embrumé, une ombre était brusquement apparue dans les airs avant de fondre sur Tenmaru, un sabre dégainé à la main ! Jônoshin, les yeux écarquillés, restait là sans rien dire, tant cet événement étrange le prenait par surprise !

Mais ce n'était pas tout : alors qu'il s'apprêtait à bondir sur sa proie, le chien leva la tête et vit une deuxième ombre descendre vers eux. Ouah ! Tenmaru ne fut pas le seul à donner de la voix ; Jônoshin hurla aussi fort que son chien. Une douleur cuisante le parcourut de l'épaule à la poitrine. Le molosse et son maître venaient d'être mortellement frappés !

Jônoshin ne s'écroula pas tout de suite. Il resta debout, aussi inébranlable qu'une statue, tandis que l'ombre regagnait sa place dans les herbes.

En réalité, deux individus avaient attaqué simultanément le samouraï et son chien. Jônoshin avait reçu un coup dans le dos alors qu'il regardait l'assaillant fondre sur Tenmaru et ne surveillait plus ses arrières. L'animal, captivé par cette apparition, n'avait pas vu la mort le frapper.

L'agresseur de Tenmaru était O-Fue, celui de Jônoshin, O-Shina.

Les deux femmes avaient fait le saut du pendule grâce à des cordes suspendues en hauteur dans les branches des cryptomères. La distance leur avait permis d'effectuer une figure nommée « le vol du Tengû », en référence à ces monstres des bois et des forêts, mi-hommes mi-corbeaux, qui se déplacent en bondissant d'arbre en arbre. Les deux jeunes femmes avaient sué sang et eau sous l'œil intraitable de Jûbei pour apprendre ce saut.

Mais elles n'avaient jamais eu besoin de se faire prier pour s'entraîner à parfaire cette figure combinée. D'ailleurs, quelques minutes auparavant, O-Chie avait aperçu les deux jeunes femmes s'exercer à cette acrobatie en haut d'un cryptomère. Elles l'avaient même saluée de la main. Si O-Chie avait reculé devant Jônoshin et son chien, c'était pour permettre aux deux femmes de se rendre compte de la situation. Une fois Jônoshin et Tenmaru bien en vue, O-Fue et O-Shina étaient aussitôt passées à l'action. Elles avaient évalué leur angle de chute, déterminé le lieu exact où elles lâcheraient la corde et s'étaient mises en position pour atteindre leur cible : sans ces paramètres incontournables, les deux voltigeuses seraient retombées vainement sur le sol.

Mais elles avaient réussi, O-Shina en particulier ; d'un seul coup de sabre, elle avait transpercé le corps de Jônoshin de l'omoplate jusqu'à l'abdomen. Quant à O-Fue, sa manœuvre avait rencontré moins de succès ; elle avait bien tenté de ficher sa lame dans la tête du molosse, mais, grâce à son agilité hors du commun, il était parvenu à esquiver la lame d'un mouvement souple. Enfin, pas complètement, puisqu'il saignait abondamment. Cependant, le coup ne l'avait pas terrassé.

Son assaillante profita de sa faiblesse pour le renverser sur le sol. Le chien poussa un aboiement de surprise avant de faire un bond de près de deux mètres au-dessus du sol ! O-Fue comprit alors qu'elle avait raté sa cible.

— Ah ! fit O-Chie qui pâlissait à vue d'œil.

Sa servante se retrouva sur le dos du chien qui se mit à courir autour d'O-Chie comme une tornade. O-Fue réussit à le blesser au cou, mais elle perdit ensuite son sabre.

— O-Fue ! s'écria sa maîtresse.

Le chien se démenait pour jeter à bas la jeune fille accrochée sur son dos qui lui empoignait le cou et serrait son corps avec ses jambes. Elle craignait que le chien ne lui enfonce ses crocs dans la gorge si elle tombait. La bête laissait de longues traînées de sang derrière elle, qui se mêlaient aux cheveux noirs de sa cavalière sur le sol.

— Ten… maru… fit une voix rauque.

C'était la voix de Jônoshin ! O-Chie se tourna vers le samouraï, persuadée qu'O-Shina avait dû faire chou blanc elle aussi. En effet, l'homme se tenait toujours debout alors que son assaillante gisait dans l'herbe, mais O-Chie vit alors la lame plantée dans l'épaule de Jônoshin. Le visage du samouraï, congestionné de douleur, ressemblait plus à un gros abcès purulent qu'à une figure humaine. Il regarda son chien avec un regard fixe et brillant, puis il tenta de remuer ses lèvres devenues violettes.

— Tenmaru… ne la lâche pas… prends sa chevelure entre tes crocs !

Sans cesser de courir, le chien tourna la tête en arrière et attrapa une touffe de cheveux noirs.

— Bien, mon chien… c'est bien… va ! Cours à Shiba ! dit le samouraï.

Ensuite, Jônoshin tomba comme une masse.

4

— O-Fue, lâche-le ! cria O-Chie.

O-Shina, qui était tombée dans l'herbe, se releva brusquement et hurla à l'adresse de la servante :

— Desserre les bras et les jambes. Saute !

L'énorme dogue courait de plus belle et secouait dans tous les sens sa cavalière toujours accrochée sur son dos. Il se dirigeait tout droit vers… le portail du sanctuaire ! L'animal saignait abondamment, signe que sa blessure était assez grave.

Mais, comme mû par une force diabolique, il se déplaçait à une vitesse telle que nul n'aurait pu le rattraper.

O-Chie et O-Shina, qui avaient vu le molosse attraper la chevelure de leur compagne, craignaient qu'il n'entraîne O-Fue à la résidence des Katô si elle ne sautait pas rapidement. Folles d'inquiétude, les deux jeunes femmes s'élancèrent à la suite du chien en hurlant à pleins poumons.

— Non ! fit alors une voix masculine de loin. Ne lâche pas prise, O-Fue !

— Messire Jûbei ! s'exclamèrent les jeunes femmes avec soulagement.

Le chien, qui avait déjà largement distancé ses poursuivantes, n'était plus qu'un petit point à l'horizon. Or, Jûbei avait surgi au beau milieu de sa course folle. De part et d'autre du samouraï, O-Sawa, O-Kei, O-Tori et Sakura formaient un rang, prêtes à interrompre la furieuse cavalcade de Tenmaru.

Sans ralentir, l'animal changea de direction pour contourner l'obstacle qui se dressait sur son chemin. Malgré le poids qu'il avait sur le dos, et non des moindres, puisque malgré sa minceur O-Fue n'en était pas moins une femme adulte, malgré ce fardeau donc, le chien prit appui sur ses quatre pattes et fit un bond de plusieurs mètres au-dessus du sol. Il filait avec la vivacité d'un cheval fougueux.

Quant à sa cavalière, elle menait une lutte impossible. La pauvre fille était déjà à moitié nue, et la tension que les crocs de l'animal exerçaient sur ses cheveux la faisait horriblement souffrir. Il lui semblait même qu'elle saignait. O-Fue serrait le cou du chien avec l'énergie du désespoir et maintenait ses jambes contre sa croupe. Cependant, cette créature du diable possédait une musculature si souple et si puissante à la fois que tous les efforts de sa cavalière n'avaient aucun effet sur son corps vigoureux.

Si je reste sur le dos du chien, je vais bientôt me retrouver à Shiba, dans la résidence des Katô ; mais si par malheur je tombe, sa mâchoire redoutable me déchirera la gorge, comme maître Jûbei l'a dit !

En plein galop, Tenmaru louvoya dans un petit bois et sauta par-dessus les taillis pour contourner les sentiers accessibles aux hommes.

— Malheur ! Il a changé de direction !

— Maître Jûbei, le chien s'enfuit ! s'écrièrent O-Kei et Sakura.

Jûbei, qui courait toujours, sortit une dague et leva la main pour la lancer.

Mais son bras s'immobilisa en l'air. Il craignait d'atteindre la jeune fille plutôt que sa cible mouvante qui zigzaguait, bondissait et filait comme le vent.

— Impossible de viser ! dit Jûbei, découragé et blême.

Tandis que le samouraï tergiversait, le chien avait eu le temps de descendre les marches en pierre, puis de contourner les bâtiments monastiques avant de fuir loin devant. Il fut bientôt hors d'atteinte.

Au même moment, des bonzes informés qu'un chien traversait le sanctuaire en courant avec une femme juchée sur son dos sortirent des pagodes disséminées dans l'enceinte du temple en criant.

— Il est passé par là ! dit l'un d'eux.

— Ah ! Le voilà, il arrive vers nous ! Frère Fûmê, préparez-vous à le recevoir !

Certains moines étaient armés du légendaire gourdin magique du Roi-Singe, d'autres brandissaient leurs bourdons de pèlerin à trois fleurs métalliques, transformés pour l'occasion en armes de combat meurtrières. Des dizaines de moines donnaient la chasse au chien.

Tenmaru chercha à éviter un premier groupe, ce qui l'entraîna vers un second. Lorsque l'immense molosse arriva près d'eux, les bonzes, impressionnés par sa taille gigantesque, s'écartèrent pour le laisser passer. Le chien se faufila entre eux en laissant une longue traînée sanglante derrière lui. Après cela, les moines se dirent qu'aucun être humain n'aurait pu barrer la route à ce démon de l'enfer.

A quelques pas devant Tenmaru se dressait le haut portail du sanctuaire. Le chien se dirigeait droit dessus quand il planta brusquement ses deux pattes avant dans le sol et s'arrêta.

Dans l'embrasure des battants grands ouverts, sous le firmament chargé d'étoiles scintillantes, une ombre majestueuse se tenait debout.

Quand je dis « majestueuse », vous vous représentez sans doute quelqu'un de grande taille. Or, il n'en était rien. La silhouette appartenait à un homme plutôt petit – il ne devait pas mesurer plus d'un mètre soixante – et légèrement voûté. Sa soutane noire flottait dans la brise vespérale.

Cependant, face à cette fragile silhouette, lui que ni des bonzes aguerris ni même le vaillant Yagyû Jûbei n'étaient parvenus à maîtriser, le terrible

Tenmaru se figea comme s'il avait buté contre un mur de métal.

Vous vous demandez s'il y avait un obstacle quelconque entre l'ombre et le chien ? Eh bien non ! Il n'y avait absolument rien.

Jûbei arriva devant le portail comme un boulet de canon.

— Aïe ! couina-t-il avant de se raidir comme si une force invisible le repoussait.

— Ainsi que je l'ai entendu dire, la bête elle aussi aspire à renaître en Bouddha, récita l'ombre d'une voix profonde, puis elle se dirigea lentement vers l'intérieur du sanctuaire.

— Oh ! C'est vous, révérend ! murmura Jûbei avant de s'effondrer.

Quand le samouraï avait buté contre la barrière invisible dressée par l'énergie psychique de la mystérieuse ombre, son âme, émue par cette vision, avait raidi ses membres en réflexe de défense. Mais une fois le révérend identifié, Jûbei avait relâché sa résistance nerveuse et s'était effondré de tout son long. Les six femmes et les moines qui avaient aussitôt accouru vers lui ne comprirent pas tout de suite ce qui lui arrivait. Ils écarquillèrent tous des yeux stupéfaits et s'agenouillèrent derrière lui.

Le grand maître Takuan s'approcha alors du chien qui se coucha en remuant doucement la queue. O-Fue glissa par terre sans bruit ; la jeune femme à moitié nue s'était évanouie.

— Messire chien, dit Takuan en s'agenouillant

près de la bête dont il souleva doucement la tête, mon cœur pleure à l'idée que ta fin est proche.

Les yeux noirs, brillants et pleins de larmes de Tenmaru ne quittaient pas ceux du vieux bonze. L'effroyable molosse n'avait jamais posé un tel regard sur quiconque, pas même sur son maître Jônoshin.

— Que l'un de vous m'apporte de la pommade. Cette pauvre bête a une méchante plaie au cou, dit le prieur en se tournant vers les gens autour lui.

Un moine se releva et s'éloigna à toute allure. Jûbei rejoignit Takuan.

— Maître Takuan, que faites-vous ?

— Je vais panser cette vilaine blessure. Mais malgré ça, messire chien, tu mourras, ajouta-t-il en s'adressant au molosse. Tu te trouves dans l'antre de ton ennemi. Tu as réussi à t'introduire ici, ce qui est une formidable prouesse dont je te félicite. C'est un acte digne d'admiration et d'estime. Tu ne le cèdes en rien aux êtres humains.

— Je ne suis pas surpris que cet animal ait réussi à trouver le temple, remarqua Jûbei avec mélancolie. Il surpasse les créatures humaines à mon avis, et si maître Takuan ne l'avait pas dompté, il serait retourné tout droit à Shiba chez les Katô.

— A propos des Katô, fit Takuan en levant la tête, on dit que le seigneur Akinari repartirait pour Aizu dans deux ou trois jours.

— Tiens donc…

Takuan était revenu au sanctuaire sans que personne ne sût où il avait été. S'était-il rendu au château shôgunal ? L'avait-on appelé pour célébrer des funérailles ? Où qu'il se rendît, il portait toujours son austère tunique monacale et de simples sandales en corde.

— Apparemment, le pauvre homme se retire à cause de ta victoire, remarqua Takuan avec malice. Est-ce que son départ pour Aizu contrarie tes plans, Jûbei ?

— Au contraire ! répondit le samouraï. Cela pimente un peu l'affaire ! Le vieux renard rentre dans sa tanière où il se croit à l'abri. Nous n'aurons qu'à l'enfumer pour le forcer à sortir le museau du terrier. Je brûle d'impatience de voir la tête qu'il va faire !

— Mmm... Visiblement, cette aventure t'amuse... Cela te réjouit d'aider ces femmes à se venger. Je plains un peu le seigneur Akinari.

— Mais c'est vous qui m'avez désigné pour cette mission ! s'indigna Jûbei.

— C'est vrai... N'es-tu pas le seul capable de donner du fil à retordre à ce misérable ?

Si Takuan avait fait preuve de compassion à l'égard du chien, le sort d'Akinari lui importait visiblement beaucoup moins.

— Ainsi donc, Jûbei, tu iras à Aizu ?

— Oui.

— Eh bien, moi aussi, dans ce cas !

— Quoi ! Vous, maître, à Aizu ?

— Aizu ? Non ! Mais je compte emprunter la même route, celle qui va vers le nord. Je m'ennuie dans ce temple immense, comme partout à Edo d'ailleurs. Lorsque j'étais en exil à Dewa Kaminoyama autrefois, j'appréciais le vent frais qui descendait de la montagne. Je me languis de cette fraîcheur aujourd'hui.

Dix ans auparavant, Takuan avait été nommé supérieur du Daitokuji. Durant son ministère, il avait refusé d'exécuter un ordre du shôgunat, lequel, pour punir cet acte de désobéissance, l'avait exilé durant trois ans dans l'un des monastères des trois monts sacrés de Dewa. C'est à cette expérience qu'il venait de faire allusion.

Pendant ce temps, le moine parti chercher le remède était revenu avec une fiole.

— Pour ce qui concerne ce chien, son indéfectible loyauté m'a ému, même si elle profite à un bien mauvais maître. Ce malheureux animal va aller en enfer payer des crimes qu'il a commis pour un autre, énonça Takuan en baissant les yeux vers Tenmaru. La compassion du Bouddha est infinie, elle ne fait pas de différences entre les êtres vivants. Sa pitié s'étend même aux êtres impurs. Chaque être qui vit en ce monde peut aspirer à l'illumination, qu'il soit un oiseau dans les airs, un animal sur la terre, un insecte caché dans l'herbe, ou un poisson dans la mer. Pour cette raison, j'aimerais donner l'occasion à ce chien de se racheter.

5

Pendant ce temps, à Shiba, une foule bruyante de chevaux et d'hommes s'écoulait par la porte principale de la demeure des Katô. Les fourreaux parés de plumes et les lames des lances étincelaient sous les reflets lumineux du soleil. Des domestiques transportaient des malles et des coffres portatifs sur lesquels était gravé à l'or fin le blason aux « yeux de serpent ». Ces gens soulevaient des nuages de sable sous leurs efforts tandis que des hommes en armes, la tête couverte d'un casque de voyage et le corps protégé par un surcot ouvert dans le dos, venaient grossir les rangs de cet imposant cortège.

Le seigneur Katô Akinari s'apprêtait à rentrer dans son fief. Il se trouvait dans le vestibule de ses appartements, assis sur l'estrade de bois qui surplombait l'entrée.

— A-t-on des nouvelles de Jônoshin ? demanda-t-il aux quatre hommes prosternés au bas de l'estrade.

Shiba Ichiganbô, Kôro Ginshirô, Urushido Kôshichirô et Washinosu Rensuke inclinèrent la tête un peu plus bas. Leur mise était pour le moins singulière : si deux d'entre eux portaient des tenues de voyage, les deux autres avaient passé des costumes ordinaires.

— Il n'est toujours pas rentré ?

— Non, monseigneur. Mais je suis certain qu'il va revenir avec une bonne nouvelle, répondit Rensuke.

Le géant était sur des charbons ardents.

— Je m'apprête à partir !

— Euh… oui, monseigneur…

— Je lui avais pourtant ordonné de m'apporter la

tête de l'homme au masque avant mon départ !

Malgré la fraîcheur de cette matinée d'automne, la sueur perlait au front de Rensuke.

— Que... que monseigneur prenne tranquillement la route. Nous faisons le serment de tuer votre ennemi. Nous resterons ici en attendant le retour de Jônoshin et vous rapporterons la tête de l'homme au masque. Nous ne quitterons pas Edo sans elle. Aussi nous vous supplions, monseigneur, de nous accorder un peu plus de temps. Nous vous rejoindrons certainement avant que vous n'ayez eu le temps de parcourir dix lieues.

— Ichiganbô et Ginshirô...

— Monseigneur ?

— Vous portez de fières tenues de voyage. Où comptez-vous aller ? demanda Akinari.

Il leur jeta un regard plus cruel qu'ironique.

— Serait-ce une manière de suaire ? Vous comptez vous rendre au purgatoire ?

— C'est une éventualité à ne pas mettre de côté, répondit Ginshirô sans s'émouvoir.

Il leva son visage pâle vers son maître. Cela suffit pour faire perdre son sang-froid à Akinari, qui tapa du pied contre l'estrade.

— Très bien, tu n'as qu'à mourir tout de suite, dans ce cas ! Et puisque vous ne m'apportez pas la tête de mon ennemi, il me faut celle de Jônoshin ! Où est-il ?

Les quatre hommes ne répondirent pas.

— Je le sais, allez ! Il s'est enfui, il a déserté le

clan Katô ! explosa Akinari. En voilà assez ! Puisque vous ne pouvez m'offrir la tête de notre adversaire, ni celle de votre misérable comparse, j'exige les vôtres en échange. Posez vos damnées caboches sur le plancher ! Exécution ! Je me chargerai de les rapporter aux membres de votre clan. Oui, j'offrirai au clan Ashina vos quatre têtes en guise de souvenir d'Edo !

Tandis qu'il achevait sa féroce diatribe, un brouhaha s'éleva à l'extérieur.

— Hé ! C'est Tenmaru !

— Tenmaru est de retour !

— Aaah ! Messire Jônoshin !

Tous les samouraïs, Ginshirô excepté, tressaillirent.

— C'est vrai ? Jônoshin et Tenmaru rentrent enfin ?

A peine s'étaient-ils retournés qu'ils se figèrent sur place.

A l'extérieur, l'agitation avait brutalement cessé pour laisser place à un silence total. Tous les gardes et les hommes en armes réunis devant le pavillon se tenaient sur la pointe des pieds sans bouger. Certains s'écartèrent pour livrer passage à Tenmaru. Il était seul. Le chien avançait d'un pas chancelant. Si quelqu'un avait cru voir Jônoshin, ce dernier ne marchait pourtant pas à côté de son chien.

Ou plutôt si, il était là : sa tête chauve et blême pendait sous la mâchoire du molosse. C'était tout ce qui restait de lui.

On l'avait déposée dans un panier accroché à la gueule du chien par deux cordelettes.

Comme Tenmaru, Jônoshin tenait quelque chose entre les dents. Il s'agissait d'une feuille de papier sur laquelle on avait dessiné une sorte de blason : trois cercles doubles sous un quatrième avec des caractères peints juste en dessous. L'encre était encore humide : *Le serpent a quatre yeux*.

Le chien posa ses pattes avant sur l'estrade.

Akinari tenta de reculer, mais ses jambes restèrent paralysées. Il se contenta de détourner les yeux en faisant une mine effarée. Le chien déposa la tête de Jônoshin sur le plancher, puis s'assit. Akinari avait les yeux exorbités. Le choc de cette vision lui coupait le souffle, il ne put dire un mot.

Un silence de mort planait sur le vestibule, malgré la centaine de personnes qui se trouvaient là. Au bout d'un moment, mus par une impulsion soudaine, les quatre samouraïs se précipitèrent vers Tenmaru.

— Que t'est-il arrivé ?

— Et à ton maître ? Pourquoi a-t-il le crâne rasé ? Qui l'a assassiné ?

— D'où viens-tu ?

Ils eurent beau l'assaillir de questions, le chien ne leur répondit pas, bien évidemment. Il contemplait la tête de son maître avec tristesse.

— Jônoshin est tombé sous les coups des filles Hori ou de l'homme au masque ! C'est clair ! rugit Kôshichirô en trépignant de rage. Tenmaru, conduis-moi à l'endroit où on a tué ton maître !

— Inutile, intervint Ginshirô froidement, cette bête est blessée à mort.

Le jeune homme avait prononcé ces paroles sans se lever. Tenmaru allongea alors les pattes devant lui et laissa retomber sa tête. Ses yeux se voilèrent, puis il ferma les paupières.

— Il est… il est… mort ! s'écria enfin Akinari, sur le point de défaillir.

Tenmaru était étendu au pied de l'estrade, immobile. Les joues des quatre samouraïs avaient pris une couleur de plomb. Ils contemplaient le chien avec stupeur.

Un frisson glacé leur parcourut l'échine.

En admettant que nos adversaires aient tué Jônoshin et qu'ils aient porté ce coup fatal à Tenmaru, pourquoi ont-ils rasé le crâne de Jônoshin ? Et pourquoi le chien nous a-t-il rapporté la tête de son maître ?

Les Lances sentaient confusément la signature d'un nouvel ennemi inconnu derrière cette macabre mascarade. Cette hypothèse les faisait frémir.

Kôshichirô s'accroupit près du chien et le secoua, comme pour conjurer sa peur.

— Parle, Tenmaru ! Où se cachent nos ennemis ? Allez, réveille-toi ! Conduis-moi à leur repaire !

Mais le gigantesque molosse était bien mort. Son corps lourd et figé ne réagit pas.

— Tout cela ne me surprend guère… murmura Ginshirô froidement.

Alors qu'il était demeuré assis, il se leva brusquement, les sourcils crispés de colère.

— Bande de bons à rien ! hurla-t-il aux gardes rassemblés devant la porte. Qu'est-ce que vous regardez ? Vous n'avez pas mieux à faire ? Allez, déguerpissez ! Monseigneur s'en va. Dépêchez-vous, formez le cortège ! Est-ce que le détachement des éclaireurs est bien parti devant ?

Quand il eut fini, il se tourna vers Akinari.

— Si monseigneur veut bien prendre place dans son palanquin, lui dit-il.

On avait déposé cette litière, dont le toit et les brancards étaient laqués de noir, sur l'estrade. Akinari jeta un regard inexpressif au samouraï.

— Nous partons…

Sa colère s'était évanouie et cédait la place à une immense terreur qui envahissait son regard.

Ginshirô poursuivit à voix haute :

— Monseigneur, nous devons prendre la route aujourd'hui puisque nous avons donné cette date de départ au gouvernement shôgunal. Il y a soixante-cinq lieues jusqu'à Aizu. Je ne pense pas faire preuve d'un pessimisme excessif en vous disant que nos ennemis vont se lancer à notre poursuite. Mais que monseigneur n'ait aucune inquiétude, nous vous défendrons au péril de nos vies.

— Vous me promettez qu'il ne m'arrivera rien ? dit Akinari d'une voix effrayée.

Ginshirô eut un sourire narquois.

— Vous n'avez rien à craindre, monseigneur, répondit-il d'une voix sarcastique. Tant que ce voyage ne se transforme pas en chemin de croix, comme vous l'avez dit vous-même…

Le jeune homme faisait preuve de son insolence coutumière, mais Akinari ne pouvait plus rien dire maintenant que les quatre samouraïs constituaient son unique planche de salut. A part ces ruffians, personne ne pourrait le protéger contre ces ennemis hors du commun.

Les compagnons de Ginshirô avaient repris confiance.

— Monseigneur, nous savons désormais que des personnes influentes au château d'Edo protègent les femmes Hori et leur complice. Or, puisque nous quittons la ville, elles vont nous suivre. Ainsi, elles perdront leurs puissants soutiens. Ce qui devrait arranger nos affaires.

— La chance commence à nous sourire ! Nous les aurons en route.

— Et si par malheur nous les manquons, une fois à Aizu, nous aurons le double avantage de nous trouver dans la forteresse imprenable de Wakamatsu et de disposer des troupes d'élite du clan Ashina à nos côtés !

Ginshirô regarda ses aînés faire assaut d'éloquence d'un œil goguenard, puis il se tourna vers Akinari. Avec un sourire gracieux aux lèvres, il reprit :

— Monseigneur souhaite-t-il rapporter cette tête à Aizu en souvenir ? Apparemment, vous n'en avez plus besoin. Soit. Ohé la compagnie ! Monseigneur s'en va !

XV
RETOUR VERS LE NORD

1

Un cavalier galopait contre le vent sur la grand-route d'Oshû en direction du nord, laissant un nuage de poussière blanche dans son sillage.

En dépit de sa selle luxueusement ouvragée, le soldat ne portait pas la tenue traditionnelle du voyageur, composée de l'ample pantalon resserré aux chevilles et du casque militaire léger et arrondi, qui convenait pour les longues chevauchées. Au lieu de ça, il avait passé un mantelet noir aux manches chauve-souris, très en vogue à l'époque sur un kimono de même couleur, et portait, en guise de vêtement de dessous, un kimono plutôt féminin rouge vif qui dépassait au niveau des poignets.

Vêtu à la mode d'Edo, il arrivait certainement de la capitale shôgunale. Alors qu'il entamait un long voyage vers le nord, le samouraï portait une élégante tenue de citadin.

Il avait lancé son destrier à une allure qui lui permettait de couvrir cinq lieues par heure.

Les voyageurs à pied, étonnés, s'écartaient sur son passage. Cependant, dès qu'ils voyaient la manche gauche du cavalier flotter dans le vent, la cravache serrée entre ses dents et la bride dans sa main droite, ils se contentaient d'écarquiller les yeux avec un air ébahi au lieu de l'agonir d'injures.

Ce cavalier insolite n'était autre que Kôshichirô qui devançait le cortège de son seigneur. S'il n'avait pas mis la tenue du voyageur, c'est qu'il n'avait pas eu le temps de se changer. Il y avait également une autre raison à cela : Kôshichirô était coquet. En véritable dandy, il avait tenu à parcourir les soixante-cinq lieues qui le séparaient d'Aizu en costume de ville.

Il avait pour mission d'atteindre le fief en éclaireur afin d'avertir les vassaux du seigneur d'Aizu, notamment les meilleurs guerriers du clan Ashina, de l'arrivée imminente de redoutables ennemis et de leur demander de renforcer la surveillance aux frontières de la province.

Le samouraï se reprochait encore d'avoir sous-estimé leurs adversaires.

Les sept survivantes du clan Hori sont parvenues à liquider Tessai, Magobê et Jônoshin. Hum… si j'annonce ça tout de go aux membres du clan Ashina, ils ne me croiront jamais.

Même s'il avait vu les dépouilles de ses camarades atrocement mutilées de ses propres yeux, il avait du mal à croire que des femmes aient commis ce carnage.

Jamais elles n'auraient réussi sans l'aide de ce mystérieux homme au masque de hannya.

Toutefois, les femmes Hori et leur complice n'étaient pas les seules préoccupations de Kôshichirô. Il avait l'impression qu'un personnage puissant, quelqu'un d'autre que la princesse Sen, se tenait dans l'ombre. Plus qu'une vague intuition, il en était désormais absolument convaincu.

Puisque le gouvernement nous a autorisés à punir les rebelles, cet individu ne prendra pas le risque de s'opposer ouvertement au clan Katô. Mais lorsque monseigneur sera rentré à Aizu, les samouraïs du fief comprendront que les femmes Hori n'ont pas agi seules. Certains risquent même d'en vouloir à la famille Katô et de dire qu'elle s'est engagée dans une aventure désastreuse. On en fera retomber la faute sur les Sept Lances. Je les entends déjà : « Monseigneur est manipulé par les Sept Lances ! » Dans ces conditions, mon maître ne pourra guère compter que sur le clan Ashina. J'espère seulement que le chef de ce clan, Ashina Dôhaku, est toujours en vie.

O-Yura, l'épouse qu'Akinari avait laissée à Aizu, était sa fille.

Les Ashina déploieront toute leur énergie pour éliminer des ennemis qui mettraient le clan en péril, fussent-ils aussi exceptionnels que ceux à qui nous avons affaire. Dans l'intérêt non pas tant du seigneur Katô, que des Ashina.

Les précédents maîtres du fief, les Uesugi comme les Gamô, n'ont pas eu à lutter pour obtenir le titre de seigneurs d'Aizu. Ils l'ont reçu des Toyotomi pour les uns et des Tokugawa pour les autres. Le cas du clan Ashina est différent. Nous seuls avons dû nous battre et gagner le fief d'Aizu à la force du poignet ! Avant de le perdre à notre tour…

Cette époque glorieuse appartient désormais au passé. En trois générations, le clan a perdu de son influence et vit en marge du pouvoir. Nous devons absolument profiter de la position du maître actuel d'Aizu, Katô Akinari, si nous voulons retrouver notre gloire d'antan.

Au cours d'une réunion secrète, les Ashina avaient convenu de gagner la confiance d'Akinari. On avait d'abord marié O-Yura, la fille du chef Dôhaku, au seigneur d'Aizu et placé sept guerriers d'élite auprès d'Akinari, qui en avait fait ses favoris. On pouvait affirmer sans mentir que la famille qui régnait désormais sur le fief était moins celle des Katô que celle des Ashina.

Lorsque le clan Katô avait déménagé de son domaine d'Iyo pour son fief d'Aizu, d'autres paramètres avaient également joué en la faveur des Ashina. Si les vassaux qui avaient suivi Yoshiaki, le précédent chef du clan Katô, vouaient une véritable adoration à leur maître, ils méprisaient totalement son fils, Akinari, qui le leur rendait bien. Exploitant ce différend, les Ashina avaient pris le parti d'Akinari, devenant ainsi ses plus fidèles partisans.

L'affaire Hori Mondo avait fait basculer la situation à leur avantage comme un véritable cadeau du

Ciel. Et pour cause ! Lorsque Hori Mondo avait refusé de marier sa fille au maître d'Aizu, à la grande satisfaction des Ashina, ce nouveau conflit avait conforté leur influence. Une fois le clan Hori anéanti, le groupe des anciens vassaux de Yoshiaki avait perdu tout son pouvoir au sein du clan Katô.

Si Akinari rendait son dernier soupir aujourd'hui, le clan Ashina perdrait son principal soutien. Si un tel malheur arrivait, nous serions finis !

Ce n'était pas seulement la bise automnale qui fouettait le sang du visage de Kôshichirô.

Il fallait absolument que les Ashina se lancent dans la bataille et renforcent les défenses du fief contre une attaque ennemie. Voilà pourquoi le cavalier solitaire cravachait ferme en direction d'Aizu.

Il avait quitté Senju de bonne heure. Après avoir parcouru un peu plus de dix lieues, il arriva à Koga et arrêta son cheval devant une auberge. Un attroupement de badauds qui gesticulaient en désignant le toit de la haute bâtisse attira son attention.

Kôshichirô leva les yeux vers le toit à son tour et vit une chose étonnante.

Les rayons du soleil couchant teintaient de rouge une tuile faîtière sur laquelle on avait peint le visage d'un démon. Non, la couleur rouge n'était pas le fait du soleil. On avait accroché un masque au faîte du toit.

Le masque d'une *hannya* !

Kôshichirô descendit de cheval. Il fendit la foule, puis interrogea autour de lui :

— Est-ce que l'un de vous travaille dans cette hostellerie ?

Le samouraï trouva finalement le propriétaire.

— Pourquoi a-t-on accroché ce masque là-haut ?

— Ah oui, le masque, répondit le bourgeois. Je n'en ai pas la moindre idée. Nous étions justement en train de nous demander qui avait bien pu le mettre là !

— Messire l'aubergiste, le seigneur d'Aizu, monseigneur Katô Akinari, doit séjourner demain dans votre établissement. Etes-vous prêt à le recevoir ?

— Mais certainement. Deux messagers du clan Katô m'ont annoncé sa venue avant-hier.

Akinari avait décidé de rentrer à Aizu trois jours auparavant. On avait aussitôt dépêché des samouraïs pour retenir des chambres dans les différents lieux d'étape qui bordaient la grand-route d'Oshû. Une telle précaution était nécessaire quand on savait que le cortège se composait de plusieurs centaines de personnes.

— Dites-moi, messire l'aubergiste, depuis quand ce masque se trouve-t-il sur votre toit ? Cela fait-il longtemps ?

— Pas du tout ! Nous venons juste de le remarquer. Il doit se trouver là-haut, voyons, depuis deux ou trois jours, guère plus.

Kôshichirô leva la tête avec une expression singulière.

On a placé ce masque au-dessus de l'auberge où doit descendre monseigneur Katô pour le ridiculiser, pas par hasard. C'est un tour de ce coquin, à tous les coups !

Nous savions que nos adversaires apprendraient le départ de monseigneur. Cela m'étonne qu'ils n'aient pas attendu plus longtemps avant de déclencher les hostilités ! Et, comble d'impudence, ils ont laissé ce masque à l'auberge. Quel nouvel affront pour mon maître !

Mais alors, cela signifie… Ils m'ont devancé sur la route ! Ils doivent emprunter la même route que moi, plus au nord…

A cette pensée, Kôshichirô blêmit.

Le patron de l'auberge avait pris peur depuis la découverte du masque. Lorsqu'il vit l'expression lugubre sur le visage du guerrier manchot, sa terreur s'accrut.

— Messire, savez-vous ce que la présence de ce masque signifie ?

Kôshichirô recouvra son sang-froid.

— Mieux vaut l'enlever, dit-il d'un ton brusque, il pourrait vous porter malheur.

Il se hâta de remonter en selle.

— Prépare-toi à chevaucher toute la nuit ! Compris ? Allez, au galop ! chuchota-t-il à l'oreille de sa monture.

Il donna un grand coup de badine et fila comme le vent en direction du nord.

L'idée de rebrousser chemin et d'aller prévenir Akinari lui effleura l'esprit, mais il l'écarta aussitôt. Il préférait suivre son intuition qui lui disait que leurs adversaires devaient avoir dépassé Kôga. Il comptait se lancer à leur poursuite et les rattraper.

Le samouraï scrutait le chemin sous le clair de lune avec des yeux brillants, cherchant sept femmes et un homme parmi les voyageurs. Les fers de son cheval martelaient la terre. Le groupe qu'il cherchait ne se montrait toujours pas.

A Nitta, la troisième étape sur le trajet, Kôshichirô examina le toit de l'hostellerie. Il n'avait pas plutôt levé les yeux qu'il laissa échapper un gémissement.

Là-haut, dans la lumière de la lune, un masque rouge avec un sourire fendu jusqu'aux oreilles se détachait nettement sur la toiture.

Je n'ai pas prêté attention au toit quand je suis passé par Kakusabe, la première étape où monseigneur va séjourner. Pourtant, il y a de grandes chances qu'un de ces satanés masques s'y trouve !

Le samouraï traversa Utsunomiya au point du jour. De part et d'autre de la route, les silhouettes de voyageurs partis à pied dès potron-minet cheminaient déjà, profitant de la lumière de ces courtes journées d'automne pour couvrir le plus de distance possible.

Kôshichirô remarqua parmi eux un groupe de huit personnes qui ressemblaient à des bonzes itinérants. Ils avaient sur la tête d'amples chapeaux de pèlerins et portaient des robes noires. Chacun d'eux marchait en s'appuyant sur une canne.

Kôshichirô les dépassa au galop avant de faire brusquement demi-tour.

2

— Holà, messires moines, un mot seulement ! héla Kôshichirô du haut de son cheval.

Il venait de remarquer que sous leur chapeau traditionnel de pèlerin, le visage des bonzes était dissimulé par un foulard noir qui ne laissait voir que les yeux. Ce chaperon monacal appelé *kesazukin* était un attribut des moines-guerriers du temps jadis.

Hum ! C'est louche… avait pensé Kôshichirô en tirant sur les rênes de son cheval. Huit moines… huit ! s'était-il exclamé avant de tourner bride.

— Cette route conduit-elle à Nikkô ? demanda-t-il avec un regard un peu trop inquisiteur.

— Non, messire, répondit un moine.

— Elle mène vers les régions du Nord, jusqu'à Shirakawa, ajouta un autre.

Ils penchèrent alors la tête en arrière pour le regarder. Le bord de leur ample chapeau se souleva légèrement.

Et ce qu'il vit déçut bien Kôshichirô. Malgré le chaperon qui recouvrait la moitié de leur visage et le son voilé de leurs voix, il n'y avait pas d'erreur possible : les yeux de ces moines étaient ceux de vieillards qu'il croisait pour la première fois.

— C'est donc ça… Dommage ! Merci bien.

Le cavalier fit demi-tour et prit la direction du nord au galop, bien qu'il eût déclaré aux moines qu'il voulait se rendre à Nikkô.

Comme il s'éloignait dans un nuage de poussière, un moine parmi les cinq qui se trouvaient derrière les trois vieillards prit la parole.

— C'est Kôshichirô. Il est parti pour Aizu en éclaireur, murmura-t-il d'un ton amusé.

On pouvait clairement reconnaître la voix de Yagyû Jûbei.

— Qu'a-t-il l'intention de faire, maître ? fit la voix d'O-Kei.

— S'il pense que nous faisons route pour Aizu, il veut probablement nous empêcher d'entrer dans le fief, répondit Jûbei en penchant la tête vers sa canne. Il a l'air d'avoir eu des doutes concernant notre petit groupe. Je crois qu'il sait déjà que nous devançons Akinari ; j'espère même qu'il lui a fait part de cette information. J'ai l'intention d'attirer son attention sur nous, de lui faire craindre un guet-apens pour qu'il ne s'intéresse pas à nos compagnons qui le talonnent de près.

— J'aurais mieux fait de le tuer tout à l'heure… grommela O-Sawa.

— Tu as vu la tête qu'il faisait ? Kôshichirô nous aurait zigouillés s'il nous avait reconnus. Il est parti à notre recherche. Comme il ne nous trouvera pas, il repassera par ici.

Jûbei frappa le sol avec sa canne avant d'ajouter :

— C'est un adversaire redoutable !

O-Kei, O-Sawa, O-Tori et O-Shina voyageaient sous des déguisements de bonzes, munies de cannes d'un genre particulier : des cannes-sabres.

Leur procession ne comptait donc que trois véritables bonzes du Tôkaiji qui servaient d'alibi à Jûbei et à ses quatre élèves déguisées. Takuan les avait informés du départ d'Akinari quatre jours plus tôt. Ils avaient aussitôt pris la grand-route d'Oshû et marchaient depuis jour et nuit.

— Dites-nous, messire Jûbei, serez-vous capable de vaincre ce samouraï s'il revient ? demanda l'un des bonzes.

L'interpellé secoua la tête.

— Je l'ignore. Quant à ces dames, elles ne sont pas de taille à se mesurer à lui, du moins pas encore. Ça, je peux vous le jurer.

C'était une des raisons pour lesquelles Jûbei avait laissé repartir Kôshichirô tout à l'heure. Le bonze eut un rire inquiet :

— Maître Jûbei, ce serment n'est guère rassurant ! Ne ferions-nous pas mieux de rebrousser chemin ?

— Ah, mais c'est que j'ai un plan !

— Ah oui ? Et lequel ?

— Je ne peux pas vous en parler pour le moment. Je dois encore le perfectionner en route. D'ailleurs, je ne pense pas qu'il sera au point avant que Kôshichirô repasse par ici.

— Vous nous avez pourtant dit que cet homme se rendait à Aizu pour mettre le fief en état d'alerte. Nous pourrons difficilement y entrer.

— Hé oui ! Le fief tout entier va se dresser contre nous. Nous nous apprêtons à vivre un véritable voyage en enfer !

— Vous avez donc quelque espoir de l'emporter.

— J'aimerais vous répondre que oui, mais je ne le puis.

— Mmm... voilà qui est bien angoissant.

— Dites-vous que si nous parvenons à vaincre nos adversaires sur leur territoire, nous flanquerons la trouille à leurs alliés. Ils se sentiront découragés. Une telle prouesse devrait contenter ces dames. Quant à moi, après une existence fade et sans intérêt, j'aurai enfin une bonne raison d'avoir vécu. Reste à trouver comment atteindre nos cibles sur leur territoire. Cela dépend, hélas ! d'autres adversaires : du Ciel, de la Terre et du Temps imparti.

— Maître Jûbei, vous êtes un homme insouciant pourvu d'une rare audace. Malgré cela, j'appréhende d'arriver à Aizu maintenant.

— Ne craignez rien, messires bonzes. Si je peux me permettre, vous n'aurez rien d'autre à faire qu'à jouer les épouvantails. Vous n'aurez pas à prendre de risques, vous vous contenterez d'observer.

— Hé hé ! Vous m'avez mal compris. Je crois plutôt que vous ne devriez pas hésiter à nous associer à votre plan. Notre supérieur, l'abbé Takuan, nous a ordonné de vous accompagner. Pour ce qui nous concerne, cela ne nous gênerait pas de risquer nos vies pour d'aussi jolies filles !

Les trois bonzes éclatèrent de rire. Ils avaient l'air de bien s'amuser.

Ces hommes n'utilisaient leurs muscles que pour égrener leurs chapelets ou frapper le gong. Le grand maître Takuan avait néanmoins pleinement confiance en eux. L'esprit de ces moines était plus vaste que le ciel et plus profond que l'océan.

Ils s'appelaient frère Tamon, frère Unrin et frère Yakushi.

Kôshichirô venait d'atteindre l'étape de Kitsuregawa au nord d'Utsunomiya. En arrivant devant l'auberge, il ne vit aucun masque de *hannya* accroché au toit.

Il resta en selle, ne sachant quelle décision prendre.

Nos ennemis ne sont pas encore passés par ici. Je les précède. Ils doivent se trouver quelque part entre Utsunomiya et Kitsuregawa.

Les huit bonzes qu'il avait croisés aux abords d'Utsunomiya lui étaient complètement sortis de l'esprit. Il les avait suspectés jusqu'à ce qu'il constate que leurs visages lui étaient parfaitement inconnus. D'ailleurs, personne n'aurait pu imaginer que des femmes s'étaient déguisées en moines.

Je dois faire demi-tour pour me lancer à leur recherche... Cependant, depuis qu'il avait appris que leurs ennemis avaient devancé le cortège d'Akinari, il n'avait qu'une idée en tête : gagner Aizu le plus vite possible.

Depuis la plaine du Kantô, plusieurs routes permettaient de s'y rendre : à Utsunomiya, on pouvait prendre la direction de Nikkô et bifurquer à Imaichi, où trois routes secondaires rejoignaient Aizu. On pouvait également faire un détour par la province d'Echigo en remontant la grand-route des montagnes de l'Est.

— J'ai trouvé !

Renonçant à rebrousser chemin, il se remit en route au galop. Comme il s'y attendait, il aperçut des guerriers à cheval devant lui.

— Hé ! Vous autres, attendez-moi !

Les interpellés stoppèrent leurs coursiers et tournèrent la tête vers lui. Ils arboraient des casques légers *jingasa* et des tenues aux armes du clan Katô : c'étaient des membres de l'escouade qui avait quitté Edo quelques jours avant le cortège pour réserver des chambres dans les auberges.

— Vous, messire Kôshichirô ! Vous semblez bien pressé. Qu'y a-t-il ?

— Avez-vous croisé une bande de femmes suspectes ?

— Suspectes ?

— Je vous parle des femelles qui en veulent à la vie du seigneur Katô !

— Ah, celles-là ! Ma foi, non. Nous n'avons vu aucune femme de ce genre. Les survivantes du clan Hori préparent donc une embuscade contre notre maître ? Elles ne perdent pas de temps, dites donc !

Si les samouraïs du fief ne connaissaient pas tous les détails de cette affaire, ils savaient néanmoins que ces femmes cherchaient à se venger de leur suzerain. Les hommes en faction à Shiba avaient même reçu l'ordre exprès de capturer ou de tuer O-Chie et ses compagnes sitôt qu'ils les croiseraient.

— C'est tout ce que je voulais savoir, fit Kôshichirô d'un ton sec. Monseigneur Katô ignore encore que ses ennemis le précèdent sur la route. Que deux d'entre vous aillent le prévenir. Dites-lui de se préparer à une attaque.

— Euh... comme vous le savez, monseigneur Katô a pris la décision de rentrer à Aizu au pied levé, et il est bien difficile de trouver de la place dans les auberges. Nous avons galopé jour et nuit sans relâche pour négocier avec les hôteliers, mais notre mission est loin d'être terminée...

— Bande d'imbéciles ! Il n'y a pas de temps à perdre ! La vie de votre seigneur est en jeu. La lignée Katô risque de s'éteindre et vous voudriez ménager votre peine ? Assez parlé ! Allez, filez !

— Et vous, messire, où allez-vous ?

— A Aizu. Il faut vite donner l'alerte !

Kôshichirô cravacha son cheval, puis piqua vers le nord. Une traînée de nuages gris poussés par le vent projetait des ombres sinistres sur les montagnes désolées à l'horizon.

3

L'histoire nous ramène à présent un peu plus au sud de la grand-route du Nord.

Précédé par de hautes lances coiffées de panaches blancs, le cortège de Katô Akinari quittait le bourg-étape de Senjû.

Le temps des moissons était déjà loin. C'était l'automne, des nuées d'oies sauvages se reflétaient dans l'eau des rizières. Le cortège traversait la plaine et, dans l'air limpide, l'on aurait dit une magnifique peinture. Mais regardons-le de plus près quelques instants : il ne ressemblait pas vraiment au cortège habituel d'un grand daimyô. Deux guerriers encadraient le palanquin seigneurial : le premier était un barbu taillé comme un colosse et son comparse, un borgne de grande taille. En outre, une multitude de lanciers et d'archers en armure accompagnaient le véhicule. Cette troupe était si nombreuse que l'on apercevait à peine le palanquin au milieu de la foule.

Plus étrange encore, on n'entendait pas les « Prosternez-vous ! Prosternez-vous ! » caractéristiques du passage d'un daimyô. Au contraire, celui-là voyageait discrètement, et au pas de course, comme s'il fuyait quelque chose.

Les voyageurs s'agenouillaient face contre terre sur son passage, comme le réclamait l'usage. Une fois la procession passée, les villageois s'apprêtaient à relever la tête quand ils se figèrent d'étonnement. Les fers d'un cheval lancé au galop effleurèrent leurs têtes en soulevant une tempête de sable.

Le cavalier était un jeune homme d'environ dix-huit ans, vêtu d'un magnifique manteau d'apparat qui flottait dans le vent. Le jeune samouraï était beau comme un Apollon, hormis l'effroyable balafre rouge sang qui lui barrait le visage. C'était Kôro Ginshirô.

Il parcourut environ une lieue avant de faire demi-tour pour rejoindre le cortège.

Sôka, Koshigaya, Osawa : le cortège poursuivit sa progression vers le nord. Ginshirô effectuait des allées et venues le long de cette colonne humaine. Il lançait des regards sévères aux passants, bien décidé à prévenir toute embuscade.

Le cortège atteignit l'auberge de Kasukabe à la nuit. Elle se situait à six lieues et demie d'Edo. A environ deux lieues de cette première étape, dans le hameau d'Osawa, un groupe insolite attira le regard de Ginshirô : il se composait de huit bonzes qui portaient le *kesazukin* sous leur capeline de pèlerin, tout comme le groupe de moines que Kôshichirô croiserait le lendemain matin après avoir quitté Utsunomiya, à vingt-sept lieues d'Edo.

Ceux-là faisaient route vers le nord. Comme son acolyte, Ginshirô les trouva suspects.

— Halte ! cria-t-il.

Il s'arrêta pour les interpeller.

— Où allez-vous donc, messires moines ?

— Nous nous rendons aux monts sacrés de Dewa, répondit l'un des frocards d'une voix chevrotante.

L'homme souleva sa capeline de paille et découvrit ses yeux de vieillard.

— Dewa ? Hum…

Il n'y avait rien d'étonnant à ce que des disciples du Bouddha se rendent en pèlerinage dans ce lieu saint. L'intérêt de Ginshirô pour ce groupe diminua, mais il poursuivit néanmoins son interrogatoire :

— Je suppose que vous comptez passer par Fukushima plutôt que par Echigo ?

— Tout à fait. Nous comptons rejoindre Yonezawa par Fukushima, ajouta un autre moine.

Les trois bonzes qui se tenaient derrière lui soulevèrent leurs capelines en même temps pour observer le cavalier. Ginshirô ne reconnut pas leurs regards.

Cependant, contrairement à Kôshichirô, Ginshirô s'attarda sur les trois derniers bonzes qui n'avaient encore rien dit. Soudain, un coup de vent souleva les chapeaux des bonzes. Trois d'entre eux attrapèrent aussitôt leur couvre-chef pour le maintenir baissé sur leur visage des deux mains. Ce geste éveilla la méfiance de Ginshirô qui commença à s'intéresser à eux de plus près.

Au moindre soupçon, cet arrogant personnage se permettait les plus grossières impolitesses. Il tendait sa cravache vers l'un des bonzes pour faire voler sa capeline quand tout à coup, il entendit crier :

— Alerte !

Ginshirô tourna la tête et aperçut Rensuke.

Qu'est-ce qu'il fait là ? Il devrait déjà être à l'auberge, se dit-il. Rensuke arrivait vers lui à cheval, la cravache au poing et le bras levé.

— Ginshirô ! Ramène-toi vite à l'auberge !

— Qu'est-ce qui se passe ?

— L'ennemi nous a précédés ! Il s'apprête à nous tendre une embuscade !

— Quoi ?

— Nous avons été accueillis par un masque de *hannya*, grimaça Rensuke, penché sur l'encolure de sa monture. Quelqu'un s'est amusé à l'accrocher au toit de l'auberge, à Kasukabe ! Je suis sûr que c'est eux qui ont fait le coup. L'aubergiste lui-même ignorait que ce machin décorait son toit. Nous avons cherché les responsables partout, sans succès. Ils sont probablement partis devant pour nous attaquer par surprise. Monseigneur est mort de peur. Il a ordonné que nous restions tous à ses côtés. Allons, Ginshirô, viens avec moi à l'auberge.

— Un masque de *hannya*... sur le toit, grinça Ginshirô en serrant rageusement les mâchoires. Tu es sûr ? Par la malemort, je hais ces pendards !

Ginshirô n'eut pas un regard de plus pour les huit bonzes : il fit demi-tour et s'élança avec Rensuke vers le nord tandis que les dernières lueurs du couchant embrasaient le ciel.

— Brrr ! J'en ai des sueurs froides ! fit le premier bonze.

Il se tourna vers ses compagnons. Les yeux enfoncés dans ce visage parcheminé étaient rieurs.

Les trois bonzes relevèrent le bord de leur capeline pour observer les deux cavaliers qui s'éloignaient dans un nuage de poussière. Sous les rayons du couchant, leurs prunelles rougeoyaient.

Ces trois bonzes n'étaient autres que O-Chie, O-Fue et Sakura.

— S'il avait soulevé mon chapeau, je l'aurais transpercé d'un coup de lame… murmura Sakura en serrant sa canne-sabre.

— J'aurais voulu qu'il nous démasque, ajouta O-Fue, cette rencontre aurait été bien plus amusante !

Elle souriait, mais son regard brillait d'un éclat meurtrier.

— Holà, mesdames ! Du calme ! Vous devez redoubler de prudence en l'absence de votre maître. Si vous étiez blessées, je perdrais la face devant Jûbei.

— Pardon, révérend Takuan, dit O-Chie en rabattant sa capeline sur son visage.

Takuan se tourna vers les trois femmes. Le vieil homme ne souriait plus. Il regardait les trois faux pèlerins avec un air grave.

— Pour le peu que j'en ai vu, je peux vous dire que ce jeune samouraï est beaucoup trop fort pour vous.

4

Kasukabe, petit bourg sur la rive sud de la rivière Furutone, connaissait un tumulte inhabituel depuis le début de la soirée.

En effet, outre les voyageurs ordinaires, plusieurs centaines de samouraïs du clan Katô y faisaient étape pour la nuit. Non seulement les hommes du fief d'Aizu occupaient toutes les chambres de l'auberge, mais ils avaient littéralement pris d'assaut tous les relais de poste, au détriment des autres voyageurs. Habituellement, la rumeur annonçait toujours l'arrivée du cortège d'un daimyô à l'avance, si bien que l'on pouvait prévoir à quelques heures près quand et où il prendrait ses quartiers, de manière à l'éviter. Or, dans le cas présent, Akinari avait décidé de rentrer chez lui si soudainement que l'information n'avait pas eu le temps de circuler. Les voyageurs qui arrivaient à Kasukabe étaient bien en peine de trouver un gîte. Quant à ceux déjà installés à l'auberge, on les renvoyait sans ménagement.

Les samouraïs d'Aizu profitaient de la confusion pour interroger les pauvres hères qui déambulaient dans les rues, leur balluchon sur le dos. Ils leur faisaient des mines terribles et les arrêtaient sans crier gare :

— Hé, toi ! Fais voir ton visage !

— Non, tu n'es pas celle qu'on cherche. Passe ton chemin !

— Ote-toi de là ou tu vas te faire piétiner !

Les malheureux ignoraient pourquoi ils étaient arrêtés, contrôlés, interrogés, bousculés et malmenés de la sorte.

« Des assassins qui en ont après monseigneur se trouvent ici, à Kasukabe ! » Les hommes d'Aizu avaient reçu l'ordre de fouiller les rues de la petite bourgade à la recherche des tueurs. On leur avait dit que ces bandits n'étaient autres que les femmes du clan Hori, si bien que dès qu'ils apercevaient une silhouette féminine, ils soulevaient son chapeau pour examiner son visage.

« Les soldats sont à la recherche de femmes ! » commençait-on à murmurer en ville. « Elles viendraient d'Edo », disait-on encore. « Le seigneur d'Aizu a demandé à ses hommes de ramener ces filles. On reconnaît bien là son penchant pour la gent féminine ! » ajoutait-on. Puis on finit par entendre : « Un seigneur pervers kidnappe des jeunes filles ! » Tandis que la rumeur enflait, on entendait des cris d'effroi et des insultes à l'encontre des samouraïs dans les rues de Kasukabe.

A minuit, le tapage cessa enfin. Mais peu après, une clameur s'éleva à la porte de l'auberge.

Sur le rideau de chanvre blanc qui pendait devant l'entrée, on avait dessiné le blason de la famille Katô, les yeux de serpent, à l'encre noire. On avait peint le même motif sur les lanternes hautes de chaque côté de la porte et, à l'un des piliers qui soutenaient l'encadrement, on avait accroché un panneau en bois avec l'inscription suivante : *Ici séjourne monseigneur Katô Akinari*.

Les cinq bonzes qui se tenaient devant l'entrée n'avaient-ils pas lu l'inscription ? Il était aussi impossible de la manquer que de rater les gardes postés à l'extérieur et à l'intérieur de l'hostellerie. Et pourtant, les moines entonnèrent un sûtra avec des voix solennelles.

— Satanés bonzes ! Fermez-la ! Vous n'avez pas lu l'inscription ?

— Le seigneur d'Aizu est descendu ici pour la nuit. Fichez-lui la paix avec votre sinistre canon ! Allez, filez ! gronda un samouraï qui venait de sortir de l'auberge.

Il se précipitait vers le petit groupe assemblé devant l'entrée quand un bonze enleva sa capeline de pèlerin.

— Loin de nous l'idée de perturber monseigneur Katô. Mais nous avons senti une atmosphère maléfique autour de cette bâtisse. Elle est entourée d'une aura démoniaque, comme un présage de mort. Permettez que nous pratiquions un exorcisme pour la purifier, répondit le moine sur un ton paisible.

L'homme était un vénérable vieillard, sec et noueux comme un arbre centenaire.

— Une atmosphère maléfique et une aura démoniaque ? s'étonnèrent les gardes en se tournant vers les bonzes.

Puis ils levèrent les yeux vers le toit, se souvenant du masque de *hannya* qu'ils avaient trouvé en arrivant. On avait enlevé la sinistre figure de démon entre-temps.

— Elle est comment, au juste, cette aura ? demanda un garde.

— Oh, il s'agit d'une sorte de brume spirituelle, invisible aux yeux du profane. Elle est difficile à décrire... Mon cœur discerne des ombres vaporeuses en forme de femmes, elles exécutent une danse échevelée sur le toit...

Tandis que le bonze parlait, la sombre litanie montait toujours sous les capelines de paille.

— C'est donc ça ! fit un jeune samouraï en sortant du bâtiment. Ce sont ces moines en maraude qui font tout ce tapage ?

Ginshirô – car c'était lui – se planta devant les cinq hommes et leur lança un regard menaçant.

— Oh ! s'écria le vieux bonze avec bonhomie, le jeune guerrier de tout à l'heure ! Eh bien, messire, vous nous reconnaissez ? Dites, j'ignorais que vous étiez au service du célèbre clan d'Aizu.

Le digne vieillard s'adressait à Ginshirô sur un ton familier.

— Comme je l'ai fait remarquer aux gardes ici présents, poursuivit-il, un mauvais sort pèse sur l'hostellerie. Votre maître ferait bien de se méfier.

Ses quatre compagnons ôtèrent leurs capelines à leur tour et regardèrent le jeune homme. Dans la lueur des lampions, Ginshirô reconnut les visages qu'il avait aperçus dans l'après-midi. Il ne voyait que leurs yeux, car le reste de leur tête était emmailloté dans le *kesa-zukin* ; des yeux aussi innocents que ceux d'enfants.

Ces moines ne connaissent pas le vice, songea le jeune homme.

— Nous n'avons pas besoin de vos services ! Nous, les hommes d'Aizu, ne croyons ni au diable, ni aux fantômes ! leur lança Ginshirô en claquant la langue.

Malgré les apparences, il ne prenait pas l'avertissement des bonzes à la légère, d'autant moins que des ennemis rôdaient autour de l'auberge.

Il se contenta de hausser ses beaux sourcils en leur disant :

— Il suffit ! Monseigneur en a plus qu'assez de ce sinistre récitatif. Votre sûtra l'incommode. Je vous ordonne de vous taire et de filer d'ici tout de suite ! Allez, ouste, du balai !

Sur ces mots, il retourna à l'intérieur. Il n'avait pas remarqué que le groupe de bonzes ne comptait plus que cinq membres.

Les moines déconfits se retirèrent sans interrompre leur mélopée.

Leurs voix de basse reprenaient en chœur la morne psalmodie. Les samouraïs postés à l'entrée du bâtiment l'entendaient encore. Les soldats avaient la sensation que ces chants entêtants s'infiltraient en eux à travers leur cuirasse.

— Halte ! crièrent-ils pour les faire taire.

Des gardes coururent après les moines.

— Arrêtez de chanter ! Notre maître n'arrive pas à dormir !

Le chœur se tut.

Une fois les samouraïs repartis, des ombres surgirent dans la rue et s'approchèrent des bonzes.

— C'est trop fort ! Le maître n'arrive pas à dormir ? Et nous alors !

— Ce type nous force à passer la nuit dehors en plein automne !

— Alors qu'il est douillettement installé au chaud dans une chambre dont il nous a chassés. Non mais quel culot !

Ces malheureux étaient les gens qui n'avaient pas trouvé à se loger ou qu'on avait expulsés : des marchands, des colporteurs, des *rônin* et des moines en pèlerinage.

L'un d'eux, un *rônin* pauvrement vêtu, sourit en découvrant ses dents blanches sous sa moustache :

— J'ai une idée, messires moines. Quel sûtra récitiez-vous ?

— C'est le *Vu Bao Darani*, il exorcise les esprits malins.

— Hein ? *Vieux corniaud abruti* ? Je ne le connaissais pas, celui-là ! s'étonna le *rônin* avec un air sérieux.

— Non, non ! Son nom exact est *Vu-ba-o-da-ra-ni*.

— Ah, voilà ! Et si vous me l'appreniez ?

Le vieux moine regarda le *rônin* avec un éclat malicieux dans les yeux. Au lieu de lui demander pourquoi, il se contenta de sourire en plissant tous les traits de son visage.

— Soit, écoutez-moi bien : *Nôbobo... gyabote... hosadarasagyara... nirigushaya...*

— *Nôbobo gyabote...* Hé, vous autres, répétez après moi tous en chœur ! lança le *rônin* aux voyageurs attroupés. *Hosadarasagyara !*

On entendit le sûtra s'élever dans la rue. Les bonzes s'éloignèrent alors, le sourire aux lèvres.

Parvenus à l'orée du bourg, trois autres moines les rejoignirent dans l'obscurité.

— Révérend Takuan ! Nous avons trouvé un abri !

— Il reste des chambres disponibles ?

— Oui ! Là-bas, regardez ! Voici notre auberge pour cette nuit.

A la lumière d'un rayon de lune, le vieillard vit un petit pavillon dédié à Jizô, le bodhisattva protecteur des enfants, qui se reflétait dans la rivière Furutone.

— Oh ! Par la grâce du Bouddha ! Ainsi, nous allons dormir dans la paume du Très Haut, bercés par des chants sanctifiants.

Après leur départ, les paroles sacrées s'étaient mises à résonner dans tout Kasukabe.

Les samouraïs d'Aizu avaient aussitôt arpenté les rues par petits groupes afin de faire taire les choristes. Des dizaines d'artisans, de colporteurs, de *rônin* et de bonzes s'étaient mis à fuir dans tous les sens pour échapper aux hommes armés sans cesser de déclamer le sûtra prohibé. « *Nôbobo ! Gyabote ! Hosadarasagyara ! Nirigushaya !* » La population, indignée par l'égoïsme de ce daimyô qui les contraignait à passer la nuit dehors dans le froid, chantait à perdre haleine.

Les gens jouaient à cache-cache avec leurs poursuivants. Dès qu'un groupe de samouraïs arrivait d'un côté, on criait à l'autre bout de la rue. Certains déclamaient cachés dans un arbre, d'autres sur le faîte d'un toit, ou accrochés au seau d'un puits.

— C'est la fameuse tactique de l'encerclement par

diversion de l'école Kôshû. Moi qui ai commandé des troupes de l'armée pendant plus de dix ans, je trouve ce procédé plutôt ingénieux ! marmonna le *rônin* en tripotant sa moustache.

Confortablement installé sur une meule de foin dans une étable, il reprit de plus belle :

— Encore une fois ! *Nôbobo gyabote*…

XVI
UN HAUT DIGNITAIRE DE LA LOI

1

Le district de Koga à Shimotsuke était la seconde étape du cortège de Katô Akinari.

Les hommes du clan Katô poussèrent un soupir de soulagement : il n'y avait aucun masque démoniaque accroché au toit de l'hostellerie cette fois. Mais à peine installés, ils déchantèrent vite. On leur apprit en effet que deux jours auparavant, on avait décroché un masque de *hannya* de la tuile faîtière sur ordre d'un samouraï manchot.

— Kôshichirô... grommela Ichiganbô.

A cette nouvelle, Akinari devint tout pâle. Ses lèvres frémirent mais il ne dit rien. D'ailleurs, il avait paru abattu durant tout le voyage. Chaque fois que quelqu'un lui avait adressé la parole, il s'était contenté de hocher la tête, les yeux perdus dans le vide. Le grand seigneur intrépide et arrogant n'était plus le même homme. Voilà à quoi l'inconnu au masque de *hannya* l'avait réduit. Sans compter qu'il était assez naturel qu'il se sentît déprimé, vu le tour humiliant qu'il avait subi à Edo.

Si cet homme devenait fou ou tombait malade, les ambitions des Sept Lances seraient réduites à néant. Même si le maître d'Aizu était un pantin, il n'en restait pas moins un atout précieux.

Au cours de la nuit, on l'entendit appeler depuis sa chambre :

— Holà, quelqu'un ! J'entends des bruits étranges à l'extérieur, contre le volet !

— Ce n'est qu'une feuille, monseigneur, emportée par le vent.

Et moins de dix minutes plus tard :

— Holà, venez !

— Monseigneur ?

— Des gens récitent un sûtra dehors. Faites taire ces voix !

— Bien, monseigneur... euh, mais nous n'entendons rien. Je crois que c'est le clapotis de l'eau ; le ruisseau Omoi coule en contrebas de l'auberge.

Cinq minutes plus tard, Akinari s'écria encore :

— Hé ! Quelqu'un !

Dans une antichambre où l'on avait posté des gardes, près de la chambre du seigneur Katô, Ginshirô fit claquer sa langue :

— Quel pauvre type ! Sa voix fait penser au couinement d'un poulet qu'on étrangle. Qui croirait entendre le maître d'un fief de quatre cent mille *koku* ?

— Tu l'as dit ! On dirait qu'il perd la raison, grogna Rensuke en croisant ses énormes bras sur sa poitrine. Hier déjà, je l'ai trouvé très fatigué, mais aujourd'hui, je l'ai carrément entendu murmurer dans sa litière : « Hori… Hori Mondo ! Tu viens me tourmenter après ta mort ? Non, ne me regarde pas ! » J'ai vraiment cru un instant qu'il parlait à un fantôme.

La tête tonsurée et blafarde d'Ichiganbô pâlit un peu plus.

— S'il continue comme ça, ce voyage va vite nous rendre chèvres. Nous n'avons pas fait dix lieues, et il nous en reste plus de cinquante à parcourir jusqu'à Aizu.

— Il lui faut une fille ! s'écria tout à coup Ginshirô. Monseigneur est en manque de femmes. Imaginez une plante sans eau, un lampion sans flamme ou un moulin sans vent. C'est pareil pour le maître avec les femmes ; sans elles, il dépérit… Nous aurions dû en emmener quelques-unes avec nous.

— Ah oui, monseigneur a ses petites habitudes. Tu dois certainement avoir raison.

— Dommage que toutes ses putains d'Edo se soient enfuies…

— Qu'à cela ne tienne, kidnappons une fille ici, à Koga, proposa Ginshirô sur un ton froid.

— Dans ce patelin ? Ginshirô, c'est un daimyô de première classe ! La souillon d'une gargote ou une catin d'auberge ne conviennent pas à son rang. Il ne fraye pas avec n'importe qui.

— Peuh ! Si la fille est belle, je suis sûr qu'il s'en contenterait en attendant.

— Toi, tu penses à quelqu'un !

— En effet : à la fille du propriétaire de l'hostellerie.

— Oh ! Tu l'as vue ? Elle est jolie ?

— Je l'ai aperçue tout à l'heure dans la cour. J'ai questionné un employé discrètement. La fille s'appelle O-Tone et elle a dix-neuf ans. La fille du patron d'un établissement de ce genre est assez bien pour le maître d'Aizu, non ?

— Oui, mais ses parents accepteront-ils de l'offrir à monseigneur ?

— Ils vont refuser, ricana Ginshirô. Même pour mille ryôs, je doute qu'ils donnent leur accord, sans compter que la demoiselle pourrait prendre la fuite. Il va falloir la forcer à coucher dans le lit du maître chaque nuit jusqu'à Aizu ; je la ferai monter avec lui dans le palanquin pendant la journée.

— Tu veux qu'elle voyage avec lui ? Pourquoi ?

— Elle servira de bouclier. Je suis certain que monseigneur sera ravi. Il retrouvera enfin le sommeil contre sa peau douce et tiède.

— Quelle brillante idée ! Je la trouve presque aussi géniale que l'Enfer des Fleurs.

— Ginshirô, ta fortune est faite !

— Je ne le fais pas pour l'argent, mais par dévouement.

Le jeune homme sourit en découvrant une rangée de dents aussi délicates que des perles. La beauté de ce sourire était si ensorcelante qu'il aurait fait frémir n'importe qui.

— Mais on ne sait pas ce qu'il fera à cette fille dans le palanquin. Si elle tente de s'échapper, nous ne pourrons pas l'empêcher de la tuer. C'est pour cela qu'il vaut mieux que les parents ne sachent rien.

— Mais alors, comment allons-nous la faire venir ?

— Je vais la kidnapper.

— Tu espères l'enlever sans te faire repérer ?

Ginshirô se redressa gracieusement.

— Laissez-moi faire.

2

Le séjour d'un daimyô dans une auberge donnait toujours de nouvelles tâches au personnel. En outre, afin de ne pas déranger les samouraïs, on reléguait généralement toute la famille du propriétaire dans une annexe du bâtiment principal. A cette époque, un daimyô voyageait avec sa literie, sa vaisselle, ses paravents, sa baignoire, ainsi qu'avec ses cuisiniers qui préparaient les repas pour le seigneur et ses vassaux. De nos jours, l'empereur lui-même ne se déplace pas avec un tel faste. Les hommes d'escorte, quant à eux, utilisaient la vaisselle et les ustensiles de l'auberge. D'après les archives, de nombreux plateaux, chandeliers et cendriers disparaissaient après le passage d'un seigneur. Décidément, les gens sont d'un sans-gêne quand ils voyagent en groupe, peu importe l'époque ! Tout semble corroborer que ces cortèges seigneuriaux ont été les ancêtres de nos voyages organisés.

O-Tone, la fille de la maison, fut enlevée alors qu'elle dormait dans un pavillon à l'écart. Elle sentit une odeur inconnue dans son sommeil et agita la main pour la repousser. Mais lorsqu'elle frôla une touffe de cheveux sous ses doigts, elle ouvrit aussitôt les yeux et vit alors une nasse sombre et dense comme du brouillard se déployer autour elle. Elle n'arriva bientôt plus à respirer et tomba évanouie.

Lorsqu'elle reprit conscience, elle était étendue derrière un buisson, dans la cour.

Au début, elle crut qu'elle rêvait : la lune décroissante dissimulée par un bosquet de bambous éclairait à peine un jeune homme penché au-dessus d'elle. Son magnifique visage se détachait sur le ciel nocturne… Soudain, elle aperçut l'horrible balafre écarlate qui barrait cette séduisante figure et reconnut le samouraï d'Aizu qu'elle avait croisé dans la cour pendant la journée.

— Excuse-moi pour ces manières, lui dit-il gentiment, mais j'ai un service particulier à te demander.

Tout en parlant, il se baissa pour prendre la jeune fille dans ses bras.

— En fait, c'est le riche fief d'Aizu qui a besoin de toi, poursuivit-il. Je sais combien tu es reconnaissante envers le clan Katô pour l'honneur qu'il vous fait à tes parents et à toi en logeant chez vous chaque fois qu'il passe à Koga.

— Mais… qu'attendez-vous de moi, messire ?

— Je voudrais que tu apportes du réconfort à mon maître durant son voyage. De toi à moi, monseigneur ne se sent pas très bien. Il n'est pas lui-même sans la compagnie d'une femme. Je te demande de bien vouloir faire la route avec lui dans son palanquin.

— Partir avec votre maître… non, je ne veux pas faire une chose pareille.

— Si tu refuses de nous rendre ce service, nous allons détruire l'auberge de ton père.

Même s'il parlait à voix basse, le ton de Ginshirô était extrêmement violent.

— Demandez l'accord de mes parents, dans ce cas !

— Nous préférons laisser tes parents en dehors de tout ça. Pars avec nous pour Aizu sans faire d'histoires. Là-bas, mon maître fera de toi sa concubine. Et si tu ne veux pas rester, nous te renverrons chez toi avec mille ryôs. Accepte, ne fais pas de manières.

— Non, je ne veux pas. Je vous en prie, laissez-moi tranquille.

Elle tentait de s'échapper quand deux silhouettes surgirent devant elle pour lui barrer la route.

— Hé, fillette, regarde un peu par ici ! dit l'homme planté devant elle.

Le géant barbu bâti comme une tour qui venait de lui parler leva un doigt et l'appuya sur le tronc d'un bambou : il transperça l'écorce de part en part.

— Si tu n'obéis pas, je te ferai des trous partout, dans le cou, dans la poitrine, où j'aurai envie…

Pour lui montrer qu'il ne plaisantait pas, Rensuke troua cinq troncs l'un après l'autre avec son doigt.

O-Tone manqua s'évanouir d'horreur. Chancelante, elle se laissa glisser sur le sol.

Le lendemain matin, quand Akinari parut dans le vestibule de l'auberge, il avait une mine défaite par une autre nuit d'insomnie. Il aperçut Ichiganbô et Rensuke assis de part et d'autre du palanquin, adossés à la cloison. Au pied de l'estrade, des combattants d'élite aux carrures impressionnantes attendaient, accroupis, de porter la litière du maître d'Aizu.

Rensuke fit glisser la porte du palanquin.

— Oh ! Voilà donc ce que vous mijotiez… dit Akinari.

Il regarda à l'intérieur et un sourire éclaira aussitôt sa figure pâle. Une jouvencelle aux yeux écarquillés de frayeur se trouvait dans le palanquin.

— Félicitations ! s'extasia Akinari.

Il paraissait enchanté. Sa face de poisson plat reprenait même des couleurs. Il se pencha pour pénétrer à l'intérieur de la litière faite pour une personne. La jeune fille terrorisée gesticula, mais ne cria pas. Il faut dire que le terrifiant samouraï barbu ne l'avait pas quittée d'une semelle depuis son enlèvement. Elle se trouvait maintenant en présence d'un seigneur de haut rang et, en tant que fille d'aubergiste, elle avait hautement conscience du prestige d'un daimyô et ne lui résisterait pas.

Il va sans dire qu'aucun membre du personnel de l'auberge ne pouvait voir à l'intérieur du véhicule. Kamiya Gorouemon, le père d'O-Tone, était prosterné sur le parterre de gravillons qui séparait la porte du bâtiment de l'enceinte du jardin.

— Votre attention ! Monseigneur s'en va ! cria Kôro Ginshirô d'une voix de stentor.

Le cortège du seigneur d'Aizu s'apprêtait à quitter le bourg. Kamiya Gorouemon et toute sa maisonnée commençaient à sérieusement s'inquiéter.

Où est ma fille ? se tourmentait le pauvre père. Personne n'était capable de lui dire où se trouvait O-Tone. Les gens de la maisonnée avaient commencé à imaginer qu'il lui était arrivé malheur dès le début de la matinée, mais ils ne pouvaient pas se lancer à la recherche de la jeune fille tant que le maître d'Aizu se trouvait à l'auberge.

Tous étaient agenouillés sur le parterre de gravillons à présent, leurs cœurs pleins d'inquiétude.

— Où est mademoiselle ?

— Mademoiselle O-Tone ! Mademoiselle O-Tone ! appelaient-ils en vain.

Un grand tumulte régnait dans l'élégante hostellerie quand huit bonzes franchirent le portail. Sitôt les raisons de ce bouleversement connues, les moines retirèrent leurs capelines de pèlerins.

— La fille de la maison a disparu ? murmura un vénérable vieillard. Votre hôte n'était pas un daimyô ordinaire, ce scélérat a déjà enlevé plusieurs jeunes filles !

3

— Oyé ! Oyé ! Prosternez-vous ! Prosternez-vous !

Après Koga, le cortège du clan Katô continua sa progression vers le nord en suivant la grand-route d'Oshû sous la lumière clémente du ciel automnal.

Après que Ginshirô en eut donné l'ordre, les hérauts lancèrent enfin la formule digne de l'équipage qu'ils escortaient. Comme des chiens soumis à l'humeur de leur maître, les samouraïs du clan Katô sentaient que le palanquin de monseigneur rayonnait d'une toute nouvelle énergie guerrière.

Naturellement, les voyageurs agenouillés sur le bord du chemin ne pouvaient deviner que le seigneur à bord de ce magnifique véhicule voyageait en compagnie d'une toute jeune fille.

« Monseigneur est en manque de femmes », avait déclaré Ginshirô. Il avait eu totalement raison.

Dans l'espace exigu du palanquin, les yeux et les lèvres humides d'Akinari brillaient comme s'il était ivre.

— N'aie pas peur, approche… souffla-t-il.

Mais leurs corps étaient déjà collés l'un à l'autre tant le compartiment était étroit. O-Tone s'adossa à la cloison. Elle tremblait de tous ses membres.

En dépit des riches ferronneries et de l'intérieur laqué, ce palanquin n'en restait pas moins une simple caisse en bois dont la porte ne fermait pas à clef. Mais O-Tone savait que le colosse barbu et le gigantesque borgne marchaient tout près, comme elle entendait le bruit de plusieurs dizaines de cavaliers armés d'arquebuses ainsi que le fracas des pas de centaines de fantassins. La pauvre fille se sentait prisonnière d'un cachot de fer.

— Dis-moi, mignonne, tu t'appelles O-Tone, c'est bien ça ? Comme tu es jolie ! Ce serait dommage que tu passes ta vie dans une simple auberge alors que je pourrais faire de toi ma concubine. Si tu viens à Aizu avec moi, tu connaîtras le luxe et l'opulence.

Dans le véhicule secoué par les cahots, Akinari glissa son genou sous les cuisses de la jeune fille. Comme elle n'arrêtait pas de se tortiller, il avança la jambe un peu plus loin, jusqu'à ce qu'O-Tone se retrouvât entre ses jambes croisées.

— Monseigneur, je vous en prie…

— N'aie crainte, tu ne me gênes pas du tout. Tu as l'air un peu dodue, mais tu es toute légère en fait. Mets-toi à l'aise, passe tes jambes autour de mes reins.

Akinari était sincère quand il disait qu'elle ne le gênait pas. Il trouvait le contact de ce corps souple et doux contre ses cuisses absolument confortable. Il avait l'habitude de faire prendre des positions impudiques aux femmes sous la menace du fouet, mais ce jeu ne l'amusait plus. La proximité de cette jeune fille dans ce minuscule palanquin lui procurait une sensation neuve et piquante qui le ravissait.

— Oyé ! Oyé ! Prosternez-vous !

Une chaleur moite et suffocante régnait à l'intérieur de la cabine ; la portière empêchait le vent de s'engouffrer, mais les rayons du soleil passaient à travers les jalousies. Akinari frottait son nez contre les seins de la fille à la manière d'un chien, s'enivrant du parfum délicat de la jeune femme.

Le cortège dépassa Mamada, Oyama, Koganei…

A la nuit, le cortège atteignit enfin la troisième étape, Suzunomiya. O-Tone était à demi-nue et inconsciente.

« Elle tiendra compagnie à monseigneur dans le palanquin pour le divertir », avaient lancé les samouraïs, mais leur objectif était que la fille partage la couche de leur maître pendant la nuit. Or, dans le vestibule de l'auberge, Akinari regarda longuement le corps inanimé de la fille étendu sur l'estrade et déclara avec un curieux sourire aux lèvres :

— Elle a besoin de repos, laissons-la dormir pour cette nuit… Elle a l'air exténuée. Elle finira par s'habituer.

Puis il gagna le fond du bâtiment. Son comportement ne manqua pas d'étonner ses gardes du corps :

— Le maître a certainement déjà pris son plaisir, à moins que le fait de voyager avec cette fille l'enchante tellement qu'il le remette à demain ?

Le lendemain, le soleil illuminait la nature tout entière. Une journée magnifique s'annonçait. On avait conduit la jeune fille dans le palanquin dès l'aube. Avait-elle réellement profité de cette nuit de repos ? Elle semblait si faible, presque malade, et aussi fatiguée que la veille.

Akinari, quant à lui, avait recouvré toute sa vitalité sensuelle. Il s'installa gaillardement dans la voiture.

Le cortège se mit en route pour Utsunomiya. Au bout d'une lieue à peine, on entendit une voix de femme pousser des gémissements douloureux. Il était impossible de savoir si elle riait ou pleurait.

— Mais... je vous en prie... ah ! ah !...

Sous sa voix, on percevait le rire étouffé d'Akinari. Ce rire cruel avait des accents déments. Soudain, la jeune femme poussa un hurlement strident :

— Au secours ! Aidez-moi ! A l'aide !

Ichiganbô et Rensuke, qui marchaient de part et d'autre du palanquin, échangèrent un sourire sibyllin. Les cavaliers les plus proches firent mine de regarder ailleurs. Ils n'eurent donc pas le temps de voir l'homme vêtu de noir qui avait surgi du fossé en bordure de route. Il s'était approché d'eux à pas de loup.

— Je ne peux en supporter davantage ! Il faut l'aider ! s'écria l'inconnu.

Sitôt qu'ils l'entendirent, les gardes tournèrent la tête vers la voix qui venait de prononcer ces paroles. Ils aperçurent alors un bonze coiffé d'un chapeau de pèlerin et, dans le fossé, sous un bosquet de pins, sept autres moines prosternés.

— Insolent ! Ote-toi de là ! Le seigneur Katô,

maître du fief d'Aizu, rentre chez lui ! tonnèrent Ichiganbô et Rensuke en roulant des yeux terribles.

— Votre maître ne m'intéresse pas, seule la fille m'importe, murmura le bonze.

Au tremblement de son chapeau et à sa voix chevrotante, on ne pouvait s'y tromper : il s'agissait d'un vieillard.

— La fille ? Quelle fille ? Il n'y a pas de fille !

— Si fait ! Elle est dans le palanquin ! J'ai entendu sa voix.

— Pauvre fou ! C'est l'épouse de mon maître qui se trouve là-dedans !

— Mensonges ! Mensonges ! La femme à l'intérieur du palanquin s'appelle O-Tone, c'est la fille de l'aubergiste de Koga !

— Qui c'est celui-là ? En voilà un drôle de bonze ! Tu auras certainement entendu des racontars à Koga. Si tu ne fermes pas ton clapet immédiatement, je vais venir te le fermer moi-même.

— Peuh, je n'ai pas envie de discuter avec vous ! La seule chose qui m'importe, ce sont les larmes que j'ai vues dans les yeux du sieur Kamiya et de son épouse. Un bouddhiste comme moi ne peut tolérer cette situation. Maintenant, ça suffit ! J'ai fait preuve de suffisamment de patience et de tact à votre égard !

— Qui que tu sois, moine, nous ne te donnerons pas la fille. Passe ton chemin ! Allez ! Déguerpis ! hurla Rensuke.

Ses yeux lancèrent des éclairs meurtriers.

Le moine avait le crâne emmailloté dans le

kesazukin pour se protéger de la bise. On devinait à sa voix qu'il était très âgé, mais malgré cela, le vieil homme n'avait visiblement pas peur de Rensuke.

— Mademoiselle Kamiya, vous êtes bien là ? Répondez-moi ! appela-t-il.

Personne ne répondit. Le vieux bonze s'alarma.

— Petite demoiselle, allons ! Dites-moi quelque chose. Votre silence va me créer des ennuis.

Le palanquin s'était immobilisé. Les gardes formaient une barrière tout autour du véhicule.

— Place ! Place ! fit un cavalier en se frayant un passage au milieu de ce mur humain.

Ginshirô effectuait sa ronde habituelle le long de la colonne et remontait le cortège.

— Quoi ! Encore ce satané bonze ?

Du haut de sa monture, le jeune homme lança un regard condescendant sur le vieillard avant de faire un signe de la tête à Rensuke.

— Tue-le !

— C'est ce que je voulais faire, mais j'hésite à frapper un homme voué au Bouddha…

— Tu as tort ! Ce type et sa bande de moinillons nous ont provoqués toute la nuit dernière en cornant leur maudit sûtra. J'ignore qui ils sont, mais ils ne m'inspirent pas confiance. Décapite deux ou trois têtes pour voir. Je te parie qu'ils changeront de ton. Vas-y ! Bon sang, mais taille dans le vif ! tonna Ginshirô en portant la main à son sabre.

Si ce jouvenceau avait la langue bien pendue, sa main était plus leste encore. Il gardait son sabre au fourreau, mais son corps tout entier tremblait du désir de décapiter la tête chapeautée du vieillard.

— Raaaa !

Une voix de femme venait de retentir. Tous les regards se tournèrent vers le palanquin. Personne ne remarqua que trois bonzes parmi les sept silhouettes prosternées au bord du chemin avaient empoigné leurs cannes. Sous les rayons du soleil qui traversaient le feuillage des gigantesques cryptomères, un éclat froid et métallique étincela. Les trois bonzes venaient de sortir les lames de leur canne-sabre !

Or, avant même qu'ils aient fini de dégainer, un brouhaha s'éleva à l'avant du cortège.

Une seconde procession arrivait en sens inverse. Elle était bien moins fastueuse que la première puisqu'elle ne comptait que cinq hommes en armes, un palanquin et une dizaine de moines. Cette escorte se déplaçait discrètement, si bien que les gardes du clan Katô, obnubilés par le vieillard importun, ne l'avaient pas entendu arriver.

Les membres de ce petit cortège n'avaient visiblement pas froid aux yeux. Oubliaient-ils sciemment de laisser la priorité à la suite du seigneur Katô ? Les lances au panache blanc et les armoiries enchâssées dans les nombreux coffres et bahuts se remarquaient pourtant de loin. Ichiganbô lui-même semblait abasourdi. Il se contenta de regarder cette petite troupe défiler devant lui, les yeux écarquillés.

— Ça alors ! Encore des moines… marmonna Ginshirô.

Tout à coup, une voix s'exclama :

— Oh ! Quelle bonne surprise ! Son Eminence le grand prieur ! fit le vieux moine en s'adressant aux nouveaux venus.

4

Le vieil homme venait-il vraiment de dire « le grand prieur » ? Qui donc un moine d'un âge si vénérable pouvait-il appeler respectueusement « le grand prieur » ?

Le vieillard s'approcha du palanquin qui venait d'arriver et se mit à converser avec son passager tout en marchant à côté de la voiture. Même s'ils entendaient mal la conversation, les gardes du clan Katô eurent nettement l'impression que le vieillard parlait avec son interlocuteur sur un ton familier. Toutefois, ce dernier n'ouvrait pas la porte de son palanquin.

Toujours sous le coup de la surprise, Ichiganbô observa la scène un moment, puis il demanda aux gardes postés derrière lui :

— Utsunomiya est encore loin ?

Et, sans attendre la réponse, il murmura :

— Sapristi !

Ichiganbô venait de deviner l'identité de la personne qui occupait ce palanquin. Son visage se décomposa. Il parut totalement bouleversé.

— Branle-bas de combat ! Avancez le palanquin de monseigneur ! cria Ichiganbô en agitant la main en direction des porteurs.

Mais il avait parlé trop tard, car le vieux bonze se retournait déjà pour déclarer solennellement :

— Saluez le Joyau de Bouddha, son Eminence le grand prieur, notre Très Sainte Lumière du Sud et grand maître de la Loi Tenkai !

— Aaah !

En réalité, personne n'avait vraiment osé crier. Ce son avait jailli tout seul de l'onde de choc qui avait secoué la colonne du clan Katô. La foule assemblée retenait son souffle. On posa le palanquin d'Akinari sur le sol. Rensuke et Ginshirô mirent un genou à terre malgré eux, tandis que les guerriers du clan Katô se prosternaient comme un seul homme.

Nankôbô Tenkai, la Très Sainte Lumière du Sud… La rumeur disait qu'il venait de fêter ses cent sept ans. Ieyasu, le shôgun divinisé, le considérait comme son maître spirituel. Dans les hautes sphères du pouvoir, on surnommait ce mystérieux bonze le « Conseiller Noir ». Dès sa nomination en tant qu'abbé du nouveau temple Kan'ei, il avait entrepris de reconstruire le temple Rinnô sur le mont Nikkô. Après avoir demandé si Utsunomiya était encore loin, Ichiganbô avait murmuré « Sapristi… » sans attendre la réponse à sa question parce qu'il avait compris que le seul dignitaire bouddhiste à emprunter cet itinéraire et à répondre au titre de grand prieur était Tenkai. Et en effet, le prestigieux grand maître de la Loi Tenkai se rendait à Edo.

« Branle-bas de combat ! » avait ajouté Ichiganbô. Il avait vraiment de bonnes raisons de s'affoler !

En effet, lorsqu'un cortège seigneurial en croisait un autre, il était d'usage que les hérauts placés en tête annoncent l'arrivée de leur troupe. Les samouraïs d'Aizu auraient donc dû demander le nom du passager du palanquin qui venait à leur rencontre. Mais sous le coup de l'étonnement, ils avaient totalement oublié de le faire. En outre, l'usage voulait que deux grands daimyôs de même rang entrouvrent les portes de leurs litières pour se saluer du regard. Toutefois, un daimyô était tenu de descendre de son véhicule pour présenter ses hommages s'il croisait le cortège d'un membre de l'une des Trois Grandes Familles. Même si Tenkai n'était pas à la tête de l'une de ces familles, il les surpassait en autorité, si bien que le shôgun lui-même aurait fait glisser sa portière pour saluer ce haut dignitaire de la Loi s'il l'avait rencontré. Ichiganbô, au fait des usages, s'était aussitôt alarmé de ce grave manquement aux règles de préséance.

Le palanquin de Tenkai arrivait à hauteur de celui d'Akinari quand le vieux bonze pèlerin s'exclama soudain :

— Seigneur Katô ! Etes-vous devenu sourd ? Vous ne saluez pas le grand maître Tenkai ?

Ichiganbô fit glisser la porte du palanquin de son seigneur d'une main tremblante. Akinari apparut en pleine lumière : il tenait une jeune fille entièrement nue dans ses bras et avait l'air hagard.

On dit généralement qu'il faut contempler un tableau dans un lieu approprié. Un lavis à l'encre ne sied pas à un salon meublé à l'européenne, de même qu'une peinture à l'huile bouleverse l'harmonie d'un pavillon de thé.

Dans la scène qui nous occupe, les spectateurs avaient sous les yeux une image dont le motif principal était en totale dissonance avec le fond. Les hauts cryptomères aux couleurs automnales voilaient le ciel et projetaient leurs ombres sur l'armée de samouraïs en costume d'apparat du cortège seigneurial. Tous portaient noblement l'armure. Or, dans ce décor solennel, une image pornographique d'un goût douteux venait de faire irruption.

Il ne pouvait y avoir de scène plus choquante au monde que celle-là. Une bacchanale jouée par des succubes aurait choqué tout autant. Ils avaient beau savoir ce qui se tramait à l'intérieur du palanquin, Ichiganbô, Rensuke et Ginshirô vivaient un véritable cauchemar.

Ils savaient qu'ils n'étaient pas les seuls à contempler ce spectacle et devinaient même que l'on regardait la scène depuis les jalousies du second palanquin. Pour leur défense, reconnaissons qu'ils n'auraient pas pu réagir autrement. A l'idée que le « Conseiller Noir », son éminence le grand maître Tenkai, se trouvait dans le palanquin clos qui croisait celui de leur maître, ils avaient des sueurs froides.

Naturellement, Akinari était sidéré. Quant à O-Tone, elle n'arrivait pas à faire le moindre geste, honteuse d'offrir son corps nu à la vue de tous.

Le vieux bonze rompit le silence :

— Venez, mademoiselle O-Tone.

La jeune fille ouvrit grand les yeux sans bouger.

— Veuillez vous couvrir, je vous prie, ne manqua pas d'avertir le moine.

La jeune fille saisit le kimono enroulé autour de ses reins et descendit du palanquin d'un pas chancelant. Son vêtement traînait derrière elle.

— Hé ! Venez par là ! s'écria le moine en agitant la main.

Il semblait ému.

— Votre Sainteté, je vais prendre congé à présent afin de poursuivre ma route. Adieu donc, dit le moine en inclinant la tête pour saluer Tenkai.

Puis, dissimulant tant bien que mal la jeune fille aux regards de la foule, il l'entraîna vers les cryptomères au bord de la route. Les sept bonzes agenouillés se relevèrent en silence et formèrent un cercle de robes noires autour du corps blanc de la jeune fille afin qu'elle se rhabille discrètement.

Un silence gêné planait sur les deux cortèges. Les gardes du grand maître Tenkai attendirent encore quelques instants, puis firent signe aux porteurs. On souleva doucement le palanquin. L'équipage se remettait en route sans que la porte se fût ouverte.

— Pas si vite !

Ginshirô se précipita devant le cortège pour lui barrer le passage.

— Vous nous offensez ! cria-t-il, rouge de colère.

Ichiganbô et Rensuke, interdits, ne firent rien pour l'arrêter.

— Monseigneur Nankôbô Tenkai est peut-être en grâce auprès du shôgunat, mais couper la route à un daimyô riche de quatre cent mille *koku* de revenu et passer devant lui sans daigner répondre à son salut est un geste d'une arrogance intolérable !

Une voix caverneuse s'éleva alors derrière les jalousies :

— Si je n'ai pas ouvert cette porte, c'est pour épargner ton maître, au contraire. Mais puisque tu désires l'humilier davantage…

Sur ces paroles, le palanquin s'ouvrit. A l'intérieur, on distinguait à peine une longue silhouette blanche et violette.

En y regardant de plus près, on se rendait compte que la tache blanche était une barbe si longue et si fournie qu'elle couvrait presque entièrement la soutane violette sur laquelle elle s'étalait.

S'agit-il d'un être humain ? se demanda chaque homme en lui-même.

En effet, le mystérieux passager ressemblait à une grue. On aurait dit l'un de ces oiseaux majestueux mais pourvu d'attributs humains. Oui, une grue douée d'humanité, voilà qui décrivait bien le grand prieur Tenkai, âgé de plus de cent ans.

Frappés par cette vision quasi divine, Akinari, Ichiganbô, Ginshirô, Rensuke et les autres samouraïs du clan Katô se prosternèrent bien bas. Enfin, à vrai dire, seuls les gardes le firent en posant leurs mains respectueusement sur le sol.

Akinari et ses trois sbires étaient pétrifiés. Ils regardaient le mystérieux grand prieur avec des regards ébahis.

Tenkai avait cent sept ans, un âge canonique qui permet rarement de paraître en public. Depuis la mort d'Ieyasu, le shôgun déifié, vingt ans auparavant, le grand prieur se rendait rarement au château d'Edo, si bien que lorsque le shôgun Iemitsu souhaitait le consulter, il se déplaçait en personne jusqu'au temple Kan'ei. De ce fait, Akinari ne l'avait jamais rencontré. Il va sans dire que les Sept Lances non plus.

Or, chose extraordinaire, ils avaient tous l'impression de voir un revenant.

Akinari reprit enfin son souffle. Sa gorge émit un chuintement semblable à la bise qui siffle en écho.

— A... Ashina Dôhaku ! souffla-t-il.

Les trois samouraïs se jetèrent à terre et trottinèrent sur leurs genoux pour se prosterner devant Tenkai.

— Seigneur Dôhaku ! Notre maître ! Vous, monseigneur Dôhaku ! dirent-ils.

Le grand prieur ne bougea pas. Il observait impassiblement le chef du clan Katô et ses vassaux qui venaient de le gratifier de ce mystérieux patronyme. Dans le compartiment de bois sombre, ses yeux étincelaient. Ces yeux... pouvait-on dire qu'ils étaient ceux d'un vieillard ? C'était à peine si l'on pouvait affirmer qu'ils appartenaient à un être humain... Ces yeux, donc, dardaient un éclat bleuté d'une intensité rare.

Ce regard sidérait littéralement les trois hommes.

— Attendez… ce n'est pas Dôhaku ! murmura l'un d'eux.

— Non, la barbe de Dôhaku est noire ! chuchota un autre.

— Cet homme lui ressemble, mais ce n'est pas lui ! souffla le troisième.

Les trois hommes nageaient en pleine confusion. Par cette méprise, ils venaient de perdre la face. En signe d'humilité, ils posèrent leurs fronts contre terre. Même cet arrogant de Ginshirô s'était prosterné.

La voix du grand prieur s'éleva alors de l'intérieur du palanquin :

— Seriez-vous des descendants du clan Ashina ?

Surpris par sa question, les Lances relevèrent brusquement la tête. Les flammes bleutées brûlèrent encore un court instant dans son regard puis soudain, le feu faiblit. Les trois hommes crurent apercevoir des larmes perler dans les yeux du grand prieur.

Il referma brusquement la porte.

— Rentrez à Aizu et informez Dôhaku que Hyôtarô lui fait dire : « Je connais tes péchés. Sache que jamais le Mal n'a triomphé du Ciel. Souhaites-tu la ruine du clan Ashina ? » déclara-t-il d'un ton calme et solennel.

Akinari et ses trois sbires l'écoutaient, plantés, la bouche ouverte comme des idiots.

— Partons !

Le palanquin se remit en route. A hauteur d'Akinari et de ses vassaux, la voix lança :

— Vos adversaires auront raison de vous. Vous avez eu tort de les provoquer. Les trois hommes qui sont là devront offrir leur tête à l'ennemi, sans quoi le clan Ashina disparaîtra de la surface de la terre.

Le grand maître s'était éloigné avec son escorte, mais sa sinistre prédiction continuait de résonner dans la tête du seigneur d'Aizu et de ses hommes.

Le grand prieur ne s'était pas donné la peine de saluer Katô Akinari, le daimyô aux quatre cent mille *koku*, en fin de compte.

5

Les trois samouraïs échangèrent des regards stupéfaits.

— Il connaît monseigneur Dôhaku ?

— Il connaît les Ashina ?

— Ce nom qu'il a donné, Hyôtarô... Qui c'est, ce Hyôtarô ?

Ichiganbô se tourna vers Akinari :

— Monseigneur, messire Dôhaku vous aurait-il parlé de cet homme ?

— Non, jamais. Et vous qui appartenez au clan Ashina, vous n'avez pas entendu parler de lui ?

— J'ignorais même que le grand prieur Tenkai connaissait les Ashina et Dôhaku ! gémit Rensuke. Il a même laissé entendre qu'il connaissait Dôhaku depuis longtemps.

— Ce n'est pas tout, ajouta Ginshirô, à part la couleur de la barbe, ils se ressemblent comme deux gouttes d'eau. Et ils ont le même âge !

Ginshirô se tut, puis se releva. Il fit deux ou trois pas en direction du cortège qui s'éloignait vers le sud, s'arrêta et dit :

— Tenkai est-il notre allié ou notre ennemi, à votre avis ?

— Ses propos n'étaient pas à notre avantage, répondit Ichiganbô.

Ses yeux brillaient tandis qu'il réfléchissait. Ginshirô jeta alors un regard alentour.

— Hé ! Où est passé le vieux bonze ? Il m'intrigue, celui-là aussi. Qui est-ce ? Il parlait au grand prieur sur un ton plutôt familier… Vous le connaissez ?

— Le bougre a disparu. Comme les sept autres, là-bas !

— La fille aussi s'est volatilisée !

En effet, le petit groupe s'était évanoui dans la nature. Un bosquet d'eulalies s'étendait derrière la rangée de cryptomères. Les longues tiges ondoyaient sous les reflets du soleil.

— S'ils sont avec la fille, ils n'iront pas loin. Elle est à bout de forces.

— Parfait ! Que le cortège se remette en route !

— Il faut retrouver ceux qui ont enlevé la fille et les capturer ! Allez, mettons-nous en chasse !

Sous la direction des trois Lances, les gardes se

mirent à inspecter les fourrés à la recherche des bonzes et de leur protégée.

Bizarre, songeait Ginshirô. Ce vieux frocard me turlupine. Mon petit doigt me disait de me méfier de ces bonzes depuis le début. Dès que je les ai vus, ils m'ont mis la puce à l'oreille. Je me demande bien pourquoi, d'ailleurs. Je les ai déjà vus à Kasukabe ; c'est là qu'ils nous ont harcelés avec leur sûtra de malheur. Quoique, d'après les bourgeois que j'ai interrogés, ces bonzes n'auraient pas incité la populace à nous donner cet odieux concert. Et aujourd'hui, voilà qu'ils nous prennent la fille de l'aubergiste de Koga. Ces moines sont prodigieusement malins, s'il s'agit bien de moines, ce dont je commence à douter.

Ginshirô n'avait toujours pas fait le lien avec les femmes Hori. S'il voulait capturer le vieux moine, c'était pour en savoir plus sur la relation entre le grand prieur et Ashina Dôhaku. En outre, Ginshirô était furieux et souhaitait se venger du vieillard qui leur avait enlevé la fille sous le nez.

Cependant, les bonzes s'étaient volatilisés.

Ils n'iront pas au nord, ni au sud par la route ; notre cortège est tellement étendu que quelqu'un les repérera forcément. Ils n'ont pas d'autre solution que de se cacher derrière un buisson d'eulalies. Ils ont dû profiter du moment où nous étions avec le grand prieur. En somme, ils ne doivent pas se cacher bien loin.

Mais en dépit de recherches minutieuses, les gardes du clan Katô ne parvenaient pas à retrouver les fugitifs.

Ces maudits bonzes sont décidément bien suspects ! maugréa Ginshirô.

Il balayait les bosquets du regard avec un air farouche quand ses yeux s'arrêtèrent sur un orme immense.

L'arbre avait perdu ses feuilles, mais sa ramure très dense voilait le ciel. Nul n'y avait prêté attention parce qu'il se confondait avec les cryptomères. Un énorme buisson d'eulalies poussait à son pied.

Et s'ils se cachaient là-dessous ? se demanda Ginshirô.

Il n'avait pas fait cinq pas vers l'arbre qu'il entendit un bruit de sabots au loin ; des cavaliers se dirigeaient vers eux par le nord. Soudain, toute la procession fut en émoi.

Ces hommes étaient des éclaireurs partis prévenir les bourgs d'étape de l'arrivée du cortège. Les deux hommes essoufflés déclarèrent avoir rencontré Kôshichirô à Kitsuregawa, qui leur avait appris à cette occasion que l'ennemi les devançait. Il avait repéré sa trace et redoutait une embuscade. Les deux éclaireurs avaient aussitôt fait demi-tour pour informer monseigneur Katô sans attendre. Ils avaient tenté de repérer l'ennemi en chemin. En vain.

— Je l'aurais parié ! s'exclama Ginshirô.

Une vague d'angoisse gagna les hommes du clan Katô. A l'annonce de cette nouvelle, le cortège redoubla de vigilance.

— Ne perdons pas de temps avec ces bonzes qui se sont volatilisés comme par magie ! dirent les trois samouraïs après s'être consultés. Ils rappelèrent les gardes dispersés à travers champs, puis le cortège reprit la route du Nord.

Au pied de l'orme, une voix s'éleva :

— Ouf ! Il s'en est fallu de peu !

Entre les racines de l'orme, sous le buisson d'eulalies, il y avait une cavité creusée dans la terre. Huit bonzes et une jeune fille en sortirent.

— Vous les avez entendus ? Nos trois assassins ont appelé le grand prieur Tenkai « Ashina Dôhaku ». Qui est-ce ?... Maître Takuan ? s'écria un bonze.

Il portait un chapeau de pèlerin sur sa tête et avait la voix d'O-Chie.

— Dites, mon révérend, vous connaissez donc son Eminence Tenkai ?

— Oui, je le connais. Nous nous entendons même plutôt bien malgré son caractère secret. Je suis né il y a soixante-dix ans environ. Voyons, c'était sous l'ère Genki. A cette époque déjà, le grand prieur bénéficiait de l'estime de nombreux daimyôs de renom.

— Quel âge a-t-il donc ?

— Il doit avoir cent sept ans, si je ne m'abuse... Oui, c'est un homme hors du commun. On pourrait presque affirmer sans exagérer qu'il est d'essence divine, murmura Takuan.

Il ôta son chapeau et poursuivit :

— Ses origines restent mystérieuses. Sa naissance remonte à bien loin, ce qui explique sans doute pourquoi personne ne le questionne jamais sur ses jeunes années. Qu'il soit d'ascendance royale ou chinoise ne change plus rien à présent. Je ne m'étais jamais posé toutes ces questions jusqu'à aujourd'hui, mais je vous avoue que j'aimerais en savoir un peu plus à présent. Qui est-il réellement ? Il existe de nombreuses hypothèses concernant sa famille ; avec le temps, elles sont quasiment devenues des légendes.

Certains disent que le grand prieur ne serait autre que le seigneur de guerre Akechi Mitsuhide. Quelle hypothèse fantaisiste, n'est-ce pas ? Selon eux, Mitsuhide n'aurait pas perdu la vie à la bataille de Yayamazaki et aurait entamé une nouvelle vie sous le nom de Tenkai. J'ai bien ri en entendant cette fable, quoiqu'il m'arrive parfois de trouver cette explication moins absurde qu'il n'y paraît.

Une autre supposition avance que le grand prieur aurait des liens de sang avec la famille Ashina, une lignée éteinte depuis l'ère Sengoku. Je repense à la surprise des Lances d'Aizu quand ils ont vu le grand prieur et au fait qu'ils l'aient appelé « Ashina Dôhaku ». Nos trois compères appartiennent au clan Ashina, ce qui mérite réflexion. Finalement, il se pourrait que l'hypothèse Ashina soit la bonne. Je savais qu'un dénommé Ashina Dôhaku vivait à Aizu. Ce que j'ignorais, et que viennent de m'apprendre les Lances, c'est que l'homme a également cent sept ans et qu'il ressemble étrangement au grand prieur… Mais par quel mystère les Sept Lances ignoreraient-ils cette relation de parenté entre les Ashina et un personnage aussi célèbre ?

Takuan ne s'adressait plus au petit groupe qui l'entourait. Il se parlait à lui-même, et avec le plus grand sérieux. Des nuages projetaient leur ombre sur le buisson près duquel il se tenait.

— Hélas, si le grand prieur Tenkai est un Ashina…

Le vieillard mit la main en visière pour scruter les nuages qui fuyaient vers le nord.

— … Jûbei devra se montrer encore plus sagace. On dirait que ça l'amuse de lutter contre ces barbares. Mais il ne s'agit pas d'un jeu, loin de là. Ses ennemis risquent de se révéler plus redoutables qu'il ne l'imagine…

XVII
UNE CHASUBLE DE FEMMES

1

— Oooh ! Splendide !

— Ces érables ont des nuances bien différentes de celles qu'on voit à Edo ! Le rouge des feuilles est si pur qu'elles semblent presque translucides.

— Ces rouges sont plus profonds que tous ceux que nous avons admirés le long de la grand-route d'Oshû !

Tandis qu'ils arpentaient un sentier au fond d'une gorge, les frères Tamon, Unrin et Yakushi, bonzes du Tôkaiji, poussaient des soupirs émerveillés devant la nouveauté du paysage.

Les huit pèlerins avaient quitté la grand-route au poste frontière de Shirakawa, un carrefour battu par les vents, pour passer par Echigo, qui se trouvait à quarante-huit lieues d'Edo.

Cet itinéraire partait de Shirakawa vers le nord-ouest, contournait la rive sud du lac Inawashiro, puis se poursuivait jusqu'à la citadelle de Wakamatsu, à dix lieues de Shirakawa. Le périple des bonzes touchait à son but. Contrairement à la grande voie shôgunale, le chemin qui menait à Aizu par la province d'Echigo était un rude sentier de montagne. Les pentes écarlates des vallées encaissées et sombres faisaient une impression magnifique au voyageur lorsqu'il y pénétrait.

— On dit que chaque être humain est différent. La réalité est tout autre. Si vous prenez dix individus, vous constatez que leurs personnalités présentent de nombreux points communs, dès lors qu'ils partagent les mêmes préoccupations quotidiennes. Pour moi, les humains présentent peu d'intérêt, alors que je ne me lasse pas de parcourir la nature.

— Je comprends mieux pourquoi maître Takuan tient tant à revoir les trois monts sacrés de Dewa.

— Loué soit Takuan grâce à qui nous jouissons de cette félicité terrestre… et de la compagnie de jolies demoiselles !

— Hé ! Ne viens-tu pas de dire que l'humanité ne t'intéressait pas ?

— Hélas ! Je fais partie moi aussi de cette foule sans intérêt soumise aux contingences du quotidien ! répliqua le bonze en riant de bon cœur.

Ses compagnons l'imitèrent. Ils étaient les seuls à se divertir et à s'extasier devant la beauté des paysages qui s'étiraient sous leurs yeux émerveillés. Jûbei et ses quatre élèves travesties ne disaient mot.

Non pas que les couleurs de l'automne qui

émaillaient les montagnes les aient laissés indifférents, ou qu'ils fussent trop fatigués pour y prêter attention, mais ces cinq-là avaient une raison particulière de se taire.

Ce voyage mettait Jûbei dans une situation qu'il n'avait pas prévue : le charme des quatre femmes le rendait nerveux.

Sur les conseils de Takuan, le samouraï avait réparti les sept femmes en deux groupes. O-Kei, O-Sawa, O-Shina et O-Tori voyageaient avec Jûbei. A part O-Tori, qui possédait un sens de l'humour subtil et un certain courage, les autres femmes étaient toutes veuves, un critère qui avait déterminé le choix de Jûbei. En effet, il avait préféré confier les trois vierges, O-Chie, Sakura et O-Fue, à Takuan. Sur le moment, il avait trouvé cette répartition judicieuse, mais à présent, il la regrettait amèrement.

J'aurais dû choisir les trois autres... se disait-il avec regret.

En effet, les dignes veuves se révélaient d'incorrigibles coquettes !

Ce n'était pourtant pas la première fois que le samouraï se retrouvait confronté à la féminité de ses élèves. Du temps où il les entraînait à se battre au Tôkaiji, il avait déjà eu l'occasion de sentir leurs effluves ensorcelants. Il avait même eu l'impression par moments que ces dames les exhalaient délibérément, pour le troubler.

Mais bon, je suis un homme, un rien m'émoustille. Lorsque mon corps se collait accidentellement au leur pendant l'entraînement, cela n'a jamais déconcentré les filles. A aucun moment elles n'ont perdu de vue leur vengeance. J'ai honte d'avoir pensé qu'elles faisaient exprès de me provoquer ! Une fois, j'ai eu de quoi douter, le jour où O-Kei a crié : « Maître, peu m'importe de mourir. Je vous en prie, lâchez ce sabre… » Mais nous étions prisonniers de la fosse aux cadavres dans l'Enfer des Fleurs. Nous n'avions aucun espoir de nous en sortir. O-Kei est la plus réservée de toutes. Si elle m'a étreint en prononçant ces mots, c'est qu'elle était désespérée.

Quand nous nous trouvions au temple Tôkaiji, dans ce lieu immense, parmi plusieurs centaines de disciples du Bouddha, l'atmosphère religieuse et méditative du lieu nous protégeait de ces tracas. En outre, je n'ai jamais dormi dans la même pièce que ces dames là-bas.

Ce voyage m'oblige à partager leur chambre. A cause de nos déguisements, on ne peut pas loger dans des auberges, cela risquerait d'attirer l'attention. Nous avons dormi dans un petit temple dédié à Jizô, puis dans une chapelle minuscule. Les nuits d'automne sont froides quand le vent se déchaîne, et la pluie vous glace jusqu'aux os. Il m'est arrivé de voir ces femmes dormir enlacées pour se tenir chaud et, chaque fois, je n'ai pas pu m'empêcher de humer le parfum suave de leur peau…

Bien sûr, les trois bonzes du Tôkaiji accompagnaient Jûbei. Il leur arrivait de plaisanter gaiement et de faire des bons mots, mais ils n'avaient jamais témoigné le moindre intérêt pour les charmes de leurs compagnes de voyage. L'indifférence qu'ils montraient à l'égard du beau sexe n'était pas feinte. Ils étaient avant tout des serviteurs du Bouddha auxquels Takuan avait enseigné le détachement, ce qui les plaçait au-dessus des désirs profanes. Ces voyageurs de nuage et de vent, comme l'on surnommait les moines itinérants, donnaient effectivement l'impression que des êtres de vapeur et d'air avaient pris forme humaine. Quant aux femmes, elles les considéraient à peine comme des hommes.

Avaient-elles conscience du trouble qu'elles éveillaient en Jûbei ?

Un incident s'était produit, une nuit qu'ils dormaient dans une cahute, près du débarcadère de Kurihashi, dans le Bushû. Jûbei avait posé sa jambe sur celle d'O-Kei dans son sommeil par inadvertance. Il s'était réveillé et l'avait retirée, mais il avait alors eu l'impression que la jeune femme ne dormait pas malgré ses yeux fermés. Il en avait aussitôt déduit qu'O-Kei avait supporté ce poids pendant de longues heures sans bouger.

Une autre nuit, dans un petit pavillon dédié à Jizô, dans Ujiie, près de Shimotsuke, Jûbei rêvait d'un parfum enivrant quand il avait senti la tête d'O-Sawa près de la sienne. Il avait même eu l'impression que la jeune femme le contemplait dans son sommeil. Le samouraï avait gardé les yeux fermés cette fois-là. Or, quelques instants plus tard, elle s'était levée et avait étendu un kimono sur le corps de son maître.

Ce dernier avait supposé que la nature tendre et maternelle de son élève lui avait fait veiller à ce qu'il n'ait pas froid.

Les femmes transportaient leurs vêtements dans un balluchon jeté sur leurs épaules. Durant la journée, elles revêtaient la robe monacale noire afin de se faire passer pour des hommes, mais il leur arrivait de passer leurs kimonos de temps à autre, un geste qui les rendait plus affriolantes encore aux yeux de Jûbei. La beauté singulière de leurs longs cheveux noirs qu'elles dénouaient la nuit venue, qui s'échappaient du *kesazukin* pour tomber en cascade le long de leur robe noire, le frappait particulièrement.

Ceci pour vous expliquer pourquoi Jûbei devenait légèrement neurasthénique à l'approche du soir.

On pourrait s'étonner que le contact d'un corps étranger ne réveillât pas un tel génie du sabre, ou qu'il laissât une tête étrangère venir si près de la sienne. Si un adversaire aux intentions belliqueuses s'était trouvé à quelques pas de lui, l'œil du bretteur en aurait été aussitôt alerté, comme si une infime goutte de rosée l'avait effleuré. Mais s'il ne percevait aucun danger autour de lui, Jûbei dormait toujours comme un bébé. Ce sommeil de plomb était le secret de sa concentration au combat, on aurait donc tort de le critiquer.

Jûbei craignait de paraître distant en allant dormir ailleurs. Et surtout que cela se remarque. Il aurait alors eu l'impression de perdre la face devant ces trois bonzes que la présence des femmes ne troublait pas.

Le samouraï redoutait qu'un éloignement brutal ne révèle les sentiments coupables qu'il éprouvait pour ses compagnes de chambrée. D'ailleurs, les lieux où le groupe s'arrêtait étaient trop exigus pour se tenir à l'écart. Le problème de Jûbei était donc insoluble.

Parfois, tel Don Quichotte, il avait le sentiment de lutter contre des moulins à vent alors que ces femmes ne cessaient de faire preuve d'un comportement exemplaire. Qu'allait-il s'imaginer, alors que seule la vengeance les intéressait ?

Elles n'ont vraiment rien d'autre en tête ? lui arrivait-il de se demander lorsque leur attitude le laissait perplexe. Non, je me fais des idées.

Le voyage avait débuté normalement. Puis, au fil des jours, il avait senti une sorte de mauvaise humeur s'installer entre les voyageuses. L'atmosphère avait même tourné à l'orage à différentes occasions. La fatigue de la marche devait mettre leur résistance physique à rude épreuve et l'approche du camp ennemi les rendait nerveuses, d'autant qu'O-Chie n'était plus là pour les fédérer ni les tempérer.

— Dame O-Shina, où pensez-vous qu'Akinari se trouve en ce moment ? demanda O-Kei.

Mais O-Shina ne répondit pas et continua à marcher en silence.

— Pourvu qu'O-Chie et nos amis n'aient pas été repérés ! dit O-Sawa à O-Tori.

Au lieu de lui répondre, la jeune femme arracha une feuille rouge suspendue au-dessus de sa tête et la fit voltiger.

Aïe ! Ça va très mal ! s'alarma Jûbei.

Le plan initial de Jûbei consistait à « acculer lentement l'ennemi à l'anéantissement ». Il jugea bon de le reconsidérer immédiatement.

Convaincu que sa stratégie leur permettrait de terroriser leurs adversaires et de leur infliger de cruels tourments, Jûbei avait emporté l'adhésion des dames Hori. Il comptait bien satisfaire son caprice et se divertir le plus longtemps possible de cette joute qui l'opposait à un puissant daimyô, conscient qu'une telle opportunité ne se présenterait pas deux fois. Cependant, le temps risquait d'envenimer davantage les relations entre les femmes, si bien qu'il souhaitait désormais régler cette affaire rapidement.

Akinari et sa bande d'assassins arriveront par-derrière. Même si on leur tend une embuscade, je ne pourrai jamais les affronter tous en même temps. Quant aux femmes, elles ont encore moins de chances d'y arriver ! En plus, je dois rester en retrait, puisque mon rôle est d'aider ces filles sans intervenir.

Diable, le défi en vaut la peine ! Dresser de frêles jeunes femmes au combat pour qu'elles affrontent des guerriers aux pouvoirs surhumains, ça, c'est du grand art ! Hélas, je ne sais toujours pas comment réaliser mon chef-d'œuvre. Comme artiste, je ne manque pas d'ambition, mais l'inspiration me fait défaut.

A Edo, Jûbei et ses disciples avaient éliminé trois Lances et infligé une humiliation cuisante à leur maître. La stratégie du samouraï, qui avait consisté à utiliser le phallus de pierre et les corbeilles gigognes, avait bien aidé à vaincre Tessai. Cependant, le hasard seul avait eu raison des deux autres, Magobê et Jônoshin. Quoiqu'il reconnût que les techniques du *manji-tobi* et du vol du Tengû avaient permis aux femmes de venir à bout de ces redoutables combattants, Jûbei n'aurait jamais cru que ses élèves prendraient l'avantage, tant cela paraissait impossible. Enfin, concernant Akinari en personne, le plan initial de Jûbei n'avait pas fonctionné, ce qui les avait conduits, lui et O-Kei, à tomber entre les mains de l'ennemi. Si les autres femmes n'étaient pas intervenues pour les tirer de là, ils seraient en train de pourrir parmi les macchabées de la fosse infernale en ce moment même.

Avec le recul, mon plan avait peu de chances de réussir...

Ces types sont trop malins pour se laisser avoir. Nous nous apprêtons à pénétrer sur le territoire d'Aizu, où un clan entier nous attend de pied ferme. Difficile d'établir une stratégie efficace dans de telles conditions... Il ne me reste qu'à attaquer ces démons de la guerre avec une confiance absolue en moi-même, en mes alliées et en la justice céleste. Nous devons absolument rester unis et soudés, comme une roue parfaitement circulaire. Nous devons mener une action concertée, basée sur l'harmonie du groupe.

Alors, bon sang, qu'est-ce qui leur prend tout à coup ? se demanda Jûbei exaspéré.

Il avait beau réfléchir, il ne comprenait pas les raisons de leur mauvaise humeur.

Ce serait cruel de les gronder si elles sont fatiguées. Mais je n'ai pas le courage de les interroger ouvertement. Depuis le début du voyage, je ressens un profond malaise quand je me trouve avec elles. Je ne me l'explique pas, d'ailleurs. Ce que je sais en revanche, c'est que rien de bon ne peut sortir de ça…

Voilà pourquoi Jûbei et les quatre femmes restaient murés dans le silence.

Le groupe passa Iidoyô, qui se trouvait à deux lieues de Shirakawa. Il restait encore une lieue et quelques avant d'arriver à Kamikoya.

Les rires des trois bonzes continuaient de retentir dans le ciel bleu et sans nuages.

Autour des cinq autres moines, en revanche, l'atmosphère était électrique. Ce ressentiment latent finit par éclater lorsque O-Kei se tordit la cheville sur le sentier caillouteux.

— Monte sur mon dos, proposa aussitôt Jûbei en s'arrêtant.

O-Kei, qui s'était accroupie, fronça les sourcils.

— Merci, mais je ne veux pas vous fatiguer. Je marcherai.

— Pas question ! Si tu forces sur ta cheville, ton état va empirer. Vous devez vous ménager avec la mission qui vous attend à Aizu. Ne fais pas de manières, allez ! Grimpe !

Jûbei se baissa en lui présentant son dos.

Si je persiste, je vais faire perdre un temps précieux

aux autres, au risque de les mettre en danger... dut se dire la jeune femme. Elle tendit timidement les bras, mais avant que ses mains eussent touché les épaules du samouraï, on entendit un cri aigu :

— Vous êtes bien bête de vous être blessée alors que nous arrivons en territoire ennemi !

— Vous oubliez qu'il faut épargner les forces de notre maître !

Sous leurs chapeaux de pèlerins, les yeux d'O-Shina et d'O-Tori lançaient des éclairs.

— Maître Jûbei en a déjà assez fait pour nous !

— Vous tenez vraiment à lui imposer une fatigue inutile ?

Les deux femmes tenaient des propos durs et impitoyables. Décontenancé, Jûbei promena son regard de l'une à l'autre, puis finit par sourire.

— Du calme ! Du calme ! Depuis Edo, nous avons parcouru cinquante lieues sans nous reposer pour atteindre Aizu avant Akinari. Même un homme aurait mal aux jambes, et vous êtes des femmes. O-Kei n'a rien à se reprocher. D'ailleurs, je suis assez costaud pour porter une ou deux femmes sur mon dos sans me fatiguer. Je sens même que cela me fera du bien au contraire ! Quel homme ne serait pas ravi de serrer une belle fille contre lui ! plaisanta Jûbei.

Sa remarque ne fit pas rire O-Kei. Tout le haut de son visage pâlit.

— Merci, maître, mais ne vous donnez pas cette peine. C'est ma faute, j'étais distraite, dit-elle en se ravisant. Je marcherai. Si je suis une gêne pour vous, alors laissez-moi ici.

— Quoi ! Tu renonces à te venger ?

— Eh bien, puisque le cortège d'Akinari doit passer par ici, je lui tendrai une embuscade. Je serais heureuse de risquer ma vie pour blesser un de ces monstres !

— Balivernes ! Si vous étiez capables de vous mesurer aux Sept Lances, vous n'auriez plus besoin de moi ! explosa Jûbei.

Il accablait la jeune femme de reproches parce que son attitude d'enfant gâtée l'énervait. Cependant, il espérait aussi réveiller sa pugnacité.

— Ça ne sert à rien de mourir ici !

— Très bien, alors je mourrai en vain ! rétorqua-t-elle avant d'enfouir son visage dans ses mains.

On l'entendit sangloter sous sa capeline. Jûbei la regardait, interloqué. Enfin, il souleva les bords du chapeau pour regarder O-Kei dans les yeux. Le visage de la jeune femme était fermé. Les bonzes, eux, avaient déjà contourné la paroi rocheuse. Jûbei posa sa main sur l'épaule de la jeune femme.

— Cesse de faire l'enfant. Si tu ne te lèves pas, je te jette sur mon dos et je te porte jusqu'à Aizu, de gré ou de force !

Puis il sermonna O-Shina et à O-Tori :

— Pourquoi êtes-vous si dures avec elle ? Vous devez vous montrer cordiales les unes envers les autres, au moins jusqu'à la fin de votre mission. Une entente harmonieuse est la condition de votre succès. Vos pères et vos frères ont été assassinés, vous êtes sœurs de sang à présent. Vous devez vous serrer les coudes !

Comme il parlait, Jûbei eut la surprise de voir les deux femmes fondre en larmes :

— Pourquoi êtes-vous si tendre avec O-Kei ?

— Tout ça depuis que vous avez tenu le rôle de son mari !

2

— Assez ! tonna le samouraï.

Sa voix fendit l'air et résonna contre les montagnes.

Il serait peu de dire que les propos des deux femmes le prenaient totalement au dépourvu.

Ce qui se passe dans la tête des femmes est toujours un mystère pour un homme. Jûbei, qui partageait avec bon nombre de ses congénères ce préjugé sur les personnes de l'autre sexe, n'avait jamais imaginé que ses élèves puissent le compter lui, Yagyû Jûbei, parmi les « hommes ».

Il trouvait même l'idée totalement absurde ; disons qu'elle le surprenait et le rendait furieux en même temps.

— Que… que… quelle sottise a bien pu vous passer par la tête ! Vous vous moquez de moi ? bégaya-t-il.

Jûbei bafouillait rarement.

— Moi, trop « tendre » avec O-Kei ? Foutaises ! Vous trouvez peut-être que je n'ai pas prêté la même attention à chacune d'entre vous, mais vos soupçons m'offensent ! Je n'ai pas l'impression d'avoir mieux traité l'une au détriment des autres. Mon seul désir est de vous aider à vous venger. Je consacre tout mon temps à cette mission et, croyez-moi, je n'ai guère le loisir de distribuer des faveurs particulières ni de vous choyer. Et pour qui vous prenez-vous, à la fin ?

O-Shina et O-Tori restaient plantées comme des piquets. O-Kei, vaguement effrayée, regardait Jûbei, la bouche grande ouverte.

— Je vous ai appris les techniques du combat et la stratégie, mais j'ai négligé vos cervelles ! C'est ma faute, à moins qu'elles ne soient déjà trop perverties pour qu'on puisse faire quelque chose. Vous mériteriez que le maître zen Takuan vous flanque quelques coups de bâton bien sentis, tiens !

— Nous partons.

— Nous allons rejoindre le père Takuan !

O-Shina et O-Tori, les yeux pleins de larmes, s'inclinèrent.

— Nous vous faisons nos adieux, maître Jûbei, dirent-elles.

Jûbei les regarda, incrédule. Il ne pensait pas qu'elles suivraient ses ordres à la lettre.

Mais les deux femmes firent demi-tour et s'en allèrent d'un pas résolu. Jûbei ne trouva rien à répliquer.

Puis il réfléchit : A ce train-là, d'autres incidents risquent encore de se produire. Il vaut mieux nous séparer ici. Takuan saura peut-être faire entendre raison à ces deux-là, une fois qu'elles se seront calmées.

Le samouraï les suivait du regard, encore sous le coup de leur sortie, quand il tressaillit soudain. Il venait de se rappeler que pour rejoindre le vénérable Takuan, elles allaient croiser la route du cortège Katô.

— Hé ! appela-t-il, encore un mot ! Evitez de vous faire repérer par les hommes du clan Katô ! Si vous les voyez, cachez-vous ! C'est compris ? Ne tentez rien !

Les deux femmes se retournèrent à peine et rabaissèrent leur capeline sur leur visage. Puis, accélérant le pas, elles s'éloignèrent sur le sentier caillouteux.

— Fichtre, je ne m'attendais pas à ça !

Jûbei avait retrouvé son calme. Il esquissa un sourire gêné avant de jeter un regard à O-Sawa qui l'attendait toujours sur la route.

— Est-ce que vous savez quelle mouche les a piquées ?

— Non, répondit-elle sèchement.

Jûbei trouva cette réponse distante, ce qui le mit sur ses gardes. Il se méfiait depuis qu'il avait appris à ses dépens que les femmes étaient des êtres indéchiffrables. Aussi, en termes exceptionnellement courtois, demanda-t-il timidement à la jeune femme :

— Pardonnez-moi, madame, mais vous ne me reprocheriez pas, vous aussi, de me montrer trop gentil avec O-Kei, par hasard ?

— Pour ce qui me concerne, je vous reproche de faire attention à toutes les autres sauf à moi ! lui répondit-elle.

Sur ces mots, elle pivota sur elle-même et s'éloigna sans se retourner. Le samouraï n'en revenait pas. Une telle attitude tranchait tant avec les manières douces et pondérées de la jeune femme ! Il la regarda partir avec un air éberlué. Il finit par reprendre ses esprits et s'accroupit près d'O-Kei.

— Allons-y !

Il lui présenta son dos. Si O-Kei avait d'abord paru disposée à lui obéir, cette fois-ci elle ne fit pas le moindre mouvement, comme si elle cherchait à éviter tout contact physique avec son maître.

— Allons bon, qu'est-ce qui se passe maintenant ? fit-il en regardant derrière lui.

Il croisa les yeux de la jeune femme, qui rougit aussitôt sous son foulard. Cette réaction pudique le fit rougir à son tour malgré lui – c'est du moins ce qu'il préféra se dire – et il détourna les yeux.

— Allez, monte ! ordonna-t-il sur le ton qu'il employait lorsqu'il leur faisait recommencer l'exercice du saut du svastika.

Tandis qu'il se relevait avec O-Kei sur son dos, il vit les trois bonzes arriver avec O-Sawa.

— Ah, vous voilà ! Nous vous avons entendu crier, messire Jûbei. Que s'est-il passé ?

— Nous avons croisé dame O-Sawa. A notre demande d'explications, elle a répondu : « J'en sais rien, moi ! » Mais elle a accepté de rebrousser chemin.

— Mais où sont dame O-Shina et demoiselle O-Tori ?

— Ah ! Je n'y comprends rien, grogna Jûbei. Tout à coup, sans crier gare, elles ont dit qu'elles partaient rejoindre le révérend Takuan. Et elles l'ont fait !

— Vraiment ? Comme c'est bizarre ! Tiens, il est arrivé quelque chose à dame O-Kei ?

— Oui, elle s'est foulé la cheville.

Les trois moines observèrent Jûbei et sa compagne avec curiosité avant de sourire à pleines dents.

— J'y suis ! s'exclama frère Tamon. Le maître a pris dame O-Kei sur son dos et les autres femmes se sont aussitôt mises à bouder.

— Mouais, elles ont rouspété. Ces sottes m'ont mis hors de moi ! Elles se conduisent comme des gamines alors qu'elles ont une mission importante à accomplir !

— A leur façon, elles sont encore des petites filles ; il ne leur manquait que l'occasion de le montrer. Nous savions bien qu'un incident de ce genre finirait par se produire.

— Qu'entendez-vous par là ?

Les trois bonzes se remirent à marcher avec un air innocent.

— Inutile de vous mettre en colère, messire Jûbei. Des femmes qui mènent une mission vengeresse vous font la tête parce que vous avez porté l'une d'elles sur le dos… C'est plutôt mignon !

— Non, pas mignon ! Stupide ! ronchonna Jûbei.

Les bonzes, qui observaient du coin de l'œil la mine courroucée du samouraï, riaient intérieurement.

— Nous parlions justement de vous tout à l'heure.

Il se pourrait que les femmes soient pour vous plus dangereuses qu'un coup de sabre.

— Balivernes !

— Si cela peut vous aider, les humbles serviteurs du Bouddha que nous sommes accepteraient de vous remplacer au combat afin que vous ayez plus de temps à consacrer à vos élèves, taquinèrent les bonzes.

Jûbei sentit O-Kei s'agiter dans son dos.

Moins de cinq minutes plus tard, ils entendirent les pas d'un cheval au galop résonner dans les hauteurs derrière eux. Sur les sentiers de montagne, il passe rarement du monde et le moindre bruit se répercute en écho jusqu'au ciel.

— Qu'est-ce que c'est ? fit Jûbei qui réagit le premier.

Il leva le nez. Les trois bonzes s'étaient arrêtés.

— Un cheval !

— Il est encore loin, mais il progresse à vive allure… Son cavalier est un as. Un samouraï, c'est sûr. Il est seul, marmonna Jûbei, en tendant l'oreille.

— Il s'agit probablement de Kôshichirô, suggéra frère Unrin.

Jûbei secoua la tête.

— Non, celui-là doit se trouver loin devant, s'il n'est pas déjà arrivé à Aizu. Ce bruit ne me dit rien qui vaille. Il y a du meurtre dans l'air !

— Il s'agirait d'un homme d'Aizu ?

— J'en mettrais ma main à couper.

Jûbei pâlit tout à coup. Sitôt qu'ils s'en aperçurent, les bonzes lui dirent :

— Vous vous inquiétez pour les deux femmes qui sont parties ?

— En effet. Je leur ai conseillé de se cacher et de ne rien tenter contre le clan Katô, mais…

C'était inutile de le leur dire. Jamais elles ne s'attaqueront au cortège sans moi. Par contre, si elles tombent sur un homme seul, je ne réponds de rien. Elles sont livrées à elles-mêmes maintenant que je leur ai lâché la bride. Elles possèdent une forte personnalité, chacune à sa manière. En outre, elles sont parties furieuses… Mais un seul des assassins d'Akinari est plus redoutable que dix samouraïs d'Aizu réunis…

— Attends-moi ici, dit Jûbei en déposant O-Kei à terre. Soyez prudentes, par pitié ! ajouta-t-il en s'adressant cette fois aux deux filles parties devant, même si elles ne pouvaient l'entendre.

Tout en priant pour qu'elles n'agissent pas sur un coup de tête, il s'élança sur le sentier dans la direction opposée. A peine avait-il fait dix pas qu'il s'immobilisa en poussant un soupir terrifié :

— Le cavalier vient de s'arrêter !

3

— Au fond, je comprends notre maître. Ce n'est pas qu'il témoigne une tendresse particulière à O-Kei. Après tout, il est bien naturel qu'il la porte si elle ne peut plus marcher. Nous aurions dû nous montrer reconnaissantes au lieu de nous fâcher.

— Cet incident a mis le feu aux poudres. Tout le ressentiment accumulé dans nos cœurs depuis le début de ce voyage a éclaté.

Chaque nuit, les femmes étaient restées éveillées pour veiller à ce que Jûbei ne prenne pas froid dans un courant d'air. Quand l'une ouvrait les yeux dans l'obscurité, elle s'apercevait chaque fois que ses compagnes ne dormaient pas non plus. Quand l'une s'occupait du linge du samouraï ou nettoyait ses jambières, elle entendait les autres pousser des soupirs de dépit.

Ces femmes lucides n'attendaient rien en retour de ces marques de dévouement.

Elles ne vivaient toutes que pour prendre leur revanche, ce qu'elles considéraient comme un devoir sacré. Quant à Yagyû Jûbei, même s'il se présentait comme un simple maître d'armes et gardait une attitude débonnaire, il n'en restait pas moins à leurs yeux le fils aîné d'un daimyô aux revenus de dix mille *koku*. Elles savaient qu'il n'avait d'autre pensée que de les aider à se venger.

Conscientes de devoir cacher leurs sentiments, elles les avaient si bien réprimés qu'ils avaient fini, la fatigue du voyage aidant, par éclater au grand jour. Après cette crise, les deux femmes avaient pressenti qu'il leur serait insupportable de poursuivre ce voyage aux côtés de Jûbei. Elles avaient donc préféré s'éloigner.

Tout bien considéré, ces deux femmes en

apparence si fortes se révélaient plus fragiles qu'O-Kei et O-Sawa.

Aussitôt après s'être lancées impétueusement et les yeux pleins de larmes sur le sentier, elles commencèrent à avoir des regrets.

— J'ai honte d'avoir parlé sur ce ton à maître Jûbei…

— Il a eu l'air tellement surpris quand tu l'as grondé…

Elles n'avaient aucune envie de rejoindre le groupe de Takuan. Elles s'étaient réjouies de faire partie de l'équipe de Jûbei, s'estimant favorisées par rapport à O-Chie et aux autres. Comme elles regrettaient de l'avoir quitté à présent !

Les deux femmes descendaient vers le sud. Pour ne pas rebrousser chemin, elles couraient à toute allure. Elles continuèrent sans s'arrêter, se faisant violence sous le regard de l'autre, dévalant le sentier qui descendait en pente douce.

Soudain, elles entendirent le bruit de sabots porté par le vent qui leur balayait le visage.

— Qu'est-ce que c'est ?

Elles s'arrêtèrent brusquement en trébuchant.

Une paroi abrupte et aride bordait la sente d'un côté, et de l'autre, des feuillages rougis masquaient un torrent dont on entendait le flot ininterrompu en contrebas. Elles se trouvaient donc sur une piste étroite prise entre deux barrières naturelles. Au loin, elle serpentait entre les montagnes, rejoignant à l'horizon la grand-route qui se déroulait comme un fil blanc.

Au détour du sentier, elles virent un cavalier arriver dans leur direction. Les deux femmes s'écrièrent en chœur :

— Rensuke !

Elles se regardèrent. Soudain, leurs yeux ne reflétaient plus l'ombre de Jûbei.

— C'est lui... c'est Rensuke.

— Aucun doute.

Le désir de tuer étreignit soudain leurs cœurs.

Le claquement des sabots se rapproche. Pourtant, le cortège d'Akinari n'a pas encore atteint la route d'Aizu-Echigo. Pourquoi Rensuke est-il seul ? Il doit avoir une bonne raison de devancer le cortège de son maître, comme Kôshichirô...

En réalité, les deux femmes ne se firent pas ces réflexions. Obsédées par leur soif de vengeance, elles n'avaient pas la tête à penser.

Puis soudain, les recommandations de Jûbei leur revinrent en mémoire.

— Il nous a dit de nous cacher au cas où nous croiserions le cortège, et de le laisser passer sans intervenir. Or il ne s'agit pas de l'escorte d'un daimyô, mais d'un homme seul. Même si cet homme est Rensuke, et même s'il possède une force surhumaine au combat à mains nues, il n'y a personne avec lui.

— Est-ce que nous rebroussons chemin pour avertir maître Jûbei ?

— Trop tard ! Le cheval sera toujours plus rapide que nous et il nous rattrapera avant que nous ayons rejoint notre groupe.

— Faisons ce que Jûbei a dit, cachons-nous !

— Et où ? D'un côté, cette falaise bloque le passage, et de l'autre, une pente raide plonge jusqu'au torrent.

Elles firent mine de se concerter, mais chacune avait déjà pris sa décision. Y aurait-il eu un endroit où se réfugier qu'elles ne se seraient pas cachées. En réalité, elles n'avaient jamais eu l'intention de renoncer à se battre.

Les yeux d'O-Tori devinrent brillants.

— Il est seul. Aurons-nous jamais une meilleure occasion ?

— Tu as raison. Rensuke, seul, et à cheval. Quelle chance ! accorda O-Shina.

O-Tori se pencha vers elle.

— Tu as un plan ?

— Oui, justement.

Elles complotèrent un bref instant à voix basse, puis O-Shina se débarrassa de son sac tandis qu'O-Tori allait ramasser des cailloux de même taille sur la route. Une fois ceci fait, elles coururent se poster dans un tronçon un peu plus large, juste après un virage.

Le bruit de galop se rapprochait. Le cavalier allait bientôt arriver à leur hauteur. Rensuke chevauchait à travers la montagne.

« Les femmes Hori ont devancé le cortège et vont certainement lui tendre une embuscade », avait prévenu Kôshichirô. A peine les deux éclaireurs les avaient-ils informés de ce message que Rensuke,

Ichiganbô et Ginshirô avaient décidé de patrouiller à tour de rôle.

Le cheval arrivait dans le virage quand un jet rouge, puis un autre, glissa à ras du sol et s'entortilla autour des pattes de l'animal. Des cordelettes lestées d'un caillou.

Le cheval hennit en se cabrant sur ses pattes arrière entravées.

C'était ce bruit que Jûbei avait entendu dans le lointain.

4

Naturellement, les cordelettes se rompirent aussi facilement que des cheveux, incapables de résister à la puissance d'un animal assez vigoureux pour escalader une sente de montagne escarpée au galop. La bête se trouvait dans le virage quand, gênée par ses entraves, elle se cabra sur ses pattes arrière tel un gigantesque monstre. Puis, emportée par son poids, elle perdit l'équilibre. Le cheval tenta bien de prendre appui sur le bas-côté, mais il bascula sur le dos, les pattes dans le vide, et finit par dévaler la pente. On entendit un fracas de feuilles et de cailloux.

— Victoire ! s'écrièrent deux bonzes qui venaient de surgir sur le sentier.

Ils se figèrent soudain. Ces deux bonzes, qui avaient ôté leurs chapeaux de pèlerins, n'étaient autres qu'O-Shina et O-Tori.

Elles venaient à peine de s'apercevoir avec stupeur que le coursier avait dégringolé dans le vallon sans son cavalier sur le dos ! Trop occupées par leur piège, elles n'avaient pas pu retenir un cri de joie lorsque l'animal avait trébuché et s'étaient précipitées au beau milieu de la route sans réfléchir.

Les deux jeunes femmes, pétrifiées, ne disaient mot. Face à elles se dressait Washinosu Rensuke. Le samouraï avait sauté à bas de sa monture avant de retomber droit sur ses pieds lorsque celle-ci s'était cabrée.

Il les observait en roulant des yeux. Il était étonné, bien évidemment, mais une autre raison encore lui donnait ce curieux regard.

— Mmm... alors comme ça, vous étiez déguisées en moines, murmura-t-il avec un sourire narquois. Je ne m'attendais pas à une telle métamorphose. Voilà pourquoi nous avions tant de mal à vous retrouver.

Les deux femmes coururent vers le bas-côté où elles avaient laissé leurs cannes. Maintenant que Rensuke avait éventé leur ruse, elles ne pouvaient plus le laisser vivre. Il ne s'agit pas seulement de nous venger, se dirent-elles. Il faut l'empêcher de révéler notre secret !

Leurs deux lames lancèrent des éclairs blancs sous le soleil d'automne. Rensuke ne prit même pas la peine de porter la main à son fourreau. Il se contenta d'observer les deux femmes ; un rictus narquois barrait son visage faunesque.

— On ne voit que vos yeux sous votre foulard,

mais je vous ai reconnues. O-Tori et O-Shina ! Vous êtes seules ? Où sont les autres ?

Ignorant les sabres des femmes, il avança vers elles d'un pas lourd.

— Vous avez suivi un entraînement poussé, à ce que je vois. Ce n'est pas mal du tout. J'aimerais bien rencontrer votre professeur, vous savez, le type au masque de *hannya*. C'est bien lui qui vous a formées, n'est-ce pas ?

Sans daigner lui répondre, O-Shina et O-Tori fondirent sur leur adversaire. Soudain, un faisceau brillant les aveugla : ce n'était pas les reflets des lames cette fois, mais les yeux de Rensuke qui flamboyaient. Le colosse, indifférent aux sabres qui le visaient, se tenait maintenant tout près des deux femmes.

Roooaaa ! Elles crurent entendre un fauve rugir. Leurs sabres s'immobilisèrent avant même d'avoir effleuré leur cible. Enfin, en quelque sorte : Rensuke, bras écartés, agrippait les lames à mains nues avec la puissance d'un aigle.

Cet homme avait-il des muscles d'acier ? Non, il avait le cuir épais, certes, mais il connaissait surtout une technique secrète qui rendait invincible.

Les mains en l'air autour des lames, Rensuke lança aux deux femmes :

— Voici une parfaite illustration de ce vieil adage : « Une dent ne peut pas rayer la lame d'un sabre » ! On vous a bien entraînées, mais vous ne m'atteindrez jamais avec ces sabres ! Rendez-vous ! Dites-moi où se cachent vos complices !

Rensuke tira brutalement les femmes vers lui.

— Parlez ! tonna-t-il.

Elles tentèrent de lâcher leurs lames pour se jeter sur le côté mais, au lieu de cela, elles se plièrent en deux et tombèrent par terre. Le samouraï leur avait assené un coup de genou dans l'estomac à couper le souffle. Sans un cri, les jeunes femmes se retrouvèrent à quatre pattes sur le sol, secouées de spasmes.

Rensuke jeta les sabres loin de lui, puis se pencha sur les femmes qui se tordaient de douleur. La brute avait un sourire sinistre.

— Quel héroïsme ! De faibles femmes osent s'attaquer aux Sept Lances d'Aizu. Bravo ! Pauvres folles ! Je vais vous faire regretter votre audace. Je vais vous écrabouiller d'un coup de talon. Vous osez nous défier ? Je vais appuyer mon pied sur votre corps jusqu'à ce que vos boyaux vous sortent par tous les trous ! Non, attendez, j'ai une meilleure idée.

Il regarda autour de lui, cherchant des yeux les cordelettes qui étaient restées sur la route. Il les ramassa et les noua autour des chevilles des deux femmes. Puis il les déshabilla de haut en bas : leur foulard, leur robe noire, les jambières et, pour finir, les sandales de paille. Elles continuaient de se rouler par terre en gémissant. Et ce n'étaient pas les liens autour de leurs chevilles qui les faisaient le plus souffrir.

Quel était donc le secret du formidable coup de poing de Rensuke ? La douleur que les femmes avaient d'abord ressentie dans le bas-ventre s'était propagée dans la poitrine et leur coupait la respiration depuis une bonne minute environ. Chaque fois que, tant bien que mal, elles reprenaient leur souffle, leur respiration s'interrompait à nouveau durant une autre longue minute. Ce phénomène s'était répété plusieurs fois, les laissant plaquées au sol et incapables de se relever. Leur souffrance était telle qu'elles enfonçaient leurs ongles dans la terre.

— Oooh ! Quelle beauté ! C'est la première fois que je te vois nue, O-Shina. Les hommes du clan faisaient souvent les louanges de tes charmes, mais je peux t'affirmer qu'ils étaient bien loin de la vérité !

Tandis que le samouraï contemplait les corps nus qui gigotaient au milieu de la route en pleine lumière, sa barbe se fendit d'un large sourire comme un plateau en laque rouge. Il s'accroupit alors près d'O-Shina et lui écarta les jambes. Elles formèrent un losange à travers lequel Rensuke passa la tête ; il fit de même avec O-Tori et la suspendit dans son dos.

— Voyez, moi aussi, je porte une chasuble de moine !

Puis, ainsi paré des deux corps dénudés, il se releva.

— Une chasuble faite en peau de femme !

Le samouraï avait noué les jambes de ses deux victimes aux seins nus autour de son cou. Elles se retrouvaient donc à se balancer la tête en bas, l'une contre son torse et l'autre dans son dos. Ce motif humain évoquait bien une chasuble sacerdotale, mais dans une version plus sensuelle, composée de deux pièces de chair blanche et veloutée.

La taille du colosse, qui faisait deux fois celle d'un homme ordinaire, se prêtait parfaitement à ce curieux accoutrement. Il était si grand que les cheveux des femmes touchaient à peine le sol.

— Quelle vue splendide ! aboya-t-il en paradant sur le sentier.

Par prudence, il avait retiré les étuis de sabres de sa ceinture et les tenait dans sa main gauche. Les orteils d'O-Tori, en éventail sous son visage, lui chatouillaient le menton, et, sous ses yeux, le ventre lisse et blanc d'O-Shina brillait au soleil.

Devant les versants couverts d'érables rouges, cette brute s'émut de la beauté du paysage. Que Rensuke fût sensible à ce genre de poésie était pour le moins surprenant, encore que le poème fût d'un goût absolument douteux.

— Vous avez mal, hein ? La douleur est insupportable ? Appelez vos complices à la rescousse dans ce cas ! dit Rensuke en riant à gorge déployée.

Il tira son énorme langue et se mit à lécher les pieds d'O-Tori tout en tripotant la poitrine d'O-Shina avec sa main droite.

Les femmes pleuraient, les larmes roulaient le long de leurs cheveux. L'humiliation de la défaite, la douleur que le poids de leur corps imprimait à leurs chevilles et la sensation insupportable d'être suspendues la tête en bas leur arrachaient des pleurs de désespoir.

— Je trouve ça vraiment commode, pas vous ? Grâce à cette armure de chair, vos amis ne tenteront rien contre moi, même s'ils ont des arcs ou des arquebuses.

Rensuke palpait cette cuirasse et promenait ses doigts épais sur les corps nus de ses victimes sans vergogne. Il claironnait sa victoire à la montagne :

— Ohé ! Le masque ! Femmes Hori ! C'est moi, Washinosu Rensuke ! Je suis là ! Ohé ! Je vous attends ! Venez vous battre !

Les pauvres filles avaient le visage cramoisi à présent et gémissaient de douleur tandis qu'elles tortillaient leurs jambes autour du cou de Rensuke.

Le samouraï se délectait du contact de ces chairs palpitantes quand soudain, il sentit un regard assassin se poser sur lui.

— Masque ! Je sais que tu es là ! Montre-toi !

Rensuke, qui redoutait la puissance du sabre de l'homme au masque de *hannya*, pensait ne rien avoir à craindre grâce à son armure de chair. Le masque n'osera pas m'attaquer s'il sait qu'il peut envoyer ses complices à la mort. Il ne prendra jamais le risque de faire couler leur sang.

Le rire du diabolique assassin retentit en écho.

— Lâche ! Tu devrais avoir honte ! Ces femmes mourront avant d'avoir respiré dix fois. Vas-tu te montrer à la fin ?

5

— C'est « le combat désespéré de l'insecte contre le char du dragon » ! commenta frère Tamon.

— Qu'allons-nous faire, messire Jûbei ? demanda frère Unrin.

Le petit groupe avait gagné une sorte de replat envahi de touffes d'eulalies. L'endroit en pente douce offrait une vue plongeante sur Rensuke et ses deux victimes.

Ignorant les réflexions des bonzes, Jûbei scrutait avec attention le sentier de son œil valide. Le colosse faisait les cent pas sur le chemin et arborait fièrement les corps des femmes qu'il portait en chasuble. La brute riait aux éclats, la bouche fendue jusqu'aux oreilles. Une goutte de sueur perla au front de Jûbei.

— Je leur avais pourtant dit d'éviter le combat ! se récria-t-il, tout en sachant très bien que cela ne servait à rien de les blâmer à présent. Mais cela le déculpabilisait. Sans chercher à se dédouaner, il se reprochait amèrement d'avoir laissé les deux femmes partir.

— Ce n'est pas le moment d'avoir des regrets ! Quelle cruauté ! Je savais nos ennemis féroces, mais ce spectacle soufflerait l'imagination la plus perverse ! Leur sang est en train de refluer dans leur tête ; O-Shina et O-Tori n'ont plus que quelques minutes à vivre si je ne fais rien.

Jûbei fendait les herbes hautes d'un pas résolu et se dirigeait droit vers le sentier où se tenait Rensuke, quand frère Tamon le retint par le bras :

— Attendez !

Frère Unrin le saisit par l'autre bras :

— Où allez-vous ?

— Là-bas, je vais les délivrer !

— Oui, mais y arriverez-vous ? fit frère Unrin. Votre adversaire est champion de combat à mains nues, d'après ce que vous nous avez dit. Dès qu'il vous verra, il les tuera !

— Je donnerais ma vie pour elles, gémit Jûbei. Je vais rengainer mon sabre dans cette canne, ensuite j'enlèverai ce chapeau et je me jetterai aux pieds de ce monstre. Je ferais n'importe quoi pour sauver O-Shina et O-Tori !

— Vous allez surtout lui offrir sur un plateau l'occasion de vous tuer en plus de vos deux protégées ! rétorqua frère Tamon.

Jûbei décocha un regard assassin qui n'impressionna pas le moine.

— Vous êtes sous le coup de l'émotion, cela vous empêche de réfléchir. Vous devez vous montrer stratégique. Gardez votre sang-froid ! Votre adversaire a bien calculé son coup, lui.

— Une stratégie ? Vous en avez une peut-être ?

— Eh bien, nous pourrions aller secourir ces femmes à votre place.

— Quoi ? Vous, des hommes de religion ? s'écria Jûbei, stupéfait de cette proposition.

Frère Unrin entama son récit comme il aurait raconté une légende guerrière par une nuit étoilée autour d'un brasero :

— Maître Jûbei, vous vous rappelez certainement cette histoire à propos de Kamiizumi Ise-no-kami. Cet homme était le maître d'armes de votre aïeul, Yagyû Sekishûsai, autrefois. On raconte qu'Ise-no-kami réussit à neutraliser un brigand qui retenait un enfant en otage. Le brigand, réfugié dans une grange, avait la pointe de son épée braquée sur la gorge de l'enfant quand Ise-no-kami, déguisé en bonze, lui apporta des boulettes de riz. Profitant de ce que le brigand tendait la main, il le désarma et le pourfendit de haut en bas.

— Permettez ! grogna Jûbei avec un geste d'impatience. Pour commencer, Rensuke n'a rien de commun avec cet imbécile de voleur ; ensuite, vous n'êtes pas Ise-no-kami, que je sache !

— Vous m'aurez mal compris. Si j'étais Ise-no-kami, je n'aurais pas la moindre chance de sauver O-Tori et O-Shina.

— Nous sommes de vrais bonzes, c'est pour cette raison que nous pouvons réussir, répondirent les deux moines en échangeant un signe de tête complice.

Jûbei hésitait encore. Il était certain que ces dignes vieillards n'avaient jamais tenu une arme entre leurs mains. Les deux hommes se tournèrent vers le samouraï :

— Permettez que nous empruntions vos sabres...

Et sans attendre sa réponse, ils prirent leurs cannes-sabres à O-Kei et O-Sawa qui, totalement décontenancées, ne firent rien pour les en empêcher.

Jûbei, médusé, demanda alors aux bonzes :

— Savez-vous seulement vous en servir ?

— Si nous savons nous en servir ? Bien sûr que non, quelle question ! Notre savoir se cantonne au zen, dit frère Tamon.

— Mais maître Takuan n'a-t-il pas coutume de dire que Voie du Zen et Voie du Sabre procèdent de la même essence ? fit remarquer frère Unrin. Nous allons d'ailleurs vous en faire la démonstration, messire Jûbei.

Ils dégainèrent les sabres maladroitement, puis échangèrent un sourire espiègle :

— Cette fois, nous sommes prêts. Frère Unrin, partons ! Nous plaisantions tout à l'heure, mais l'heure est venue d'accomplir un miracle !

— Voilà qui est bien parlé, frère Tamon ! Les pauvres âmes en détresse que nous allons sauver sont de gracieuses créatures très bien faites de leur personne. Pour la première fois de notre existence, nous allons avoir des femmes sur les bras, si je peux me permettre !

Sur ces bons mots, les deux moines prirent leur sabre entre les dents et retirèrent leur foulard tout en gardant leur capeline. Ils se débarrassèrent des fourreaux et, d'un pas allègre, descendirent chacun de leur côté la pente qui menait jusqu'au sentier.

Jûbei les regarda faire avec un air ébahi. Il sentit ses poils se hérisser.

6

Rensuke s'immobilisa dès qu'il vit les silhouettes noires des deux bonzes en chapeau de pèlerin descendre le flanc de la montagne.

— Le voilà enfin ! murmura-t-il. Viens, masque, je t'attendais !

Le vent d'automne balayait les robes noires des deux silhouettes qui arrivaient sur la route et se dirigeaient vers Rensuke sans ralentir leur allure.

Le colosse commença par les examiner sans ciller d'un regard inquisiteur. Il se demandait s'il s'agissait de femmes Hori ou si l'homme au masque de *hannya* se trouvait parmi les deux moines. Soudain, il s'écria :

— Halte ! Qui êtes-vous ?

Même si son armure de femmes le rassurait, il appréhendait un peu de se retrouver face à ce mystérieux guerrier. D'ailleurs, le géant ne lâchait pas les nouveaux venus des yeux.

Ce n'est pas lui ! conclut-il en découvrant ces bonzes qui tenaient leur foulard à la main et un sabre entre les dents. Il ne reconnaissait ni le masque, ni aucune des femmes qu'il avait aperçues dans l'Enfer des Fleurs. Il ne s'agissait que de simples vieillards aux mines paisibles.

Tiens, c'est curieux, ce sabre dans leur bouche... ne put-il s'empêcher de penser. Cependant les deux hommes paraissaient aussi inoffensifs que des épouvantails à moineaux. Rensuke se serait immédiatement rendu compte si ces combattants avaient fait semblant d'être sans défense. Jamais il n'aurait mésestimé leur force. Or, les deux hommes qui venaient droit vers lui ne trichaient pas : ils n'avaient aucune expérience du combat, ni la moindre intention belliqueuse, à l'évidence.

Trois toises seulement le séparaient d'eux à présent.

— Qui êtes-vous ? répéta le samouraï.

Les bonzes ne lui répondirent pas. Comment auraient-ils pu le faire avec un sabre dans la bouche ?

Plus que deux toises…

Lentement, le samouraï imprima un mouvement au sabre qu'il tenait dans sa main gauche, puis il se ravisa. Les yeux qui le fixaient ne reflétaient qu'une infinie sérénité. Ils brillaient même d'un petit éclat malicieux.

Des ennemis ? Probablement, mais c'est tout de même très étrange…

Une toise, cinq pieds, quatre, trois… les bonzes se retrouvèrent bientôt tout près de lui. Si le samouraï dégainait maintenant, il serait incapable de les atteindre.

Une idée lui traversa l'esprit. Je vais les faire prisonniers et je leur soutirerai des informations ensuite ! Sitôt dit, sitôt fait ! Rensuke jeta ses sabres et écarta les bras.

— Pauvres idiots !

A peine les poings du colosse eurent-ils frôlé leurs têtes que les bonzes laissèrent tomber leurs armes à ses pieds.

— O-Shina ! O-Tori ! Ramassez-les !

— Nous vous avons apporté deux épées sacrées pour combattre ce démon !

Rensuke se mit en garde, mais il était trop tard. Il serra les poings, transformant ses mains en massues meurtrières. Il lui suffisait de cinq pouces d'élan pour leur donner une force de frappe extraordinaire. Et il frappa. Il écrasa ses battoirs sur les capelines des deux bonzes : les cônes de paille volèrent en éclats et les os des crânes explosèrent.

Rensuke sentit alors deux poids s'entortiller autour de ses bras : malgré leurs têtes en charpie, les deux courageux bonzes agrippaient le colosse !

Rensuke poussa un hurlement formidable et se mit à tourner sur lui-même en faisant des moulinets avec les bras. Les bonzes ne lâchèrent pas prise, et pour cause, ils étaient déjà morts ! Les cadavres entravaient Rensuke comme deux chaînes de métal. Il les secoua en l'air avec une violence surhumaine : le sang jaillit des capelines cramoisies et éclaboussa le géant de la tête aux pieds.

— Aaargh !

Son beuglement retentit dans toute la montagne. Soudain, son corps s'enfonça dans le chemin comme dans de la boue. Il tenta de remonter, mais en vain, le poids des quatre corps lui prenait toutes ses forces. Il tomba à genoux.

Les filles suspendues à son cou avaient empoigné les sabres tombés par terre avant de se recroqueviller sur elles-mêmes comme des crevettes, si bien que l'on aurait dit une couronne de fleurs blanches. Au terme d'un ultime effort, elles brandirent les sabres et tranchèrent les jarrets de leur bourreau.

D'un seul coup de lame, O-Shina sectionna la jambe gauche par-devant tandis qu'O-Tori, toujours pendue dans le dos de l'homme, lui coupait la droite. Le mouvement tourbillonnant des sabres passa à ras du sol à la vitesse du vent et coupa net les mollets du colosse au niveau du genou.

— Nooon... fit une voix qui n'avait plus rien d'humain.

Rensuke n'avait plus rien d'un bipède : il ressemblait à une gigantesque chenille. A quoi pouvaient bien lui servir ses doigts capables de percer des bambous quand deux cadavres de bonzes lui entravaient les bras ? Quoi faire de jambes assez puissantes pour pulvériser un portail renforcé de rivets de fer quand elles se terminaient aux genoux ?

Le sang coulait abondamment de ses blessures. Le visage exsangue, Rensuke se débattait dans son propre sang.

— Félicitations... Vous avez vaincu l'invincible Rensuke... râla-t-il entre ses dents qui s'entrechoquaient déjà.

Il aperçut trois autres bonzes qui descendaient de la montagne au milieu d'un champ d'herbes hautes.

— Non, vous n'aurez pas ma tête... gémit-il.

Il voulut ramper vers le précipice. Même s'il se savait vaincu, il n'était pas question qu'il se laisse couper la tête sans rien faire. Il tenta d'avancer sur le sol en ondulant du bassin. Alors qu'il ne se trouvait plus qu'à un pouce de l'abîme, un pied se posa contre son dos : c'était celui de Jûbei.

— O-Sawa, décapite-le !

Il n'eut pas un regard pour O-Shina ni pour O-Tori qui s'étaient évanouies, il fixait les deux bonzes aux crânes défoncés.

A cet instant, les yeux de Jûbei reflétèrent la défaite ; à cause de la mort des deux moines, il avait perdu, au même titre que Rensuke.

— Saisissez-vous à présent l'essence du zen dont maître Takuan parlait ? murmura frère Yakushi.

Sur ces paroles, le digne bonze joignit les mains et se mit à prier.

LES SEPT GUERRIÈRES D'HORI

I
AIZU

1

Direction nord-ouest à partir d'ici : fief d'Aizu.

Telle était l'inscription gravée sur le poteau indicateur en pierre qui bordait le chemin, au sommet de la longue montée vers le col de Seishi.

De là-haut, on pouvait au nord voir le lac Inawashiro miroiter puis, un peu plus loin, le mont Bandai nimbé de sa couronne de nuages. Mais pour l'heure, depuis ce point de vue situé à environ huit lieues de Shirakawa et à presque dix de Wakamatsu, personne n'admirait le paysage.

Les nuages automnaux sombres comme du mica se reflétaient sur la barrière noire qui barrait le sommet du col. Cette vision avait un caractère trop intimidant pour participer à la beauté environnante.

Le *bansho*, le poste de garde local qui marquait l'entrée dans le territoire du fief d'Aizu, existait là-haut depuis longtemps, mais le contrôle y était bien moins strict qu'aux *sekisho* qui, eux, dépendaient de la douane du shôgunat et se trouvaient généralement installés aux points frontaliers stratégiques. D'habitude, il était à peine gardé. Que se passait-il donc aujourd'hui ? Les alentours du *bansho* grouillaient de gardes armés de longues lances.

— C'est bon.

— Vous pouvez y aller.

Les gardes vérifiaient le visage de tous les voyageurs qui franchissaient le col en direction de l'ouest, hormis les paysans ou les *chônin*, artisans et commerçants immédiatement reconnaissables à leur tenue. Ils faisaient se découvrir tous ceux qui dissimulaient leurs traits pour une raison ou pour une autre, tels les guerriers sous leurs amples chapeaux *fukaami-gasa*, les *yamabushi*, ascètes des montagnes coiffés de calottes noires, les *komusô*, prêtres zen itinérants aux chapeaux de paille en forme de panier, ou encore les femmes encapuchonnées... Le contrôle semblait même plus sévère pour les femmes. En effet la moindre passante jeune ou aux cheveux couverts aussi bien d'un chapeau conique en bambou que d'un simple capuchon se voyait systématiquement intimer l'ordre de l'ôter, pour permettre aux samouraïs de la dévisager.

— Quelle foule ! Mais que se passe-t-il ? demanda un voyageur.

— Oui, c'est incroyable, commenta un autre. J'ai entendu dire que le seigneur d'Aizu rentrait chez lui ;

il devrait même passer par ici tantôt. C'est pour ça qu'ils renforcent les contrôles.

— Je vois. Quoique… en fait non, je ne suis pas sûr de bien comprendre à quoi rime cette cohue…

Les voyageurs échangèrent encore quelques remarques avant de hausser les épaules et de franchir le col, tête baissée.

— Attendez !

La voix stridente qui venait de retentir était celle d'un samouraï en faction devant le poste de garde.

— Oui, vous, le bonze, attendez !

Il interpellait un moine zen errant qui portait un ample chapeau en bambou tressé. Contrairement aux autres voyageurs, ce bonze cherchait à franchir le col d'ouest en est. Aucun de ceux qui quittaient le fief d'Aizu ne s'était fait contrôler jusqu'à présent.

— Bonze, je vous ai vu entrer dans le fief d'Aizu tout à l'heure, et vous repartez déjà ? Pourrais-je savoir pourquoi ?

Le samouraï – qui n'était autre qu'Urushido Kôshichirô – s'approcha du moine, les manches de son kimono flottant dans le vent automnal.

— Eh bien, j'ai perdu quelque chose de très important, répondit le bonze sur un ton surpris en tournant son visage de vieux sage vers lui.

— Quoi donc ?

— Je l'avais encore en bas du col de Seishi, mais je viens de m'apercevoir que je ne l'ai plus. C'est une lettre que je dois absolument retrouver, car j'ai pour mission de la remettre à quelqu'un.

— Quelle lettre ?

— Elle provient du grand maître zen Takuan, du temple Tôkeiji à Edo. Il doit se rendre prochainement dans la province de Dewa, à Kaminoyama, et je dois confier sa missive à une certaine personne afin que ladite personne prenne ses dispositions.

— Le grand maître Takuan… murmura Kôshichirô, qui changea légèrement de couleur malgré lui à ce nom.

Le maître zen aurait-il l'intention de passer par le fief d'Aizu pour se rendre à Kaminoyama ?

— Le grand maître jouit de la confiance du shôgun, reprit-il. Nous devons lui faire bon accueil et lui porter une attention toute particulière pendant son voyage. Mais comment se fait-il que personne ne nous ait prévenus de son arrivée ?

— Ah bon, on ne vous a rien dit ? Il a peut-être décidé de passer par Fukushima et Yonezawa, finalement, répondit le bonze sans se montrer plus précis, lui qui se prétendait messager et éclaireur destiné à devancer le voyage du fameux maître.

— Comment ça, « peut-être » ? Bonze, êtes-vous en train de me dire que vous ignorez quelle route maître Takuan compte prendre ?

— Eh bien, pour être tout à fait franc, je n'en sais rien, non. J'ai quitté le Tôkeiji avant mon vénérable maître. Il affirme faire un pèlerinage, mais je crois plutôt à un simple voyage d'agrément : il a la nostalgie du pays où le shôgunat l'avait banni autrefois. En outre, le connaissant, j'ai le sentiment qu'il n'apprécierait que moyennement que vous lui réserviez un accueil en grande pompe. Il se pourrait qu'il vienne, mais je vous en prie, ne vous souciez surtout pas de lui.

— En tout cas, c'est bien embêtant d'avoir égaré une lettre d'une telle importance. Vous m'avez dit que vous l'aviez encore en bas du col de Seishi... Voulez-vous que j'envoie un de mes hommes la chercher ?

— Non, non, ne vous donnez pas cette peine. Je peux très bien me passer de ce pli, répondit précipitamment le bonze – se contredisant là, ce dont il se rendit compte aussitôt. Vraiment, je vous remercie, il vaut mieux que j'aille le chercher moi-même. Si je ne le retrouve pas, je me permettrai de revenir vous demander de l'aide. Bon, faisons comme ça, je dois me dépêcher... lança-t-il en toute hâte avant de franchir la barrière et de prendre la direction de l'est.

2

La descente vers l'est était longue et éprouvante, mais le moine la dévala aussi légèrement qu'une feuille portée par le vent. Au bout d'un moment, il s'arrêta, se retourna pour vérifier que personne ne le suivait, avant de disparaître dans le bois d'érables qui bordait le chemin.

— Hé, messire Jûbei ! appela-t-il d'une voix étouffée, haletante.

Cinq bonzes surgirent du fond du bois : Yagyû Jûbei accompagné de plusieurs femmes du clan Hori, bien évidemment. Une silhouette qui ressemblait à celle d'O-Kei s'avança en compagnie d'O-Sawa, O-shina et O-Tori. O-Kei, qui s'était foulé la cheville peu de temps auparavant, semblait tout à fait rétablie, à présent.

— Je suis allé faire une petite visite de reconnaissance, lança frère Yakushi, celui qui avait ôté son chapeau devant le samouraï tout à l'heure. J'aime autant vous prévenir, ce *bansho* est quasiment impossible à franchir. Un nombre impressionnant de gardes sont sur le qui-vive, parmi lesquels ce sbire manchot que nous avons croisé à Utsunomiya…

— Urushido Kôshichirô.

— En personne. Il est sur place et nous attend de pied ferme.

— J'en étais sûr, lança Jûbei, son propre chapeau bien enfoncé sur son crâne.

Il leva les yeux pour observer le paysage qui se déroulait devant lui : des chaînes de montagnes s'étendant de part et d'autre du col, sous les nuages qui ridaient le ciel. Et là-bas, au milieu des monts, loin, très loin au-dessus du niveau de la mer, le cœur du fief d'Aizu.

— Pour mieux déjouer l'adversaire, j'ai réparti notre équipe en deux groupes. Si tout se passe comme prévu, le nôtre devrait fouler le territoire d'Aizu en premier. Voici mon plan : nos huit complices qui suivent le palanquin d'Akinari vont détourner l'attention des gardes, ce qui nous permettra de traverser discrètement la frontière. Au cas où nos ennemis nous repéreraient malgré tout, l'autre groupe passerait devant. Mais puisque vous dites que la surveillance est aussi serrée, je commence à me demander si c'est vraiment une bonne idée... fit Jûbei en fermant le seul œil qui lui restait. Nous pourrions peut-être emprunter un autre chemin. Nous devrions bien trouver un col sans gardes, tout de même...

— Non, Jûbei. Ecoutez, près du *bansho* tout à l'heure, j'ai eu le temps de bien observer les environs. J'ai vu des lances et des sabres luire entre les arbres et j'en ai repéré un peu partout sur la montagne. J'en déduis qu'ils ont mis en place un réseau de surveillance si étroit que même une fourmi ne pourrait pas passer...

— Dans ce cas, nous n'avons pas d'autre choix que de nous jeter à l'assaut d'un de ces chemins de montagne, intervint O-Tori en soulevant son chapeau de bambou.

La lueur qui brillait dans ses yeux ne devait rien à la peur.

— Comment ? demanda Jûbei en rouvrant l'œil. Vous n'y arriverez jamais, assena-t-il sèchement. J'avais moi-même envisagé cette solution, mais j'ai eu beau observer ces monts dans le détail, je n'ai pas vu de chemin digne de ce nom. Sans compter que, d'après ce que nous venons d'apprendre, les gardes ont étendu leurs filets un peu partout...

— Très bien, alors, il ne nous reste plus qu'à nous sacrifier. Notre groupe devra attirer l'attention du plus grand nombre de gardes possible pour permettre à celui de maître Takuan de passer en toute sécurité…

Le sérieux avec lequel s'était exprimée O-Tori déclencha un sourire chez Jûbei.

— J'étais en train de me dire exactement la même chose. Mais surtout, ne vous inquiétez pas, je m'en occupe.

— Que voulez-vous dire ?

— Je m'en charge tout seul. En d'autres termes, je devrais y arriver sans vous. Ce sera même beaucoup plus facile ainsi.

Les quatre femmes se dévisagèrent.

— Et nous, qu'allons-nous faire pendant ce temps ? lui demanda O-Shina, soudain nerveuse.

— Je ne veux pas que vous couriez des risques inutiles. Ce qui compte avant tout, c'est que vous entriez saines et sauves dans Aizu. Laissez passer Akinari et sa suite, vous rejoindrez le groupe de maître Takuan après. Mais surtout, n'allez pas vous emballer comme la dernière fois, lorsque vous êtes tombées à bras raccourcis sur Washinosu Rensuke ! Je compte sur vous pour leur serrer la bride, frère Yakushi, conclut Jûbei avec un rire acide.

Il s'approcha du moine pour lui chuchoter quelque chose à l'oreille.

— Merci de bien vouloir transmettre ce message à maître Takuan : « Ils ne nous laissent pas le choix, nous allons devoir employer les grands moyens pour entrer dans Aizu… »

Sur ces mots, il saisit le carré de tissu qu'il portait noué de biais dans le dos et le défit, laissant apparaître un masque rouge de furie *hannya* ainsi qu'une tenue noire.

Quelques minutes plus tard, l'un des bonzes s'était volatilisé, cédant la place à une silhouette masquée.

— Rendez-vous à Aizu… si tout va bien ! Ah, j'ai failli oublier cet important cadeau… fit le masque en revenant sur ses pas pour caler un paquet gros comme une pastèque sous son bras. L'hiver a beau être proche, les produits frais ne se conservent pas indéfiniment. J'espère bien pouvoir le remettre à son destinataire avant deux à trois jours…

Sur ces mots, il s'élança à travers bois comme une panthère noire.

3

Trois jours plus tard, l'après-midi.

Près d'un modeste bivouac, dans une forêt qui dominait le col, trois *bushi* casqués de *jingasa* en fer scrutaient les alentours, la main contre le front en guise de pare-soleil.

— Regardez ! Notre seigneur arrive enfin !

— Et les Sept Lances ? Est-ce que tu les vois ? Sont-ils tous là ?

— Attends… Tiens, voilà Ginshirô sur son cheval. Il ouvre le cortège.

— Et moi, j'aperçois Ichiganbô juste à côté du palanquin.

— Hum, par contre, je ne vois Rensuke nulle part.

— Pourtant, on ne peut pas le rater, c'est un colosse ! Regarde mieux.

Il faut préciser que le cortège de monseigneur Akinari devait paraître minuscule depuis l'endroit où nos trois *bushi* se tenaient : vus de là-haut, les cavaliers qui grimpaient le col avaient la taille d'une fourmi. Les trois gaillards qui les regardaient arriver n'étaient pas de simples samouraïs, eux non plus. Leur air quelque peu féroce le disait assez.

Un objet étrange pendait à la branche d'un grand arbre, près du campement : un panier en fer accroché au bout d'une chaîne, qui contenait des branches et des herbes. Il était midi, aucun feu ne brûlait, et pourtant le contenu du panier semblait fumer, distillant des émanations furtives, presque invisibles.

— Non, décidément, Rensuke ne se trouve pas avec eux, murmura l'un des guetteurs en penchant la tête.

Le cortège d'Akinari arriva au poste de garde, en haut du col. Des gens d'armes en sortirent en rang pour se prosterner devant leur seigneur tandis que ce dernier descendait de son palanquin. Il semblait parler à une personne venue l'accueillir.

— Hein ? s'étonna l'un des samouraïs aux aguets, les yeux écarquillés. Je vois un autre cortège qui arrive par l'est.

— Des chaises à porteurs… Une, deux, trois… six, sept… neuf en tout.

— Mais qu'est-ce que c'est que ça ? On dirait que des bonzes les suivent à pied.

— Des moines zen errants. J'en compte cinq.

— Regardez, les porteurs se dirigent vers le poste de garde alors que le cortège du seigneur se trouve juste en face d'eux…

Deux personnes pour le moins étranges faisaient un accueil des plus singulier à Katô Akinari. Enfin, étranges… Au premier abord, on aurait seulement dit une femme et un vieillard fort ordinaires. Mais la femme était extraordinairement belle, et le vieillard, un véritable ancêtre. A vrai dire, ils semblaient à peine humains. La peau grise et le visage parcheminé du vieil homme – il faisait penser à une motte de vers de terre – indiquaient un âge très avancé. Curieusement, ses cheveux noués en chignon étaient d'un noir aussi intense que la longue barbe qui lui tombait sur la poitrine. Mais c'était surtout l'aura maléfique entourant ces deux êtres qui avait de quoi étonner.

— O-Yura ! lança Akinari en descendant de son palanquin.

Les deux palanquins que l'on distinguait stationnés devant le poste de garde les avaient transportés de Wakamatsu, la capitale du fief, accompagnés de leur suite, pour les déposer ici trois heures plus tôt.

Une fois parvenus au *bansho*, les voyageurs avaient attendu le retour du seigneur d'Aizu assis côte à côte près des deux litières.

— Je suis heureuse de vous voir rentré sans encombre, articula la splendide jeune femme, les yeux baissés.

Sans encombre, pas tout à fait. Certes, Akinari venait de poser le pied sur le sol d'Aizu, son territoire, son fief. Mais quelle réflexion curieuse d'estimer que ce seigneur émacié, aux joues creuses et blafardes, à la chevelure hirsute et aux yeux caves, vitreux, avait dû faire bon voyage ! Il paraissait plutôt affreusement malade.

Aussitôt qu'elle le vit, la femme se leva en ondoyant d'un mouvement aussi gracieux que son prénom[1], son *haori* brodé d'or et d'argent resplendissant dans le soleil de cette magnifique journée d'automne ; elle n'était autre que l'épouse de cœur du seigneur Akinari. Si son épouse officielle était restée à Edo, O-Yura était celle qu'il aimait, sa préférée, sa favorite.

Elle s'approcha de lui sans rien dire pour entourer de ses bras avec tendresse le cou de son bien-aimé. Puis elle leva légèrement son menton pâle et lui décocha un baiser impudique, sous les regards ahuris de plusieurs centaines de vassaux. Voilà pourquoi je qualifiais plus haut cet accueil de singulier. En dépit des vassaux qui épiaient la scène en retenant leur souffle, O-Yura avait manifestement introduit la

1. *Yura* signifie « ondulant ».

langue dans la bouche d'Akinari et la mouvait voluptueusement. Après cela, les deux amoureux perdirent à l'évidence toute notion du temps.

La coquette avait-elle agi ainsi par insolence, ou possédait-elle un charme ensorcelant ?

Quand leurs visages s'éloignèrent enfin, on vit même un filet de salive argenté relier leurs bouches tel un fil d'araignée.

— Chéri… aspirez ma vie, fit-elle avec un grand sourire.

A ces mots, Akinari recouvra instantanément ses forces : ses joues retrouvèrent leurs couleurs et ses yeux leur brillant.

— O-Yura !

— A partir de maintenant, je serai toujours près de vous pour vous insuffler ma vie, dit la jeune femme.

— C'est vrai, monseigneur, lança le vieillard en riant dans sa barbe. Et vous n'avez plus rien à craindre, puisque je suis là, moi aussi.

Cet Ashina Dôhaku vêtu d'un long *haori* orange et kaki était le chef des gens d'armes d'Aizu, un vieillard vénérable de cent sept ans. O-Yura était sa fille, qu'il avait eue à l'âge de quatre-vingts ans. La jeune femme en avait donc vingt-sept.

— J'ai ouï les nombreuses mésaventures qui vous sont arrivées à Edo depuis le printemps dernier et je me suis fait bien du souci pour vous. Mais à présent que vous voilà rentré dans vos contrées inexpugnables, tout ira bien, énonça le vieillard. Quoique… d'après Kôshichirô qui est arrivé avant vous, il semble que des insolents aient marché dans vos pas durant le voyage ? J'ai posté des hommes de mon clan tout le long de la frontière, par précaution. Soyez assuré que de cette façon, aucun malfaiteur ne pénétrera facilement dans le fief. Cela dit, je me demande si c'est vraiment une bonne idée…

— Comment cela ?

— Ne ferions-nous pas mieux de laisser entrer les femmes du clan félon Hori, je dirais même ces renardes, afin de mieux les attraper ? Nous pourrions les crucifier la tête en bas sur le portail du château Tsurugajô…

— Ces femmes n'agissent pas seules, l'interrompit Akinari, le visage à nouveau exsangue. Un mystérieux individu les soutient. C'est d'ailleurs à cause de lui que Tessai, Magobê et Jônoshin, des valeureux guerriers qui comptaient parmi les meilleurs du clan Ashina et que tu m'avais recommandés, ont péri à Edo…

— Tessai, Magobê, Jônoshin… murmura le vieillard en se retenant pour ne pas cracher. Si j'avais été avec eux, jamais ils ne seraient morts. Mais tant pis pour ces imbéciles, ils ont certainement mérité leur sort, après tout.

Il grinça des dents – non par dépit ou tristesse : il ne ressentait que haine et mépris à l'égard des trois disparus. Puis, levant ses yeux caves, au regard perçant malgré tout, sur Ichiganbô et Ginshirô debout derrière Akinari :

— Au fait, je ne vois pas Rensuke. Quelqu'un saurait-il me dire pourquoi ?

Les deux hommes scrutèrent l'extérieur du *bansho*, puis l'intérieur, visiblement désarçonnés.

— Comment ça ? Il n'est pas là ? Il était censé arriver avant les autres.

— Il est parti en éclaireur ; il nous a quittés à l'auberge de Kamikoya…

Les yeux de Dôhaku lancèrent des flammes.

— Balourds, benêts, obtus…

Le vieillard avait beau les tancer à voix basse, le ton était si incisif que tous deux eurent l'impression que cette voix grêle allait leur percer les tympans.

— Il doit avoir été assassiné entre ici et Kamikoya. Tant pis pour lui, c'est qu'il l'a bien cherché. Mais quelle bande d'idiots vous faites ! Vous n'avez même pas compris que votre camarade avait été assassiné…

Ichiganbô et Ginshirô jetèrent un dernier coup d'œil à l'intérieur du *bansho* avant de revenir sur leurs pas sans mot dire, penauds. Ils allaient sortir du poste de garde lorsqu'ils s'arrêtèrent soudain.

— Hein ?

— Que se passe-t-il ? demanda Kôshichirô, qui partit à son tour à toutes jambes pour aller observer le flanc est de la montagne. Hum, j'aperçois neuf chaises à porteurs. Et le moine de tout à l'heure en tête de cortège. Donc…

4

A proximité du *bansho,* qui se trouvait en droite ligne devant eux, l'humble cortège de véhicules de toile et de bambou grimpait lentement la côte sans se soucier de la multitude de hautes lances coiffées de panaches blancs fièrement alignées le long de la frontière.

Hormis les porteurs, cinq bonzes marchaient près des chaises. Celui qui cheminait devant s'avança vers Kôshichirô d'un air innocent, tandis qu'Ichiganbô et Ginshirô se postaient derrière la barrière sans quitter le cortège des yeux.

— Tiens, encore vous ! Rebonjour, lança frère Yakushi à Kôshichirô en souriant. Je n'ai pas réussi à dénicher la lettre, mais j'ai retrouvé la personne qui l'a écrite ! Le grand maître a découvert que son émissaire, c'est-à-dire moi-même, s'était attardé en chemin. Je peux vous dire qu'il vient de me passer un sacré savon.

— Le grand maître ? Vous ne parlez quand même pas de…

Tandis que le samouraï contemplait les chaises d'un air stupéfait, le moine prit la parole, d'une voix qui tonna jusque dans le ciel bleu.

— Son éminence le grand maître zen Takuan, supérieur abbé et fondateur du Tôkeiji, le temple de la Mer de l'Est à Edo, sollicite l'autorisation de passer par le fief d'Aizu afin de poursuivre son pèlerinage jusqu'à Kaminoyama, en pays de Dewa !

— Quoi ? éructa Akinari en s'étranglant presque.

Sa surprise n'avait rien d'étonnant puisque le maître zen Takuan comptait le shôgun parmi ses adeptes.

Une vague de stupéfaction déferla sur l'ensemble des guerriers qui accompagnaient Akinari.

— Bon, on peut passer, n'est-ce pas ? redemanda Yakushi d'un ton indifférent.

Sans attendre la réponse, il fit un signe du menton aux porteurs, puis les chaises franchirent la barrière l'une après l'autre comme si de rien n'était.

— Euh... attendez ! hurla Koshichirô en leur barrant brutalement le passage. Bonze, comme je vous l'ai dit tout à l'heure, nous ignorions que maître Takuan devait passer par Aizu...

— Bah, ne vous faites aucun souci. Car comme je vous l'ai expliqué de mon côté, le maître vagabonde à travers le pays pour affaires privées, au gré de ses caprices.

— Je ne demande qu'à vous croire, mais comment être sûr qu'il s'agit bien de lui ? Pardonnez ces soupçons, mais si nous vérifions strictement l'identité de tous les voyageurs, ce n'est pas sans raison : nous tentons de démasquer des malfaiteurs qui chercheraient à entrer clandestinement dans notre fief.

Frère Yakushi se retourna pour appeler son maître :

— Vieux maître !

— Ouais.

— Vous avez entendu ça ? Il dit que vous seriez peut-être un imposteur.

— J'ai très bien entendu. Alors, comme ça, des bandits tentent de s'infiltrer en territoire d'Aizu ? Et vous êtes en train de dire que celui qui cherche par tous les moyens à passer la frontière se serait déguisé en Takuan ? Ha ! ha ! Voilà qui est fort intéressant !

Sur quoi un rire tonitruant s'éleva à l'intérieur d'une des chaises, puis la natte sale qui en masquait l'entrée s'écarta, laissant apparaître un vieux bonze à la barbe blanche.

— Comme c'était malin de votre part de l'envisager ! Mais dites-moi, puisque vous êtes capable d'aussi bonnes idées, vous devriez pousser votre raisonnement un peu plus loin. Pourquoi ce criminel de génie ne se ferait-il pas passer pour le seigneur de ce fief, hein ?

— Argh !…

C'était Akinari qui venait de pousser ce cri étouffé qui ne présageait rien de bon.

Le vieux bonze malingre et chauve comme un œuf leva la manche de sa soutane noire et cala une main au-dessus de ses yeux pour scruter le lac dans le lointain.

— La nature est d'une beauté sans égale… murmura-t-il, l'air profondément réjoui. Ecoutez, bonnes gens d'Aizu, j'arrive d'Edo, dit-il sans tourner la tête. Je vais vous raconter une histoire drôle qui fait fureur là-bas : c'est celle d'un malfaiteur qui se ferait passer pour votre seigneur…

A ces mots, Kôshichirô faillit empoigner la garde de son long sabre, mais il se retint de justesse. Ce vieillard était-il vraiment Takuan ? Se retournant, furieux, il découvrit devant le *bansho* son seigneur pétrifié qui regardait dans leur direction, les yeux écarquillés.

Le vieux bonze étouffa un rire, puis entama posément son récit en projetant sa voix bien haut au-dessus de la tête des vassaux, afin que tous l'entendent.

— On raconte qu'un jour, on aurait retrouvé Monseigneur ici présent ligoté et mis au pilori devant la porte de la résidence de la princesse Sen, la sœur aînée du shôgun, dans l'aile Takebashi du palais d'Edo. Il semblerait qu'un parfait demeuré s'y soit introduit de nuit, poussé par une rumeur imbécile selon laquelle la princesse serait une veuve lascive, et qu'il se soit fait attraper par la police. Le bruit court que cet idiot fini se serait présenté sous le nom de Katô Akinari, daimyô d'Aizu. Maintenant, en imaginant qu'il s'agissait effectivement de ce fameux seigneur, il lui était dès lors impossible de rester à Edo. Ce qui veut dire qu'il aura certainement pris la fuite pour rentrer dans son fief. A Aizu. Voilà ce qui se raconte à Edo pour faire rire. Evidemment, je suis tout à fait convaincu que mon informateur affabulait et que cette histoire est un pur mensonge. Disons en tout cas que j'aimerais le croire. Mais…

On imagine sans difficulté que les hommes d'Aizu avaient senti une sueur froide les inonder au fil de cette tirade.

— Sé, sé… gémit Kôro Ginshirô.

Il fut incapable de terminer. Il voulait dire « Seigneur ».

S'il n'avait pu prononcer ce simple mot, c'est qu'il venait d'apercevoir le visage de son maître étrangement déformé, mais non par la colère. En écoutant parler le vieux bonze, Akirani avait supporté sans défaillir les affres que cette « plaisanterie » lui faisait endurer, mais il n'y tenait plus : il était près de s'évanouir d'horreur, tout bonnement. C'est pourquoi il avait laissé échapper ce grognement tout à l'heure. Il savait pertinemment que le vieux bonze était le véritable Takuan.

Le vieux maître se rendait souvent à la cour d'Edo et tous les daimyôs et vassaux directs du shôgun le connaissaient. Akinari l'avait personnellement croisé au palais shôgunal à différentes reprises, raison pour laquelle il n'avait pas eu d'autre choix que d'écouter l'« histoire drôle » de Takuan en serrant les dents.

Le bonze continua son récit, faisant mine de ne pas voir dans quel état il mettait le seigneur d'Aizu.

— Je suis tout à fait persuadé qu'il ne s'agissait pas du vrai Katô, vous pensez bien… mais je me devais d'informer les vassaux d'Aizu de cette histoire. Un bandit se fait passer pour votre seigneur. Puisque vous êtes sur vos gardes, méfiez-vous de cet insolent…

Soudain, on entendit un murmure. La voix semblait monter des pieds d'Akinari :

— Je sens une odeur de femme…

A la vérité, seuls Ginshirô et Ichiganbô, debout juste à côté de leur maître, avaient entendu cette réplique. C'était Ashina Dôhaku qui, assis par terre, se parlait à lui-même. Il leva les yeux et considéra Takuan avec calme.

— Je sens une odeur de femme. Elle provient des chaises qui se trouvent derrière lui.

Ses deux compagnons, surpris, regardèrent les huit chaises à porteurs posées par terre l'une à côté de l'autre.

— Ichiganbô, va en ouvrir une, murmura Dôhaku.

Depuis tout à l'heure, le borgne n'arrêtait pas de secouer la tête d'un air dubitatif sans quitter Takuan des yeux. Il faillit parler quand Dôhaku lui intima son ordre, mais il préféra finalement lui obéir afin de dissiper rapidement ce malentendu.

— Très bien, répondit-il en opinant et en s'accroupissant sur un genou.

Soudain, un claquement évoquant un drapeau en plein vent retentit près de ses mains. Une ondulation noire se dessina entre son corps et la chaise qui se trouvait à quelques mètres de lui, juste derrière Takuan.

La natte qui fermait l'ouverture se détacha net dans un grand fracas. Dans la seconde qui suivit, l'ondulation revint vers le samouraï en s'enroulant sur elle-même : ce serpent noir n'était autre que le célèbre fouet en cuir d'Ichiganbô.

Une femme était assise à l'intérieur de la chaise à la natte sectionnée.

Takuan regarda ce spectacle d'un air ébahi, sans mot dire, jeta un coup d'œil à Ichiganbô, puis finit par lancer à la femme :

— Zut... Bon, allez, sors de là.

Akinari ne fut pas le seul à laisser échapper un gémissement à cette vision. Ichiganbô et Ginshirô, les yeux écarquillés, rivés sur la passagère, poussèrent eux aussi d'affreux soupirs.

— Zut et rezut ! Maintenant, tout le monde va savoir qu'un bonze comme moi voyage en compagnie féminine. Ha ! ha ! ha ! Allez, sors de là et regarde bien cet homme là-bas, reprit le vieux maître en désignant Akinari du menton.

La jeune fille se laissa glisser à terre sur les genoux et regarda Akinari. C'était O-Tone, la fille de l'aubergiste que les hommes d'Akinari avaient enlevée dans le bourg de Koga afin qu'elle divertisse leur seigneur sur le chemin de son fief, et que Takuan avait tirée de leurs griffes et prise sous son aile depuis lors. Tout son corps tremblait de colère.

— Je n'ai pas encore fini mon histoire, jeta Takuan avec un regard perçant à l'adresse d'Akinari. En chemin, sur la grand-route d'Oshû, je suis tombé sur un daimyô qui avait fait monter une femme dans son palanquin pour abuser d'elle durant le trajet, si bien que cette pauvre malheureuse s'égosillait. Le cortège ressemblait bel et bien à celui d'un seigneur, mais je me suis dit par la suite qu'il ne pouvait pas en exister d'aussi stupide en ce monde et qu'il devait s'agir d'un imposteur.

Sous le choc de cette annonce, Ginshirô tourna brusquement la tête vers Ichiganbô. Le regard sinistre de son camarade eut tôt fait de le calmer.

Une idée venait de traverser l'esprit d'Ichiganbô. L'autre jour, il avait déjà croisé un vieux moine qui, sous son chapeau de pèlerin, portait un foulard noir, le *kesazukin*, qui empêchait de distinguer son visage. Or, en entendant la voix du vieux maître, il avait immédiatement fait le rapprochement. Il avait même eu des palpitations en se disant : Si ça se trouve…

5

Si ça se trouve, le bonze de l'autre jour n'était autre que ce Takuan… Certes, le vieux bonhomme avait intrigué Ichiganbô sur le moment, mais jamais il n'aurait imaginé que ce bonze oserait venir jusqu'ici avec la fille de l'aubergiste de Koga. C'est pourquoi Ichiganbô était resté muet de stupeur en apercevant O-Tone derrière la natte du véhicule.

— Voici donc la fille en question. A ce qu'elle dit, cet homme malfaisant aurait prétendu être Katô Akinari, seigneur d'Aizu. Bien évidemment, je lui ai expliqué qu'il ne pouvait s'agir que d'un mensonge, mais que vois-je devant mes yeux ébahis ? Un homme, planté là comme un bâton, et qui ressemble énormément à ce fameux usurpateur ! O-Tone, regarde-le bien. Tu vas nous dire si c'est ton agresseur. Nous parlons de l'individu qui t'a violée et humiliée. A cause de lui, tu as pleuré des larmes de sang et juré que tu l'égorgerais à coups de dents la prochaine fois que tu le verrais. Approche-toi et examine-le bien. Si jamais tu le reconnais, ma foi, il ne te restera plus qu'à le mordre !

La jeune fille, toujours agenouillée, se releva en haletant de rage. Elle fit un pas, un deuxième, puis un troisième vers Akinari. L'ayant détaillé, elle opina de la tête.

Le grand maître laissa exploser sa colère contre les hommes d'Aizu :

— Et alors, vous tous, là, pourquoi restez-vous bouche bée ? Vous m'avez traité d'imposteur, mais je vous pardonne, parce que vous avez tout sauf le nez creux. Vous rendez-vous compte que vous avez devant vous un homme qui se fait passer pour votre seigneur et qui a réussi à pénétrer dans votre fief à votre insu ? Bon, puisque vous m'avez toujours l'air aussi endormis, je m'en vais donc le démasquer moi-même, dit-il en prenant O-Tone par la main et en s'avançant vers Akinari.

Ichiganbô retint Ginshirô, qui avait failli décoller du sol comme un papillon attiré par la flamme, puis il alla s'interposer entre son maître et le bonze.

— Vous avez devant vous le seul et unique seigneur Katô Akinari, affirma-t-il d'une voix sombre, en gémissant presque.

Takuan écarquilla exagérément les yeux.

— Quoi ? Celui-là serait donc le vrai ? fit-il en scrutant le daimyô de la tête aux pieds. Messire, si vous êtes vraiment Katô Akinari, vous auriez dû me reconnaître ! Voyons, c'est moi, Takuan…

— Ah, c'est que je ne vous avais pas croisé depuis longtemps, maître Takuan, répondit Akinari en claquant des dents. Je suis content de vous voir en aussi bonne forme.

— Oh, mais c'est donc vrai ! C'est le bon ! Quelle surprise, tout de même… O-Tone, ma petite O-Tone, il est tout à fait normal que tu l'aies pris pour l'autre. Cet Akinari-ci ressemble vraiment à son imposteur. A moins que ce ne soit l'inverse… Bref. Je dois avouer que voilà la plus grosse surprise de toute ma vie. Et j'ai soixante et onze ans ! Je crois que nous nageons en plein quiproquo. Allons-nous-en, dit-il en poussant la jeune fille vers la chaise. Messieurs, comme je viens de vous le dire, un criminel audacieux, un imposteur qui ressemble trait pour trait à votre seigneur commet des méfaits sur la route. Montrez-vous extrêmement vigilants. Enfin, si vous le pouvez… Bon, alors, messire Katô, c'est oui ou c'est non ? Nous permettez-vous de traverser votre territoire ?

Akinari hocha discrètement la tête en guise de réponse.

— Quel dommage que vous ne puissiez pas séjourner dans notre fief, grand maître ! commenta Ginshirô. Ce serait un grand honneur pour nous de recevoir un personnage tel que vous. Vous pourriez peut-être vous arrêter au château Tsurugajô pour une nuit ou deux… N'est-ce pas, seigneur Katô ?

Le samouraï était le seul des hommes d'Aizu à avoir un regain d'énergie, semblait-il ; il avait même l'air de déborder d'entrain.

— Je le savais, soupira Takuan. Il fallait que ça arrive. Au tout début de mon périple, j'avais prévu d'emprunter la route de Yonezawa pour me rendre à Kaminoyama. Mais quand j'ai appris que l'on m'attendait en chemin pour me réserver des accueils aussi chaleureux que le vôtre, j'ai préféré changer d'itinéraire. Je ne souhaite rien d'autre que de flâner au gré de ma fantaisie. C'est pourquoi je vous remercie pour votre hospitalité, mais je vous demande de ne pas vous soucier de moi. Bon, je l'avoue, capricieux que je suis, il se pourrait que j'arrête notre convoi de temps à autre dans des lieux que je trouverais charmants... Pardonnez mon égoïsme, mais je tiens à voyager à mon rythme, en faisant étape à ma guise.

— Tout de même, insista Ginshirô, rendez-vous compte ! S'il vous arrivait quoi que ce soit pendant que vous traversez le fief, notre réputation en pâtirait auprès du shôgun.

Le samouraï repensa alors aux différents incidents survenus sur la grand-route d'Oshû ; certaines scènes en particulier lui revenaient en mémoire, telles des images se succédant dans un kaléidoscope.

Takuan s'était ouvertement moqué de son seigneur tout à l'heure... Ginshirô en déduisit qu'il éprouvait de l'antipathie envers le clan d'Aizu.

J'ai entendu parler de ce bonze excentrique à Edo.

Pas seulement excentrique, en fait. Il s'est opposé au shôgunat autrefois et n'a jamais fait amende honorable. Il se peut qu'il garde rancune à la maison d'Aizu depuis que nous avons enlevé la fille de l'aubergiste à Koga. A moins que cela ne remonte à plus loin...

Les sept autres chaises sont-elles bien occupées par des maîtresses du shôgun... ? Ah, décidément, le chiffre sept, jadis porte-bonheur pour Aizu, n'est plus que maléfique aujourd'hui !

Ginshirô luttait contre l'envie d'aller inspecter l'intérieur des chaises à porteurs quand il se rappela soudain un autre incident curieux.

— Maître Takuan, nous nous sommes déjà rencontrés, vous et votre groupe, sur la grand-route d'Oshû, n'est-ce pas ?

— Ah bon ?

— Si je me souviens bien, vous étiez huit à ce moment-là...

— Vraiment ?

Takuan l'écoutait, les paupières à demi fermées. Le beau visage balafré de Ginshirô blêmit.

— Pourtant, vous êtes treize à présent, sans compter cette jeune fille. Cela fait cinq personnes de plus, si je ne m'abuse. Il faudrait au moins que nous sachions combien vous êtes, car sinon, on pourrait nous reprocher notre légèreté s'il vous arrivait quoi que ce soit pendant que vous traversez notre fief. Il serait également souhaitable que nous puissions annoncer votre arrivée aux...

Takuan ouvrit grand ses yeux ; ils lançaient des flammes sous ses sourcils blancs.

— Quelle insolence, espèce de sale gamin ! Je ne peux pas me taire plus longtemps, gronda-t-il avec une voix étonnamment puissante au vu de la maigreur de son corps. Bon, ces chaises transportent sept femmes, es-tu satisfait maintenant ?

A ces mots, un silence pesant retomba sur le col. Même les nuages qui se déplaçaient dans le ciel donnèrent l'impression de se figer, l'espace d'un instant. Seul le bras que Kôshichirô reposait sur son sabre tressaillit discrètement.

— Hé quoi, tu nous trouves donc si suspects, moi et la troupe qui m'accompagne ? Alors écoute-moi bien, dit le bonze en baissant la voix de façon presque inquiétante. Effectivement, il y avait sept moines avec moi au début du voyage. Trois d'entre eux sont repartis pour Edo à mi-parcours afin d'aller régler quelques affaires. Quatre sont restés, et un autre que j'avais envoyé en éclaireur nous a rejoints : d'où les cinq moines que tu vois là. Tu as bien suivi mon calcul ?

— Et les sept femmes à bord des chaises à porteurs… qui… qui sont-elles ?

— Tu veux les voir, c'est ça ? Hum, malheureusement, je ne peux pas te les montrer.

— Et pourquoi ça ?

— Parce que… fit Takuan en s'esclaffant de dédain, parce que ce sont des favorites du shôgun.

— Hein ?

— Bon, il faut que cela reste secret, mais je vais te le révéler quand même, à titre confidentiel, aussi confidentiel que ce que j'ai dit tout à l'heure à propos du daimyô. En fait, le shôgun actuel est lui aussi un peu trop… lascif. Enfin, assez pour que l'on puisse redouter que ses aventures amoureuses finissent par le tuer un jour, s'il continue à ce régime-là. C'est pourquoi je me suis senti obligé d'intervenir et, avec la complicité de Kasuga-no-tsubone, l'ancienne nourrice du shôgun, et celle de Matsudaira Izu-no-kami, le célèbre Izu-le-Rusé, membre du conseil des anciens du shôgun, j'ai fait enlever sept favorites avec lesquelles le shôgun entretenait des liaisons particulièrement… torrides. Tu comprends bien que si elles avaient quitté Edo en même temps que moi, on nous aurait remarqués. Je les ai donc fait partir pour Shirakawa avant moi. Je les ai retrouvées là-bas un peu plus tard et depuis, nous voyageons de concert, comme tu le vois. Je savais qu'on attendrait ma venue à Fukushima, alors j'ai préféré changer d'itinéraire. C'est également la raison pour laquelle nous voyageons incognito à bord de ces humbles chaises. Cela te donne, je pense, une idée de tout le mal que je me suis donné.

Takuan avait raconté cette histoire sur un ton si insouciant qu'il était impossible de savoir s'il disait vrai. Mais il réussit au moins à désarçonner son interlocuteur : le samouraï ne trouva rien à redire.

— Je compte leur faire faire un petit séjour dans une chaumière à Kaminoyama, où j'ai passé trois ans d'exil particulièrement agréable dans mon jeune âge, le temps qu'elles se calment... Tu comprends mieux maintenant pourquoi je ne peux te laisser les voir. A ce propos, vous devriez avertir tous ceux que vous informerez de notre passage qu'ils perdront la vue si jamais ils cherchent à les apercevoir.

Soudain, une voix s'éleva des entrailles de la terre :

— Ichiganbô... Tranche donc voir les nattes des sept autres chaises !

Le samouraï leva la tête d'un coup sec : la voix était celle d'Ashina Dôhaku, assis par terre à ses pieds.

Takuan n'avait pas cessé de jeter des regards furtifs dans sa direction tout en parlant depuis tout à l'heure. Quelque chose le tracassait : cet homme ressemblait étrangement au grand prieur Tenkai. Seuls sa barbe et ses cheveux noirs le différenciaient de ce dernier. Un second doute affreux avait saisi le cœur de Takuan et ne le quittait plus : l'homme dégageait une énergie vitale proprement surhumaine, pour ne pas dire démoniaque.

Takuan avait déjà une idée de la réponse, pourtant il posa tout de même la question :

— Monseigneur Katô, qui est cet homme ?

— Euh... un de mes vassaux. A... Ashina Dôhaku est son nom.

— Aurait-il l'intention de vous faire perdre la face en public et ruiner votre fief ?

Dôhaku regarda à son tour Takuan. Le curieux vieillard de cent sept ans et le joyeux bonze de soixante et onze ans se toisèrent avec des regards terribles.

— A… attendez.

Si Akinari avait poussé ce gémissement involontaire, ce n'était pas parce qu'il venait de comprendre le sens des paroles de Takuan, mais parce que la tension entre les deux sages le dépassait.

— Dôhaku, que… que dis-tu ? demanda le seigneur d'Aizu.

— Ichiganbô, es-tu devenu sourd ? lança Dôhaku sans s'émouvoir et comme s'il n'avait pas entendu ce que venaient de dire Akinari et Takuan à son égard. Je veux voir l'intérieur des sept chaises ! Et si ce sont des suivantes du shôgun qui se trouvent à l'intérieur, alors je veux bien que les quatre cent mille *koku* du fief d'Aizu retournent à la disposition du shôgun !

Ichiganbô mit aussitôt un genou à terre. Avant même que Takuan n'ait eu le temps d'intervenir, en un éclair le samouraï avait tiré de sous son habit son fameux fouet en cuir…

Mais il repéra alors du seul œil qui lui restait un panache de fumée blanche, qui s'élevait vers le ciel bleu sur un sommet au loin.

— Ah… le signal !

Oubliant le fouet, il se releva.

Les samouraïs d'Aizu se retournèrent d'un bond et aperçurent cinq autres signaux de fumée qui s'étaient propagés d'un sommet à un autre telle une traînée de poudre.

Les hommes d'Ashina en faction sur la montagne, le long de la frontière, avaient reçu pour instruction d'alerter ainsi le *bansho* depuis les cols environnants dès qu'un individu louche tenterait de s'infiltrer clandestinement dans le fief d'Aizu.

– Un malfaiteur !

– Un malfaiteur vient de pénétrer sur notre territoire !

Les samouraïs se levèrent et se précipitèrent vers la montagne voisine avec une agilité et une violence qui laissèrent Takuan stupéfait. Jusqu'à présent, il avait pris les hommes aux casques *jingasa* pour de simples gens d'armes de rang inférieur, mais il venait de comprendre qu'ils n'avaient rien de guerriers de second ordre.

Voici donc les fameux hommes du clan Ashina…

Tout en les regardant s'éloigner, Takuan repéra soudain d'autres silhouettes coiffées de casques *jingasa* qui volaient d'arbre en arbre sous le couvert de la forêt.

Pourvu que Jûbei s'en sorte…

6

De l'endroit où les trois guetteurs d'Aizu se tenaient, les neuf chaises à porteurs alignées au sommet du col paraissaient neuf scarabées affreusement sales.

Soudain, ils avaient vu un bonze à la longue barbe blanche descendre de l'une d'elles pour s'adresser à Katô en se rengorgeant.

Ils n'entendaient évidemment rien de ses propos, mais il ne leur échappa pas que leur seigneur semblait stupéfait. Puis Ichiganbô fit claquer son fameux fouet et une femme sortit d'une seconde chaise.

Une femme ? Sans doute l'une de celles du clan Hori. Mais que se passait-il ? Pourquoi les guerriers restaient-ils paralysés devant elle, comme incapables de bouger ?

Du haut de la montagne, les trois samouraïs contemplaient ce spectacle. S'ils ne patrouillaient plus depuis une bonne dizaine de minutes, c'était que l'étrange pantomime – en effet, puisqu'ils ne pouvaient entendre les dialogues – qui se déroulait au col de Seishi les captivait malgré eux.

Soudain, ils se retournèrent d'un bond, comme si on les avait piqués.

Un être étrange se tenait campé tout près d'eux sous les arbres. Vêtu de noir, affublé d'un masque nô de *hannya*. Soudain, il s'adressa à eux en riant :

— Hé, ce ne serait pas des signaux de fumée, là-bas ? Pourquoi les a-t-on lancés ? demanda-t-il en s'approchant sans la moindre appréhension, comme s'il avait vraiment l'intention de les aider. Vous devriez vous dépêcher de prévenir vos camarades que des brigands se sont introduits sur vos terres. Huit au total, rien que ça. Ce qui veut dire que sept autres bandits ont déjà passé la frontière pendant que vous étiez en train de rêvasser.

Les trois guetteurs, visiblement surpris, regardèrent autour d'eux, puis blêmirent soudain : n'ayant pas entendu le masque arriver, eux qui se vantaient pourtant de posséder une vue et une ouïe exceptionnelles, ils ne prirent pas ce qu'ils venaient d'entendre pour une provocation sans conséquence : ils se déployèrent aussitôt de droite à gauche.

— Commençons donc par régler son compte à celui-là, murmura le samouraï du milieu.

Les trois hommes dégainèrent leur sabre sur-le-champ.

Caché derrière son masque de *hannya*, Jûbei contemplait la scène en faisant claquer sa langue. Son intention n'était pas de combattre ces trois hommes, mais seulement de les pousser à émettre un signal de fumée qui alerterait leurs camarades. Car il avait observé lui aussi le spectacle qui se déroulait en contrebas et constaté que non seulement le groupe de Takuan ne passait pas la frontière sans anicroche – ce qui n'avait rien de surprenant – mais qu'une tension sinistre imprégnait l'atmosphère, comme si une menace imminente planait sur les chaises à porteurs. C'est pourquoi il avait décidé d'entrer en action et de détourner l'attention des gardes du *bansho*.

Jûbei regarda fixement les trois samouraïs et poussa un curieux gémissement, tout en dégainant lentement son sabre du fourreau qu'il portait accroché à sa taille.

Il constatait avec quelque étonnement, il faut bien l'avouer, que ces adversaires qu'il avait pris pour de banals samouraïs provinciaux, avec leurs casques *jingasa*, se révélaient plus redoutables qu'il ne l'aurait cru.

Pas étonnant qu'ils croient pouvoir m'éliminer sans problème, même au dojo Yagyû d'Edo, on ne trouverait pas dix sabreurs aussi doués que ces trois-là. Voici donc la pépinière dont sont sorties les Sept Lances d'Aizu...

Tout d'un coup, les samouraïs chargèrent. Tandis que les deux qui se trouvaient à droite et à gauche fonçaient pour faucher Jûbei, leur comparse courut droit sur lui, puis bondit si haut qu'il aurait presque pu toucher le ciel.

Quel assaut meurtrier ! Impossible d'éviter l'attaque ou de s'écarter d'un bond. Quoique...

— Kyaaa !

Les trois samouraïs poussèrent un grand cri et, tels des monstres ailés, se jetèrent sur lui pour finir en culbute.

Jûbei s'était allongé sur le dos, brandissant son sabre forgé par le célèbre Miike Tenta, puis, rapide comme l'éclair, il avait fauché la jambe des deux ennemis qui se trouvaient sur sa droite et sur sa gauche. Il avait ensuite frappé de biais, tranchant les deux jambes de celui qui tombait du ciel, selon la technique du *tsubamegaeshi* – qui consiste à retourner sa lame d'un coup en imitant le vol d'une hirondelle.

Jûbei roula sur le côté et réussit à éviter l'assaillant qui retomba par terre comme un morceau de chair sanguinolent. Lorsqu'il releva la tête l'instant d'après, le spectacle qu'il découvrit le saisit d'épouvante.

Le samouraï du milieu aux deux jambes amputées gisait dans une mare de sang, les dents plantées dans l'herbe rougie. Mais les deux estropiés se relevèrent soudain pour se mettre à courir à cloche-pied. Celui de droite extirpa de son habit une sorte de boule qu'il lança en l'air, pendant que celui de gauche prenait appui sur le sol avec le seul pied qui lui restait pour sauter d'un bond dans un grand arbre.

Le premier tomba en avant de tout son long, mais la boule, elle, atterrit dans le fameux panier en fer suspendu à la branche. Aussitôt, une petite flamme blafarde se mit à étinceler et une colonne de fumée blanche s'éleva dans le ciel bleu.

— Un signal !

Jûbei leva la tête pour regarder le panache de fumée. L'instant d'après, ayant repris ses esprits, il vit l'autre ennemi, celui qui avait bondi dans l'arbre, s'enfuir vers le col en contrebas en se balançant de branche en branche comme un singe, laissant une pluie de sang derrière lui.

Jûbei se leva d'un bond, mais il ne s'élança pas pour autant à la poursuite du pauvre bougre. Car il se passait exactement ce qu'il avait cherché à obtenir : que les trois samouraïs préviennent leurs acolytes de sa présence afin de concentrer l'attention sur lui.

Si tous leurs acolytes sont aussi forts qu'eux... il doit y en avoir une bonne dizaine, une centaine peut-être, je ne sais pas au juste, mais... si tous ont cette vitalité et possèdent à ce point l'art du combat, la partie sera ardue, même lorsque nous aurons réussi à pénétrer en Aizu. A supposer qu'on y arrive, d'ailleurs...

Jûbei, qui avait pourtant tranché les jambes de trois personnes en un clin d'œil, pâlit soudain légèrement.

Peu importe, il était trop tard : les signaux de fumée s'élevaient déjà les uns après les autres sur les sommets. Quant au projectile de tout à l'heure, il s'agissait probablement d'une pelote de crottes de loup, susceptibles de s'enflammer spontanément, à ce qu'il avait entendu dire.

Jûbei rangea son sabre dans son fourreau pour se précipiter sous un arbre, y ramasser un paquet et revenir à toute allure sur ses pas.

Il posa ensuite le balluchon devant la cabane des gardes, puis disparut dans la forêt d'érables qui se trouvait sur le versant ouest.

Il fonçait droit sur le territoire d'Aizu.

7

— La *hannya* est là !

L'exclamation du guetteur unijambiste qui avait traversé la forêt comme un singe donna l'alerte.

— Il a abattu mes deux compagnons ! Il a parlé de huit malfaiteurs au total…

Telles furent ses dernières paroles.

— Nous avons trouvé ce… ce truc devant la cabane.

Ce fut là le deuxième avertissement, lancé par l'un de ses compagnons, qui s'était précipité vers le bivouac émettant le signal de fumée avant de revenir en courant comme un dératé.

Quand Akinari comprit ce qu'on lui tendait, il eut un mouvement de recul : c'était la tête tranchée de Washinosu Rensuke. Elle était violacée, à présent, et du pus suintait de l'entaille. Cette vision était d'autant plus atroce que le samouraï possédait une tête énorme, à l'image de son corps de colosse. Une très esthétique branche d'érable à laquelle était accroché un petit billet avait été glissée dans sa bouche.

En d'autres circonstances, on aurait pu voir là un divertissement élégant et digne d'un noble de la cour impériale, mais évidemment, avec une tête dans un état de décomposition avancée… Akinari se fit apporter le billet. Trois cercles doubles étaient disposés les uns au-dessus des autres. L'inscription à l'encre noire attira aussitôt son regard : *Le serpent a trois yeux*.

Il va sans dire que le chiffre noté correspondait de façon inquiétante au nombre de membres restants des Sept Lances – ou au montant d'une dette à rembourser.

— Rensuke ! Toi aussi ! se lamenta Kôshichirô.

— Quelle audace de nous avoir fait un coup pareil ! Il a tué Rensuke… gémit Ginshirô.

Kôshichirô et Ginshirô, grinçant des dents, se relevèrent d'un bond avec des airs furieux. Puis, tels deux oiseaux prenant leur vol, ils partirent au pas de course vers la montagne où se trouvait le poste de garde.

Sur ce versant, la forêt d'érables rouges s'agitait sous l'effet de rafales de vent. Les hommes d'Ashina, bien plus nombreux que tout à l'heure, ainsi que les guerriers en faction devant les différents *bansho* situés au sommet des différentes montagnes s'étaient tous rués à l'endroit où le premier signal de fumée avait été émis, afin de débusquer cette bande de hardis malfaiteurs.

— Mais qu'est-ce qui se passe encore ?

Takuan, qui regardait ce spectacle d'un air stupéfait, leva les yeux en reniflant et contempla le ciel automnal, unique élément de calme dans ce paysage troublé.

— Bon, nous avons perdu assez de temps comme ça… Messire Akinari, je vous quitte à présent. Un long chemin nous attend jusqu'à Dewa.

Le vieux moine remonta dans sa chaise en donnant aux porteurs l'ordre de départ. Quant à Akinari, loin de le saluer, il continua de regarder la tête de Rensuke en frissonnant, avant de tourner les yeux vers le tumulte de cris qui faisait rage dans la forêt. Soudain, la voix d'Ichiganbô s'éleva.

— Maître Dôhaku !

Le samouraï allait s'élancer à la suite de Kôshichirô et de Ginshirô lorsqu'il s'était rappelé l'ordre donné par son vieux maître. Se retournant, il l'aperçut qui observait avec une expression étrange les chaises à porteurs prêtes à partir.

— Maître Dôhaku ! répéta Ichiganbô.

A la mine du vénérable vieillard, le samouraï comprit que l'explication de Takuan ne l'avait pas totalement convaincu.

Cependant, Dôhaku secoua discrètement la tête pour lui indiquer de se tenir tranquille, tout en suivant d'un regard sinistre les humbles véhicules qui s'ébranlaient lentement.

— Maître Takuan, lança Dôhaku au moment où le premier passa devant lui.

— Oui.

Relevant la natte de sa chaise, Takuan sortit la tête et Dôhaku lui adressa un sourire méprisant, auquel Takuan répondit tout aussi dédaigneusement. Le visage barré d'un sourire jusqu'aux oreilles, le regard imperturbable, les deux vieillards tentaient chacun de deviner les pensées de l'autre.

— Je ne savais pas que des favorites du shôgun se trouvaient à bord de ces palanquins, lança Dôhaku. Sachez que je suis vraiment confus d'avoir tenu des propos aussi irrespectueux tout à l'heure.

— Mais je vous en prie ! Vous ne pouviez pas le savoir, puisque nous voyageons incognito, comme vous avez pu le constater. Ne craignez rien, vous êtes pardonné, répondit le moine facétieux.

— Attendez... A bien y réfléchir, je trouve que ma faute mérite la mort.

Takuan fronça légèrement les sourcils : décidément, cet ancêtre était bien tenace. Soudain, Dôhaku dégaina d'un geste rapide, mais avec le plus grand calme, le sabre court qu'il portait à sa ceinture, si bien que le bonze lui-même ne put s'empêcher de hausser les sourcils d'étonnement.

— Pour vous prouver ma bonne foi et en guise d'excuses, je vais me punir moi-même. J'espère que grâce à ce geste, vous voudrez bien pardonner la faute commise par le fief d'Aizu et que vous intercéderez en notre faveur auprès du shôgun.

Sur ces paroles, Dôhaku prit le sabre et le planta dans la partie gauche de son abdomen. Malgré la douleur qui tordait son visage ridé, qui ressemblait plus que jamais à un grouillement de vers gris, le vieillard plus que centenaire enfonça la lame jusqu'à la garde.

Frappé d'horreur, Takuan ferma les paupières et rabattit la natte de sa chaise.

— Allez-y, lança-t-il aux porteurs après un petit bruit de bouche qui trahissait son insatisfaction.

Les chaises entamèrent la longue descente vers Aizu, les cinq bonzes à leur suite.

Dôhaku fut le seul à les suivre des yeux, car en fait tous les autres le dévisageaient, lui. Au bout de quelques instants, O-Yura s'avança sans mot dire.

Elle s'agenouilla et saisit le sabre qui transperçait

le ventre de son vieux père, pour le retirer d'un geste sec. Ensuite, elle essuya avec de petites serviettes en papier la lame couverte de sang frais. Dôhaku lui prit le sabre des mains et le rengaina sans laisser échapper le moindre gémissement. Après quoi il s'assit, stoïque comme une pierre.

— Pourquoi vous être infligé pareille souffrance, maître ? souffla Ichiganbô.

Le vieillard de cent sept ans rit dédaigneusement comme si de rien n'était, comme s'il ne venait pas de s'ouvrir le ventre, avant de murmurer :

— Je tenais à ce que Takuan se mette bien ça dans la tête : il a affaire à un monstre, pas à un homme ordinaire.

II
LA NUIT DU RÉCIT DE DÔHAKU

1

On ignore à quelle époque précise la capitale du fief d'Aizu a gagné son appellation de Wakamatsu – autrement dit « jeune pin ». Ce territoire se nommait autrefois Kurokawa, « rivière noire », et c'est le clan Ashina qui fut à l'initiative de la construction de la forteresse, dominant toute la région d'Aizu de sa position stratégique. Nous parlons là d'événements remontant à l'époque de Kamakura, ce qui signifie que le clan Ashina gouverna ce domaine durant quatre cents ans, avant de se faire attaquer et chasser par Date Masamune, en la dix-septième année de l'ère Tenshô (1589).

Le clan Date fut ensuite lui-même débouté par Toyotomi Hideyoshi, qui attribua le domaine à Gamô Ujisato. A la place de l'ancienne forteresse de Kurokawa, Ujisato fit construire un donjon à sept niveaux qui passa ensuite aux mains du clan Uesugi, puis à celles de Katô Yoshiaki, qui le ramena à cinq niveaux, optant sagement pour quelque chose de moins ostentatoire afin de ne pas provoquer les nouveaux maîtres du Japon, les Tokugawa.

Yoshiaki, qui s'était fait connaître par sa bravoure à la bataille de Shizugatake, ne manqua pas de discernement en cette occasion. Si seulement son fils et successeur, Katô Akinari, avait hérité ne fût-ce qu'un millième de l'intelligence de son père…

Le château Tsurugajô se dressait dans le ciel embrasé par les derniers feux du soleil couchant. Au sud de Wakamatsu, en direction de la plaine, les toits des résidences des samouraïs, du quartier des artisans et des temples s'étiraient en une mer ondoyante.

A vrai dire, même ramenés à cinq niveaux, le Tsurugajô et son donjon n'avaient rien perdu de leur superbe. On disait que c'était au clan Ashina qu'il devait son nom de Tsurugajô ou « château de la grue couronnée de rouge ».

Sitôt entré, Akinari écarquilla les yeux et se figea, sidéré par le spectacle qui se déroulait sous ses yeux. Ichiganbô, Kôshichirô et Ginshirô qui le suivaient en restèrent bouche bée à leur tour. Ashina Dôhaku et O-Yura avaient réservé une surprise au maître des lieux, à l'occasion de son retour. La jeune femme prosternée leva les yeux vers Akinari et lui sourit.

— Seigneur, j'ai entendu parler des divertissements auxquels vous vous adonniez dans l'Enfer des Fleurs, à Edo. Je ne voudrais pas que vous trouviez notre province ennuyeuse, j'ai pris la liberté de…

A l'émerveillement des arrivants, le sol, les murs et le plafond de la salle d'une vingtaine de tatamis étaient entièrement recouverts de corps humains totalement dénudés. Au sol, il n'y avait que des femmes ; sur les murs, les jeunes gens serrés les uns contre les autres, qui se superposaient jusqu'au plafond, auraient presque pu servir d'étagères humaines. Au plafond, d'autres étaient suspendus à plat ventre, sans doute attachés à des anneaux métalliques par des ceintures de kimono.

Il devait y en avoir deux à trois cents dans la pièce. Et lorsqu'on y regardait de plus près, on voyait que tous ces jeunes gens étaient d'une beauté merveilleuse. Les corps blancs des filles et ceux légèrement hâlés des garçons dessinaient des rayures que les yeux, les cheveux noirs, les lèvres et les mamelons rouges coloraient, ponctués par les obis aux teintes vives, accrochés aux anneaux dorés qui suspendaient les malheureux au-dessus du sol…

On se serait cru dans une énorme boîte en ivoire ou dans une malle ornée de nacre venue d'un autre monde. Cet endroit évoquait surtout une corbeille de fleurs entièrement constituée de corps humains, à l'effet puissamment érotique.

Les beaux garçons accrochés à la verticale portaient chacun un chandelier au bout d'un bras, si bien que de magnifiques flammes s'élevaient de toutes parts. A cause des bougies et des soupirs embaumés, la chaleur dans la pièce était telle qu'elle aurait pu s'embraser.

— L'Enfer des Fleurs à Edo… murmura Akinari dont les yeux brillants lançaient des regards enivrés sur ce somptueux spectacle.

Il ne semblait pas inquiet à l'idée qu'O-Yura sache déjà tout de ses « divertissements » d'Edo. Il est vrai qu'il avait coutume de dormir sur un matelas de femmes nues couchées côte à côte, dans l'entrepôt de la résidence qu'il possédait là-bas, mais il n'y avait jamais plus de cinq ou six corps à la fois. Autant dire rien, comparé à ce qu'il voyait là.

— Seigneur, vous n'êtes plus à Edo, mais dans votre château d'Aizu, lança Ashina Dôhaku. Le domaine, ses revenus de quatre cent mille *koku* et tous ceux qui y vivent vous appartiennent. Sentez-vous libre de vous comporter en seigneur et de vous amuser à votre guise !

S'il avait préparé un tel accueil à Akinari, c'était parce qu'il avait entendu parler des différentes mésaventures qui lui étaient arrivées à Edo et parce qu'il était de son devoir – et de son intérêt – de lui remonter le moral.

L'air soudain effrayé, Akinari se retourna pour regarder Dôhaku.

— Tous les hommes d'Aizu m'appartiennent… sauf ces ennemis de malheur. L'homme au masque de *hannya* et les sept femmes qui en ont après moi ont réussi à pénétrer dans mon fief.

— Maître Dôhaku, je voulais justement vous parler à ce propos, intervint Ichiganbô. Il semble clair que ce fameux grand maître Takuan soutient nos ennemis. Mais ce n'est pas tout. Lorsque nous nous trouvions là-haut à la frontière, vous m'avez dit à un moment que les femmes du clan Hori se cachaient dans les neuf chaises à porteurs. Je ne comprends pas pourquoi vous les avez laissées passer, ni pourquoi vous faites semblant de ne rien savoir à ce sujet.

Il convient de dire ici qu'un peu plus tôt, au moment où ils avaient franchi la porte principale, l'un des hommes en faction s'était approché du cheval de Dôhaku pour lui apprendre qu'un bonze avait erré un long moment le long des douves avant de tourner soudain les talons pour repartir en courant vers le nord.

— Hum, ce moine a dû être surpris de me voir bien vivant sur mon cheval alors que je m'étais transpercé la poitrine avec mon sabre ! Il est certainement allé prévenir Takuan.

Sur ces paroles, Dôhaku gloussa de rire.

En effet, il avait ordonné à ses hommes de laisser le groupe du grand maître passer la frontière et leur avait strictement interdit de les poursuivre, pour une raison que les Lances n'arrivaient pas à s'expliquer.

— Et moi, j'aurais autre chose à vous demander, dit Ginshirô. C'est à propos du message du grand prieur Tenkai : « Rentrez et dites ceci à Dôhaku : sache que jamais le Mal n'a triomphé du Ciel. Souhaites-tu la ruine du clan Ashina ? » Qu'est-ce que le vénérable maître a voulu dire par là ?

— Nous avons préparé ce tapis de fleurs spécialement pour vous, interrompit Dôhaku d'une voix calme pour les inviter à s'asseoir en leur désignant le sol du menton. Et si vous preniez place ?

Akinari et les trois samouraïs foulèrent le tapis de corps féminins. Les femmes avaient dû être bien dressées, car elles ne poussèrent pas le moindre gémissement au moment où l'on piétina leurs seins et leurs ventres. Elles ouvrirent simplement la bouche de douleur et se tordirent en silence, telles des fleurs blanches ou des vagues balayées par le vent.

Les hommes, impitoyables et arrogants, s'assirent sans autre forme de cérémonie.

— A propos de Takuan, reprit Dôhaku, j'ai tout de suite compris que les renardes du clan Hori se trouvaient à bord des chaises à porteurs. L'homme au masque de *hannya* a certainement attaqué les guetteurs afin d'attirer l'attention sur lui. C'est pourquoi j'ai préféré changer de stratégie.

— Comment ça ?

— Au début, j'ai hésité entre deux options : les arrêter à la frontière pour les abattre sur place, ou bien les laisser entrer dans Aizu et les tuer sur nos terres. Je me suis dit que la seconde serait probablement la meilleure. Et quand j'ai eu la conviction que Takuan les soutenait, j'ai définitivement opté pour cette solution.

— Pourquoi ?

— J'ai bien réfléchi à la personnalité de Takuan. C'est quand même un maître de zen d'un renom sans égal. J'ai également entendu dire qu'il était excellent tacticien. Si des favorites du shôgun s'étaient vraiment trouvées à bord de ces chaises – ou plutôt, si les femmes Hori ne s'y étaient pas trouvées –, nous n'aurions eu d'autre choix que de nous faire seppuku. Bon, moi, ça ne m'aurait pas posé de problème, mais notre seigneur n'en serait pas sorti indemne. Je crois bien ce maudit bonze capable d'une telle ruse.

— Alors, d'après vous, il y avait vraiment des favorites du shôgun à l'intérieur ?

— Non, absolument pas. Je pense au contraire que les renardes Hori s'y trouvaient. Eh bien, maintenant, c'est Takuan qui ne s'en sortira pas indemne. Une fois confondu et convaincu de mensonge, il n'aura plus qu'à se pendre de honte, ce qu'il ne fera pourtant pas. Mais quel bénéfice en tirera le fief d'Aizu ? N'oubliez pas que ce bonze est un maître respecté du shôgun.

— Mais puisque le grand maître prend parti pour nos ennemis, nous pourrions...

— Non, il est hors de question de toucher à Takuan. S'en prendre à lui, ce serait semer le vent au risque de récolter la tempête. Une tempête si grave que le donjon du château Tsurugajô se fendrait en deux.

— Que faire dans ce cas ?

— Il serait risqué de nous déclarer ouvertement ennemis de ce bonze, ce maître que le shôgun vénère... D'un autre côté, ça ne veut pas dire que nous nous mettrions le shôgunat à dos pour autant.

A mon avis, ce bonze est le seul instigateur du complot. Il fourre son nez partout avec une obstination qui lui ressemble bien… Voilà, vous connaissez mon objectif à présent.

— Euh… non, pas vraiment. Que voulez-vous dire ?

— Que Takuan ne peut pas s'opposer ouvertement à nous, puisque nous sommes maîtres sur nos terres ! Nous n'aurons pas plus de mal à attraper ces femmes que si nous les cherchions dans un sac. Et quand les choses sont trop faciles, elles manquent de piquant. En revanche, nous devrions prendre plaisir à voir ce Takuan de malheur se démener comme un beau diable.

— Je comprends, fit Kôshichirô en acquiesçant.

Depuis tout à l'heure, il écoutait Dôhaku en tripotant les seins des femmes sur lesquelles il était assis. Il leur tordait les tétons comme il aurait cueilli des fraises sauvages et regardait avec un sourire ironique leurs beaux visages se tordre de douleur.

— Ne touchez pas à Takuan, vous m'entendez ? En revanche, déjouez ses stratagèmes. Et capturez les femmes Hori – sans les tuer, si possible, mais torturez-les à mort pour leur montrer quel sort on mérite à défier son seigneur. Puisque nous en sommes là, je crois que nous devrions rendre notre détermination publique et avertir que désormais, tous les insurgés seront impitoyablement punis. Cela devrait mettre du plomb dans la cervelle aux vassaux de ce fief… Et quand nous aurons supprimé toutes les femmes, Takuan sera réduit au silence.

— Vous avez raison, acquiesça Ginshirô.

— C'est pour cette raison que j'ai mis Takuan au courant de mon invulnérabilité. Je lui ai fait comprendre qu'il avait affaire à quelqu'un de redoutable, car je préférerais qu'il renonce à se battre contre nous. Espérons que la peur le fasse reculer. Et puis, je suis certain que, le cas échéant, vous, hommes d'élite du clan Ashina, sélectionnés et formés par mes soins, vous parviendrez à le surprendre et à réduire ces femmes en charpie.

— Le grand maître n'est pas notre seul problème, reprit Kôshichirô, qui avait enfin cessé de tripoter les mamelons. Ce type au masque de *hannya*…

— Oui, répondit Dôhaku qui leva les yeux au ciel en caressant sa barbe à cette évocation. C'est vrai que ce n'est pas n'importe qui. Au campement de guet, il a réussi à trancher d'un seul coup de sabre ou presque les jambes de Sukenai, Hikobê et Jinpachirô, comme on fauche des épis de riz en automne. Je dois avouer que je comprends mieux à présent comment quatre des Sept Lances se sont fait tuer si facilement. Il est tout à fait normal que notre seigneur le redoute, mais…

Dôhaku s'interrompit pour fixer Kôshichirô du regard.

— Et toi, arriverais-tu à l'abattre ?

— Je l'ignore, répondit Kôshichirô en rougissant.

La question l'avait vexé.

Dôhaku pencha la tête sur le côté pour murmurer :

— Je ferais peut-être mieux de m'en occuper moi-même, si ça se trouve…

Mécontent de ce qu'il venait d'entendre, Kôshichirô allait répliquer, quand Akinari intervint :

— Dôhaku… dit-il d'un air agité, nous nous sommes fait une ennemie à Edo : Tenju-in, autrement dit la princesse Sen, la sœur aînée du shôgun. Et maintenant, voilà que tu veux nous mettre à dos Takuan, le maître zen du shôgun. Je ne te cache pas que cela m'inquiète un peu…

— Dans ce cas, on pourrait contacter un de nos hommes qui appartient au shôgunat.

— Et de qui s'agit-il ?

— Quelqu'un envers qui Takuan, qui n'est que le maître du shôgun actuel, a une énorme dette : je veux parler du grand prieur Nankôbô Tenkai, le maître zen du grand hégémon Ieyasu.

— Hein ?

Les Sept Lances – qui n'étaient plus que trois, à présent – écarquillèrent les yeux.

— Ce bonze vénérable serait donc…

— Il est mon frère. Ou, pour être plus précis, Tenkai n'est ni mon aîné ni mon cadet ; nous sommes nés en même temps et du même ventre : nous sommes jumeaux.

Le visage de Dôhaku se fendit d'un large sourire.

Suffoqués par cette étonnante nouvelle, Akinari et les Lances fixèrent du regard le vieillard fantomatique, puis ils se mirent soudain à parler tous en même temps.

— Maintenant que j'y pense, c'est vrai que je n'avais jamais entendu parler des origines du fameux grand prieur… commenta Akinari.

— Mais, maître Dôhaku, pourquoi ne nous avez-vous rien dit jusqu'à aujourd'hui ? Et pourquoi maître Tenkai vous a-t-il laissé un message aussi maléfique sur la route d'Oshû ? demandèrent les Lances en chœur.

— Attendez, je vais vous expliquer, répondit calmement Dôhaku face à ce flot de questions.

Un fin croissant de lune brillait déjà au-dessus du toit de tuiles du grand donjon. Le vent sifflait tristement au loin, mais les flammes des chandeliers que portaient les beaux garçons accrochés aux murs ne vacillèrent pas.

— Comme vous le savez déjà, je suis né voici cent sept ans au château Takadajô, le 1er janvier de la 5e année de l'ère Tenmon (1536), à Kurokawa, à deux lieues au sud de Wakamatsu. Je suis le fils du châtelain Ashina Kagemitsu… Je ne l'ai appris que plus tard, mais il paraîtrait que Toyotomi Hideyoshi serait né le même jour, le même mois et la même année que moi.

Et c'est ainsi que Dôhaku se mit à raconter son histoire.

Les samouraïs la connaissaient déjà pour partie, mais comme elle relatait des faits qui s'étaient déroulés cent sept ans auparavant, ils avaient plus l'impression d'écouter une légende ou un mythe extravagant que l'histoire de la naissance de Dôhaku.

Sans compter que ce vieillard vénérable mais bien vivant qui se tenait devant eux n'était autre que leur chef de clan.

Ils déglutirent donc et ouvrirent grand leurs oreilles.

— Nous étions jumeaux. On me donna le nom de Hôtarô – l'enfant du Dharma –, à lui Hyôtarô – l'enfant de la guerre. Ashina Hyôtarô, autrement dit le futur Nankôbô Tenkai, le « bonze de la Lumière du Sud de la Mer Céleste ».

2

— Pour vous conter l'histoire des jumeaux de cent sept ans, il me faudrait cent sept ans au moins ! lança Dôhaku en riant. Mais retenez seulement ceci : au troisième jour après ma naissance, je tuai ma mère en lui arrachant les tétons avec les dents. Et de même pour toutes les nourrices à qui l'on essaya de me confier, de sorte qu'on dut me faire allaiter par des chiennes. Chose curieuse, Hyôtarô n'aurait jamais bu au sein d'une femme humaine. Enfin si, une fois, mais il aurait aussitôt recraché sa première tétée…

Un silence assourdissant planait sur la pièce.

— On raconte encore que mon vagissement ressemblait au hurlement du loup. Tous les gens qui m'ont rencontré à cette époque l'affirment. Mais plus curieux encore, il se raconte qu'un jour, un moine zen errant serait apparu comme par magie après avoir entendu pleurer Hyôtarô et qu'il aurait penché sa tête au-dessus de la bouche de mon frère avant de murmurer que cet enfant récitait le sûtra du Lotus... Tout cela pour vous expliquer que même si nous sommes jumeaux, nous sommes apparemment nés sous des étoiles bien différentes...

Dôhaku poursuivit son histoire.

— Nous nous disputions très souvent. Nos querelles étaient, semble-t-il, épouvantables et ne ressemblaient en rien à celles de deux frères, mais plutôt à des empoignades entre ennemis mortels. C'est à sa demande que Hyôtarô a intégré l'illustre temple Ryôkôji du mont Dôjusan à l'âge de onze ans et qu'il est devenu bonze. Mais je crois que notre père ne pouvait plus rester indifférent à nos disputes : il pensait que nous finirions par nous entre-tuer si nous restions sous le même toit...

Là non plus, personne ne commenta.

— Depuis lors, voilà bientôt cent ans que l'un consacre ses forces et son âme à acquérir toutes sortes de techniques et de tactiques de combat, au point qu'il a même appris la sorcellerie – je parle de moi –, tandis que l'autre est devenu le maître spirituel et grand prieur Nankôbô Tenkai. Moi, Hôtarô – l'enfant du Dharma –, je me suis transformé en démon de la tactique et de l'art de la guerre, et lui, Hyôtarô – l'enfant de la guerre – en serviteur de la loi du Bouddha. Il m'arrive souvent de trouver cette situation comique, mais ne dit-on pas que le sang est plus épais que l'eau ?... Ce que je ne comprends pas, c'est pourquoi mon frère me manque à présent…

Le vieillard leva les yeux vers le ciel ténébreux, comme pour y chercher son jumeau, qui dormait au même moment dans le temple Kan'ei à Edo, à soixante-cinq lieues de là.

– Oui, le sang est plus épais que l'eau… Et le sang des Ashina coule bien dans les veines de Tenkai, car il ne s'est pas contenté d'être un simple bonze. S'il a assisté le shôgun Ieyasu en tant que conseiller et fini par se faire appeler le « Conseiller noir », n'est-ce pas grâce au sang des Ashina ? C'est pourquoi je suis sûr que la disparition des Ashina ne laisserait pas mon jumeau indifférent. A cause du sang qui coule dans ses veines, il ne pourrait pas rester insensible à ce malheur. Il ne le supporterait pas – même s'il a du dégoût pour moi, affirma-t-il avec un rire sinistre avant de se taire.

Au bout de quelques secondes, Ichiganbô rompit le silence pour demander :

– Le maître Tenkai vous déteste donc ?

– Je le crois, oui… Nous sommes voués à être frères ennemis, et même ennemis mortels, à ce qu'il paraît.

– Maî… maître Dôhaku… bégaya Ichiganbô en s'approchant de lui à genoux sur le corps des femmes. Dans ce cas, cela veut dire que maître Tenkai n'est pas franchement de notre côté, n'est-ce pas ?

– Bien au contraire.

Même si la réponse que Dôhaku venait de faire

était paradoxale, ce dernier resta imperturbable. Puis, tout soudain, il changea de sujet :

— Malheureusement, autrefois, nous avons succombé sous le nombre, nous, les Ashina, quand les Date nous ont chassés d'Aizu... La 17e année de l'ère Tenshô, vous n'étiez pas encore nés, vous autres, j'ai demandé de l'aide à Tenkai. A cette époque, il venait de rejoindre le camp d'Ieyasu. Voici la réponse que Tenkai m'a faite : « Que disparaissent les Ashina, que disparaissent les Date, que disparaissent tous les héros. Je suis convaincu que le seul moyen de sauver le peuple serait que Tokugawa Ieyasu unifie tout le pays. » Vous pouvez imaginer comme ces affirmations cruelles m'ont indigné à l'époque. Ce que je tente de vous expliquer, c'est pourquoi il me semble que Tenkai n'a pas complètement abandonné les Ashina. La preuve, Ichiganbô, c'est qu'il t'a dit de rentrer et de me transmettre son message : « Sache que jamais le Mal n'a triomphé du Ciel. Souhaites-tu la ruine du clan Ashina ? »... C'est bien ce qu'il a dit, si je ne me trompe. N'est-ce pas la preuve qu'il surveille constamment nos faits et gestes et s'inquiète de notre sort ?

— Tout de même, Dôhaku, intervint Akinari, dévoré d'impatience, ne pourrais-tu pas demander à Tenkai de dire à la princesse Sen et à Takuan de passer l'éponge sur l'affaire Hori Mondo ?

— Je ne le supplierai pas à genoux, ce serait la plus grande honte de ma vie. En revanche, si nous nous retrouvons dans une situation vraiment désespérée, au lieu de lui demander de me rendre service, je pourrai le menacer.

— Menacer Tenkai… répéta Akinari, dubitatif.

— Parfaitement, car si moi, Dôhaku, je devais mourir, Tenkai perdrait la vie, lui aussi.

— Quoi ?

— Nous sommes deux frères jumeaux qui se haïssent mais qui partagent le même sang. Tenkai sait très bien que son destin est scellé au mien : lorsqu'un de nous deux mourra, l'autre s'éteindra immanquablement…

Ses propos parurent si étranges que, l'espace de quelques secondes, le silence plana. Puis Dôhaku baissa doucement les yeux et, dans un murmure :

— Dès l'enfance, nous nous sommes rendu compte que Hyôtarô avait mal quand Hôtarô se blessait, et que Hôtarô souffrait quand Hyôtarô était malade. De ce fait, je présume que nous mourrons tous les deux en même temps, affirma-t-il en riant dans sa barbe. Vous savez à présent pourquoi nous sommes toujours aussi vigoureux malgré nos cent sept printemps, et pourquoi je suis invulnérable, au point que je me relève toujours en un clin d'œil d'une maladie ou d'une blessure.

Son auditoire ne semblait pas très convaincu… En quoi son récit expliquait-il les raisons pour lesquelles il détenait le secret de l'immortalité ? Dôhaku promena ses yeux sur les trois Lances, puis il laissa éclater un rire perçant comme un cri de hibou avant de poursuivre :

— Et même si je souffre quand je me transperce avec un sabre, le seul fait de savoir que Tenkai endure la même chose... Quand je me suis poignardé, sur le col, j'ai bien ri en pensant qu'à Edo, à la même heure, Tenkai se tordait de douleur en se pressant la poitrine des deux mains.

Soudain, il regarda sa fille.

— Ah, O-Yura, ce que tu peux être belle ! Très belle même. Quel malheur de penser que ton père te survivra, alors que tu es si jeune aujourd'hui !

O-Yura pencha la tête sur le côté, visiblement étonnée.

— Père, vous dites que si vous mourez, Tenkai mourra aussi, et que tant que Tenkai est en vie, vous le resterez aussi. Cela me fait penser à cette histoire des deux serpents qui se mordent la queue l'un l'autre...

— Exactement ! exulta Dôhaku en se donnant une petite tape sur les genoux avant d'ajouter sur un ton tranchant à la cantonade : Entre Tenkai et moi, c'est à qui les astres seront les plus favorables. La force de l'un entraîne celle de l'autre dans son sillage. Je vous confie aujourd'hui ce secret plus que centenaire parce que la situation est très grave, poursuivit-il plus bas. Si je n'en ai parlé à personne jusque-là, pas même à vous – tout comme Tenkai, qui a tenu sa langue, d'ailleurs –, c'est que, ce secret éventé, il suffirait de m'abattre pour l'abattre lui, et inversement. Surtout, n'allez jamais en parler à personne, vous m'entendez ? conclut le vieillard en promenant un regard effrayant sur son auditoire.

— Promis juré ! s'écrièrent les trois Lances.

— C'est pourquoi je ne mourrai jamais. Je ne serai jamais vaincu, quelles que soient la puissance surnaturelle que Takuan détient du Bouddha et la technique du sabre hors du commun dont fait preuve l'homme au masque de *hannya*. La victoire finale sera pour nous ! Vous pouvez affronter nos ennemis sans crainte, faites-moi confiance... Allez-y, maintenant, lança le vieillard en faisant signe aux samouraïs de se lever. Puis, se tournant vers Akinari, il lui dit :

— Monseigneur, vous pouvez donc profiter de votre séjour dans votre fief en toute tranquillité. Ma fille O-Yura est la digne rejetonne de son père. Elle possède plus d'énergie sexuelle que n'importe quelle autre femme. Voilà un an qu'elle se languit de vous. Restez ici ce soir, et surtout, prenez du bon temps.

Dôhaku se leva à son tour et s'avança jusqu'à la porte en foulant le matelas de corps féminins. Arrivé sur le seuil, il se retourna pour regarder sa fille, qui se cramponnait déjà au cou d'Akinari. Il détourna les yeux.

— Ces murs et ce plafond ne tarderont pas à être humides et luisants de sueur et de sang, murmura-t-il en promenant son regard sur la pièce.

3

Le lendemain matin, au point du jour, un bruit de sabots lancés au galop réveilla les Lances d'Aizu en sursaut.

Les gardiens postés à l'entrée principale leur apprirent que venaient d'arriver des messagers à cheval, trois des hommes d'Ashina chargés de surveiller le col d'Otôge, dit le « grand col », à la frontière nord d'Aizu. Les samouraïs se précipitèrent vers les appartements de Dôhaku en entendant la nouvelle.

Bientôt, le vieillard pénétra dans la pièce où ses hommes l'attendaient déjà.

— J'ai quelque chose à vous dire au sujet du groupe de maître Takuan… lança aussitôt l'un des trois hommes d'Ashina à Dôhaku.

Si Takuan et son groupe se rendaient à Kaminoyama en passant par le fief d'Aizu, l'itinéraire normal voulait qu'ils franchissent le col d'Otôge et poursuivent leur route vers le fief de Yonezawa par le défilé de Sarukura. Voilà pourquoi Dôhaku avait disposé des messagers à cheval un peu partout sur les hauteurs en leur demandant de tenir le cortège de Takuan à l'œil.

— Je vous disais donc que le groupe de maître Takuan a franchi le grand col avec chaises à porteurs escortées de quatre moines… reprit l'homme de main d'Ashina.

— Quatre moines ? Cinq plutôt, non ? intervint Ginshirô en penchant la tête.

Ichiganbô répondit :

— Hier soir, on a aperçu un moine aux alentours du château. Vous avez d'ailleurs dû le croiser en venant ici, car il semble qu'il soit aussitôt reparti pour rejoindre le grand maître dans le nord.

— Ça veut donc dire qu'ils ont tous pénétré comme si de rien n'était dans le fief de Yonezawa, commenta Dôhaku d'une voix où pointait la déception.

— Non, car en fait maître Takuan, une femme et quatre moines ont rebroussé chemin au bout de moins d'une heure… expliqua l'un des messagers.

— Quoi ?

— Ils ont expliqué qu'ils ne devaient pas accompagner plus loin que Kaminoyama les sept nobles femmes qu'ils escortaient depuis Edo. Et que vu qu'Aizu leur avait beaucoup plu, ils avaient l'intention de faire un pèlerinage à travers le fief pendant quelque temps. Ils sont donc repartis vers Aizu. Maître Takuan est même descendu de sa chaise en tenue de moine pèlerin, coiffé d'un chapeau en bambou tressé.

— Je vois. Et ensuite, où sont-ils partis ?

— Nous sommes vraiment navrés. La nuit venait juste de tomber, nous les avons perdus de vue près du marais Yukunashinuma.

Tout confus, les trois hommes d'Ashina se prosternèrent aux pieds de Dôhaku.

Yukunashinuma, le « marais sans retour », dans les montagnes, était en fait constitué de deux marécages : Onuma – le marais mâle – et Menuma – le marais femelle –, qui s'étendaient, juste avant le col, de part et d'autre de la route. Tantôt l'eau circulait entre eux et les deux marais s'unissaient pour n'en former qu'un, tantôt elle se retirait pour les séparer en trois à cinq marigots. Bref, ils apparaissaient et disparaissaient sans cesse, si bien qu'il arrivait que des voyageurs égarés s'y noient, d'où ce nom de « marais sans retour ».

Dôhaku imagina soudain les silhouettes sous d'amples chapeaux de paille en train de disparaître dans les marais mystérieux et légèrement vaporeux qui scintillaient au crépuscule. Il s'adressa à l'un des messagers d'une voix pressante :

— Ceux qui sont revenus… ils sont six, c'est bien ça ? Parmi ces six personnes, n'y avait-il pas de femme du clan Hori ?

— Non, j'en suis sûr et certain. Tous les moines étaient des hommes, et la femme qui a fait demi-tour avec eux n'appartient pas à ce clan – nous reconnaîtrions ces diablesses Hori sans nous tromper. D'ailleurs, si nous les avons perdus de vue, c'est un peu à cause d'elles. Enfin, c'est-à-dire que, selon votre ordre…

— Hum…

— Eh bien, parmi les neuf chaises qui sont entrées dans le fief de Yonezawa, deux doivent être vides, à présent. Mais il est possible que les femmes du clan Hori se trouvent à bord des sept autres.

Dôhaku avait demandé aux messagers à cheval de transmettre le message suivant : « Défense de s'attaquer au cortège de Takuan tant qu'il se trouve sur les terres d'Aizu. Mais dès lors qu'il les quitte, cet ordre ne tient plus. Une fois hors d'Aizu, Takuan relâchera sa vigilance. Vous vérifierez alors coûte que coûte qui se trouve à bord de ces chaises à porteurs. » Les hommes d'Ashina en faction sur le col d'Otôge s'étaient donc conformés à cet ordre.

— Les véhicules étaient entourés d'une troupe bien armée. Ils ont continué leur chemin vers le nord avant de se volatiliser.

— Hum, qui sont ces gens qui les escortent ? Des vassaux du clan Yonezawa ?

— Non. D'après ce que m'a raconté un samouraï que j'ai croisé en route, ils viendraient de Kaminoyama.

Evoquer le fief de Kaminoyama revenait à penser aussitôt à son seigneur, Toki Yamashiro-no-kami.

Autrefois, lorsque Takuan avait été banni à Kaminoyama par le shôgunat, Toki Yamashiro-no-kami, loin de le traiter en proscrit, l'avait accueilli comme un vénérable grand maître, au point que Takuan lui-même en avait été embarrassé. Cet épisode était bien connu, et il paraissait évident que les gens du clan Kaminoyama viendraient accueillir le vénérable bonze à la frontière, pour peu qu'il les ait prévenus de sa venue.

Rien là-dedans ne pouvait expliquer le trouble que

Dôhaku manifestait à présent.

— Tu dis que les chaises à porteurs ont continué leur route vers le nord comme si de rien n'était, c'est bien ça ?

— Oui…

— Et que seuls Takuan et les bonzes ont fait demi-tour… Il ne peut s'agir d'un simple pèlerinage, bien entendu. Qu'est-ce qu'il manigance ? A-t-il l'intention de faire revenir les sept femmes en Aizu un peu plus tard ?

Dôhakû hocha soudain la tête, puis il se tourna en souriant vers les trois derniers membres des Sept Lances.

— Je ne sais pas ce qu'il mijote, mais lui-même, une femme et quatre moines… non, ils sont sept au total, puisqu'il y a un autre moine… Bref, tous les sept se trouvent sur nos terres. Il faut absolument les localiser, c'est la priorité. Je parierais que les renardes Hori finiront par montrer le bout de leur museau, et à ce moment-là, vous les attraperez. Mais vous ne toucherez ni au grand maître ni aux bonzes. Ça vous semble peut-être un peu compliqué, mais je compte sur vous. Nous devons réparer le déshonneur subi à Edo, vous m'entendez ?

— Il ne faudrait pas en oublier un autre… intervint soudain Urushido Kôshichirô avant de s'interrompre aussitôt.

A peine avait-il commencé à parler qu'un bruit de pas et de voix s'était élevé derrière la porte coulissante.

— L'heure est grave ! On vient de trouver un masque rouge de *hannya* accroché au portail. On ne sait pas qui l'a flanqué là, mais…

Le vieillard centenaire se leva d'un bond à cette nouvelle, aussi livide que ses compagnons.

III
LE PONT COUPÉ

1

Pour le moment, seule une fine couche de poudreuse recouvrait le sol, mais des flocons légers comme des plumes d'oie constellaient le ciel plombé. Le manteau blanc s'épaissirait avant la nuit.

Lorsqu'il neige, le silence règne, en général, surtout dans une région aussi reculée que le district de Yamakôri au fin fond du fief d'Aizu. Là, dans un village d'apparence désert, au bord du lac Hibara, un cri strident résonna soudain sur un chemin escarpé.

Le vieux couple qui venait de pousser ce cri faillit rouler au bas de la pente tant il courait vite. Ces gens n'étaient visiblement pas des paysans. Ils avaient même plutôt l'air de *shôya*, de notables de village.

Devant eux, un groupe de samouraïs casqués de *jingasa* s'éloignaient au pas de charge en tenant une jeune fille blême par les bras et par les jambes ; elle se débattait, ses cris résonnaient dans le ciel enneigé.

— Attendez ! Qu'allez-vous faire de notre fille ?

— Rendez-la-nous ! Notre petite…

Au moment où les vieux parents les rejoignaient à toute allure, l'un des samouraïs se retourna. Il fit tomber les vieux à la renverse en leur assénant un coup de pied à chacun.

— La ferme ! Cette fille est suspecte. On vous la rendra dès qu'on l'aura interrogée, alors en attendant, restez bien sagement ici !

Puis les samouraïs se précipitèrent droit vers la sortie du village avec la fille.

Plus loin, les champs étaient flétris. Une quinzaine d'hommes étaient rassemblés autour d'un feu. On distinguait également des chevaux, ainsi que trois palanquins vides posés à terre. Assis sur un tronc d'arbre couché, Shiba Ichiganbô s'apprêtait à jeter un écriteau en bois dans les flammes.

Depuis une quinzaine de jours environ, des panneaux avaient fleuri en très grand nombre un peu partout sur le territoire d'Aizu, et ce jusque dans les villages de montagne les plus reculés. Si vous apercevez une jeune femme inconnue, méfiez-vous, il s'agit d'une rebelle : prévenez les autorités sans tarder ! indiquaient-ils.

Les hommes d'Ashina n'avaient pas la certitude que les sept femmes Hori censées se trouver à Yonezawa étaient revenues incognito en Aizu. Si elles avaient tenté de s'infiltrer, leurs compagnons postés le long de la frontière auraient dû les repérer, ou en être avertis, grâce aux appels à la délation.

Sans compter qu'elles avaient besoin de se loger et de se procurer de la nourriture. Ils pensaient donc impossible qu'elles soient passées inaperçues...

Pourtant, personne n'avait encore signalé leur présence. Pourquoi donc ?

Peut-être parce que quelqu'un s'était amusé à détruire les écriteaux, ou plus exactement les avait remplacés par des inscriptions toutes neuves, vigoureusement écrites au pinceau : On ignore combien exactement, mais plusieurs centaines de femmes ont été conduites de force au château Tsurugajô où elles ont été tuées.

Si les Lances avaient fait cette découverte avec stupeur, ce n'était pas seulement parce que le message de leur seigneur avait été changé. Il y avait une autre raison à cela.

Au château Tsurugajô, les jolies filles étaient classées parmi les produits de consommation courante. Une sorte de mise en bouche pour Akinari et O-Yura, qui aimaient jouer longuement avec leurs victimes et essayer toutes sortes de plaisirs pervers avant de s'amuser entre eux. Ils pouvaient par exemple demander à une dizaine d'hommes de violer une beauté les uns après les autres jusqu'à ce que la malheureuse succombe. D'autres fois ils offraient leurs propres ébats sexuels en spectacle aux captifs et faisaient décapiter ceux ou celles que cette exhibition semblait émouvoir.

Il leur fallait sans cesse trouver de nouvelles proies. Les Lances et les hommes d'Ashina profitaient donc des moments où ils rôdaient dans le fief, à la recherche des rebelles, pour enlever les jolies filles qu'ils croisaient afin de les conduire au château, expliquant chaque fois aux parents éplorés qu'elles allaient y travailler comme domestiques. Or, depuis que ces nouveaux écriteaux avaient été plantés, les habitants cachaient leurs filles.

L'autre raison pour laquelle ces inscriptions insolentes tracassaient les samouraïs, c'était que lorsqu'ils étaient allés chercher des prostituées à Yoshiwara, le quartier des plaisirs d'Edo, pour l'Enfer des Fleurs, ils avaient trouvé, sur une cloison intérieure du bordel, des inscriptions manifestement écrites de la même main.

Conclusion, l'une des femmes Hori en était forcément l'auteur. Ou encore l'homme au masque de *hannya* ?... Mais l'écriture était bien celle d'une femme et, comme chacun sait, chaque écriture est unique.

– Quand et comment se sont-elles infiltrées, ces satanées rebelles ? En tout cas, ce qui est sûr, c'est qu'elles sont revenues en Aizu !

Depuis qu'ils avaient fait cette découverte, les Sept Lances, plus exactement les trois derniers qui restaient de cette troupe d'élite, se démenaient à travers le pays.

Ils étaient en colère contre ces femmes, bien sûr, mais également contre les habitants d'Aizu, qui ne les avaient pas livrées. Ils prenaient conscience de la résistance silencieuse menée par les autochtones. Et il y avait fort à parier que ces gens abritaient les fugitives en sachant pertinemment qu'elles étaient des membres du clan Hori.

Ichiganbô cassa en deux le pied d'un écriteau sur son genou, puis en jeta les débris au feu. Levant son œil unique, il aperçut un petit groupe qui accourait du village en portant une fille. Il se leva d'un bond.

— On dirait qu'ils reviennent avec du butin, cette fois.

Il se rasseyait sur l'arbre, un sourire ironique aux lèvres, quand il entendit des hurlements monter du bourg. Huit villageois poursuivaient les samouraïs : des chasseurs, probablement, car certains portaient des arcs.

— Attendez !

Les villageois venaient de rattraper les hommes d'Ashina et leur barraient fièrement la route.

— Pourquoi suspectez-vous ma petite sœur ? lança l'un d'eux.

— Vous avez intérêt à nous donner une explication convaincante, sinon on ne vous laissera pas faire ! renchérit un autre d'un ton hargneux.

Même s'ils portaient des gilets en peau d'ours, ces hommes n'étaient manifestement ni des chasseurs, ni des paysans. On aurait plutôt dit des samouraïs de village. Trois d'entre eux tenaient des arcs.

— Nous l'emmenons à Wakamatsu pour l'interroger.

— On vous a dit que si elle était innocente, on vous la rendrait.

— Vous osez vous opposer à l'ordre seigneurial alors que vous n'êtes que des paysans ?

Puis, laissant les villageois protester tout leur soûl, les samouraïs poussèrent la fille vers un palanquin. Ils emportaient toujours des véhicules vides dans l'éventualité où ils ramèneraient des femmes.

Comme la jeune fille se débattait désespérément, l'un des villageois, sans doute son fiancé, perdit la tête et voulut se précipiter vers elle.

Une voix profonde, aussi calme que ces circonstances étaient chaotiques, l'arrêta net dans son élan :

— Ils ne nous laisseront pas faire ? Ah vraiment, j'aimerais bien voir ça, venait de dire Ichiganbô, qui se réchauffait les mains au-dessus du feu, l'œil fermé et l'air parfaitement détendu.

— Nous savons très bien que lorsque vous l'aurez conduite au château, ma petite sœur mourra !

— Nous le savons et il n'est pas question que nous fermions les yeux sur vos agissements !

— Sur notre vie, vous allez nous la rendre, et tout de suite !

Les trois archers fixèrent Ichiganbô avec des regards fébriles en armant leurs arcs. Le samouraï, quant à lui, n'ouvrit pas l'œil.

— Hum, vous croyez donc pouvoir la récupérer ? lança-t-il en riant. Intéressant. Voyons, voilà ce que je vous propose. Si vous parvenez à m'atteindre avec vos arcs, vous récupérez la fille.

— Quoi ?

Frappés de stupeur, ils dévisagèrent Ichiganbô qui se réchauffait toujours les mains au-dessus du feu.

— Allez-y, vous pouvez même tirer tous les trois en même temps. J'ai récemment acquis une nouvelle technique pour me protéger des flèches.

La fille poussa un cri encore plus strident que le précédent. Les trois jeunes hommes perdirent aussitôt leur calme.

— J'arrive tout de suite !

— Ne t'inquiète pas, nous ne te laisserons pas aux mains de ces chiens !

— Et toi, n'oublie pas la promesse que tu viens de nous faire ! s'écrièrent-ils avant de tirer simultanément sur Ichiganbô.

Sans que le samouraï ait trahi ses intentions d'un geste, ils virent un serpent noir se tortiller dans leur direction, rabattre violemment les trois flèches par terre, puis dérouler ses anneaux pour se transformer en un long fouet de cuir… qui vint les faucher tous les trois.

Le fouet que ce formidable samouraï manipulait avec tant d'adresse se révéla cette fois encore tout à fait redoutable. Tel un filin d'acier, il fendit le tronc des trois jeunes gens dans un sifflement aigu avant de revenir s'enrouler, comme par magie, dans la manche de son propriétaire toujours assis.

— Sinon nous perdrons la vie, aviez-vous dit ? ricana Ichiganbô, qui ouvrit enfin son œil et le promena sur les six tronçons de corps éparpillés dans la neige.

2

— La neige les recouvrira bientôt.

Comme si de rien n'était, Ichiganbô leva les yeux vers le ciel plombé et scruta les flocons de neige dansant dans l'air. Après quoi il désigna le palanquin du menton et se leva en interpellant ses hommes :

— Dépêchez-vous ! Allons-y !

Les villageois encore en vie regardèrent partir sans mot dire le palanquin dans lequel on avait jeté la pauvre fille évanouie. Ichiganbô se retourna pour s'adresser à eux :

— Juste une dernière chose : en montant vers le nord, on trouve le col de Hibara, et plus loin encore, le fief de Yonezawa. Des brigands vont certainement chercher à pénétrer dans notre territoire par là. Alors, si vous voyez des individus suspects, hommes ou femmes, avertissez-nous tout de suite. Si jamais l'envie vous prend de les cacher, soyez sûrs que je couperai tous les villageois en deux, comme vous venez de le voir.

Puis Ichiganbô et sa troupe s'éloignèrent, telle une armée de démons, laissant derrière eux les villageois chancelants, qui donnaient l'impression d'être près de s'évanouir d'indignation…

Le palanquin et son escorte longèrent un lac, le dépassèrent, empruntèrent sur une demi-lieue un chemin de montagne abrupt, quand soudain…

— Hein ?

Ichiganbô leva la tête.

Un torrent dévalait la montagne à sa droite. On entendait le bruit de l'eau se répercuter contre les montagnes enneigées. Dans le lointain, des voix étranges, portées par le vent, se mêlaient au grondement des flots. Ne récitaient-elles pas un sûtra ?

— *Nôboba… gyabote… hosadarasagyara… nirgushaya…*

Soudain, l'œil unique du samouraï brilla d'un éclat inquiétant.

— Ces voix… ce sont eux ! murmura-t-il en fouettant son cheval avec sa cravache de bambou pour le faire avancer jusqu'en tête du cortège, sans se soucier du précipice.

— Oh !

— Sur le pont suspendu…

— Quatre moines…

Les hommes d'Ashina pointaient le doigt dans cette direction.

Et effectivement, sur le pont suspendu devant eux, il y avait bien quatre silhouettes en chapeau de paille ; elles semblaient flotter dans le vent chargé de neige. Aussi incroyable que cela paraisse, les quatre moines récitaient à pleins poumons un *Dharani Sûtra*.

Ce pont suspendu était fait de simples planches liées les unes aux autres avec du lierre. Les hommes de Dôhaku n'avaient qu'à longer le précipice pour rentrer chez eux, ils n'avaient donc aucune raison de l'emprunter. De l'autre côté s'étendaient une forêt d'arbres à feuilles caduques et, plus loin encore, une montagne escarpée. Les villageois s'étaient probablement ménagé ce passage pour aller chercher du charbon ou du gibier dans les hauteurs. Une digne réalisation pour ces hommes, mais certainement trop fragile pour qu'une vingtaine de personnes l'empruntent à la file.

— Espèces de… éructa Ichiganbô. Que le palanquin et une dizaine d'entre vous me suivent. Les autres, attendez-nous ici, gronda-t-il avant de sauter de son cheval et d'en remettre la bride à l'un de ses hommes.

Il scruta le pont suspendu et se dirigea droit dessus en donnant de grands coups de pied dans la neige.

— Ce sont des voix d'hommes, n'est-ce pas ? demanda-t-il.

— Oui. Et des voix entraînées à réciter des sûtras.

— Je n'en entends que trois.

— Pardon ?

— Sur les quatre, un moine se tait.

Personne ne sut que répondre à cette dernière remarque.

— Regardez mieux. Il y a une femme parmi eux : elle est habillée comme un bronze et, sous son chapeau de pèlerin, elle porte même le *kesazukin*, le foulard noir des moines-guerriers. C'est bien une femme, n'est-ce pas ? demanda Ichiganbô.

Quelle perspicacité ! Alors que ses compagnons avaient leurs deux yeux, qu'ils écarquillaient au maximum de surcroît, ils avaient été incapables de la démasquer.

Ichiganbô jeta un regard méfiant à ces bonzes qui faisaient la tournée d'aumônes dans le fief d'Aizu, mais il décida de leur laisser le champ libre pour le moment, puisque Dôhaku en avait donné l'ordre. D'un autre côté, s'il s'avérait que ces renardes du clan Hori se cachaient parmi les moines, cela changeait totalement la donne. Aux dires des hommes d'Ashina qui les avaient poursuivies, parmi les six personnes qui avaient fait demi-tour au col d'Otôge, les quatre moines étaient des hommes. Mais les hommes du clan Ashina n'avaient pas imaginé une seconde qu'une tenue de moine pèlerin était susceptible de dissimuler une femme. Si jamais le vieux Dôhaku l'apprenait, il ne resterait pas longtemps les bras croisés.

Serait-il possible que l'une de ces femmes Hori se trouve justement là, à quelques pas ? D'ailleurs, vu les circonstances, il paraissait évident que les bonzes récitaient ce *Dharani Sûtra* pour se moquer de lui et de ses hommes.

Il n'est pas question que je vous laisse partir, mais je ne tomberai pas dans votre piège pour autant.

La mâchoire d'Ichiganbô se crispa. Un rictus se dessina sur son visage.

Masqués par la neige, les quatre moines ne virent pas les samouraïs approcher – ou bien, s'ils les virent, ils estimèrent qu'ils ne venaient pas pour eux, car ils continuèrent de réciter leur sûtra à voix haute, bien appuyés sur leur bâton, sur le pont suspendu noué de lierre.

— *Nôboba… gyabote… hosadarasagyara… nirgushaya…*

Parvenu à l'entrée du pont, Ichiganbô s'arrêta net.

— Moines !

Les quatre bonzes se tournèrent vers lui d'un même mouvement. L'un d'eux rabattit alors son chapeau sur son visage, sans doute pour se protéger du vent qui montait de la vallée.

Le pont suspendu faisait près de dix mètres de long.

— Je ne vous demanderai pas dans quel but vous récitez des sûtras en pleine montagne, lança-t-il sur un ton ironique. Comptiez-vous nous attirer ici pour nous jouer un tour ? Si ma troupe essaie de traverser ce pont suspendu en courant, il s'effondrera aussitôt, pas besoin d'être fin stratège pour le deviner. Mais ça n'arrivera pas… Enfin si, attendez, nous allons le franchir comme vous le souhaitez. Nous le traverserons pour venir examiner vos têtes de plus près. Mais avant ça, permettez, j'ai quelque chose à demander à mes gars, fit-il d'une voix désagréablement mielleuse. Tss, tss ! Non, ne bougez pas. J'en ai juste pour une seconde. Samouraïs, allez-y ! cria-t-il soudain en se retournant. Tuez la fille dans le palanquin d'un coup de sabre !

Aussitôt, l'un des hommes postés près du véhicule dégaina son sabre avec une rapidité fulgurante. Il s'apprêtait à l'enfoncer dans le palanquin quand la voix d'Ichiganbô suspendit son geste :

— Attends, arrête-toi ! Ces moines sur le pont suspendu veulent s'enfuir tellement ils ont peur, alors qu'ils nous ont provoqués les premiers. Hé, moines, écoutez-moi bien. Si vous vous enfuyez, nous empalons la fille qui se trouve à bord de ce palanquin. Nous l'avons enlevée dans un village au loin, vous ne la connaissez pas, mais si cette parfaite inconnue se faisait tuer à cause de vous, vous ne connaîtriez plus jamais la paix, n'est-ce pas ? Alors soyez sages et faites ce que je vous dis…

Un bruit sec retentit sous ses manches pendantes, immobiles malgré le vent, et soudain une voix de femme – oui, un cri strident de femme – s'éleva du groupe de bonzes qui se trouvait de l'autre côté du pont suspendu :

— Sauvez-vous !

Les quatre moines avaient déjà tourné les talons, mais le fouet en cuir s'élança, parcourut une distance de six mètres et alla s'entortiller avec précision autour du torse du deuxième moine.

— Dépêchez-vous, partez ! cria une nouvelle fois la jeune femme tandis que le fouet en cuir l'enlaçait.

— Eh bien ! Ça aurait été plus facile de la couper en deux… J'ai mis pas mal de temps à la capturer vivante, celle-là. Mais j'ai suivi les instructions du vieux Dôhaku. Et puis j'aimerais bien voir sa tête pendant qu'elle est encore en vie, ricana-t-il en tirant le fouet vers lui.

Pour l'instant, il se trouvait seul sur le pont suspendu.

Effectivement, tuer cette jeune femme d'un seul coup de fouet aurait été un jeu d'enfant pour

Ichiganbô. Mais le samouraï avait craint de mettre le premier bonze en morceaux, ce qui aurait posé un léger problème s'il s'était agi du grand maître Takuan. C'est pourquoi il avait prudemment guetté le moment favorable pour capturer la femme déguisée en bonze.

Ichiganbô s'approcha d'elle, souleva son chapeau de paille d'une main et lui ôta sans ménagement le foulard noir emmailloté autour de son crâne.

– O-Sawa !

3

O-Sawa, l'épouse de Tagai Matahachirô, le jeune frère de Hori Mondo…

Si la jeune femme avait soif de revanche, son visage était si beau, si doux, si tendre que les affres de la vengeance ne lui seyaient pas du tout. En ce moment même, elle tremblait de douleur à un tel point que le sang perlait à son nez et à sa bouche.

Ichiganbô se pencha au-dessus de ses lèvres entrouvertes.

– Quand une femme est belle, elle l'est jusqu'à l'intérieur de sa bouche. Voyez-moi ces dents et cette langue, de vrais bijoux ! murmura-t-il, profondément ému, sans cesser de la maintenir adroitement à l'aide du fouet en cuir.

Un seul claquement aurait suffi à couper un cheval en deux, tel un fil d'acier. Cette arme redoutable pouvait faire tomber plusieurs flèches à la volée ou poursuivre obstinément un ennemi en fuite pour s'enrouler autour de lui et l'étrangler. Sur un subtil mouvement de doigts, elle pouvait tordre en deux le torse d'une victime ou lui briser les côtes. Bref, il n'y avait pas d'instrument de torture plus efficace et plus infernal que le fouet en cuir de Shiba Ichiganbô. Le fouet en cuir qui formait plusieurs tours autour de la taille fine de O-Sawa se détendit.

Le samouraï avait le visage penché au-dessus de celui d'O-Sawa, qui était inclinée en arrière.

— Une belle femme peut vous enivrer avec son souffle autant qu'un verre d'*amazake*[1].

Il avait prononcé ces mots avec une voix d'un autre monde, comme sortie d'un songe, comme s'il avait oublié qu'il se trouvait sur un pont suspendu sous une neige battante.

Mais il se ressaisit pour revenir à un sujet bien plus pragmatique.

— Dis-moi, quand es-tu revenue en Aizu ? Prends garde. Si tu ne réponds pas...

Le fouet serra plus fort la jeune femme.

— On... on n'a jamais quitté Aizu.

— Quoi ? Ce n'est pas possible ! Vite, raconte-moi tout, sinon...

— Les chaises qui ont franchi le col d'Otôge avec maître Takuan... Elles étaient vides.

O-Sawa parlait, mais qui aurait pu le lui reprocher ? Elle délirait presque de douleur. Les

1. Une boisson alcoolisée à base de riz fermenté.

souffrances que son agresseur lui infligeait dépassaient les pires tortures de l'enfer.

Ichiganbô leva son œil vers le ciel comme si on venait d'essayer de le lui arracher.

— Sapristi ! jura-t-il.

Ainsi donc, les chaises à porteurs que les vassaux de Toki Yamashiro avaient escortées avec tant de solennité étaient vides… Ce qui voulait dire que les femmes du clan Hori avaient quitté les véhicules avant la frontière d'Aizu. Sans doute le cortège avait fait halte dans les montagnes pour passer la nuit. Elles avaient tout à fait pu s'enfuir à ce moment-là. La seule chose à laquelle Ichiganbô pensait à présent, c'était que ce diable de Takuan les avait bien eus. Comme il le détestait d'avoir défendu ces véhicules vides avec tant de véhémence ! Et qu'eux-mêmes étaient bêtes, les hommes du clan Ashina, de s'être lancés à leur poursuite !

Ichiganbô éclata de rire. On aurait dit un *umi-bôzu*, un énorme monstre marin qui aurait craché de l'eau salée. Il s'esclaffait, mais il éructait de haine.

— Hé, bonzes, ne fuyez pas ! Si vous vous sauvez, je lui ferai vomir du sang ! vociféra-t-il aux trois moines qui, de l'autre côté du pont, couraient vers la forêt. Quant à toi, O-Sawa, ne crains rien, je ne te tuerai pas.

Comme un reptile qui aurait agi de sa propre volonté, le fouet en cuir relâcha le corps d'O-Sawa, repartit rapidement vers Ichiganbô et remonta dans sa manche. La jeune femme resta plantée, comme ensorcelée, sur le pont suspendu.

— Capturez les femmes Hori – sans les tuer, si possible, mais torturez-les à mort pour leur montrer quel sort on mérite à trop défier son seigneur, voilà ce que nous a dit maître Dôhaku. Je t'invite donc à venir avec nous au château.

Ichiganbô se haussa sur la pointe des pieds pour jeter un coup d'œil vers la forêt, puis un curieux sourire se dessina sur ses lèvres.

— Ah, mais… ces bonzes, ils ont perdu la tête ou quoi ? Ils grimpent dans un arbre. Ils pensent vraiment réussir à se cacher comme ça ? Ils sont aussi bêtes que des *tanuki*, ma parole ! Ils se croiraient en sécurité rien qu'à mettre leur tête dans un trou, comme ces idiots de chiens. Attends, j'ai une idée. Je vais les attraper et m'amuser un peu avec eux…

Il se retourna pour interpeller sa troupe :

— C'est bon, vous pouvez traverser le pont ! Allez attraper ces bonzes, là-bas.

Dix hommes arrivèrent aussitôt en courant, laissant le palanquin et ses porteurs derrière eux. Le pont se balança, mais ces samouraïs étaient tous aussi agiles que des singes.

Ichiganbô désigna le pont à O-Sawa.

— Vas-y, toi aussi. Si tu essaies de t'enfuir, un simple coup de fouet, et tu mourras. Allez, avance !

O-Sawa progressait en chancelant, sa canne à la main, telle une somnambule.

Trois pas, cinq pas… Ichiganbô la suivait à peu de distance, lui-même talonné par dix hommes d'Ashina, si bien que tous distinguaient clairement la jeune femme. Le vent montant de la vallée vint soulever la neige, de sorte qu'un instant, tout le paysage alentour fut noyé de blancheur.

C'est alors qu'un objet apparut aux pieds d'O-Sawa, puis disparut par un interstice entre deux planches. Ichiganbô, dans son dos, ne l'avait pas vue dégainer son arme, mais il aperçut un éclat argenté entre les manches de la robe noire de la jeune femme, quand le vent tourbillonnant les fit voltiger.

— Hé, qu'est-ce que tu fais ?

Son cri s'éteignait à peine que la lame étincelante d'O-Sawa allait trancher net l'une des cordes de lierre qui soutenaient le pont.

Des hurlements indescriptibles retentirent sous le ciel neigeux jusque dans la vallée en contrebas. Le pont se disloquait ! Il avait suffi d'un seul coup bien placé sur la corde de lierre pour que l'ouvrage se rompe entre les pieds d'O-Sawa et que les deux parties se rabattent de part et d'autre du gouffre, envoyant voler les corps humains comme des grains de sésame.

Plusieurs magnifiques gerbes d'eau jaillirent bientôt du torrent glacé.

Le vent rugissant continuait de soulever la neige, à tel point qu'on ne distinguait pas le fond de la vallée encaissée, mais la vue n'était pas nécessaire pour savoir ce qui se passait en bas : nul ne pourrait survivre à ce flot impétueux ni à ce froid intense.

O-Sawa avait réussi à entraîner ce redoutable

monstre de Shiba Ichiganbô dans la mort avec elle, ainsi qu'une dizaine de samouraïs !

Enfin, c'était ce qui aurait dû normalement arriver. Quelqu'un, disons plutôt un petit point et un trait noir, n'était visiblement pas tombé. Et le trait partait de ce point et s'étirait vers la branche d'un arbre, dans la forêt : le trait n'était autre que le fouet en cuir, et le point, Ichiganbô !

Au moment où le pont suspendu avait cédé, le samouraï avait fait jaillir son fameux fouet en cuir de sa manche pour le lancer aussitôt à travers l'air et l'entortiller autour d'une branche.

Un instant, Ichiganbô avait flotté dans le ciel, puis il était tombé… Non, il était d'abord tombé, puis avait lancé son fouet.

Au moment où le filin de cuir s'était enroulé autour de l'arbre sur le bord opposé, Ichiganbô avait cessé de chuter, son corps avait même rebondi dans le vide. Normalement, le samouraï aurait dû se hisser le long du fouet d'une main, puis de l'autre, mais il avait agi si vite qu'on aurait dit qu'une poulie le remontait, ou que le fouet s'était transformé en liane le long de laquelle il progressait comme un singe.

— Comment as-tu osé me faire un coup pareil ?

Défiguré par la colère, le visage d'Ichiganbô n'avait plus rien d'humain. Il avait réussi à capturer une ennemie, mais une seule seconde d'inattention avait suffi à renverser la situation et à lui faire perdre dix hommes d'un coup. Sur qui allait-il pouvoir passer sa colère ? Jamais il n'aurait imaginé qu'O-Sawa couperait le pont suspendu sur lequel elle-même se trouvait ! Si la jeune femme était tombée dans la vallée, elle était probablement morte. Comme il regrettait de ne pas lui avoir tranché le cou plus tôt ! Même l'idée qu'elle n'était plus de ce monde n'arrivait pas à le consoler.

Or, au moment même où il scrutait l'abîme en grinçant des dents, il perçut soudain des ricanements derrière lui.

Il se retourna. Trois silhouettes vêtues de noir, perchées comme des corbeaux dans des arbres, riaient effrontément. Quels farceurs, ces bonzes !

— Ah, vous vous moquez de moi ! Vous ne savez pas à qui vous avez affaire ! hurla le samouraï, fou de rage, en se précipitant vers la forêt.

Les trois bonzes avaient grimpé dans les arbres, d'où ils riaient aux éclats. Des rires d'hommes, à l'évidence, et non de femmes du clan Hori. Ils faisaient certainement partie du cortège de Takuan mais, sous le coup de sa colère, Ichiganbô en oublia l'interdiction de Dôhaku. Puisqu'il ne pouvait pas regagner l'autre rive pour le moment, il allait passer sa fureur sur ces bonzes.

— Imbéciles ! Vous ne vous croyez tout de même pas en sécurité là-haut ?

Le samouraï tendit les jambes sur un tas de feuilles mortes et s'étira de toute sa hauteur.

— Regardez bien !

Slap ! Soudain, un bruit semblable à un clapotis retentit près d'Ichiganbô.

La futaie de cette forêt particulièrement dense empêchait la neige de venir recouvrir entièrement le sol. De plus, rameaux et feuilles mortes formaient un épais tapis, que les trois moines avaient dispersé en grimpant aux arbres. Branches et feuilles se soulevaient simultanément dans le vent, comme emportées par un tourbillon.

Non... ce n'était pas à cause du vent que les feuilles mortes et les branches s'envolaient. Un cercle noir tournoyait sur lui-même sur un rayon de six mètres, broyant tout sur son passage. Enfin, tout ce que le fouet en cuir touchait...

Le fouet avait à peine eu le temps d'esquisser un demi-cercle que déjà Ichiganbô, ravi, repérait un moine dégringolant la tête la première. Sauf que, ô stupeur ! un autre moine apparut de sous les feuilles mortes, là où pourtant le fouet avait en principe déjà fait le vide. Le samouraï en eut littéralement le souffle coupé. La silhouette de son ennemi bondit par-dessus l'énorme amoncellement de branches et de feuilles, vêtue de noir et la tête dissimulée sous le *kesazukin*, sabre dégainé à la main, alors que le fouet ne faisait que terminer son arc de cercle.

— Ichiganbô, prépare-toi à mourir !

Il reconnut la voix d'O-Kei. La jeune femme se précipita vers lui. Ichiganbô fit un saut de côté. O-Kei frappa dans le vide et manqua perdre l'équilibre. Normalement, le fouet aurait dû être assez long pour repartir à l'attaque, mais au moment où le samouraï avait bondi pour esquiver l'assaut, son arme de cuir était retombée au sol et se rétractait à toute vitesse. L'œil luisant de haine, Ichiganbô s'élança vers O-Kei, quand une autre silhouette noire jaillit soudain près de ses pieds.

— Pour venger mon père ! s'écria Sakura.

Ichiganbô sauta à nouveau de côté, mais déjà une troisième silhouette se dressait devant lui, une lame étincelante à la main.

— Tu ne nous échapperas pas, Ichiganbô ! hurla O-Shina.

Face aux attaques surprises de ses adversaires, le samouraï perdit son calme et son fouet s'entortilla malgré lui autour d'un arbre voisin.

— J'ai… j'ai été roulé dans la farine !

Il finit par lâcher son arme en grinçant des dents – sinon il se serait retrouvé ligoté. Posant sa main sur le pommeau de son sabre à la ceinture, il allait battre en retraite quand trois silhouettes se redressèrent : O-Chie, O-Fue et O-Tori !

Alors qu'une pluie de feuilles mortes retombait sur les combattants, la lame d'O-Chie alla balafrer le visage d'Ichiganbô du front jusqu'à l'arête du nez, sans même que le samouraï, trébuchant à moitié, ait eu le temps de dégainer son sabre…

4

Fou de rage, le visage tailladé, Ichiganbô se chercha une consolation en se disant qu'au moins il avait précipité cette satanée O-Sawa dans l'abîme infernal. Mais ce qu'il ignorait, c'était qu'elle aussi était toujours vivante !

Lorsqu'elle avait tranché les liens du pont suspendu, elle s'était élancée vers l'extrémité de la corde en lierre qui s'était détachée en face d'elle et l'avait agrippée d'une main. Quand le pont s'était fendu en deux, elle s'était balancée au-dessus du vide comme un pendule – manquant heurter violemment les parois du précipice – puis avait plongé dans l'eau glacée qui grondait en contrebas.

Car, tout en tentant d'échapper à la mort qui la talonnait, O-Sawa avait eu le temps et l'intelligence de calculer la distance qui séparait le pont coupé du torrent.

Au début, elle n'avait pas l'intention d'entraîner Ichiganbô et les hommes d'Ashina au fond du gouffre avec elle. Sa première idée avait été d'attirer le groupe dans la forêt où ses compagnes les attendaient en embuscade, dissimulées sous les feuilles mortes. Elle pensait simplement trancher la passerelle après les avoir attirés de l'autre côté, mais elle n'aurait jamais cru qu'ils emprunteraient si volontiers ce passage, et sans la moindre précaution, de surcroît.

Mais, prenant conscience du redoutable danger que représentait le fouet d'Ichiganbô dont elle venait de tâter, O-Sawa avait soudain changé d'avis et décidé de faire tomber toute la troupe dans le torrent avec elle, au risque d'y perdre la vie.

La jeune femme ne s'était pas fracassé les os contre les parois escarpées. Elle avait également eu la chance de ne pas tomber sur un rocher.

Lorsqu'elle avait atteint l'eau glacée en faisant jaillir de grandes gerbes, elle avait tenu bon la corde de lierre pour ne pas être entraînée par le courant, sans laisser échapper son sabre pour autant. C'est dire combien la force de sa volonté surpassait celle d'un homme !

Ensuite, la jeune femme s'était relevée d'un bond, le sabre entre les dents, en dispersant autour d'elle des centaines de gouttelettes, si ce n'est des milliers, puis elle avait commencé d'escalader la paroi abrupte en se servant des restes du pont suspendu comme d'une échelle de corde. A aucun moment, elle n'avait eu conscience du froid glacé de la neige.

Soudain, elle entendit un concert de voix la héler :

— Toi, là-bas, ne bouge plus !

En se retournant, O-Sawa vit plusieurs hommes d'Ashina debout dans le torrent. Combien avaient été tués sur le coup en heurtant violemment des rochers, ou emportés par le courant ? Ceux qui avaient eu la chance d'échapper à ces premiers écueils s'étaient roulés en boule comme des chats au cours de leur chute, ou bien, accrochés au pont suspendu, s'étaient laissé emporter vers le flanc abrupt du côté opposé dans un mouvement pendulaire, comme O-Sawa elle-même… Un exploit qui n'avait rien d'étonnant, pour qui connaissait l'agilité légendaire des hommes du clan Ashina.

Les rescapés, au nombre de cinq, se ruèrent sur la jeune femme en fendant les flots. Son sabre entre les dents, O-Sawa fut prise au dépourvu, mais également rassurée de ne pas voir Ichiganbô parmi eux. Elle se dit qu'elle avait dû réussir à abattre celui qu'elle visait. Elle n'aurait jamais imaginé qu'il avait réussi à sauter du pont qui s'effondrait.

— Démone !

— Comment as-tu osé…

S'ils semblaient tenir sur leurs jambes, les cinq hommes ne s'en étaient pas sortis tout à fait indemnes. Les cheveux en bataille, ils étaient couverts de sang. L'un d'eux avait un bras qui pendait, visiblement cassé, un autre, la moitié du visage éclatée comme une grenade. Un troisième brandissait un sabre brisé en deux.

— Renarde maléfique !

Le premier homme courut vers elle en grimaçant. O-Sawa se coinça les pieds dans les restes du pont suspendu et, la corde de lierre dans une main, frappa derrière elle avec son sabre.

Malgré la réputation de férocité et de ténacité de ces samouraïs, celui-là plongea dans le torrent glacé juste après avoir reçu un coup en plein visage : une deuxième bouche géante s'était dessinée entre ses oreilles. Le courant emporta son cadavre, teintant la neige et la glace de rouge vermillon.

Sans même se retourner, la jeune femme grimpa un peu plus haut le long de l'échelle improvisée, mais déjà un autre attaquant se jetait sur elle.

— Crève ! cria-t-il, sabre pointé vers le haut.

Seulement, ce pauvre fou brandissait un sabre brisé. O-Sawa n'eut qu'à agiter sa lame pour fendre la tête de l'attaquant, qui poussa de grands cris en dégringolant dans l'eau.

— Attends !

Bien qu'ayant visiblement déjà un pied dans la tombe, les trois autres combattants réussirent à se cramponner au lierre pour s'élancer à la poursuite d'O-Sawa. Mais le cordage commençait à donner des signes de fatigue en plusieurs endroits. Des planches se tordaient, les cordes de lierre se dénouaient. Si la jeune femme affrontait ses ennemis au péril de sa vie, suspendue à cette échelle, les hommes accrochés à ses basques se trouvaient eux aussi au bord du gouffre de la mort.

Malgré les coups qu'elle leur décochait, ils continuaient de la poursuivre. Un bras visqueux, couvert de sang coagulé, parvint à l'attraper par la cheville. La jeune femme s'appuya contre la paroi avec son pied libre, puis trancha d'un coup vif le lierre en dessous d'elle. Deux de ses agresseurs tombèrent à la renverse avec l'extrémité coupée du pont suspendu et finirent leur course dans le torrent en projetant une gerbe d'eau glacée.

Malheureusement, celui qui lui tenait la cheville n'était toujours pas tombé ; il s'accrochait même à son pied avec une énergie accrue. O-Sawa lui porta un coup de sabre au visage, c'était celui déjà éclaté comme une grenade. Malgré cela, l'homme ne flancha pas, se cramponnant à elle comme un ver immonde tout droit sorti des enfers.

Et maintenant, les lianes commençaient à craquer de façon inquiétante !

Pendant ce temps, sur le chemin du précipice…

La quinzaine d'hommes restés là-haut avec le palanquin et la fille qu'ils avaient enlevée avaient suivi les manœuvres d'Ichiganbô sur la passerelle en retenant leur souffle. Et lorsque le pont s'était soudain rompu, ils avaient naturellement poussé de grandes exclamations de surprise.

Ensuite, Ichiganbô avait bondi sur la rive opposée, puis une deuxième bataille aussi inattendue qu'acharnée avait débuté dans la forêt tandis qu'une troisième lutte à mort se jouait en contrebas dans le gouffre, entre une femme seule et les survivants de la chute. Il va sans dire qu'en les voyant tomber, leurs compagnons restés sur le versant s'étaient instinctivement rués au bord du précipice, à l'endroit exact où le pont s'était effondré, pour contempler la scène.

— Regardez-moi ça ! On ne peut plus traverser à présent.

— Mais si, on devrait trouver l'autre moitié du pont quelque part de ce côté du précipice, forcément.

— Retrouvons-le et descendons jusqu'au torrent !

Six hommes bondirent par-dessus le palanquin. Ils s'apprêtaient à descendre dans le précipice en dévalant l'échelle de lierre, quand soudain une silhouette vêtue de noir surgit sur le toit du petit véhicule, comme tombée du ciel. D'un geste vif, elle brandit un sabre et trancha net les cordes du pont, si bien que les hommes suspendus roulèrent comme des pierres vers le fond de la vallée.

Les huit qui n'avaient pas quitté le bord du précipice restèrent plantés là, figés de stupeur, les yeux écarquillés. Personne jusqu'à présent n'avait remarqué cette silhouette qui les avait pourtant longuement observés depuis la branche d'un grand pin au bord de l'abîme, avant de sauter sur le palanquin tel un oiseau sorcier. Les moines de l'autre côté du pont suspendu captaient alors toute leur attention et aucun d'eux n'avait levé les yeux vers le ciel.

Personne n'avait donc repéré cette silhouette vêtue de noir et affublée d'un masque de *hannya*.

— Comme je leur avais promis de ne pas toucher à Ichiganbô, je suis resté spectateur, railla une voix masculine. Mais croyez-moi, j'ai eu mille fois plus peur que vous. Ah, ces femmes ! Je crois que je viens de perdre dix litres de sueur à cause d'elles... Vos camarades sont tous morts. Même si vous êtes les hommes de Dôhaku, épargnez vos vies et prenez la fuite, car votre vieux maître ne se montrera pas aussi clément que moi, croyez-le bien. Vous feriez mieux de traverser la Sanzu-no-kawa, la rivière des enfers, tous ensemble. Allez, en route !

Sur ces mots, il s'élança à toute allure vers le sentier étroit qui longeait le précipice, démarrant en trombe sans oublier toutefois de dégainer son sabre étincelant. Il parcourut la sente étroite en soufflant comme un bœuf, et on ne vit bientôt plus aucun homme du clan Ashina au bord du gouffre, alors qu'il y en avait encore huit l'instant précédent. Jûbei venait de les jeter non dans la Sanzu-no-kawa, mais dans le torrent enneigé : ils avaient projeté de grandes cascades de sang en tombant.

Le génial bretteur se trouvait seul sur le chemin du précipice, à présent. Cet incroyable combattant tourna la tête vers la rive opposée pour lancer brusquement un petit couteau, qui vola au-dessus du gouffre à la vitesse d'un météore.

La petite lame alla s'enfoncer dans la nuque de l'homme agrippé aux jambes d'O-Sawa. Le pauvre bougre lâcha enfin la jeune femme et tomba à son tour dans le torrent. Sans pousser un cri.

5

Premier jour de l'an 23 de l'ère Kan'ei (1643).

L'année débutait sous une neige magnifique à Wakamatsu. Puiser de l'eau et rendre grâce aux dieux étaient des coutumes ancestrales que le peuple respectait rigoureusement, surtout à cette époque, mais pour les commerçants qui habitaient près de la porte principale du château, c'était également le moment d'effectuer une tâche d'importance.

Ils devaient déblayer la neige et dégager le passage

pour les samouraïs du fief qui viendraient célébrer le Nouvel An au château. C'est pourquoi, alors que le soleil se levait à peine et qu'il gelait encore, on s'activait déjà.

C'est à cette occasion que l'on découvrit un bonhomme de neige, dressé tout seul au milieu du pont surplombant la douve est du château. Or, tous avaient travaillé avec acharnement à dégager ce passage avant l'arrivée des *bushi*, et personne ne se serait amusé à en confectionner un, histoire de passer le temps, naturellement.

— Mais qui a bien pu faire un truc pareil ?

Les commerçants assemblés autour du bonhomme de neige virent alors que des traces de pas datant d'avant leur arrivée marquaient la poudreuse.

Un individu étrange avait dû le façonner durant la nuit, telle fut du moins la conclusion à laquelle tous arrivèrent.

Seulement, ce bonhomme de neige n'avait ni yeux, ni nez : était-ce parce que son créateur avait œuvré de nuit ou parce qu'il avait dû partir précipitamment au moment où les habitants commençaient à se réveiller ?

Aucun adulte présent n'eut alors la présence d'esprit de mettre des yeux et un nez de charbon sur le visage plat et blanc du bonhomme de neige, si bien que plus tard, quand les enfants se rassemblèrent devant, ils en réclamèrent aussitôt à grands cris.

Sur ces entrefaites, trois bonzes pèlerins, arrivés sans crier gare, regardèrent un moment ces petits lutins s'amuser avec le charbon noir et les fruits rouges, puis l'un d'eux s'avança pour leur parler.

— Les enfants, écoutez-moi, j'ai un petit conseil à vous donner. Aujourd'hui à Edo, on n'utilise plus de charbon pour faire les yeux des bonshommes de neige.

Les enfants dévisagèrent le visage protégé par un chapeau de bambou tressé et poussèrent des cris de joie en le reconnaissant.

— Ah ! maître Takuan, c'est vous ! s'exclama l'un des gamins.

Depuis la fin de l'année dernière, ce grand maître d'Edo faisait une tournée d'aumônes à Wakamatsu en compagnie d'autres moines... Les enfants n'avaient pas attendu la réplique de leur voisin pour se précipiter vers le vieux maître qu'ils aimaient beaucoup, car il était le seul adulte de leur connaissance à jouer toute la journée au cerf-volant ou à la balle avec eux. Et le vieux bonze s'amusait chaque fois tellement qu'il en oubliait même sa tournée d'aumônes.

— Comment fait-on, si on n'utilise pas de charbon ? demanda un chœur de voix enfantines.

— Eh bien, on se sert de bambou bleu.

Les petits allèrent chercher un morceau de bambou, dans lequel Takuan découpa deux rondelles qu'il enfonça dans le visage du bonhomme à l'endroit des yeux.

— Ça y est, il y voit ! fit l'un des gamins.

— Tu comprends, ils font plus vrai qu'avec du charbon.

— Et le nez ? Et la bouche ?

— On n'en a pas besoin, affirma tranquillement Takuan.

Les enfants contemplèrent le bonhomme de neige, ne pouvant s'empêcher de penser qu'il manquait tout de même quelque chose.

— Eh ben… Ils les font vraiment comme ça, les bonshommes de neige, à Edo ?

— Bien sûr. Et on leur chante aussi une chanson, expliqua Takuan d'un ton rigolard avant de se mettre à psalmodier un air étrange :

Gloire, gloire, à la déesse de la miséricorde Kannon de Wakamatsu

Car Daruma a maintenant des yeux.

Deux yeux, le serpent a deux yeux.

Le serpent a deux yeux, quelle bonne nouvelle !

Tout en battant la mesure avec les mains, Takuan disparut dans la neige avec les moines qui l'accompagnaient. Si les enfants trouvèrent les paroles de la chanson parfaitement incompréhensibles, ils en aimèrent la mélodie, qu'ils reprirent tous ensemble en dansant comme des petits fous autour du bonhomme de neige :

Deux yeux, le serpent a deux yeux.

Le serpent a deux yeux, quelle bonne nouvelle !

Deux personnes avaient levé la tête en entendant ce chant, visiblement stupéfaites.

— Quoi ? Le serpent a deux yeux ? s'exclamèrent Ginshirô et Kôshichirô qui passaient à côté des gamins sur le chemin du château en escortant un palanquin.

Les yeux du serpent. L'inscription inquiétante qu'ils avaient systématiquement retrouvée chaque fois que l'une des Sept Lances d'Aizu avait été abattue. Le chiffre diminuait proportionnellement au nombre de victimes.

— Allons-y, approchons-nous et allons écouter cette drôle de chanson, ordonna une voix enrouée depuis l'intérieur du palanquin.

C'était Ashina Dôhaku, comme vous vous en doutez.

Les samouraïs s'avancèrent vers le bonhomme de neige.

— Qui vous a appris cette chanson ? demanda Ginshirô d'un ton peu amène.

Les enfants, effrayés par son visage blême, lui répondirent aussitôt que c'était maître Takuan.

— Takuan… marmonna Dôhaku en ouvrant la porte de son palanquin. Il y a quelque chose qui me tracasse dans ce machin. Mettez-moi ça à bas immédiatement, dit-il en désignant du menton le bonhomme de neige.

Ginshirô et Kôshichirô demeurèrent un instant stupéfaits, puis, rouges de colère, ils se précipitèrent sur le bonhomme de neige pour le détruire avec leurs sabres dans leurs étuis. Les enfants, ahuris par cette scène, s'étaient déjà éloignés, sentant que les mines belliqueuses des deux samouraïs ne présageaient rien de bon, quand soudain, une petite voix s'écria :

— Oh ! Pas possible !

Même des *bushi* aguerris comme Ginshirô et

Kôshichirô sursautèrent et prirent leurs jambes à leur cou en hurlant. Et pour cause : il y avait un corps humain à l'intérieur du bonhomme de neige ! Son torse et ses pieds pointaient sous la blancheur. Un cadavre borgne à l'œil écarquillé et inerte se tenait là, tel un *umi-bôzu* entièrement gelé.

Malgré son visage fendu en deux, les samouraïs reconnurent Ichiganbô, leur compagnon mystérieusement disparu avant la fin de l'année avec une quinzaine d'hommes d'Ashina, dans les environs de Yamagun, à la frontière nord d'Aizu.

Deux yeux, le serpent a deux yeux.

Le serpent a deux yeux, quelle bonne nouvelle !

Le chant des enfants résonnait au loin. Kôshichirô et Ginshirô serrèrent les mâchoires et se dévisagèrent, livides : des Sept Lances, il ne restait plus qu'eux deux, à présent.

IV
CONCOURS DE TÊTES

1

Existait-il au monde sculpture plus abominable et somptueuse que celle-ci ?

— Seigneur, c'est prêt, lancèrent Kôshichirô et Ginshirô.

Katô Akinari sortit de la pièce à coucher en compagnie d'O-Yura, pour gagner le séjour aux portes coulissantes ouvertes sur le jardin.

— Oh ! s'écria-t-il sous le coup de la stupeur.

Il savait pourtant quel spectacle l'attendait. Il avait d'ailleurs festoyé et bu du saké jusque tard dans la nuit à cette perspective. Malgré cela, il n'avait pu s'empêcher de crier d'admiration devant cette vision tout à la fois atroce et envoûtante.

Le ciel était d'un bleu sombre. Par-delà la toiture en tuiles ondulées de l'enceinte du château, on pouvait voir le mont Bandai-san à l'est et le mont Iide au nord, tous deux cerclés de neige. Le grand jardin lui aussi était couvert d'un manteau blanc. Le paysage tout entier étincelait comme du cristal. Cependant, malgré le froid, il y avait des cygnes sur le grand étang gelé... Non, pas des cygnes ; il s'agissait en fait d'hommes et de femmes entrelacés.

Une idée d'O-Yura. La sinistre jeune femme avait choisi des couples au hasard parmi les innombrables beautés masculines et féminines retenues en captivité dans l'Enfer des Neiges, cette pièce secrète du château dévolue au plaisir de son seigneur Akinari. Elle les avait obligés à se rendre sur cet étang la veille au soir. Chaque couple était formé d'un garçon et d'une fille aux pieds entravés et reliés ensemble par une courte chaîne.

L'eau du lac leur arrivait aux hanches. Au fil de la nuit, la température avait progressivement chuté et il avait même commencé à geler. De lourdes boules d'acier pendaient aux chaînes qui entravaient les suppliciés, et la présence au bord de l'étang de Kôshichirô et Ginshirô, munis de sabres et un sourire diabolique aux lèvres, empêchait toute tentative de fuite.

Les pauvres jeunes gens à la torture s'étaient étreints désespérément pour se réchauffer dans le froid mordant. Des torches brûlaient sur la rive, mais la chaleur des flammes n'atteignait pas cet enfer glacé.

La veille au soir, Akinari avait observé avec délectation les préparatifs de ce spectacle effrayant et sublime à la fois. Tandis qu'O-Yura lui servait du saké chaque fois qu'il lui tendait sa coupe, il avait fait de belles promesses à ces cygnes humains, leur disant qu'il les sortirait de l'étang et les libérerait s'ils prenaient certaines postures, ordonnant à l'un de lever la jambe, menaçant un autre de le pendre si jamais il tombait. Puis, trouvant que la glace était un peu longue à prendre, il se lassa. Il se dit que le spectacle serait d'autant plus saisissant qu'il serait découvert dans sa forme définitive, et s'était retiré avec O-Yura dans leur chambre à coucher.

— Décidément, l'être humain ne sait pas se résigner... avait-il commenté en faisant claquer sa langue.

A présent, l'incroyable vision se déployait sous ses yeux. Tout était fin prêt, comme Kôshichirô et Ginshirô le lui avaient annoncé. Sur l'étang gelé, des perles de glace faisaient briller les corps nus des couples entrelacés figés par le gel.

— Monseigneur... lança Dôhaku en entrant dans le séjour. Oh ! c'est...

Le vieil homme, stupéfait par cette étrange vision, se tut en ouvrant de grands yeux.

Aussitôt, un sourire ravi monta aux lèvres d'O-Yura.

— Père, c'est moi qui ai eu cette idée !

— Eh bien, on peut dire qu'elle est brillante, chatoyante, même, s'esclaffa Dôhaku. Cela dit, n'oublie pas que nous connaissons une pénurie de jeunes gens ces derniers temps. Je te trouve un peu dispendieuse. L'Enfer des Neiges n'est plus qu'un désert triste : nous avons du mal à nous procurer des filles et des garçons. Tu sais bien que depuis cette affaire des écriteaux, les habitants cachent leurs beaux rejetons. Je te demanderai donc de faire attention à ne pas trop gaspiller à l'avenir, ma fille.

Puis, sur ces paroles, il s'assit devant Akinari.

— J'ai pris le temps hier soir de bien réfléchir aux comptes rendus que m'ont transmis nos hommes répartis un peu partout sur le territoire d'Aizu. Comme on m'a dit que vous étiez levé, je me permets de venir vous voir à ce sujet.

— Quel sujet ?

— Mais enfin, les moines de Takuan et la bande des femmes Hori ! Quel autre, sinon ?

— Les aurait-on enfin localisés ?

Cela faisait à présent presque deux mois que leurs ennemis s'étaient infiltrés dans leurs terres. Et contrairement aux propos prétentieux de Dôhaku – selon lequel ces traîtresses n'avaient pénétré en Aizu que parce que lui-même l'avait bien voulu et qu'il serait aussi facile de les capturer que si on les cherchait dans un sac –, aucune n'avait encore été repérée, et encore moins abattue.

En revanche, maintenant que le seigneur Akinari séjournait au château, Dôkahu avait renforcé la garde, qui menait une surveillance active de jour comme de nuit. Après avoir appris la mort d'Ichiganbô, il avait même ordonné à Kôshichirô et Ginshirô, qui râlaient et trépignaient d'impatience, de rester à l'intérieur du château et d'éviter de sortir à tout prix. Cet ordre valait également pour leur seigneur Akinari en personne, bien entendu.

Car si leurs ennemis n'avaient tout de même pas eu l'impudence de prendre d'assaut la forteresse, les dizaines de samouraïs répartis aux quatre coins du territoire n'avaient toujours pas réussi à retrouver leur trace, contre toute attente. Ces femmes se trouvaient pourtant forcément quelque part.

— Ils bénéficient du soutien des habitants, cela ne fait aucun doute, conclut Dôhaku.

— Bande d'insolents bouseux ! maugréa Akinari.

— C'est exactement ce que je me suis dit. Mais hier, au cours de la soirée, une autre idée m'est venue : si on ne peut localiser ces femmes, c'est peut-être que…

— Oui, quoi ?

— … Qu'elles se déguisent en moines afin de circuler librement.

— Quoi, ces femmes seraient déguisées en moines ?

— Exactement. Admettons une seconde que ces paysans de malheur les cachent ; je suis convaincu qu'ils ne pourraient prendre ce risque éternellement, vu le nombre d'hommes que j'ai déployés à leur recherche… Non, cette hypothèse ne tient pas la route. Je crois plutôt que ces femmes agissent séparément et qu'elles changent constamment de repaire.

Les femmes déguisées… C'était exactement ce qu'Ichiganbô et les hommes de sa petite troupe avaient compris à l'instant de leur dernier cri, mais ils avaient malheureusement manqué de temps pour en informer Dôhaku.

Néanmoins, après une longue et intense réflexion, le vieillard en était arrivé à la même conclusion.

— Ils sont sept, en comptant Takuan et une femme du nom d'O-Tone. Je pense qu'ils se séparent en deux groupes de trois à quatre personnes, puisqu'ils rôdent à travers tout Aizu et surgissent çà et là comme le vent – non seulement à Wakamatsu, mais aussi à Yamagun et même à Asakagun, énonça Dôhaku, visiblement mécontent. Comme j'avais donné l'ordre aux hommes d'Ashina de ne pas toucher aux moines de Takuan, ils les ont ratés. Mais en comparant attentivement tous les rapports, je me suis rendu compte que quatre moines avaient été remarqués à Wakamatsu, cinq dans le village de Yamagun, six au bord d'un lac près d'Asakagun – bref, bien plus de sept moines, et tous en vadrouille le même jour à la même heure.

— Es-tu bien sûr de ce que tu avances, Dôhaku ? demanda Akinari.

— Parmi eux doivent bien se trouver quelques vrais moines mendiants sans aucun rapport avec ceux de Takuan… Mais lorsque j'ai lu que certains d'entre eux portaient sous leurs chapeaux ce fameux *kesazukin* peu ordinaire, je me suis demandé si ces religieux encapuchonnés n'étaient pas plutôt les renardes que nous recherchons. Puisque nous laissons Takuan tranquille, ainsi déguisées, elles ont tout à fait pu abuser nos hommes et battre la campagne à leur guise.

Kôshichirô et Ginshirô l'avaient écouté jusque-là en silence, les mains cramponnées à la balustrade de la longue véranda en bois. Mais soudain, Ginshirô, n'y tenant plus, s'écria :

— Depuis le début, je pense que nous devrions éliminer ce bonze impudent qui ose tenir tête au clan Katô !

— Non, ce ne serait pas une bonne idée. Pas dans l'immédiat, du moins, raisonna Dôhaku. Je m'attendais à ce genre de manœuvres de la part de Takuan et le supprimer maintenant ne nous créerait que des ennuis. D'un autre côté, il est vrai que cette situation ne peut plus durer, car non seulement il soutient les femmes du clan Hori, mais il semblerait que lui et sa bande aient une mauvaise influence sur les habitants. Je les trouve désobéissants et menaçants, ces derniers temps. Cette situation m'inquiète tellement que j'en arrive presque à redouter une émeute.

— Vénérable maître Dôhaku, intervint Kôshichirô, nous ordonnez-vous toujours de ne pas toucher au grand maître ?

— Oui. C'est à moi de lui faire un sort.

A ces mots, un sourire sardonique et effroyablement assuré monta aux lèvres du vieillard.

— Et comment allez-vous vous y prendre ?

— Je vais me servir de mon « écho de rêve ». Ha ha ha ! Je suis enchanté, ça fait trop longtemps que je ne l'ai pas utilisé.

— L'écho de rêve ?...

— Une fois que j'aurai immobilisé Takuan grâce

à cette technique, je vous laisserai vous occuper des femmes. Car lorsque le grand maître sera pris dans le pouvoir de ma sorcellerie, le reste ne sera plus qu'un jeu d'enfant… dit Dôhaku en clignant des yeux. Mais pour cela, il faudra faire venir Takuan au château…

2

Trois *bushi* affublés de *jingasa* brisèrent avec la hampe de leurs longues lances les chandelles de glace qui pendaient au bord du toit, puis pénétrèrent dans la maison avec force bruit. Même dans une riche maison du village de Tajima, pourtant situé au sud du fief, le froid restait intense et la couche de neige était épaisse.

— Vous avez été dénoncés. Livrez-nous la criminelle ! hurlèrent-ils en entrant. On sait que vous la planquez ici alors que des avis de recherche ont été placardés depuis longtemps. Allez, ça ne sert à rien de le nier.

— Que tout le monde se rassemble dans cette pièce !

Ces hommes, tellement effrayants que même un enfant en pleurs se tut dès qu'il les vit, vociféraient en ouvrant des bouches grandes comme des plateaux. Ils faisaient si peur que tous les habitants de la maison, ceux qui se réchauffaient auprès du grand foyer creusé à même le sol comme les serviteurs qui se trouvaient dans la grange, l'écurie ou l'étable, arrivèrent au pas de course pour se prosterner à leurs pieds.

Les samouraïs reprirent leur interrogatoire en promenant des yeux enflammés sur les pauvres hères.

— Tout le monde est là ?

— Oui, tout le monde.

— Ne mentez pas ! rugirent les trois hommes. Nous savons qu'une jeune fille d'environ dix-huit ans se trouve chez vous. Comment se fait-il qu'elle ne soit pas là ?

— Vous parlez peut-être de notre fille O-Chô ? demanda un vieil homme, sans doute le chef de famille, d'un air intimidé.

— Votre fille ? Qu'est-ce que vous nous chantez là ? La criminelle que nous recherchons est justement une jeune fille de cet âge.

— Mais comment… Oh, non ! Pourquoi voudriez-vous que des paysans comme nous risquent…

— Nous devons vérifier si vous la cachez. Allez, dépêchez-vous, faites venir votre fille ici !

Les trois samouraïs plantèrent leurs longues lances dans le sol en terre battue avec des mines plus qu'intimidantes.

— C'est que… poursuivit le vieillard d'un air embarrassé, notre fille s'est faite nonne.

— Quoi ?

— Ce matin, le grand maître zen Takuan est passé nous voir et il lui a demandé si elle souhaitait devenir moniale. Comme elle a dit oui, maître Takuan l'a emmenée avec lui.

— Ta… Ta… Takuan, encore lui ! gémirent les trois samouraïs en chœur, en échangeant un regard.

En effet, ils avaient appris le matin même, après être arrivés dans le village de Tajima, que plusieurs moines y séjournaient depuis la veille. Ce n'était donc pas pour vérifier cette information qu'ils se trouvaient dans cette maison. C'était parce qu'ils avaient appris qu'une jolie fille y vivait, une beauté comme on en voit rarement à la campagne et qu'ils comptaient ramener comme trophée pour l'Enfer des Neiges, suivant les ordres de leur maître.

Cette recherche de criminelle était un prétexte éhonté qui leur permettait de mener tranquillement leur « chasse aux femmes »… et cela venait incidemment de leur révéler la présence de moines.

Or, comme de bien entendu, l'un d'eux n'était autre que le fameux grand maître Takuan, qui avait emmené la fille qui les intéressait, leur coupant encore une fois l'herbe sous le pied !

Ce n'était pas la première fois que ce genre d'incident survenait depuis que tous les écriteaux du fief qui appelaient à dénoncer les femmes du clan Hori avaient été arrachés et remplacés par d'autres annonçant l'enlèvement, puis l'assassinat, de plusieurs centaines de jeunes filles emmenées de force au château Tsurugajô.

Et pour couronner le tout, chaque fois que les samouraïs partaient chercher de jolies donzelles, ils s'apercevaient que Takuan ou l'un de ses disciples les devançait, emmenant les jeunes femmes pour les faire bonzesses…

— Takuan a proposé à votre fille de devenir nonne ?

— Tout à fait.

— Quel que soit celui qui l'a demandé, il paraît peu probable qu'une fille de paysans puisse obtenir ce statut aussi facilement. Vous mentez !

— Mais non, seigneur. Maître Takuan a même précisé qu'il comptait fonder un couvent qu'il appellera le Tôkai Sôji Zenji, à Edo, et qui sera la version jumelle du Tôkeiji de Kamakura. Son éminence Tenju-in, la sœur aînée du shôgun, en sera la supérieure. C'est d'ailleurs pour cela que maître Takuan parcourt les différentes provinces du pays : il recherche des futures nonnes.

A cette annonce, les trois hommes grincèrent des dents sans rien dire. S'ils gardaient le silence, ce n'était pas parce que les propos de ce vieillard leur paraissaient invraisemblables. Non. Ils se taisaient parce que, primo, ils avaient déjà entendu la même réplique partout où ils étaient passés, secundo, parce que cet homme leur mentait avec un aplomb stupéfiant, et tertio, parce qu'ils se lamentaient intérieurement de ne pouvoir les massacrer tous à leur guise.

Car ces derniers temps, à l'instar de leur vénérable maître, les hommes de Dôhaku avaient bien vu que les nuages de la résistance commençaient à s'amonceler au-dessus du clan Katô. L'opposition semblait monter chez les paysans comme chez les commerçants, et ce à travers tout le territoire. Takuan et les femmes Hori devaient certainement fomenter le trouble. En tout cas, les hommes du clan Ashina ne pouvaient traiter ces mouvements par le mépris.

Si ça continuait, ils finiraient par se prendre à leur propre piège. Ils s'étaient enfin rendu compte que l'armée de bonzes et de bonzesses menait une manœuvre quasi militaire, dans la plus pure tactique dite de la « campagne d'hiver », pour écarter les obstacles qui les séparaient encore du château Tsurugajô.

En même temps, ou presque, que les hommes de Dôhaku avaient commencé à interroger systématiquement tous les moines qui rôdaient dans le fief, c'était comme si toutes les jolies filles d'Aizu avaient subitement pris la décision de se faire nonnes. Maintenant, chaque fois que les samouraïs poursuivaient dans la campagne enneigée une silhouette en robe noire et chapeautée de paille, ils tombaient sur une femme qu'ils n'avaient encore jamais croisée.

— Holà, attendez, arrêtez-vous !

Dès que les samouraïs eurent rejoint les bonzes en pèlerinage qui cheminaient à travers le champ enneigé, comme dans un lavis à l'encre de Chine, ils leur firent ôter leurs chapeaux.

— Messieurs les samouraïs, vous désirez ?

— Oh, trois fois rien… Nous voudrions simplement savoir d'où vous venez et où vous allez.

— Nous sommes des disciples de maître Takuan, du Tôkeiji d'Edo, répondit l'un des bonzes dont les yeux rieurs brillaient sous son foulard noir. Nous faisons actuellement une tournée d'aumônes sur vos terres.

La troupe de guerriers ne trouva d'abord rien à répliquer, mais soudain…

— Ce sont elles ! Elles sont déguisées en moines, mais regardez ! Ces moines sont ridiculement petits et ils ont la taille fine. Capturons-les !

Le visage empourpré, les hommes d'Ashina encerclèrent les bonzes pour les fouiller. Et en effet, en voyant de plus près ces yeux presque cachés sous les *kesazukin*, on reconnaissait des regards tendres de femmes.

— Je me demande bien ce que vous pouvez nous reprocher. Tenez, voyez qui nous sommes en réalité, énonça l'une d'elles, puis toutes sortirent en même temps une feuille de papier de leur robe noire :

La porteuse de la présente est une bonzesse du temple Tôkai Sôji Zenji à Edo, temple interdit aux hommes par décret portant le sceau officiel du shôgunat. Les hommes sont donc priés de ne pas l'approcher. Signé : Sôhô Takuan.

Tels étaient les termes de la missive, sur laquelle figurait même le monogramme du grand maître.

Les hommes d'Ashina écartèrent leurs mains en gémissant. Les bonzesses baissèrent alors d'elles-mêmes leur foulard pour leur adresser des sourires charmants. Aucune d'entre elles n'appartenait au clan Hori.

Ce genre de quiproquo s'était déjà produit plusieurs dizaines de fois. A ce rythme-là, les montagnes et les vallées d'Aizu regorgeraient bientôt de troupeaux de nonnes vêtues de noir, et l'on ne retrouverait jamais les renardes Hori.

— Eh bien, qu'y a-t-il de si drôle ?

Barrant le passage pour empêcher les paysans de sortir, trois hommes d'Ashina venaient d'apercevoir les traits goguenards d'un jeune homme à l'intérieur de la maison d'un riche paysan.

— Je n'ai pas rigolé.

— Mais si. Vous vous moquez de nous, tous autant que vous êtes ! Vous vous payez la tête de votre seigneur en vous croyant à l'abri, caché dans la manche de soutane de Takuan…

Rouge de colère, l'un des samouraïs saisit sa lance.

— Pas si vite, Gorôsa, s'insurgea son comparse pour essayer de l'arrêter.

— Non, je n'en peux plus ! Ces bouseux nous ridiculisent un peu plus chaque jour. Je suis prêt à assumer l'entière responsabilité de mes actes et à me faire ensuite seppuku s'il le faut, mais sincèrement, ma patience est à bout !

Il poussa un grand cri et s'élança sur le jeune homme, qu'il frappa violemment au cou du plat de sa lance en faisant rouler au passage une bûche embrasée de l'âtre. Il y eut un bruit d'os brisés, puis le garçon s'effondra brutalement sur le sol en terre battue.

Les gens de la maison se levèrent d'un bond en hurlant : le morceau de bois enflammé était allé percuter un paravent, qui avait instantanément pris feu.

— La coupe est pleine ! s'écria le samouraï.

— Et si on s'amusait un peu ? proposèrent ses deux acolytes, en voyant le feu démarrer.

Ils tournèrent des faces féroces vers les habitants des lieux.

— C'est le Ciel qui vous punit pour vous être moqués de nous !

— Et puisque vous avez osé nous provoquer, aucun de vous ne sortira d'ici vivant : vous allez tous y passer !

Comme les flammes léchaient déjà les combles, les gens de la maisonnée se précipitèrent vers la porte d'entrée, mais les trois samouraïs s'étaient reculés pour leur barrer le passage. Brandissant leurs lances, ils les refoulèrent vers l'intérieur.

— *Oni* ! Ogres !

— *Gedô* ! Diables !

Quelques hommes tentèrent bien de leur résister en se saisissant de la première bêche ou de la première houe qui leur tombait sous la main, mais ils étaient pris comme des rats, face aux combattants chevronnés d'Ashina Dôhaku, ils ne faisaient pas le poids. Il y avait une bonne dizaine de paysans en tout, dont une jeune mariée et des enfants en bas âge, mais tous furent massacrés en un rien de temps, embrochés comme des sardines tirées de l'eau.

— Ha ! ha ! ha !

— Ça fait longtemps que je ne m'étais pas senti aussi léger !

Dans la lumière rougeoyante des flammes, les trois samouraïs maculés du sang de leurs victimes ressemblaient à des diables échappés des enfers. Ils riaient à gorge déployée tandis qu'ils rejoignaient la rue enneigée, sans même se retourner pour regarder la maison flamber.

Dès qu'ils avaient entendu crépiter l'incendie, les villageois étaient sortis précipitamment de chez eux, mais à la vue de ces trois effroyables visages, ils comprirent ce qui s'était passé et se figèrent, transis de peur, au point d'en oublier même d'aller éteindre le feu. Les trois hommes, arrogants, leur décochèrent des regards menaçants, puis s'éloignèrent à pas lourds en bavardant.

— Si j'ai bien tout compris, Takuan est censé avoir emmené la fille ce matin, n'est-ce pas ? C'est à peine l'heure du serpent[1], ils n'ont pas pu aller bien loin.

— Sont-ils partis vers le sud ou vers le nord, à ton avis ?

— S'ils avaient choisi le nord, nous les aurions croisés, puisque nous sommes venus de Wakamatsu.

— Peu importe les consignes du vieux Dôhaku, on va éliminer ce Takuan, parce que, si on ne fait rien, la situation va empirer.

— Je me moque bien qu'il s'agisse du maître de sagesse du shôgun ! Ce n'est qu'un serpent tapi dans

1. Entre neuf et onze heures du matin.

l'herbe, un misérable ver de terre dans un corps de lion.

— Et quand on aura tué Takuan, on se fera seppuku. En laissant un mot de remontrances au vieux Dôhaku. Le clan Ashina devrait retrouver meilleur moral, après ça.

Leur plan avait beau être quelque peu démesuré, la détermination de ces samouraïs rendait leurs intentions presque louables. Rassemblant leur courage, ils relevèrent le menton avec défi, puis s'élancèrent vers le sud comme des boulets de canon.

3

En prenant vers le sud à la sortie du village, on franchissait d'abord le col de Sannô, puis on traversait la province de Shimotsuke pour atteindre enfin Nikkô. Il arrivait que des daimyôs empruntent cette route pour se rendre dans leurs résidences d'Edo. Cela n'expliquait pas pour autant le surnom d'Arakai-gawa, « rivière de la mer violente », donné au cours d'eau qui prenait sa source au niveau du col de Sannô avant de serpenter au sein de ce paysage enneigé ceinturé d'une chaîne de montagnes – loin, bien loin de la mer.

Toujours est-il que dans ce décor de cimes blanchies, cinq silhouettes noires arrivaient du sud, leurs chapeaux rabattus sur la figure, les manches de leurs robes flottant dans le vent. Un gémissement se fit soudain entendre :

— Mmmm…

Ce murmure rauque avait été poussé par trois samouraïs qui, gonflés d'animosité et plantés au beau milieu du chemin, attendaient les bonzes de pied ferme.

De là où ils se trouvaient, les cinq moines ne distinguaient sans doute pas le visage menaçant de ces farouches guerriers, mais ils n'avaient pas pu rater l'éclat de leurs lances, couvertes de sang, couchées sur le sol blanchi. Malgré tout, ils arrivèrent au trot, sans ralentir l'allure.

Deux des samouraïs se postèrent de part et d'autre du chemin, les jambes solidement plantées dans le champ enneigé, pour barrer la route aux bonzes. Le petit groupe parvint assez près pour apercevoir le sang qui recouvrait les trois guerriers. Ce fut d'ailleurs à ce moment-là que le premier moine s'arrêta et souleva son couvre-chef.

— Qu'est-ce que c'est que cet incendie que j'aperçois là-bas ? lança-t-il sur un ton courroucé. Vous n'auriez pas quelque chose à voir là-dedans, par hasard ?

Takuan, car c'était lui, les dévisagea. Il avait beau être vieux, petit et malingre, sous son regard d'aigle, les samouraïs sentirent leurs joues chauffer plus encore que sous la chaleur de l'incendie qu'ils avaient déclenché plus tôt. Ils ne se laissèrent pas démonter pour autant et sourirent à pleines dents.

— Hé oui, mon vieux, c'est bien nous qui avons mis le feu à cette baraque de malheur, éructa l'un d'eux.

— J'en étais sûr, gémit Takuan en jetant un coup d'œil vers le panache de fumée noire qui s'élevait au bout du champ. Et les gens qui habitaient là-dedans, que sont-ils devenus ?

— Tous morts. Massacrés jusqu'au dernier !

A ces mots, les deux hommes postés à droite et à gauche du chemin éclatèrent de rire, avec des expressions terriblement féroces.

— C'est le prix à payer quand on joue au plus malin et qu'on cherche à rouler les hommes du clan Ashina !

— Allez, grand-père, donne-nous la fille que tu as faite bonzesse !

Takuan resta immobile, mais un moine qui se trouvait posté derrière lui était prêt à écarter le grand maître pour sauter à la gorge des samouraïs.

— Ah, quel malheur ! Mon père et ma mère ! Ils sont morts eux aussi…

Seule une véritable jeune fille, non encore détachée des sentiments du monde, avait pu pousser ce cri déchirant. Elle qui avait été sauvée par le vieux bonze, elle aurait bien voulu faire demi-tour pour aller vérifier s'il n'était rien arrivé à sa famille, tant son cœur battait la chamade devant la fumée noire qui planait au-dessus de son village.

— Attention !

— Faites-nous un peu de place ! dirent deux moines en attrapant le cordon de leur chapeau pour repousser le grand maître et sa récente recrue en arrière. Ils avaient des yeux de femme, et pour cause :

ces moines n'étaient autres que Sakura et O-Fue ! Les deux jeunes filles saisirent la poignée de leur canne-épée.

— Monstres sans cœur ! Nous allons vous punir !

— Vous !

Les samouraïs bondirent furieusement sur la route. Ils venaient de reconnaître leurs ennemies. Leurs yeux n'étaient pas loin de lancer des flammes, dans leur excitation d'avoir enfin retrouvé deux des femmes du clan Hori. Ils pointèrent sur elles leurs longues lances.

— Takuan, tu ne t'en sortiras pas comme ça non plus !

— Nous allons d'abord embrocher ces deux femmes. Il restera encore une lance disponible pour toi. Patiente donc jusqu'à ton tour là-bas sur la neige...

— Va t'asseoir, on te dit ! rugirent-ils tous les trois en chœur.

Quand une lance et un sabre s'affrontent, seules l'agilité et la vivacité du sabreur peuvent compenser la différence de longueur des armes. Un individu bien entraîné peut d'ailleurs tirer profit de ce déséquilibre. Mais dans le cas présent, Sakura et O-Fue avaient très peu de liberté de mouvement, tant la neige était épaisse sur les champs autour de ce chemin creux. Les samouraïs plastronnaient en se vantant que leurs lances ne se laisseraient jamais vaincre par la lame de simples femelles...

Tandis qu'ils s'apprêtaient à leur foncer dessus en

rugissant comme des bêtes sauvages, ils virent une silhouette voler vers eux tel un monstre ailé : le cinquième moine venait littéralement de décoller du sol.

Les hommes d'Ashina l'avaient repéré lorsqu'il était venu se placer derrière Takuan, mais comme ils tenaient Sakura, O-Fue et le grand maître à l'œil, ils ne s'étaient pas arrêtés à l'étrangeté de son comportement. Ce mauvais plaisant en avait profité pour se retourner et pour tirer de sa robe un petit objet rouge, qu'il s'était apposé sur le visage. Ensuite, il avait tranquillement pivoté, puis bondi par-dessus Sakura, O-Fue, Takuan et les samouraïs ennemis, avant de venir se poser derrière eux comme un oiseau noir.

— Waouh ! s'exclamèrent les hommes d'Ashina, totalement ébahis.

Avant de s'élancer vers leur cible, les lances accomplirent un grand demi-cercle pour pointer vers l'homme masqué, mais elles devaient être aussi désorientées que leurs propriétaires, car elles entrèrent en collision et les samouraïs titubèrent dans la neige en se heurtant l'un l'autre. Leur adversaire choisit ce moment pour fendre l'un d'eux en deux comme un bambou.

— Bas les pattes ! gronda le masque en repoussant les deux lances encore pointées vers lui, qui allèrent se ficher dans la neige.

— Ah !

Les deux hommes du clan Ashina comprirent enfin à qui ils avaient affaire : comme il repoussait son chapeau, la tête du moine apparut, recouverte du masque rouge de la *hannya*.

— C'est donc toi !

Cette exclamation fut la dernière qu'ils laissèrent échapper dans ce monde. Les corps des deux guerriers s'écroulèrent l'un sur l'autre en projetant de grandes gerbes de sang frais sur la neige.

— A bien y réfléchir, ce camouflage n'était pas nécessaire, dit Jûbei en ôtant son masque. Dites-moi, vieux maître…

— Comment ? Plaît-il ?

— Il semble que ces trois imbéciles aient exterminé la famille de cette demoiselle et mis le feu à sa maison. Si nos ennemis s'affolent autant, nous serions peut-être bien inspirés d'intervenir pour empêcher que ce genre d'incident se reproduise.

Jûbei nettoya le sang sur sa canne-sabre en la frottant soigneusement avec de la neige, leva les yeux sur Takuan, puis le dévisagea d'un regard impavide.

4

Quelques jours plus tard, on découvrit, au bord de la douve jouxtant la porte principale du château Tsurugajô à Wakamatsu, une table sur laquelle étaient exposées trois têtes décapitées recouvertes de neige.

Un écriteau posé à côté annonçait : *Voici les têtes de trois samouraïs, des vassaux du très vil Katô*

Akinari qui ont enlevé un nombre incalculable de jeunes filles afin de les offrir en pâture à la perversité de leur maître, et tué leurs parents qui tentaient de s'opposer à eux. De telles gens ne méritent pas de vivre en ce monde. Si d'autres devaient se montrer aussi cruelles, je ne manquerais pas de leur infliger un châtiment semblable à celui que vous avez sous les yeux, sans autre forme de procès.

Signé : le masque de hannya.

Le portier n'en revenait pas. Il avait neigé sans arrêt depuis la veille au soir. Il n'avait entendu personne apporter cette table et installer ces têtes. Il n'avait pas aperçu la moindre silhouette.

Sitôt qu'ils apprirent la nouvelle, les hommes d'Ashina se précipitèrent au-dehors. Un peu plus tard, Kôshichirô et Ginshirô se firent apporter les têtes coupées et allèrent trouver Dôhaku en courant.

— Alors ça y est, ils ont fini par craquer et passer à l'action, commenta le vieillard, le visage impassible, en regardant avec attention les traits cadavériques de ses trois guerriers morts. Nos trois gars sont tombés sur Takuan à proximité du village de Tajima, à ce qu'on m'a dit. J'imagine que lorsqu'ils ont compris qu'il s'agissait bien du grand maître, ils ont décidé de l'attaquer, lui et son groupe, mais ils se sont fait décimer par ce fameux homme au masque de *hannya*. Enfin, je présume... Ils ont peut-être manqué de discernement... Mais s'ils ont attaqué en sachant que c'était ce fichu moine, ça signifie qu'ils l'ont fait pour me transmettre un message. Oui, voilà... Je comprends très bien leur intention. Mais il ne sera pas dit qu'ils sont morts pour rien. Takuan, tu me le paieras !

Dôhaku avait articulé cette menace d'une voix glaciale, tout en désignant du menton l'Enfer des Neiges.

— Faites sortir, disons... cinq pensionnaires de l'Enfer des Neiges et décapitez-les.

— A vos ordres. Hommes ou femmes ?

— Peu importe, du moment qu'il y en a cinq. Ensuite, vous exposerez leurs têtes devant la porte principale du château avec un écriteau.

— D'accord. Euh... mais que doit dire ce panneau ?

— Vous allez écrire ceci : *Ces têtes sont celles de rebelles qui ont désobéi à leur seigneur en tentant de faire entrer au château des malfaiteurs qui vouent une haine farouche au maître des lieux. Eu égard au crime dont ils se sont rendus coupables, ils ne méritaient pas de vivre en ce monde. Désormais, toute personne qui entrera en relation avec des malfaiteurs afin de comploter contre le seigneur sera systématiquement exécutée.*

Le lendemain matin, les têtes de trois jolies filles et de deux beaux garçons s'étalaient sur une table devant la porte principale du château. Ces cinq têtes maculées de neige exprimaient clairement que leurs propriétaires étaient morts dans d'atroces souffrances : une vision d'autant plus horrible que leurs traits étaient particulièrement charmants.

Une dizaine de jours plus tard, dans un village situé au bord du marais Numazawanuma, dans l'ouest d'Aizu, sept hommes d'Ashina qui patrouillaient à la recherche de proies pour l'Enfer des Neiges étaient exterminés et leurs têtes exposées sur une table devant le château Tsurugajô, accompagnées d'un panneau qui portait l'inscription suivante : *Sept têtes d'hommes du clan Ashina.*

Le lendemain matin, sur la même table, on retrouvait dix têtes tranchées de belles jeunes filles, avec la mention : *Dix têtes de rebelles...*

Combien de gens comprirent-ils que le clan Katô et Takuan s'étaient lancés dans une véritable « campagne d'hiver » ? En tout cas, même si l'on ne savait rien de cet affrontement meurtrier, la vision des têtes tranchées suffisait à faire se dresser les cheveux sur la tête.

Le printemps n'avait pas encore gagné cette contrée septentrionale, mais le bruit de la neige fondue courant dans la gouttière de l'avant-toit du séjour donnait l'impression que le cœur de la nature s'était remis à battre.

— Dôhaku ! appela Akinari d'une voix apeurée.

Kôshichirô et Ginshirô tremblaient autant que leur seigneur – secoués de frissons à faire croire qu'il faisait plus froid dans la pièce qu'au-dehors.

La veille au soir, les têtes de treize hommes d'Ashina avaient été découvertes, exposées à l'extérieur du château. En réponse, Dôhaku avait ordonné de décapiter quinze prisonniers de l'Enfer des Neiges.

— C'est tout de même un peu exagéré…

Si Akinari gémissait, c'est qu'il ne pouvait plus supporter cette escalade sanglante qui durait depuis une quinzaine de jours et qui, si elle continuait, ne tarderait pas à transformer Aizu en paysage d'apocalypse peuplé de montagnes de cadavres, irrigué de rivières de sang.

— N'est-ce pas vous, père, qui m'avez dit de faire attention à ne pas trop gaspiller les jeunes gens de l'Enfer des Neiges ? demanda O-Yura.

Même l'impitoyable jeune femme semblait ébranlée.

— Nous sommes dans une phase critique : soit nous faisons machine arrière, soit ce sont nos ennemis qui reculent, expliqua Dôhaku calmement.

— Tu as dit qu'ils se lasseraient les premiers, jeta Akinari. Je remarque cependant que nous avons beau trancher des têtes, ça ne leur fait ni chaud ni froid.

— Bien au contraire. Takuan est un bonze, un homme de la voie du Bouddha. Les cadavres d'innocents qui s'amoncellent pour venger les hommes d'Ashina qu'il supprime ne peuvent pas le laisser indifférent. C'est un peu comme s'il les tuait de ses propres mains.

— Tu penses qu'il va arrêter de s'en prendre à nos hommes, c'est bien ça ?

— Tout à fait, répondit le vieillard d'une voix aussi grinçante que des roues en acier. Mais il est trop tard pour reculer à présent : même si Takuan ne s'en prend plus à nos troupes, je continuerai à décapiter les jeunes gens de l'Enfer des Neiges jusqu'à ce que ce maudit bonze capitule. Quarante de nos hommes ont déjà été occis, pourtant, on ne peut pas dire qu'ils étaient maladroits ! Mais ce redoutable individu au masque de *hannya* les a tronçonnés l'un après l'autre comme des radis. Je pense que même Kôshichirô ici présent ne serait pas sûr à cent pour cent de le vaincre.

— Non, ce n'est pas vrai ! s'écria Kôshichirô en se mettant à sautiller nerveusement. Je ne demanderais pas mieux que d'aller m'amuser un peu avec ce masque, maître Dôhaku, mais vous m'interdisez de sortir !

— Exact, tu ne dois pas quitter le château. Il ne faut pas tomber dans leur piège.

— Auriez-vous peur de cet homme, vénérable maître ?

— Disons plutôt que je veux juste prendre toutes les mesures de protection possibles – c'est pourquoi nous allons enlever Takuan, afin de couper sa liberté de mouvement à l'homme au masque de *hannya*. Takuan ne tardera pas à céder. Sans compter que les parents des filles et des garçons exécutés au château vont finir par leur en vouloir, à lui et à ses moines. Et ceux dont les enfants n'ont pas été tués ne le soutiendront plus très longtemps. Tôt ou tard, sa bande ne trouvera plus d'endroit où loger, et alors, vous verrez, il finira par capituler. Monseigneur, puisque nous en sommes là, la seule façon de sauver l'honneur de votre famille est de jeter ces gredins à terre et de les y maintenir fermement, lança le vieillard de cent sept ans en posant un regard effrayant sur Akinari. Ginshirô, va décapiter quinze jeunes gens !

V
LA COMPTINE DE TAKUAN

1

Le magasin à grains était encore à demi enseveli sous la neige, mais ici aussi, des gouttes argentées perlaient aux chandelles de glace pendant au bord du toit.

— Vénérable maître ! s'écria Jûbei avec stupeur.

Etonnés, les sept femmes du clan Hori, O-Tone et les cinq moines assis près de lui levèrent les yeux vers Takuan.

Ils se trouvaient dans le village de Monden, au sud de Wakamatsu, chez un riche paysan dont la fille avait été enlevée et conduite au château. Takuan et son groupe se cachaient là depuis le début de l'année. Fort heureusement, les hommes d'Akinari n'avaient pas encore réussi à les dénicher, malgré le fait que le donjon du château se dressait tout près de là. Il faut dire à leur décharge que des troupes de moines se promenaient aux quatre coins du fief, obligeant les samouraïs à courir inutilement en tous sens, mais également que l'entrée de ce grenier passait inaperçue.

En effet, la clôture extérieure avait été ensevelie sous une épaisse couche de neige que l'on avait pris soin de faire tomber du toit, après quoi les compagnons de Takuan avaient creusé un tunnel franchissant ladite clôture, en consolidant la partie supérieure de blocs de neige superposés, de sorte qu'il était parfaitement invisible.

La veille au soir, au cours d'une ronde, frère Unrin avait repéré une quinzaine de têtes exposées au bord de la douve. Le matin même, Shôchiku, un autre des disciples du grand maître, était sorti à son tour, pour déclarer en revenant qu'il avait vu une dizaine d'hommes d'Ashina se précipiter vers le village de Shiokawa, plus au nord.

A cette nouvelle, Jûbei s'était levé d'un bond. Depuis qu'il se trouvait en Aizu, son sabre préféré, son *Miike Tenta*, avait déjà eu l'occasion de faire couler le sang de plusieurs dizaines de guerriers du clan Ashina. Son arme n'infligeait bien sûr les châtiments du Ciel qu'à des êtres particulièrement vicieux et dont la cruauté égalait celle d'ogres de l'enfer. Mais pour compléter ces considérations, il faudrait ajouter que le samouraï semblait ivre de donner des coups de sabre. En fait, alors même qu'il avait emmené Jûbei avec lui pour cette raison, Takuan lui trouvait néanmoins l'âme un peu noire…

Toutefois, le bonze n'avait aucune raison d'arrêter ce redoutable combattant dans son élan. Espérons que Bouddha voudra bien pardonner à titre très exceptionnel le grand carnage de ce loup solitaire, se disait Takuan.

Il avait donc fermé les yeux sur les exploits de Jûbei, et même accepté d'exposer les têtes tranchées des samouraïs devant le portail du château... Mais Takuan avait soudain semblé changer d'avis : il venait de retenir Jûbei avec fermeté alors que ce dernier se levait pour se lancer aux trousses des hommes d'Akinari.

— Mais, maître, pourquoi m'empêchez-vous de partir à leur poursuite ?

— Parce que cette fois-ci, je me vois dans l'obligation de te dire non, Jûbei.

— Si nous ne faisons rien, une autre fille sera sacrifiée.

— Mais si tu coupes de nouveau la tête à une dizaine d'hommes afin de sauver une seule fille, une vingtaine d'innocents seront exécutés par vengeance.

— Mais n'est-ce pas malgré tout pour...

— Je ne le supporte plus, dit Takuan en baissant la voix. Ton idée d'exposer ces têtes coupées a eu des conséquences terribles. Ashina Dôhaku... Je n'aurais jamais cru qu'il irait aussi loin ! S'il était un tant soit peu humain, il n'aurait jamais pensé prendre sa revanche en tuant de pauvres enfants... Je m'étais préparé à devoir affronter un individu monstrueux, mais...

Il poussa un soupir à fendre l'âme.

— Vieux maître, il ne faut pas vous décourager, affirma Jûbei d'une voix sombre et sévère. C'est justement ce que veulent nos ennemis. Dites-vous plutôt que chaque fois que mon sabre les tue, c'est comme si le glaive d'Achalanatha lui-même faisait capituler les démons. Je suis sûr que les yeux du Ciel voient bien la différence. Et le Ciel n'est pas le seul, à mon avis. Le peuple y voit clair lui aussi. Imaginez le nombre de parents dont les enfants ont été cruellement assassinés et qui doivent haïr ces monstres. La rivière de leurs larmes pourrait renverser l'enceinte du château Tsurugajô.

— Crois-tu vraiment que ces parents ne nous en veulent pas pour ce bain de sang ? Sans parler de ceux dont les enfants sont encore en vie et qui ne dorment plus la nuit, tant ils se font du souci pour eux… Jûbei, t'es-tu aperçu que le chef de famille qui nous héberge nous jette de drôles de regards, ces derniers temps ? Non, je ne supporte plus cette situation. Il est vrai qu'au départ, nous nous sommes lancés dans cette entreprise sanguinaire pour sauver les jeunes filles des griffes de ces démons. Mais contrairement à ce que nous avons toujours voulu, de jeunes innocents meurent dans d'atroces souffrances… Nous devons capituler. Nous n'avons pas d'autre choix.

— Si nous le faisons, les hommes d'Ashina enlèveront encore plus de filles !

— Voilà pourquoi je vais me rendre au château. Je veux les dissuader de continuer leur chasse.

— Non, mais quelle idée ! s'écria Jûbei. Maître, ce serait capituler !

— Hé oui ! Mais je me rendrai volontiers, si cela permet de sauver des jeunes gens innocents, vois-tu.

— Rien ne vous garantit qu'ils auront la vie sauve. Dois-je vous rappeler que notre ennemi est absolument inhumain, ainsi que vous venez de le dire vous-même ? Excusez-moi, maître Takuan, mais j'ai l'impression que vous vous laissez impressionner par la brutalité et la cruauté de notre ennemi. A moins que vous ne perdiez la tête…

— Imbécile ! gronda Takuan. Ne me parle pas sur ce ton ! Ignores-tu à qui tu t'adresses ? Je suis le révérend Takuan. C'est moi qui ai formé ton père Tajima-no-kami, et avec beaucoup de soin et de patience, d'ailleurs !

Jûbei rentra le cou dans les épaules, comme un petit-fils que gronde son grand-père, ce qui lui donna à penser que si Takuan avait effectivement formé son père, ce devait plutôt être à la guerre psychologique qu'au maniement du sabre…

— Nous pouvons encore déjouer les manigances de nos ennemis en faisant semblant de nous rendre, Jûbei. Vieux cabochard comme je suis, je réfléchis avant d'agir, tu le sais bien. Si je vais au château, ça lui fera une sacrée épine dans le pied : lui et son gendre ne pourront tout de même pas continuer à assassiner des gens sous mon nez. Ils ne pourront pas pourchasser des femmes en toute impunité non plus

– ça, tu peux me croire, parce que je ne les laisserai pas faire.

Personne ne souffla mot.

— Et puis, Jûbei, reprit Takuan, le sourire aux lèvres, même toi, tu n'oserais pas prendre d'assaut ce château d'une valeur de quatre cent mille *koku*, non ?

— Ben, je ne sais pas... Peut-être que si. Eventuellement. Tout dépend des circonstances. En tout cas, ce qui est sûr, c'est que je ne me lancerais pas seul dans une telle aventure ! s'esclaffa-t-il avec un regard en coin vers les sept femmes du clan Hori.

O-Fue voulut répliquer, comme à son habitude, mais Takuan ne lui en laissa pas le temps :

— Ce ne serait pas très prudent de prendre d'assaut ce château – même à huit, mesdames –, car vous n'auriez aucune chance de l'emporter. Il n'y aurait que la mort au bout du chemin. Voilà pourquoi je voulais provoquer les deux hommes restants des Sept Lances d'Aizu, mais l'échec d'Ichiganbô a dû leur servir de leçon : ils restent confinés à l'intérieur du château. Je vais donc aller au-devant d'eux. Une fois sur place, je trouverai bien le moyen de les faire sortir de leur tanière.

— Vénérable maître, je ne vous cache pas que votre plan m'inquiète, confia Jûbei.

— Non, il ne faut pas, il n'y a vraiment pas de quoi. Ils ne s'en prendront pas directement à moi, sois-en sûr.

Si Takuan avait l'air très optimiste, Jûbei, en revanche, semblait bien sombre.

— Excusez-moi de vous contredire, mais je ne miserais pas là-dessus. Vous aurez quand même affaire à des diables… Ils pourraient vous empoisonner et déclarer au shôgunat que vous êtes tombé malade subitement.

— Ne vous inquiétez pas, nous allons accompagner le maître, fit calmement frère Shinka, l'un des disciples du vieux bonze. Nous le défendrons.

Takuan secoua la tête.

— Non, mauvaise idée. Mieux vaut que j'aille seul au château.

— Mais non, maître ! s'insurgèrent les bonzes en chœur.

— En fait, j'aurais quelque chose à vous demander…

— Ah ? Et quoi donc ?

— Ce vieillard, Ashina Dôhaku. Quel étrange individu… fit Takuan, le regard perdu dans le vide durant quelques secondes. Comme je vous l'ai raconté l'autre jour, je l'ai vu se transpercer le ventre là-haut, sur le col de Seishi. Il s'est flanqué son sabre en plein cœur, en l'enfonçant jusqu'à la garde. Mais ensuite, comme frère Jûjô nous l'a confié puisqu'il l'a vu de ses propres yeux, Dôkahu est rentré à cheval au château comme si de rien n'était. Il doit posséder un corps aux pouvoirs surhumains, voire immortel… Autrement, je ne vois pas comment une chose pareille aurait pu se produire. C'est d'ailleurs pour éclaircir ce point que je dois absolument me rendre au château.

— Et moi je crois, maître, que vous vous faites des idées, objecta Jûbei – même si, comme à chaque fois, cette histoire lui donnait la chair de poule.

— Je ne suis pas encore gâteux, figure-toi. De toute façon, nous parlons d'un monstre qui a atteint ses cent sept ans au début de l'année. Pas étonnant qu'il connaisse des techniques surnaturelles.

— Cent sept ans ?

— Tout à fait. Mais le plus troublant dans cette histoire, c'est que le grand prieur Tenkai, qui vit à Edo, vient d'avoir le même âge, et que lui et cet Ashina Dôhaku se ressemblent comme deux gouttes d'eau…

2

Takuan pencha la tête sur le côté, dubitatif.

— Ça me rappelle le message destiné à Dôhaku que le grand prieur a laissé à Akinari et ses hommes, lorsque leurs cortèges se sont croisés sur la grand-route d'Oshû. Il disait que le Mal n'a jamais triomphé du Ciel et lui demandait s'il souhaitait la ruine du clan Ashina…

Le regard de Takuan s'était obscurci à cette évocation.

— Je comprends mieux, à présent, poursuivit-il. Je pense que Tenkai est lié d'une façon ou d'une autre au clan Ashina, et plus particulièrement à Dôhaku… Mais j'aimerais être certain de ne pas me tromper. Je dois connaître le secret de Dôhaku... Je voudrais que l'une d'entre vous reparte à Edo pour interroger le grand prieur, expliqua-t-il en se tournant vers les sept femmes. J'imagine qu'il sera difficile, voire impossible, d'obtenir une audience. Au cas où vous n'arriveriez pas à le rencontrer, vous pourrez toujours solliciter la princesse Sen et l'interroger par son intermédiaire. C'est une affaire très importante, car ce secret pourrait nous permettre de triompher de Dôhaku. O-Chie, O-Fue...

Les deux jeunes femmes levèrent aussitôt la tête.

— Vous allez vous rendre à Edo toutes les deux.

— Oui, maître Takuan ! Mais cela veut-il dire que nous ne combattrons plus jamais les ennemis qui se trouvent ici ? demanda O-Fue avec une pointe de regret dans la voix.

— Grâce à vous, nous allons découvrir le grand secret de Nankôbô Tenkai, l'homme qui a fondé le temple Kan'eiji sur l'ordre du grand hégémon Ieyasu. Il faut l'interroger personnellement, et qui d'autre pourrait mieux remplir cette mission que la fille de Hori Mondo, c'est-à-dire O-Chie ?

Les deux jeunes filles se prosternèrent devant lui.

— Quoique, je me demande si c'est vraiment une bonne idée... Il y a quand même cent trente lieues aller et retour. Vous allez quitter Aizu pour Edo et revenir ici ventre à terre. Mais ce n'est pas tout ; il vous faudra traverser les territoires du Nord envahis par la neige, avec les hommes d'Ashina à vos trousses, car vous pouvez être certaines qu'ils ne laisseront aucune de celles qu'ils appellent les « renardes » quitter leur fief sans encombre. C'est un voyage particulièrement dangereux.

Takuan tourna son regard vers ses cinq disciples.

— Voilà pourquoi j'aimerais vous demander, chers disciples, d'escorter ces deux jeunes filles.

Les moines se dévisagèrent, puis rirent gaiement.

— Entendu !

— C'est d'accord !

— Même des gardiens de temple ne les protégeraient pas mieux des mauvais esprits que nous ! lancèrent les bonzes, très sûrs d'eux.

Pourquoi faisaient-ils les fanfarons, ces moines zen qui ne connaissaient absolument rien à l'art du sabre ?

Jûbei jeta un regard inquiet à Takuan, puis à ces bonzes insolents.

— Et moi, je vais faire quoi pendant ce temps ?

— J'ai une autre mission à te confier. Les trente filles que nous avons sauvées… mais non, que dis-je, les quarante jeunes femmes rescapées… il faudrait que tu leur fasses discrètement quitter Aizu et que tu les conduises à Kaminoyama.

Les innombrables sympathisants du grand maître cachaient toujours des filles, déguisées en moines.

— Il s'agit d'aller tirer un troupeau de brebis hors de la gueule du loup, je n'ai pas besoin de te le dire, continua Takuan. Rude tâche pour le berger…

Ce grenier enseveli sous la neige avait des allures d'état-major, et le vieux Takuan y jouait le rôle d'un commandant en chef. Il continua du reste de passer ses ordres :

— Etant donné que nos ennemis tuent désormais n'importe qui sans hésiter, je pense qu'il sera bientôt dangereux de laisser ces femmes se promener en tenues de moines. Elles seront même bientôt des fardeaux pour nous. Mais puisque nous nous sommes démenés pour les sauver, devançons nos ennemis et mettons-les toutes à l'abri. Ce qui nous permettra de nous libérer de cette mission. M'as-tu bien compris, Jûbei ?

— Maître, et nous ? intervint O-Kei.

— Ah oui, vous. Jusqu'au moment opportun où je vous ferai signe depuis le château, vous resterez cachées ici. A moins que Jûbei ne veuille que vous l'aidiez à escorter ces femmes... Mais ne prenez aucune initiative sans en avoir délibéré avec lui ! Après tout, vous êtes notre emblème le plus précieux. Votre vie ne vous appartient pas entièrement, alors réfléchissez bien avant d'agir !

— Vénérable maître, vous avez dit que vous nous feriez signe depuis le château... Ça signifie quoi ? demanda Jûbei.

Takuan réfléchissait à la réponse qu'il allait faire lorsque O-Tone interrompit ses pensées :

— Pourquoi ne vous accompagnerai-je pas au château ? Tout à l'heure, Jûbei a dit qu'il était possible que nos ennemis cherchent à vous empoisonner. Je pourrais rester à vos côtés et goûter les plats avant vous. Je ferais toutes les commissions que vous me demanderiez...

— Mais, ma petite, Akinari t'a déshonorée…

— Oui, c'est vrai, et je peux affirmer que j'en suis presque morte. Je crois que plus rien ne pourrait m'étonner ni m'effrayer, à présent. Et puis, je suis prête à tout pour me venger d'Akinari, affirma-t-elle avec un affreux rictus.

Takuan avait sauvé la jeune femme des griffes d'Akinari quelque temps auparavant sur la grand-route d'Oshû. Alors qu'il lui avait conseillé de rentrer directement à l'auberge familiale à Koga, elle avait imploré le vieux bonze de la laisser l'accompagner. C'est ainsi qu'elle avait rejoint les femmes Hori, qui l'avaient aussitôt prise sous leur aile, soucieuses d'exaucer le souhait de leur nouvelle compagne : la venger de Katô Akinari, qui l'avait ignoblement humiliée. Pourtant, le corps féminin est une fleur mystérieuse… Alors qu'O-Tone ne vivait plus que pour châtier le seigneur malfaisant, son ancienne apparence de fille de campagne avait disparu pour laisser place à une allure bien plus… ensorcelante, justement parce que Akinari lui-même avait écrasé son bourgeon.

— Les relations avec l'extérieur… Il faudrait que quelqu'un assure ce rôle. O-Tone, c'est d'accord, tu viens avec moi, fit Takuan doucement.

A présent que la stratégie de combat était bien arrêtée, il se leva lentement.

— Ceux qui doivent partir pour le Nord et le Sud, attendez ici encore quelques jours. J'aimerais taquiner un peu nos ennemis, pour les pousser à faire revenir les hommes du clan Ashina au château... C'est moi qui vais te jouer un tour cette fois, mon cher Dôhaku...

3

Un,
Ichiganbô n'a qu'un œil
Ichiganbô
Tombé du pont dans la rivière,
La rivière Sanzu qui est la rivière des enfers.

Ce jour-là, trois nouvelles têtes de femmes étaient exposées devant le portail du château, si bien que personne n'osait s'en approcher. En revanche, des enfants s'étaient retrouvés pour jouer sur un terrain en friche à l'est, près du pont couvert qui enjambait la douve.

L'année n'était pas encore assez avancée pour que la neige fonde, mais on l'avait déblayée dans ce coin-là, si bien que de la terre noire affleurait par endroits. Une quinzaine d'enfants venus du quartier voisin en avaient profité pour venir jouer au jeu de *temari* avec des balles finement confectionnées en fils de soie. Ils chantaient joyeusement. C'était une scène caractéristique de la fin de l'hiver.

Deux,
Protégé par des ogres félons
Mais protégé tout de même
Es-tu vraiment tranquille, stupide daimyô ?

Es-tu vraiment tranquille ?

Au début, les gardes postés à l'entrée du château trouvèrent vraiment charmante la jolie mélodie qu'ils prenaient pour une simple comptine de *temari*, mais en écoutant mieux les paroles, ils furent saisis d'épouvante. En y regardant de plus près, ils aperçurent, parmi les enfants, un moine qui jouait à la balle avec ardeur et qui chantait avec eux, sa robe noire flottant dans le vent.

Trois,
Celui qui a appris des tours aux trois chiens
Celui qui leur a appris des tours
Quel cadeau a-t-il reçu d'Edo ?
Quel cadeau ?

Sitôt avertis, Kôshichirô et Ginshirô se ruèrent vers le pont couvert et s'arrêtèrent en gémissant dès qu'ils eurent regardé en direction du terrain vague au loin. Le chant qui s'élevait parlait manifestement de Gusoku Jônoshin, un membre des Sept Lances qui avait été abattu à Edo. Mais si les deux samouraïs restaient paralysés, c'était parce qu'ils venaient de reconnaître le vieux bonze qui jouait à la balle d'un air joyeux.

Quatre,
D'après ce que m'a dit un client du Yoshiwara
D'après ce qu'il m'a dit
Il aurait fait un terrible achat : une poupée barbue
Une poupée barbue.

Les paroles faisaient référence au cadavre de Daidôji Tessai, un autre des sept hommes d'élite d'Akinari, retrouvé dans une caisse de poupée de Kyôto.

— Takuan ! s'écrièrent alors les samouraïs.

Hé oui, il s'agissait bien de lui. Ils entendirent les enfants l'appeler par son nom en cet instant. Malgré le froid, le grand maître ne portait ni son chapeau en bambou tressé, ni le *kesazukin* traditionnel. Mais le vent toujours glacial avait beau fouetter son crâne chauve comme un œuf ainsi que ses pieds à peine chaussés de sandales en paille de riz, cela ne l'empêchait pas de jouer à la balle avec insouciance.

Ce n'est que beaucoup plus tard que l'ermite et poète Daigu Ryôkan, né dans le pays voisin d'Echigo, devait écrire le *tanka* suivant :

La brume s'élève
Longue journée de printemps
Je joue au temari avec des enfants
et la journée passe.

Les samouraïs auraient eux aussi trouvé cette vision parfaitement innocente, comme tout droit sortie d'un conte de fées, si les paroles de cette chanson ne les avaient pas glacés d'horreur !

Alertés par Kôshichirô et Ginshirô, Akinari et Dôhaku apparurent à leur tour sur le pont couvert. Ils observèrent quelques instants la silhouette de Takuan au loin, puis Dôhaku murmura :

— Il se montre enfin.

— Qu'est-ce qu'il peut bien comploter encore ?

— Impossible de le savoir pour le moment… Mais

je pense que par précaution, nous devrions rappeler les hommes du clan Ashina au château pour qu'ils viennent renforcer la garde.

Le lendemain, Takuan revint jouer à la balle avec les enfants et se mit aussitôt à entonner :

Cinq,
Que c'est dur d'être un vassal en Iyo
Que c'est dur
Car si l'on adresse des remontrances au seigneur,
On se fait renvoyer
Oui, renvoyer.

Bien évidemment, les paroles faisaient allusion au clan Hori, vassal des Katô, qui avait suivi ces derniers lorsqu'ils avaient quitté le pays d'Iyo. Mais les enfants à qui Takuan avait appris ce chant l'ignoraient, bien évidemment, et ils continuèrent de chanter en chœur et à tue-tête :

Six,
L'Enfer des Neiges est plein de filles enlevées
L'Enfer des Neiges
Mais il fondra sous les larmes de leurs parents
Mais il fondra.

En entendant cela, Akinari eut un frisson et grinça des dents.

— Ce vieux gâteux ose se moquer de moi devant l'entrée de mon château ! Dôhaku, tu ne peux pas faire quelque chose pour arrêter cette chanson ?

— Encore un peu de patience, monseigneur, que je voie comment les choses tournent…

Dôhaku observait calmement Takuan.

Il se demandait si le vieux bonze s'était finalement montré parce que sa tactique brutale avait eu raison de lui. Mais ce moine loufoque était quelqu'un d'important, à qui l'on ne pouvait pas s'en prendre impunément ; il était tout de même le maître de sagesse du shôgun.

Le chant s'élevait toujours.

Sept,

Qu'est-ce que la gloire des Sept Lances ?

La gloire des Sept Lances

Les anciens ou les nouveaux ?

Les anciens ou les nouveaux ?

Kôshichirô et Ginshirô attrapèrent Dôhaku par la manche.

— Maître Dôhaku, faut-il vraiment que nous nous laissions insulter sans rien faire ?

— Attendez, je vous demande juste quelques minutes de patience...

Maintenant que l'ennemi s'était montré, Dôhaku restait calme comme un marais, se tenant prudemment sur ses gardes.

Alors que l'un des deux vénérables vieillards chantait ces chants railleurs à l'extérieur du château, l'autre l'écoutait, tapi à l'intérieur. Depuis qu'ils se trouvaient tous deux en Aizu, c'est-à-dire depuis l'automne précédent, ils se livraient un combat à mort, mais à présent qu'ils étaient enfin face à face, les deux ennemis faisaient semblant de rien. Quelle étrange façon de se comporter !

La chanson se poursuivit, de plus en plus joyeuse.

Huit,

Magobê, ta lance a rouillé

Ta lance a rouillé

Et maintenant, c'est le nom de Magoroku qui est rouillé

Son nom qui est rouillé.

Encore une fois, l'allusion était transparente : Magoroku était le surnom de Katô Yoshiaki, l'une des Sept Lances de Shizugatake, le propre père d'Akinari.

4

Trois jours plus tard, dans l'après-midi.

Dôhaku se donna une grande claque sur le genou en écoutant le rapport que lui faisait l'un de ses hommes en provenance du lac Inawashiro.

— Sacré Takuan... Voilà donc ce qu'il complotait !

Qu'avait donc encore fait le vieux bonze loufoque ?

Par précaution, Dôhaku avait jugé bon de faire revenir au château la majorité de ses hommes disséminés à travers le territoire. Lui et Akinari ne pouvaient évidemment plus compter sur la protection des vassaux que le fief s'était transmis de père en fils depuis l'époque d'Iyo, c'est-à-dire sur les hommes du clan Hori. Seule la garde que Dôhaku avait lui-même formée les protégeait à présent.

Le chef du clan Ashina avait tout de même laissé quelques samouraïs postés à travers le territoire. Il apprenait maintenant seulement que Takuan avait cherché à les faire tous revenir au château.

Vif comme l'éclair en dépit de ses cent sept ans, il donna des directives au messager à cheval avant de le renvoyer, puis se leva d'un bond.

— Là, c'est tout vu ! Je vais régler son compte à ce Takuan, à présent que je connais ses intentions. Et cette fois-ci, il ne m'échappera pas.

Puis il alla voir Akinari en toute hâte en lui demandant de sortir immédiatement par la porte principale, de longer la douve et d'aller inviter Takuan à séjourner au château.

— Je ne sais pas s'il acceptera mon invitation.

— C'est justement pour cela que je vous demande d'y aller en personne. Cela fait déjà trois jours qu'il joue aux abords du château, et si le seigneur d'un fief d'une valeur de quatre cent mille *koku* lui fait l'honneur de l'inviter lui-même, le vénérable Takuan ne pourra pas décliner pareille proposition.

— D'accord, mais tu sais bien que même s'il est un peu gaga, il a plus d'un tour dans son sac.

— S'il résiste, on le traînera par la peau des fesses. Mais contrairement à ce qu'on pourrait penser, il est tout à fait possible qu'il attende que l'on vienne à lui, commenta Dôhaku.

— Si j'ai bien compris le rapport du messager, une troupe de moines pèlerins se dirigerait vers la frontière. Les femmes Hori se cachent-elles parmi eux, ou bien se trouvent-elles toujours ici, sans protecteurs ? demanda Akinari.

— Nous n'avons pas d'autres informations pour le moment. La situation n'est pas encore très claire... Je pense même que si Takuan traîne depuis quelques jours devant le château, c'est dans le but d'attirer toute l'attention sur lui pour que les femmes puissent s'enfuir tranquillement. A moins qu'il n'agisse ainsi pour nous faire croire qu'elles sont en train de s'échapper... Bref, nous nous posons sans doute trop de questions. Peut-être capitule-t-il tout simplement... Qui sait ? De toute façon, à voir son attitude, je commence à me dire qu'il cherche à se faire capturer. Tout s'éclaircira quand ce sera fait.

— Dôhaku, je sais que tu attends ce moment depuis longtemps, mais je me demande si nous ne prenons pas un grand risque en laissant ce vieux bonze entrer au château. Tu as l'air de penser qu'il se retrouvera pris au piège, mais c'est peut-être nous qui nous jetons dans la gueule du loup.

— Je sais bien que Takuan ne se tiendra pas tranquille. Je ne doute pas qu'il ait un plan derrière la tête, fit Dôhaku avec un rire inquiétant. Mais je l'empêcherai d'agir à sa guise, aussi vrai que je m'appelle Dôkahu !

Akinari avait toujours considéré le vieillard comme un conseiller avisé et un habile tacticien. Sans compter qu'il possédait des pouvoirs magiques.

— Si tu le dis. Dans ce cas, je vais aller le chercher.

Akinari rassembla sa suite en toute hâte, forma un cortège modeste, mais solennel, et sortit ainsi accompagné par la porte principale. Leur groupe longea la douve, tourna vers le pont couvert, à l'est. Pour accueillir le maître spirituel du shôgun – le capturer, en réalité –, il fallait tout de même y mettre les formes.

Takuan chantait et jouait à la balle avec les enfants, totalement indifférent au tumulte qui montait du château.

Neuf,
Oui, Washinosu a des mains mais pas de jambes
Pas de jambes
Il est parti dans l'autre monde sans les bras
L'autre monde sans les bras.

Le cortège d'Akinari arriva à proximité, comme s'il rentrait au château après une longue promenade. Dès qu'ils l'aperçurent, les enfants interpellèrent Takuan.

— Maître Takuan, maître Takuan, le cortège de Monseigneur arrive !

Mais le bonze continua de jouer, concentré sur la partie en cours. Ce jour-là, contrairement aux fois précédentes, une jeune femme se trouvait avec lui. Une très belle fille, d'ailleurs, probablement issue d'une famille de commerçants.

Bien que peu nombreuses, les pointes des lances de l'escorte jetaient des reflets glacés sous la lumière du soleil d'hiver. Elles firent peur aux enfants, qui s'enfuirent en courant.

Le cortège s'arrêta, puis la porte du palanquin s'ouvrit. Mais Takuan et la fille n'interrompirent pas leur partie pour autant, et le moine entonna même un autre couplet, son cou ridé tendu comme celui d'un coq…

Dix,
Combien de koku vaut le temple Tôkeiji ?
Combien de koku ?
Puisqu'il fait courir Aizu à sa ruine
C'est qu'il doit en valoir cinq cent mille
C'est qu'il doit en valoir cinq cent mille.

Pâle et crispé, Akinari se força à rire.

— Révérend Takuan… appela-t-il.

Le vieux moine se retourna, la balle entre les mains.

— Ah, c'est vous ! Bien le bonjour, on ne s'est pas revus depuis le col de Seishi, lança-t-il d'un air enjoué, un sourire avenant aux lèvres.

— J'avais cru comprendre que vous vous rendiez à Kaminoyama…

— En effet, c'était mon intention. Mais j'ai trouvé l'automne tellement beau sur vos terres, et certains paysages tellement fascinants, que je me suis attardé en chemin. Après quoi l'hiver est arrivé, puis le Nouvel An, et ainsi de suite… La neige m'a empêché de retraverser les montagnes, c'est pourquoi je me trouve encore ici. Mais si ma mémoire est bonne, je vous avais fait part de mes intentions…

S'il s'adressait au daimyô sur un ton calme et courtois, le vieux moine n'avait pas cessé de jouer à la balle pour autant. Pire encore, la fille continuait la partie en gardant le dos tourné.

— En effet, c'est un honneur pour Aizu que vous séjourniez chez nous... J'avais cru comprendre que vous vouliez voyager selon votre fantaisie, c'est pourquoi je ne me suis pas inquiété de vous.

— Tout de même, tout de même... J'aimerais vous remercier pour tous les services que vous m'avez rendus. J'en suis même extrêmement gêné, tel que vous me voyez.

— Il ne faut pas, il ne faut pas... J'ai su par mes hommes que vous vous portiez bien. J'étais donc tout à fait rassuré à votre sujet... affirma le daimyô avec toute l'ironie dont il était capable, mais ses lèvres tremblaient de rage.

— Vous savez, au cours de mon pèlerinage dans votre pays, j'ai eu le temps d'admirer la bonté de ses habitants, fit Takuan sans relever l'ironie d'Akinari. Principalement celle des femmes. Elles sont nombreuses à s'intéresser à la sagesse du Bouddha et à souhaiter se faire bonzesses. On en compterait autant que les nuages à présent. Je vous en félicite, car ce vent de sagesse doit être le fruit de votre politique miséricordieuse. Mais je ne peux me résoudre à abandonner ces filles dans leur foi. J'ai donc l'intention de fonder un couvent qui s'appellera le Tôkai Sôji Zenji, à Edo... Mais avant cela, je compte d'abord créer une annexe à Kaminoyama, en pays Dewa, sur le site d'une chaumière où j'ai vécu autrefois, afin qu'elles puissent y pratiquer l'ascèse quelque temps en compagnie des favorites du shôgun qui se trouvent déjà sur place. Ah oui, à ce propos, monseigneur, j'aimerais vous demander quelques aumônes pour la fondation de ce couvent… même si, dans un premier temps, j'aurais surtout besoin que vous facilitiez le voyage des futures nonnes… Je vous le demande comme une faveur personnelle.

Akinari resta interdit quelques secondes, puis retrouva ses esprits avec peine.

— Grand maître, cela fait quelques jours que je vous vois jouer ici, devant l'entrée de ma demeure. Permettez-moi de vous inviter à séjourner au château. Le shôgunat pourrait s'imaginer que je ne prends pas soin de vous et j'en perdrais mon crédit. C'est pourquoi je vous prie d'accepter mon invitation et de venir avec moi.

En entendant cela, Takuan s'arrêta enfin de jouer à la balle et, contre toute attente, répondit avec enthousiasme :

— Ah, eh bien, c'est très gentil de votre part ! Oui, vraiment. J'accepte… Hé, O-Tone, nous n'avons plus de souci à nous faire pour notre logement : à partir de ce soir, le seigneur de ce château nous héberge !

— O-Tone ?! s'écria Akinari en manquant s'étrangler.

La balle entre les mains, la fille se retourna vers le daimyô, qu'elle fixa avec des yeux étincelants.

— O-Tone, enfin, arrête de dévisager Monseigneur comme ça, voyons, salue-le plutôt. Tu te souviens, nous l'avons croisé sur le col de Seishi. Tu sais, c'est celui qui ressemble beaucoup à ton pervers, bien qu'il n'ait rien à voir avec ce prétendu daimyô au cœur de bête qui t'a déshonorée. Celui-là, c'est le vrai châtelain, monseigneur Katô Akinari.

Puis, se tournant vers Akinari, il lui dit en riant :

— Ne lui en voulez pas, monseigneur, elle est dérangée, la pauvre. En fait, depuis son agression, elle a totalement perdu la tête. Je l'emploie comme domestique et j'espère trouver un jour la formule magique qui la guérira. Ensuite, je la ferai bonzesse. Le seul problème, c'est qu'elle est tombée follement amoureuse de moi, alors que j'ai soixante-douze ans ! C'est à n'y rien comprendre... Enfin, toujours est-il qu'elle ne veut plus me lâcher...

Cette fois encore, Akinari ne sut que dire et Takuan dut se contenter d'un tremblement de lèvres de sa part. Quels habiles tacticiens, ces deux-là !

L'un avait eu une idée hardie : il avait réussi à pénétrer dans le fief d'Aizu sans se faire prendre au piège comme un rat, puis il avait déguisé les femmes du clan Hori en moines et rassemblé une foule d'autres femmes sous l'habit de bonzesses afin que les hommes d'Ashina ne les trouvent pas au milieu de cette multitude.

L'autre, quant à lui, avait recouru à une tactique éminemment rusée : par l'intermédiaire de Dôhaku, il avait tenté de terrifier Takuan et de le faire renoncer à sa vengeance en assassinant de beaux jeunes gens qui lui étaient parfaitement étrangers. Et le bonze avait effectivement cédé devant cette tactique inhumaine, si bien qu'il s'était présenté au château, prenant le risque de se jeter dans les bras de ses ennemis. Toutefois, comme il était extrêmement finaud, il avait fait feu de tout bois cette fois encore : il tâchait en fait de mobiliser toute l'attention de l'ennemi pour laisser le temps aux jeunes filles qu'il avait sauvées de quitter Aizu. D'autre part, il semblait avoir une idée derrière la tête en pénétrant dans le château.

— Monseigneur est de retour !

Sur ce cri vigoureux, le cortège de Katô Akinari traversa le pont couvert et se dirigea vers le château Tsurugajô. Akinari, faisant preuve d'une courtoisie parfaite à l'égard du maître du shôgun, était descendu de son palanquin pour ouvrir la marche, les traits blêmes. Si une tension palpable avait gagné le cortège, le vieux moine, pour sa part, continuait tout en marchant de jouer à la balle avec une ravissante fille d'aubergiste qui se faisait passer pour folle.

L'animosité sous-jacente n'avait pas seulement gagné le cortège de retour ; des nuages menaçants semblaient planer au-dessus du château lui-même.

— Dôhaku, interpella Akinari en s'arrêtant au beau milieu du pont. Voici le grand maître zen Takuan, le fondateur du Banshôzan Tôkeiji à Edo, que tu as déjà rencontré l'autre jour. Je suis tombé sur lui par hasard là-bas et je l'ai invité au château. Il va séjourner avec nous quelque temps.

Dôhaku, Kôshichirô et Ginshirô, qui s'étaient prosternés devant eux, relevèrent la tête sans mot dire. Le vieillard de cent sept ans s'apprêtait à prendre la parole lorsque Takuan tint ces propos extravagants :

— Bien le bonjour, messire ! Vous êtes revenu du royaume des ombres, à ce que je vois.

Dôhaku lui répondit d'une voix assurée :

— C'est exact ; je me suis souvenu que j'avais une excellente raison de ne pas mourir tout de suite, alors je suis resté.

— J'en suis heureux pour vous, commenta Takuan d'un air énigmatique.

Sur ces mots, le moine talonna Akinari qui marchait en tête, mais revint soudain sur ses pas pour s'accroupir à côté de Dôhaku.

— Messire Dôhaku, j'aurais quelque chose à vous dire…

Sans gêne, il approcha sa bouche de l'oreille du vieillard. Mais que murmurait-il donc ?

— … J'ai perdu.

Sur cet aveu, il sourit, se releva et rejoignit rapidement Akinari.

Le visage d'Ashina Dôhaku prit alors une étonnante teinte gris foncé et son regard parut transpercer la silhouette biscornue de Takuan.

— Takuan, espèce d'arrogant, murmura-t-il avant de sourire. Je ne sais pas ce que tu mijotes, mais tu ne m'auras pas comme ça, car j'ai l'immortalité pour moi. Je vais t'ensorceler avec l'écho de rêve et tu regretteras l'humiliation que tu nous as fait subir… Oh que oui, je vais te la faire payer !

VI
BARQUE POUR LE SUD, CHEVAL VERS LE NORD

1

Une nuée d'oiseaux noirs survolaient la terre toujours blanche.

Dans cette région, il n'était pas rare d'en voir se déplacer par milliers, mais jamais à cette époque de l'année. Généralement, ces « corbeaux des gelées » apparaissaient plutôt entre la fin de l'été et l'automne, c'est-à-dire sous un climat tout autre.

Dans le paysage enseveli sous la neige, des moines pèlerins tout de noir vêtus cheminaient, tel un vol de corbeaux en partance d'Aizu. A leur gauche, le mont Bandai-san se dressait contre le ciel gris. A leur droite, le lac Inawashiro s'étendait à perte de vue ; de la neige tombait sur les plaques de glace qui flottaient à sa surface. Le long d'un sentier enneigé, entre la montagne et la berge, la caravane des moines cheminait vers l'est.

Certains arboraient, attachés à des bambous, des étendards qui battaient dans le vent et sur lesquels on pouvait lire différentes inscriptions :

Ces femmes sont des bonzesses du temple Tôkai Sôji Zenji d'Edo. Signé : Sôhô Takuan.

Ce temple est interdit aux hommes selon un décret shôgunal. Signé : Sôhô Takuan.

Les hommes sont priés de ne pas approcher ces nonnes. Signé : Sôhô Takuan.

Mukaidonoe, puis Fujinomotosaka, Nagahama, puis Kanisawa…

Dans plusieurs hameaux situés sur la rive nord du lac Inawashiro, les paysans se précipitèrent hors de leurs chaumières à leur approche, mais ce n'est qu'un petit moment plus tard, après avoir bien écarquillé les yeux pour observer ce défilé étrange, que les gens du cru chuchotèrent entre eux :

— Ce sont elles ?

— Oui.

— Le père Takuan essaie de les faire sortir discrètement du fief.

— Ça vaut mieux pour elles. Elles ne survivront jamais si elles restent en Aizu.

— Il paraîtrait qu'O-Hama serait devenue bonzesse. Et aussi O-Kuwa, de Nishikubo…

— Allez, déblayons la neige pour leur dégager le passage.

— On la remettra en place ensuite pour refermer la route.

— Que quelqu'un aille prévenir le hameau voisin de leur venue. Vite !

Saisissant aussitôt leurs bêches et leurs houes, les villageois se mirent à l'ouvrage.

Bien évidemment, il n'y avait pas que des paysans sur cette route. Il y avait aussi des fonctionnaires de village, ainsi que plusieurs *bushi* du clan Ashina aux casques *jingasa* bien reconnaissables, si la fureur qu'ils irradiaient n'avait pas suffi à les distinguer parmi cette foule. Deux, trois, sept, puis huit samouraïs se regroupèrent bientôt, lances dressées vers le ciel.

Ils pouvaient bien faire la grimace et s'agiter, ils savaient qu'ils devaient laisser ces moines tranquilles, les drapeaux l'indiquaient assez clairement. Mais ce qui les stupéfiait par-dessus tout, c'était leur nombre, et le fait qu'ils se déplaçaient à la vue de tous.

Les plus jolies filles du fief avaient accepté de se faire bonzesses pour échapper aux sbires d'Akinari et se cachaient là, quelque part, au milieu des moines. Takuan avait remis une lettre signée à chacune d'elles pour confirmer son statut et son identité. De leur côté, les *bushi* n'avaient toujours pas reçu l'ordre formel d'attraper ces beautés. Et pendant que leurs chefs tergiversaient, les moniales leur filaient sous le nez. Dire qu'elles se trouvaient là, au milieu de cette foule de moines ! Mais où avaient-elles bien pu se cacher jusqu'à présent ? A croire qu'elles venaient de surgir de la terre enneigée !

— Hé, on ne va pas rester ici les bras croisés à les regarder partir ?

— D'accord, mais regarde ces drapeaux insolents qu'elles brandissent, lis bien ce qui est écrit dessus.

— Des bonzesses d'un couvent d'Edo, que les hommes ne doivent pas approcher ? Je me demande si c'est bien la vérité.

— Moi aussi, mais à partir du moment où on nous dit que cet avis a reçu l'approbation officielle du shôgunat…

— D'accord, mais d'un autre côté, il se peut que des renardes du clan Hori se trouvent parmi elles. On ne va tout de même pas les laisser nous narguer de cette manière !

— De toute façon, il faut absolument prévenir maître Dôhaku.

C'est ainsi qu'un messager partit à bride abattue pour le château Tsurugajô – tandis que la foule des nonnes continuait sa progression vers l'est sans attendre son retour.

— Nous, pendant ce temps, on va les suivre, conclurent les autres samouraïs.

Une fois rassemblée, leur meute comptait une quinzaine d'hommes. Tels des loups guettant l'occasion de frapper, ils se mirent en route, suivant leurs proies à distance.

Toutefois, leur traque rencontra quelques obstacles imprévus : normalement, les gens du coin auraient dû tasser sur le bas-côté la neige qu'ils avaient dégagée de la route… Or, partout où allaient les guerriers, des congères effondrées barraient le passage, rendant leur avancée extrêmement difficile.

Une fois, ils suivirent docilement un chemin qui les fit dévier vers un hameau inattendu. Une autre, ils empruntèrent une route enneigée d'allure inoffensive mais qui cachait en réalité un creux profond, rempli d'eau, sur laquelle flottait de la glace – ils ne s'en aperçurent que lorsque trois d'entre eux y tombèrent en faisant gicler de l'eau glacée autour d'eux. Une troisième, ils se retrouvèrent même pris dans une petite avalanche, sur le flanc d'un mont désolé, et restèrent coincés un moment sous une épaisse couche de neige…

— Mmm… Ce doit être les bouseux qui nous ont préparé ce coup monté.

— Ils ne perdent rien pour attendre. Vivement qu'on les interroge, ils verront de quel bois on se chauffe !

Dans un bois de pins proche d'Iwane, sur la rive nord du lac Inawashiro, des hommes du clan Ashina aux lèvres violettes de froid essoraient leurs manches trempées, pendant qu'un de leurs compagnons ramassait des branches de pin pour faire une flambée. Lorsque des flammes s'élevèrent enfin du bois détrempé, un *bushi* coiffé d'un *jingasa* et armé d'une longue lance arriva de l'ouest en haletant.

— Hé, où sont passées les bonzesses ? demanda-t-il.

L'un de ses camarades qui se réchauffait près du feu lui répondit que, d'après un paysan, elles avaient pris la route de l'est quelques heures auparavant.

— Et vous, qu'est-ce que vous fabriquez ?

— Ah, cette question ! Ecoute un peu : on est tombés dans un trou rempli d'eau et de neige, répliqua un autre en grelottant et claquant des dents.

Le visage affreusement déformé sous la morsure du vent glacial, les autres membres du petit groupe, entièrement déshabillés, tendaient leurs kimonos détrempés au-dessus des flammes pour les sécher.

— Ah oui, je vois, le trou qui se trouve là-bas… Non mais quand même, quel toupet ! Elles se croient tout permis, ma parole ! Et moi, j'ai dû abandonner ma monture sur la route, ajouta le guerrier d'une voix chargée d'amertume.

Cet homme d'Ashina était le messager à cheval, qui revenait du château.

— Ce n'est pas un coup des bonzesses mais des indigènes, intervint un autre, qui sautait sur place pour se réchauffer.

— Et pourtant, quand je les croise, tous ces culs-terreux font semblant de rien. Ils vont jusqu'à m'adresser des courbettes obséquieuses.

— Bon mais à part ça, Yoemon, qu'a dit maître Dôhaku ? s'enquit un troisième.

— Selon notre maître, nous devons laisser ces bonzesses improvisées quitter le fief, « bien que ce soit parfaitement scandaleux », a-t-il ajouté. Par contre, si des femmes du clan Hori se trouvent parmi elles, là, on peut intervenir. C'est pourquoi il faut scrupuleusement les contrôler au *bansho* de Tsubo-oroshi, et si jamais on trouve des renardes au sein de leur groupe, on a l'aval de Dôhaku pour les capturer et les traîner jusqu'au château. De son côté, il s'occupe de régler son compte à Takuan. Ce sont ses ordres, mot pour mot. Alors, vous dites que les autres sont partis à la poursuite des bonzesses, c'est bien ça ? Je cours les rejoindre. Vous devriez en faire autant, vous aussi... Enfin, quand vos kimonos seront secs.

Il s'apprêtait à s'élancer lorsqu'il aperçut soudain quelque chose sur le bord de la route.

— Hum... C'est quoi, ces traces de pas ?

En effet, des empreintes profondes s'écartaient du chemin et disparaissaient dans la pinède. Les samouraïs debout près du feu lorgnèrent cette piste d'un œil méfiant, mais conclurent bientôt :

— Il doit s'agir de gens du coin, vous ne croyez pas ?

— Oui, sûrement. Les nonnes qui sont passées par ici étaient beaucoup plus nombreuses.

Mais alors Yoemon répliqua :

— Moi, j'ai l'impression que ces traces vont vers le lac. Qu'est-ce que des gens iraient faire sur un lac gelé en plein hiver ?

— C'est vrai, tu as raison. Allons tout de même jeter un coup d'œil, on ne sait jamais.

Sans se démonter, ils enfilèrent leurs kimonos encore mouillés et se précipitèrent vers la pinède en suivant les empreintes. La forêt de pins céda la place à une plage de sable fin comme on en trouve en bord de mer. Il semblait n'y avoir personne dans ce paysage entièrement blanc, mais soudain, les hommes distinguèrent quelque chose qui oscillait au loin.

— Oh, regardez, quelqu'un a pris une barque !

— Attendez, ce sont certainement des pêcheurs du coin.

— Mais non, regarde, toutes les autres barques flottent sur le lac. Et elles sont vides !

— Je vois… sept silhouettes à bord de ce rafiot. Elles portent toutes des pèlerines et des chapeaux de paille !

Ils s'approchèrent en courant de la rive, dispersant la neige sous leurs pieds. Une courbe noire se balançait au loin. Les hommes d'Ashina regardèrent de tous les côtés.

— Il nous faut sans tarder trouver une barque !

2

Le lac Inawashiro est le plus grand du Japon après les lacs Biwa, Kasumigaura et Hachirogata.

Sa surface immense ne gèle jamais complètement, même lorsque la bise souffle fort, mais comme il se trouve dans une région du Nord, à 514 mètres au-dessus du niveau de la mer, il arrive parfois que de fines couches de glace y flottent.

L'eau de la rivière Nagase qui descend du plateau Urabandai s'y déverse, augmentant l'acidité de son eau, ce qui explique pourquoi on y trouve très peu de poissons malgré sa vaste taille. Pour la même raison, on n'y voit guère de pêcheurs non plus. Cependant quelques barques étaient amarrées le long des berges.

— Ah, je crois qu'on nous a retrouvés, prévint un moine debout dans la barque en claquant la langue, la main posée en visière sur son front.

Il s'agissait de Ryûô, un disciple de Takuan. Jûjô, un autre bonze, godillait maladroitement.

— Le vieux maître s'est rendu au château afin d'y ameuter le plus grand nombre possible d'hommes d'Ashina, tandis que messire Jûbei conduit le groupe des bonzesses hors du fief afin d'attirer le reste des samouraïs. Pendant ce temps, nous traversons le lac pour gagner la rive sud en barque. Mais, comme il fallait s'y attendre, malgré ces diversions, nous n'avons pas pu tromper nos ennemis bien longtemps, dit frère Yakushi – ni démonté ni découragé, pourtant, la tête juste légèrement inclinée sur le côté.

— C'était une bonne idée de détacher toutes les barques arrimées à la plage. Ils peuvent bien trépigner, jamais ils ne réussiront à nous rattraper. On dirait qu'ils jouent à colin-maillard : par ici, sire chasseur, non, par là, là où vous entendez taper dans les mains... A propos, O-Chie, O-Fue... reprit Ryûô, il fait froid et il y a du vent. Vous devriez mieux fermer vos manteaux de paille.

Assises au milieu de l'embarcation, les deux jeunes femmes dodelinèrent de la tête. Sous leurs chapeaux coniques en paille, les sept passagers arboraient tous le *kesazukin* noir, si bien que l'on ne distinguait que leurs yeux rieurs. Les manteaux *mino* en paille qu'ils portaient par-dessus leur habit battaient dans le vent froid qui balayait le lac.

Pendant ce temps, le groupe des bonzesses longeait la rive nord du lac Inawashiro et gravissait la côte de Tsubo-oroshi jusqu'à Kôriyama, avant de mettre le cap sur Kaminoyama une fois traversés Fukushima et Yonezawa. Les hommes d'Ashina les suivaient toujours sans intervenir. Ils savaient qu'elles seraient contrôlées à un moment ou à un autre. Ce qu'O-Chie et O-Fue savaient parfaitement elles aussi, si bien que toutes deux avaient décidé, en accord avec Takuan, de passer par le lac afin de gagner Funatsu par la rive sud et de franchir ensuite le col de Seishi par le village de Miyomura, pour arriver finalement à Shirakawa – tout cela pendant que le groupe de bonzesses attirerait l'attention des ennemis.

— Oh, les signaux de fumée, ça y est ! s'écria Shôchiku.

Le lac Inawashiro mesurait environ quatre lieues d'est en ouest, et quatre et demie du sud au nord. Les passagers à bord de la barque se trouvaient actuellement à environ une lieue de la rive sud. Ils venaient de voir des panaches de fumée blanche s'élever vers les montagnes couronnées de neige, puis au-delà vers le ciel gris.

— Les samouraïs ont dû les émettre depuis la plage d'Iwane pour avertir leurs comparses.

Même si les hommes d'Ashina avaient de bonnes jambes, ils ne pouvaient pas faire grand-chose avec cette neige. Ils auraient mieux fait de traverser le lac à la nage plutôt que de les poursuivre en longeant la rive. C'est ce que les moines venaient de se dire en riant. D'autres signaux de fumée apparurent au nord, au sud, partout. Sans doute les hommes d'Ashina de tout à l'heure avaient-ils donné l'alerte et fait signe à leurs collègues disséminés au bord du lac.

— Ah, mais c'est qu'ils arrivent ! s'exclama Shinka.

Trois barques, venant de l'est et de l'ouest, arrivaient droit sur eux. Chacune était bondée de samouraïs dont les pointes des lances étincelaient dans la lueur du jour, brillantes comme ces herbes géantes et brillantes appelées *susuki*.

— Attendez-nous !

— Vous n'arriverez jamais à nous échapper. Arrêtez-vous !

Les *jingasa* de fer s'agitèrent tandis que d'innombrables rugissements se mêlaient au bruit du vent. Les signaux de fumée avaient certainement prévenu ces samouraïs de l'incident qui se déroulait sur le lac et ils avaient dû se chercher aussitôt des barques sur la rive. Ces hommes-là étaient des autochtones, ils savaient manier la godille, si bien que leurs embarcations, rapides comme des flèches, avançaient droit sur eux.

— Ryûô, tu ne pourrais pas godiller plus vite ? demanda un bonze.

— Tout va bien, ne t'inquiète pas, j'aperçois la rive.

A cette réponse, Yakushi et Shôchiku fixèrent Ryûô, puis la rive sud. A bout de patience, Shinka intervint :

— Allez, pousse-toi de là. Passe-moi la godille.

Sur ces paroles autoritaires, le bonze se leva pour aller remplacer son compère, ce qui ne fit qu'aggraver la situation. La barque se mit à se balancer et gémit en brisant de la glace.

De fines plaques de glace flottaient à la surface du lac, essentiellement dans la partie sud où le violent vent du nord les rassemblait. La neige étant tombée par-dessus, le lac semblait un enchevêtrement de canaux aux eaux noires quadrillant un champ tout blanc.

— C'est mauvais, ça, murmura Jûjô.

L'une des barques pleines de guerriers se trouvait déjà si près que l'on distinguait leurs cheveux ébouriffés sous leurs casques. O-Chie et O-Fue posèrent la main sur leurs cannes-sabres.

— Ça suffit, arrêtons-nous.

— Oui, stoppez la barque. Nous prendrons la leur d'assaut lorsqu'elle sera assez près, murmurèrent-elles en lançant des regards assassins à leurs ennemis.

Jûjô éclata de rire.

— Mesdames, auriez-vous totalement perdu la tête ? Il n'est pas question que vous fassiez une chose pareille. Le vieux maître vous a confié la mission de découvrir le grand secret d'Ashina Dôhaku. Ce qui veut dire que vous devez absolument prendre la fuite pour vous rendre à Edo.

— Mais il y a encore soixante lieues jusque là-bas…

— Soyez patientes. En attendant, je vais aller les titiller un peu… Shinka, arrête de godiller deux secondes. Vous autres, levez-vous et cachez-moi, ordonna Jûjô en ôtant son chapeau conique et son manteau de paille.

O-Chie et O-Fue écarquillèrent les yeux, ne comprenant pas ce que leur compagnon de voyage était en train de faire. Le bonze posa les mains sur le plat-bord et se pencha en avant tel un oiseau qui boit, puis il plongea dans le lac sans faire gicler la moindre goutte d'eau.

— Non !… murmurèrent les deux jeunes femmes à voix basse, les yeux exorbités. Et pour cause : cette eau n'avait rien de banal, c'était celle d'un lac où flottaient d'énormes plaques de glace !

Les autres moines zen, quant à eux, n'avaient absolument pas l'air surpris. Ils acquiescèrent comme si le comportement de leur compagnon était tout à fait normal.

— Allez, on y va.

Abandonnant là Jûjô, ils redoublèrent d'effort et godillèrent plus vite encore.

— Plus vite ! Il ne faut pas qu'ils nous échappent !

Tous les samouraïs s'étaient levés, scrutant la barque devant eux en montrant les dents, si bien qu'aucun ne vit la tête qui émergeait sous la glace, tout près.

Au moment où la première barque se mit brusquement à tanguer, l'un des hommes d'Ashina regarda le plat-bord.

— Oh… le gredin ! s'exclama-t-il.

Il entreprit de donner de grands coups de sabre à l'aveugle dans l'eau. Du sang vint la teinter, puis un *kesazukin* remonta à la surface, tout rouge. Même s'il venait d'être découpé en deux, Jûjô ne lâchait pas la barque pour autant.

— Ouaaah !!!

Le samouraï qui avait porté le coup fatal au bonze tomba à la renverse dans le lac. Ses camarades se levèrent aussitôt pour le rattraper, faisant chavirer la barque sous leur poids. Les huit passagers se retrouvèrent tous dans le lac.

— Que… qu'est-ce qui s'est passé ?

Ils ne comprirent pas immédiatement ce qui leur était arrivé, et leurs compagnons à bord des deux autres barques, encore moins.

Les malheureux tombés à l'eau nagèrent comme des perdus pour se jeter sur l'ombre qui tenait toujours la barque. Lances et sabres étincelèrent, et le cercle de sang s'agrandit.

Alors qu'il était mis en pièces, Jûjô ne lâchait pas prise. Ou plutôt son cadavre, car le courageux bonze était tombé raide mort au premier coup de sabre.

— Ce n'est pas une des femmes Hori !

— Non, zut alors !

Les samouraïs qui surnageaient toujours avaient enfin réussi à retourner la tête du cadavre. Ils poussèrent aussitôt des cris déchirants :

— C'est froid ! C'est carrément gelé !

— Vite, sortez-nous de là !

Personne ne pouvait survivre plus de quelques minutes dans cette eau glacée. Bientôt, une dizaine de mains se posèrent sur le bord de la seconde barque.

— Non, mais ça va pas ! Ne faites pas ça ! s'écrièrent aussitôt les passagers.

L'embarcation vacilla et faillit chavirer sous le poids des hommes qu'elle transportait déjà ; elle coulerait si d'autres montaient à son bord.

— Vite, nos ennemis s'enfuient !

Les passagers de la troisième barque qui s'impatientaient hurlaient à leur tour.

— Allez, laissez-nous passer, nous devons avancer !

— Enlevez vos mains de là. Si nous les laissons échapper, nous ne pourrons plus jamais reparaître devant maître Dôhaku !

Mais les mains restaient agrippées au rebord de la barque.

— Mmm… C'est un cas de force majeure, il y a forcément des dommages collatéraux !

— Désolé, mais vous ne nous laissez pas le choix !

Des lames de sabres étincelèrent, puis allèrent faucher les bras des malheureux plongés dans l'eau glacée, ceux que leurs compagnons avaient taxés de dommages collatéraux.

Puis les deuxième et troisième esquifs glissèrent sur l'eau, qui n'était plus qu'une mer de sang rouge vermillon. Si, quelques instants auparavant, certains s'amusaient encore de cette poursuite aquatique, personne ne riait plus, à présent.

Les samouraïs étaient devenus comme des animaux rendus fous par la vue du sang. Ils n'avaient pas prévu de devoir sacrifier autant de vies, mais puisque le sort en avait décidé ainsi, plus rien ne comptait, si ce n'est attraper leurs ennemis et les tuer s'il le fallait.

Pendant ce temps, la barque des moines avait atteint la rive.

3

— On est arrivés ! s'écria O-Fue qui s'apprêtait à sauter.

— Attendez ! intervint Shôchiku. Ce n'est pas la berge, juste une couche de glace recouverte de neige… Regardez, j'ai l'impression que la plage se trouve là-bas, à l'endroit où l'on voit des pins. Si vous sautez maintenant, vous risquez de briser la glace. Il vaut mieux que je passe le premier.

Le moine sauta alors lestement sur la neige. En effet, un grincement sinistre monta de tous côtés. Mais, après avoir fait quelques pas, le bonze adressa un signe de la tête à ses compagnons.

— Ça devrait aller, mais allez-y tout doux.

Alors que la deuxième barque des *bushi* se trouvait à moins de cent mètres, le bonze se montrait aussi calme qu'un scientifique en train de faire une expérience. Il se retourna pour observer ses poursuivants, se plongea dans ses pensées, puis héla ses confrères.

— Shinka, Ryûô, écoutez-moi un peu.

Les trois moines discutèrent à voix basse, debout sur la glace.

— D'accord ! acquiescèrent Shinka et Ryûô en souriant.

Shôchiku et Ryûô entrèrent aussitôt en action, ôtant leurs chapeaux et leurs pèlerines, qu'ils passèrent à Shinka.

— Frère Yakushi ?

— Ouais ?

— Tu pourrais emmener O-Chie et O-Fue là-bas, là où il y a des pins ? Regarde, il y en a même un qui ressemble à un dragon couché…

— Pas de problème.

Yakushi ne posa pas de questions. Il fit ce qu'on lui avait demandé : il pressa les deux jeunes femmes, qui se mirent à courir derrière lui sur la glace recouverte de neige.

Quelle idée les bonzes pouvaient-ils bien avoir en tête ? O-Chie et O-Fue, inquiètes, tournèrent la tête, sans ralentir l'allure. Elles virent leurs trois silhouettes s'aligner en rang, puis venir dans leur direction en courant. Les jeunes femmes conclurent d'abord qu'ils formaient un rempart pour les protéger du regard de leurs poursuivants, elles ne voyaient pas très bien à quoi cela pouvait servir, à présent. Soudain, elles se rappelèrent que Shôchiku et Ryûô avaient donné leurs chapeaux et leurs pèlerines à Shinka. Lorsqu'elles regardèrent de nouveau les silhouettes qui venaient vers elles, ce qu'elles virent leur coupa littéralement le souffle.

Shinka était tout seul. Les bras en croix, il tenait les deux chapeaux coniques et les deux manteaux *mino*. A part lui, il n'y avait personne sur la glace.

— Où sont-ils allés ?

O-Chie était sur le point de s'arrêter.

— Mesdames, ce n'est pas le moment de discuter, mais de courir ! cria Yakushi, qui semblait près de se fâcher, pour une fois. Si je n'arrive pas à vous protéger, vous ne vous acquitterez pas de votre mission et Shôchiku et Ryûô seront morts pour rien !

— Comment ça ?

— Allez, courez ! Plus vite !

A cet ordre, O-Chie et O-Fue se précipitèrent vers la pinède, où elles trouvèrent enfin la terre ferme. Au même moment, Shinka, qui s'était arrêté en plein milieu d'une énorme congère, tourna légèrement la tête pour regarder derrière lui. La deuxième barque atteignait le bord de la plaque de glace. Les samouraïs en sautèrent.

— Il ne faut pas rester tous au même endroit ! C'est dangereux, la glace est trop fine. Que chacun se place à une distance d'un mètre. Vite ! Répartissez-vous !

Shinka, piétinant pour que les vibrations guident les deux bonzes sous la glace, regarda les samouraïs se déployer.

— C'est bon ! hurla-t-il soudain.

Mais à qui s'adressait-il de la sorte, et que signifiaient ses paroles ?

A ce moment-là, un éclat discret brilla sur sa droite dans la neige, tandis que sur sa gauche, une autre lame émergeait du sol comme un roseau. Toutes deux convergèrent discrètement vers l'endroit où Shinka tapait des pieds.

Une ligne fine, presque invisible, se dessina sur la congère, qui se brisa soudain comme par magie.

Mais la sorcellerie n'avait rien à voir avec ce tour : quelqu'un se trouvait sous la glace. Il y avait bien de l'eau là-dessous, et gelée de surcroît, mais deux hommes aux capacités surhumaines y étaient cachés, découpant tranquillement les blocs congelés avec leurs sabres. Enfin, surhumaines… il ne s'agissait tout de même que de frère Shôchiku et de frère Ryûô, deux êtres censés ne savoir que prier.

— Mais… mais qu'est-ce qu'ils fabriquent, ceux-là ?

Les hommes d'Ashina s'immobilisèrent tous en même temps.

Par « ceux-là », il désignait Shinka et les manteaux chapeautés qu'il tenait à bout de bras. Les samouraïs ne s'étaient pas aperçus de la supercherie ! Il faut dire que les trois formes leur tournaient le dos, mais leur fixité avait quelque chose d'incompréhensible, voire de parfaitement inquiétant.

– C'est bon ! cria Shinka en faisant un grand bond en avant.

Il restait plus de trois mètres de distance entre les deux pointes qui découpaient la glace, mais le moine sentit que quelque chose allait bientôt se passer sous la plante de ses pieds. Il comptait sur le poids des samouraïs qui se trouvaient derrière lui pour accélérer le cours des événements.

Si Shinka tenait les deux chapeaux et les manteaux, c'était pour empêcher leurs ennemis de voir qu'il n'y avait plus que trois moines au lieu de six – et de deviner où se trouvaient les deux autres.

Pour l'heure, les hommes d'Ashina n'avaient rien deviné du tout…

– Ah, ils s'enfuient !!!

Voyant que Shinka se mettait à courir, les *bushi* se ruèrent vers lui, mais le sol glacé sur lequel ils se tenaient bascula ; l'instant d'après, ils se retrouvèrent au milieu de magnifiques gerbes d'eau.

– Oufff !

– Ah glagla !

Des cris atroces s'élevèrent bientôt, et du sang se mêla à l'eau écumante : trois samouraïs venaient de se faire violemment pourfendre.

– Ah, c'est un coup des femelles Hori !

– Au secours ! Elles se cachent sous l'eau !

Mais les guerriers qui n'étaient pas tombés à l'eau comprirent alors ce qui se passait en réalité : deux *kesazukin* émergeaient du fond du lac, devenant deux silhouettes qui brandissaient des sabres n'importe comment – sabres grâce auxquels les moines avaient cependant réussi à découper leurs camarades en morceaux.

S'ensuivit une bataille d'eau et de sang, de chair et de glace, de sabres et de lances. Malgré leur réputation de vigueur, trois samouraïs avaient perdu la vie en un clin d'œil, probablement parce qu'ils avaient été surpris de se retrouver dans l'eau. Leurs acolytes encerclèrent aussitôt les deux encapuchonnés et les transpercèrent à coups redoublés.

Alors qu'on le découpait en morceaux, Shôchiku eut le temps de lancer à Ryûô :

— Qu'ai-je besoin d'un grand feu pour pratiquer la méditation ?

— A qui a rompu les chaînes avec les illusions de ce monde, la glace aussi est d'une douce tiédeur ! répondit Ryûô, lui aussi mis en pièces.

Puis leur hilarité fusa, tel un ultime chant de triomphe.

Il va sans dire que ces répliques jouaient sur les mots du célèbre sermon bouddhique que le remarquable moine Kaisen du temple Erin avait tenu, assis sur les talons, en contemplant l'incendie qui ravageait son temple, lors de la chute du clan Takeda. « Qu'ai-je besoin d'un panorama pittoresque pour pratiquer la méditation ? avait-il proféré. A qui a rompu les chaînes avec les illusions de ce monde, un incendie aussi est d'une douce fraîcheur ! » Bien entendu, il s'agissait davantage d'un calembour que d'une véritable *gâthâ*, ces poésies que composaient les moines et moniales bouddhistes.

Devant ces éclats de rire virils, les hommes d'Ashina surent qu'il n'y avait pas de femme Hori à portée et ils se dévisagèrent, frappés de stupeur. C'est à ce moment-là que la troisième barque arriva, rapide comme une flèche.

— Ah, laissez-moi monter !

— Sortez-moi de là ! Je suis en train de geler !

Les pauvres bougres tombés à l'eau s'accrochaient au rebord de la barque. Mais leurs camarades firent exactement ce que les premiers avaient fait tout à l'heure : ils les repoussèrent dans l'eau glacée.

— L'ennemi s'enfuit ! Il ne faut pas qu'il nous échappe. Pardonnez-nous…

Les samouraïs tranchèrent les bras de leurs camarades puis, leurs sabres souillés de sang, regardèrent la rive en plissant les yeux sans même se retourner.

Il n'y avait rien d'étonnant dans leur hâte : les trois silhouettes en manteau de paille et chapeau conique avaient déjà disparu, et trois autres couraient vers la pinède…

La troisième barque aborda finalement la plaque de glace. Ils sautèrent avec de grands gestes désordonnés, ce qui ne leur ressemblait pas. Mais ils étaient ébranlés d'avoir eu à trancher les bras de leurs camarades et craignaient de surcroît que des ennemis apparaissent subrepticement sous l'eau : trois avaient été abattus, ce qui signifiait qu'il en restait encore quatre… Or, malgré la distance, ils avaient vu six silhouettes courir sur la glace. Ils n'y comprenaient plus rien, d'où leur énervement.

Mais, sitôt qu'ils posèrent le pied par terre, d'autres problèmes survinrent…

— Faites attention ! La glace s'est brisée tout à l'heure !

— Apparemment, il y avait des ennemis planqués dessous. Méfiez-vous !

A les regarder s'avancer, on aurait dit qu'ils marchaient sur des œufs, au sens propre comme au figuré. Chacun progressait prudemment, un pas après l'autre, en observant une grande distance avec son voisin. Mais là, une fois sur la terre ferme de la pinède, pas le moindre chapeau conique, pas le moindre manteau de paille !

Maintenant qu'ils sentaient un sol solide sous leurs pieds, les samouraïs se ragaillardirent. Un chemin couvert de neige suivait la rivière Funatsu vers le sud, courant d'une rive à l'autre grâce aux divers ponts qui enjambaient l'eau. Rouges comme des tomates et soufflant comme des bœufs, les hommes d'Ashina avaient à peine parcouru une demi-lieue lorsqu'ils entendirent des coups violents.

— C'est lui !

— Il essaie de faire tomber le pont !

Et en effet, un peu plus loin, une silhouette à chapeau conique et manteau de paille brandissait une hachette et tranchait tranquillement dans les montants du pont.

Alors qu'elle distinguait parfaitement cette horde de samouraïs qui se précipitaient dans sa direction, la silhouette n'essaya même pas de s'enfuir et continua tranquillement sa besogne. Son sang-froid décontenança bien plus les *bushi* que les coups qu'elle donnait dans le bois.

— Vite, tirons-lui dessus avec nos lances !

— Dépêchons-nous, sinon le pont va finir par s'écrouler !

Six lances volèrent à travers le ciel en renvoyant des éclats argentés... suivis de grands panaches noirs.

Ils avaient projeté leurs lances avec tant de force qu'ils en avaient presque perdu l'équilibre. Ces gaillards étaient décidément des experts en technique guerrière. Les six lances convergèrent et allèrent frapper simultanément la silhouette qui s'agitait sur le pont. Elle qui ressemblait à un papillon de nuit dans son cocon de paille, elle prit soudain des allures de hérisson avec ces piques plantées dans le corps.

La silhouette s'immobilisa une, voire deux minutes, la hachette à la main, puis elle finit par tomber dans la rivière Funatsu en projetant des milliers de gouttelettes.

Les samouraïs accoururent. Le parapet du pont en bois était à peine abîmé – d'une morsure de rat à peine, vraiment.

— Pourquoi a-t-il fait ça ?

Ils restèrent bouche bée, se demandant pourquoi le bonze avait agi de façon aussi curieuse.

— Hum… Mais… il nous a pris nos lances !

Et en effet, elles avaient toutes été entraînées dans la rivière avec leur ennemi. Les samouraïs eurent beau scruter l'eau, ils n'en virent aucune : elles gisaient toutes au fond de l'eau avec le cadavre.

4

— Ils arrivent ! Je les ai vus près du temple du dieu Jizô. Ils ne vont pas tarder ! annonça un jeune paysan en nage et couvert de neige en entrant brusquement dans la grange.

— Ah, très bien. Alors, mettons-nous doucement en route.

Yakushi, qui fumait une cigarette assis sur un mortier retourné, se leva doucement, comme s'il avait l'intention d'aller faire une balade.

Deux autres jeunes gens assis sur les talons lui adressèrent un signe de tête et se levèrent à leur tour. Ils portaient des chapeaux coniques et des manteaux de paille. Cinq vieillards se trouvaient là également.

Cette scène se déroulait dans un hameau appelé Miyomura, à environ une lieue de Funatsu, sur la rive sud du lac Inawashiro.

— A propos, combien étaient-ils, ces ennemis ? demanda Yakushi en regardant le paysan qui leur avait apporté la nouvelle.

— Huit ou neuf, je crois.

— Tu en es sûr ?

— Il me semble bien. Je n'ai vu personne d'autre, en tout cas.

— D'accord… Ça veut dire que Jûjô et les autres ont bien bossé, dit le samouraï en adressant un sourire à O-Chie et O-Fue. Je crois qu'il devait y avoir une trentaine d'hommes sur le lac, répartis dans trois barques. S'ils ne sont plus que huit ou neuf, ça veut dire que les nôtres ont réussi à se débarrasser des autres, parce que sinon, on les aurait tous à nos trousses, vous pouvez me croire… Vous voyez, on arrive toujours à se débrouiller, même quand on n'y connaît rien aux arts martiaux.

Alors que le visage du moine s'était épanoui comme celui d'un enfant espiègle, O-Chie et O-Fue restèrent sans rien dire, le cœur serré.

Elles n'avaient plus revu Jûjô depuis qu'il avait pris l'initiative de plonger dans le lac de glace. Mais elles savaient ce qu'il avait fait aux samouraïs et ce qu'ils lui avaient fait en retour : elles avaient entendu les cris dans leur dos.

Shôchiku et Ryûô n'étaient pas réapparus non plus, leur avait-on dit. Ils avaient dû plonger sous la glace afin de faire tomber les samouraïs dans le lac. Les jeunes femmes devinaient sans mal ce qui avait dû leur arriver…

Shinka les avait suivies environ la moitié du chemin, mais étant donné qu'il ne les avait pas rejointes, il s'était sûrement sacrifié afin d'empêcher leurs ennemis de remonter leur piste dans la neige.

L'Histoire raconte qu'un jour, procédant à une manœuvre de repli stratégique, la courageuse armée du clan Satsuma aurait élaboré une tactique nommée *sute-kamari*, qui consistait à laisser sur place un dernier carré de soldats pour attirer le feu ennemi, au risque de les perdre. Il paraît même qu'au cours de la bataille de Sekigahara, en 1600, le gros de l'armée de Shimazu Yoshihiro aurait réussi à contrarier la poursuite de l'armée des Tokugawa grâce à ce repli tactique. En n'hésitant pas à mettre leurs vies en jeu, les disciples de Takuan avaient eu recours à cette même astuce. Connaissaient-ils le *sute-kamari* ? Souvenez-vous comme ils avaient ri lors de la discussion avec leur maître, en disant que puisqu'ils escortaient O-Chie et O-Fue, elles n'avaient plus rien à craindre...

Les filles de la maison Hori avaient aussitôt compris qu'il ne s'agissait pas d'une simple fanfaronnade. O-Tori et O-Shina leur avaient raconté comment d'autres moines avaient envoyé Washinosu Rensuke dans l'autre monde : quelque temps auparavant, sur la route entre Aizu et Echigo, frères Unrin et Tamon avaient abattu le redoutable géant de façon magistrale en faisant le sacrifice de leur vie. Maintenant qu'O-Chie et O-Fue avaient été témoins du courage extraordinaire qu'ils mettaient au combat, elles avaient beau savoir qu'ils n'étaient que de simples bonzes pleins d'humour, calmes et finalement assez ordinaires, elles frissonnaient de peur pour eux à leur corps défendant, le cœur en berne à l'idée de tous ces sacrifices.

O-Chie et les autres femmes ignoraient comment Takuan avait présenté la situation aux sept moines partis d'Edo avec lui, et ce qu'ils lui avaient répondu en retour. Le grand maître n'avait sans doute pas révélé dès le départ à ses disciples que ce voyage serait pour eux le dernier, pas plus qu'eux-mêmes ne devaient l'avoir anticipé. Mais la nécessité de venger ces sept jeunes femmes qu'ils aimaient comme des filles ou comme de jeunes sœurs les avait convaincus. C'est pourquoi, en dernier recours, ils s'étaient sacrifiés par compassion, renonçant à l'existence sans se plaindre.

— Mourir fait partie de notre formation, avait proclamé l'un d'eux un jour.

Et, au cours de leur ultime leçon, ils étaient tombés en toute quiétude, sans redouter la mort. La façon dont ils avaient été tués aurait épouvanté jusqu'au guerrier le plus farouche et le plus expérimenté, qui aurait tout fait pour éviter pareil sort.

Les sept femmes ne pouvaient s'empêcher de se demander ce que la vengeance pouvait bien signifier, aux yeux de ces êtres paisibles qu'étaient les bonzes. Eux, pour leur part, la trouvaient tout à fait naturelle et étaient prêts à périr comme si cela n'était qu'un enseignement bouddhique.

Même Yakushi, le dernier encore en vie…

— Bon, on y va?

Si le moine pressait les deux paysans de partir, ce n'était pas pour aller admirer un beau paysage de neige: il allait au-devant de la mort, O-Chie et O-Fue en étaient conscientes.

— Frère Yakushi ! interpella O-Fue, le cœur serré.

— Vous devez vraiment y aller, vous aussi ? demanda O-Chie d'une voix brisée.

Miyomura était le premier hameau que l'on traversait après le col de Seishi, en direction d'Aizu. C'était d'ailleurs par là que les jeunes femmes étaient entrées dans le fief l'année précédente. Elles s'y trouvaient donc pour la seconde fois. Yakushi, lui, était revenu plusieurs fois pour sauver des jeunes filles des griffes d'Akinari et de ses sbires. En effet, parmi les bonzesses qui s'étaient enfuies sur la rive nord du lac figurait, semblait-il, une fille de ce hameau. La grange dans laquelle le petit groupe se trouvait appartenait à sa famille.

En conséquence de quoi, dès son arrivée au village, Yakushi avait demandé de l'aide à ces gens qui les avaient aussitôt cachés, leur proposant même de les accompagner jusqu'à Shirakawa par la montagne, malgré la tempête de neige qui avait effacé le sentier, et affirmant que le col de Seishi était comme leur jardin.

Le moine leur avait alors fait une autre proposition. Il était persuadé que les hommes du clan Ashina s'intéressaient encore à ce hameau. Même si, pour l'heure, les samouraïs ne faisaient que le traverser, ils y reviendraient certainement un jour ou l'autre pour incendier les maisons. C'était plus que probable, compte tenu des forfaits dont ils s'étaient rendus coupables précédemment.

Il estimait donc urgent de détourner les hommes

d'Ashina de la route du col de Seishi.

Trois chemins permettaient de quitter le petit village : celui qu'ils avaient pris en venant de Funatsu, par le nord, un autre qui montait vers le col de Seishi à l'est, et un dernier qui menait à Wakamatsu vers l'ouest. Yakushi avait choisi ce dernier chemin afin de tromper les ennemis : ceux-ci trouveraient étrange que les moines qui avaient fui Wakamatsu y reviennent, même par un itinéraire différent. Pour détourner leur attention, Yakushi avait l'intention de faire usage de certains artifices.

— Vous ne voudriez pas que Shôchiku, Ryûô et les autres soient morts pour rien, n'est-ce pas, mesdames ? argua calmement le moine. Maître Takuan vous a demandé de vous rendre à Edo. Vous y allez, et nous vous escortons, point final. C'est aussi simple que ça.

Lui qui avait d'abord paru fâché, il se mit à sourire et se pencha pour s'adresser aux jeunes femmes avec plus de douceur :

— Vous partez à Edo accomplir votre mission, d'accord ?

— D'accord ! s'écrièrent O-Chie et O-Fue malgré elles en inclinant la tête, les mains sur le sol en terre battue.

— Les ennemis sont à nos trousses. Je dois partir sans tarder… Adieu !

Quand Yakushi quitta la grange, les manches de son habit flottant dans le vent, il ne portait plus son chapeau conique ni son manteau de paille. A sa vue, les deux jeunes gens sortis les premiers, qui l'attendaient devant l'entrée, lui adressèrent un signe de tête, puis prirent vers l'ouest tels deux éclairs. Ils avaient tellement l'habitude d'arpenter la neige qu'ils couraient comme des rennes.

Yakushi referma soigneusement la porte de la grange derrière lui.

5

Quelques minutes plus tard, plusieurs guerriers en provenance de Funatsu entraient au pas de course dans Miyomura, en nage et le souffle court.

— Par où sont-ils partis ?

— Ils se cachent peut-être ici ? A moins qu'ils n'aient pris la route du col de Seishi…

S'arrêtant un instant à une bifurcation, ils scrutèrent les alentours avec des yeux injectés de sang. Une silhouette noire disparaissait dans le lointain.

— Oh, regarde, une femelle Hori déguisée en bonze !

— On en a trouvé une !

Aussitôt, ils se précipitèrent vers la nonne comme des tornades.

Du sentier escarpé appelé la « pente de Sannôzaka » qui se dirigeait vers l'ouest et qu'ils dévalaient à toute allure, ils aperçurent deux autres silhouettes en train de passer un pont en contrebas. Les guerriers redoublaient d'efforts pour les rattraper, soulevant des nuages de neige, quand ils s'arrêtèrent brusquement : la silhouette encapuchonnée venait de se retourner au milieu du pont, un masque de *hannya* sur le visage.

— Oh !!! s'exclamèrent les samouraïs en s'étouffant à moitié.

L'homme au masque de furie se tenait campé là, seul et silencieux, les manches et le bas de sa chasuble flottant dans le vent. Il avait la main posée sur la garde de sa canne-sabre.

Même s'ils n'en avaient rien dit à leurs compagnons, chacun des samouraïs avait frémi à l'idée que l'homme au masque de *hannya* risquait de se trouver parmi ceux qu'ils poursuivaient. Non, avaient-ils pensé, il ne faut pas le craindre, ça ne sert à rien, juste le réduire en bouillie ! J'en fais mon affaire ! s'étaient-ils même écriés au fond de leur cœur, mais rien n'avait pu apaiser le trouble qu'ils ressentaient face à ce redoutable individu, qui avait déjà défait plus d'une quarantaine d'entre eux.

Que ce soit au pied du mont Bandai-san, dans le bois de Higashiyama, au bord de la rivière Nippashi ou dans le hameau d'Onuma, cet homme avait décimé de fiers samouraïs comme autant de vulgaires poupées. La réputation de leur redoutable adversaire était connue de tous, mais ceux qui avaient eu la malchance de croiser sa route gardaient l'image de ce démon bien gravée dans leur mémoire.

D'ailleurs, si Kôshichirô et Ginshirô, qui passaient pour des surhommes auprès de leurs camarades, ne quittaient plus le château sur l'ordre de Dôhaku, ce n'était pas tant pour se protéger de Takuan que de cet homme au masque de *hannya* – tous en étaient persuadés.

Tant qu'ils avaient cru poursuivre des femmes du clan Hori, même s'il devenait de plus en plus évident que des bonzes appartenant à Takuan se mêlaient à elles, l'ombre de l'homme au masque de *hannya* avait cessé de flotter au-dessus de leurs têtes. Mais à présent, face à ce redoutable ennemi qui les considérait depuis le milieu du pont, ils avaient l'impression de contempler un monstre, à tel point qu'ils en oublièrent les deux silhouettes aperçues sur le pont.

Ils pointèrent tous leurs lances et leurs sabres vers le masque de *hannya*, parfaitement immobile. La tension devint soudain insoutenable.

— Voulez-vous donc mourir ? lança une voix profonde, derrière le masque. J'en ai bien l'impression.

Quand l'homme avança de quelques pas, les samouraïs reculèrent aussitôt d'autant. Il ne tenait pas d'arme, mais dégageait une énergie parfaitement sidérante. L'espace de quelques instants, l'air lui-même sembla se figer.

— Nos… nos… nos lances !

Les samouraïs que le bonze avait désarmés tout à l'heure gémirent, puis se mirent à hurler, pris d'angoisse. Ne supportant plus la tension ambiante, ceux qui avaient des lances s'apprêtaient à tomber à genoux et à se laisser tuer. Mais le gémissement de leurs camarades agit sur eux comme un déclic.

— Ayaaah !

Trois guerriers lancèrent violemment leurs lances, qui transpercèrent la poitrine du masque comme elles auraient traversé du tofu. Les trois lanciers devinrent aussi blêmes que leurs frères d'armes, un instant convaincus qu'il devait s'agir d'une illusion.

Mais à bien y regarder, les lances avaient bel et bien touché le corps de l'homme au masque et ressortaient même dans son dos de près d'un mètre.

Malgré cela, les samouraïs n'arrivaient pas à y croire. Venaient-ils vraiment de tuer le fameux homme au masque, ce démon du sabre ? Les yeux écarquillés, ils fixaient la silhouette hérissée de trois lances. Puis soudain, le corps de l'ennemi chancela.

— On l'a eu !

— On a enfin dégommé l'homme au masque de *hannya* !

Les hommes d'Ashina s'apprêtaient à s'élancer vers leur victime avec des hurlements déments lorsqu'un son effroyable s'éleva.

Ce n'était pas un cri, mais un grand éclat de rire, qui résonnait derrière le masque. Alors qu'il venait de se faire embrocher comme une vulgaire pomme de terre sans opposer la moindre résistance, l'homme avait toujours la main posée sur la poignée de sa canne-épée. Sous les yeux de ses assassins ébahis, il s'effondra de tout son long dans la neige ; un filet de sang alla couler du masque jusqu'à son cou. Les hommes d'Ashina, se jetant aussitôt sur le cadavre, découvrirent les traits dissimulés sous le *kesazukin*. Sidérés, ils contemplèrent le crâne rasé d'un moine d'âge mûr.

— Ce n'est pas lui !

— Comment peux-tu en être sûr ? As-tu déjà vu son visage ?

— Non. Par contre, j'ai vu ce bonze faire la tournée des aumônes aux alentours du château, à Wakamatsu. Et je sais que le même jour, sept de nos collègues ont été étripés par la *hannya* au pied du mont Nekomagadake.

Le silence retomba.

— Alors, vite ! Retrouvons les deux autres moines qui couraient devant lui !

Ils ôtèrent leurs lances avec des gestes vifs et se précipitèrent vers l'ouest, mais trop tard : leurs ennemis avaient déjà disparu.

— Ils ont pris la direction de Wakamatsu. Pourquoi ont-ils fait ça ? On dirait qu'ils se sont retrouvés dans une impasse et ont fait demi-tour.

— Peut-être... A moins qu'ils ne cherchent à nous attirer ailleurs pendant que le troupeau de bonzesses passe tranquillement la frontière par la rive nord...

Ils laissèrent le corps de frère Yakushi étendu dans la neige telle une fleur écarlate. Il avait un sourire radieux aux lèvres.

A la même heure, cachées dans la grange du hameau de Miyomura, à l'opposé de la direction prise par les hommes d'Ashina, O-Chie et O-Fue levaient les yeux vers le ciel, les mains pressées contre leurs poitrines.

— Yakushi… non, vous tous, les sept bonzes… veuillez nous pardonner, nous sommes vraiment navrées de votre mort. Nous vous promettons de nous rendre à Edo et de découvrir le secret d'Ashina Dôhaku. Ce sera notre façon de rendre hommage à vos âmes…

Quelques jours plus tard, deux chevaux galopaient sur la grand-route d'Oshû en direction du sud comme des boulets de canon.

Les villageois écarquillèrent les yeux en voyant passer les montures et les deux bonzes aux yeux magnifiques, au port divin, qui les chevauchaient. En approchant d'Edo, chaque coup de vent que coupaient leurs cravaches fleurait de plus en plus le printemps. Ces moines n'étaient autres qu'O-Chie et O-Fue, bien évidemment, qui avaient réussi à s'enfuir d'Aizu et se rendaient à Edo.

6

Pendant que la poursuite infernale battait son plein au sud du lac Inawashiro…

Sur la rive nord, au sein du groupe de bonzes et de moniales qui traversaient un hameau nommé Kanamagari, un bonze s'arrêta soudain, fixant le chemin couvert de neige qu'ils venaient d'emprunter.

Plus haut vers l'est, après Sekinowaki et Tsubo-oroshi, se trouvait un *bansho* du fief d'Aizu. Si l'on grimpait encore plus haut, la route rejoignait celle d'Oshû et franchissait le col de Yôji. De là-haut, en se retournant vers l'ouest, on distinguait le lac Inawashiro, immense tache vert foncé au milieu de la blancheur du paysage.

Le moine aperçut six *bushi* qui les suivaient dans la montée et hocha la tête d'un air dubitatif. Chacun aura compris qu'il s'agissait de Yagyû Jûbei : ce n'était pas la première fois qu'il hochait la tête de cette façon.

Quelques heures auparavant, en voyant des signaux de fumée monter des sommets des montagnes à l'est et à l'ouest du lac, il avait aussitôt pensé que les hommes du clan Ashina avaient rattrapé O-Chie et O-Fue.

A ce moment-là, les hommes d'Ashina qui suivaient leur caravane avaient tout à coup disparu. Il s'était dit qu'ils s'étaient sans doute lancés à la poursuite d'O-Chie et O-Fue sur le lac.

Mais son rôle était d'escorter les moines et les bonzesses, il ne pouvait faire demi-tour pour aller aider les deux jeunes femmes. Il craignait pour leur sécurité, mais il était trop tard pour éprouver des regrets.

Et maintenant, six samouraïs les talonnaient, et leurs pas semblaient bien moins hésitants que tout à l'heure.

— Hum, qu'est-ce qui a bien pu se passer ? murmura-t-il.

Puis, s'adressant aux jeunes femmes qu'il escortait :

— Vous, continuez d'avancer. J'arrive tout de suite. J'ai juste un petit détail à régler.

Il se posta sur le bord de la route, regarda la caravane passer sans bouger, puis ôta son chapeau pour revêtir son masque de *hannya*.

Ayant remis son chapeau, il l'abaissa sur son visage, fit volte-face et s'élança d'un pas rapide. Il marchait si vite que l'on aurait cru qu'il allait décoller du sol.

— Aaah !

Le samouraï qui courait en tête s'arrêta soudain en chancelant lorsqu'il vit cette tornade humaine foncer droit sur lui. Quoi ? se demanda-t-il. Ce moine avait fait demi-tour et osait maintenant se présenter devant eux ?

Le guerrier qui le suivait lui rentra dedans.

— Qu'est-ce que tu fais ? Pourquoi t'es-tu arrêté ?

Tandis que des cris d'impatience montaient des lanciers qui se suivaient en file indienne, le moine jeta son chapeau, puis sauta lestement sur un monticule de neige.

— Oh ! s'écrièrent les hommes d'Ashina à la vue du masque.

— Qu'est-ce que vous voulez ? Allez, répondez, sinon, je vous tue !

Ces guerriers étaient ceux qui avaient découvert les empreintes des pas d'O-Chie et de son groupe dans la neige, près d'Iwane. Lorsqu'ils s'étaient rendu compte qu'il n'y avait plus aucune barque disponible et qu'ils ne pouvaient les suivre sur le lac, ils avaient émis des signaux de fumée pour avertir leurs acolytes, puis repris leur mission initiale, qui consistait à traquer le groupe de nonnes sur la rive nord.

Mais les guerriers n'avaient pas l'intention de répondre aussi facilement à la question du masque de *hannya*, en dépit de son ton impérieux. Un silence effroyable plana quelques instants, puis, dans un fracas épouvantable, un tourbillon de neige et des panaches de sang s'élevèrent.

Quatre hommes au premier rang avaient voulu transpercer l'ennemi avec leurs lances. Juste derrière eux, deux autres avaient tenté de grimper sur la congère pour le rejoindre, mais leurs jambes s'étaient aussitôt enfoncées dans la neige – alors que leur ennemi se tenait campé là avec aisance, insensible aux lois de la pesanteur.

Il en avait profité pour dégainer son sabre ! Penché en avant, il avait parcouru la digue de neige à la façon d'une bourrasque, décapitant cinq hommes et les pointes de leurs lances comme s'ils avaient été une simple rangée de bibelots. Certes, il avait déclaré qu'il allait les tuer, mais il venait de transformer ses victimes en geysers de sang et n'avait eu besoin pour cela que du temps d'un battement de paupières. Toutefois, il arrêta net son sabre devant la sixième tête.

— Alors, qu'est-ce que vous voulez ? redemanda Jûbei sans paraître le moins du monde essoufflé.

Il mit un genou à terre et appuya plus fort la lame de son sabre contre la gorge de l'homme d'Ashina, qui en oublia de fermer les yeux malgré la pluie de sang qui l'arrosait. Si son gosier palpitait d'effroi, il se comporta néanmoins avec la dignité d'un guerrier et vociféra :

— Tue-moi !

C'était Yoemon. Néanmoins, malgré sa bravoure, son corps tenta de se retourner comme pour prendre la fuite. Il sentit alors une brûlure parcourir sa gorge jusqu'au côté droit de son cou, puis sur la gauche lorsqu'il pivota sur lui-même. Son corps effectua un tour complet sans que le sabre ait quitté son gosier.

— Ne crains rien, tu ne vas pas mourir, expliqua calmement son bourreau. J'ai juste tracé une petite ligne autour de ton cou.

Yoemon se rendit compte que le masque n'avait pas menti : la peau de son cou n'avait été que déchirée – enfin, assez pour que du sang se mette à goutter sur sa poitrine, ses épaules et dans son dos.

Par quel miracle Yoemon ne perdit-il pas son sang-froid devant ce prodige de technique ?

— Attends ! Très bien, je vais tout te dire.

La peur eut finalement raison de ce samouraï brutal dont le menton s'était mis à trembler : il révéla que Dôhaku leur avait ordonné de ne pas se préoccuper du groupe de bonzesses qui quittaient le fief et de se concentrer uniquement sur les femmes du clan Hori, qui ne devaient pas s'échapper.

— Quoi ? Il vous a dit de laisser les bonzesses

tranquilles ? Tu es sûr de ce que tu dis ?

— Crois-tu vraiment que j'oserais te mentir dans un moment pareil ? s'écria le guerrier, au cou écarlate à présent. Maî… maître Dôhaku… dit que son plan pour faire venir Takuan a fonctionné. Et comme Takuan est allé rôder près du château Tsurugajô ces jours-ci, je pense qu'ils ont dû le capturer.

— Tu en viens, du château, n'est-ce pas ? Quand tu l'as quitté, que faisait maître Takuan ?

— Il jouait à la balle près du pont couvert, mais maître Dôhaku pensait l'attirer à l'intérieur du château avant la fin de la journée.

Dès le début, les manœuvres de Takuan avaient laissé Jûbei sceptique. Enfin, dans ce cas précis. Maintenant qu'il entendait cette histoire, il se demandait si la ruse de Takuan n'avait pas finalement fonctionné… A moins que le grand maître ne soit tombé dans un piège tendu par Dôhaku, en fin de compte ?

— Et puis… ces… ces satanées bonzesses, elles sont comme autant de doublures des femmes Hori. On aura moins de mal à les retrouver une fois que les moniales auront quitté notre fief, poursuivit le samouraï.

Si Dôhaku avait su que la poursuite sur le lac ferait autant de victimes parmi sa garde ce jour-là, aurait-il ordonné à ses hommes de laisser les nonnes quitter le fief ?

A l'instar de Jûbei, Yoemon ignorait tout de l'horrible combat à mort qui s'était déroulé un peu plus tôt sur le lac, ainsi que sur sa berge sud. Heureusement qu'il n'en savait rien, d'ailleurs. La scène à laquelle il venait d'assister le décourageait déjà bien assez. Et avec ce sang qui lui coulait dans le cou, il commençait à perdre le moral, se disant que sa vie était en train de le quitter un peu plus à chaque goutte.

— Voilà. C'est… tu sais pourquoi nous nous rendions au *bansho* de Tsubo-oroshi : pour avertir les nôtres de laisser passer les bonzesses.

— Ah bon, c'est tout ? murmura le masque sur un ton peu convaincu. Si ce n'est que ça, je n'avais pas besoin de te taillader le cou… Bon, ben, désolé. Tu vas m'attendre ici une minute ou deux. Si jamais tu tentes de tourner les talons, je te tue.

Yoemon eut beau entendre un bruit étrange, il ne se retourna pas, se pliant aux conseils de son agresseur.

— C'est bon, tu peux te retourner !

Lorsqu'il pivota sur lui-même, Yoemon tomba nez à nez avec un samouraï coiffé d'un casque *jingasa*. Seulement, sous le *jingasa*, le guerrier avait la tête entourée d'un tissu blanc souillé de sang. Seul son œil gauche pointait, et il portait une canne-épée au lieu d'une lance. Yoemon aperçut une robe noire abandonnée par terre, à côté d'un cadavre nu et décapité.

— Hé, dis-moi, il n'y aurait pas parmi tes collègues – parmi ceux qui sont encore vivants, je veux dire – quelqu'un qui me ressemblerait physiquement et qui aurait à peu près la même voix que moi ?

— Que… quelqu'un qui te ressemblerait… ?

— Borgne, si possible.

Le samouraï resta sans voix.

— Borgne ou à peu près, quoi ! fit Jûbei énervé.

— Ben, c'est vrai que tu as de faux airs de Noro Manpachi, répondit Yoemon en frissonnant.

— Et où se trouve-t-il actuellement, ce Noro Manpachi ?

— Au château, si ma mémoire est bonne.

— Bon, parfait. Allez, on y va... Ben quoi, dépêche-toi !

« Noro Manpachi » habillé en *bushi* et casqué d'un *jingasa*, entraînant derrière lui un Yoemon couvert de sang, remonta en courant le chemin de montagne vers le poste de garde.

7

Depuis la deuxième année de l'ère Keichô (1597), un *bansho* attendait le voyageur au pied du mont Kurateyama qui se dressait fièrement vers les nuages gris. C'était Gamô Ujisato qui l'avait fait construire, puis le clan Katô en avait hérité. Il contenait même un certain nombre de fusils.

Un brouhaha s'éleva du petit groupe de guerriers réunis devant le poste de garde dès qu'ils virent les moines grimper la côte depuis Kanamagari.

— Ce ne serait pas ces donzelles, par hasard ?

— Quoi, tu parles de la bande de bonzesses ?

— On dirait qu'elles cherchent à quitter le pays. Qu'est-ce qu'on fait ?

— Pourquoi est-ce que nos gars ne les suivent pas ?

— Tiens, regarde, les voilà ! J'aperçois deux *jingasa*.

Les hommes en faction agitèrent leurs lances en écarquillant les yeux. Effectivement, deux samouraïs gravissaient en courant le chemin enneigé. Ils dépassèrent bientôt les moines et bonzesses qui marchaient en file indienne, et l'on se rendit compte de leur étrange allure : l'un s'appuyait à une canne, la tête enveloppée d'un tissu blanc, soutenant de l'autre bras son compagnon. Tous deux étaient entièrement couverts de sang.

— Hé ! Ho ! Venez vite ! interpella celui qui portait son compagnon.

Au moment où les gardes s'élançaient dans leur direction, les blessés chancelèrent, puis s'effondrèrent dans la neige.

— Yoemon, qu'est-ce que tu as ? s'enquit l'un des gardes.

Le blessé était tombé à la renverse, exhibant son cou ensanglanté à son camarade affolé qui se pencha vers lui pour tâter sa blessure.

— C'est l'homme au masque de *hannya*... expliqua l'autre sous son tissu rougi. Il est apparu par surprise et il a tué tout le monde !

— Quoi ? Où ça ?

— Juste après Kanamagari.

— Tu dis qu'il les a tous tués ? Et après, par où est-il parti ?

— Il a piqué vers Wakamatsu...

— Grrr... Quelle plaie, ce type !

Les gardes étaient prêts à s'élancer à sa poursuite, mais ils hésitèrent en voyant la caravane de moines arriver vers eux. Sous son tissu blanc, l'autre samouraï les retint.

— Attendez ! Yoemon, transmets-leur d'abord les ordres de maître Dôhaku.

— Le maître a dit... de laisser ces bonzesses quitter le fief, mais de vérifier leurs identités... pour ne pas laisser les femmes Hori s'échapper... expliqua Yoemon en haletant, les yeux écarquillés devant son acolyte souillé de sang qui le dévisageait.

— Quoi ? Il faudrait les laisser passer ?

Parmi les gardes assemblés autour des nouveaux venus, quelqu'un poussa soudain un cri :

— Hé, au fait, c'est qui, celui-là ?

— Noro... Noro Manpachi... murmura Yoemon en essayant d'ajouter une dernière chose tandis qu'il agonisait.

Voulait-il démentir ce qu'il venait de dire ? Personne ne le saura jamais, car au même moment, son compagnon hurla : « Qu'est-ce que tu as dit ? » et, s'agenouillant près de lui, posa les mains sur sa gorge. Yoemon mourut aussitôt.

— C'est fini pour lui, murmura Jûbei d'une voix peinée.

Personne ne s'était aperçu qu'il avait asséné un discret coup de poing à Yoemon, l'envoyant au royaume des ombres. Tous les yeux étaient rivés sur le survivant, à présent.

— Oh, mais c'est vrai, tu es Noro Manpachi. Il t'a blessé, toi aussi ?

— Oui. Mais six de mes compagnons ont été abattus. Yoemon et moi sommes les seuls à en avoir réchappé, sauf que… Quel malheur ! gémit Noro Manpachi en tremblant.

L'œil gauche excepté, il avait le visage recouvert jusqu'au menton d'un tissu blanc souillé de sang, si bien que seule sa voix enrouée par le chagrin était identifiable.

— Alors c'est vrai, on devrait laisser passer les bonzesses que ce moine farfelu a enrôlées à la dernière minute ?

— Regardez, elles portent des étendards : *Ces femmes sont des bonzesses du temple Tôkai Sôji Zenji d'Edo. Les hommes sont priés de ne pas approcher ces nonnes. Signé : Sôhô Takuan.* Maître Dôhaku a lui aussi ordonné qu'on ne fasse rien contre elles. D'après ce que disait Yoemon, il aurait réussi à capturer Takuan, ce qui était son but premier… Quoi qu'il en soit, il ne verrait pas d'un mauvais œil le fait que ces bonzesses quittent notre territoire, car cela pourrait nous permettre de retrouver les renardes Hori plus facilement, expliqua Noro Manpachi avant de lever son œil unique d'un air triste. C'est bien dommage, mais on ne pourra plus attraper l'ennemi au masque de *hannya*. Peu importe, de toute façon, vous n'auriez pas pu le battre.

— Et pourquoi ça ?

— Pour rien, pour rien. Venez, allons vérifier l'identité de ces bonzesses et voyons si des femmes Hori ne se cachent pas parmi elles.

— Oui, tu as raison.

Les hommes d'Ashina portèrent le corps de Yoemon à l'intérieur du *bansho*. Ensuite, ils armèrent leurs arquebuses et interpellèrent les bonzesses qui arrivaient vers eux.

— Halte ! Notre seigneur nous ordonne de vérifier vos identités. Retirez vos capuchons, s'il vous plaît !

Les bonzesses s'exécutèrent docilement. Certaines sourirent même. Pendant qu'ils inspectaient leurs visages, les hommes d'Ashina se sentirent soudain enivrés par un puissant parfum de fleurs, tout à fait étonnant en cette saison. Ils grincèrent des dents à l'idée de devoir laisser partir de telles beautés d'Aizu. Malheureusement, l'ordre du vieux Dôhaku était formel.

Ils ne trouvèrent aucune des sept femmes du clan Hori.

— Passez ! hurlèrent-ils, dépités.

— Ah, au fait, maître Dôhaku a également ordonné que six d'entre nous escortent ces bonzesses jusqu'à la grand-route d'Oshû, lança Noro Manpachi. J'y vais, moi aussi, même si ma blessure me fait atrocement souffrir…

VII
L'ÉCHO DE RÊVE

1

— Comment ça, ils ne sont pas là ? Et où sont-ils passés ? vagirent Kôshichirô et Ginshirô.

Ils se trouvaient dans le couloir de l'enceinte principale du château Tsurugajô. On avait assigné une aile à Takuan et O-Tone comme lieu de résidence durant leur séjour. En apparence, on les traitait avec infiniment de respect, tant pour les repas que pour la literie et bien d'autres choses encore, mais, bien sûr, ils étaient en détention déguisée, en permanence cernés par une dizaine de pages chargés de « s'occuper » d'eux.

Malgré les ordres, il n'en restait pas moins que les serviteurs ne savaient pas comment s'y prendre avec ces deux-là : à soixante-douze ans, Takuan, aussi actif qu'un petit enfant, ne tenait pas en place. Il allait et venait comme bon lui semblait et agissait à sa guise partout où il allait.

Chaque fois que quelqu'un tentait de l'arrêter et de lui expliquer que non, à son âge, il ne fallait pas qu'il sorte, il répondait :

— Mais ne vous inquiétez pas pour moi, je marche beaucoup quand je pars en pèlerinage !

Sur quoi, comme si de rien n'était, il allait se promener jusqu'aux enceintes Ninomaru et Sannomaru, voire jusqu'à celle d'Obikuruwa, quand il ne se rendait pas aux remparts ouest ou nord du château.

— Mais, maître, ces endroits sont strictement réservés aux *bushi* du fief... tentèrent cette fois d'expliquer les pauvres domestiques en lui barrant désespérément le passage.

— Ah bon ? Aizu aurait des choses à cacher ? Seriez-vous en train de fomenter une rébellion ? demanda Takuan, le regard pétillant.

Sidérés par sa question, les serviteurs ne surent que répondre, mais le vieux bonze éclata soudain de rire.

— Hé, je suis un moine qui enseigne le chemin de Bouddha au shôgun, pas un agent de renseignements. Me prendriez-vous pour un *onmitsu* ? Non, je plaisantais. D'ailleurs, j'ignore tout de la configuration de ce château, ajouta-t-il en tripotant son chapelet. Et si je profitais de mon séjour pour initier monseigneur Katô à la voie qui mène à Bouddha ?...

Il tourna les talons.

Takuan avait déjà réussi à accaparer Akinari à trois reprises, le forçant chaque fois à endurer des contes zen ou des extraits de la doctrine bouddhiste, toutes choses fort longues et indiciblement fastidieuses. Akinari avait cru mourir d'ennui à chacune de ces séances, au cours desquelles ni Takuan ni lui n'avaient évoqué les femmes Hori ni l'Enfer des Neiges.

Akinari, que les lubies du vieux bonze fatiguaient, avait fini par ordonner à ses vassaux de le tenir écarté de lui. Personne ne savait si Takuan avait été informé de cette décision, mais toujours est-il que celui-ci continuait de passer voir Akinari pour un oui ou pour un non, décidé à le faire bénéficier de sa sagesse : « A propos, c'est taian no kichijitsu aujourd'hui. Pour célébrer ce jour faste, si j'allais raconter un conte zen à Akinari ? » Ou encore : « Aujourd'hui, c'est ryûren no akunichi, un très mauvais jour. Je lui parlerais bien du bouddhisme pour conjurer le malheur… »

Si Takuan faisait tourner les vassaux en bourrique, ce n'était rien comparé aux effets qu'avait sur eux la jeune fille, O-Tone. Malgré le temps qu'elle avait déjà passé au château, les domestiques n'auraient su dire si elle était saine d'esprit ou totalement folle. Pour être plus précis, lorsqu'elle se trouvait en compagnie de Takuan, elle avait l'attitude d'une fille ordinaire, gracieuse et serviable, mais dès qu'elle se retrouvait seule, elle se comportait comme une enfant écervelée.

C'est ainsi qu'un jour, ne voyant pas O-Tone, les domestiques s'enquirent auprès de Takuan de l'endroit où elle se trouvait. Celui-ci les envoya la chercher aux latrines où ils ne la trouvèrent point. Pendant ce temps-là, d'autres, en passant près de la double tourelle à l'angle sud-est de l'enceinte principale, sentirent soudain des gouttes pleuvoir sur leur tête.

Lorsqu'ils levèrent les yeux, étonnés de cette averse puisqu'il n'y avait aucun nuage dans le ciel, ils aperçurent la silhouette de la jeune fille, debout sur la fourche d'un grand pin qui se découpait contre le ciel bleu. D'une main elle s'accrochait à une branche au-dessus de sa tête, et de l'autre elle tenait son kimono retroussé bien haut.

— Eueurgh ! C'est dégueulasse !

O-Tone éclata de rire devant les mines ahuries des samouraïs qui se frottaient les yeux d'incrédulité.

Un autre jour encore, on la rattrapa alors qu'elle s'apprêtait à sortir comme si de rien n'était par l'une des portes du château.

— Nous sommes des invités, pas des otages ! affirma-t-elle, très sûre d'elle.

Ne sachant que faire, on dépêcha quelqu'un auprès de Dôhaku, puis dans le même temps, on voulut vérifier l'identité de la jeune femme, comme il était d'usage lorsque quelqu'un quittait le château ; O-Tone se déshabilla alors entièrement, devant les gardes stupéfaits qui en restèrent bouche bée.

Quand l'ordre de Dôhaku arriva, demandant de la laisser sortir tout en la filant discrètement, on aurait très bien pu croire qu'elle allait les mener au repaire des femmes Hori. Sauf qu'elle s'arrêta au bord des douves et y passa la moitié de la journée à jouer à la balle avec les enfants en chantant à tue-tête la fameuse comptine, avant de rentrer directement au château.

Après quoi, un autre jour, alors qu'Akinari longeait par hasard le lieu de résidence de Takuan pour se rendre à la troisième enceinte, O-Tone accourut vers lui tel un oiseau, se cramponna à son cou et l'embrassa sur les lèvres sous les yeux de sa favorite, O-Yura.

— Ça fait longtemps qu'on ne s'est pas vus, monseigneur !

— Que… quelle insolence !

Akinari, éberlué, voulut la repousser, mais O-Tone se glissa hors de ses mains en lui adressant un sourire tout à la fois séduisant et sinistre.

— Insolence ? Comment ça ? Tu avais pourtant l'air bien content, quand nous avons voyagé ensemble à bord de ton palanquin, toi et moi.

Takuan arriva précipitamment sur ces entrefaites.

— Hé, que fais-tu, O-Tone ? Ne sois pas importune, je te prie. Monseigneur, veuillez la pardonner. Comme vous le savez, la pauvre fille n'a plus toute sa tête. Elle vous prend pour le faux daimyô qui l'a rendue folle, dit-il d'un ton très sérieux.

Et effectivement, on n'aurait pu mieux qualifier le comportement d'O-Tone : ses yeux brûlaient d'un feu étrange, comme deux petites flammes obstinées – et les gens trouvaient ce regard d'autant plus inquiétant qu'elle avait les traits et l'allure d'une belle fille de la campagne un peu naïve.

Akinari et Dôhaku avaient très bien compris, quant à eux, qu'elle n'était pas folle du tout. Et, sachant qu'ils le savaient, la jeune femme se faisait un plaisir d'en rajouter. Cependant, comme Takuan s'obstinait à prétendre qu'elle avait perdu la tête, Akinari était bien obligé de la laisser faire.

Lui-même, Kôshichirô et Ginshirô ne restaient pas indifférents aux insolences de Takuan et d'O-Tone : soit elles leur donnaient le cafard, soit elles les mettaient en colère. Ils déchargeaient alors leur rage sur Dôhaku plutôt que sur leurs deux tourmenteurs.

— Franchement, Dôhaku, quelle idée de les avoir fait entrer au château ! Tu ne m'avais pas dit que tu avais un plan ? demanda ce jour-là Akinari en fronçant un sourcil courroucé.

— Si, tout à fait. J'ai l'intention d'appâter l'homme au masque de *hannya* grâce à ce bonze.

— Quand comptes-tu mettre ton plan à exécution ?

— Pas tout de suite.

— Et pourquoi ça ?

— Parce qu'il ne se trouve pas en Aizu en ce moment.

Une dizaine de jours s'étaient écoulés depuis que Jûbei avait accompagné les bonzesses vers le nord. Akinari et Dôhaku savaient à présent que Takuan avait accepté de venir au château non seulement pour stopper l'escalade des décapitations, mais aussi pour permettre aux jeunes femmes de quitter le domaine en toute tranquillité. Il devait rire dans sa barbe et se dire que son stratagème avait fonctionné. Mais ces bonzesses avaient peu d'importance aux yeux d'Akinari et de ses hommes : seuls les femmes Hori et l'homme au masque de *hannya* comptaient.

Ils avaient également appris qu'un *bushi* du nom de Noro Manpachi avait franchi le poste de garde de Tsubo-oroshi avec les bonzesses, ce qui était impossible, puisque le vrai Noro Manpachi se trouvait encore au château. Sitôt la nouvelle connue, Akinari avait envoyé des hommes à sa poursuite, mais le groupe de moniales était déjà entré dans le fief de Nihonmatsu. Personne ne savait ce qui était arrivé aux six hommes du clan Ashina qui les suivaient. Ils n'avaient pas réapparu, mais compte tenu des exploits épouvantables de l'homme au masque, il était probable qu'on ne les reverrait jamais. Ce qu'Akinari et Dôhaku savaient avec certitude, c'était qu'aucune renarde Hori ne se trouvait parmi les bonzesses et qu'un autre groupe ennemi s'était enfui vers le sud par le lac Inawashiro. Les hommes lancés à leurs trousses n'avaient tué que cinq moines disciples de Takuan. Les deux derniers leur avaient filé entre les mains, il s'agissait peut-être de deux femmes du clan Hori.

On ignorait pourquoi elles avaient tenté de quitter Aizu, et si elles avaient réussi. Mais après un rapide calcul, cela signifiait qu'au moins cinq des femmes Hori se cachaient toujours dans le fief.

— L'homme au masque reviendra en Aizu, reprit Dôkahu. Oui, il reviendra, c'est certain. J'attends son retour. J'ai capturé Takuan dans le seul but de l'attirer ici, car si on arrive à supprimer ce maudit samouraï, nos hommes ne feront qu'une bouchée des renardes.

— Et comment saurons-nous qu'il est revenu ?

— J'ai ordonné à nos hommes de surveiller la frontière, sur leur vie.

— C'est bien beau, mais nous savons qu'il est capable de déjouer toute surveillance, aussi minutieuse soit-elle, et d'entrer dans le fief comme il veut.

— Eh bien, si les gardes postés à la frontière sont tous tués, au moins, nous saurons qu'il est de retour.

— Maître Dôkahu…

— Maître, interpella Kôshichirô après Ginshirô en grinçant des dents, vous dites que Takuan vous sert d'appât, mais se laissera-t-il faire aussi facilement ? Et le masque de *hannya*, croyez-vous vraiment qu'il tombera dans le piège ?

— Le bonze se laissera faire. Et l'autre viendra.

— Oui, si vous suspendez ce bonze la tête en bas et l'exposez devant l'entrée du château.

— Ce n'est pas du tout dans mes intentions. Je me donne bien trop de mal depuis le début de cette histoire. Non, je vais faire en sorte que Takuan attire notre homme de sa propre initiative.

— Comment ?

— Grâce à l'écho de rêve, annonça Dôhaku calmement, mais avec une flamme dans la voix.

A cette évocation, les deux samouraïs songèrent soudain au feu mystérieux qui brûlait en ce moment même dans une pièce du donjon du château et que Dôhaku avait ordonné d'allumer la nuit de l'arrivée de Takuan.

Le vieillard plus que centenaire tramait manifestement quelque chose. Au souvenir de la couleur de cette flamme, les deux samouraïs sentirent leur impatience et leur angoisse s'apaiser : la confiance qu'ils avaient en leur chef énigmatique avait fait tache d'huile cette fois encore. La seule chose qui les chagrinait à présent, c'était de devoir jouer les spectateurs.

— Mais, maître, et nous ?

— Une fois le masque dans ces murs, je vous le confierai... Et alors, vous le tuerez.

— Pas de problème.

— Ah oui, vraiment ? se moqua Dôhaku.

Les deux samouraïs levèrent brusquement des yeux furieux vers lui.

L'ennemi revint, exactement comme Dôhaku l'avait prévu. Un messager apporta la nouvelle au château après avoir chevauché à toute allure depuis le col de Tsuchiyu et traversé les districts de Shinobugun et de Yamagun, dans le Nord-Est.

L'homme au masque de *hannya* avait mis dix jours à se montrer – ce qui signifiait qu'il n'avait pas accompagné les bonzesses jusqu'à Kaminoyama mais avait fait demi-tour à mi-chemin en voyant qu'elles n'avaient plus rien à craindre. Comme de bien entendu, la majorité des gardes en faction sur le col de Tsuchiyu avaient été tués.

Les yeux d'Ashina Dôhaku flamboyèrent à cette nouvelle.

— Allez demander au maître zen s'il est disponible et dites-lui que Dôhaku souhaiterait s'entretenir avec lui, ordonna-t-il à deux jeunes serviteurs.

Ils s'exécutèrent aussitôt, mais ne trouvèrent ni Takuan ni O-Tone. Plus curieux encore, les samouraïs chargés de les surveiller avaient eux aussi disparu.

Les domestiques se renseignèrent auprès d'un page qui rêvassait dans le couloir. Ils apprirent que Takuan était sorti dans le jardin afin d'exposer aux samouraïs la stratégie à employer pour prendre le château d'assaut.

— C'est insensé ! Ils l'ont suivi comme des crottes au cul d'un poisson rouge !

— Forcément. Ils pouvaient difficilement décliner une telle proposition.

— Imbécile ! Tu appelles ça comment, toi, un vassal d'Aizu qui apprend à prendre d'assaut son château ?

A ces mots, Kôshichirô et Ginshirô se ruèrent au-dehors.

Depuis une dizaine de jours, l'arrivée du printemps s'annonçait.

La neige avait commencé à fondre, puis le redoux avait gagné les terres du Nord. Sur les toits en tuiles des innombrables résidences, granges, baraques, tourelles, murailles et autres clôtures, l'eau gouttait, formant des milliers de petits traits argentés qui se changeaient en autant de minuscules arcs-en-ciel quand le vent se levait. Les pruniers se couvraient de boutons rouges, la neige n'habitait plus que les recoins à l'ombre, et quelques brins d'herbe apparaissaient déjà sur la terre noire qui affleurait.

Bien sûr, pour le moment, ce paysage printanier ne s'étendait qu'aux plaines, car la neige restait éblouissante sur les montagnes autour d'Aizu.

— Hein ?

Kôshichirô et Ginshirô traversaient d'un pas rapide le jardin de l'enceinte principale lorsqu'ils avaient repéré une silhouette courant en toute hâte vers la muraille. Cette personne semblait chercher un coin ombragé. Les pans de son magnifique kimono s'entrouvraient sous ses pas : O-Tone.

— Elle sort de la tourelle sud-est, n'est-ce pas ?

— Mmm… Ça veut dire que…

— Qu'elle vient de l'Enfer des Neiges.

— L'autre jour déjà, près de cette tourelle, elle a pissé sur nos compagnons du haut d'un pin.

— Mais elle n'est pas folle. Regarde comme elle court.

— Elle doit chercher à localiser l'Enfer des Neiges… Tu crois qu'elle l'a trouvé ?

— Tout de même, que font les gardes ? On leur a dit mille fois qu'il ne fallait pas laisser cette fille circuler à sa guise.

— On pourra d'autant moins les laisser sortir du château vivants, elle et le grand maître, si elle a trouvé la pièce secrète de notre seigneur, murmurèrent-ils en se ruant vers la jeune femme.

Ils aperçurent alors, dans un coin des jardins, sur une petite butte près de l'enceinte principale, Takuan qui s'adressait à une dizaine de samouraïs en agitant les mains.

— Comme je viens de vous l'expliquer, le château Tsurugajô est unique au monde, parce qu'il a été bâti par le clan Ashina et remanié par Gamô Ujisato, puis par le père du daimyô actuel, Katô Yoshiaki. Vu sa configuration, ce château serait imprenable, même par une armée d'un million d'hommes. Il est inattaquable, sauf en un endroit...

A cet instant, O-Tone s'approcha au pas de course de Takuan pour lui chuchoter quelque chose à l'oreille. Les samouraïs eurent soudain l'air de se souvenir de son existence et se mirent à parler à voix basse en se regardant les uns les autres.

— Sauf en un endroit, disais-je donc, qui est situé au sud-est – dans la direction de cette petite colline, là-bas, reprit Takuan en désignant du doigt, comme pour calmer le tumulte, la montagne qui se dressait à proximité des murailles. Si l'ennemi prenait possession de ce point surélevé, il aurait une magnifique vue d'ensemble du château. Et je n'ai pas l'impression qu'il y ait de poste défensif sur ce tumulus...

Alors qu'il avait prétendu ne rien comprendre à l'architecture défensive du château, il venait de parler sur un ton péremptoire, comme un grand officier d'état-major.

Soudain, la haie des spectateurs s'écarta brutalement pour laisser passer Kôshichirô et Ginshirô.

— Révérend ! l'interpellèrent-ils.

— Tiens, c'est vous. Bien le bonjour, messires samouraïs.

— Pardon de vous interrompre de façon aussi intempestive, mais maître Dôhaku souhaiterait s'entretenir avec vous. Pourriez-vous nous suivre, avec la demoiselle ?

2

Takuan mit un pied dans la pièce et resta pétrifié...

Lorsque Kôshichirô lui avait transmis l'invitation, les yeux du vieux bonze avaient brillé, mais il avait aussitôt répondu comme si de rien n'était :

— Tiens, Dôhaku voudrait me parler ? Ça tombe bien, je comptais justement passer le voir. Eh bien, d'accord, allons-y.

O-Tone et lui avaient emboîté le pas aux samouraïs jusqu'au donjon.

Alors que les journées s'allongeaient de façon notable et qu'il faisait encore jour dehors, Kôshichirô et Ginshirô ouvraient la marche, une chandelle à la main. Ils les avaient conduits au bas d'un escalier dont les marches en bois avaient bientôt cédé la place à des degrés de pierre.

C'est curieux, avait estimé Takuan. J'ai l'impression qu'ils nous font descendre au centre de la terre.

Si le bonze avait arpenté le château de long en large sans faire grand cas des samouraïs qui essayaient de l'en empêcher, il n'avait pas pour autant découvert l'existence de tels souterrains.

Criii criii... Kôshichirô et Ginshirô avaient alors ouvert une porte massive et Takuan avait pénétré dans la pièce, les yeux écarquillés de stupeur.

C'était une immense salle de forme carrée, aux murs en pierres sèches. Une estrade triangulaire était accolée à un mur. Un grand miroir pendait au-dessus d'un autel sur lequel on avait disposé différents objets : un brûle-parfum d'où s'élevait un panache de fumée bleue, un cierge, un chapelet, une clochette, une jarre, un triton, un vajra[1], un sabre, un arc et une flèche.

Dôhaku pratiquerait-il le mantra du Vajrayana ? se demanda Takuan en contemplant l'autel.

Il aperçut deux grands bols en bronze en forme de fleur de lotus, ainsi que des silhouettes blanches assises près d'eux, à chaque extrémité de l'estrade triangulaire : deux magnifiques jeunes femmes entièrement nues et figées comme des statues.

L'estrade était de couleur rouge sang. Cette teinte

1. Le vajra (mot sanskrit signifiant « diamant » ou « foudre ») est un objet rituel du bouddhisme tantrique ou ésotérique (dit « Vajrayana »). Arme symbolique, sa forme la plus commune est celle d'un double trident aux dents refermées sur elles-mêmes, en forme de pyramides ou de sphères, représentant le monde du samsara (ici-bas) et le nirvana, joints par le vide parfait.

semblait étrange car malgré le peu de lumière, ce cramoisi aux funèbres reflets luisait légèrement, comme si l'on venait juste de le peindre. L'odeur de l'encens, mêlée à d'autres senteurs, grasses et fétides à soulever le cœur, flottait à travers la pièce.

Assis sur un coussin de paille rond au milieu de l'estrade, Ashina Dôhaku se tourna vers Takuan.

— Pardonnez-moi de vous avoir dérangés, dit le sorcier d'une voix sombre. Je vous en prie, asseyez-vous.

Il désigna deux coussins en paille devant lui.

Takuan et O-Tone grimpèrent les quelques marches qui menaient à l'estrade. O-Tone s'était préparée à mourir dès qu'elle avait pénétré dans ce château avec Takuan, mais la peur lui étreignit soudain l'âme, et son visage devint blanc comme du papier.

Criii criii… La porte se referma. Kôshichirô et Ginshirô soufflèrent les chandelles et s'assirent devant la porte telles deux ombres des enfers.

La lumière éteinte, la silhouette de Dôhaku se dessinait à peine dans la pénombre rouge. De maigres flammes, invisibles depuis le bas de l'estrade, montaient d'un foyer triangulaire qui se trouvait juste derrière lui.

Takuan s'assit devant le vieillard avec son énergie coutumière.

— Alors, messire, de quoi désirez-vous me parler ? demanda-t-il calmement.

Dôhaku prit un ton lugubre :

— Oh, pour être tout à fait franc, de pas grand-chose, cher maître… Je souhaitais simplement vous demander si vous voudriez avoir l'amabilité de retourner à Edo.

Takuan le fixa avec un léger sourire. Dôhaku resta impassible.

— J'ai longuement réfléchi avant de vous proposer cela, poursuivit-il. Je m'adresse au célèbre révérend Takuan et je me doute qu'il n'acceptera pas facilement. Pour célébrer votre départ, nous pardonnerons aux sept femmes rebelles. Ainsi, si vous acceptez, nous pourrons cesser le combat et déclarer le match nul.

Takuan éclata d'un rire enjoué.

— Je dois avouer que vous ne manquez pas d'air, Dôhaku.

— C'est vrai, mais tel que vous me voyez, je suis prêt à vous offrir ma tête à la place de celle de mon seigneur.

— Quoi ?

— Et nous pardonnerons aux sept femmes. En revanche, nous vous demandons de livrer l'homme au masque de *hannya*… Sachez que les décapitations en chaîne ont cessé. Nous pouvons mettre fin dignement à ce combat, en échangeant ma vie contre celle de la *hannya*.

— Quel malin ! dit Takuan en battant des mains comme un enfant.

— Comment ça ? Je viens de vous dire que j'allais mourir.

— Et que vous nous offriez votre tête à la place de celle du seigneur Kâto, et qu'en contrepartie nous vous livrerions l'homme au masque de *hannya*... Oui, oui, j'ai bien compris. Ce qui implique que ce seigneur et ces ogres de samouraïs que je vois assis là-bas seraient épargnés. Le compte n'y est pas.

— Voilà pourquoi nous vous faisons l'excellente proposition de pardonner aux rebelles du clan Hori. Je trouve que cela pèse dans la balance.

— Mais que faites-vous des hommes de ce clan que vous avez si sauvagement assassinés à Kamakura et à Edo ? gronda Takuan. L'équilibre ne sera atteint que lorsque nous aurons décapité Akinari, Kôro et Urushido. Si vous m'assurez que vous exposerez leurs trois têtes coupées, alors je tâcherai de convaincre l'homme au masque avant de rentrer à Edo avec les sept femmes. Voilà ma proposition. C'est à prendre ou à laisser.

Dôhaku regarda Takuan avec calme.

— Bon, bon... J'ai l'impression que cette négociation est un échec.

Sa voix de vieillard devint sourde, puis mourut.

Toujours assis, il baissa soudain la tête. Hormis le crépitement du feu qui montait du foyer triangulaire, un profond silence régnait, comme si cette caverne pavée de pierres s'était soudain retrouvée au fond de la mer.

— Ah !... s'écria O-Tone en arrondissant les yeux.

Si elle avait poussé un cri d'effroi, ce n'était pas parce que Dôhaku avait bougé – il était toujours aussi immobile et gardait la tête baissée.

— Il s'est endormi... murmura la jeune femme en tirant Takuan par la manche.

Et en effet, Dôhaku dormait et commençait même à ronfler ! Il s'était tu au beau milieu de la conversation pour plonger dans un sommeil de plomb.

Mais soudain, sa respiration ralentit, et une voix caverneuse se fit entendre.

— Hyôtarô...

Le nom n'avait été que marmonné, mais Takuan et O-Tone parvinrent tout de même à le comprendre.

— Ashina Hyôtarô, toi qui es né du même ventre que moi et avec qui j'ai partagé le même rêve avant de venir au monde...

Sur quoi il se tut et se remit à ronfler comme un sourd.

Kôshichirô et Ginshirô montèrent alors sur l'estrade triangulaire. Se déplaçant comme des ombres, ils se penchèrent au-dessus du foyer pour y saisir une bûche embrasée, se retournèrent et redescendirent chacun de leur côté. Ils s'avancèrent jusqu'aux bols en forme de fleur de lotus.

— *Namo nigantha, namo ajahata svaha...*

— *Om vajra guini nemvatna svaha...*

Ils avaient commencé à murmurer ces formules incantatoires, quand les bûches flamboyèrent soudain.

— Je te salue, Agni, Seigneur du feu, et toi, Yama, Seigneur de la mort, que les roulements des tambours des cieux remplacent le crépitement du feu !

Puis ils introduisirent leurs bûches dans les bols en bronze, qui devaient être remplis d'huile, car ils s'embrasèrent et de hautes flammes rouges s'élevèrent aussitôt.

Les femmes nues, jusque-là aussi immobiles que des statues, levèrent alors leurs bras blancs à l'horizontale. Au moment où Takuan et O-Tone se rendaient compte qu'elles tenaient chacune un objet, elles se tranchèrent le poignet d'un seul coup de couteau, comme si une force extraordinaire les possédait.

Les mains coupées tombèrent directement dans les flammes qui baignaient les lotus en bronze. Les deux femmes, parfaitement stoïques, tenaient leur bras mutilé bien droit et murmuraient des incantations extatiques à voix basse.

— Je vous salue, démons destructeurs des lois célestes, et vous les cent mille divinités courroucées et les quatre-vingt mille mauvais génies, révélez l'écho de rêve cette fois encore…

Au moment où elles s'étaient tranché le poignet, Takuan et O-Tone, stupéfaits, avaient tenté de se lever, mais ils s'étaient retrouvés comme paralysés, incapables de parler.

Le sang coulait des bras tranchés jusque dans les bols. Les flammes passèrent du rouge au bleu, du bleu au violet foncé, puis elles ne produisirent plus qu'une fumée tourbillonnante qui enveloppa l'autel.

Takuan et O-Tone sentaient cette fumée violacée leur embrumer le cerveau petit à petit.

3

— Mmm...

De toutes ses forces, Takuan tentait de repousser les effets de la fumée, lorsque soudain il aperçut une silhouette qui se tenait assise au milieu des volutes.

Il crut d'abord qu'il s'agissait de Dôhaku, puis se souvint que ce dernier se trouvait en face de lui. En regardant de nouveau en direction de l'autel, il vit qu'en effet la silhouette ressemblait comme deux gouttes d'eau à l'éminence grise d'Akinari, mais qu'il s'agissait d'un moine vêtu d'une soutane.

« Oh ! Le grand prieur Nankôbô Tenkai ! » voulut-il crier, mais les mots restèrent coincés dans sa gorge.

Si Takuan lui-même était frappé de stupeur, c'était à cause de ce qu'il venait de comprendre : il ne contemplait là ni une image, ni une effigie en bois. Bien que légèrement flous, ce visage et ce corps semblaient bien vivants. Et ils étaient ceux de l'illustre grand maître de la Loi Tenkai.

Takuan allait poser les deux mains par terre pour se prosterner, mais il renonça à le faire. Il était impossible que le grand prieur, qui devait se trouver dans le temple Kan'eiji à Edo, se matérialise subitement en Aizu. De plus, depuis son arrivée dans le fief, Takuan avait passé le plus clair de son temps à surveiller le château Tsurugajô. Il savait que Tenkai ne s'y trouvait pas puisqu'il ne l'avait pas vu arriver.

Un miroir ! Il comprit soudain : tout à l'heure, il

avait vu un grand miroir posé sur l'autel. Cette vision devait être un reflet.

Mais, tout de même… Takuan leva les yeux en l'air et gémit, comme en plein cauchemar. L'entité qui se reflétait dans le miroir devait bien se trouver quelque part. Or, à part eux-mêmes, il n'y avait personne dans la pièce souterraine en pierre. Ce reflet était d'autant plus étrange que l'on ne voyait pas celui dont il renvoyait l'image – et, plus étrange encore, le miroir n'aurait jamais dû montrer cette image, puisque le grand prieur se trouvait à des kilomètres d'Aizu !

— C'est le mantra du Vajrayana… murmura Takuan en serrant fermement les mains tremblantes d'O-Tone.

Quelle étrange incantation… Je me demande bien ce que Dôhaku compte faire.

Takuan soupçonnait depuis longtemps l'existence d'un lien entre Ashina Dôhaku et le grand prieur Tenkai – il avait d'ailleurs envoyé O-Chie et O-Fue à Edo afin qu'elles vérifient ses soupçons et élucident ce mystère – mais il ne comprenait pas pour autant pourquoi Dôhaku montrait l'image de Tenkai ici, en Aizu. Dans quel but ?

Le centenaire dormait toujours, assis sur ses talons. Il semblait vraiment plongé dans un rêve.

Le redoutable sortilège, l'« écho de rêve »… L'image reflétée dans le miroir était le songe que faisait Dôhaku. Il pouvait l'y projeter afin de le montrer à des tierces personnes.

En général, nul ne rêve à sa guise. Quant à en montrer les fruits à quelqu'un d'autre…

Il n'était guère facile, même pour Dôhaku, de pratiquer ce mantra. L'estrade triangulaire, les formules incantatoires, le sang des femmes qui s'enflammait : tous ces ingrédients étaient nécessaires pour réussir ce tour de sorcellerie qui rendait l'impossible possible. Freud – ce génie – a dévoilé avec subtilité les vérités redoutables que peuvent recéler les rêves, dès lors qu'on les analyse. Takuan, pour sa part, sentit un frisson lui parcourir l'échine devant cette inquiétante vision entraperçue parmi les volutes de fumée.

Le bonze ne savait évidemment pas qu'il contemplait le songe de Dôhaku. Il faut dire que ce prodige dépassait l'entendement. Il pensa qu'il s'agissait d'un phénomène mystérieux provoqué par la fumée et les incantations, et que son regard se laissait berner par une sorte d'illusion.

– *Katsu !* Arrière, démon !

Takuan tenta de se lever en agitant son chapelet. Mais qu'il ait su ou non qu'il voyait le reflet d'un rêve, devant la silhouette surnaturelle de Nankôbô Tenkai, son énergie quitta son corps et ses genoux se dérobèrent sous lui.

Il faut dire que Sôjô Tenkai n'était pas n'importe qui. Il avait été le maître de sagesse du shôgun Ieyasu, tout comme Takuan l'avait été pour le troisième shôgun de la lignée des Tokugawa. Mais le protocole et le respect dû à l'âge n'expliquaient pas à eux seuls la vénération que Takuan portait à Tenkai. La vraie raison était qu'il avait une dette envers lui.

Quatorze ans plus tôt, lors de la sixième année de l'ère Kan'ei, en 1629, Takuan avait été exilé à Dewa pour avoir contrarié le shôgunat. Jusqu'à cette époque, l'Empereur avait offert de ses mains la chasuble violette aux moines de rang supérieur, mais le shôgunat l'avait alors privé de cette prérogative. Takuan s'était fortement opposé à cette décision, accusant le shôgun de s'ingérer dans les affaires religieuses. Il savait parfaitement que s'il avait pu regagner Edo au bout de trois petites années d'exil, alors qu'il avait bravé aussi hardiment l'autorité en place, c'était uniquement grâce à l'intervention de Tenkai.

Il n'ignorait pas non plus qu'il était devenu le maître de sagesse du shôgun actuel parce que Tenkai l'avait recommandé pour lui succéder. Ce statut était loin de contenter Takuan, en réalité ; il le gênait plutôt aux entournures. Toujours est-il que sa dette envers Tenkai était grande.

Cependant, Takuan n'avait jamais remercié le grand prieur pour cette faveur, et Tenkai, éprouvant une infinie compassion pour celui qui avait hérité de sa charge, ne lui en avait pas tenu rigueur. Lorsqu'ils se rencontraient, les deux hommes se contentaient d'échanger des sourires gracieux. Le bonze de soixante-douze ans ne savait rien des origines du vénérable vieillard. Il n'était pas le seul dans ce cas : Tenkai restait un mystère pour tous, à tel point qu'on le surnommait le « Conseiller noir ».

Lorsqu'il avait pénétré en Aizu et croisé Dôhaku sur le col de Seishi, Takuan avait aussitôt compris que le grand prieur était lié au clan Ashina et, plus étroitement encore, à ce surhomme d'Ashina Dôhaku. Cette découverte n'avait pas manqué de le surprendre... Car, plus surprenant encore, Tenkai n'en avait jamais fait mention. Ce qui signifiait qu'il devait avoir une très bonne raison de se taire.

Peut-être de graves ennuis guettaient-ils le grand prieur si l'information venait à se répandre ? C'était la seule crainte véritable de Takuan depuis son arrivée en Aizu. Il avait malgré tout décidé d'élucider ce mystère, avec l'espoir d'empêcher les répercussions négatives qui risquaient de frapper Tenkai, et de découvrir un moyen de faire pression sur Dôhaku.

Mais Takuan se rendait soudain compte que Dôhaku avait pris les devants et qu'il était le maître. Il était trop tard !

Immobilisé, Takuan fixait Tenkai à travers la sinistre fumée.

— Hyôtarô...

Tout d'un coup, la voix de Dôhaku sembla monter des entrailles de la terre.

— Ashina Hyôtarô, toi qui es né du même ventre que moi et avec qui j'ai partagé le même rêve avant de naître... Nous avons fait des songes différents en ce monde... Il est temps de mettre un terme à cette situation et de rêver ensemble de nouveau... Regagnons le même ventre et quittons ce monde...

A ce moment précis, les deux femmes qui tendaient

leurs bras tranchés au-dessus des bols en forme de fleur de lotus s'effondrèrent. Les dernières gouttes de sang venaient de quitter leur corps.

Quand les flammes violettes devinrent bleues, puis rouges, Kôshichirô et Ginshirô se levèrent d'un bond. Les deux samouraïs s'approchèrent de Dôhaku, qui avait toujours la tête baissée, et se placèrent l'un devant, l'autre derrière le vieillard endormi.

— Maintenant ! crièrent-ils en même temps.

Deux grandes traînées de sang giclèrent : les lames de leurs sabres venaient de transpercer la poitrine et le dos de leur chef.

Dôhaku tomba en arrière en se tordant en tous sens, les cheveux et la barbe en bataille. Dans la lumière des flammes pourpres, il donnait l'impression d'être parvenu aux enfers et d'y souffrir mille morts.

— Ahhhh !

Saisie d'horreur, O-Tone tomba à plat ventre et s'évanouit. Takuan, sidéré par cette scène, en oublia de lui venir en aide. Les yeux écarquillés, il fixait le miroir : non pas Dôhaku, mais Tenkai le contemplait.

VIII
VAINCU, TAKUAN ?

1

Temple Kan'eiji du mont Tôei, au nord-est du château shôgunal à Edo.

Le grand prieur Tenkai avait fondé le temple en l'an 2 de l'ère Kan'ei et en avait fait le sanctuaire principal de l'école zen Tendai pour l'Est du Japon, de façon à contrebalancer l'autorité de celui de l'Ouest, sur le mont Hiei. Autour du Daihondô, ou pavillon principal, et du Hokkedô, dédié à la lecture du *Sûtra du Lotus*, les trente-six autres bâtiments, pavillons et installations offraient une vue digne d'un palais du Bouddha.

Dans une cellule de moine des plus spartiate, le fondateur en personne, Nankôbô Tenkai, recevait une visiteuse inattendue.

Rien de moins que Son Eminence Tenju-in, princesse Sen et sœur aînée du shôgun.

Tenkai préparait le thé. Il possédait la dignité d'un homme de cent sept ans, mais dégageait aussi une vigueur mystérieuse, à croire qu'il n'avait que la moitié de cet âge.

— Bonze vertueux, je suis ravie de vous voir toujours en excellente santé, lança la princesse Sen – non par politesse, mais parce qu'elle n'avait pu retenir sa réelle émotion.

— Tant de choses importantes encore à accomplir ! Voilà ce qui me retient de mourir ! s'esclaffa Tenkai.

Il faisait allusion aux cérémonies du *kechimyaku* qui seraient célébrées pour le shôgun Iemitsu dans une quinzaine de jours : ce rituel de transmission de la Loi de maître à disciple était l'un des plus importants de l'école Tendai.

A en croire la biographie de Tenkai, le grand maître avait soixante-seize ans quand il s'était rendu à Sunpu, dans la province de Suruga, où l'ancien shôgun Ieyasu lui avait demandé de lui conférer le *kechimyaku*. A ce moment-là, Tenkai le lui avait refusé, affirmant qu'il n'avait pas pénétré à fond les doctrines des différentes écoles.

Ieyasu avait dû attendre jusqu'à un an avant sa mort – Tenkai avait alors quatre-vingts ans – pour obtenir le *kechimyaku*. Son successeur Hidetada ne l'avait pour sa part jamais obtenu. Tenkai s'apprêtait à présent à l'accorder à Iemitsu, le troisième shôgun.

Les arbres proches des avant-toits ouvraient leurs bourgeons ; un pigeon roucoulait quelque part : scène de crépuscule qui aurait pu faire croire que l'on se trouvait dans une région de montagnes reculée.

Quand la princesse Sen annonça enfin le véritable but de sa visite, cette atmosphère sereine se dissipa en un rien de temps.

— Comment ? Ces femmes sont du clan Hori, dites-vous ?

L'étonnement de Tenkai était manifeste. En voyant se prosterner devant lui les deux jeunes filles entrées avec la princesse, il avait cru qu'il s'agissait de simples demoiselles de compagnie de sa suite.

Tenju-in venait d'expliquer que maître Takuan les avait chargées de se rendre à Edo séance tenante afin de demander à Tenkai quels étaient ses liens avec Ashina Dôhaku – raison pour laquelle elles avaient accouru d'Aizu la veille.

— Ah, Dôhaku... murmura Tenkai dans un quasi-gémissement.

Il resta longtemps immobile, comme si le temps s'était arrêté, puis il reprit en hochant la tête :

— Je me doutais bien que Takuan finirait par me poser cette question. Dôhaku est mon alter ego.

— Votre... alter ego ?

— Oui, mon autre moi-même. Nous sommes des frères jumeaux d'une espèce très particulière, expliqua-t-il. Depuis cette affaire de Hori Mondo, je suis au courant de tout : ce qui s'est passé au mont Kôya, au Tôkeiji à Kamakura, et des représailles dans le fief d'Aizu... Je sais aussi qu'Akinari est la marionnette d'Ashina Dôhaku, ajouta-t-il d'un ton attristé. Son obstination à posséder Aizu pour le compte des Ashina l'a définitivement fait tomber dans le monde des démons.

Frappée de stupeur, la princesse Sen dévisagea Tenkai. O-Chie lui avait révélé la présence de ce monstre appelé Ashina Dôhaku en Aizu, et voilà que le grand prieur, un saint homme s'il en fut, était son frère jumeau !

— Dôhaku n'a qu'une obsession : pérenniser le pouvoir des Ashina sur le domaine d'Aizu. Quel que soit le daimyô à qui le shôgunat confie le pouvoir sur ces terres, il se démène pour que les os qui le soutiennent, le sang qui lui donne vie soient des os Ashina et du sang Ashina. Idée fixe qui est loin d'être incompréhensible, certes, compte tenu du fait qu'Aizu a appartenu durant quatre cents ans à ce clan dans le passé… Ceux qui résistent à Dôhaku ou qui contrarient l'accomplissement de ce désir deviennent ses ennemis jurés. C'est d'ailleurs ce qui explique la tragédie du clan Hori. De même pour Gamô Ujisato, daimyô d'Aizu avant le clan Katô… La rumeur dit que si cet homme d'un courage et d'une fermeté exceptionnels est mort à quarante ans, c'est que le grand hégémon Toyotomi Hideyoshi ou Ishida Jibushô Mitsunari l'avait empoisonné de crainte de l'avenir qui s'ouvrait devant lui… Sauf qu'à mon avis, c'est plutôt Dôhaku, caché à l'époque sur le mont Bandai-san en Aizu, qui l'aura fait mourir en lui jetant un sort.

Il laissa planer un silence avant de reprendre :

— J'imagine sa joie quand Dôkahu a vu quel homme stupide le clan Katô avait à présent à sa tête. Et effectivement, lui et sa bande ont aisément infiltré le clan Katô de toutes parts. Ceux qui leur résistent, même les plus fidèles vassaux des Katô depuis l'époque du fief d'Iyo, connaissent un sort atroce, comme Hori Mondo… Je n'avais aucun recours malgré mon inquiétude. Dôkahu s'est déchaîné et ses méfaits ont abouti à la situation catastrophique que nous connaissons aujourd'hui. Je sais aussi que Takuan est parti en Aizu pour aider le clan Hori à se venger. A bout de patience, j'ai laissé un message d'avertissement à Dôhaku en croisant par hasard ses hommes, mais ses ambitions ne l'abandonneront jamais, ça crève les yeux.

Il soupira longuement, les yeux fermés. La princesse l'imita.

— J'ignorais que lui et vous étiez jumeaux, dit-elle. Excédée par les atrocités du clan Katô, j'ai adressé une pétition au shôgun, qui m'a répondu que la mort de Hori Mondo était inévitable puisqu'il s'était révolté contre son seigneur : les Katô ne faisaient que suivre la règle. Je me suis donc retirée en pensant qu'une vengeance exercée par les femmes serait une punition plus adaptée. Un châtiment du Ciel… Mais quand j'y repense, le shôgun avait l'air d'hésiter. Sans doute était-il gêné par votre lien avec Dôhaku…

— Exact, dit Tenkai. Pour l'heure, le secret qui entoure ma naissance n'est connu que du shôgun et du ministre Matsudaira Izu-no-kami. Mais si je l'ai tu jusqu'à présent, ce n'est pas seulement parce que Dôhaku et moi sommes jumeaux.

— Que voulez-vous dire ?

— S'il meurt, je meurs aussi.

— Pardon ?

— Hé oui ! Voilà pourquoi je vous précisais tout à l'heure que nous étions des jumeaux très spéciaux. Nous sommes nés sous une funeste étoile. Dès notre enfance, où l'on nous appelait Hyôtarô et Hôtarô, quand l'un de nous était blessé, l'autre l'était également. Lorsque Hôtarô avait mal, Hyôtarô souffrait tout autant… Je le sais, et lui aussi : si je meurs, il mourra à coup sûr, et réciproquement. Ce qui à l'inverse signifie que tant que l'équilibre règne entre nos deux natures, nous sommes invulnérables.

O-Chie était blême comme une feuille de papier. Elle avait compris toute la portée de cette révélation.

Tenkai lui adressa un regard sombre.

— Takuan est donc en danger. Aussi rusé soit-il, tant que Tenkai ne meurt pas, Ashina Dôhaku demeurera en vie…

— Mais, grand prieur… commença O-Fue.

— Grand prieur, continua O-Chie, vous dites que si vous mourez, Dôhaku mourra aussi, et que tant que Dôhaku ne meurt pas, vous continuez à vivre. Alors, c'est comme l'histoire des deux serpents qui se mordent la queue l'un l'autre ?

La même question que celle qu'O-Yura avait posée à Dôhaku au château d'Aizu.

Tenkai lui répondit comme son frère l'avait fait : il acquiesça.

— Entre lui et moi, c'est à qui dominera l'autre, son Enfer morbide contre mon Ciel de compassion bouddhique. Pour l'instant… nous sommes de force égale, dit-il en serrant les poings sur ses genoux. Si j'avoue ce secret plus que centenaire, c'est parce que la situation est critique et que c'est vous qui m'interrogez, princesse. Je l'ai tu jusqu'à maintenant et si le shôgun est resté bouche cousue, c'est que quiconque le découvrirait saurait qu'il suffit d'abattre Dôhaku pour me tuer, et vice versa. Nous devions éviter que cela ne s'ébruite.

— Alors…

O-Fue murmurait tout bas. O-Chie la vit plonger la main sous son kimono. O-Fue s'apprêtait à pousser un cri quand Tenkai la dévisagea soudain.

— Pour l'instant, nous sommes de force égale…

Le ton de Tenkai n'avait pas varié, pourtant O-Fue se retrouvait incapable de bouger, comme si elle venait d'être écrasée par un gros rocher.

O-Fue était un peu retardée. En entendant qu'il suffisait d'abattre Tenkai pour tuer Dôhaku, elle avait réagi par réflexe, saisissant aussitôt son poignard, mais le regard perçant sous les sourcils blancs du maître l'avait paralysée sur place.

— Takuan aura beau jouer de l'effet de surprise et y consacrer tout son courage, Dôhaku demeurera immortel tant que je serai en vie. Je sais tout des agissements de sa bande, et la rancune du clan Hori me déchire le cœur… Mais les choses étant ce qu'elles sont, il n'y a rien à faire, Altesse. Ma seule marge de manœuvre consiste à m'efforcer de faire revenir les jeunes femmes Hori et Takuan sains et saufs d'Aizu. C'est d'ailleurs ce que je rumine chaque soir depuis des mois. A présent, me voici résolu : j'écrirai une lettre à Dôhaku. Il n'ira tout de même pas jusqu'à supprimer Takuan, mais vos compagnes sont en danger… dit-il en se tournant vers O-Fue et O-Chie. Je vais m'empresser de rédiger une lettre de réconciliation que vous allez apporter à Aizu, si vous en êtes d'accord.

— Réconciliation ? éructa O-Chie.

Elles avaient rempli la mission secrète que Takuan leur avait confiée, découvert le secret de la ressemblance entre Tenkai et Dôhaku, mais elles ne s'attendaient pas à ce qu'il en résulte un tel dilemme !

— C'est une bataille perdue d'avance, grand prieur !

— Alors, que voulez-vous que je fasse ? s'exclama à son tour Tenkai, l'air préoccupé. Je ne peux pas mourir. Je ne le dois pas. Il faut que je reste en vie une quinzaine de jours au moins pour le clan Tokugawa, le temps que se terminent les cérémonies du *kechimyaku* pour le shôgun…

Il gémit brusquement, le regard dans le vague. Il lui arrivait quelque chose. Soudain, son torse donna l'impression de se renverser en arrière puis de se replier sur lui-même, comme s'il était balayé par un vent invisible et mauvais. Il se mit à se tordre de douleur, les cheveux hirsutes.

— ... Qu'avez-vous, grand prieur ? s'écrièrent les trois femmes.

Que s'était-il passé ? A la lueur blafarde de la lampe à huile, le fondateur du temple Kan'eiji paraissait à la torture. Son visage était inondé de sueur.

— Hôtarô ! gémit-il. Veux-tu donc encore faire souffrir Hyôtarô ? Mais tu n'y parviendras pas, je te le jure, le Ciel de Hyôtarô ne connaîtra pas la torture par ton fait...

2

Frappé de stupeur, Takuan avait vu Tenkai subir ces affres dans le miroir, et ses épaules se tordre sous une série de spasmes allant crescendo. Il finit par s'écrier :

— Aaah ! Attendez... ! Arrêtez ce mantra de Vajrayana, Dôhaku !

Une transpiration grasse lui dégouttait du front. Comment supporter de voir le grand maître souffrir ainsi ?

Cela ne se peut pas, ce n'est pas le vrai Tenkai, s'était-il dit en premier lieu devant ce spectacle insupportable. Mais le miroir montrait des couleurs et des gestes saisissants, il ne pouvait s'agir d'un simple trompe-l'œil.

— Vous avez compris maintenant ? lança Dôhaku.

Le vieillard plus que centenaire avait retrouvé ses esprits. Il sourit à Takuan, une étincelle perverse dans le regard. Kôshichirô et Ginshirô le flanquaient de chaque côté, portant chacun l'un des sabres qui l'avaient transpercé. Les lames étaient rouges de sang. Dôhaku en avait la poitrine souillée.

— Mais que... qu'est-ce que c'était ? demanda Takuan dans un râle.

— Nankôbô Tenkai, mon frère jumeau, à qui je suis relié par un sortilège, répondit Dôhaku.

La fumée qui enveloppait l'estrade triangulaire se dissipait peu à peu.

— Ce que vous venez de voir n'était pas une simple illusion, maître, c'était bien le grand prieur Tenkai à Edo. Il vient d'endurer la même souffrance que moi. Si je souffre, il souffre aussi comme en écho. Si je meurs... lui pareil.

— Que... quoi ?

Médusé, Takuan leva les yeux vers le miroir placé sur l'autel, mais la silhouette qui s'y trouvait tout à l'heure avait déjà entièrement disparu et la surface n'émettait plus qu'une faible lumière.

— Je vous assure que si vous me tuez, mon jumeau perdra la vie, lui aussi. N'allez pas croire qu'il s'agisse d'un coup de bluff ou d'un mensonge... Alors, tenez-vous toujours à vous battre contre nous, maître ? demanda Dôkahu en riant à gorge déployée.

Takuan s'était tu, livide. Sur ses traits bouleversés, une souffrance immense le disputait soudain à la crainte.

— Repoussez-vous ma proposition de trêve ? demanda Dôkahu.

— Je ne la repousse pas, répondit Takuan après un silence. Je me rends à vos arguments.

Ses épaules s'étaient affaissées.

Dôhaku haussa le ton.

— Eh bien, c'est trop tard – trop tard, maître Takuan ! Cela ne me suffit plus ! A présent, je veux que vous convoquiez l'homme au masque de *hannya* au château !

— Non, je ne peux pas faire une chose pareille.

Takuan secouait la tête en le regardant avec une expression suppliante. Dôhaku le dévisagea froidement.

— Vous persistez à le défendre ? Vous voulez donc à nouveau voir souffrir Tenkai, c'est ça ?

Sa voix effrayante était comme une gifle pour Takuan, qui se cacha le visage entre les mains.

— Bonze, lequel vous est le plus cher, du grand prieur Tenkai ou de l'homme au masque de *hannya* ? Allez, choisissez et répondez-moi tout de suite !

Takuan écarta les mains pour fixer Dôhaku d'un regard absent.

— Je suis vaincu ! gémit-il.

Sa voix était déchirante, à mille lieues du ton léger qu'il avait eu à son entrée dans ce château.

Peut-être de graves ennuis guettaient-ils le grand maître si l'information venait à se répandre ? Cette crainte s'était concrétisée. Envoyer O-Chie et O-Fue à Edo avait été inutile : les hantises les plus folles de Takuan prenaient corps, à présent. La situation était inextricable.

Tenkai et Jûbei étaient deux êtres que Takuan vénérait et aimait par-dessus tout… Pourtant, en cet instant, si on lui avait demandé lequel des deux comptait le plus à ses yeux, la réponse aurait jailli, évidente. Au prix d'un énorme effort sur lui-même, il devait bien sûr choisir le doyen: Tenkai.

— Alors, allez-vous convoquer l'homme au masque ?

— Il ne se trouve pas en Aizu en ce moment.

— Mais si, on m'a prévenu tout à l'heure qu'il venait d'y entrer par le nord, au col de Tsuchiyu. D'ici deux ou trois jours au plus tard, il sera à Wakamatsu.

Il n'y avait plus aucune échappatoire.

— Quelles sont vos intentions envers lui ? s'enquit Takuan, tel un petit enfant apeuré.

— Mes intentions ? Je commencerai par lui arracher son masque pour voir sa sale tête ! Ensuite, je réfléchirai au sort que je lui ferai subir. Mais ce qui compte, c'est que vous l'ameniez ici.

— J'irai le trouver. Je le convaincrai de m'accompagner et je vous l'amènerai au château…

— Non, vous ne sortirez pas de cette enceinte. Vous êtes notre otage. Vous n'avez qu'à lui écrire une lettre et envoyer cette fille la porter.

— Mais O-Tone est folle. Elle pourrait s'enfuir n'importe où.

— Folle, vraiment ? Que me chantez-vous là ? ironisa Dôhaku. Envoyez-la. Et dans votre lettre, demandez à l'homme au masque, mais aussi aux sept femmes du clan Hori de venir au château.

— Quoi ? Les femmes aussi ?

— Parfaitement !

— Non, je ne suis pas d'accord.

— Peu me chaut votre avis. Il n'y a que le nôtre qui compte ! jeta Dôhaku avec une froideur de glace, en dévisageant Takuan avec un sourire entendu. Quoique… ajouta-t-il après avoir réfléchi quelques instants. J'ai dit sept, mais il est plus que probable qu'il n'en reste que cinq à l'heure qu'il est… Allez, railla-t-il, le masque de *hannya* et les cinq femmes feront l'affaire.

3

— A dire vrai, maître, lorsque je vous ai rencontré pour la première fois au col de Seishi, j'aurais dû vous informer du sort funeste qui m'unit à Tenkai. Nous aurions pu économiser ainsi bien des tueries inutiles, lança Dôhaku dans un gémissement qui tenait plutôt de la moquerie. Mais si je m'étais contenté de vous l'expliquer, vous ne m'auriez pas cru. Pour que vous ajoutiez foi à mes dires, il fallait absolument vous faire voir l'écho du rêve. Et tous ces malheurs étaient nécessaires pour obtenir que vous veniez au château.

Il termina sa tirade dans un immense éclat de rire. Le sang et l'huile avaient entièrement séché, le feu dans les bols en forme de fleur de lotus ne crachait plus que de la suie, mais les bûches du foyer derrière Dôhaku flambèrent soudain, comme si sa gigantesque hilarité avait ravivé un brasier.

A l'opposé, Takuan était effondré, exténué, telles des braises éteintes. Il était entré dans le château dans l'intention d'en faire sortir par la ruse sinon Akinari, du moins Kôshichirô et Ginshirô, mais force lui était de reconnaître qu'il s'était jeté dans la gueule du loup, ainsi que l'avait redouté Jûbei.

— La guerre est terminée ! Ceux qui se révoltent contre leur seigneur sont punis, c'est aussi naturel que de voir le soleil se lever à l'est et se coucher à l'ouest.

— Dôhaku ! l'interpella Takuan d'un ton farouche.

Désarçonné, celui-ci écarquilla des yeux de chouette, feignant la surprise.

— Quoi, que voulez-vous ?

— Le sang illustre des Ashina coule bien dans vos veines de *bushi*, n'est-ce pas ? Alors, je vous demande un serment.

— Lequel ?

— Promettez qu'au moins, quand l'homme au masque de *hannya* et les femmes Hori seront arrivés au château, ils pourront combattre Kôshichirô et Ginshirô à la loyale !

Il avait hurlé cela sur un ton déchirant, à croire qu'il crachait du sang. Dôhaku étira à nouveau les lèvres, puis il regarda alternativement du coin de l'œil ses deux sbires campés à sa droite et sa gauche.

— Ça vous tente ? leur demanda-t-il.

— C'est exactement ce que nous voulons ! s'écrièrent les deux samouraïs en frappant la poignée de leur sabre, qu'ils venaient de rengainer après en avoir essuyé le sang.

— Eh bien, je vous laisse les femmes du clan Hori… Mais quant à l'homme au masque, si je m'en chargeais ? dit-il en penchant légèrement la tête.

— Oh non !

— Pas ça, maître, s'il vous plaît… !

Dôhaku arrêta de la main les deux samouraïs, qui le prenaient à témoin de l'injustice qu'il leur faisait, et sourit de nouveau.

— L'homme au masque de *hannya* qui commande dans l'ombre aux femmes Hori et s'en sert comme d'un rempart, contre moi qui donne mes instructions à ces deux-là… N'est-ce pas un combat équilibré, maître Takuan ? Qu'en pensez-vous ?

Takuan déglutit, l'échine glacée.

Un affrontement d'homme à homme entre Ashina Dôhaku et Yagyû Jûbei paraissait idéal en théorie, mais il venait de comprendre qu'il y avait fort à craindre.

Car, bien que transpercé par les sabres quelques instants auparavant, Dôhaku ne saignait déjà plus et restait inébranlable malgré ses plaies encore ouvertes. Exactement comme le centenaire s'en était vanté : tant que Tenkai ne mourait pas, lui-même était invulnérable. Jûbei avait beau être un prodige du sabre, comment aurait-il pu venir à bout d'un tel monstre ? Sans compter que, plus redoutable encore, si Jûbei tuait Dôhaku, le grand prieur mourrait lui aussi à Edo. N'était-ce pas justement cette crainte qui avait fait céder Takuan ?

On en revenait à ce cercle vicieux : Jûbei ne pouvait tuer Dôhaku ! Et s'il ne pouvait le tuer…

— Jûbei, accepte de périr ! Je te suivrai dans la mort, chuchota Takuan comme pour lui-même.

— Oh non, vous ne mourrez pas, répondit Dôhaku qui l'avait entendu. Je ne vous ôterai pas la vie. Ou plus exactement : votre mort ne me servirait pas…

— Je fais ce que je veux de mon existence, je ne dépends pas de vous.

— Et pourtant… Imaginez les ennuis pour nous si vous trouviez la mort dans ce château. Vous rentrerez donc sain et sauf à Edo, et seul – en gardant le silence toute votre vie sur tout ce qui s'est passé ici ainsi que dans le fief d'Aizu, jeta Dôhaku, avec un sourire amusé devant la mine dépitée de Takuan. Car si le clan Katô s'attire la colère du shôgun, je serai forcé de me faire seppuku… Et si mon astre est plus fort que celui de Tenkai à Edo à ce moment-là, je l'entraînerai avec moi en enfer. Vous saisissez ?

Takuan était coincé. Il avait l'impression que sa vie n'était plus qu'un boulet attaché à son pied. Avec, à l'autre extrémité, une chaîne plus longue encore dont Dôhaku tenait fermement le bout !

— Voilà la discussion que je voulais avoir avec vous – et elle me semble terminée. Bon, vous pouvez vous retirer, dit Dôhaku en montrant la sortie du menton avec arrogance.

Takuan se leva tel un somnambule. O-Tone s'était évanouie à ses pieds. Dôhaku dirigea un regard sardonique vers la jeune femme.

— C'est la première fois que je vois cette folle se pâmer. Mais c'est la protégée du grand prieur Takuan. Ginshirô, prends-la dans tes bras et ramène-la… Quant à toi, Kôshichirô, aide un peu le maître, il ne tient plus sur ses jambes… ordonna-t-il avec une déférence ironique. Puis, se tournant vers l'âtre : On a beau être au printemps, il fait toujours frisquet à la nuit tombée pour un vieillard de cent sept ans… Bon, maître, on se revoit dans trois jours, n'est-ce pas ?

L'air abattu, Takuan sortit du souterrain du château pour traverser la cour de l'enceinte principale. A chaque bourrasque de cette nuit de printemps, son vêtement noir de bonze flottait, comme vide de substance.

— Oups, attention !

Kôshichirô, qui portait une torche, le soutint sans ménagement par le bras. Il avait pris, pour éclairer leur marche, l'une des bûches qui brûlaient dans le foyer du souterrain et qu'il tenait à l'horizontale entre ses dents afin de soutenir Takuan de son bras unique.

Ginshirô marchait derrière eux, O-Tone dans les bras. La jeune fille était inconsciente. Ses longs cheveux noirs pendaient jusqu'à terre.

Ginshirô ouvrit le col de sa prisonnière avec le nez et les dents à la façon d'un chien, puis il enfonça sa tête entre ses seins pour lui mâchonner un téton. Quel délice de sentir ses effluves féminins et de profiter de son évanouissement ! Mais le plaisir du beau garçon allait plus loin : il éprouvait un plaisir cruel à se livrer ainsi à la débauche dans le dos de Takuan, le maître de sagesse du shôgun.

Ginshirô fit rouler sous sa langue le doux mamelon qu'il mordait. La jeune femme se convulsa.

Le samouraï ne croyait pas à sa prétendue folie. Il savait même qu'elle avait repris connaissance, à l'insu des autres.

L'une des jambes d'O-Tone s'éleva tout d'un coup. Ginshiro fut pris au dépourvu : la jambe s'était enroulée aux siennes.

— Ah ! Quelle insolente !

Au moment même où il s'exclamait ainsi par réflexe, la jeune fille ondula des hanches en éclatant d'un rire aigu. Elle continua de rire en découvrant sa poitrine, les cheveux traînant toujours à terre et le dos arqué en arrière. Une réaction qui n'était certainement pas le fait d'une femme saine d'esprit !

— Espèce de traînée !

Ginshirô secoua la tête de droite et de gauche, mais la jambe de la femme s'enroulait si serré qu'elle était impossible à détacher. Il ne pouvait tout de même pas la jeter par terre ! L'expression du samouraï vira au dégoût.

Takuan, le front baissé, l'air de broyer du noir, avait continué à marcher sans même se retourner.

4

Un jour s'était écoulé.

Takuan était immobile. Il n'avait presque rien mangé. En position du lotus, solitaire, les yeux fermés, il avait à peine l'air en vie.

Devant Takuan en méditation, O-Tone dansait presque toute nue. Elle, en revanche, se livrait à toutes sortes d'excès.

— Le feu brûle ! Le feu du sang brûle ! Viens l'éteindre, masque de *hannya* ! se mit-elle soudain à répéter, comme une formule incantatoire.

Quittant d'un bond la chambre, elle se mit soudain à courir dans le jardin pour sauter dans les bras d'un *bushi* qui survenait. Elle s'élança sur le toit de la muraille, se jetant au cou d'un gardien qui essayait de l'arrêter. Et ainsi de suite.

— … La situation est grave, semble-t-il, annonça Ginshirô à Dôhaku.

On était au deuxième jour. Dôhaku ne sourit même pas.

— Laisse tomber. Elle fait semblant… Cela dit, je suis étonné qu'elle continue de jouer à ce petit jeu. Il faut dire que les femmes sont bêtes, mais persévérantes.

— Non, je parlais de Takuan.

— Takuan ? Quoi, Takuan ?

— Il reste assis sans avaler une bouchée, en ouvrant juste les yeux de temps en temps pour les promener autour de lui d'un air égaré.

Dôhaku regarda Ginshirô attentivement, puis finit par afficher un sourire ironique.

— Pour quelqu'un qui aurait enseigné les secrets du sabre à Yagyû Tajima-no-kami, l'ancien maître d'armes d'Ieyasu, il est dans un sale état. Mais laisse tomber, il n'en mourra pas. Ni ne basculera dans la folie. Et cette drôlesse aura beau gambader, tant que je leur tiens la bride, ils n'ont aucun moyen de s'enfuir du château. Leur vie et leur esprit sont entre mes mains.

Au soir du troisième jour, Takuan se leva subitement pour se mettre à marcher avec un regard absent. Lorsque le samouraï qui le surveillait, l'air de rien, s'approcha pour lui demander s'il allait aux toilettes, le maître zen lui vola son sabre court.

— Que… que faites-vous ?

Le guerrier, surpris, sursauta. Il tenta de se jeter sur Takuan, mais la lame effleura le bout de son nez.

— Je dois parler avec Akinari. Laisse-moi, pousse-toi ! jeta Takuan en se remettant à marcher d'un pas mal assuré.

— Seigneur !

— Maître Takuan est devenu fou !

Hurlant comme si c'était eux qui avaient perdu la raison, les samouraïs se hâtèrent d'encercler Takuan. Celui-ci gagna le jardin en chancelant, le sabre brandi.

— Je vais voir Akinari ! s'écria-t-il en étirant comme un coq son cou plissé, avant de se diriger vers la tourelle du coin sud-est, tout à côté.

Les veines dessinaient comme des vers de terre sur son front, ses yeux étaient injectés de sang et il claquait des dents. Son allure de vieux sage imperturbable avait complètement disparu. L'inquiétude semblait avoir fait basculer l'éminent maître dans la folie.

Et dire que c'était ce vieux moine aux allures d'arbre mort qui avait enseigné les secrets de la technique du sabre au célèbre Yagyû Tajima-no-kami ! C'était difficile à croire : chaque fois qu'il brandissait le sabre, il chancelait sur ses jambes. Cependant, dès qu'un guerrier s'approchait, la lame effleurait sa poitrine ou sa manche avec une précision extraordinaire.

— Je vais voir monseigneur Katô...

Tout le grand jardin embrasé par la lueur du couchant était en émoi. Les *bushi* sortaient en courant de toutes parts, du moindre bâtiment et de chaque tourelle, pour se rassembler autour de Takuan. Sauf qu'ils ne savaient pas du tout par quel bout le prendre.

— Maître zen, excusez-nous !

Après concertation, quelques *bushi* s'approchèrent au pas de course par-derrière.

— Je vais vous tuer, bande de cloportes !

Takuan se retourna et se mit en garde. D'un geste emphatique, il adopta la position *hassô no kamae*, garde haute, sabre levé à côté de la tête, mais sa lame effleura son propre crâne et du sang perla à sa tempe chauve.

— C'est mauvais, ça ! Hé, allez chercher la fille ! s'écrièrent les samouraïs dans un sursaut.

— Mais elle est aussi dingue que lui !

— Peu importe ! Elle nous servira d'otage pour que le maître zen jette cette arme. Amenez-la, vite !

— Mais elle a disparu depuis tout à l'heure !

Soudain, le calme retomba. Cris et hurlements s'éteignirent tandis que les samouraïs attroupés s'écartaient.

Dôhaku venait d'arriver dans le jardin, où les teintes du crépuscule succédaient aux feux du couchant. Kôshichirô et Ginshirô se placèrent à sa droite et à sa gauche, tels un dragon et un tigre.

— Maître Takuan, ça suffit, arrêtez donc de gesticuler ! le tança Dôhaku. Quelle conduite indigne ! Croyez-vous réellement que vous pourrez vous soustraire à votre promesse sous prétexte de démence ? Vous ne vous en tirerez pas à si bon compte.

— Ah, te voici donc, Dôhaku le fantôme ! Ta magie ne m'ensorcellera plus. Sache que j'ai enfin toute ma tête ! hurla Takuan en tordant le cou, lui qui n'avait plus du tout l'air sain d'esprit. Je vais me débarrasser du monstre que tu es. Mon glaive est placé sous le sceau d'Acalanatha. Ne bouge pas !

Takuan sabra l'air et fit mine de se jeter sur lui.

— Mazette, quelle obstination ! Ginshirô, attrape-le dans ton filet de brouillard.

Une sorte de fumée jaillit de la main, pourtant immobile, de Ginshirô et s'élargit au-dessus de Takuan.

Ce fut comme s'il était englué dans un brouillard noir. On le vit se débattre ; il avait beau donner violemment de la lame, le brouillard ne se déchirait pas. Au contraire, il se referma souplement sur lui, puis se rétrécit de plus en plus.

Si personne n'intervenait, cette substance se collerait aux narines de celui qui y était enfermé et finirait par l'étouffer. Elle enroberait les moindres recoins de son corps, puis, telle une éponge, absorberait entièrement son sang et ses fluides vitaux. Qui aurait dit qu'un tel filet était fait de cheveux de femme ?

— Ça suffit !

Dôhaku avait levé la main.

Dans le filet de brouillard, le sabre quitta aussitôt la main de Takuan, comme emporté par un courant. Il se brisa en trois avec un bruit sec qui désarçonna le bonze. Celui-ci tomba sur les fesses puis s'affaissa comme un chiffon, en se tenant la tête dans les mains.

A l'instant même, le filet remonta, alla flotter dans l'air, puis fut aspiré en un clin d'œil dans le poing de Ginshirô.

Takuan gisait à plat ventre sur le sol.

— Maître Takuan, nous ne sommes pas venus pour assister à vos pitreries, articula Dôhaku, imperturbable. Il est temps de remplir votre part du contrat.

Takuan leva la tête, l'air ébahi.

— L'homme au masque de *hannya* se trouve désormais ici, à Wakamatsu. Il est temps que vous le fassiez venir.

— J'ai échoué… Je le savais… murmura Takuan.

Dôhaku lâcha un rire acide.

— Kôshichirô, passe-lui une écritoire et du papier,

dit-il en montrant Takuan du menton.

Le samouraï se plaça devant Takuan et lui donna un nécessaire à écrire ainsi qu'une feuille tirée de son kimono.

— Parfait. Maintenant, écrivez. Vous pouvez enjoliver, mais ne changez pas le sens de la phrase que je vais vous dicter.

Quand Takuan se saisit du pinceau, le papier tremblait légèrement.

— J'ai perdu la bataille, énonça Dôkahu. Que l'homme au masque de hannya ainsi que toutes les femmes du clan Hori se présentent demain avant le coucher du soleil au château Tsurugajô. Si vous désobéissez…

Dôhaku marqua un silence pour braquer son regard sombre et étincelant sur Takuan.

— … Si vous désobéissez, reprit-il, cela causera un grave problème et le clan Tokugawa pourrait se trouver dans une situation extrêmement délicate. Maître Takuan. Et n'omettez pas de signer.

A peine le vieux moine avait-il fini d'écrire que Kôshichirô lui arracha la lettre pour la remettre à Dôhaku. Celui-ci l'examina en la regardant par transparence contre le ciel.

— C'est bon, acquiesça-t-il en promenant les yeux autour de lui. Hé, où est la fille ?

— Elle a quitté la pièce, tout à l'heure, lui répondit l'un des samouraïs qui contemplaient la scène. Comme vous nous avez ordonné de ne plus nous occuper d'elle…

— Bah, c'est bon, c'est bon. De toute façon, elle n'a aucun moyen de quitter l'enceinte principale. Il se peut même qu'elle soit là tout près, à nous épier, en ce moment même.

— Je vais l'appeler, intervint Takuan d'un ton morose avant d'élever la voix : O-Tone, viens par ici ! Nous avons perdu la bataille. Viens, tu n'as plus besoin de porter ton masque de folle ! En revanche, mets celui de la *hannya* !

Une silhouette de jeune fille accourut alors comme un grand papillon qui danse, dessinant une ombre dans le crépuscule. Elle se prosterna derrière Takuan. Ainsi que Dôhaku l'avait deviné, elle les guettait à la dérobée non loin de là.

— O-Tone, va prévenir notre compagnon au masque de *hannya*.

La jeune fille releva la tête. C'était bien O-Tone, le visage caché sous un masque de furie.

— Qu'est-ce que c'est que ce cirque ! tonna Ginshirô.

— J'ignore dans quel recoin de Wakamatsu se cachent actuellement ceux que vous cherchez, murmura Takuan, tête baissée. Ils ne cessent de changer d'endroit. Mais je suis sûr que l'un d'eux doit surveiller l'entrée de ce château. Quand O-Tone a besoin de les contacter, elle sort sous ce déguisement. De cette façon, ils la reconnaissent et lui indiquent un lieu de rendez-vous.

IX
L'HOMME AU MASQUE DE *HANNYA*

1

Flanqué de chaque côté de la selle par un jeune serviteur d'une dizaine d'années, un cheval émergea du pont couvert qui franchissait la douve sud-est du château Tsurugajô. L'un des garçonnets tenait la monture par le mors.

Rien d'étonnant dans cette scène, mais les spectateurs qui avaient levé la tête durent écarquiller les yeux, car c'était une jeune fille arborant un masque de *hannya* qui chevauchait ainsi. Ce curieux équipage et sa cavalière s'éloignaient tranquillement du château dans le vent printanier de la fin de journée.

— Faites place et arrêtez de nous suivre !

— C'est une affaire qui concerne le château !

Les petits *bushi* grondaient en faisant les gros yeux aux habitants du quartier qui s'étaient précipités dehors. Malgré leur jeune âge, les garçons portaient le *kamishimo*, le vêtement de cérémonie des samouraïs, en se donnant des airs de grands personnages.

— Surtout, ne suivez pas O-Tone, avait dit Takuan.

— Pourquoi donc ? avait répliqué Ginshirô, prêt à s'élancer sur ses traces.

Kôshichirô avait ricané : pour lui, qu'ils la poursuivent ou pas, il était évident que l'ennemi au masque de *hannya* et les filles du clan Hori seraient forcés de venir au château, aussi sûrement que l'eau tombe toujours d'en haut.

— Même si nous la suivons et finissons par trouver leur repaire, nous ne les tuerons pas sur place... Je tiens à les exhiber à notre seigneur dans ce château même.

— D'accord, avait dit Takuan. Mais si O-Tone arrive entourée d'une nuée de *bushi*, ils se garderont de la contacter !

— Et moi, je crains plutôt qu'après avoir lu votre lettre, la bande ne s'enfuie en vitesse pour se cacher... avait répondu Kôshichirô, toujours méfiant.

— Mais non, ce serait signer l'arrêt de mort de maître Takuan, avait tranché Dôhaku d'un ton irrité. Et pas seulement le sien, mais celui de quelqu'un de plus important encore. Ils le savent très bien... Non, l'homme au masque viendra, j'en suis sûr. Seulement, la tombée de la nuit risque de compliquer les choses. Que la fille parte tout de suite à cheval. Les enfants du château tiendront sa monture par le mors. Ça vous va comme ça ?

Takuan n'avait fait aucune objection.

C'est pourquoi n'étaient sortis par le pont couvert que les deux enfants, accompagnant O-Tone affublée d'un masque de *hannya*... Cependant, alors que le cheval s'apprêtait à emprunter le chemin qui courait entre la douve et le mur en pierre de la dernière enceinte, trois, quatre, sept puis huit silhouettes de guerriers, leurs traits dissimulés sous des chapeaux en bambou bien profonds, surgirent aux quatre coins de la douve.

Tous des hommes d'Ashina, bien évidemment. Kôshichirô et Ginshirô, toujours inquiets, les avaient affublés de tenues de *rônin*, ces samouraïs errants dépourvus de maîtres, et lancés à la poursuite d'O-Tone.

Soudain les deux enfants s'écrièrent de concert :

— Ah, une flèche !

— Une flèche est tombée sur le chemin !

Alors qu'ils abordaient le chemin entre la douve et la troisième enceinte, une flèche venait d'atterrir par terre sous leurs yeux. Elle indiquait la direction du sud, droit devant.

— Cela veut dire qu'il faut continuer... Jetez-la dans la douve, ordonna la femme derrière son masque.

Les garçonnets et la cavalière s'éloignèrent peu à peu des alignements de maisons pour traverser les rizières des faubourgs, où les sabots du cheval n'écrasaient plus que prêles et fougères.

— Tiens !

L'un des enfants plissa les yeux pour mieux voir devant lui.

— Là, une autre flèche sur le chemin, posée tout droit.

— Et dessous, je vois des caractères bleus tracés avec des herbes arrachées : c'est le *kanji* pour « rizière ».

Effectivement, sur le chemin de campagne assez large, le caractère chinois pour « rizière », *ta* 田, était inscrit avec des brins d'herbe. La flèche reposait sur la barre verticale du milieu, pointe orientée vers le sud.

O-Tone opina. Le cheval avança tout droit, écrasant le message d'herbes et la flèche.

Un peu plus loin, ils trouvèrent sur leur route le *kanji* de la montagne, *yama* 山, accompagné d'une autre flèche.

Il fallait ensuite traverser la rivière Yukawa par le pont de Tenjin. Le prunier était en fleur sur la berge. Leurs ombres se confondaient déjà avec l'obscurité, mais ils discernèrent le *kanji o*, pour « petit » 小, écrit sur le chemin près du pont.

— Ta – yama – o ? articula la silhouette masquée perchée sur le cheval en penchant la tête. O – ta – yama. Odayama ! murmura-t-elle.

C'était le nom d'une colline qui se trouvait au sud-est de Wakamatsu.

— La nuit tombe. Faisons vite. A la colline d'Odayama !

Les deux enfants se mirent à courir. Le cheval accéléra le pas lui aussi.

C'est alors que, au moment où ils parvenaient de l'autre côté du pont, une forme noire se dressa soudain devant eux. Les deux enfants, surpris, s'arrêtèrent net : cette ombre portait elle aussi un masque de *hannya*.

— Parfait, dit une voix éraillée. Les enfants, vous rentrez au château.

— Etes-vous celui qu'on appelle l'homme au masque de *hannya* ? chuchota la cavalière.

— C'est bien moi.

— Vous pouvez rentrer, confirma-t-elle aux petits *bushi*.

Les enfants comparèrent les deux masques, puis, effarouchés, tournèrent soudain les talons et repartirent en courant vers la ville.

Le masque de *hannya* scruta celui de la cavalière dans la lumière mourante du crépuscule.

— D'où venez-vous ?

— Du château.

— Ça, je le sais.

— De l'Enfer des Neiges, répondit la femme d'une voix éteinte et maladive, en tirant une lettre de son kimono. Voici un message de maître Takuan.

L'homme prit le rouleau d'un air méfiant et le parcourut rapidement.

— C'est impossible ! gémit-il soudain, suffoqué.

Ayant relu attentivement le contenu de la lettre, il la déchira.

2

— Les voici, annonça l'homme masqué en scrutant le chemin de campagne qu'avait emprunté le cheval.

On apercevait une bande de guerriers qui se précipitaient vers eux dans un nuage de poussière. Les deux enfants de tout à l'heure se tenaient en tête du cortège.

— Je n'ai pas le temps d'en écouter plus. Fuyez vite vers la colline d'Odayama… dit-il avant de se raviser. Non, poussez plutôt vers l'est, jusqu'à Higashiyama. Vous connaissez sûrement le temple zen Tenneiji ? Dites au supérieur que vous venez de la part de l'homme au masque de *hannya*, il vous cachera un moment.

Il avait désigné l'est du menton. Le cheval de la jeune fille masquée s'éloigna au galop dans cette direction, le long de la rivière Yukawa.

Malgré les jours qui allaient s'allongeant, le ciel avait fini par virer au bleu profond de la nuit. L'habit noir du masque de *hannya* se fondait dans la pénombre. Seules des odeurs d'eau et d'herbes montaient dans l'air du soir.

Dès qu'ils avaient rejoint le groupe des hommes d'Ashina qui les suivaient à distance, les deux enfants leur avaient raconté ce qui s'était passé.

— Elle s'est donc enfuie ! s'exclama l'un d'eux.

— Tout à l'heure, elle parlait d'aller à Odayama…

Ils arrivèrent au pont. Ils s'apprêtaient à le traverser au pas de charge quand une voix tranquille les arrêta :

— Halte !

Ils scrutèrent la nuit avec attention.

— Ah ! s'écrièrent-ils. L'homme au masque de *hannya* !

Les guerriers d'Ashina rebondirent telles des vagues heurtant des récifs invisibles. Quelques éclats de sabres pareils à des éclairs jaillirent aussitôt, comme par réflexe.

— Dites, d'après cette lettre, c'est demain soir au coucher du soleil que je dois me rendre au château, murmura l'homme masqué. Vous n'avez tout de même pas l'intention de m'affronter ici et maintenant ?

Seuls des râles essoufflés lui répondirent.

Il était dans le vrai : les hommes d'Ashina n'avaient pas ordre de s'emparer de lui, et ils n'en avaient jamais eu l'intention, d'ailleurs. Ils s'étaient contentés de poursuivre O-Tone pour s'assurer qu'elle agissait comme prévu. Du reste, s'ils avaient su que l'homme au masque de *hannya* les attendait sur place, ils auraient certainement plongé à couvert dans les champs.

Mais voilà qu'ils tombaient sur lui et qu'il s'adressait à eux sur ce ton impassible et quelque peu moqueur. Les samouraïs sentirent soudain une animosité aveugle mêlée de peur gonfler leurs veines…

— Nous pouvons en découdre, si vous y tenez. Mais auparavant, j'aurais quelque chose à vous demander : que s'est-il passé au château ?

— Tu as lu le pli de Takuan, finit par lâcher l'un d'eux. Le prendrais-tu pour un faux ?

— Non. L'écriture est bien de la main de maître Takuan, mais quelque chose me tracasse dedans.

— Crois-tu donc qu'il l'ait écrite sous la menace ?

— Imbécile ! Je ne le sous-estime pas, contrairement à toi. C'est un bonze au courage sans pareil.

On n'y voyait goutte, mais Jûbei avait indubitablement penché la tête sur le côté avec une moue de suspicion.

— Pourquoi m'enverrait-il un tel message, puisqu'il est justement si courageux ? Que s'est-il passé au château ? Quel est ce grave problème qui risquerait de mettre en péril le clan Tokugawa ? Expliquez-moi ! intima-t-il en durcissant le ton. Je vous tue tous si vous ne répondez pas !

L'homme au masque s'exprimait et agissait toujours de façon claire et nette. Il posait des questions tranchées, et lorsque la réponse était équivoque, il résolvait aussitôt le problème d'un coup de sabre… Le guerrier qui se tenait devant lui ne l'ignorait pas ; il avait déjà la chair de poule.

— C'est… une lettre que Takuan… ce bonze courageux… a écrite, déglutit-il. Si tu ne fais pas ce qu'il demande… ou si tu résistes… ça aura de graves conséquences !

— Je ne serais pas venu en Aizu si je n'étais pas résolu à tout affronter. Rien ne pourrait m'étonner. N'ayez crainte et expliquez-moi.

Il avait dit cela sur un ton vigoureux et résolu : manœuvres ou faux-fuyants n'auraient aucun effet sur lui. Les hommes d'Ashina s'étranglèrent, puis explosèrent, à bout de patience :

— A quoi sert de répondre à ses questions ?

— Hé, que nous importe cette lettre ! Notre seigneur ne va pas nous punir parce qu'on lui ramènerait cet homme avec un bras en moins, pas vrai ?

— Allez, on y va !

Or, ils n'étaient pas au fait de la menace planant sur le clan Tokugawa. Ils ignoraient tout de la sorcellerie de Dôhaku et des raisons qui avaient poussé Takuan à céder. Ils se fiaient juste aux pouvoirs occultes de leur grand chef et ne doutaient pas de sa victoire.

Sans compter qu'ils n'avaient pas la réponse aux questions.

Aiguillonnés par les cris furieux de leurs compagnons qui se tenaient derrière eux, les trois hommes du premier rang avancèrent d'un pas vif. Devant eux, un rai de lumière courut aussitôt de droite à gauche. Les trois samouraïs en restèrent médusés.

— Les gosses, mettez-vous par là ! jeta l'homme au masque. Tournez-vous, accroupissez-vous et bouchez-vous les oreilles.

Il avait parlé d'une voix douce, mais les deux enfants coururent s'accroupir à l'arrière, saisis d'une horreur instinctive.

Un instant plus tard, les trois samouraïs se balançaient légèrement sur leurs pieds, puis s'effondraient comme un seul homme.

Les deux garçonnets s'étaient bien bouché les oreilles, mais cela ne les empêcha pas d'entendre une succession de rugissements, de chocs de lames se brisant sur le pont, puis les bruits de jets liquides qui s'ensuivirent.

— C'est fini, annonça une voix calme au-dessus de leurs têtes. Mais ne vous retournez pas. Vous arriverez à rentrer seuls, j'imagine ? Une fois au château, vous direz que l'homme au masque de *hannya* s'y rendra demain sans faute.

Les enfants détalèrent tandis que l'individu masqué s'appuyait contre le pont, humant le vent de la nuit printanière. L'odeur du sang était venue se mêler à celle des herbes et de l'eau, mais il n'avait pas l'air de s'en soucier. Il ôta son masque pour respirer à pleins poumons.

Des bruits de pas se firent bientôt entendre dans la direction où les enfants étaient partis.

— Sakura ! O-Tori ! appela-t-il.

Deux silhouettes en tenue de filles de commerçants, la tête couverte d'un foulard, arrivaient en courant, discernables dans l'obscurité.

— Maître Jûbei !

— Que faites-vous ici ? Où est O-Tone ?

Les voix étaient bien celles de Sakura et d'O-Tori.

Les cinq femmes du clan Hori s'étaient relayées pour surveiller le château. La ville regorgeait d'alliés qui leur donnaient asile… Et il avait été convenu que si O-Tone sortait de l'enceinte, elles la guideraient vers un endroit où elle serait en sécurité.

— Nous avons bien vu que c'était elle qui sortait du pont couvert, mais à cheval et dissimulée derrière un masque de *hannya*…

— Et accompagnée de deux enfants…

— Nous avons trouvé cela suspect, même en sachant qu'elle contrefaisait la folie. Que s'est-il passé ?

C'est alors qu'elles se rendirent compte de la présence de plusieurs silhouettes noires gisant dans l'obscurité. Elles se pétrifièrent, saisies d'épouvante.

— Ce sont des hommes d'Akinari, expliqua Jûbei comme si de rien n'était.

— Alors, le groupe de guerriers que nous avons vus tout à l'heure poursuivaient bien O-Tone ? Elle leur servait d'appât ?

Jûbei ne répondit pas.

— Maître Takuan m'a contacté, lança-t-il.

— Vraiment ? Alors ? Que vous dit-il ?

— Il souhaite que je me rende au château, il veut m'entretenir de quelque chose.

— Comment ?

Sakura et O-Tori se regardèrent. Jûbei avait parlé avec détachement, mais cette idée aberrante dépassait l'entendement.

— Vous seul, maître Jûbei ?

— Oui.

— De quoi souhaite-t-il vous parler ?

— Je le saurai sur place.

Le samouraï n'était pas un grand bavard, mais elles trouvaient sa réponse trop simple, trop vague, étant donné la gravité de la situation. Toutes deux avaient l'intuition qu'il cachait quelque chose.

— Et O-Tone, où est-elle ?

— Comme ces hommes la poursuivaient, je l'ai laissée s'enfuir et les distancer.

— Vers Odayama ?

— Non.

Pour une raison qui lui était propre, Jûbei ne précisa pas qu'il avait envoyé la jeune fille au temple Tenneiji. Il détourna son œil unique de leurs regards brillants d'anxiété dans l'obscurité.

— Notre ennemi a flairé qu'O-Kei, O-Shina et O-Sawa nous y attendent. Des renforts pourraient arriver. Partons d'ici, nous discuterons plus tard. En route !

Le groupe se mit en branle le long de la rivière.

3

... *Kikicho, kikicho... hôhokekyo...*

Un rossignol *uguisu*, héraut de la fin de l'hiver, poussait ses trilles mélodieux rappelant des roulements de perles.

Les arbres qui bourgeonnaient désormais dans toute la montagne bruissaient sous la brise de ce matin de printemps.

... Kichokicho, kikicho, hôhokekyo...

Ce chant-ci ne provenait pas de la montagne. Il résonnait près d'O-Sawa. La jeune fille était assise par terre, une cage en bambou où l'*uguisu* s'égosillait posée à côté d'elle.

Cependant, personne n'écoutait son chant. Les cinq femmes assises dans la clairière dévisageaient Jûbei, campé, les bras croisés, au milieu de leur demi-cercle. Il portait par-dessus son kimono une ample et courte veste de chevauchée, le *nobaori*. Le masque de *hannya* reposait par terre près de lui.

— Vous ne pouvez pas y aller seul ! s'insurgea O-Kei, des trémolos dans la voix.

Les cinq femmes n'avaient cessé de lui répéter cela depuis la veille au soir.

— Combien de fois dois-je vous le redire ? Maître Takuan me demande de me rendre au château, affirma Jûbei, crispé. Je dois y aller.

Ils se trouvaient sur une montagne du nom d'Haguroyama, à l'est d'Odayama et au sud-est de Wakamatsu. Il y avait là un vieux sanctuaire shintô appelé Yugamihaguro-jinja. Ils se tenaient dans le bois situé derrière le temple.

Jusque-là, ils s'étaient terrés à Odayama, mais leur cachette avait été éventée la veille au soir devant les deux enfants qui accompagnaient O-Tone et qui avaient été renvoyés au château. Jûbei ayant abattu une dizaine des hommes d'Ashina au pont de Tenjin, il était fort probable qu'une troupe se ruait en masse vers Odayama. Il s'était donc hâté de gagner le flanc est du mont Haguroyama en compagnie d'O-Sawa, d'O-Kei et d'O-Shina, qui avaient attendu à Odayama jusque-là.

— Maître Takuan avait pénétré dans le château dans le but d'en faire sortir Akinari, Kôshichirô et Ginshirô par la ruse... Lorsque tout aurait été prêt, il devait nous faire signe par l'intermédiaire d'O-Tone, qui devait se faire passer pour folle avant de s'évader du château. Nous craignons que ce plan n'ait échoué.

— D'ailleurs, il y a quelque chose de louche dans la façon dont O-Tone est sortie du château...

— Maître Jûbei, où est-elle partie ? demandèrent tour à tour les femmes, ainsi qu'elles l'avaient fait déjà plusieurs dizaines de fois depuis la veille au soir.

— Bah, ça n'a pas d'importance, dit Jûbei, piqué au vif, en détournant les yeux.

Il ne leur avait pas encore parlé du temple Tenneiji où la jeune fille devait se trouver. Les femmes se doutaient qu'il leur dissimulait quelque chose.

En fait, Jûbei brûlait de se rendre à ce temple afin de demander à O-Tone ce qui s'était passé au château, mais les femmes ne le lâchaient pas d'une semelle. S'il faisait mine de partir, elles lui emboîteraient le pas plutôt deux fois qu'une. Or, il était hors de question qu'elles le suivent...

— Jûbei, pourquoi nous cachez-vous la vérité ?

— Quelle vérité ?

— Vous ne voulez pas nous dire où se trouve O-Tone, et quant à la lettre de maître Takuan... montrez-la-nous !

— Je l'ai déchirée ! s'écria-t-il, à bout de patience. Votre confiance aurait-elle des limites ?

— Au contraire ! Mais… si cette lettre était un piège de nos ennemis ?

— Un piège ? C'était bien l'écriture de maître Takuan. Il m'a demandé de venir seul parce qu'il veut que nous ayons une discussion en privé.

— A quel sujet ?

— Il a peut-être une bonne nouvelle à m'annoncer…

— Il ne peut pas y avoir de bonnes nouvelles venant de ce château. Soit cette lettre est un faux, soit il a déposé les armes et a été contraint de la rédiger sous la menace. En tout cas, je suis troublée par le fait qu'il vous fasse venir seul. Ne réclamait-il pas aussi notre présence ?

L'intuition féminine est redoutable…

— Vous n'êtes que des idiotes ! les gronda-t-il avec sévérité. C'était indubitablement l'écriture du maître. Prendrais-je le risque d'aller au château autrement ? Vous voyez Takuan se rendre à l'ennemi et écrire ensuite une lettre où il vendrait ses alliés ? Croyez-vous vraiment qu'il puisse agir de façon aussi insensée ? Vous serez punies rien que pour avoir eu cette idée !

Les femmes se turent.

Jûbei suivit de son œil unique la course du vent, qui traversait le faîte du temple shintô telle une fumée bleue.

Lui non plus ne pouvait s'empêcher d'avoir des doutes.

Que la lettre ait été écrite sous la menace ou pas, là n'était pas le problème. Mais certaines formulations le tarabustaient : ce « j'ai perdu la bataille » ou cette référence à la « situation extrêmement délicate » qui planait sur le clan Tokugawa...

Quelle bataille a-t-il perdue ? songea-t-il. Et en quoi consiste ce péril ?

L'écriture était bien celle de Takuan. Il fallait aller au château, même si la mort s'y trouvait.

D'accord, j'ai confiance en lui au point de me jeter à corps perdu dans la bagarre et de massacrer des vies du moment que c'est lui qui me l'ordonne, mais il y a quand même un truc qui cloche...

Il pensait à la phrase lui demandant justement de faire venir toutes les femmes du clan Hori, en deuxième partie de la lettre.

Devant autant d'incertitudes, il était hors de question que les femmes Hori l'accompagnent. Il fallait donc qu'elles ignorent le contenu du message – raison pour laquelle Jûbei l'avait déchiré aussitôt après l'avoir lu et empêchait tout contact avec O-Tone.

Ces renardes perspicaces avaient trouvé cela suspect. Depuis la veille au soir, elles n'arrêtaient pas de le harceler, quand elles ne le scrutaient pas pour deviner ses pensées. Il n'en pouvait plus.

Et Jûbei était de nature à exploser lorsqu'il en avait assez.

– Bon, j'y vais !

Il s'apprêtait à ramasser son masque de *hannya*

lorsqu'il se rendit compte des cinq regards tout à la fois désespérés et attendrissants fixés sur lui.

— Ne vous inquiétez pas, je ne vous trahirai pas. Je vais nous débarrasser d'Akinari, Kôshichirô et Ginshirô... Enfin, je veux dire que je vais vous les garder de côté pour que vous leur régliez leur compte vous-mêmes, comme vous en avez exprimé le souhait. Il ne vous reste plus qu'à attendre la bonne nouvelle ! lança-t-il avant de s'élancer.

C'est alors qu'O-Sawa l'arrêta, comme cramponnée à un fil invisible.

— Attendez, messire Jûbei.

— Quoi encore ?

— C'est entendu, nous renonçons à vous en empêcher : vous irez de toute façon, malgré tous nos efforts. Mais nous voudrions quand même vous demander quelque chose...

— Dites-moi.

— Emmenez cet *uguisu* avec vous.

Tchi, tchi, tchi, tchi, kouou, trilla le rossignol.

Déconcerté, Jûbei jeta un coup d'œil à la cage en bambou posée près d'O-Sawa.

4

Une famille de fermiers avait offert cet oiseau aux jeunes femmes pendant l'hiver. Depuis, il ne les avait plus quittées. Elles avaient eu beau passer d'une cachette à l'autre et combattre à corps perdu les guerriers d'Ashina, elles n'avaient jamais abandonné le rossignol.

Elles paillaient sa cage, l'enveloppaient dans du coton, dormaient la nuit en la serrant dans leurs bras. Elles faisaient griller du riz complet ou du sucre, qu'elles passaient ensuite à la meule en pierre avant d'y mélanger des feuilles vertes pour le nourrir.

Elles n'avaient pas ménagé leur peine. Parfois, il était arrivé que leurs sept visages entourent la cage afin d'écouter le chant délicieux. En ces instants-là, de faibles sourires, pareils à des rayons de soleil, illuminaient le regard de ces femmes qui consacraient tout leur temps à la vengeance. Elles aussi, on aurait dit sept rossignols, et Jûbei s'en était ému chaque fois, se faisant la réflexion qu'elles étaient tout de même des femmes...

C'était cet *uguisu* qu'elles lui demandaient d'emporter avec lui.

— Que voulez-vous que j'en fasse ?

— S'il revient, nous saurons que vous êtes sain et sauf et que tout s'est bien terminé.

Jûbei soupesa cette affirmation. Non parce qu'il se sentait concerné, mais plutôt par curiosité ornithologique, il demanda, l'œil rond :

— Ah bon ? Parce que si j'ouvre la cage, il vous rejoindra ?

— Non, quand même pas...

O-Sawa secoua la tête, puis elle sortit un bout de tissu rouge pâle, qu'elle déplia. C'était une gaze de soie de trois ou quatre mètres de long. Elle la déchira en fines lanières.

— J'attacherai un petit morceau de tissu à l'une de ses pattes. C'est très léger, il n'aura aucun mal à s'envoler. Et avec ce long morceau de ruban…

— Vous le reconnaîtrez au milieu des autres, d'accord, mais le monde est grand…

— Une fois au château, vous en découvrirez plus avant la fin de la journée. Pendant ce temps-là, nous resterons cachées tout autour de la muraille et nous guetterons le ciel au-dessus du château. Nous demanderons aussi aux enfants des commerçants de le faire. Si les nouvelles sont bonnes, libérez ce rossignol. Nous saurons le retrouver.

— Et si vous ne le voyez pas s'envoler ?

— Nous sauvons que les nouvelles ne sont pas bonnes.

— Que ferez-vous, dans ce cas ?

Les femmes se regardèrent sans mot dire.

Pas question de les amener avec moi, surtout si je dois tomber dans un guêpier. Bah, je n'aurai qu'à relâcher l'oiseau, quoi qu'il arrive, décida Jûbei.

— Bon, alors, je devrai me présenter avec cette cage au château, si je comprends bien ?

— C'est justement à ça que j'étais en train de réfléchir… dit O-Kei. Non, ce n'est pas une bonne idée. Si les ennemis vous la confisquent, ça n'aura servi à rien.

Les femmes sont d'une perspicacité épouvantable.

— Voilà ce que je vous suggère… Donnez-moi votre chapeau.

Jûbei le lui tendit. O-Kei se leva et s'éloigna, pour

revenir avec une brindille de la taille d'une baguette, ramassée tout près.

Qu'avait-elle l'intention d'en faire ? Elle la fourra de biais au fond du chapeau avant d'en fixer les deux extrémités à l'aide d'un fil.

— Donnez-moi l'oiseau.

Sortant le rossignol de sa cage, elle lui noua à la patte le morceau de tissu puis fixa son autre patte à la brindille avec un bout de fil. Elle le fit se poser sur ce perchoir improvisé, autour duquel elle entortilla le ruban. Lorsqu'elle reposa le chapeau sur l'herbe, on ne distinguait plus le rossignol.

Aussitôt, un gazouillis s'échappa du chapeau :

… Hô… hokekyo…

— Un samouraï oiseleur ! s'esclaffa Jûbei. Il cravache vers le château sur son fier destrier, coiffé d'un casque qui chante ! C'est la première fois que je pars me battre dans une tenue aussi raffinée.

Il enfila son masque de *hannya*, souleva avec douceur le chapeau, ce qui n'était pas dans ses habitudes, puis le posa sur sa tête de manière à laisser ses aises à l'oiseau.

Son œil unique avait disparu derrière le masque, lui-même dissimulé sous le profond chapeau. Quand il se leva, la lumière bleue du soleil printanier que laissaient filtrer les arbres vint jouer sur son couvre-chef.

Cependant, impossible de cacher le chant du rossignol qui piaillait, surpris de ce traitement. Jûbei avança de cinq pas, puis de dix.

Tchatch tchatch tcha, tchiii… hôhokekyo !

— Bon, au revoir ! jeta-t-il d'un ton enjoué.

Le chant de l'oiseau se mêlait à sa voix. Cette scène avait quelque chose de comique. Les cinq femmes sourirent d'abord malgré elles, puis reprirent aussitôt leur sérieux avant de s'élancer à la suite de Jûbei.

Jûbei longea le sanctuaire du temple shintô puis descendit le sentier de montagne recouvert de mousse verte, jusqu'à la porte des *Niô*. Les deux géants en bois écaillé, installés de chaque côté de l'entrée principale, mesuraient environ sept mètres. Impossible de dire à quelle époque ils avaient été sculptés.

— Hé ! Ça suffit, s'agaça-t-il en se retournant.

— D'accord, on s'éloigne un peu.

— Mais nous vous escorterons discrètement jusqu'au château, pour avoir l'œil sur le rossignol.

Ah, zut ! Jûbei claqua la langue, agacé. Il avait eu l'intention de s'arrêter au temple Tenneiji, à l'entrée de Higashiyama, pour interroger la messagère qui venait du château.

Sauf que les cinq femmes le talonnaient. Elles venaient de s'arrêter devant la porte des *Niô* mais ne le quittaient pas des yeux.

Jûbei finit par parvenir devant le Tenneiji. Il s'apprêtait à entrer lorsqu'il repéra les donzelles qui le suivaient de très loin, entre des arbres. Il dépassa le temple d'un pas rapide.

Tant pis, de toute façon je dois aller croiser le fer au château. Je ne peux m'en remettre qu'à mon fidèle sabre, quoi qu'il arrive…

— Je compte sur toi, mon *Miike Tenta*, dit-il en en frappant la poignée.

A ce moment, le rossignol se remit à chanter.

— Sur toi aussi, murmura Jûbei. Si tout va bien, tu prendras ton envol. J'espère que ce sera le cas. Sinon, ces femmes vont…

Il se tut soudain.

Sinon, elles vont attaquer…

Il frissonna à cette pensée.

Tu te fais trop de soucis, Jûbei. Ça ne te ressemble pas ! Bah, tu ne peux plus reculer, de toute manière.

Il tapa du pied par terre, puis, inclinant son chapeau en avant, il accéléra le pas. Le vent du printemps balaya le sol sous ses sandales de corde, envoyant voler de la poussière derrière lui.

Le sabre solitaire prit vers le nord – vers le château Tsurugajô.

5

Il était midi.

Une silhouette coiffée d'un ample chapeau se tenait devant les portes du château.

Elle portait une lance. Où l'avait-elle ramassée ? Une lance cassée qui n'avait plus de pointe. Un fantassin avait dû l'abandonner. La silhouette la retourna pour cogner doucement le battant à l'aide du pommeau en fer.

Dong…

Entre leurs montants de fer, les portes renforcées de métal tintèrent telle une cloche.

Surpris, des gardes s'élancèrent au-dehors par la petite porte qui flanquait l'entrée principale. Leur étonnement se dissipa lorsqu'ils crurent reconnaître un *bushi*.

— Ah, te voilà ! s'écrièrent-ils, le prenant d'abord pour l'un de leurs acolytes partis la veille au soir poursuivre cette folle d'O-Tone.

On savait déjà qu'ils avaient été trucidés au pont de Tenjin, ce qui avait ébranlé tout le château. Mais trois ou quatre d'entre eux n'avaient pas été retrouvés. L'un des cadavres étant resté accroché au pilier du pont, il se pouvait que leurs corps aient été emportés par le courant… Néanmoins, à voir ce *bushi* devant eux, le premier réflexe des portiers fut de se dire que l'un des leurs était rentré.

Rien de plus naturel. Qui aurait pu imaginer qu'il n'était pas de leur clan ?

Les portes principales ne donnaient pas directement sur l'extérieur du château. Avant de les atteindre, il fallait passer l'*obiguruwa*, une petite enceinte oblongue qui flanquait l'enceinte principale, traverser les douves ainsi que plusieurs autres passages.

Comment cet individu avait-il franchi tout cela ? Etait-il donc tombé du ciel ? La troupe avait été avertie que l'homme au masque de *hannya* arriverait le jour même avant le coucher du soleil. Chacun au château était prévenu ; la vigilance était à son maximum… Alors, par quelle magie leur ennemi aurait-il pu se matérialiser à cet endroit ?

— Maître Takuan est-il là ? s'enquit le nouvel arrivant d'un ton calme.

Ils restèrent médusés.

— Oui, mais…

— C'est l'homme au masque de *hannya* !

Les gardes ne prirent pas la peine de l'écouter jusqu'au bout. Poussant des cris soudains, ils s'enfuirent d'un seul mouvement par la petite porte, qu'ils refermèrent soigneusement derrière eux.

Tandis que leurs exclamations et leur course désordonnée s'atténuaient au loin, un bruit étrange, tel celui d'une tempête, se mit à balayer l'enceinte principale.

L'homme au masque devait l'avoir entendu, lui aussi. Pourtant, il jeta la lance cassée avant de descendre les marches de pierre et se planter là, immobile, son vêtement s'agitant dans le vent printanier.

Ça, pour être hardi, il était hardi. Téméraire, même – non, extravagant, plutôt.

Le sabre solitaire avait beau disposer de dons innés au combat, que comptait-il faire en s'infiltrant seul dans cette forteresse ? Se croyait-il dans une vulgaire école d'arts martiaux où il aurait pu s'amuser à défier des adversaires en combat singulier les uns après les autres ?…

Cependant, la porte s'entrebâillait déjà.

X
L'AUDIENCE DE JÛBEI

1

Le battant en acier s'ouvrit peu à peu.

L'entrée était exposée au nord. A mesure que la porte s'ouvrait, le vent du sud en sortait.

Le visage giflé par les bourrasques, l'homme au masque de *hannya* demeura immobile, tête légèrement baissée, comme plongé dans ses pensées.

A quoi songeait-il ?

Jûbei n'était au courant de rien. Certes, il avait lu et cru la lettre de Takuan. C'était d'ailleurs ce qui l'amenait. Mais il avait des soupçons depuis le début. Et il les avait encore devant cette porte qui s'ouvrait : qu'avait-il bien pu se passer au château ? Qu'était-il arrivé à Takuan ?

Ce qui l'amenait, c'était surtout qu'il ne savait rien.

Qui ignore tout de rien ne doute : le plus fort est celui qui ne connaît pas la vérité. De fait, cette devise s'appliquait parfaitement à Jûbei dans ce cas précis.

Qui aurait pu imaginer qu'au comble de la souffrance, un maître zen d'une vaillance sans égale tel que Takuan pouvait perdre la raison ? Qu'il faisait face à une situation à ce point critique et inextricable qu'elle le forçait à trahir ? Jûbei ne détenait aucun élément dans ce sens, bien entendu. Et, la veille au soir, il avait abattu tranquillement une dizaine des hommes d'Ashina. Et, sans tenir compte des conditions posées par son ennemi, il arrivait seul afin de protéger les femmes Hori.

Ashina Dôhaku, le surhomme maléfique décrit par Takuan, Ginshirô et Kôshichirô – dont l'adresse au sabre avait parfois donné des sueurs froides à Jûbei – ainsi que les nombreux guerriers présents dans ce château, tous devaient se tenir prêts. Ils auraient des sabres, des lances, des arcs, des flèches, voire des mousquets pour l'abattre.

Face à tous ces guerriers, Jûbei avait-il encore confiance en sa maîtrise du sabre ? Si on lui avait posé cette question, il aurait répondu en souriant que non.

Car c'était la vérité.

Tout ce qu'il possédait, c'était son sens ardent de la justice – celle due aux sept femmes qui osaient défier un tel clan pour venger la mort de leurs parents –, ainsi qu'une rancune insondable et une volonté inébranlable de lutter contre les agissements inhumains de leur ennemi.

La porte d'acier s'ouvrit complètement.

Au brouhaha qui régnait un instant plus tôt avait succédé un silence étrange, comme si tout le monde avait disparu, sauf qu'ils ne pouvaient tout de même pas avoir tous déserté les lieux. Non, bien au contraire... A travers son chapeau tressé, Jûbei distingua d'innombrables reflets de sabres et de lances scintillant comme du givre.

... *Hôhokekyo*, chanta doucement un certain rossignol.

L'homme au masque de *hannya* gravit d'un bon pas l'escalier de pierre et se campa en contrebas de la porte d'acier.

Le masque entra.

Devant lui, quel spectacle ! Autour du jardin, sous les arbres et les tourelles, au pied des murailles et des murs de pierre : une vague dressée de sabres, de lances, d'arcs et de flèches. Tous ces hommes n'appartenaient pas au clan Ashina. La plupart devaient être des vassaux ancestraux du clan Katô qui suivaient leur daimyô depuis l'époque du fief d'Iyo. Malgré leur ressentiment envers les hommes d'Ashina qui accaparaient les postes stratégiques et les menaient à la baguette, tous braquaient simultanément leurs lames sur l'ennemi infiltré dans le château, puisque l'occasion se présentait de se battre.

Rien ne bougeait hormis, de droite et de gauche, les filets de fumée qui commençaient à s'élever sur la partie supérieure des remparts : on avait allumé les mèches des arquebuses. Les silhouettes aux armes étincelantes demeuraient totalement figées, telles des statues guerrières.

Bien qu'ayant percé à jour cet individu entré, l'air de rien, dans cette forteresse inexpugnable, ils ne pouvaient se résoudre à bouger. Ils n'en croyaient pas leurs yeux. Ils se disaient qu'il devait s'agir d'un fantôme créé par une bouffée de chaleur du printemps.

L'homme au masque de *hannya* était le seul à marcher. Dix pas, vingt... Le rossignol se remit à chanter.

Quelqu'un agita alors la main, comme tiré de son rêve : Ginshirô, qui se tenait juste au-dessous du donjon. Les portiers, qui regardaient, les yeux dans le vague, s'éloigner l'homme au masque de *hannya*, s'élancèrent pour refermer la porte encore ouverte.

Tout le château semblait bouillonner dans un fracas de volcan prêt à entrer en éruption, quand la voix de Ginshirô décocha la première salve :

— Ote ton chapeau, l'homme au masque !

Le visiteur continua d'avancer sans rien changer à son allure. Le vent du printemps faisait voler les manches de sa veste. Quelle audace ! Il avait croisé les bras à l'intérieur sans les enfiler !

— Insolent ! s'écria Ginshirô. Tu es devant ton seigneur. Ote ce couvre-chef !

Mais l'homme, indifférent, ne se donna pas cette peine. Sa nonchalance et sa hardiesse faisaient froid dans le dos, car tous les samouraïs du château connaissaient la virulence de Ginshirô. Ceux qui s'apprêtaient à bondir se figèrent de nouveau.

Le vent soufflait toujours, lourd de menaces. Le masque se dirigea vers le perron menant au donjon. Ginshirô et Kôshichirô se tenaient en bas ; quatre à cinq marches au-dessus, c'étaient Dôhaku et Takuan, puis, tout à fait en haut, devant la porte ouvrant sur la tour, Akinari, en compagnie d'O-Yura. Sans la présence de Takuan, on aurait dit un repaire de démons.

— C'est la première fois que je vois ce fameux homme au masque de *hannya*. Il a beau être notre ennemi... il est fabuleux, n'est-ce pas ? s'extasia O-Yura en le regardant. Quelle bravoure de se risquer seul dans un nid de samouraïs ! On dirait même que ce sont eux qui semblent sur le point de tourner de l'œil !

2

— Même moi, sa vue m'enivre !

O-Yura tourna la tête vers Akinari avec une expression espiègle, puis elle fronça les sourcils.

Des centaines de personnes qui se trouvaient alentour, la plus pâle n'était autre que son seigneur. Comme en plein cauchemar, il contemplait, les yeux vitreux, l'homme qui s'approchait.

— Dô... Dôhaku ! Empêche-le de venir plus près ! finit-il par s'écrier, n'y tenant plus.

— Toi, l'homme au masque de *hannya* ! tonna enfin Dôhaku.

Sa voix seule aurait suffi à faire frémir le plus courageux, pourtant son ennemi continuait d'avancer, imperturbable.

— Tu as donc désobéi ? Où sont les femmes du clan Hori ?

Ce fut Takuan qui réagit, comme s'il venait de recevoir un coup de fouet. Jusque-là, il avait fixé, les larmes aux yeux, cette silhouette solitaire fendant le flot des centaines de sabres et de lances qui se bousculaient dans l'enceinte du château. Il se reprit et descendit l'escalier de pierre quatre à quatre.

— Hé ! L'homme au masque !

Pour la première fois, la silhouette coiffée du *fukaami-gasa* s'arrêta net, à quelques mètres du bas des marches.

— Que s'est-il passé, vieux maître ? demanda-t-elle d'une voix sombre.

Takuan serra les poings, les traits convulsés.

— Tout est fini ! Accepte de mourir, je t'en supplie !

— J'y suis préparé puisque me voici… Mais que s'est-il passé ?

— Nous avons perdu la bataille. L'inconcevable est arrivé. Ecoute bien… Ashina Dôhaku que tu vois là et le grand maître Tenkai, du temple Kan'eiji d'Edo, sont frères jumeaux.

— Je vois, répondit Jûbei en soulevant légèrement son *fukaami-gasa* pour regarder le haut de l'escalier.

— Et pas des jumeaux ordinaires. Nés le même jour, ils mourront le même jour. Qui tue Dôhaku tue aussi Tenkai. Ce n'est pas un mensonge, crois-moi. J'en ai eu la démonstration... Nous ne pouvons gagner cette bataille sans tuer Dôhaku, or il n'est pas question de faire perdre la vie au grand maître Tenkai. De plus, il s'apprête à célébrer le *kechimyaku* du shôgun. Puisque notre ennemi tient le grand maître, il ne nous reste plus qu'à lâcher nos sabres... M'écoutes-tu ? As-tu compris ce que je viens de te dire ?

Jûbei resta figé, son ombre planant sur le sol.

La voix de Takuan vira au hurlement :

— Je comprends très bien pourquoi tu as abandonné les femmes du clan Hori pour venir seul ! Mais si je t'ai demandé de venir avec elles dans ce lieu funeste, c'était après mûre réflexion ! Face aux enjeux cruciaux dont je viens de te faire part, l'obstination, l'honneur et le sens de la justice ne comptent guère plus que poussière au vent.

Sous son masque, Jûbei resta coi. L'expression de Takuan était teintée d'impatience et de crainte.

— Je comprends la rancune des femmes Hori ! poursuivit le vieux moine. C'est d'ailleurs pour cette raison que toi et moi les avons accompagnées jusqu'à Aizu... Mais cette vengeance est une affaire strictement personnelle. Il s'agit de leur combat, pas du nôtre. Il est hors de question d'y sacrifier le grand maître Tenkai... Réfléchis bien, reprit-il après un silence. Je t'en supplie, fais venir ces femmes comme promis, et meurs avec elles ! Oh, je ne te demande pas de te sacrifier les bras croisés. Si tu les amènes, je me débrouillerai pour que tu puisses leur prêter main-forte et combattre à la loyale Kôshichirô et Ginshirô qui sont ici. Le sang illustre des Ashina coule dans leurs veines, ils t'accorderont bien cette petite faveur. J'y veillerai, je te l'assure…

Un nouveau silence.

— Mais que tu les tues tous les deux ou pas, les femmes Hori connaîtront la mort. Et toi aussi, même si, au fond, tu ne les as aidées que par simple sens de la justice. Tu es mêlé de trop près à cette affaire, tu ne pourras pas ressortir vivant de ce château. Quand j'y pense, mon cœur se déchire, mais au moins auras-tu vaincu les deux derniers membres des Sept Lances d'Aizu. Tu fermeras les yeux pour la dernière fois, le sourire aux lèvres, en te disant que tu auras au moins réussi à les venger…

— C'est hors de question, jeta abruptement Jûbei. Peu m'importe de mourir, mais je ne laisserai pas ces femmes subir le même sort.

— Quoi ? Tu ne veux pas me croire ? Si tu refuses de te sacrifier, il arrivera malheur au grand maître Tenkai.

— Ça ne me dérange pas, répliqua avec froideur le samouraï masqué. Tant pis si Tenkai meurt.

Takuan, suffoqué, resta d'abord muet. Puis il lâcha :

— Mais c'est le principal pilier du clan Tokugawa !

— Vieux maître, auriez-vous perdu la tête ? railla son interlocuteur. Trouvez-vous vraiment que cette vengeance soit un combat strictement personnel ?

Pas moi. A partir du moment où il s'agit de punir les très graves méfaits qui ont tant ému le peuple à Edo, cela n'a plus rien de personnel. Les gens d'Aizu eux-mêmes guettent avec attention la punition du Ciel. Il serait cruel de ne pas en tenir compte et de courir inutilement à notre mort. Refuser d'exaucer les désirs du peuple reviendrait à affirmer qu'il n'y a pas de soleil dans le ciel ni d'humanité sur cette terre…

— Tu ne cours pas inutilement à ta fin. Voyons, je te dis que j'ai passé un marché : tu pourras te battre loyalement contre Kôshichirô et Ginshirô.

— J'ai du mal à le croire. Il n'y a qu'à voir ce branle-bas de combat, d'ailleurs. Ils n'étaient pas censés savoir que je viendrais seul aujourd'hui. S'ils ont mobilisé cette armée, c'est qu'ils croyaient que je viendrais avec les femmes du clan Hori. Sinon, pourquoi tous ces arcs et ces flèches ? Pourquoi ces arquebuses ? Depuis l'épisode du Tôkeiji, leur lâcheté, leur cruauté et leur mauvaise foi indignes sont légendaires ! Il est donc hors de question que je laisse torturer ces femmes à mort sous mes yeux.

Sa voix rauque avait porté jusque dans le moindre recoin de la place. Les samouraïs du château s'apprêtaient à commenter ses propos quand son éclat de rire viril s'éleva.

— A quoi servent le code d'honneur des samouraïs et l'enseignement du Bouddha, si on reste les bras croisés et qu'on laisse mourir ces femmes ? A quoi bon préserver le clan Tokugawa si cela va à l'encontre du *bushidô* ? A quoi sert Tenkai sans le *dharma* ? Si ces femmes innocentes doivent survivre au prix de la mort du grand maître et de la disparition du clan Tokugawa, eh bien, qu'il en soit ainsi. Votre enseignement n'allait-il pas dans ce sens, d'habitude ?

Vlan ! Une réplique mordante, cinglante, grinçante.

Le château tout entier émit un râle de surprise devant tant d'audace. Quant à Takuan, il resta bouche bée face à l'homme au masque de furie.

... *Hô hokekyo*, chantait quelque part un rossignol.

Takuan retrouva l'usage de la parole.

— Je pensais bien que tu me ferais cette réponse, dit-il avec un rire surprenant. Au fond, je crois que je m'y attendais. Mais comprends-moi : je ne pouvais agir autrement...

Sur quoi il tourna la tête vers Dôhaku, toujours sur l'escalier.

— Vous l'avez entendu, Dôhaku... Je suis impuissant. Je ne vois pas comment traiter avec un homme qui estime que le clan Tokugawa peut périr.

— Feu ! s'écria Akinari d'une voix cassée qui faisait penser aux cordes brisées d'un instrument de musique.

Sur les remparts, au loin, les arquebuses se braquèrent toutes ensemble vers l'homme au masque de *hannya*.

— Pardon ! lança ce dernier.

Dans le même temps, il venait de bondir pour prendre Takuan dans ses bras et se faire un rempart de son corps.

— Tirez donc, si vous l'osez ! Vous nous transformerez tous les deux en passoires, vous ne saurez jamais où se trouvent les femmes Hori, et l'une d'elles se précipitera à Edo pour dénoncer le clan Katô qui aura fusillé le maître de sagesse du shôgun !

3

— Un instant, ne tirez pas ! s'écria Dôhaku.

Cette fois, il avait perdu toute sa superbe.

Eliminer Takuan n'était pas dans ses intentions. Il ne fallait surtout pas tuer le vieux bonze. Ce dernier devait rentrer seul à Edo, à jamais prisonnier de sa sorcellerie. Il n'avait certes pas prévu que son otage devienne celui de la *hannya*...

— Ne tirez pas, répéta Dôhaku en fixant l'homme au masque.

Il le découvrait plus hardi et plus intraitable qu'il ne le croyait.

— Tu refuses donc d'affronter Kôshichirô et Ginshirô, toi, le célèbre homme au masque de démone ?

L'intrus fit tourner son chapeau pour considérer sans rien dire les deux samouraïs, campés l'un devant et l'autre derrière lui.

— Ça m'embête un peu, reconnut-il avec un sourire narquois, mais j'ai promis aux femmes du clan Hori qu'elles auraient l'occasion de les démolir un de ces jours. Et rien qu'à l'idée de la scène qu'elles me feraient si je manquais à ma parole...

— Grrr !

Kôshichirô venait de gronder de colère.

Un éclair blanc naquit à hauteur de ses hanches, étincela à droite de sa tête. Lorsque son bras unique s'immobilisa, on s'aperçut qu'il avait dégainé son grand sabre. L'instant d'après, la branche de magnolia qui s'étirait au-dessus de lui tomba, tranchée net. Plusieurs larges fleurs violettes s'y épanouissaient.

— Mais bon, puisque vous avez l'air d'insister, je veux bien faire un effort, murmura l'homme au masque. Mais vous m'êtes témoin, maître zen, je suis contraint d'accepter au vu des circonstances, n'est-ce pas. Je compte sur vous pour plaider la clémence auprès des femmes du clan Hori, après ça...

— Hé, l'homme au masque ! Tu ne crois quand même pas que tu vas ressortir vivant du château avec le maître ? ricana Ginshirô.

Le masque ne répliqua pas. Il leva calmement les yeux vers Dôhaku.

— Pourrai-je partir, si je l'emporte ?

Sur le moment, celui-ci ne sut que répondre.

— Dites-lui oui ! hurla Kôshichirô.

Puis, à Ginshirô, d'une voix dure :

— Toi, ne t'en mêle pas, laisse-moi faire !

— Ah non alors, pas question !

— Je tiens à l'affronter moi-même. J'ai toujours trouvé étrange que maître Dôhaku nous interdise de nous attaquer à lui. Si tu veux te battre contre lui, tu passeras après moi.

— Comment ça ?

Kôshichirô voulait-il dire, après que lui-même aurait été vaincu ?

Kôshichirô laissa pendre son sabre, pour piquer habilement une branche de magnolia tombée par terre et la projeter en l'air. Lorsqu'elle arriva à hauteur de sa tête, il la saisit au vol entre ses dents.

Avant de tuer quelqu'un, s'il y avait des fleurs à sa portée, il en cueillait toujours une au passage. Ce geste était une véritable cérémonie pour ce sinistre démon du sabre. Et généralement, il avait valeur de funeste prédiction pour ceux qui lui faisaient face.

— Très bien, trancha Dôhaku depuis le haut des marches. Laisse-le combattre seul.

Le centenaire paraissait fort intéressé, comme s'il doutait de l'issue du combat. Une curiosité glacée animait son regard.

— Pousse-toi, Ginshirô.

— Eloignez-vous aussi, maître zen, intima l'homme masqué en écartant Takuan avec ménagement.

Le vieux bonze acquiesça, puis recula d'un pas mal assuré. On lisait dans ses yeux qu'il était tout aussi curieux que Dôhaku de ce qui allait se passer.

— Il n'est maître si parfait qui n'ait parfois à apprendre de son disciple, comme dit le proverbe, marmonna Takuan.

La mine réjouie de Takuan avait tout de même de quoi surprendre, à croire qu'il avait complètement oublié ses angoisses de tout à l'heure. Se sentait-il plus serein maintenant que Jûbei l'avait mis devant le fait accompli ? Sans compter que la perspective d'une défaite totale avait cédé la place à celle d'un duel entre Jûbei et Kôshichirô... Et puis, le vieux moine s'était intéressé de près à la technique du sabre, jadis.

Lorsqu'il se retourna, une lumière limpide brillait dans son regard, indifférente à l'issue du combat.

— Découvre-toi, brailla Ginshirô dans le dos de son adversaire.

— Ah oui, c'est vrai.

Jûbei posa la main sur la ficelle de son *fukaami-gasa*. Il l'ôta posément, à croire qu'il ne voyait pas le sabre qui brillait déjà dans la main de Kôshichirô, campé à près de cinq mètres devant lui.

Il souleva le chapeau. Tout le monde le scruta. Qui était-il ?

Le masque de *hannya* apparut.

Rien que de prévisible, pourtant Ginshirô perdit son sang-froid.

— Tu te moques de nous ou quoi ? Montre ton visage !

— Quand je serai mort ! jeta son adversaire d'un ton rigolard. Et comme j'ai l'intention de repartir avec le maître zen, tu comprendras que je ne tienne pas à me démasquer pour l'instant.

Ginshirô, qui s'apprêtait à se récrier de plus belle, fut interrompu par une jolie voix inattendue en provenance du sol : *Hô... hokekyo...*

Le rossignol du chapeau.

Dans le couvre-chef posé par terre à l'envers, on distinguait un *uguisu* perché sur une brindille.

— Qu'est-ce que ça signifie ?

Sur le moment, tous les regards furent attirés par Jûbei plutôt que par le rossignol, car il dégainait le sabre qu'il portait à la hanche.

Deux guerriers se tenaient face à face en silence sous le soleil printanier, lame pointée devant eux. Au bout de chacune, le nez de l'adversaire. Les sabres étaient figés.

Un nuage au-dessus du donjon se dissipa soudain comme de la neige fondue.

A cet instant, le sabreur masqué abaissa sa lame. L'assistance retint son souffle. Sa lame pivota et partit à l'horizontale, allant trancher de la pointe quelque chose dans le *fukaami-gasa*. Quelle audace !

Kekyo, kekyo, hô... Le rossignol battit des ailes et s'envola. A mesure que ses ailes vert olive dessinaient une diagonale vers le ciel, s'élevait aussi le ruban de soie rougeâtre attaché à sa patte, où l'on distinguait de fines effilochures.

Selon le code convenu avec les jeunes femmes du clan Hori, le retour du rossignol signifierait que les nouvelles étaient bonnes. Soit Jûbei criait victoire avant même de connaître l'issue du combat, soit il pensait que c'en était fini de lui mais refusait de les inquiéter...

De son bras unique, Kôshichirô souleva son sabre. Les fleurs de magnolia tombèrent quand il s'élança lestement en avant comme s'il glissait sur le sol.

C'était bien la première fois qu'il perdait son ornement fétiche avant le combat... Et, à vrai dire, le mouvement de ses pieds comme glissant vers son adversaire faisait plus penser à celui d'un pantin mû par quelques ficelles qu'à un acte de volonté. Certes une immense ardeur se lisait sur ses traits. Mais cette ardeur suffirait-elle à lui assurer la victoire ? Ou était-elle le fil par lequel son adversaire le manœuvrait ?

Kiki... Quand il ne resta plus que deux mètres entre les combattants, ce cri étrange jaillit dans les airs.

Un peu plus tôt, Ginshirô avait été surpris par l'envol du rossignol. Un *uguisu* qui s'envolait en traînant derrière lui un ruban rouge pâle – qu'est-ce que ça pouvait bien signifier ?

L'oiseau était sur le point de disparaître lorsqu'une lueur pareille à une étoile filante surgit du bras du samouraï et monta dans le ciel à toute vitesse : son poignard, qui fila transpercer le rossignol.

Le rouge qui s'écoula du bleu du ciel, était-ce le ruban ou du sang ?

A cet instant, le sabreur masqué se troubla. Il tourna la tête vers le cri. Il n'eut pas le temps de parer la pointe du sabre de Kôshichirô, qui fondait violemment sur lui.

Il tenta de s'écarter d'un bond, mais trop tard : le coup de sabre de Kôshichirô parut le trancher en deux.

En réalité, seul le masque de *hannya* se rompit et s'écarta de son visage dans un bruit sec.

Le masque tombé, l'ennemi montra enfin son vrai visage.

— Oh !

Des cris stupéfaits fusèrent de l'assemblée. Jûbei avait déjà reculé à au moins cinq mètres de la pointe du sabre de Kôshichirô, exposant son sourire amer au vent du printemps.

— Ah, joli coup…

Parlait-il de la lame de son adversaire qui venait de le délester de son masque, ou du poignard de Ginshirô qui avait transpercé le rossignol dont le cadavre gisait maintenant à ses pieds ?

Kôshichirô et Ginshirô restèrent interdits quelques secondes. Eux qui s'étaient toujours demandé qui se cachait derrière ce masque, ils résolvaient enfin cette énigme.

A bien y regarder, l'œil droit était clos, comme cousu…

Cette vision leur rappela un personnage à faire froid dans le dos. Un enfant prodige, un borgne qui n'avait pas son pareil à Edo en matière de sabre…

— … Yagyû Jûbei ! s'écrièrent-ils.

Leur adversaire leva la tête vers Akinari et Dôhaku, puis leur sourit.

— Bien vu. C'est un honneur de vous rencontrer.

4

Si tous les guerriers du château restèrent bouche bée, c'est que le moindre des samouraïs d'Aizu, jusqu'au plus péquenaud, connaissait le renom du maître de sabre.

Kôshichirô et Ginshirô étaient pétrifiés eux aussi.

— Ah, c'était donc lui, finit par murmurer le premier, le souffle court.

— Je comprends maintenant !

Ils geignirent comme si une flèche leur avait transpercé la poitrine.

Ginshirô saisissait maintenant pourquoi leur ennemi faisait preuve de cette maîtrise sans égale. Il poussa un soupir dépité, les mâchoires serrées : pourquoi n'y avaient-ils pas pensé plus tôt, sachant que Takuan avait des liens solides avec lui ? Toujours est-il que cette idée ne leur avait même pas effleuré l'esprit.

A leur décharge, disons qu'il y avait une explication au fait qu'ils n'aient jamais pensé à Yagyû Jûbei. Selon la rumeur, Jûbei s'était attiré la disgrâce du shôgun – ou était-ce de son père, Tajima-no-kami ? – à cause de son caractère exubérant et de ses frasques, et aurait regagné le fief familial depuis quelques années. D'autres prétendaient qu'il menait une vie vagabonde dans l'ouest du pays. Quoi qu'il en soit, cela faisait longtemps que son nom n'avait plus été prononcé à Edo.

Toutefois, une lueur mystérieuse et indescriptible brilla dans le regard des deux guerriers.

— Alors, on continue, les gars ? demanda Jûbei.

— Oh, ça oui ! s'écrièrent-ils.

La pointe du sabre de Kôshichirô se souleva

brutalement, tandis que Ginshirô plongeait la main dans son kimono.

— Attendez !

Dôhaku venait de bondir en poussant un cri terrible. Sautant d'une hauteur d'une dizaine de marches, le vieillard avait atterri tel un rapace près de Jûbei.

— Attends ! lui ordonna-t-il en tendant vers lui son visage couvert de barbe. Hum... tu es donc ce fameux Yagyû Jûbei dont j'ai tant entendu parler ?

— Tu as entendu parler de moi ? Quel honneur !

— Ton père sait-il que tu es l'éminence grise des femmes du clan Hori et que tu t'opposes au fief d'Aizu ?

— Non, j'agis à ma guise... Je me suis mal conduit, ce n'était pas la première fois, et mon père m'a déshérité. *Rônin* jusqu'à l'os je suis, et non moins fauché, si ça peut te rassurer.

— Est-ce vrai, maître Takuan ? s'enquit Dôhaku.

Takuan acquiesça. Son expression était redevenue sombre.

— Pourquoi me posez-vous cette question, Dôhaku ?

— C'est moi que Jûbei va affronter.

— Jamais de la vie ! rétorquèrent le vieux bonze, Kôshichirô et Ginshirô dans un même cri.

Les deux samouraïs avaient blêmi. Ils s'approchèrent en courant de Dôhaku.

— Maître ! Est-ce que vous insinuez que nous n'arriverions pas à le battre ?

— Oui, c'est à peu près ça.

— Vous n'aurez qu'à en juger une fois que le sang aura coulé !

— Yagyû Jûbei…

Dôhaku n'avait pas paru entendre la dernière réplique de Kôshichirô. Il dévisageait le guerrier borgne qui se tenait face à lui dans le vent printanier.

— Ma foi, mais oui ! murmura-t-il.

Il repensait à ses innombrables hommes tombés sous les coups de l'homme au masque. Et dans son regard creux, la lueur n'était plus celle de la haine.

— Laissez-le-moi. Je me charge de lui, jeta-t-il d'une voix de possédé.

— Non ! s'insurgea Takuan.

Semblant soudain se rappeler qu'il n'était pas en mesure d'interdire quoi que ce soit, il se mit à trépigner de colère.

— Jûbei ! Dôhaku est immortel !

— Immortel ? répéta Jûbei en penchant la tête.

Takuan lui avait expliqué que le corps de Dôhaku ne pouvait mourir, mais comment assimiler une donnée aussi étrange ? N'avait-il pas affirmé aussi que celui qui tuerait Dôhaku causerait également la mort de Tenkai, et que, de ce fait, la bataille était perdue d'avance ?

De son côté, Takuan serrait les poings, bouillant d'impatience. Comment expliquer d'un mot à Jûbei le lien unissant les deux frères ? De toute façon, la situation était désespérée.

Si Jûbei tuait Dôhaku et que la morbidité de celui-ci était supérieure, Tenkai mourrait.

Si Jûbei tuait Dôhaku et que la vitalité de Tenkai l'emportait, Dôhaku ne mourrait pas.

Et si Dôhaku ne mourait pas, cela voulait dire que Jûbei ne pourrait vaincre, autrement dit, qu'il mourrait.

— De plus en plus intéressant, commenta Jûbei en fixant Dôhaku d'un œil teinté de curiosité.

— Bon, allons-y !

Dôhaku secoua les épaules. Kôshichirô et Ginshirô reculèrent d'un bond, comme soulevés par une force invisible. Renonçant à convaincre leur vieux chef, ils pensaient plutôt à son extraordinaire résistance aux blessures. Ils le scrutèrent attentivement, rongés de curiosité eux aussi.

Dôkahu dégaina le sabre court qu'il portait, accroché à la hanche, et se mit en garde.

Il brandissait son sabre d'une main, tout simplement. Pourtant, une fraction de seconde, Jûbei eut l'impression que l'arme d'à peine un *shaku*, soit trente centimètres, s'étirait beaucoup plus loin que son grand sabre à lui et qu'il allait lui crever l'œil.

Il blêmit peu à peu.

S'il venait d'accomplir un prodige, la seconde d'après, l'étrange vieillard adopta une posture qui le laissait complètement sans défense. On aurait dit désormais un vieil arbre sur lequel aurait poussé un poignard.

Plusieurs secondes passèrent. Puis soudain, la bouche de Dôhaku se fendit, découvrant une cavité noire : il riait.

C'était l'inverse de ce qui s'était passé lorsque Jubêi s'était trouvé face à face avec Kôshichirô quelques instants plus tôt. Flairant le piège, Jûbei planta ses talons dans le sol, comme pour éviter d'être aspiré par la force de Dôhaku.

5

— Hééé ! cria Jûbei d'une voix qui aurait pu trancher même l'acier.

Et effectivement, son grand sabre *Miike Tenta* alla se planter dans l'épaule gauche de son adversaire en fracassant le poignard de Dôhaku au passage.

A ce moment-là, Jûbei fit quelque chose de curieux : il lâcha son sabre fétiche pour contourner Dôhaku par la gauche et dégaina un poignard placé dans son dos avec lequel il fendit de haut en bas le torse de son adversaire... avant d'en lâcher le manche !

— Aaaaaah !

Ce n'était pas Dôhaku qui avait poussé ce cri terrible.

C'étaient Takuan, Akinari et bon nombre des samouraïs du château qui assistaient à la scène.

Bien évidemment, Dôhaku était couvert de sang, qui jaillissait telle une brume rouge. Mais lorsque ce brouillard sanguinolent disparut, sa silhouette se tenait toujours là telle une statue.

Il ne s'était pas effondré. L'épaule transpercée de part en part par le grand sabre, le ventre pourfendu jusqu'aux hanches par le poignard, le vénérable centenaire se dressait là de toute sa hauteur comme si de rien n'était.

Jûbei, quant à lui, avait bondi à plusieurs mètres et observait Dôhaku, les yeux dans le vague.

Lorsqu'il avait assené son premier coup, il avait senti un étrange choc dans ses mains, comme s'il avait frappé une masse de plomb. S'il avait lâché le grand sabre, il ne l'avait pas fait exprès : l'arme lui avait été littéralement arrachée des mains. Son adresse au combat lui avait tout de même permis de porter une deuxième attaque, avec le poignard cette fois. Pourtant, sa dextérité n'avait servi à rien : l'arme lui avait aussitôt été arrachée à son tour.

— … Maître Takuan, murmura Dôhaku, j'imagine qu'en ce moment, une certaine personne de notre connaissance se tord de douleur à Edo…

Son visage avait beau être convulsé de souffrance, il souriait. Le pourfendu posa les mains sur la poignée des lames qui émergeaient de son épaule et de son ventre.

Comme je m'y attendais, la vitalité de Tenkai est la plus forte… Je ne mourrai pas.

Il retira prestement les deux lames de son corps. Du sang s'écoula.

Il saignait, certes, mais, à la surprise générale, beaucoup moins qu'un individu ordinaire ayant subi de si horribles blessures.

Il se tourna vers Jûbei.

— Ma volonté est de plomb, comme mon cœur… Comprends-tu, Jûbei ?

Ce dernier restait planté là, les bras ballants. Il comprenait enfin pourquoi Takuan s'était rendu.

— Ok, pigé. Tu as gagné ! crâna-t-il en montrant les dents – et en bombant sa poitrine sans défense.

— Pas trop tôt !

Kôshichirô et Ginshirô, hilares, se ruèrent en hurlant sur Jûbei, leurs sabres dégainés.

— Attendez !

Les deux lames étincelantes se reflétaient déjà sur le visage de Yagyû Jûbei qui, dressé bien droit, n'avait pas perdu son sang-froid. Il était pourtant tout autant à la merci de ces deux samouraïs qu'une carpe sur une planche à découper.

— Attendez, je vous dis !

Ces cris perçants, poussés par une femme qu'ils ne s'attendaient pas à entendre, avaient réussi à immobiliser les *bushi*.

C'était O-Yura, la favorite d'Akinari. Elle jeta un coup d'œil à son époux et seigneur, puis descendit l'escalier quatre à quatre en retroussant le bas de son kimono.

Sabre figé, Kôshichirô et Ginshirô reculèrent en bondissant comme des tigres, pour la laisser passer, et se retrouvèrent de chaque côté de Jûbei en posture d'attaque, prêts à frapper.

— Mais… pourquoi est-ce que vous nous arrêtez ? s'agacèrent-ils avec des airs furieux.

— Ce serait dommage de le tuer… répondit O-Yura d'une voix enjôleuse.

— Dommage ? Comment ça ?

— Enfin… se reprit-elle, je veux dire… de le tuer d'un seul coup. Combien d'hommes avons-nous perdus à cause de lui ? Quels ennuis n'a-t-il causés au seigneur ? L'éliminer d'un simple coup de sabre ne suffira pas à nous soulager. J'ai entendu dire qu'à Edo, pour punir ces félons du clan Hori, on les avait ligotés à une planche avant de leur trancher les doigts un par un afin de savourer leurs souffrances. Eh bien, moi… – elle s'interrompit pour scruter le visage de Jûbei –, moi, je veux voir cet homme se tordre de douleur comme un chien et pousser des cris d'orfraie…

Jûbei regarda à son tour ces lèvres fascinantes qui crachaient pourtant des paroles effroyables et sourit vaguement. Comme il lançait de son œil unique un regard transperçant à la jeune femme, elle battit des paupières et leva la tête vers le haut de l'escalier.

— Monseigneur, qu'en pensez-vous ?

— Oui, O-Yura, c'est toi qui as raison ! s'écria haineusement Akinari, reprenant ses esprits. Cela dit, emparez-vous de lui, avant qu'il ne cause quelque désordre.

— Ginshirô, attache-le, ordonna Dôhaku. Et s'il lui résiste, Kôshichirô, tue-le.

Son hémorragie s'était arrêtée, le centenaire avait même de nouveau le teint frais. Il tenait à la main les deux armes de Jûbei.

Ginshirô appela d'un geste un groupe de leurs hommes, qui se rassemblèrent auprès de lui.

— Pour le moment, ligotez-le. Si j'étais toi, je me montrerais docile, Jûbei.

Il braqua la pointe de son sabre contre la gorge de leur prisonnier. Kôshichirô appuyait déjà le sien entre ses deux yeux. Dôhaku se tourna vers O-Yura.

— Moi aussi, je trouve qu'il n'y a aucun plaisir à tuer ce type trop vite. C'est d'ailleurs pour cela que je tenais à me charger de lui. Nous avons besoin de lui pour découvrir la tanière des renardes Hori... A propos, O-Yura, quel serait le meilleur châtiment pour lui, d'après toi ?

— C'est le fils de Yagyû Tajima-no-kami, gémit une voix plus haut sur l'escalier. Que voulez-vous qu'on en fasse ?

C'était celle d'Akinari. Dôhaku leva la tête.

— Bah, il n'y a pas de quoi vous inquiéter. Il a expliqué lui-même que son père l'avait banni.

— On n'aurait aucune raison d'avoir peur, même s'il ne l'était pas ! hurla Akinari. Son père a beau avoir servi de maître d'armes au shôgun, ce n'est qu'un petit daimyô d'à peine dix mille *koku*. Et dire que son fils s'oppose à nos quatre cent mille *koku* ! Je ne laisserai pas Tajima s'en tirer comme ça. Si on lui envoyait une oreille coupée, un œil arraché ou des doigts tranchés un par un ? Parce que nous allons châtier son fils en le découpant en morceaux ! Mais je n'aurai pas l'esprit tranquille tant que les femmes du clan Hori n'auront pas subi le même sort sous ses propres yeux. Oblige-le à avouer où elles se trouvent, par n'importe quel moyen !

— A vos ordres.

— Cet homme... croyez-vous réellement qu'il parlera sous la torture, quelle qu'elle soit ? murmura O-Yura.

Jûbei, déjà attaché les mains derrière le dos, avait écouté cet échange avec un sourire ironique. Il semblait d'humeur enjouée. Le vent du printemps balayait ses cheveux en arrière. O-Yura avait, semble-t-il, perçu la volonté de fer d'un homme résolu.

— O-Yura, j'ai l'impression que tu as une suggestion à nous faire.

Cette fois, Dôhaku s'en remettait à elle. Il contempla le beau visage de sa fille, qui était un génie pour ce qui était de tourmenter les hommes.

— Le plus dur et le plus effrayant, dit O-Yura, c'est de mourir quand on a envie de vivre au plus profond de soi-même. Père, si on jetait ce chien dans l'enfer des femmes ?

— L'enfer des femmes ?

— Lui tout seul, dans l'Enfer des Neiges.

— L'Enfer des Neiges ? Mais il n'y a que des femmes, là-bas.

— Justement. On lui ligotera les mains et les jambes, bien sûr. Et que pensez-vous qu'il se passera ? Sa volonté ne s'engourdira-t-elle pas, enivrée par l'odeur des corps féminins et la volupté ? A moins qu'il ne devienne une coquille vide, une fois que ces femmes se seront occupées de lui ? Dans un cas comme dans l'autre, il sera brisé. C'est un moyen beaucoup plus efficace que n'importe quelle torture pour le faire avouer, à mon avis. Et, monseigneur, si vous tenez absolument à lui couper les oreilles et les doigts, nous pourrons toujours le faire ensuite…

O-Yura s'avança vers Jûbei, approchant son visage tout près du sien. Elle dévisagea son œil unique, puis, prise d'un tremblement, elle lui cracha à la figure.

— Odieux personnage, toi qui as causé tant de problèmes au clan Ashina, tu t'es trompé si tu as cru avoir la vie sauve ! Car bientôt – très bientôt – tu ne seras qu'une bête misérable et ignoble qui rampera plus bas que terre !

6

— Intéressant ! lança Akinari, secoué d'hilarité. Parfait, envoie-le dans l'Enfer des Neiges ! J'irai le voir chaque jour… Mais attention, ce type est d'une agilité démoniaque. Ne le laisse pas s'enfuir.

— Non mais qu'est-ce qu'il délire, ce…

Ginshirô avait parlé tout bas et venait de laisser échapper une épithète très discourtoise envers son seigneur.

— L'Enfer des Neiges est entouré de murs de pierres pleines et barré par des grilles métalliques, jeta-t-il à voix haute. Nos hommes surveilleront constamment l'extérieur, comme d'habitude. Sans armes, Jûbei ne sera plus l'homme au masque de *hannya*… Que voulez-vous qu'il fasse, à mains nues ?

Pendant ce temps, Kôshichirô, le sabre entre les dents, s'était brusquement rapproché de Jûbei pour le caresser d'une main… Non, le déchirer plutôt, de ses ongles tranchants comme des rasoirs. En un clin d'œil, le col et les manches de Jûbei furent en lambeaux.

Le samouraï voulait vérifier que leur ennemi ne portait pas d'autre arme, bien sûr.

— Parfait ! lança-t-il.

— Tu es certain qu'il n'a rien ? Laisse-le attaché, en tout cas, dit Akinari. Cette corde est solide, j'espère ?

O-Yura jeta un coup d'œil à son seigneur et maître, qui tendait le cou tel un cormoran. Une expression de mépris glissa brièvement sur son visage. Rien d'étonnant à cela : elle n'avait pas vécu ce qu'avait vécu Akinari depuis Edo – surtout l'épisode de l'Enfer des Fleurs.

— Il ne pourra pas se détacher, répliqua Kôro Ginshirô avec assurance. Ni à coups d'ongles ni à coups de dents.

Il botta violemment Jûbei dans le bas des reins.

— Avance !

Le prisonnier tituba. Son pied faillit écraser le cadavre du petit rossignol, qu'il esquiva de justesse.

— Quelle pitié ! murmura-t-il.

— Tu réagis, enfin ? s'esclaffa O-Yura. Quel empoté !

La remarque de Jûbei ne portait pas sur son petit sort à lui, mais sur celui de l'*uguisu*. Et l'angoisse intense qui l'avait étreint tout à l'heure en voyant l'oiseau se faire transpercer, puis s'écraser au sol, s'empara de lui à nouveau : qu'allait-il se passer maintenant que le rossignol ne ressortirait plus jamais du château – que les femmes du clan Hori ne le retrouveraient plus, ni lui ni son bout de ruban rouge ?

Il en eut froid dans le dos. Pour la première fois, il fut pris d'une envie de sauver sa vie. De s'échapper de ce château. Non pas tant pour lui-même que pour ces jeunes femmes…

Sauf que tout était perdu. On l'entraîna, cerné par des dizaines de guerriers armés de sabres et de lances, parmi lesquels Kôshichirô et Ginshirô.

Le cortège prit la direction du sud-est. Etait-ce par là que se trouvait l'Enfer des Neiges ?

— On dirait qu'il crâne moins, murmura Dôhaku en regardant le groupe d'hommes s'éloigner. Bien, maître Takuan… tout est terminé. Non, non, restez assis. Vous saviez très bien qu'il pourrait ne guère se soucier du sort de Tenkai.

Takuan, assis sur la dernière marche de l'escalier, se tenait la tête dans les mains. Il la releva soudain, tendu.

— L'Enfer des Neiges se trouve donc dans la tour sud-est ?

Il venait de repérer Jûbei et son escorte.

— Ça vous fait une belle jambe de le savoir, maintenant, ironisa froidement le vieillard centenaire. Que pourriez-vous faire ? Cessez de vous préoccuper du sort de Jûbei et des femmes Hori, car nous les capturerons tôt ou tard, elles aussi. Dommage que vous soyez tombé sur un adversaire de ma trempe... Mais nous allons bien prendre soin de vous, mon cher maître zen. Mettez-vous à l'aise. Je vous souhaite de profiter de votre séjour ; car vous devrez bientôt intervenir auprès du shôgunat pour notre compte... Traitez-le avec ménagement, dit-il à ses hommes après avoir désigné Takuan du menton.

Sur ce, il partit sans même se retourner, gravissant les degrés de pierre en pressant O-Yura.

Les samouraïs vinrent entourer Takuan. Malgré l'ordre de leur chef, ils le brutalisèrent comme un criminel et l'obligèrent à se lever. Néanmoins, s'il allait faire l'objet d'une surveillance stricte à partir de maintenant, ce serait une détention sans barreaux, bien différente de celle de Jûbei.

La tourelle sud-est servait à la fois d'arsenal et de poste défensif : de par sa position en surplomb, elle permettait de décocher des flèches ou des coups d'arquebuse. Elle s'élevait sur trois niveaux aux murs épais et solides. L'énorme porte cloutée s'ouvrit.

— Entre !

Kôshichirô et Ginshirô, qui avaient à nouveau botté durement les reins de Jûbei, passèrent le seuil, suivis du reste de la troupe en file indienne. Le battant se referma derrière eux.

— Tu n'entendras plus jamais ce truc se rouvrir.

— Une vraie porte d'enfer, quoi !

Les éclats de rire fusèrent.

La tourelle s'élevait sur trois étages, mais Jûbei dut descendre un escalier. Il y avait des souterrains, naturellement : l'endroit servait d'arsenal. Les deux parois latérales se résumaient à de gigantesques blocs de pierre. Les pas, les voix, le frottement des armures résonnèrent comme dans une grotte.

Un courant d'air glacial s'éleva, puis un parfum étrange, à la fois tiède et aigre-doux, vint piquer le nez de Jûbei. Une lumière blafarde venait d'en bas.

Ils marchèrent une dizaine de pas, puis s'arrêtèrent devant la grille qui barrait le passage. Une grille d'acier, qui faisait penser à une cage de bête.

C'est alors que Jûbei aperçut les femmes qui se rassemblaient au-delà. Elles se comptaient par dizaines.

XI
L'ENFER DES NEIGES

1

Il ne s'agissait pas de la salle du donjon pavée du sol au plafond de corps humains, qui avait tant étonné Akinari lorsque O-Yura et Dôhaku l'y avaient mené, lors de son retour au pays. Car ce n'était alors qu'une installation provisoire que le père et la fille avaient spécialement conçue comme stimulant pour leur daimyô épuisé. Ici, au sous-sol de la tourelle de l'angle sud-est du château, se trouvait l'Enfer des Neiges originel, le vrai.

Contrairement à ce que suggérait son nom, il n'y avait pas de neige dans cette pièce. L'Enfer des Fleurs d'Edo et l'Enfer des Neiges d'Aizu... Le diable Katô Akinari fréquentait l'un ou l'autre en fonction de ses déplacements. C'étaient des chambres secrètes où il entretenait de jolis jeunes gens des deux sexes pour se plonger dans les plaisirs de la chair et exercer d'obscènes sévices sur eux.

L'Enfer des Neiges existait depuis quelques années déjà – du jour où Akinari s'était rapproché du clan Ashina et avait fait d'O-Yura son épouse. On avait posé des tatamis au sol, installé de la literie, un coin délimité par un mur de pierre contenait une salle de bains ainsi que des toilettes, mais la pièce ne disposait pas d'ouvertures, hormis çà et là, dans le plafond d'environ six mètres de haut, de petits orifices d'aération laissant entrer la lumière du dehors – mais comme on y distinguait des herbes et non le ciel, ils devaient être situés au niveau du sol.

La pièce faisait à peu près vingt tatamis de large. Elle hébergeait trente-sept femmes âgées d'une vingtaine d'années. Le clan Ashina les avait cherchées et pourchassées dans le fief pour les offrir en sacrifice à Akinari. Elles étaient donc toutes d'une beauté exceptionnelle pour la province.

Ces jeunes femmes ne portaient pas grand-chose sur elles, soit qu'on n'eût pas pris la peine de les vêtir, soit qu'on ne crût pas nécessaire de leur constituer une garde-robe – destinées qu'elles étaient à partir tôt ou tard pour une contrée où plus personne ne les verrait, de toute façon.

L'une portait un kimono à la manche déchirée qui découvrait son aisselle, une autre avait le côté et le bas du vêtement complètement lacérés, une troisième était forcée de se cacher la poitrine avec les mains, une autre encore était nue comme un ver ou presque. Certaines avaient les cheveux ébouriffés et leur peau présentait des coupures et des égratignures rougies. Qu'avaient-elles pu subir ?

Toutes avaient le teint blafard, un regard qui trahissait la peur et la souffrance : c'étaient effectivement des fleurs écloses au jardin de l'enfer.

Jûbei avait mis pas mal de temps à se rendre compte de tout cela, une fois qu'on l'eut jeté comme un sac derrière la grille en fer.

Il avait encore les mains attachées dans le dos et les jambes entravées. Etant donné le grand nombre de femmes qui occupaient la pièce, il en avait écrasé quelques-unes en tombant.

— Pardonnez-moi ! s'écria-t-il, impuissant, tandis que les cris fusaient.

— « Pardonnez-moi » ? Quel drôle de type tu fais, quand même ! railla Kôshichirô depuis l'autre côté de la grille.

— Ne t'inquiète pas, on te donnera l'occasion de demander pardon ! rigola Ginshirô derrière lui.

— Mmm !

Jûbei avait tenté de toutes ses forces de briser ses liens, en vain. Ils étaient faits dans une matière blessante, aussi coupante que de l'acier.

— Alors, ça donne quoi ? s'esclaffa Ginshirô qui le surveillait. Coupe-les donc, si tu peux !

Jûbei se souvint qu'avant qu'on le jette dans cette pièce, la main de Ginshirô avait rampé comme un reptile sur les liens qui lui ligotaient les mains et les chevilles. Les vantardises du samouraï devant Akinari lui revinrent : « Il ne pourra pas se détacher. Ni à coups d'ongles ni à coups de dents », avait-il dit. Il n'avait pu voir ce que faisait Ginshirô, mais celui-ci avait dû recourir à des artifices...

— Je réussirai tôt ou tard, affirma néanmoins Jûbei en affichant un sourire, la tête tournée vers la porte.

— Admettons, et après ? Tu arriveras à franchir cette grille en fer ? A t'évader de ces murs ?

— *Oui, d'une manière ou d'une autre.*

— Et ensuite ? Cette tourelle n'a qu'une porte. Les hommes d'Ashina qui en assurent la garde sont armés d'arquebuses. En imaginant même que tu réussisses à t'extirper de la tourelle, que se passera-t-il ? Les samouraïs d'un château aussi énorme ne te laisseront jamais sortir de l'enceinte.

Kôshichirô finit par se sentir idiot devant son propre déluge de questions.

— De toute façon, nous prendrons des tours de garde pour te surveiller, Ginshirô et moi, conclut-il.

— Que de peine vous vous donnez pour mes beaux yeux !

— Au moindre geste menaçant, je te tire dessus sans même ouvrir la grille, tiens-le-toi pour dit.

— Toi, avec une arme à feu ? Quel dommage que tu n'oses pas utiliser ton sabre ! J'ai l'impression que tu redoutes vraiment de m'affronter seul à seul.

— Quoi ?

— Hé, je ne parlais que de ta technique... Et moi qui pensais que j'allais enfin pouvoir me battre contre toi. Tout à l'heure, j'étais tout guilleret de voir ce moment arriver enfin...

— J'en ai autant à ton service ! Si maître Dôhaku et dame O-Yura ne m'en avaient pas empêché, un coup de lame aurait suffi…

— … Pour que ta tête vole en l'air ! C'est toi qui l'as échappé belle, en vérité.

— La ferme ! Tout ce que tu sais faire, c'est parler à tort et à travers en te roulant par terre comme la misérable chenille que tu es ! Veux-tu que je te rafraîchisse la mémoire ? Si tu te retrouves ici, derrière cette grille, c'est que maître Dôhaku t'a battu à plate couture.

— Eh bien, effectivement, j'ai reçu une raclée, admit Jûbei en courbant humblement la nuque. J'ai été surpris d'apprendre qu'il était immortel, impossible à tuer d'un coup de sabre… Je vais réfléchir dès à présent à la façon de le battre.

— Imbécile ! Tu espères donc rester en vie assez longtemps pour trouver une solution ?

— C'est vrai, tu as raison. Je me suis résigné à mourir, bien sûr. Et cette situation me donne d'autant plus envie de croiser le fer avec toi… dit Jûbei d'une voix chargée d'émotion.

— Ma foi… Si l'occasion m'en est offerte, je suis ton homme !

Kôshichirô avait parlé à voix basse. Il agrippa la grille en fer, la secouant comme s'il avait complètement oublié les circonstances.

La scène était à la fois amusante et inquiétante.

— Méfie-toi… se hâta d'intervenir Ginshirô en saisissant Kôshichirô par le bras. N'écoute pas ce type et ne te laisse pas avoir par ses flatteries, tu risquerais de te faire piéger. C'est à se demander lequel est le plus prisonnier des deux... Assez de sottises !

Le regard qu'il dirigea vers Jûbei était chargé d'une fureur meurtrière. Il grinçait des dents de haine.

— Je ne comprends pas pourquoi dame O-Yura a voulu le laisser vivre encore un peu, reprit-il. Si elle me l'avait confié, j'aurais pu lui faire cracher la vérité en moins d'une heure ! Tu ne veux pas me la révéler, Jûbei ? Si tu fais des aveux de bonne grâce, je t'éviterai de souffrir inutilement. Et je me montrerai même assez miséricordieux pour te décapiter aussitôt.

Il avait parlé d'une voix rauque, effrayante.

— Je t'en serais fort obligé, répondit Jûbei en riant, mais ça ne m'a jamais réussi de croire en ta parole. Cela dit, libre à vous d'agir à votre guise, et moi pareil. Vous voulez que je vous dise ? Premièrement, je ne vous avouerai jamais rien. Deuxièmement, je m'enfuirai d'ici.

— Quel poison !

Ginshirô avait les yeux exorbités de colère.

— Hé, Ginshirô, vous n'avez quand même pas oublié que j'ai réussi à m'enfuir de la fosse infernale de l'Enfer des Fleurs ? Ça vous a suffoqués, hein ?

Ginshirô poussa des gémissements de fureur – et, cette fois, ce fut lui qui agrippa la grille. Ayant tout de même réussi à se contenir, il se tourna soudain vers Kôshichirô.

— Je lui règle son affaire, moi ! Je m'en vais de ce pas demander l'aval de maître Dôhaku.

Il tourna les talons et partit au pas de course, salivant déjà à cette idée.

Chose curieuse, Kôshichirô resta sans rien dire. Lorsqu'il eut entendu la porte de la tourelle s'ouvrir puis se refermer, il finit par donner un ordre aux hommes de son clan qui l'entouraient :

— Que quatre ou cinq d'entre vous restent ici. Les autres peuvent s'en aller. Je ne bouge pas d'ici, ne vous en faites pas.

— Mais…

— Vous pensez à Ginshirô ? Maître Dôhaku ne lui accordera pas ce qu'il lui demande. Partez, dit-il en leur montrant la sortie du menton.

Il eut beau s'asseoir calmement par terre en s'adossant à l'un des murs de pierre, son long sabre préféré dans les bras, on devinait son agitation à son regard lugubre, pareil à une flamme blafarde, braqué sur Jûbei en cage.

« Je ne me "souviens" pas de vous, tant vous m'êtes présent à l'esprit », dirait un jour une courtisane, dans une formule restée célèbre depuis.

De la même façon, la remarque de Jûbei sur l'Enfer des Fleurs à Edo avait immédiatement ranimé une scène déshonorante, impossible à oublier : la fois où Jûbei avait réussi à s'évader de la fosse aux cadavres et où les Sept Lances, y compris lui-même, avaient dû ramper sur les tatamis à coups d'ongles, enchaînés tous ensemble par le cou à une corde.

Quelle humiliation ! Ce rappel suffisait ordinairement à faire bouillonner son sang de colère, mais là, ses traits étaient livides. Il lança un regard furieux à son prisonnier.

— Au fond, moi aussi, je commence à penser qu'il serait dommage de te tuer d'un seul coup.

Il n'oublierait jamais le rire de Jûbei, ni sa réplique : « Ce n'est pas cette nuit que vous allez mourir. Je vais juste faire de vos vies et de celle d'Akinari de véritables cauchemars. »

Lui revinrent alors les paroles prononcées par O-Yura sur le fait qu'il aurait été dommage de tuer cet homme d'un seul coup, qu'elle voulait le voir se tordre de douleur.

Elle avait raison. Sur le moment, Kôshichirô s'était dit qu'une telle lenteur allait l'exaspérer. Mais à bien y réfléchir, avec cet ennemi, c'était la seule façon de se sentir soulagé.

Le voir se tordre de douleur comme un chien et pousser des cris d'orfraie – Kôshichirô devinait à peu près ce qu'O-Yura avait voulu dire. En même temps, il restait quelques détails qu'il n'avait pas encore complètement saisis. En tout cas, il espérait que la bien-aimée d'Akinari ferait une fois de plus la preuve de son génie en matière de torture…

Kôshichirô, d'habitude énergique et brutal, se tut soudain, tandis que, pour la première fois, un frisson de peur courait sur l'échine de Jûbei.

Ce dernier s'était redressé en se courbant. Bien que recroquevillé comme une crevette, il était assis, tant bien que mal. S'étant concentré à nouveau sur la corde qui lui maintenait les chevilles, il avait fini par trouver un fin cheveu entortillé autour. C'était donc cela qui lui faisait mal comme le tranchant d'une lame au moindre geste.

Ce que lui avaient raconté les filles du clan Hori lui revint : le « filet de brouillard » de Ginshirô était constitué de cheveux de femme. Le samouraï avait dû en ôter au moins un de son filet pour en cerner la corde. Mais comment se faisait-il que de simples cheveux noirs opposent une résistance aussi épouvantable ?

— Mmm…

Jûbei tenta encore une fois d'arracher la corde, en tirant de toutes ses forces, mais celle-ci s'enfonça davantage dans sa chair et le sang commença à couler.

— Tu t'escrimes pour rien, lança Kôshichirô, un sourire ironique jusqu'aux oreilles. Te voilà bien empêtré, hein, pour le coup. Tu as l'air aussi habile qu'un morceau de bois… Hé, femmes ! jeta-t-il en élevant soudain la voix. J'ai oublié de vous dire quelque chose ! Encore que ce ne soit pas la peine… Il n'y a qu'un poisson mâle dans cette mer de femmes. Advienne que pourra. Je vous donne l'autorisation de pêcher… Libre à vous de faire ce que vous voudrez de lui. Vous voulez savoir qui c'est ? Il s'appelle Yagyû Jûbei. C'est un des fils de la maison Yagyû, d'une valeur de dix mille *koku*. Sa technique au sabre est sans égale. Ce poisson vaut la peine d'être écaillé et sa chair d'être grattée...

Les femmes n'avaient pas bougé. Comment l'auraient-elles fait, il était si redoutable !

Kôshichirô se mit à vociférer :

— Je vous y autorise... Non, c'est un ordre ! Allez-y, grillez-le de vos peaux brûlantes et sucez-le jusqu'à la moelle !

Mais les femmes restèrent immobiles.

— Bah, ça ne fait rien, reprit Kôshichirô. Comme a dit maître Dôhaku, si on veut profiter de son plaisir, il ne faut pas se presser. J'ai tout mon temps. Je vais rester pour observer ce qui se passe ici, même si ça doit durer plusieurs jours.

Bientôt, la nuit tomba. On leur apporta un repas : du riz, de la soupe et du thé vert. Tout passait à travers la grille en fer, comme pour du bétail.

— Vous en voulez ? chuchota une femme à l'oreille de Jûbei.

Il secoua la tête. Il était d'humeur triste, comme si une boule d'acier lui écrasait la poitrine.

Il avait affirmé à Kôshichirô et Ginshirô qu'il s'enfuirait pour leur rendre la monnaie de leur pièce, mais il n'était pas certain d'y parvenir, bien sûr. Il les avait taquinés en leur parlant de l'Enfer des Fleurs à Edo, seulement, à y bien réfléchir, cette évasion miraculeuse n'aurait pas été possible sans l'aide des femmes Hori, qui y avaient risqué leur vie. Il ne s'en serait pas tiré par ses propres moyens...

Voleraient-elles à son secours cette fois encore ? Or c'était exactement ce que redoutait Jûbei. Le château de Tsurugajô n'avait rien de commun avec la résidence d'Akinari à Edo. Ce serait comme jeter un œuf contre une porte en acier…

Il ne faut pas qu'elles viennent !

Il lui fallait s'enfuir au plus vite avant que les femmes Hori se montrent. A cette idée, Jûbei fut soudain dévoré d'impatience. Son corps, devenu brûlant, se couvrit d'une sueur grasse.

Entre les centaines d'hommes d'Aizu lourdement armés qui gardaient le château, les dizaines de samouraïs d'élite d'Ashina qui cernaient la tourelle, Kôshichirô et Ginshirô qui gardaient la cage, il n'avait pas une chance sur mille de s'évader… Sans parler de cette grille en fer et de ces liens mystérieux qui le saucissonnaient.

En outre, Ashina Dôhaku était immortel et Takuan pris en otage.

Aaah, *Miike Tenta* ! Si seulement il avait pu brandir son sabre préféré encore une fois…

2

Au pied du mur de pierre, Kôshichirô fut tiré du sommeil par le bruit d'une porte qui s'ouvrait plus haut.

Malgré le printemps, l'aube aurait dû être froide, surtout dans une cave comme celle-ci. Si une vapeur douce, chaude et ineffable l'emplissait malgré tout, c'était certainement à cause des trente-sept femmes qui y étaient enfermées.

Ayant entendu des pas s'approcher, Kôshichirô leva la tête, pour découvrir derrière la grille un spectacle étrange : sept à huit femmes marchaient en portant Jûbei comme une châsse précieuse.

— Alors, ça y est, ça commence ? demanda-t-il à un homme d'Ashina qui faisait office de veilleur de nuit.

Celui-ci secoua la tête.

— Non, il revient des toilettes.

Les femmes descendirent précautionneusement le corps de Jûbei, qu'elles couchèrent comme des servants l'auraient fait pour un roi.

— Hé, Kôshichirô, c'est étrange.

— Qu'est-ce qui se passe ?

— Depuis hier soir, ces femmes massent ses jambes et prennent soin de lui.

— Elles ont essayé de couper la corde, c'est ça ?

— Certaines d'entre elles, oui. Je les ai sévèrement grondées pour qu'elles arrêtent.

— Hum, elles ne couperont jamais une corde pareille avec leurs doigts… Mais pourquoi prennent-elles autant soin de lui ?

— Elles n'ont pas voulu répondre à ce sujet.

— Tiens ? C'est parce que je leur ai dit qu'il était l'héritier d'un fief de dix mille *koku* ?

— Non, parce qu'elles savent qu'il a pris parti pour des femmes, paraît-il.

— Ah bon ? Mais les prisonnières ne devraient pas être au courant de ce qui se passe à l'extérieur du château !

A cet instant, un groupe de samouraïs émergea du corridor. Comme toujours marchaient en tête les fantassins – les *ashigaru* –, portant sur l'épaule un balancier auquel étaient accrochées des boîtes superposées contenant des mets variés. Mais Kôshichirô et l'homme d'Ashina se hâtèrent de s'agenouiller en voyant les deux silhouettes qui entraient derrière eux.

Alors qu'il était encore tôt, c'était leur seigneur Akinari, accompagné d'O-Yura, suivis de près par Kôro Ginshirô.

— Merci pour vos efforts. Rien de neuf ? dit Akinari en regardant à travers la grille.

— Si, il s'est passé quelque chose d'inattendu, répondit Kôshichirô, qui raconta ce que le veilleur de nuit venait de lui dire. Dame O-Yura, gémit-il ensuite en se tournant vers la jeune femme, il est possible qu'il ne fasse que bénéficier de cette situation…

— Au début, peut-être, répondit O-Yura, inébranlable. Seulement, au fond, ces filles sont des bêtes en cage… En attendant, rien ne presse. Je leur ferai faire des tours d'adresse dont vous serez les spectateurs…

Elle appela du regard les fantassins qui se tenaient derrière eux. Kôshichirô se rendit compte qu'un tonneau de quatre-vingts litres figurait parmi les victuailles que transportaient les soldats, à côté d'un seau contenant de la soupe.

— C'est du saké pur, trois fois plus fort que le saké

ordinaire, précisa O-Yura en riant. Soûlez les femmes avec ça…

— Quatre-vingts litres de saké pour trente-sept femmes, c'est-à-dire plus de deux litres par personne ? Elles ne pourront jamais en boire autant.

L'un des samouraïs saisit sa lance pour faire basculer le couvercle du tonneau avec la pointe.

— Faites-les boire autant que possible. Et ne donnez rien à manger à celles qui ne boivent pas, ordonna O-Yura d'un air joyeux en se tournant vers le tonneau de saké.

Un puissant parfum d'alcool se répandait déjà dans la cave.

— Alors, on leur en distribue dans les bols de soupe ?

Plusieurs *ashigaru* s'apprêtaient à s'activer quand O-Yura se ravisa.

— C'est ennuyeux. Elles pourraient faire semblant d'avoir bu et répandre le contenu par terre… Bon, si vous le leur donniez directement de la bouche à la bouche ?

— Hein ? A la becquée ? A trente-sept femmes ?

— Oui. *Ashigaru*, prenez du saké dans votre bouche et faites-les venir près de la grille pour les faire boire à travers.

Cette idée était bien digne d'O-Yura. Les *bushi* et les plus bestiaux des *ashigaru* avaient déjà l'œil qui brillait de joie, mais ils jetèrent un regard anxieux à Akinari. Même si ces femmes étaient destinées aux plaisirs sexuels, elles appartenaient à leur seigneur…

— Ne vous en faites pas, assura O-Yura. Elles se changeront bientôt en sangsues avides de sang frais qui se colleront sur le corps de Jûbei pour le lui sucer. Ne soyez pas gênés par la présence de votre seigneur…

Akinari acquiesça, d'ailleurs lui-même avait l'air de vouloir faire la même chose que les *ashigaru*.

— Intéressant, dit Kôshichirô en se levant. Allons-y ! Toi, donne-moi ta lance.

— Sachez que nous punirons sévèrement celles d'entre vous qui ne boiront pas de saké ou qui le recracheront, prévint Ginshirô.

Imitant Kôshichirô, il arracha sa lance à l'un des fantassins, puis les deux samouraïs s'approchèrent de la grille en fer.

— Femmes, venez par ici.

— Vous refusez ? Quoi, vous voulez vous faire embrocher, c'est ça ?

Ils étaient parfaitement capables de tuer un être humain sans aucun scrupule, comme s'il s'agissait d'un insecte. Pourtant, même en sachant cela, aucune femme ne fit mine de bouger.

— Allez-y, ne gaspillez pas votre vie, intervint Jûbei, toujours couché par terre. Même si votre corps est humilié, tant que votre âme reste pure, vous bénéficiez de la protection divine. Quant à moi, je ferai tout mon possible pour vous faire sortir d'ici.

— Quoi, tu oses encore te vanter ? ricana O-Yura. Tant que leur âme reste pure ?… Tu vas voir ce qu'elle va devenir, leur âme, dans les vapeurs du saké !

— Allez-y, répéta Jûbei.

Les femmes se levèrent à contrecœur et s'approchèrent de la grille en fer, tête baissée.

Une quinzaine de *bushi* et d'*ashigaru* se rassemblèrent autour du tonneau, se remplirent la bouche de saké à l'aide d'une louche, puis se bousculèrent devant la grille en fer.

3

Les femmes approchèrent de la grille leurs visages blêmes, creusés de peur et de dégoût. Tendant leurs bras poilus entre deux barreaux, les hommes les attirèrent de force pour leur recracher du saké dans la bouche.

— Pouah ! gémit l'une d'elles.

Un peu de liquide s'écoula entre les deux bouches.

— Ma lance te transpercera si tu recraches mon saké ! s'écria Ginshirô, qui les surveillait juste à côté.

La gorge blanche d'une autre femme palpitait.

— Ce n'est pas fini ! *Ashigaru*, ne lâche pas ses mains. Passe-la au suivant.

Un autre fantassin succéda au premier. Saisissant la femme, il lui souffla du saké dans la bouche.

— A la troisième !

A l'extérieur de la porte grillagée, cinq têtes affreuses s'alignaient. Chaque prisonnière recevait à la file l'alcool non filtré de ces cinq hommes.

La première qui avait bu à leur bouche s'effondra

sur place, mais cela ne suffit pas à ses geôliers. Kôshichirô et Ginshirô la réprimandèrent vertement :

— Attends là-bas. Tu boiras encore une fois quand tes trente-six copines y seront passées.

— Jusqu'à ce que le tonneau soit vide !

Quand les cinq premiers dispensateurs de saké revinrent en courant s'approvisionner au tonneau, les cinq suivants, qui avaient fait la queue derrière eux, les relayèrent auprès de la deuxième femme.

Cette scène avait pris des allures de rituel grotesque et obscène.

Les *bushi* et les *ashigaru* qui avaient abreuvé ainsi les femmes tombèrent saouls les premiers – enivrés par l'alcool, mais aussi par le sentiment d'horreur ambiant.

L'un avait attiré de force une femme en l'agrippant si fort que les barreaux s'étaient enfoncés dans sa chair ; il s'était amusé devant ses hanches et son ventre qui se tordaient de souffrance. Un second avait enroulé les cheveux noirs d'une prisonnière autour de sa main pour coller encore plus son visage au sien. Leurs doigts calleux avaient frotté si fort les épaules des femmes que du sang perlait sous la sueur. Certains avaient empoigné leurs seins à pleines mains au point de leur faire des bleus.

Ceux qui attendaient leur tour s'impatientèrent.

— Hé, dépêche, passe-la-moi !

— Pas la peine de t'attacher à une seule, tu les auras toutes les unes après les autres, jusqu'à plus soif !

Leur bousculade était telle que la grille paraissait sur le point de céder. On eût dit des loups affamés se disputant de la viande. Il devenait difficile de dire qui se trouvait à l'intérieur ou à l'extérieur de la cage.

Akinari et O-Yura regardaient ce spectacle avec des sourires indéchiffrables. Quant à Jûbei, toujours allongé par terre, il avait les larmes aux yeux.

— Tiens, je les ai comptées mais elles ne sont que trente-deux.

— Il en manque cinq… Ah, les voici !

Dans un recoin de la prison de pierre, loin de Jûbei, cinq femmes étaient rassemblées. Aucune n'était debout, et encore moins assise. Elles gisaient les unes sur les autres.

— Hé, vous, là-bas, qu'est-ce qui vous prend de rester dans votre coin ? s'écria Kôshichirô en cognant la grille avec la pointe de sa lance.

L'une d'elles releva la tête. Des cheveux visqueux étaient collés sur sa joue. Elle tâcha d'avancer en rampant sur ses bras couverts de sang coagulé, mais elle s'effondra aussitôt.

— Vos tortures les ont rendues malades, jeta Jûbei, à bout de patience. Aussi affaiblies, elles ne seront bonnes à rien, même si vous leur faites boire du saké ou si vous les fouettez.

— Je n'ai pas besoin de tes conseils ! hurla Kôshichirô, mais O-Yura regarda fixement les cinq femmes puis s'adressa à lui :

— Attends, oui. Ce sont celles à qui nous avons fait monter ce cheval de bois il y a moins d'une semaine... Je n'irai pas jusqu'à dire que Jûbei a raison, mais elles resteront inutilisables pendant quelque temps... Bon, ça suffira avec trente-deux. Continuez à leur faire boire du saké.

Plus aucune des prisonnières ne tenait debout. L'une s'appuyait contre les barreaux, l'autre, accroupie les bras par terre, respirait difficilement, une troisième était pliée en deux. Leurs peaux nues et blafardes avaient viré au rose pâle.

— Hé, debout ! Il y a encore plein de saké ! s'écria Ginshirô.

Plongeant sa lance dans la cage, il enroula les longs cheveux d'une femme autour de la pointe, pour la faire lever de force.

En moins d'une heure, un groupe de femmes ivres mortes s'entassaient pêle-mêle dans la cage. L'une s'humectait les lèvres en divaguant, l'autre avait le vin triste : suffoquée par les larmes, elle sanglotait. Il y en avait même qui s'emparaient de la grille pour crier en se tordant :

— Faites-moi boire plus !

— Je voudrais mourir dans cet état-là...

— Donnez-moi encore la becquée...

L'une, pourtant, fixait Akinari et O-Yura d'un œil noir.

— Démons ! s'écria-t-elle soudain en crachant dans leur direction. Comment avez-vous osé me torturer ainsi ?

Leur conduite éhontée faisait peine à voir, d'autant qu'elles étaient toutes jeunes et d'une extrême beauté, vêtues à la va-comme-je-te-pousse, voire presque nues.

Elles eurent beau injurier O-Yura, elle resta imperturbable, comme à son habitude.

— ... Seigneur, tout se passe comme prévu, dit-elle, tout sourires, en levant les yeux vers Akinari.

Celui-ci se pourléchait.

— Et maintenant, qu'est-ce qu'on fait ?

— Je vous réservais le clou du spectacle..., répondit O-Yura en avançant de quelques pas vers la grille. Hé, femmes ! Rassemblez-vous et violez-moi cet homme couché par terre. Vous pouvez l'embrasser, le caresser ou vous mettre à califourchon sur lui. Comme vous le voyez, il est dans l'incapacité de bouger. Une femme peut très bien forcer un homme... Tourmentez-le, jouez avec lui et pressez-le jusqu'à la dernière goutte, de la tombée de la nuit jusqu'au lever du jour. Continuez jusqu'à ce qu'il ne soit plus qu'une coquille vide ! Allez ! s'écria la favorite, dont les yeux brillaient d'une flamme dansante. Il vient d'une famille qui vaut dix mille *koku*, et c'est un vaillant. S'il n'était pas l'ennemi juré du clan Ashina, même moi, je le trouverais à ravir...

Elle se tourna un bref instant vers Akinari et lui sourit hardiment, pour s'enflammer aussitôt à nouveau :

— Ecoutez bien : si vous faites ce que je vous dis, je vous libérerai toutes. Je ne mens pas. Ma parole est plus sûre que celle de notre seigneur... Mais si vous ne m'obéissez pas, vous connaîtrez dès aujourd'hui l'enfer des vivants !

Quelques-unes des prisonnières avancèrent d'un pas chancelant, comme portées par le vent. Le regard fixé sur Jûbei, elles se léchaient les lèvres.

Cinq, sept, puis une dizaine de femmes cédèrent. Elles marchèrent vers lui, entremêlées comme des serpents blancs… Akinari et les samouraïs retinrent leur souffle en les regardant. On n'entendait plus que le halètement des captives. L'air n'était pas seulement chargé d'une forte odeur de saké. Des effluves de désir charnel rendaient l'atmosphère suffocante.

— Attendez ! s'écria l'une des femmes, restée près de la grille. Qu'allez-vous faire ? Peu importe notre ivresse et les tourments que nous subissons, ce qui se passe doit rester entre nous…

Elle avait dit cela d'une voix pâteuse et en se cramponnant désespérément aux barreaux tant elle chancelait.

— Vous savez très bien qui est cet homme, non ? Il est tombé du ciel pour combattre le diable qui avait fait d'Aizu l'enfer sur terre. Et vous voulez le faire souffrir, ensorcelées par les paroles mielleuses de cette ogresse ? Honte à…

Sa voix vira en un cri. Son corps se détacha de la grille. Elle avait semblé se mettre à courir, éperdue, mais son sang était allé s'éparpiller par terre. Sous le regard attentif et surpris de l'assistance, une pointe de lance d'un blanc éclatant était venue transpercer sa poitrine.

— Renarde insolente !

C'était Kôro Ginshirô qui avait frappé, à travers la grille. Il montrait les dents comme un fauve.

Chaque fois qu'il tournait la pointe de la lance, la femme aux cheveux noirs ébouriffés se tordait muettement de douleur, incapable de crier. Quand l'arme se retira, elle s'effondra subitement puis s'immobilisa, baignant dans son sang.

— Si vous osez résister, voilà ce qui vous attend ! Allez-y, commencez !

Mais les femmes s'étaient tournées vers le cadavre affreux de leur camarade et la regardaient fixement, sans un geste.

— Quoi, vous refusez d'obéir ?

De l'autre côté de la grille, Ginshirô se remit en garde. Plus rapide encore que sa lance, son regard perçant animé d'une fureur meurtrière cherchait déjà sa prochaine victime.

— Attends !

Jûbei se tortillait, mais la corde entremêlée de brins du fameux filet de brouillard ne voulait pas rompre.

— Vous ne devez pas leur résister, enjoignit-il aux femmes. Faites tout ce qu'ils vous demandent. Traitez-moi comme il vous plaira !

Cependant, les femmes ne bougeaient plus. Soudain dégrisées, on aurait dit ces vivantes sculptures de glace qu'O-Yura avait imaginées l'autre jour. Manifestement, leur stupeur ne relevait pas d'une quelconque épouvante devant le spectacle de la mort de leur camarade.

— Nous allons mourir ! s'exclama l'une d'elles.

A ce cri, toutes les autres accoururent soudain en chancelant vers la grille.

— Nous périrons toutes ensemble !

— Tuez-nous !

— Allez, je serai la première à me faire transpercer par la lance !

Elles s'alignèrent devant les barreaux, pressant leurs seins découverts contre la grille.

— Mais que faites-vous ? Hé, prenez garde ! s'écria Jûbei, qui regardait cette scène derrière elles en se roulant par terre, toujours ligoté. Samouraïs, tuez-moi à leur place, si vous voulez !

— Vas-y, Ginshirô ! s'écria Akinari en montrant les dents. Trucide-les toutes, et lui aussi, puisqu'ils le demandent !

Comme s'il n'attendait que cela, Ginshirô brandit sa lance pour en braquer la pointe vers Jûbei. Bien sûr, les femmes se pressaient devant les barreaux, mais il avait l'intention de les embrocher pour transpercer Jûbei derrière elles.

— Attends, intima O-Yura en bloquant sa lance. Il n'y a rien d'amusant à tuer quelqu'un qui a envie de mourir.

— O-Yura, tu te répètes ! protesta Akinari.

— Une fois que j'ai pris une décision, je la mène jusqu'au bout. Ginshirô, lâche cette lance. Attends jusqu'à après-demain.

— Après-demain ? Que comptez-vous faire ?

— Je vais demander à mon père de préparer un encens de bestialité.

— L'encens de…

Akinari claqua des mains, approbateur.

— Ah, bonne idée !

— Pour cela, il faut de l'oliban, de l'ambre gris, de la peau de serpent, de la chair de triton, du sperme de cheval… et puis le sang menstruel d'une femme… Cela prend deux jours, au moins. Mmm, je me demande bien ce qui se passera une fois qu'on aura brûlé cet encens ? dit O-Yura avec un sourire démoniaque, comme si elle entrevoyait déjà une scène ensorcelante. Pour l'heure, je vous propose de nous retirer, monseigneur. Quant à vous, Kôshichirô et Ginshirô, accompagnez-nous auprès de mon père, vous lui donnerez un coup de main pour mitonner sa préparation…

Elle pressa Akinari et les deux samouraïs de partir. Ils s'exécutèrent.

4

Il ne restait plus que sept à huit samouraïs devant la grille de la prison souterraine. Ils se mirent à faire du tapage en buvant du saké du tonneau, mais le silence régnait dans la geôle, à croire qu'il n'y avait personne.

— C'est quoi, ce musc de bestialité ? souffla Jûbei tout bas.

— Le musc de bestialité ? murmurèrent-elles en se dévisageant mutuellement.

Les femmes semblaient l'ignorer. Malgré tout, quelques-unes avaient pâli et baissé la tête.

— Vous quatre, vous le savez peut-être ? demanda Jûbei.

Les femmes ne répondirent rien.

— On vous l'a déjà fait respirer ?

— C'est une fumée horrible, répondit enfin l'une d'elles en rougissant, le regard chargé d'effroi. Lorsqu'on la hume… on devient folle. On a beau essayer de se maîtriser, on halète sans cesse, on a l'impression que tout le corps vous démange… et on est prise d'un besoin irrépressible de sauter sur le premier homme venu. Même la pire des ordures… dit-elle d'une voix mourante.

Une autre s'était caché le visage dans les mains et jetée à plat ventre : elle avait dû se rappeler le jour où on lui avait fait renifler cet encens.

— On rampe et on se roule par terre aux pieds des mâles… On obéit sans honte au moindre de leurs ordres, aussi dégradants soient-ils… Toutes celles qui ont respiré cette fumée sont restées à la merci d'Akinari durant trois jours et trois nuits. Sans même qu'on les y oblige, elles ont commis des actes obscènes, horribles, que j'aurais peine à décrire…

— Je me souviens, Akinari lui-même murmurait que… qu'il fallait bien réfléchir avant d'utiliser ce musc, car il commençait à détester les femmes depuis qu'il les avait vues dans des états aussi lamentables…

— Nous préférons mourir ici et maintenant que de respirer ce poison !

— Non, ne tirez pas de conclusions hâtives... répliqua Jûbei, qu'un frisson indescriptible avait parcouru malgré lui.

Il avait du mal à croire qu'un encens aux effets aussi singuliers existait en ce bas monde... Mais Dôhaku avait réalisé des prodiges bien plus incroyables sur son propre corps. Si c'était lui qui avait préparé la mixture, elle avait sûrement de puissants pouvoirs magiques.

— Et ce musc de bestialité agit aussi sur les hommes ? s'enquit le captif.

— Je ne sais pas comment il fonctionne sur eux. Mais si ma mémoire est bonne, Akinari et les autres ont juste eu des crises de fou rire... J'en déduis que ça ne marche que sur les femmes.

— Bon, alors, ça va, dit Jûbei.

Les prisonnières firent la grimace, tentées de dire que pour elles les choses n'allaient pas du tout, mais elles renoncèrent et se contentèrent de serrer les dents. Jûbei ignorait encore toute l'abominable force de cet encens.

— N'attentez pas à vos jours, d'accord ? Moi, j'ai hâte de voir ce spectacle, dit-il en plaisantant, même en cet instant. Vous n'aurez qu'à faire le plus de remue-ménage possible. Tant que j'aurai toute ma raison, je promets de ne pas me moquer de vous.

5

Deux jours plus tard, dans l'après-midi.

Akinari et O-Yura étaient réapparus devant la grille de la prison. Il y avait aussi Ashina Dôhaku, accompagné de Kôshichirô et de Ginshirô.

Quelques instants plus tôt, les orifices d'aération du plafond avaient été bouchés de l'extérieur, obscurcissant encore le cachot de pierre. Les deux samouraïs étaient entrés en portant des flambeaux.

C'est alors qu'on avait aperçu Dôhaku, tenant à deux mains une sorte de brûle-parfum en bronze. Depuis qu'il l'avait posé près de la grille, on ne distinguait plus ce qu'il faisait : le contraste des ombres et des flammes le cachait à la vue.

— O-Yura, dit-il, mieux vaut que tu sortes d'ici, tu es une femme.

— En temps normal, je m'en irais, répondit-elle en secouant la tête. Mais aujourd'hui, je dois assister à tout. A quoi bon brûler le musc de bestialité sinon ? J'ai justement eu cette idée pour voir cet homme se conduire de façon déshonorante, rappelez-vous, père.

— C'est bon, Dôhaku, trancha Akinari en la serrant contre lui. Quoi qu'il lui arrive, vous et moi serons les seuls à y assister, avec Kôshichirô et Ginshirô, qui sont presque de la famille. C'est d'ailleurs pour ça que nous avons fait sortir les autres hommes.

— Nous nous moquons bien de voir dame O-Yura dans tous ses états, affirma Ginshirô sur le ton d'un quadragénaire blasé.

Dôhaku acquiesça.

— Bon, alors reste, O-Yura.

Il se leva, puis recula de deux ou trois pas.

Une fumée commençait à s'élever du brûle-parfum en bronze posé près de la grille. Cet encens n'était pas ordinaire, il produisait une abondante fumée bleue qui devenait ensuite transparente – mais, à l'odeur, on pouvait se rendre compte qu'il avait envahi le cachot en un clin d'œil. Le parfum qui s'en dégageait était inconnu de Jûbei : celui, douceâtre, d'une fleur ou d'un fruit à la fois sucré et infect. On aurait dit un mélange de fleur de châtaignier et de kaki pourri... C'était un peu désagréable au début, mais une douceur enivrante vint bientôt stimuler et engourdir son odorat. Jûbei se rendit compte que les femmes autour de lui s'étaient mises à haleter.

— Seigneur... Seigneur !

C'était la voix d'O-Yura. Une voix fondante.

— Les femmes... ? Elles ne sont pas encore... ?

— Non.

— Quelle résistance ! Moi, je n'en peux déjà plus...

De l'autre côté de la grille, par-delà la fumée bleue, la fille de Dôkahu s'était haussée sur la pointe des pieds pour enrouler ses bras autour du cou d'Akinari.

— Seigneur, embrassez-moi... Sucez ma langue... Mes seins, aussi...

Tout en se tortillant, elle exhiba sa poitrine et l'écrasa contre Akinari.

A ce moment, Jûbei sentit l'air autour de lui s'épaissir soudain. Non à cause de l'encens, mais de la chaleur des femmes.

Elles avaient toutes leurs yeux fixés sur lui.

Au début, leur regard lui parut comme enivré, en extase, mais petit à petit, il se mit à briller d'une lueur féroce. On aurait dit des panthères humant l'air, narines dilatées, mâchoires pendantes. Jûbei en vit même une qui tirait la langue comme un chien, incapable de contrôler ses halètements.

Ce n'étaient plus des femmes, ni des êtres humains – elles n'en avaient plus l'âme. C'étaient des désirs ambulants palpitant et s'enflammant.

— Aaa... attendez ! s'écria-t-il instinctivement.

Les sept ou huit femmes qui s'étaient rapprochées stoppèrent net, mais une nouvelle vague de visages se superposa aux leurs.

— Pardonnez-moi, Jûbei...

— Moi, moi ! Enlacez-moi...

Leur haleine n'était plus que soupirs.

Jûbei, toujours attaché, fit volte-face en roulant sur lui-même... pour trouver dans son dos d'innombrables visages superposés, qui s'adressèrent à lui en pantelant :

— Embrasse-moi, Jûbei...

— Mes seins aussi...

La plupart d'entre elles étaient déjà à demi dénudées, et les autres ôtaient violemment le peu de vêtements qu'elles portaient.

Cette fois-ci, personne ne les arrêta, comme lors

de la séance de torture au saké.

Tel était le pouvoir sorcier du musc de bestialité. Ces femmes n'avaient aucun moyen de résister. Jûbei le savait déjà, étant donné ce que les quatre rescapées lui avaient raconté. Il les avait même taquinées en leur disant de faire le plus de remue-ménage possible. Mais maintenant que le sortilège prenait corps, devant ces dizaines d'êtres transformés en créatures obscènes, lui-même fut saisi d'épouvante.

Au loin, on entendait la voix d'O-Yura, qui sanglotait presque :

— Les prisonnières n'ont pas encore commencé ?

— Si, apparemment si ! s'écrièrent Kôshichirô et Ginshirô en écrasant leurs visages contre la grille.

Le spectacle tant attendu n'avait pas encore débuté, mais les deux samouraïs ne supportaient plus la conduite déshonorante d'O-Yura, qui se pâmait contre Akinari.

— Jûbei…

— Jûbei !

L'une des femmes vint se cramponner à lui. Au moment où leurs peaux entrèrent en contact, elle se jeta sur Jûbei comme si le peu de raison qui lui restait avait définitivement lâché prise.

— Mmm ! gémit Jûbei en se tortillant.

Il était ligoté bien serré. Qu'aurait-il pu faire ? Soudain, la femme perdit conscience et s'effondra à côté de lui.

Mais au même moment, une deuxième l'attira contre son flanc. A peine l'avait-il assommée qu'une troisième fondit sur lui.

Le corps de Jûbei luisait de sueur. Cette lutte contre les prisonnières transformées en fauves était plus effrayante que n'importe quel combat à mort contre des centaines de samouraïs d'Aizu. Il était cerné de monceaux de chairs lubriques et visqueuses. Lorsqu'elles déferlèrent sur lui, il eut l'impression qu'on le jetait dans un baril rempli de poissons, où il se noyait petit à petit.

— Ahahahaha !

— Ahahahaha !

Des éclats de rires fusaient à l'extérieur de la grille. C'était Kôshichirô et Ginshirô qui observaient la scène, accrochés aux barreaux, parmi les effluves et les tourbillons de fumée bleue. Soudain, tous deux lâchèrent en même temps :

— Hein ?

Akinari et O-Yura se retournèrent, n'entendant plus leurs rires. Lorsqu'on avait brûlé l'encens infernal pour qu'O-Yura puisse assister à la souffrance de Jûbei, la favorite avait été la première à s'enivrer du parfum, à la suite de quoi Akinari s'était abandonné à ses gestes érotiques : jusque-là, ils n'avaient pas pris le temps de scruter l'intérieur du cachot.

— Il y a en a une qui s'accroche, commenta Dôhaku.

Lui aussi s'en était rendu compte.

— Jûbei ne bouge plus, il est à bout de forces… Mais il faut le débarrasser de cette femme.

Allongé sur le dos, Jûbei restait coi. Effectivement, une prisonnière s'agrippait à la partie inférieure de son corps. Elle serrait ses hanches à pleines mains, appuyait la joue contre son ventre, écrasait ses seins sur ses jambes : elle adhérait à lui comme de la glu.

— Pousse-toi !

— Ecarte-toi de lui !

— Il ne t'appartient pas !

Son dos blanc, déchiré par les innombrables coups d'ongles de ses codétenues, était couvert de sang, mais elle ne se détachait pas de lui. Les femmes avaient beau la saisir par les cheveux pour l'arracher de là, elle tenait bon, se cramponnait des mains et des jambes.

— Elle exagère !

— On n'a qu'à la séparer de force.

Sur un claquement de langue désapprobateur, Kôshichirô et Ginshirô déverrouillèrent le cadenas et la grille s'ouvrit.

— Ah… j'y vais, moi aussi, décréta Akinari, O-Yura toujours pendue à son cou telle une fleur.

— Hein… ?

Dôhaku, qui fixait du regard l'intérieur de la geôle, se retourna, sur le point d'ajouter quelque chose.

— Non, ça m'étonnerait… Bon, j'y vais moi aussi, histoire de vérifier.

L'air soudain inquiet, il précéda Kôshichirô et Ginshirô dans le cachot, surprenant de rapidité.

— Il n'y a pas de quoi vous alarmer ! s'esclaffa Ginshirô en encourageant Akinari à entrer. La corde avec laquelle je l'ai attaché est aussi robuste qu'une chaîne. En plus, il n'a pas d'arme. Et nous sommes là pour vous accompagner.

Akinari entra, O-Yura dans les bras. Les deux samouraïs lui emboîtèrent le pas.

Tous les cinq traversèrent la pièce, piétinant et bottant cruellement les femmes évanouies. Ils s'approchèrent du captif que la femme enlaçait toujours.

— Qu'elle est tenace, celle-là ! Allez, montre-moi ton visage.

Au moment de s'accroupir, Dôhaku poussa un croassement qui ne lui ressemblait pas du tout.

— Quoi ?... Le coquin !

Jûbei, qui avait gardé les yeux fermés, projeta soudain la femme à terre pour se lever d'un sursaut.

La corde entremêlée de filet de brouillard avait été déchiquetée ! Et Jûbei, soi-disant désarmé, brandissait un sabre !

XII
LE FILET DE BROUILLARD

1

Les cinq visiteurs tentèrent de sauter en arrière, mais trop tard. Ou plus exactement Dôhaku, O-Yura, Kôshichirô et Ginshirô réussirent à s'éloigner, tandis qu'Akinari restait figé sur place... Stupéfait, bien sûr, mais surtout pris de court par la pointe du sabre qui reposait sur sa poitrine.

— Alors ? lança Jûbei.

Son souffle était calme et sa voix, bien que contenue, effrayante.

— Je vous avais pourtant prévenus ! Rappelez-vous comment j'ai réussi à m'enfuir de la fosse infernale, dans l'Enfer des Fleurs d'Edo... Je vous avais bien dit que je m'échapperais également d'ici !

Ivre de joie devant ce revirement de situation, il s'esclaffa à gorge déployée. Bien qu'au bord de l'explosion, il avait réussi à transformer en rire sa fureur et sa souffrance. Son hilarité se réverbéra sur les murs de pierre, résonnant de tous côtés.

Les cinq autres restèrent plantés là, comme assommés. Que s'était-il passé ?

— D'où sors-tu cette arme ? gémit Kôshichirô d'une voix cassée.

Lorsqu'il avait capturé Jûbei, il lui avait confisqué son sabre et son poignard. Il l'avait fouillé au corps pour vérifier qu'il n'avait pas d'autre arme, puis l'avait aussitôt jeté dans ce cachot hermétique. Il était absolument impossible que ce sabre se soit trouvé sur lui, ni dans cette prison !

— Co… comment tu t'es débrouillé pour couper tes liens ? laissa échapper Ginshirô d'une voix rocailleuse.

Il s'était contenté d'enrouler quelques cheveux tirés de son filet de brouillard autour d'une corde ordinaire, ce qui l'avait rendue aussi résistante qu'un câble d'acier.

Mais le plus stupéfiant, c'était ce sabre soudain surgi entre les mains de leur prisonnier. Par quel tour de passe-passe… ou de sorcellerie ? Que fallait-il en penser ? Le regard exorbité des samouraïs restait fixé sur le sabre de Jûbei.

Ashina Dôhaku, quoique tout aussi ébahi, fixait pour sa part le visage de la femme que Jûbei venait de jeter à terre.

— D'accord… j'ai compris, lâcha-t-il, saisi d'une intuition.

O-Tone. La femme qui s'était agrippée à Jûbei n'était autre qu'O-Tone, la protégée de Takuan. On l'avait forcée à quitter le château sous un masque de *hannya*… croyait-on ! Car en fait, à l'insu de tous, elle s'était infiltrée dans l'Enfer des Neiges, malgré la pierre, l'acier et les hommes du clan Ashina qui le défendaient.

Dans la tête de Dôhaku, l'explication de ce mystère inimaginable se déroula image par image.

Lorsque Takuan et O-Tone avaient séjourné au château, leur surveillance avait été négligée et ils avaient pu fureter impudemment. La femme, surtout, qui se faisait passer pour folle, avait erré partout pendant qu'ils suivaient le vieux moine qu'ils ne savaient par quel bout prendre. Dôhaku l'avait jugée d'un coup d'œil, persuadé qu'elle aurait beau se démener, elle ne serait jamais qu'un poisson prêt à cuire dans sa marmite…

Or, maintenant qu'il y pensait, elle avait souvent traîné dans le secteur de la tourelle sud-est. Elle avait dû découvrir que l'Enfer des Neiges s'y trouvait.

Cela dit, à supposer qu'elle ait localisé l'endroit, elle n'aurait pas dû pouvoir pénétrer facilement dans la tourelle, qui était gardée vingt-quatre heures sur vingt-quatre par des hommes en armes. Quand et comment s'était-elle glissée dans la prison, et qui était la femme qui avait quitté le château en jouant les messagères pour Takuan à sa place ?

Voyons… Lorsque Takuan, acculé à choisir entre la vie de Tenkai et celle de l'homme au masque de *hannya*, avait été pris de folie à son tour, il s'était précipité dans le jardin en brandissant un sabre. Lors du tumulte qui en était résulté, tous les samouraïs, y compris ceux postés au pied de la tourelle sud-est, avaient accouru au jardin pour attraper le vieux moine. Le soir tombait, c'était l'heure à laquelle on apportait le repas du soir à l'Enfer des Neiges. La porte et la grille avaient dû rester ouvertes. Profitant de l'occasion, O-Tone s'était certainement glissée dans l'Enfer des Neiges pour échanger sa place avec l'une des prisonnières.

Et lorsque Takuan avait appelé O-Tone en lui demandant d'enfiler le masque, c'était la prisonnière qui était venue vers eux. Sur le moment, Dôhaku, distrait, n'avait pas prêté attention aux propos de Takuan...

Il comprenait à présent pourquoi les captives de l'Enfer des Neiges étaient au courant des agissements de l'homme au masque. Et aussi comment Jûbei était parvenu à trouver un sabre. O-Tone. C'était elle qui l'avait apporté.

Et toute cette mise en scène était signée Takuan, cela ne faisait aucun doute. Mais à quoi cela rimait-il ?

Le vieux moine n'avait tout de même pas pu imaginer qu'on flanquerait Yagyû Jûbei dans cet Enfer des Neiges. Cela dit, il avait pu trouver vraisemblable qu'on y jette les femmes du clan Hori, une fois qu'elles se seraient présentées au château. Et c'est pour parer à cette éventualité et leur donner le choix de se révolter ou de se suicider, plutôt que de vivre l'humiliation suprême d'une mort atroce, qu'il avait dû y envoyer O-Tone porteuse d'un sabre.

Il y avait trente-sept femmes dans la geôle. Les hommes d'Ashina s'étaient manifestement rendus coupables d'une faute en ne démasquant pas O-Tone. Afin d'éviter de se faire remarquer, la jeune fille avait dû se mêler aux captives alitées, blessées ou malades…

Ah, tout de même, ce sale bonze ! Il a fait semblant de pleurer, de se montrer tout docile, et il a réussi à nous rouler en beauté au dernier moment !

Toutes ces pensées avaient afflué en un éclair à l'esprit de Dôhaku. Il était sur le point de tourner les talons pour aller retrouver Takuan, quand la voix de Jûbei le pétrifia sur place.

— Ne bouge pas, monstre ! Si l'un de vous fait le moindre geste, Akinari y passe. Ce sabre s'impatiente depuis un bon moment déjà. Il n'a tranché que mes liens, et j'ai dû le retenir jusqu'à votre entrée. Il renâcle, il tremble d'impatience, il n'a qu'une envie : arracher sa bride pour attaquer… Alors, tenez-vous prêts et écoutez-moi bien.

2

— Je savais bien que j'allais sortir d'ici, je me l'étais juré. Mais comme il n'y avait qu'une chance sur mille pour que vous et votre clique vous décidiez à entrer dans cette geôle, l'attente m'a occupé tout entier. A vrai dire, je n'ai pas encore bien réfléchi à ce que j'allais faire une fois dehors.

— Maître Jûbei, venez ! Vite !

Deux bras blancs étaient venus ramper sur son corps. C'était O-Tone dont la peau à moitié nue, égratignée plus tôt par les autres femmes, suintait du sang. Elle haletait d'un air extasié.

— Je pars, conclut-il.

— Non, vite, serrez-moi dans vos bras…

Jusque-là, la jeune femme avait conservé assez de raison pour protéger Jûbei des attaques des autres prisonnières, au risque de sa vie. Mais lorsqu'elle leva la tête, son expression avait changé. Elle était attisée par le même feu charnel que les autres.

— Oh non, c'est mauvais, ça ! dit-il en secouant la tête.

De leur côté, Akinari, Dôhaku, Kôshichirô et Ginshirô se troublaient eux aussi devant les créatures qui grimpaient à leurs jambes. Ces femmes qui les avaient tant craints et haïs semblaient ne plus se soucier de rien hormis du fait qu'ils étaient des hommes.

— Je vous en supplie, étreignez-moi.

— Non, moi ! Tout de suite !

Les deux samouraïs tentèrent de lever les pieds pour les repousser.

— Ne bougez pas ! Pas un pas de plus ! vocoféra Jûbei.

La lame de son sabre brillait comme un fer rouge sur la gorge d'Akinari. Des étincelles jaillissaient des deux flambeaux que Kôshichirô et Ginshirô avaient calés dans les parois de pierre avant d'entrer dans le cachot.

— Dites, c'est un peu embarrassant comme situation, pour vous comme pour moi, lança Jûbei avec un sourire malicieux. Il y a quelques minutes encore, je n'aurais pas demandé mieux que de libérer ces femmes, mais il est absolument impossible de les laisser sortir dans cet état. Vous avez bien dit que le musc de bestialité serait efficace pendant trois jours et trois nuits, n'est-ce pas ? Alors, tant pis pour elles, elles devront rester enfermées tout ce temps encore. Ce qui signifie que je vais être obligé de m'incruster moi aussi au château…

Le groupe des femmes grouillait et ondulait autour d'eux. Jûbei paraissait très embêté. Il repoussa gentiment O-Tone d'une main.

— Tu as bien travaillé. Je te remercie. Tu veux une récompense ? Attends, je t'en prie, sois patiente, on verra ça dans trois jours… Bon, ça suffit, je n'en peux plus ! Prenons le large ! lança-t-il à ses cinq ennemis avec le sourire malicieux de celui qui prépare une farce avec des amis. Kôshichirô, Ginshirô, vous sortez les premiers. Ensuite Dôhaku et O-Yura – elle est en rut, elle aussi, alors ne lâchez pas sa main, Dôhaku. Puis Akinari viendra en dernier. Avancez, doucement, tous.

Devant le sourire de Jûbei, Akinari craqua soudain.

— Dôhaku, pourquoi laisses-tu Jûbei agir à sa guise ? piailla-t-il. Tu pourrais facilement le tuer…

Il avait à peine commencé sa phrase que son habit fut violemment déchiré à hauteur du bas-ventre. Sur un éclat du sabre gaillard de Jûbei, un morceau de chair alla dégringoler par terre, suivi d'un flot de sang.

— Et voilà comment on tranche le mâle à la racine !

— Aaaaah ! s'écria O-Yura, encore plus fort qu'Akinari.

Les trois autres s'apprêtaient à reculer lorsqu'ils aperçurent la lame de Jûbei pressée contre la gorge d'Akinari. Ce dernier appuyait ses deux mains contre son bas-ventre et se tordait de douleur.

— Pas de panique, tu n'en mourras pas, va. Mieux vaut souffrir un peu que de perdre quatre cent mille *koku*, pas vrai ? s'esclaffa Jûbei – avec un rire épouvantable, cette fois. Je t'ai pourtant prévenu que mon sabre frémissait d'impatience et qu'il ne demandait qu'à arracher sa bride... Si tu continues à te débattre, c'est ta tête qui roulera par terre, cette fois-ci !

Il saisit Akinari par le col en levant les yeux en l'air.

Vous, les sept femmes du clan Hori, je vous laisse vous charger de ce type, comme promis. Mais sachez que je suis fou furieux contre lui, moi aussi... En tout cas, j'espère que vous me pardonnerez de l'avoir épargné.

— Allez, avancez. Conduisez-moi à maître Takuan, gronda-t-il.

Kôshichirô et Ginshirô se mirent en route. Ils avaient beau se hausser le col, ils étaient sans défense. Dôhaku et O-Yura leur emboîtèrent le pas.

— Dépêchez-vous, sinon votre seigneur va mourir d'hémorragie.

La voix de Jûbei les cinglait par-derrière. Ils franchirent la grille.

— Dôhaku, fermez le cadenas. Vous deux, restez en tête et ne vous retournez pas, ordonna Jûbei.

Malheureusement, il devait abandonner les prisonnières pendant trois jours, le temps que les effets du musc de bestialité disparaissent.

Bien entendu, lui-même devrait rester au château jusque-là... Il se mit à échafauder un plan. Première mesure, à prendre dès à présent : il était hors de question de tuer Akinari, malgré toute son envie de le faire... En attendant, nous le garderons avec nous, maître Takuan et moi. Comme otage.

Dôhaku referma en silence le cadenas de la grille. Dans la prison, les femmes se disputaient le morceau de chair d'Akinari. Les frissons de Jûbei redoublèrent.

L'extravagance des captives grisées par l'encens était à donner la chair de poule, mais le plus effrayant, c'était surtout l'assurance insondable, inébranlable, du robuste centenaire qui lui tournait le dos et ne s'avouait manifestement pas battu, malgré le retournement de situation.

— Espèce de monstre, ne put s'empêcher de grincer Jûbei.

— Tu comptes me tuer ? répliqua Dôhaku à voix basse, le dos toujours tourné devant lui.

Jûbei avait la manie de sourire dans les situations les plus inextricables.

— Non, j'ai renoncé. Je réfléchirai plus tard à ce que je ferai de vous – mais si vous y tenez, je pourrais tuer O-Yura à votre place ?

Pour la première fois, il perçut du désarroi chez Dôkahu. Ses épaules avaient tressailli. Ce démon était donc tout de même capable d'affection pour sa fille…

— Bon, très bien, dans ce cas. Allez, avancez.

Ils reprirent leur progression, quittant la pièce souterraine pour les escaliers de pierre. Akinari laissait derrière lui une traînée de sang. On aurait dit un convoi de morts.

— Vas-y, ouvre.

L'énorme porte de la tourelle s'ouvrit. De l'autre côté les attendaient les jardins dans la lumière éblouissante du printemps.

3

Au début, en voyant le groupe émerger de la tourelle sud-est, les guerriers en faction ne se rendirent compte de rien. Kôshichirô et Ginshirô marchaient en tête, suivis par Ashina Dôhaku et O-Yura. Naturellement, les hommes redressèrent leurs lances et s'inclinèrent. Mais lorsqu'ils s'aperçurent du comportement quelque peu étrange de ces sommités du clan Ashina qui passaient devant eux, ils levèrent la tête… et restèrent bouche bée.

Un autre homme fermait la marche, derrière Akinari. L'éclat de la lame qu'il plaquait sur la gorge de leur seigneur les frappa en premier, avant même qu'ils n'aient identifié son visage. Et puis, des fleurs de sang s'épanouissaient à mesure que leur seigneur avançait.

Un brouhaha de voix éclata. Les hommes d'Ashina s'apprêtaient à se disperser dans le jardin.

— Vous feriez mieux de les arrêter, prévint Jûbei à voix basse.

Les guerriers ne semblaient pas l'avoir entendu ; ils restaient paralysés.

— Et tant qu'on y est, Akinari, poursuivit-il, ordonne-leur de ne pas faire de mal aux prisonnières et précise-leur bien que ça pourrait faire courir un risque à leur seigneur. Qu'ils les traitent avec égard. Elles sont trente-sept au total, je vérifierai qu'il y a le compte plus tard… Vous tous, continuez d'avancer ! tonna-t-il. Où se trouve maître Takuan ?

Cet étrange cortège était seul à se déplacer dans les rayons de soleil qui baignaient les jardins. Même les guerriers qui avaient accouru de loin demeuraient figés devant l'identité des deux hommes qui le fermait.

La procession s'approchait du donjon lorsqu'une clameur s'éleva au loin :

— Les voilà !

Puis trois guerriers se ruèrent depuis la porte principale comme des boulets de canon.

Apercevant le cortège, ils s'approchèrent en zigzaguant, si bouleversés qu'ils ne virent même pas la lame pressée contre le cou d'Akinari.

— Les voilà ! lancèrent-ils derechef.

— Qui ça ? demanda Dôhaku.

— Les cinq femmes Hori !

— Quoi, quoi ?

— Elles nous ont demandé si l'homme au masque de *hannya* était sain et sauf. Et elles ont dit que s'il était prisonnier, elles étaient prêtes à échanger leurs têtes contre la sienne.

Le sourire ironique qui flottait sur les lèvres de Jûbei se dissipa.

Kôshichirô et Ginshirô s'apprêtaient à bondir.

— Ne bougez pas ! hurla-t-il sans hésiter, les clouant sur place, puis il ajouta calmement, en se tournant vers les guerriers : Amenez ces femmes ici.

Les trois hommes, ayant enfin compris la portée de la scène qui se déroulait sous leurs yeux, reculèrent avec des cris de surprise.

— Comme vous le voyez, ça ne sert à rien de s'énerver. Allez dire à ces femmes de nous rejoindre. Ne les touchez pas, ne les capturez pas. Et si l'envie vous prend de me jouer un tour, ou si vous mettez trop de temps, votre seigneur ne tardera pas à rejoindre le royaume des ombres. Regardez tout le sang qu'il a perdu depuis que nous nous sommes arrêtés pour discuter.

— Faites ce qu'il vous dit, ordonna Dôhaku d'une voix sombre.

Les trois guerriers hésitaient encore.

— Dépêchez-vous, imbéciles !

Devant la violence de l'exhortation, les trois guerriers filèrent en courant vers la porte principale.

Dans la même direction apparut bientôt un groupe de samouraïs du château, qui soulevaient un nuage de poussière pareil à une colonne de sable. Les hommes du clan Ashina avaient dû les alerter. Les cinq femmes arrivèrent au pas, cernées de lances brandies qui formaient autour d'elles comme les rayons d'une roue énorme.

Elles s'approchaient en ouvrant de grands yeux, sans faire aucun cas des lances, quand elles aperçurent Jûbei.

— Ah ! s'écrièrent-elles en chœur, avant de s'approcher en courant.

La roue tentait désespérément de garder le rythme pour les maintenir sous sa garde. Elles saisirent les hampes des lances.

— Jûbei, vous êtes sain et sauf !

— Nous nous inquiétions à votre sujet ! s'exclamèrent-elles, tout essoufflées.

Des larmes perlaient au coin des yeux de certaines.

O-Sawa, O-Shina, Sakura, O-Kei et O-Tori : leurs visages amaigris frémissaient d'angoisse et de soulagement. Aucune d'entre elles n'avait perdu sa beauté ni sa jeunesse au cours de l'année de lutte acharnée passée à errer entre Kamakura, Edo et Aizu, mais ces trois dernières journées avaient suffi à les affaiblir beaucoup.

Sans doute s'étaient-elles rongé les sangs en ne voyant pas revenir le rossignol. Elles avaient dû imaginer le pire : Jûbei, tombé dans le piège de l'ennemi comme prévu, avait certainement enduré d'atroces tortures, à moins qu'on ne l'ait déjà trucidé…

Qu'elles avaient dû souffrir, ces trois derniers jours, en recherchant désespérément l'*uguisu* !

En fin de compte, décidées à sauver Jûbei, elles avaient choisi de renoncer à la vengeance qui leur imposait de rester en vie, préférant s'élancer à l'assaut du château malgré la mort qui les attendait.

Jûbei avait compris tout cela sur-le-champ et il avait la larme à l'œil, mais il se hâta de leur sourire, découvrant ses dents blanches.

— Comme vous pouvez le voir, je suis toujours en forme.

Une odeur de mèche brûlée se mêlait au vent printanier. On braquait des arquebuses sur eux.

— Dôhaku, dites à ces imbéciles de ranger leurs armes, ordonna Jûbei avant de s'adresser aux femmes d'une voix soudain sévère : Ecoutez… Akinari et les deux derniers survivants des Sept Lances sont ici.

Remarquant Kôshichirô et Ginshirô, elles se ressaisirent aussitôt. Elles posèrent la main sur leur sabre court, coincé dans leur obi.

— Vous y tenez vraiment ? demanda Jûbei.

Le soleil qui enveloppait les cinq femmes parut se transformer en glace. Une tension extrême les habitait.

— Mais bien sûr !

— Vous comptez les laisser faire ? demanda Jûbei, à Dôhaku, cette fois.

Kôshichirô et Ginshirô se retournèrent les premiers. Eux aussi semblaient la fièvre personnifiée.

— Et si nous avons le dessus sur elles ? demandèrent les samouraïs sans même laisser à leur maître le temps de répondre.

— Alors, c'est moi que vous affronterez.

— Et le seigneur ?

— Il sera mort avant, bien sûr, répondit froidement Jûbei, qui pressait toujours sa lame contre la gorge d'Akinari.

Les deux samouraïs se troublèrent.

— Mais...

— Par contre, je resterai spectateur jusqu'à la fin de votre combat, dit Jûbei en regardant les femmes Hori. D'accord, vous cinq ? Le moment est venu d'exercer votre vengeance. Allez-y, récoltez le fruit de vos efforts.

— Merci beaucoup, messire Jûbei ! s'écrièrent-elles.

Il opina.

— Si vous réussissez à les tuer tous les deux, vous vous chargerez d'Akinari. Si vous succombez, je l'enverrai dans l'au-delà aussi sec, et je vous promets de faire un sort à Kôshichirô et Ginshirô ensuite. De cette façon, vous pourrez mourir sans regrets... Cela dit, vous n'avez que des sabres courts, ajouta-t-il avec un coup d'œil aux armes qu'elles tenaient en main. Hé, les gars, dit-il en s'adressant aux guerriers alignés là comme des épouvantails, vous faites bien partie des troupes du clan Ashina ? Pour autant que j'ai pu en juger en vous affrontant, ces lames sont bien trop remarquables pour votre technique de péquenauds. Prêtez-les-leur donc.

La mesure s'imposait, compte tenu des adversaires qu'elles s'apprêtaient à affronter, à savoir Kôshichirô et Ginshirô, mais tout de même, emprunter des armes aux hommes d'Ashina pour combattre deux des leurs… Devant un tel toupet, les guerriers qui se tenaient près de Jûbei posèrent des mains fébriles sur les armes qu'ils portaient à la hanche et reculèrent en pâlissant.

– Vous, là, prêtez-leur vos sabres ! s'écria Kôshichirô en serrant les mâchoires, bouillant sur place. Ça ne sert à rien de refuser, ce type est têtu comme un âne. Et de toute façon, nous aurons le dessus tout de suite…

A contrecœur, les cinq guerriers s'apprêtaient à tendre leurs sabres. Les cinq femmes avancèrent de quelques pas vers eux.

A ce moment, O-Yura, qui se tenait près de Dôhaku, s'approcha de Jûbei en chancelant.

Jûbei savait pertinemment qu'elle sortait de l'Enfer des Neiges où flottait le musc de bestialité – raison pour laquelle lui-même avait d'ailleurs ordonné à son père de lui tenir fermement la main.

Depuis qu'ils avaient pénétré dans les jardins, la jeune femme était restée étonnamment silencieuse.

Jûbei aurait dû trouver son attitude bizarre, mais il l'avait négligée jusqu'ici, distrait par le nombre de dangers potentiels.

Dôhaku, quant à lui, avait compris que sa fille n'était pas dans son état normal. Il voyait bien qu'elle s'humectait les lèvres, que la salive coulait sur son menton, que ses seins pointaient – et qu'elle dévorait Jûbei des yeux à la dérobée. En bon père, il l'avait donc agrippée fermement par la main.

Il la lâcha soudain.

Comme si un fil avait été coupé, O-Yura se mit à marcher vers Jûbei tel un papillon de nuit attiré par la flamme.

Jûbei lui jeta un coup d'œil.

Si la jeune femme avait eu l'intention de lui faire du mal, si peu que ce soit, il l'aurait senti et, rapide comme l'éclair, il aurait adopté une posture de défense... Mais cette créature qui s'approchait de lui en chancelant fondait visiblement de désir. Son expression comme son attitude respiraient l'abandon propre à une femme offerte. Jûbei se troubla donc légèrement – sans se méfier pour autant.

— N'approche pas, lui indiqua-t-il en clignant de l'œil.

Pâmée, elle s'arrêta pile devant lui en haletant. Elle l'appelait d'une voix émoustillée et s'apprêtait à poser la main sur son bras, quand soudain il s'élança en la repoussant d'un coup de pied. Le geste d'O-Yura ne l'avait pas pris par surprise, mais au même moment, il avait vu un fil noir jaillir du poing de

Ginshirô, qui se tenait plus loin.

Le fil noir s'étira vers les cinq femmes qui tendaient les bras pour recevoir les sabres des hommes d'Ashina…

Quand le fil s'évasa brusquement pour se transformer en un énorme filet, Jûbei avait déjà rebondi à terre à quatre bons mètres de là, Akinari sous le bras, en fendant Ginshirô en deux à partir de la tête.

— Le… le filet de brouillard ! s'écria Ginshirô.

Le jeune samouraï présentait depuis longtemps une balafre aussi fine qu'un fil de soie, courant de son front à son menton en suivant l'arête de son nez. Il avait dû se la faire au cours de ses années d'entraînement intensif. Elle était d'autant plus hideuse que son visage au teint clair était beau, et elle lui conférait des airs louches et malsains. Or, le sabre de Jûbei avait tranché net le long de cette cicatrice, sans dévier d'un cheveu.

Aussitôt, Jûbei sentit une tension brûlante parcourir sa nuque : on brandissait un sabre dans son dos. Il pivota sur lui-même.

— Tu veux que je tue Akinari ?

Kôshichirô se raidit, la main posée sur le manche de son arme.

4

— Ah, désolé ! s'écria Jûbei.

Il s'adressait aux femmes Hori. Il s'excusait d'avoir donné un coup de sabre à Ginshirô à leur place.

Puis il se pétrifia.

Les cinq femmes Hori étaient prises dans le filet de brouillard.

Quant à Ginshirô, il restait planté là, ébahi. Entaillé du visage jusqu'à la poitrine, il se dressait, tout raide, serrant fermement dans sa main son filet.

— M… maître Dôhaku, gémit Ginshirô de sa bouche fendue et sanguinolente. Même si le seigneur meurt… et si le fief d'Aizu périt… le clan Ashina ne sera jamais vaincu. Et moi non plus… Je vais tuer les renardes Hori… J'ai gagné !

Plaçant Akinari devant lui pour qu'il lui serve de bouclier contre Kôshichirô, Jûbei fit à nouveau scintiller son sabre. Le bras droit de Ginshirô, celui qui tenait le filet de brouillard, tomba par terre.

Le sang jaillissait à gros bouillons du visage et de l'épaule tranchés. L'avant-dernier survivant des Sept Lances baignait entièrement dans le rouge.

— Victoire ! Je vais tuer toutes les Hori ! s'exclama-t-il dans un rire étouffé avant de s'effondrer soudain.

Dôhaku esquissa un mouvement rapide. Il ne dégaina pas son sabre, se contentant de s'interposer entre Jûbei et les femmes.

L'œil du samouraï borgne s'injecta de sang.

Les cinq femmes Hori étaient toujours prisonnières du filet de brouillard, qui s'était étiré au-dessus de leurs têtes et glissé sous leurs pieds comme un liquide, pour les envelopper entièrement.

Elles qui devaient pourtant bien connaître les

effets de cette arme de cheveux noirs, elles agitaient désespérément les bras comme des oiseaux fous battant des ailes pour s'enfuir. Mais le filet continuait de planer comme une brume et ne se déchirait pas. L'une d'elles tâcha même de le percer à l'aide d'un poignard, mais même un sabre n'y aurait pas suffi.

Jûbei se souvenait très bien combien il avait peiné à trancher la corde avec laquelle on l'avait ligoté, et pourtant, à peine quelques brins de cheveux noirs du filet y étaient mêlés.

— Attendez, j'arrive...

Oubliant qu'il serrait Akinari contre lui et que Kôshichirô se trouvait dans son dos, il s'approcha d'elles en courant. C'est alors qu'il s'aperçut que Dôhaku se dressait sur son chemin.

— Poussez-vous ! s'écria-t-il.

Dôhaku ne bougea pas. Il maintenait un bras sous son pied : celui, tranché, de Ginshirô, qui tenait encore l'extrémité du filet de brouillard. Les doigts blafards, grouillant comme des vers de terre, n'avaient pas cessé de manœuvrer leur piège alors que leur détenteur, à plat ventre dans une mare de sang, ne bougeait plus, figé dans la mort.

Quelle opiniâtreté ! Manœuvré par le bras sans vie, le filet de brouillard rétrécissait de plus en plus.

Le poignard avec lequel l'une des filles Hori avait tenté de le déchirer de l'intérieur était pris dans ses replis. Il se cassa en trois dans un bruit sec. Les cinq femmes avaient la chevelure noire en désordre, le visage et le cou renversés en arrière, les membres entortillés et tordus.

— Aaaaah !

Elles avaient poussé de concert un cri d'impuissance excédée, mais c'était le dernier. La gaze de soie du filet adhérerait bientôt à leur nez et leur bouche pour les étouffer. Elle enserrerait leur corps pour en faire jaillir le sang par les neuf orifices. Elle les comprimerait toutes ensemble avant de les essorer comme une éponge.

— Dôhaku, poussez-vous ! s'exclama Jûbei.

Mais Dôhaku ne bougea pas. Il se tenait là, impassible, sans rire ni enrager, comme s'il portait le masque de cuivre que suggérait son nom. Son corps était immortel. Jûbei ne pouvait le vaincre, il le savait très bien. Et manifestement, Dôhaku savait qu'il savait puisqu'il lui barrait le passage.

— Arrêtez le filet de brouillard !

Dôkahu ne réagit pas.

— Piétinez ce bras ! ordonna Jûbei.

Le silence lui répondit.

— Vous ne m'entendez pas, Dôhaku ? Tant pis, me voilà donc obligé de tuer Akinari !

D'une main, il souleva le seigneur d'Aizu qui se vidait de son sang et pointa la lame du sabre sur sa gorge.

— Très bien ! Prépare-toi à mourir, maudit daimyô !

Dôhaku ne bougea pas. On aurait dit un être inanimé, dépourvu de toute émotion.

Il n'était pas le seul à se taire. Kôshichirô, les hommes d'Ashina et les dizaines de samouraïs du château qui s'étaient attroupés ne disaient mot. Un silence de mort régnait sur les jardins.

Le sabre de Jûbei était resté pointé sur la gorge d'Akinari. Jûbei, au supplice, contemplait Dôhaku et le filet de brouillard.

Dôhaku le dévisageait aussi. Sous ses sourcils, ses yeux caves brillaient comme deux lucioles.

Ce n'était pas un combat au sabre, mais la lutte à mort de deux volontés.

La même que celle qui avait opposé Takuan et Dôhaku, lors de l'horrible bataille des têtes tranchées, se déroulait ici entre Jûbei et Dôhaku. Jûbei finit par céder.

– Je rends les armes ! s'exclama-t-il en blêmissant et en jetant son sabre à terre.

Qu'allait-il se passer maintenant qu'il était désarmé ? S'il se rendait à Dôhaku, la vie des cinq femmes serait-elle sauvée ? Il n'y avait aucune garantie. Et même aucune chance, de toute évidence. Jûbei le savait pertinemment, mais il ne pouvait supporter de voir sans réagir les cinq jeunes femmes se faire ratatiner comme de simples insectes sous ses yeux.

Au même moment, sous le pied de Dôhaku, on entendit les phalanges de Ginshirô se briser.

Le filet de brouillard cessa de bouger, mais les cinq prisonnières y gisaient comme un tas de boue blanche. Sous les fils qui les enveloppaient ne restait plus qu'un monceau de cadavres.

Le sabre long de Kôshichirô sortit alors de son fourreau en raclant.

— Attends, ordonna Dôhaku.

Le sabre stoppa net au-dessus de la tête de Jûbei.

— Encore attendre – mais pourquoi ? s'insurgea le samouraï, les yeux injectés de sang. Regardez ce qui est arrivé à Ginshirô !

— Et toi, regarde Monseigneur, dit Dôhaku en lui montrant Akinari du menton. Si tu dois tuer Jûbei, il faut qu'il te voie le faire, sinon il te le reprochera par la suite.

Akinari gisait par terre. Il s'était évanoui, les yeux révulsés, au moment où Jûbei avait jeté son sabre.

— Hé, vous, emmenez le seigneur au donjon, portez-le dans vos bras. Je vous rejoins tout de suite pour le soigner.

Suivant l'ordre de Dôhaku, les samouraïs se rassemblèrent en courant, soulevèrent Akinari et se précipitèrent à grandes enjambées vers le donjon.

— Les femelles Hori ne sont pas mortes, énonça Dôhaku, dont l'impassibilité avait cédé la place à un sourire ironique. Nous les punirons, elles aussi, devant le seigneur. Quel châtiment va-t-on leur préparer ? Kôshichirô, tu as une idée ?

— Je... ma haine est telle que je n'arrive pas à en trouver.

— Il faut les exécuter pour l'exemple, toutes sans exception, et les faire voir aux habitants du fief qui les ont défendues ainsi que Jûbei. Je viens d'avoir une idée : alignons des poteaux de torture devant la porte principale et crucifions-les la tête en bas. On dénudera les femmes et on les écorchera à loisir, de l'entrecuisse jusqu'à la tête… On passera à la punition de Jûbei après qu'il aura vu tout ça.

Le regard de Kôshichirô luisait de joie et ses dents claquaient de haine. Il plaqua son sabre contre la nuque de Jûbei.

— Ce sera quand ?

— Dans trois jours, pas un de plus.

— Pourquoi attendre autant ?

— Il faut que la plaie de Monseigneur commence à se refermer pour qu'il puisse assister au châtiment.

— Et qu'est-ce qu'on fait de Jûbei pendant ce temps ?

— Mets-le avec Takuan dans la salle de cérémonie où j'ai montré l'écho de rêve. Je ne le laisserai jamais plus s'enfuir. Emmène-le !

— Entendu. Avance !

Derrière Kôshichirô qui pressait Jûbei avec son sabre, Dôhaku donna un ordre aux hommes de son clan :

— Vous, flanquez les femmes dans la tourelle sud-est, mais pas dans l'Enfer des Neiges, dans l'arsenal du rez-de-chaussée. Et puis fabriquez en urgence cinq poteaux de supplice en bois blanc – non, six, en comptant O-Tone !

— Tiens, j'avais oublié de te demander, je n'en avais pas eu le temps jusqu'ici, lança Kôshichirô à

Jûbei. Il manque deux des femmes Hori, O-Chie et O-Fue. Où sont-elles passées ?

Jûbei ne répondit pas. Kôshichirô afficha un sourire effrayant.

— Tu refuses de me le dire ? Tu crois donc pouvoir te le permettre ? Tu vas le payer cher, je t'assure que tu passeras aux aveux…

A ce moment précis, Kôshichirô poussa un cri d'étonnement.

5

— Jûbei ! appelait une femme accourue soudain, comme un oiseau de paradis.

Elle se rangea à son côté.

Kôshichirô n'en revenait pas : il s'agissait d'O-Yura, que leur ennemi avait repoussée tout à l'heure d'un coup de pied.

— Ecartez-vous de là ! s'écria le samouraï – en vain.

O-Yura se cramponnait à leur adversaire comme si elle n'avait rien entendu.

— Jûbei, emmène-moi avec toi ! dit-elle d'une voix langoureuse.

— Pas possible !

Kôshichirô n'en croyait pas ses yeux. Il finit toutefois par se rappeler, en voyant O-Yura liquéfiée dans le vent du printemps, que le musc de bestialité enflammait son corps.

— Dame O-Yura, que faites-vous ? Vous êtes toujours perturbée par l'encens. Cet homme est votre ennemi, c'est Yagyû Jûbei !

— Je sais. Mais c'est justement de lui que je suis amoureuse.

— Quoi… ? Qu'est-ce que vous racontez ? Si jamais le seigneur vous entendait…

— Le seigneur n'est plus un homme. Tu devrais être au courant, toi aussi. C'est celui-ci que j'aime à présent…

Jûbei entendait ce dialogue sans trop l'écouter. Il s'était retourné pour surveiller le départ des femmes Hori, que les guerriers emportaient brutalement sur leurs épaules vers la tourelle sud-est.

Il va de soi qu'il ne se désespérait pas.

Je les sauverai. Oui, c'est sûr. Je ne les laisserai jamais tomber, se jurait-il intérieurement avec une volonté inébranlable tout en continuant à marcher, pressé par le sabre de Kôshichirô.

Il ne pensait pas à se servir de cette femme qui venait se cramponner à lui. Il avait renoncé à garder Akinari en otage pour sauver les cinq femmes. Il ne lui était pas venu à l'esprit qu'il pouvait en prendre un autre.

Il fit mine de la repousser d'un air agacé.

— Laisse-moi tranquille, pousse-toi.

— Ne me dis pas des choses pareilles… Emmène-moi avec toi, Jûbei !

Son haleine chaude lui effleura la joue, sa peau chaude se colla à son bras.

— Dame O-Yura !

Kôshichirô avait levé son sabre. L'animosité perçait dans sa voix. La jeune femme se retourna vers lui sans cesser d'enlacer Jûbei et partit d'un rire ardent.

— Tue-moi ! enjoignit-elle au samouraï tout en dégainant elle-même un poignard. De toute façon, si tu essayes de me séparer de lui, je mourrai !

Kôshichirô, pris de court, embarrassé et furieux, interrogea Dôhaku du regard. Le père d'O-Yura se tenait là, tiraillé par les mêmes sentiments contradictoires, qui se lisaient sur son visage, comme inscrits à l'encre de Chine.

N'accordant aucune attention à l'expression de son père, O-Yura haletait, les mâchoires serrées de désir.

— Vite, Jûbei, emmène-moi… Serre-moi dans tes bras…

Dôhaku n'aurait pas dû être surpris.

Sachant que sa fille était sous l'emprise du musc de bestialité, il avait bien osé lâcher sa main devant Jûbei au moment critique. Une décision téméraire, apparemment – mais en réalité, préméditée. Et il avait gagné son pari, de justesse.

Jûbei avait relâché Akinari et s'était éloigné, pressé par le sabre de Kôshichirô. Dôkahu s'était alors juré de ne pas refaire les mêmes erreurs. Il avait un sourire de satisfaction aux lèvres en songeant au sort qu'il ferait subir à Jûbei et aux femmes prisonnières du filet, lorsque… lorsque, à sa grande surprise, O-Yura s'était de nouveau jetée à la tête de Jûbei. Et qui plus est en défiant Kôshichirô !

Dôhaku n'avait pas du tout prévu cette situation. Jûbei non plus, d'ailleurs, et cela le mettait visiblement dans l'embarras.

Profitant de sa stupéfaction, Dôhaku se redressa.

— Laisse-la, dit-il d'une voix grinçante. Kôshichirô, laisse O-Yura agir à sa guise.

— M… mais…

— Laisse Jûbei faire ce qu'elle lui demande. Qu'il la viole ou qu'il la tue, si c'est ce qu'elle exige de lui. Car elle a bien compris que devant la raison d'un fief de quatre cent mille *koku* son corps et sa vie valaient moins cher qu'une plume d'oie. Seulement, évidemment, il ne faudra pas qu'il s'étonne ensuite qu'on lui rende la monnaie de sa pièce en faisant mourir les cinq femmes du clan Hori de façon dix fois plus atroce encore.

Sur quoi Dôhaku leur tourna le dos, raide comme un roc, pour se rendre au donjon, où l'on avait transporté Akinari.

— Jûbei, allons-y, dit O-Yura, en frottant son corps brûlant contre lui. Tu as entendu mon père : tu peux faire de moi tout ce que tu veux. Et si tu ne me traites pas comme je le demande, attends-toi à ce que les renardes Hori se débattent dans des supplices pires qu'en enfer.

Kôshichirô secoua la tête, dégoûté.

— Vas-y donc ! s'écria-t-il en flanquant son sabre sous le nez de Jûbei.

O-Yura éclata de rire. Elle se redressa sur la pointe des pieds pour enrouler son bras autour du cou de Jûbei, frotter sa joue contre la sienne, allant jusqu'à faire pivoter sa tête vers elle pour l'embrasser.

Devant cette peau humide, collante de salive, Jûbei eut l'impression d'avoir été pris à son tour dans un redoutable filet de brouillard.

XIII
VOIE CÉLESTE ET VOIE DES ENFERS

1

Le premier jour.

Katô Akinari gisait toujours sans connaissance. Une terrible douleur irradiait depuis le milieu de son corps. Il finit par reprendre ses esprits sous l'effet de cette souffrance intense.

— Seigneur, tenez bon, dit Dôhaku. Je suis en train de vous soigner.

— Me… me soigner… ?

Le souvenir de la blessure qu'il avait subie lui revint, accompagné d'une peur certaine.

— Ma plaie va-t-elle guérir ?

— L'hémorragie a déjà stoppé. La douleur diminuera bientôt, elle aussi.

— Je ne te parle ni du sang, ni de la douleur… Je te demande si la plaie sera cicatrisée, si je redeviendrai comme avant, quoi ! Pourquoi tu ne dis rien ?… Dôhaku !

Le centenaire ne répondit pas. Il semblait concentré sur la plaie d'Akinari. Son silence étouffa petit à petit ce dernier, qui, bouleversé et désespéré, finit par s'évanouir de nouveau.

Bien que sonné, il se débattait sur sa couche, se tordant dans un monde de douleur et de cauchemars.

Il flottait dans un marais, allongé sur le dos comme le cadavre d'un noyé. Un marécage de sang, boueux comme de la fange. Au-dessus de sa tête tourbillonnait un nuage noir.

Une nuée de corbeaux voletaient en tous sens comme pour jouer avec ce nuage. Ils étaient sept, et en y regardant de plus près, tous avaient des visages de *hannya*. Les oiseaux noirs descendirent en tourbillonnant et en déployant leurs ailes, aussi larges que les bras déployés d'un humain. Ils piquaient un par un pour lui picorer le ventre. Les rictus des *hannya* se transformaient en becs aigus et s'enfonçaient dans son bas-ventre.

Il essaya de plonger dans le marais de sang à grands cris, mais il rebondit légèrement à la surface dans une éclaboussure de vase pareille à des entrailles. Les sept corbeaux battirent furieusement des ailes puis, cette fois, ils fondirent tous sur lui en même temps.

— Pardonnez-moi ! Pardonnez-moi !

Un éclat de rire assourdissant étouffa les cris qu'il poussait, suffoqué par le sang.

— Hé, oiseaux de malheur, ôtez vos masques !

Un *tengu*, ce dieu qu'on représente sous la forme

d'un corbeau, était assis sur le nuage. Non, pas un *tengu*. Il affichait un visage de *hannya*, lui aussi.

Les masques tombèrent des têtes des sept corbeaux, et un vent obscur les emporta. Ce ne furent pas les femmes du clan Hori qui apparurent. Les oiseaux avaient tous le visage d'O-Yura.

— Akinari, que comptes-tu faire d'O-Yura ?

Le masque de *hannya* tomba également de la forme humaine sur le nuage, qui s'esclaffa. Yagyû Jûbei, son œil unique luisant, riait à gorge déployée.

— Maître, toujours pas d'idée lumineuse ? demanda Jûbei.

Takuan, en pleine méditation *zazen* sur l'estrade triangulaire, ne lui répondit pas.

Ils se trouvaient dans les souterrains du donjon. Kôshichirô y avait mené Jûbei à la pointe de son sabre. Celui-ci y avait retrouvé Takuan dans la solitude. La vaste salle contenait une estrade triangulaire de couleur rouge et un autel sur lequel était dressé un miroir. C'était la pièce où Dôhaku avait fait la démonstration des pouvoirs surnaturels de l'écho de rêve à Takuan.

— Ah, Jûbei, tu es vivant !

— Maître, je n'aurais jamais cru vous retrouver dans un endroit pareil !

Après la joie des retrouvailles, ils s'étaient raconté tour à tour les aventures vécues au cours des jours précédents, mais il leur fallait maintenant discuter du présent et de l'avenir plutôt que du passé.

— Je me suis inquiété pour toi, mais je ne pouvais rien faire. Et surtout, je ne pouvais pas bouger d'ici.

Takuan avait désigné du doigt la porte massive que Kôshichirô avait barrée de l'extérieur, après avoir obligé Jûbei à entrer. Elle leur bloquait le passage comme un mur en acier. Le vieux moine, dévoré d'inquiétude, semblait encore plus émacié que lorsque Jûbei l'avait revu.

Il va sans dire que Takuan ne se souciait pas de son propre sort, mais de celui de Jûbei. Et à présent qu'il venait d'apprendre la capture des cinq femmes Hori, désormais enfermées dans la tourelle sud-est et destinées à se faire crucifier dans trois jours, il plissait le front de souffrance.

— C'est donc ainsi que cela s'est passé… avait-il commenté. Je m'en doutais… Peu importe nos vies, mais je tiens à tout prix à sauver ces femmes.

C'est ainsi que Jûbei avait demandé conseil à Takuan, qui avait fermé les yeux pour se lancer dans une séance de méditation sur l'estrade.

Pendant tout ce temps, une voix douce était sans cesse venue distraire leur triste dialogue. C'était celle d'O-Yura. Jûbei la retenait fermement par le bras, mais elle en profitait pour frotter son corps contre lui, s'agripper au sien et continuer à se tortiller.

— Jûbei, dépêche-toi, enfin… Tu n'as pas encore fini de discuter ?

Evidemment, au début, la présence de cette femme avait suscité une lueur d'espoir dans les yeux de Takuan.

— Est-elle là en otage ?

— Non, elle m'accompagne de son plein gré.

Devant l'incongruité de la situation, Jûbei avait éclaté d'un rire amer et expliqué l'épisode du musc de bestialité à Takuan, en concluant :

— Même Dôhaku a jugé qu'il n'y avait rien à faire.

— On ne pourrait pas se servir d'elle pour le manœuvrer ?

— Et comment ? avait répondu Jûbêi, l'air pas très sûr de lui, à la surprise de Takuan. Quand cette femme m'a suivi, Dôhaku a paru troublé et embarrassé, ce qui m'a laissé penser qu'il avait malgré tout un cœur de père. Mais accepterait-il de pardonner aux femmes Hori en échange de sa fille ? Là, je dois avouer que j'y crois beaucoup moins, dit-il en se rappelant l'expression ambiguë du centenaire. Il a dit que je n'avais qu'à la violer ou la tuer si telle était mon envie, mais que dans ce cas, les cinq femmes Hori seraient exécutées de façon dix fois plus atroce – et il est capable de tout, nous le savons, y compris d'envoyer froidement sa fille à la mort… De toute façon, j'ai des doutes sur le fait qu'elle puisse nous être utile.

Il va sans dire que Dôhaku n'avait pas laissé O-Yura à Jûbei de gaieté de cœur. Il chercherait certainement à la reprendre par un moyen ou un autre, pour peu qu'elle n'ait pas perdu complètement la tête… mais à l'inverse, il était peu probable qu'il laisse les femmes du clan Hori en réchapper et partir libres du château.

— En plus, comme vous pouvez le constater, on dirait qu'elle est folle, même si c'est l'encens aphrodisiaque qui l'a rendue ainsi, avait ajouté Jûbei en maintenant fermement la main d'O-Yura, dont la bouche affichait un sourire séducteur figé. Je ne tiens pas à me servir de sa démence comme d'un atout.

Ah, la fierté masculine ! Jûbei s'attachait encore à de tels détails alors qu'il était aux abois.

— Mais... nous n'en avons pas d'autre ! avait murmuré Takuan en regardant O-Yura. Tu m'as dit que cette femme reviendrait à elle dans trois jours, pas vrai ? Je suis sûr que Dôhaku essayera de la reprendre à ce moment-là et qu'il ne libérera pas les femmes Hori. Non, il élaborera plutôt une ruse pour la récupérer sans rien perdre en échange. Je dois la déjouer. Les femmes Hori doivent s'enfuir coûte que coûte.

Et depuis, toutes les deux ou trois heures, Jûbei lui répétait sa question :

— Maître, toujours pas d'idée lumineuse ?

Il va sans dire qu'O-Yura avait passé son temps à rire, à chuchoter des propos indécents, voire à pousser des soupirs excédés. Elle défiait Jûbei par son affreuse impudeur, pendant que le samouraï borgne maintenait fermement son bras pour l'immobiliser, sans trop savoir que faire d'elle.

— Maître, toujours pas... ?

En fait, lorsqu'il posait cette question, il ne parlait pas tant de ce qui se passerait dans trois jours que de la situation insupportable où il se trouvait actuellement.

Combien de fois avait-il voulu bourrer de coups de poing le flanc de la jeune femme pour la faire tourner de l'œil ?

Cependant, la menace de Dôhaku de faire payer les femmes Hori le paralysait. Même un simple petit évanouissement risquait de les mettre en danger.

— Maître, toujours pas d'idée lumineuse ?

— Si j'en avais eu une, ça fait longtemps que j'aurais arrêté de me donner du mal ! gémit Takuan en se prenant la tête dans ses mains.

2

Le deuxième jour.

— Dôhaku, où est O-Yura ? demanda Akinari en s'adossant à son tas de coussins.

C'était ce qu'il n'avait cessé de murmurer, le premier jour, en se débattant dans son cauchemar.

— Pourquoi ne vient-elle pas me voir ? Que lui est-il arrivé ?

Il avait appris que la veille, O-Yura ne s'était pas montrée à son chevet. Et voilà qu'aujourd'hui non plus, alors qu'il pouvait déjà se lever tant bien que mal.

Dôhaku lui répondit qu'O-Yura, bouleversée par les événements de la veille, était elle aussi alitée. Car il avait du mal à avouer au seigneur qu'O-Yura était partie de son plein gré, cramponnée à Jûbei, tremblante de désir, même si cet état était dû au musc de bestialité.

Akinari n'allait pas jusqu'à imaginer cette hypothèse, mais, compte tenu de la jeunesse et de la sensualité de sa bien-aimée, ainsi que de ce qu'il avait perdu, il éprouvait désormais une vive inquiétude, tout daimyô qu'il était avec son fief de quatre cent mille *koku*. Il brûlait d'impatience de la revoir autant qu'un homme ordinaire qui redoute de se faire plaquer.

— Très bien ! Dans ce cas, c'est moi qui vais aller la voir. Aide-moi à me lever ! s'écria-t-il en serrant les poings.

Dohaku finit par avouer, les yeux pleins d'amertume :

— Monseigneur, puisque vous insistez, je dois vous expliquer quelque chose. Je ne vous l'ai pas dit jusque-là car vous souffriez bien assez et je ne voulais pas vous porter un choc psychologique. O-Yura a été capturée par Jûbei et se trouve actuellement avec Takuan au sous-sol de ce donjon.

— Que… que dis-tu là ? s'ébahit Akinari. Et… elle est saine et sauve ?

— Tout à fait. Seigneur, soyez rassuré. Jûbei ne pourra pas la toucher.

— Co… comment le sais-tu ?

— Parce que j'ai très clairement prévenu Jûbei que s'il posait ne serait-ce qu'un doigt sur elle, nous le ferions payer cher aux renardes Hori, qui sont enfermées dans la tourelle sud-est.

— Ah ! Je me demande si c'est efficace…

— Ça l'est, croyez-moi, compte tenu de son caractère…

— Mais tu as laissé la vie sauve à Jûbei ? Pourquoi n'as-tu pas fait exécuter les rebelles Hori ?

— J'attendais que vous soyez rétabli et puissiez assister à leur supplice. A moins que vous préfériez ne pas y assister en personne ?

— Mais si ! Bien sûr que si ! Alors, tu as prévu ça pour quand ?

— Pour demain. Vous devriez être capable de franchir la porte principale.

— Et quelle mort leur prépares-tu ?

— Je vais faire aligner des poteaux de torture pour les crucifier la tête en bas, entièrement nues. Ainsi, les habitants verront ce qu'il en coûte de s'opposer à leur daimyô.

— Mouais…

— Je montrerai aussi ce spectacle à Jûbei avant de l'exécuter, et à Takuan avant de l'expulser, affirma calmement Dôhaku. Même si le vieux moine regagne Edo, tant que je tiens la vie de Tenkai entre mes mains, nous n'aurons pas à craindre qu'il s'en prenne au clan Katô.

— Et qu'arrivera-t-il à O-Yura ?

— Je l'aurai reprise d'ici là, bien évidemment.

— Tu en es sûr ?

— Vous pouvez compter sur moi.

— Mais alors, pourquoi ne pas y aller maintenant ? Elle me manque tellement ! Je veux voir son visage, maintenant !

Un léger désarroi traversa le visage de Dôhaku. O-Yura déraisonnait toujours. Elle n'était pour l'instant qu'une catin soucieuse des plaisirs de la chair. Tant que le musc de bestialité agissait, même lui ne pouvait rien faire.

— Seigneur, montrez-vous raisonnable. Que feriez-vous si, en approchant Jûbei, vous subissiez la même mésaventure qu'il y a deux jours ? répliqua-t-il d'un ton menaçant.

Devant le ton grondeur de Dôhaku, Akinari gémit comme un chien battu.

— Dôhaku… n'oublie pas que Jûbei m'a é… il m'a émasculé ! Le clan Katô n'avait pas encore d'héritier. Il ne nous reste plus aucun espoir d'en avoir un à présent !

— Seigneur… O-Yura est enceinte. Nous ne le savons que depuis quelques jours.

— Quoi ?

— Je ne vous l'avais pas encore révélé parce que, au moment où ma fille m'a confié la nouvelle, nous étions en état d'alerte et j'ai dû me concentrer sur l'écho de rêve et sur Takuan. Et puis, je préférais être sûr de sa grossesse…

— Elle attend mon enfant…

— Je l'ai examinée de près, et elle est effectivement enceinte. Et maintenant que son état est avéré, je ferai en sorte qu'un garçon naisse, par la force de ma volonté. L'avenir du fief d'Aizu est désormais assuré. Je vous adresse toutes mes félicitations, dit Dôhaku en lui souriant enfin, tout en se prosternant devant lui. Voilà pourquoi nous devons absolument reprendre O-Yura des mains de Jûbei.

Les traits d'Akinari s'étaient crispés. D'étonnement, au départ, devant une annonce aussi inattendue, puis il essaya de sourire, mais ne parvint qu'à afficher un rictus.

— Ah bon, Yura va me donner un héritier, murmura-t-il d'une voix terne.

Certes, il aurait dû se réjouir de la grossesse de son épouse préférée… Malgré tout, lorsqu'il songeait à l'avenir triste et vide qui l'attendait, il avait l'impression que sa vie tout entière avait viré au gris.

Il ne pourrait plus aimer de femmes. Après la naissance de son enfant, la séduisante et coquette O-Yura coucherait-elle encore avec lui ?

L'avenir qu'il entrevoyait depuis son réveil ressemblait plus encore à l'enfer que son cauchemar de la veille. Il se sentit frissonner.

Pendant ce temps-là, Dôhaku souriait en se prosternant devant lui.

Qu'Akinari soit devenu impuissant lui était plutôt favorable. Il n'y avait maintenant plus aucune chance pour que son épouse d'Edo ait un enfant légitime. L'enfant qu'O-Yura mettrait au monde serait assuré d'hériter du fief d'Aizu. Lui qui aurait du sang Ashina dans les veines, il deviendrait le maître incontesté d'Aizu : n'était-ce pas la réalisation de ce rêve que Dôhaku avait fait toutes les nuits pendant plus d'un siècle ?

Hum… A bien y réfléchir, on peut même dire que ce Yagyû Jûbei a été l'envoyé du diable… pour le plus grand profit du clan Ashina.

Dôhaku levait la tête, un sourire ironique aux lèvres, quand il aperçut le regard vague et morose d'Akinari, à croire que ce dernier était plongé dans la contemplation de l'enfer. Lui-même reprit son impassibilité innée, son masque de bronze.

— Quoi qu'il en soit, ce Jûbei et son sabre maléfique vous ont causé des dommages irréparables, affirma-t-il d'une voix enflammée. Vous n'avez qu'à le faire souffrir autant qu'il vous a fait souffrir – non, dix fois plus !

— Jûbei, lâche-moi la main, enjoignit O-Yura en tortillant des hanches.

Jûbei ne répondait même plus. Il était mort de fatigue, bien plus que pendant le temps qu'il avait passé enfermé dans l'Enfer des Neiges. A ce moment-là, bien qu'attaché, il avait pu dormir, alors qu'ici, ce n'était plus possible. Il devait prendre garde à ne jamais lâcher le bras d'O-Yura. Il aurait voulu dénouer l'obi de la jeune femme ou improviser un lien pour l'attacher, mais impossible : Kôshichirô l'avait à l'œil.

Car ce dernier se rendait souvent dans cette salle de cérémonie en sous-sol. Il y venait pour donner des instructions aux hommes du clan Ashina, lorsque ceux-ci apportaient les repas, et il profitait de chacune de ces occasions pour jeter un coup d'œil dans la salle, même quand il n'avait rien de particulier à faire sur place.

— Deux poteaux de torture sont déjà dressés,

annonça-t-il en regardant les provocations d'O-Yura vis-à-vis de Jûbei.

— Et de trois, revint-il dire d'une voix sourde un peu plus tard.

Contraint par la menace de Dôhaku, Jûbei ne pouvait rien faire. Le sachant, Kôshichirô semblait se moquer de lui et se divertir de le voir souffrir.

On avait confisqué à O-Yura son poignard lorsqu'elle était entrée.

Takuan ne dormait pas, lui non plus. Il pratiquait la méditation toute la nuit, au prix d'une grande souffrance : il baignait dans la sueur et gémissait même. L'exécution des femmes Hori était prévue pour le lendemain – il était talonné par le temps, qui filait comme une flèche.

— Jûbei, tu refuses encore de céder à ma prière ?

Son bras toujours maintenu par Jûbei, sans tenir compte du regard du moine Takuan, O-Yura en rajoutait ouvertement dans la provocation, se déshabillant presque.

— Je n'en peux plus. Je renonce. Lâche-moi la main.

— Ah… Tu me laisses enfin tranquille ?

— Je vais voir mon père pour lui demander de torturer les femelles Hori à mort tout de suite.

— Je ne te laisserai pas faire ça.

— Alors exauce mon vœu, pour une fois. Si tu acceptes, je m'arrangerai pour que ces femmes soient épargnées. Je mettrai ma vie dans la balance.

A quel point Jûbei pouvait-il se fier à sa promesse ?

Non, il fallait résister à cette tentation redoutable.

— Si tu n'y consens pas, j'appelle Kôshichirô et je lui demande de les tuer toutes. Kôshichirô ! Kôshichirô !

Jûbei pressa sa main contre la bouche d'O-Yura et, ce faisant, sa poigne se relâcha. Sans compter que le corps blanc d'O-Yura était visqueux et glissant. La jeune femme bondit soudain tel un poisson pour s'agripper à Jûbei qui, de son côté, essayait désespérément de l'immobiliser.

— Laisse-moi t'embrasser au moins…

Jûbei ne savait plus comment s'y prendre avec elle.

— Attends jusqu'à demain, dit-il dans un cri. Là, je t'obéirai !

Or, le lendemain était justement le jour choisi pour la crucifixion.

3

Le troisième jour.

— Tout est prêt, annonça Kôshichirô dont le visage émettait des lueurs bleuâtres.

— Ça y est ?

Akinari se leva d'un bond. Une grimace lui échappa aussitôt, mais au moins pouvait-il faire ce mouvement à présent. De son côté, Dôhaku restait calme.

— Vous avez dressé les poteaux de crucifiement ?

— Tout à fait, il y en a cinq ; nous avons enlevé le sixième, celui d'O-Tone, puisque vous nous avez expliqué que vous alliez l'exécuter avant les autres.

— Très bien. Les habitants du fief se sont attroupés ?

— Ils ont vu le panneau qui a été fixé depuis trois jours, et plusieurs milliers d'entre eux sont venus.

— Bien. Monseigneur, allons-y.

— Je vais voir O-Yura.

— Non, attendez. Kôshichirô, est-ce que ma fille va bien ?

— C'est que… Elle est dans le même état qu'il y a trois jours.

Un léger embarras passa sur le visage de Dôhaku. Il ne fallait absolument pas la montrer ainsi à Akinari, grisée par le musc de bestialité. Mais… normalement, l'encens aurait dû cesser son effet…

— Il ne lui est rien arrivé ?

— Non, mais son état n'a pas changé.

Même s'il ne comptait pas parler des extravagances d'O-Yura à Dôhaku, on sentait une certaine répugnance chez Kôshichirô.

— Alors je vais la chercher.

— Dôhaku, tu dis ça comme s'il s'agissait juste de passer un objet d'une main à l'autre…

— Seigneur, une fois que ma décision est prise, récupérer O-Yura ne sera qu'un jeu d'enfant. Mais comme elle a été la captive de Jûbei pendant trois jours, sa toilette et son maquillage ne sont sûrement pas présentables. Ma fille aurait très honte de se montrer devant vous sous un tel jour. Vous comprendrez que je préfère aller la chercher seul dans ces circonstances, puisque je suis son père. Vous, partez avec Kôshichirô, installez-vous devant la porte principale, je vous y rejoindrai... Ohé, samouraïs ! lança-t-il en haussant la voix.

Un groupe de guerriers du clan Ashina, en tenue d'apparat, accoururent depuis le jardin, à croire qu'ils n'attendaient que cela, et se prosternèrent devant eux.

— Accompagnez le seigneur !

— A vos ordres !

— Ensuite, pour ce qui concerne les femmes Hori : on ne sait toujours pas où se trouvent O-Chie et O-Fue. Mais comme l'écriteau annonçant l'exécution des cinq autres est dressé depuis trois jours, elles ont très bien pu se mêler à la foule, histoire d'espionner ce qui se passe. Faites une ronde pour tenter de les repérer.

— Entendu.

— En cas d'imprévu, est-ce que les arquebusiers sont prêts ?

— Oui, comme vous nous l'avez demandé.

— Ah oui, autre chose. Cette femme, O-Tone : séparez-la des autres et traînez-la jusqu'à l'entrée qui mène au souterrain du donjon. Je vous y retrouverai, dit Dôhaku en se levant d'un bond. Maintenant, monseigneur, allez-y. Je vous rejoindrai à la porte principale, accompagné d'O-Yura joliment maquillée et de Takuan et Jûbei ligotés bien serré.

La porte massive du souterrain s'ouvrit en grinçant.

Une lueur bleuâtre sortie d'on ne sait où éclairait l'ouverture. Jûbei aperçut quelques *bushi* coiffés de casques *jingasa* qui s'activaient sur le fond de cette lumière.

— Enfin ! C'est aujourd'hui, murmura O-Yura, enjouée, tout près de lui.

A la vision de cette lumière, Jûbei sentit son cœur comme comprimé. Pendant tout le temps où il s'était trouvé au sous-sol, il n'avait pu reconnaître le jour de la nuit, mais son pouls avait bien mesuré le temps : il savait qu'on était au troisième jour et qu'il s'apprêtait à se vider de son sang par tous ses pores.

— Jûbei, tu ne veux pas t'enfuir avec moi ? proposa O-Yura dans un jet d'haleine brûlante.

— M'enfuir ?

— Il n'est pas trop tard. Si tu m'accompagnais, tu pourrais t'enfuir. Je suis la fille d'Ashina Dôhaku. Je pourrais laisser s'échapper maître Takuan et même les femmes du clan Hori. Tout ce que je souhaite, c'est que tu vives avec moi à partir de maintenant...

Que faisaient les *bushi* en faction ? En tout cas, ils n'étaient toujours pas entrés dans la salle. Jûbei détourna son attention de la porte pour fixer O-Yura. Son élocution semblait toujours quelque peu pâteuse, mais ses paroles sonnaient différemment de la veille.

— Tu as repris tes esprits ? demanda-t-il.

— J'ai toute ma raison ! s'esclaffa-t-elle avec un

grand sourire, comme si elle était une fleur de désir charnel.

Jûbei, de plus en plus désarçonné, scrutait avec attention son visage ensorcelant lorsqu'il entendit la voix de Takuan.

— Ashina Dôhaku !

Dôhaku se tenait dans l'encadrement de la porte. Son ombre découpée n'était pas la seule : une autre silhouette, celle d'une femme entièrement nue, se tenait à côté de lui. Le vieillard de cent sept ans portait un flambeau allumé dans la main droite.

Il entra lentement, suivi de la femme, qu'il agrippait fermement de sa main gauche. Lorsqu'il la reconnut, Takuan laissa échapper un nouveau cri.

— O-Tone !

Dôhaku, inexpressif, restait planté là, au milieu des étincelles que dardait son flambeau. O-Tone avait été attachée si serré qu'elle le suivit sans même pousser un cri, alors même qu'elle venait d'apercevoir Takuan et Jûbei.

La porte se referma mystérieusement de l'extérieur.

Tirant O-Tone par le bras, Dôhaku grimpa sur l'estrade triangulaire pour plonger son flambeau dans le foyer. Les *gomagi*, les bûches de prière, accumulées dans le foyer s'enflammèrent aussitôt en crépitant.

— Rendez-moi O-Yura, réclama Dôhaku.

Les yeux injectés de sang, Takuan et Jûbei se contentèrent de le dévisager.

— Ecoutez, au moment où je vous parle, on traîne

vos cinq protégées jusqu'à des poteaux de crucifiement devant le portail du château. Rendez-moi O-Yura, répéta Dôhaku.

— Si je vous la rends, libérerez-vous les femmes Hori ?

— Impossible, répondit froidement Dôhaku. Mais tu devrais me remercier, mon cher Jûbei, car bien que crucifiées, elles mourront d'un seul coup de poignard au cœur. Au moins leurs souffrances ne dureront-elles qu'un instant. Par contre, si tu ne me rends pas ma fille sans faire d'histoires, elles auront la langue arrachée devant la foule. On leur tranchera les doigts, on leur fera subir toutes les tortures et les avanies imaginables, jusqu'à ce que mort s'ensuive... C'est pourquoi je te conseille de libérer docilement O-Yura.

Grinçant des dents, Jûbei attira cette dernière à lui en enroulant un bras autour de son cou.

— De toute façon, ces pauvres femmes n'en réchapperont pas ! Mais la vie de ta fille est entre mes mains !

— Tu comptes la tuer ? grinça Dôhaku. Vas-y ! Que représente sa vie comparée au fief d'Aizu ? O-Yura, je resterai ici à te regarder. Meurs dignement !

Un silence terrible s'écoula.

— Dôhaku, dit Jûbei d'une voix rauque, si je te la rends... laisseras-tu les Hori mourir en dignes filles de samouraïs ?

Dôhaku acquiesça. On aurait dit qu'il souriait.

Jûbei savait très bien que ce geste et ce sourire

n'étaient pas dignes de confiance, au contraire. Si Dôhaku venait de se déclarer capable de laisser sa fille mourir sous ses yeux, c'était par pure intimidation. Pourtant, le samouraï avait beau en être conscient, il ne pouvait supporter l'idée que ses compagnes d'armes soient torturées jusqu'à ce que mort s'ensuive, en souffrant tous les déshonneurs possibles.

Il capitula.

— Tiens, la voilà !

Jûbei poussa violemment O-Yura vers Dôhaku, comme si celui-ci l'aspirait vers lui.

Elle trébucha en s'approchant de son père – mais, parvenue à mi-chemin entre les deux hommes, elle s'arrêta. Dôhaku lui tendit la main.

— O-Yura, viens.

— Père, dit-elle, pourriez-vous pardonner à messire Jûbei ici présent ?

— Hein ? s'exclama Dôhaku en jetant un regard soupçonneux à sa fille. Non, c'est impossible. Cet homme est encore plus haïssable que les renardes Hori. Allez, viens.

— Dans ce cas, je retourne auprès de lui.

O-Yura se rapprocha de Jûbei en chancelant. Dôhaku la talonna d'un ou deux pas.

— O-Yura, tu es toujours grisée par le musc de bestialité ? s'écria-t-il.

— Non, l'effet s'est estompé. Et malgré tout, je suis encore plus amoureuse de Jûbei. C'est vraiment un homme comme je n'en ai jamais connu. Père, laissez-moi quitter ce château avec lui !

— Que… quoi ?

Dôhaku n'était pas le seul à être frappé de stupeur. Jûbei aussi…

— Dès l'instant où il a pénétré tout seul dans ce château où grouillent plusieurs centaines de samouraïs armés d'arcs et d'arquebuses, j'ai été saisie d'un frisson à sa vue. Je n'ai pas compris pourquoi sur le moment. Ou disons que j'ai fait comme si je ne comprenais pas. Ensuite, j'ai essayé de le haïr. J'ai voulu le couvrir de honte, le voir dans un état lamentable…

O-Yura s'était encore rapprochée de Jûbei. Ses yeux étaient tournés vers son père, mais elle parlait comme si elle chuchotait à une présence invisible :

— Pour être sincère, il a bouleversé mon âme. Je le reconnais, maintenant. Telle que vous me voyez, père, je ne peux qu'écouter ce sentiment, cet amour que j'éprouve pour la première fois de ma vie. Laissez-moi accomplir mon rêve.

O-Yura sourit à Dôhaku ; le vieillard n'avait jamais connu expression plus belle ni plus redoutable à sa propre fille.

— Père, je quitterai ce château avec lui.

— Mais c'est… ce n'est pas possible ! gémit sourdement Dôhaku. O-Yura, tu portes dans ton ventre…

A peine avait-il commencé sa phrase qu'il se tut, le visage crispé.

— Effectivement, je porte un enfant du clan Katô, admit O-Yura. Avec ce qui est arrivé au seigneur, il sera certainement le seul à lui succéder. Me tuer serait donc assassiner le clan Katô. Selon la coutume du shôgunat, en l'absence d'héritier, tout clan doit s'éteindre, même celui d'un daimyô dont le fief vaut plusieurs centaines de milliers de *koku*. Père, vous n'êtes pas sans savoir que si le clan Katô s'éteint, le grand et long rêve du clan Ashina sera réduit à néant.

— O-Yura, que… que vas-tu raconter devant nos ennemis ? Compterais-tu donc trahir ton père ?

— Oh, je ne vais quand même pas vous trahir. Comment voudriez-vous que je me réjouisse de voir disparaître le rêve du clan Ashina ? Quand l'enfant sera né, je le renverrai au château. Vous pourrez faire de lui tout ce que vous voudrez. Mais pour l'heure, je m'en vais avec Jûbei. C'est mon souhait le plus cher… dit-elle en s'accrochant au bras de Jûbei et en levant vers lui des yeux qui paraissaient toujours grisés par le musc de bestialité. Jûbei, m'as-tu écoutée ? Je deviens ton otage, volontaire et inespéré. Mon père ne saurait me laisser mourir. Tant que je serai à tes côtés, tu pourras sortir indemne du château… Viens, allons-y.

Tiré en avant, Jûbei avança sans conviction de deux ou trois pas. Dôhaku, qui l'avait regardé fixement en faisant grise mine, tenta le tout pour le tout :

— Takuan, arrêtez-le !

Takuan resta assis sans bouger un cil, les yeux à demi fermés.

— Ah, c'est comme ça ! Dans ce cas…

Dôhaku poussa brutalement O-Tone. Cette dernière s'avança en chancelant puis s'appuya contre l'un des énormes bols en bronze, en forme de fleur de lotus, posés au bord de l'estrade triangulaire.

— Partons, Jûbei, fit O-Yura en le tirant par la main sans faire aucun cas de son père.

— O-Tone, lève le bras.

Sans prêter attention aux deux jeunes gens, Dôhaku s'était avancé vers O-Tone, la main posée sur le sabre accroché à sa hanche. Son corps de patriarche dégageait l'agressivité d'un tigre.

O-Tone, qui se cramponnait au bol en forme de fleur de lotus, leva soudain le bras. Elle qui, jusqu'ici, avait si bien résisté au danger et aux humiliations semblait avoir perdu toute volonté.

— Non !

Takuan, assis en position du lotus, s'était à moitié redressé. Trancher le bras d'une femme pour verser le sang dans ce pot, puis l'enflammer avec de l'huile… C'était ainsi que la redoutable cérémonie de l'écho de rêve avait débuté l'autre jour…

Jûbei, qui n'en savait rien, n'aperçut pas non plus le regard ensorceleur que Dôhaku venait de jeter à O-Tone, vu qu'il tournait le dos au vieux sorcier, mais il pressentit que quelque chose de louche, de surnaturel, était sur le point de s'accomplir.

— Attendez, dit-il.

Tout désarmé qu'il était, il allait se précipiter sur Dôkahu quand :

— Attention !

O-Yura, ondoyant comme une sirène, s'était jetée devant le centenaire.

— Père, arrêtez, enjoignit-elle en posant la main sur la poignée du sabre que Dôhaku avait déjà à moitié dégainé.

— Quoi ? Comment oses-tu ? s'indigna ce dernier.

Et, tout Dôhaku qu'il était, lorsqu'il entendit le bruit des pas de Jûbei qui s'approchait de lui en courant, il perdit son calme. Une aura noire de désarroi et de fureur l'entoura.

— Tu tiens donc à me désobéir jusqu'au bout !

Dôhaku se secoua, fit tomber O-Yura à la renverse, puis son sabre déchira violemment le vide en face de lui en scintillant parmi les flammes.

Il n'avait eu aucune intention de blesser sa fille. Il avait juste voulu l'intimider. Frappé de stupeur, il se rendit compte qu'après avoir été repoussée, elle avait rebondi comme un fouet juste en dessous de sa lame.

— Ah !

Le centenaire venait de pousser cette exclamation. Son sabre avait violemment tranché O-Yura de l'épaule jusqu'à la poitrine. L'arme se détacha de ses mains. La stupéfaction, sans doute, mais surtout, la poignée lui avait été arrachée par le corps d'O-Yura, à croire que celui-ci était de plomb.

— O-Yura ! s'exclama Jûbei.

La jeune femme recula en sursautant. Elle avait les cheveux ébouriffés et ne s'était pas rhabillée depuis qu'elle avait perdu l'esprit en respirant le musc de bestialité. Sa peau d'une blancheur de neige était semée de cheveux noirs et de sang.

— Le torse de plomb dont parlent les textes de

l'art du combat ninja, à la façon d'Ashina Dôhaku…

Elle sourit en décochant un regard torve à son père. Puis elle s'effondra.

Dôhaku gémit et il s'apprêtait à se jeter sur elle, mais Jûbei le devança.

— Yu… Yura, balbutia le centenaire.

Sans même tourner la tête vers lui, Jûbei souleva la jeune femme dans ses bras.

Les mots lui manquaient. Il était déjà suffisamment déconcerté par le fait qu'O-Yura était tombée amoureuse de lui, même une fois dégrisée des effets de l'encens. Et dire qu'elle s'était volontairement jetée sous la lame de son père pour lui arracher son sabre…

Ah, quelle femme !

— Jûbei, embrasse-moi, dit O-Yura dans ses bras en soulevant le menton, comme si elle ignorait sa blessure.

— Exauce son souhait, intervint Takuan. Sans quoi, elle ne pourra pas renoncer à cette obsession et tombera à jamais dans le dernier cercle de l'enfer.

Jûbei contempla le visage de la femme mourante qui frissonnait dans ses bras. Seuls ses yeux brûlaient de vie… La serrant soudain contre son cœur, il l'embrassa.

Non pas à cause de ce que venait de dire Takuan. Ni non plus par pitié. Il avait été touché par la flamme de celle qui avait risqué sa vie pour lui.

Les lèvres d'O-Yura étaient chaudes. Malgré lui, Jûbei se perdit un instant dans l'extase de ce doux baiser.

Ashina Dôhaku, paralysé, les regardait, les yeux écarquillés.

Quelle fille ! Il avait voulu l'immobiliser, mais c'était finalement lui qui ne pouvait plus bouger.

Le torse de plomb à la façon d'Ashina Dôhaku, avait-elle dit un instant plus tôt. C'était le pouvoir surhumain que Dôhaku s'était forgé à force d'entraînements terribles dans les montagnes et dans les champs, à l'époque où il attendait patiemment l'occasion de se faire un nom. Au moment où le sabre d'un ennemi le touchait, il contractait ses muscles, ses vaisseaux sanguins et sa moelle afin de lui arracher son sabre. Cet art que même les Sept Lances n'avaient jamais réussi à acquérir, quand et comment O-Yura l'avait-elle atteint ? Il va sans dire qu'il ne le lui avait jamais enseigné.

A ce moment-là, l'ombre de la mort disparut des joues d'O-Yura, qui écarta ses lèvres de celles de Jûbei et lui sourit d'un air ravi. Son visage était d'un rouge ardent, comme s'il brûlait dans les flammes magiques de la cérémonie du feu.

— Jûbei, retire ce sabre de mon corps.

Le samouraï ne réagit pas.

— Tu peux l'enlever. Non, ne t'inquiète pas. Je ne vais pas mourir. Mon père ne me tuera pas, car je tiens le destin d'Aizu et du clan Ashina dans mon ventre.

Un ouragan d'indignation secoua soudain Dôkahu.

O-Yura allait mourir. Elle ne pourrait pas rester en vie avec une plaie aussi profonde.

Le torse de plomb… Elle avait dû acquérir cette technique ninja par mimétisme. Il fallait être absolument sûr de ne pas périr, comme lui, pour employer cette technique. Or, O-Yura était sur le point de rejoindre le royaume des morts, anéantissant l'avenir d'Aizu et du clan Ashina pour lequel il avait donné toute sa vie et c'était lui qui lui avait porté le coup fatal !

4

— Non, je ne lui laisserai pas la vie sauve, gémit Dôhaku, la gorge serrée, en se couchant brutalement à plat ventre dans la flaque que formait le sang d'O-Yura.

D'abord, Takuan crut qu'il était hébété de désespoir, mais un bruit bizarre sourdant du visage du centenaire le saisit d'épouvante. On aurait dit qu'il lapait quelque chose.

Non, ce n'était pas un simple lapement. Il semblait même siroter un liquide.

Il est en train de boire le sang d'O-Yura ! Est-il devenu complètement fou ?

Sans faire un geste, Takuan regarda Dôhaku, qui releva la tête.

— O-Yura, avec toi mourront Aizu et ses quatre cent mille *koku*, dit-il, le sang dégouttant sur sa barbe.

Il se redressa soudain.

— Crève aussi, Takuan ! Et je ne laisserai pas non plus la vie sauve à Jûbei.

Celui-ci était occupé à retirer le sabre du corps d'O-Yura. Il se redressa à son tour. Dôhaku lui jeta un coup d'œil, puis se tourna vers le vieux bonze :

— Avant cela, j'ai une question à te poser : sais-tu ce qui se passe aujourd'hui au temple Kan'eiji d'Edo ?

— Au temple Kan'eiji d'Edo ? cria Takuan d'une voix stridente. Mais oui, je suis au courant de toutes les cérémonies que célèbre Nankôbô Tenkai, sans aucune exception. Aujourd'hui c'est le jour où le grand prieur préside la cérémonie de la transmission du *dharma* pour le shôgun.

— Oh ! s'exclama Jûbei.

— A l'heure qu'il est, Tenkai doit être en train d'accueillir le shôgun, à moins qu'il ne soit déjà assis en face de lui… dit Dôhaku. Mais je ne le laisserai pas célébrer ses rites secrets de transmission du *dharma*. Takuan, toi qui es un bonze, tu sais bien qu'une cérémonie de cette importance ne se remet pas à une date ultérieure sans dommage… J'avais d'ailleurs l'intention de te le rappeler pour que tu persuades Jûbei de me rendre O-Yura… A présent, c'en est fait de vous tous !

Ashina Dôhaku montra des dents ensanglantées. Ses yeux émettaient eux aussi des lueurs rouges.

— O-Yura peut bien crever, toi aussi Takuan, ainsi que Jûbei. Et même le clan Katô et le domaine d'Aizu… Mais je condamne Tenkai à l'enfer sur terre en sabotant sa cérémonie du *kechimyaku*. La malédiction pèsera sur le shôgun et tout le clan Tokugawa… Takuan, pense que c'est toi qui auras causé tout cela, prévint-il en dégainant le sabre court accroché à sa hanche. Et quant à toi, Jûbei, tu vas devoir m'affronter. Ashina Dôhaku ne le cède sûrement pas à l'école Yagyû en matière de technique de sabre !

Tout son corps respirait une animosité meurtrière, pourtant il ne bougeait pas, laissant pendre son poignard entre ses doigts.

— Mais pas tout de suite. Je vais d'abord vous faire voir de vos propres yeux les affres de Tenkai, à travers l'écho de mon rêve.

Il se courba et, ramassant l'une des bûchettes cérémonielles qui se consumaient dans le foyer, il s'avança hardiment vers le bol en bronze en forme de fleur de lotus.

Perdu pour perdu, n'ayant pas pu prélever le sang d'O-Tone, il avait l'intention de pratiquer sa sorcellerie en recrachant dans l'huile celui d'O-Yura !

Takuan avait deviné ses effroyables desseins.

— Jûbei, non !

Au moment où le maître zen s'exclamait ainsi malgré lui, Dôhaku se retourna.

— Tu espères peut-être me tuer, Jûbei ? Tu crois que tu arriverais à m'atteindre ?

Jûbei, qui s'apprêtait à bondir, s'arrêta net, frappé de stupeur. Ce n'étaient pas seulement les propos de Dôhaku qui le figeaient sur place, lui, l'enfant prodige du sabre. C'était l'énergie meurtrière acérée que dégageait le centenaire – l'aura menaçante qu'il projetait autour de lui.

Pour la première fois de sa vie, il pressentait la défaite avant même de livrer bataille.

— Attends, avant de me battre contre toi, je vais faire apparaître l'enfer de Tenkai.

Tranquillement, Dôhaku se détourna pour s'approcher de l'urne en forme de fleur de lotus. O-Tone s'était déjà enfuie et se blottissait derrière Takuan comme quelqu'un qui a perdu son âme.

— *Om vajra guini nemvatna svaha*... récita-t-il à voix basse en brandissant les bûchettes cérémonielles qu'il tenait dans la main gauche.

Aussitôt qu'il eut avancé sa tête au-dessus du bol, un sang rouge déborda de son ouverture.

— Je te salue, Agni, Seigneur du feu, et toi, Yama, Seigneur de la mort, que les roulements des tambours des cieux remplacent le crépitement du feu !

Dôhaku déposa la bûchette incandescente dans le bol. Des flammes rouge pâle s'élevèrent.

— Je vous salue, démons destructeurs des lois célestes, et vous les cent mille divinités courroucées et les quatre-vingt mille mauvais génies, révélez l'écho de rêve cette fois encore...

Là-dessus, il se figea. Le poignard qu'il tenait dans sa main droite pendait toujours. Le dos tourné, il se tenait là, les yeux dans le vague.

— Jûbei ! Il dort ! gémit Takuan.

Jûbei grinça des dents. Quoi, Dôkahu s'était

endormi ? Impossible. Et pourtant, c'est vrai, il paraissait plongé dans le sommeil...

Malgré tout, Jûbei savait très bien que même s'il le frappait maintenant de son sabre, son arme lui échapperait tout bonnement des mains, comme s'il avait essayé de trancher dans du métal.

— Sabre-le !

La couleur des flammes vira du rouge au bleu.

— Non, retiens ta main !

La couleur des flammes était violet foncé à présent. Puis les flammes s'étouffèrent, dégageant une fumée qui se mit à tourbillonner et enveloppa l'autel dans un nuage. Jûbei sentit son cerveau s'emplir peu à peu de ce panache violet.

Takuan se redressa à demi et se tortilla en tordant ses mains. Même lui ne savait plus quoi dire : si Jûbei ne frappait pas Dôhaku, Tenkai serait convoqué par l'écho de rêve. Mais s'il frappait, la souffrance et la douleur du centenaire seraient transmises à Tenkai – et c'était précisément ce que cherchait Dôhaku.

C'est alors qu'au milieu du nuage menaçant, dans le miroir d'en face, sur l'autel, se dessina la silhouette indistincte de Tenkai.

Le songe de Dôhaku était apparu dans le miroir.

Tout en rêvant, Dôhaku serra son poignard, qui se mit à progresser vers le haut avec lenteur, comme dans une succession de clichés pris en saccade, jusqu'à sa poitrine.

Sans doute avait-il compris que Jûbei ne frapperait pas. Mais son geste semblait plutôt relever du réflexe : lorsqu'il s'endormait pour invoquer l'écho de rêve afin de faire souffrir Tenkai, il se blessait sans y penser, comme on se retourne dans son lit.

— Il… il ne faut pas le laisser se poignarder. Il ne faut pas…

La voix de Takuan n'était plus qu'un chuintement.

Pendant ce temps, la pointe du poignard de Dôhaku, d'où irradiait un extraordinaire trait de lumière impossible à parer, se dirigeait droit vers sa poitrine.

Sa main s'arrêta soudain.

Dôhaku venait d'entendre une voix.

— Hôtarô…

On aurait dit qu'elle avait jailli de la terre. Personne d'autre que lui ne l'entendait. Hôtaro était son prénom d'enfant.

— Ashina Hôtarô, toi qui es né du même ventre que moi et avec qui j'ai partagé le même rêve avant de venir au monde…

C'était Tenkai qui parlait, depuis le temple Kan'eiji d'Edo. Comment cela se pouvait-il ? Si Dôhaku avait créé un rêve, celui-ci tournait au cauchemar.

— … Tu ne peux plus me vaincre. Car j'ai d'ores et déjà été vaincu par les vœux les plus chers de ces femmes attendrissantes et courageuses. Elles m'ont convaincu. Je suis prêt à renoncer à la grande cérémonie du *kechimyaku* au profit du shôgun. Je meurs à cent sept ans, pour faire périr un monstre appelé Ashina Dôhaku… A qui l'astre sera-t-il le plus favorable, à ton avis ? Toi ou moi ?

— Tenkai ! rugit brutalement Dôhaku en rouvrant grand les yeux.

Il s'éveilla. L'écho de son rêve s'était brisé. Mais ce n'était pas tout : dans le miroir, Tenkai ne disparaissait pas. Il regardait fixement Dôhaku, un sourire mystérieux flottant au milieu de sa barbe blanche. Après quoi, une voix pareille à un grondement de tonnerre retentit dans les oreilles de Dôhaku.

— Les rêves que nous avons faits en ce monde n'étaient pas les mêmes… Mais nous rêverons ensemble de nouveau, dans notre vie future… Rentrons ensemble dans le même ventre, celui de la terre…

— Dôhaku !

Cette voix-ci était bien réelle.

— Tourne-toi ! continua Jûbei.

Il s'était rendu compte qu'Ashina Dôhaku était soudain à sa merci.

Hébété, le vieux sorcier pivota sur lui-même. L'arme de Jûbei, brisant son poignard comme si c'était un morceau de glace, le trancha de l'épaule gauche jusqu'au flanc droit.

— Hyôtarô, espèce de…

Après une dernière interpellation à son alter ego, Dôhaku s'effondra sur une grimace, la lueur des flammes jouant sur son visage stupéfait.

Jûbei, ayant frappé, resta planté là, les yeux dans le vague, comme Dôhaku auparavant. Il avait toujours le sabre à la main.

Ce n'était pas seulement d'avoir atteint le centenaire

qui le laissait médusé, d'avoir tranché dans ce corps de plomb comme dans du tofu. Il avait surtout senti qu'il n'avait frappé qu'un cadavre, que juste avant que sa lame ne l'atteigne, sa victime était déjà morte.

Takuan regardait dans le miroir.

La fumée sinistre s'estompait, la silhouette de Tenkai avait disparu. Malgré cela, le vieux moine, très pâle, continuait à fixer le miroir.

Il n'avait pas entendu la voix du jumeau de Dôhaku, qui avait résonné aux seules oreilles de ce dernier. Tout ce qu'il avait pu percevoir, c'était le sourire de Tenkai. A cette vision, une peur instinctive l'avait saisi.

Il braqua ses yeux vers le sol. Dôhaku gisait, mort. Oui, Ashina Dôhaku, ce surhomme, ce monstre, était mort ! Qu'est-ce que cela signifiait ?

Mais alors, le maître de sagesse a péri lui aussi !

A cette intuition, il manqua défaillir.

Cela dit... Le Tenkai qu'il venait de voir n'était pas celui qu'il avait aperçu l'autre jour dans le miroir. Aujourd'hui, le grand prieur arborait un gracieux sourire, au point de faire croire qu'il se moquait de Dôhaku. Se pouvait-il que... S'il avait succombé, était-ce parce que Dôhaku avait péri... ou n'était-ce pas plutôt lui qui avait entraîné son jumeau dans la mort ?

Hyôtarô, espèce de... Effectivement, Dôhaku avait poussé cet ultime cri...

Oui, cela ne faisait aucun doute : Tenkai avait volontairement renoncé à la vie pour mettre fin aux maléfices de Dôhaku ! Mais comment cela se pouvait-il ?

Soudain, Takuan repensa à O-Chie et O-Fue qu'il avait envoyées à Edo. Le grand prieur aurait-il prêté l'oreille à ce que lui avaient raconté les deux jeunes femmes du clan Hori ?

Mais… et les cinq jeunes infortunées restées dans Aizu ! Takuan reprit soudain ses esprits et regarda Jûbei.

— Il a dit que les femmes Hori seraient crucifiées devant le portail du château, n'est-ce pas ? Il n'y a pas de temps à perdre !

— Entendu, répondit Jûbei.

Il s'était aperçu que la vie avait quitté Dôhaku avant même que son sabre ne le frappe. Lui aussi, ça lui avait fait un drôle d'effet… Mais soudain, il se secoua à son tour, comme pour se réveiller d'une léthargie devant le feu.

— Allons-y.

Il se mit à courir. Son pied toucha le corps d'O-Yura.

— Jûbei…

La faible voix d'O-Yura s'éleva. Elle était toujours en vie. Mais elle eut beau soulever légèrement la tête, elle était manifestement mourante. Saisi de chagrin, il s'arrêta.

— C'est le destin… affirma O-Yura en souriant. Vas-y… Maître Takuan, approchez-moi de… de mon père.

— D'accord. Pars, Jûbei.

Takuan agita la main pour presser le maître de sabre, puis il porta O-Yura à côté de Dôhaku.

— De mon côté, je cours délivrer les prisonnières de l'Enfer des Neiges avec O-Tone. Toi, file à la porte principale aussi vite que possible.

Jûbei courut se poster devant la porte de la salle.

— Gardes, ouvrez-moi, un grand malheur s'est produit !

Quand il se retourna, le père et la fille diaboliques, morts la main dans la main, rayonnaient d'une lumière vermillon, reflet dansant des flammes redevenues rouges dans le bol en forme de fleur de lotus.

5

Lorsqu'ils entendirent la voix de Jûbei, les gardes entrebâillèrent le battant pour regarder à l'intérieur, sans s'imaginer une seconde que leur surhomme de maître, en qui ils avaient toute confiance, pouvait avoir succombé.

— Vous encombrez le passage ! Poussez-vous !

Leur stupeur fut telle qu'ils n'eurent même pas le temps de reculer. Un épais tourbillon de sang les environna. Jûbei ne tourna même pas les talons pour voir les six gardes tomber en arrière de droite et de gauche. Il avait progressé de quelques pas lorsqu'il entendit un cheval hennir à l'extérieur du donjon, ce qui lui donna une idée. Il rebroussa chemin en toute hâte.

— Vieux maître, lorsque je vais sortir d'ici, une multitude de guerriers accourront. Je ne pourrai malheureusement pas me charger d'eux. Ça ira pour vous ?

— Je sais, ce n'était même pas la peine de le dire, rétorqua Takuan avec une énergie presque comique compte tenu de l'abattement qui l'avait frappé plus tôt. Ne te soucie pas de nous, dépêche-toi !

Jûbei se pencha pour tirer un sabre court du fourreau d'un des gardes qui se tordait encore de douleur par terre. Ensuite, tel un roi lion, il remonta en courant les escaliers.

Il se campa devant le donjon.

Au bas du perron, une quinzaine de guerriers du clan Ashina en armes se tenaient prêts, à côté de trois chevaux. Ils étaient sans doute là pour escorter Dôhaku et O-Yura jusqu'au portail du château, juchés sur deux des montures, et transporter Takuan et Jûbei ligotés sur le dernier. La porte principale se trouvait à quelques pas de là. Tous les guerriers avaient la tête tournée dans cette direction. Ils semblaient guetter attentivement les bruits qui en provenaient.

Jûbei leva son bras droit discrètement.

Soudain, l'un des chevaux se cabra, puis se lança dans un galop effréné. Les samouraïs tentèrent précipitamment de le rattraper. Ils ne s'étaient pas rendu compte qu'un poignard lui perçait le dos. Jûbei descendit les marches aussi vite qu'une bourrasque, puis, parvenu au milieu du perron, se propulsa en l'air pour atterrir sur le dos d'un autre cheval.

— Je vous emprunte ce canasson !

Sa voix était déjà loin.

Les guerriers qui avaient poursuivi le premier cheval revinrent au pas de course en poussant des cris affolés. Ils tentèrent de s'accrocher au cheval de Jûbei, qui les envoya valser, laissant dans son sillage une brume de sang.

— Quel démon !

Les hommes d'Ashina contemplèrent cette incroyable silhouette qui s'éloignait en cravachant.

— Qu'est-il arrivé à maître Dôhaku ?

— Et à dame O-Yura ?

Ils gravirent le perron en se bousculant, puis se précipitèrent vers la salle située au sous-sol.

La porte était ouverte. Devant, éparpillés par terre, gisaient les cadavres recroquevillés de leurs collègues. Dans la salle de cérémonie, Dôhaku et O-Yura, eux aussi couverts de sang, étaient allongés sur le ventre.

Lorsqu'ils se précipitèrent à l'intérieur, la porte se referma.

Takuan, hilare, venait de claquer la porte sur eux et de la barrer de l'extérieur – sans pour autant lâcher la main d'O-Tone.

— J'imagine que tous les samouraïs du château sont rassemblés devant la porte principale. Ah, Prodige du Sabre, arriveras-tu vraiment à sauver les femmes Hori ? murmura-t-il dans un soupir quand il eut repris son calme.

XIV
COMME LE VENT QUI DÉPLACE LES NUAGES[1]…

1

Pétales de cerisier qui tourbillonnaient comme une tempête de neige dans le ciel bleu.

Combien en virent alors la confondante beauté ? La plupart devaient être bien plus occupés par le spectacle écœurant qui se déroulait sous cette tempête de beauté sublime.

Devant la porte principale, un pont traversait les douves. Katô Akinari se trouvait à l'autre bout, assis sur un tabouret pliant et encadré par de nombreux guerriers, mais il n'arrêtait pas de tourner la tête vers la porte principale.

— Dôhaku n'est toujours pas arrivé ? O-Yura non plus ? lança-t-il, de plus en plus irrité.

Sa mauvaise humeur n'était pas seulement due au fait qu'ils ne se montraient toujours pas. Devant lui

1. Citation du poète Matsuo Bashô (1644-1694).

s'étendait une place où patrouillaient, armés, nombre des samouraïs du château. Plus loin, on avait dressé une gigantesque palissade en bambou en arc de cercle, derrière laquelle s'était assemblée une foule encore plus nombreuse : les habitants des alentours du château.

Akinari commençait à sentir leurs regards haineux fixés sur lui.

Partout, des écriteaux proclamaient que la fin misérable de ces femmes rebelles constituerait une bonne leçon pour les habitants du fief. La foule s'était certes réunie pour assister au spectacle, mais plusieurs centaines d'yeux, tous chargés de lueurs de haine, fixaient Akinari plutôt que les captives.

De temps en temps, les spectateurs, à bout de patience, poussaient des cris :

— Espèce d'ogre !

— Ce ne seront sûrement pas les dernières à se rebeller !

— Il y en aura bien d'autres à l'avenir !

Sur ce, ils se mettaient à lancer par-dessus la palissade des pierres, du crottin de cheval ou des sandales de paille tressée – qui, bien entendu, n'atteignaient pas l'endroit où se trouvait Akinari, mais atterrissaient tout de même sur le torse ou sur la tête des hommes de sa garde rapprochée.

Plusieurs samouraïs s'empourprèrent et se précipitèrent au pas de charge dans cette direction. Mais le silence régnait maintenant au sein de la foule. Impossible de savoir qui avait crié et lancé ces projectiles.

C'était Dôhaku qui avait eu l'idée de l'exécution d'aujourd'hui. Elle devait être une démonstration de force destinée à prouver le pouvoir du maître du fief. Mais Dôhaku n'avait toujours pas fait son apparition.

Akinari tenait à cette exécution, même si elle ne le satisfaisait pas, loin de là, compte tenu des désastreuses mésaventures survenues au clan Katô ainsi qu'aux Sept Lances par la faute de ces filles et de leur mentor à masque de *hannya*. Rien que d'y songer, ça le rendait fou. Ce qui n'était pas prévu et le faisait bouillir de colère, c'était que la haine de la foule s'exerce sur lui.

— Quelle bande d'impertinents ! Ne laisse échapper personne, répéta-t-il plusieurs fois à Kôshichirô qui se tenait près de lui.

Kôshichirô acquiesça.

— Entendu. Je les châtierai tous.

Et de fait, ceux qui manifestaient le moindre signe de révolte se voyaient saisis illico presto par le bras. Ceux qui les arrêtaient avaient l'apparence de moines mendiants, de bonzes errants ou de commerçants. Mais ils jetaient des regards hostiles dans la foule qui les entourait et les regardait alors en retour avec stupeur ou frayeur, car leurs yeux étaient manifestement ceux de vigoureux samouraïs.

Autrement dit, la milice secrète d'Ashina.

Pourtant, ce n'était pas pour boucler des marchands ou des paysans insolents que ces hommes déguisés déambulaient dans l'assistance. Sur l'ordre de

Dôhaku, ils recherchaient O-Chie et O-Fue, qui avaient échappé à l'exécution d'aujourd'hui et que l'on supposait mêlées aux spectateurs.

Résultat, chaque fois qu'ils repéraient une femme, ils la détaillaient sous toutes les coutures. Lorsqu'elle portait un chapeau, ils le basculaient impoliment en arrière. A l'évidence, certains, parmi les habitants du fief, avaient de la sympathie pour les femmes Hori. Il était donc tout à fait vraisemblable qu'elles fassent irruption au milieu de la cérémonie, dans une tentative désespérée de sauver leurs proches. Par précaution, rien n'avait été laissé au hasard : une troupe d'arquebusiers se tenaient prêts, couchés sur la muraille de l'autre côté de la douve, mais pour l'heure, ni O-Chie ni O-Fue ne semblaient se cacher parmi les spectateurs.

— Monseigneur, veuillez patienter encore un peu, dit Kôshichirô à Akinari qui s'agaçait. Maître Dôhaku ne va pas tarder à arriver. Je n'aurai pas la conscience tranquille tant que je n'aurai pas exécuté ces femmes sous les yeux de Jûbei et Takuan, alors je vous en supplie, prenez votre mal en patience...

Sur quoi le dernier membre des Sept Lances s'éloigna de son seigneur pour s'avancer précipitamment vers les suppliciées.

— Faites-les tourner ! s'écria-t-il d'une voix forte.

Les cinq poteaux de crucifixion avaient été installés dos à la douve. Dans le soleil éclatant du printemps, on y avait ficelé de tout leur long les cinq femmes Hori, qui reflétaient la lumière comme de la cire blanche.

O-Sawa, épouse de Tagai Matahachirô, frère cadet de Hori Mondo.

Sakura, fille de Manabe Shôbei, autre frère cadet de Mondo.

O-Kei, épouse d'Inaba Jûsaburô, vassal de Mondo.

O-Shina, épouse de Kanemaru Hansaku, lui aussi vassal de Mondo.

O-Tori, fille d'Itakura Fuden, autre vassal de Mondo.

Ces cinq femmes dénudées étaient exposées au regard d'un public de milliers de personnes.

Résignées, elles gardaient les yeux fermés. Comment lutter, à présent, y compris contre le vent du printemps qui soufflait sous leurs aisselles ? Comment repousser la froideur des pétales de cerisier venus se déposer sur leurs seins ? Si les spectateurs scrutaient leur seigneur avec haine, c'est qu'ils ne pouvaient plus supporter de voir le destin tragique qui frappait ces cinq femmes.

— Allez, tournez !

Il était déjà assez insoutenable de voir leurs corps nus exposés au vu et au su de tous, mais lorsque Kôshichirô hurla cet ordre, les fantassins postés au pied des poteaux se mirent à les faire tourner.

Des croisillons transversaux étaient montés sur chaque poteau dressé à la verticale. Les femmes étaient attachées dessus, bras et jambes largement écartés, et ces croix tournoyaient. Kôshichirô s'était réjoui de façon exagérée lorsqu'il avait annoncé à Jûbei que les croix étaient déjà prêtes. L'évocation de ce mécanisme le remplissait d'orgueil.

Chaque fois que les croix tournaient sur fond de ciel bleu, les cinq femmes nues décrivaient un cercle, comme cinq couronnes de fleurs blanches. Leurs cheveux noirs étaient tantôt suspendus, tantôt entortillés, leurs peaux rougissaient de souffrance et blêmissaient de honte.

Lorsqu'elles se trouvèrent toutes pile à l'envers, Kôshichirô et les hommes d'Ashina levèrent la tête pour les regarder.

— Ahahaha, voyez, ça veut mettre le fief sens dessus dessous, et voilà ce que ça donne !

Ils éclatèrent de rire comme des *tengu* moqueurs.

— Mais ce n'est que le début. Nous allons les torturer, les humilier et les soumettre au comble de la honte pour une femme ! continua Kôshichirô en se pourléchant les lèvres. Pour finir, on leur coupera la langue et les seins, et puis on les retournera à l'envers pour les écarteler à partir de l'entrecuisse. Il ne manque plus que maître Dôhaku pour que la fête commence…

Il se retourna vers la porte principale, puis soudain se tut.

Si Akinari et tous les autres avaient tourné la tête dans cette direction un nombre incalculable de fois, s'impatientant de ne pas voir arriver Dôhaku, depuis quelque temps, ils fixaient avec des yeux fascinés les poteaux de crucifiement où tournoyaient les corps féminins.

Ils n'avaient pas vu la silhouette qui se tenait à présent devant le portail.

2

Quelques gardes devaient s'y trouver postés, bien entendu, mais aucun d'eux n'était visible. Ou plutôt si, mais plus bas, à plat ventre : ils étaient tombés les uns sur les autres en ribambelle. Et un homme au dos tourné écrivait quelque chose sur l'un des montants des vantaux.

La grosse poutre était cloutée et noircie. Normalement, à cette distance, on n'aurait pas dû distinguer ce que rédigeait l'inconnu, pourtant personne ne doutait de la teneur du message qu'il était en train de tracer.

Rien d'étonnant à cela, puisqu'un bras humain lui servait de pinceau, et le sang qui en dégouttait d'encre.

Quand les portiers avaient-ils été mis hors de combat ? On n'avait même pas entendu leurs cris, masqués par les cruels éclats de rire alentour… Urushido Kôshichirô et les autres l'aperçurent au moment où il finissait de tracer un grand cercle double sur lequel était écrit *Le serpent n'a qu'un œil*, en gouttes de sang.

Personne ne disait mot.

Ils n'en croyaient pas leurs yeux. Kôshichirô, les hommes d'Ashina et les samouraïs du château restaient pétrifiés, comme congelés. La foule elle-même retenait son souffle.

L'homme jeta le bras puis se retourna. Après quoi il traversa le pont d'un pas vif.

— Hein ? C'est qui ?

Une voix s'élevait enfin quelque part.

Elle provenait de la troupe d'arquebusiers aux canons alignés sur la muraille. Ils venaient d'apercevoir l'homme qui émergeait du château.

Eux non plus, attirés par le spectacle aussi atroce qu'érotique qui se déroulait en bas, n'avaient rien vu venir. Il était donc tout à fait normal qu'ils soient frappés de stupeur en découvrant soudain sa silhouette, qui prenait des allures d'hallucination.

— C'est… c'est… c'est… lui !

— Ya… Ya… Ya… Yagyû Jûbei !

Jûbei était déjà au milieu du pont, brandissant son sabre d'où dégouttait le sang. Il pivota en levant les yeux vers la troupe des arquebusiers qui s'agitaient sur la muraille.

— Nous tenons Dôhaku et O-Yura prisonniers. Au moindre coup de feu, maître Takuan les tuera d'un coup de sabre. Alors, tirez sur moi si vous voulez, mais préparez-vous au pire ! s'écria-t-il.

Ayant aperçu de loin l'ombre des canons, il avait sauté à bas de sa monture pour s'approcher à pas de loup de la porte principale. Sans même lever la tête vers les guetteurs décontenancés, il se mit à courir sur le pont.

Les guerriers entourèrent précipitamment Akinari qui se trouvait à l'entrée du pont. Jûbei sauta sur le parapet. Il lui restait près de deux mètres à parcourir lorsqu'il bondit en l'air, franchissant la douve en oblique pour gagner le bord de la place.

— Yaaa !

Sur cette exclamation assourdissante, Kôshichirô, qui se trouvait tout près, releva son unique coude. Son sabre émit un sifflement.

Il était sûr d'avoir atteint Jûbei. Il crut même voir sa silhouette tranchée en deux tomber dans l'eau de la douve.

Mais le sabre avec lequel il avait taillé devant lui n'avait coupé que quelques branches du cerisier en fleur qui le séparait de Jûbei. Elles avaient été précipitées pêle-mêle par terre et dans la douve, tandis que, dans un bond extraordinaire, Jûbei avait magnifiquement atterri derrière le grand cerisier au bord de la douve.

Kôshichirô restait planté là, bouche bée.

— Ne sois pas si pressé, Koshichirô, ironisa Jûbei en se fendant d'un grand sourire derrière les fleurs. On en a déjà discuté une fois, tu te rappelles ? Je t'ai dit que j'aimerais bien me battre un jour contre toi seul à seul. Eh bien, ce moment est venu.

Kôshichirô s'empourpra, grisé à l'idée de voir couler le sang de son ennemi.

— Oh… Moi aussi, j'en ai rêvé.

— Alors, on essaie ?

Kôshichirô sourit et acquiesça. Une animosité meurtrière se mit à irradier de son corps comme une aura : il entra dans une sorte d'ivresse.

— Hé, vous, ne vous approchez pas de nous, surtout ! Attendez un peu…

Il se retourna soudain pour barrer le chemin aux samouraïs qui s'étaient regroupés derrière lui. Il avait la voix quelque peu pâteuse, comme celle d'un ivrogne, mais soudain il se courba avec une souplesse de serpent.

Les guerriers s'immobilisèrent. Non pas à cause de la voix de Kôshichirô, mais parce qu'ils l'avaient vu ramasser une branche de cerisier par terre.

Ce manchot assoiffé de sabre et de sang se mettait à tuer chaque fois qu'il tenait une fleur entre les dents.

Les hommes attroupés s'en étaient souvenus. Et l'ivresse de ce qui allait nécessairement suivre était encore plus forte que la certitude de la victoire de leur champion.

Kôshichirô coinça la fleur entre ses dents et brandit son sabre.

Sous le grand cerisier, Jûbei leva la pointe du sien.

Les deux lames semblaient incrustées en l'air. Les deux hommes restaient immobiles – tout comme les centaines de samouraïs du château et les milliers d'habitants du fief qui guettaient leurs moindres mouvements.

Ne bougeaient plus que les fleurs de cerisier flottant au vent et les nuages blancs au-dessus du donjon.

3

Kôshichirô n'en croyait pas ses oreilles. Jûbei venait d'affirmer qu'ils avaient capturé Dôhaku et

O-Yura, et que Takuan les tuerait au moindre coup de feu de la troupe d'arquebusiers. Il était impensable que Dôhaku meure, ni même soit fait prisonnier, et pourtant, Jûbei était sorti tranquillement par la porte principale et se trouvait à présent devant lui… Quel genre de cataclysme avait bien pu se produire ? Ces questions tourbillonnaient autour de lui comme une brume menaçante.

Jûbei, pour sa part, était sorti pour sauver les cinq femmes, mais plusieurs centaines d'ennemis grouillaient autour de lui. Même s'il battait Kôshichirô, les femmes avaient peu de chances de s'en sortir, sans parler de lui-même… Certes, il avait promptement maîtrisé la troupe d'arquebusiers, mais leurs armes lanceraient des flammes par dizaines dès que Takuan et O-Tone se montreraient aux portes du château.

Cependant, doutes et craintes n'étaient qu'hésitation éphémère avant la bataille.

Kôshichirô oublia Dôhaku, et Jûbei, les cinq femmes. Chacun se donna corps et âme à son sabre.

Les deux hommes se regardaient fixement. Ils se disaient l'un comme l'autre que la lutte acharnée qui se déroulait depuis un an n'avait existé que pour cet instant. Un plaisir proche de l'extase, réservé à ceux qui ont percé les arcanes de l'art du sabre, les gagnait.

Néanmoins, leurs cheveux sur les tempes s'étaient hérissés, leurs joues avaient blêmi, et on pouvait lire sur leur visage que la mort s'approchait d'eux.

La foule alentour, les fleurs, les nuages… Tout disparut à leur vue. Ils devinrent sourds, insensibles au reste du monde. Et au cours de ces quelques secondes, la foule elle-même resta plantée là de façon imbécile, fascinée par les deux guerriers brandissant leurs sabres tels deux esprits en pleine béatitude, alors qu'ils n'étaient que deux morts en sursis.

Le temps s'écoula sans qu'un bruit résonne.

Tout s'était concentré sur les deux pointes de sabres immobilisées à peu de distance et sur les deux fins traits de lumière inquiétants que dessinait sur leur fil le soleil printanier.

Ces deux rais lumineux bondirent en scintillant. La seule chose que vit l'assistance, ce furent des cercles de lumière qui allaient s'élargissant, s'entremêlant. Les deux silhouettes croisant le fer à leur extrémité semblaient aussi insaisissables que des mirages.

La foule comme envoûtée ne détachait pas son regard de ce spectacle. Kôshichirô et Jûbei se trouvaient toujours face à face, sabre pointé vers les yeux de l'adversaire. Seulement, ils avaient échangé leurs places.

Au début, Kôshichirô se trouvait près d'un poteau de crucifixion, Jûbei en face de lui, mais leurs positions s'étaient inversées.

— Tu… tu as gagné, Kôshichirô ! couina Akinari, qui les regardait en retenant son souffle.

Un trait rouge plus fin qu'un fil traversait le visage de Yagyû Jûbei du front jusqu'à la joue droite, en passant par son œil. Le trait de sang devint des gouttes, qui se mirent à couler en procession serrée.

Pendant ce temps, Kôshichirô, le dos tourné, tendait toujours son sabre à hauteur de ses yeux et n'avait pas du tout l'air blessé.

Jûbei sourit en montrant ses dents blanches au milieu de plusieurs traînées de sang.

— Nous avons chacun perdu quelque chose, mais tu m'as pris ce que je n'avais pas, alors qu'il te manque ce que tu avais, hein ? dit-il, murmurant presque – si bien que ni Akinari ni les autres ne l'entendirent.

Ils virent juste Jûbei tourner les talons et s'approcher en courant des poteaux de crucifiement.

Il contourna la première des cinq croix pour trancher à la vitesse de l'éclair la corde qui ligotait les bras et les jambes de Sakura. S'étant dégagée, Sakura sauta. Sans même tourner la tête vers elle, Jûbei courut vers le poteau suivant, celui d'O-Shina.

Mais que faisait donc Kôshichirô ?

Akinari et les autres ouvraient des yeux exorbités devant son impassibilité et devant l'insolence de Jûbei. Le sabre que Kôshichirô tenait à hauteur de ses yeux se mit à vaciller peu à peu. Chaque fois que la pointe était sur le point de s'abaisser, elle se relevait légèrement. Ce simple geste lui était apparemment plus difficile que de soulever un roc et des gouttes de sueur brillaient sur son front. Mais cela, Akinari et les autres ne pouvaient pas le voir.

— Qu'est-ce que tu fabriques, Kôshichirô ? s'écria Akinari avec le regard de celui qui voit un effroyable démon dans un rêve.

Jûbei, occupé à détacher O-Shina du deuxième poteau, se retourna pour lui répondre.

— Voilà, j'en ai terminé. Mon rôle s'arrête ici ! Kôshichirô n'a plus qu'à affronter les survivantes du clan Hori. Je vous rappelle que ce sont des femmes ; un samouraï qui tient à son honneur n'aura pas la lâcheté d'utiliser un fusil s'il ne veut pas être la risée de tous.

Ayant ainsi contenu les guerriers, il tourna la tête vers la foule, parmi laquelle s'élevait un brouhaha approbateur, avant de hausser encore la voix.

— Mesdames, messieurs, habitants d'Aizu ! Vous n'ignorez sans doute rien des affrontements qui ont eu lieu entre ces cinq femmes, Katô Akinari et les samouraïs du clan Ashina. Ces jeunes femmes s'apprêtent maintenant à venger leurs parents, et ce après avoir passé une année de tourments. Or, comme vous pouvez le constater, elles n'ont pas de sabre. Si vous possédez un tant soit peu d'honneur, vous pourriez peut-être leur prêter les vôtres quelque temps ?

Avant même qu'il n'ait fini, une brassée de sabres enveloppés de fourreaux atterrirent derrière la palissade en bambou.

— Arrêtez ! Ne leur donnez pas de sabres ! s'écria Akinari.

Les hommes d'Ashina déferlèrent sur la foule, mais une dizaine de sabres dégainés leur tombèrent sur la tête comme des étoiles filantes. Ils s'arrêtèrent difficilement, emportés par leur élan. Le petit peuple éprouvait tant d'indignation qu'il était parvenu à lancer ces armes pesantes à une distance incroyable, bien plus loin qu'il n'aurait su le faire en temps normal.

— Sakura, O-Shina, ramassez ces sabres et libérez O-Kei, O-Sawa et O-Tori, ordonna Jûbei, avant de repartir en courant pour se dresser de toute sa hauteur entre Kôshichirô et les guerriers. N'approchez plus ! lança-t-il. A moins que vous n'ayez envie de mourir !

A ce stade, le sabre de Kôshichirô pendouillait. La pointe de la lame touchait le sol et le samouraï s'appuyait dessus. Quelque chose de rouge coulait le long du sabre… Du sang ! Du sang s'écoulait de la garde du sabre et de sa manche, le long de son seul bras et de son seul poignet !

— Que… quoi…

Jusqu'ici, Kôshichirô avait lutté péniblement pour lever son arme, inondé de sueur, comme s'il n'arrivait pas à croire qu'il saignait. Il regardait à présent se disperser les cinq femmes détachées des poteaux de crucifiement. Le corps nu blanc comme neige sous le soleil du printemps, chacune portait un sabre. Se retournant, Kôshichirô constata que Jûbei lui barrait le passage avec un sourire ensanglanté.

La branche de cerisier tomba de la bouche de Kôshichirô – et laisser tomber cette fleur, c'était abandonner sa fierté.

— Arquebusiers… ! s'exclama-t-il d'une voix caverneuse. Ne craignez rien, tirez !

Sur la muraille de l'autre côté des douves, plusieurs ombres se dressèrent en même temps, prêtes à tirer. Jûbei pivota sur lui-même pour les traiter de lâches. Les samouraïs, qui arrivaient en courant, firent demi-tour en toute hâte, de peur de finir dans la ligne de feu de leurs collègues.

Kôshichirô montra les dents.

— Ce n'est pas grave si vous me touchez ! Visez Jûbei et les femmes, tirez !

Mais il n'y eut aucune détonation. Les ombres sur la muraille paraissaient se hausser sur la pointe des pieds pour regarder dans la rue.

L'étonnement régnait.

Sentant que cela n'annonçait rien de bon, Akinari et sa garde, troublés, regardèrent dans la même direction. Derrière la palissade en bambou, la foule avait grossi brusquement. Au début, ils crurent que les hommes de la milice secrète arrêtaient les habitants du fief qui s'étaient conduits de façon insolente.

Mais, malgré la confusion ambiante, la foule semblait plutôt laisser le passage à quelqu'un : elle s'écartait devant un nouveau venu.

Les vassaux du clan Katô poussèrent un cri de surprise lorsqu'ils virent ce qui se dirigeait vers eux.

Deux serviteurs à pied chargés de deux coffres à linge venaient en tête du cortège. L'emblème doré scintillant sur les malles avait de quoi surprendre. Il était tout à fait normal que la troupe d'arquebusiers ait soudain du plomb dans les doigts.

— Le paulownia !

— L'emblème du paulownia !

4

Pourquoi personne ne s'était-il rendu compte de l'arrivée du cortège avant son entrée sur la place ?

Dans la ville de Wakamatsu, la continuité des rues aux environs du château est décalée par endroits afin de limiter la visibilité en enfilade. Un procédé stratégique mis au point par Gamô Ujisato et destiné, bien entendu, à défendre la ville contre les attaques ennemies. Voilà pourquoi, entre autres, le cortège avait semblé surgir de nulle part… mais pas seulement : on devait apprendre par la suite que depuis que les nouveaux arrivants avaient franchi la frontière pour entrer sur les terres d'Aizu, les fonctionnaires des douanes et des postes de garde avaient reçu l'ordre de ne pas devancer leur venue et de ne pas avertir leur hiérarchie.

La dizaine de gens d'armes qui marchaient derrière les coffres, en tête du cortège, dégainèrent leurs sabres en même temps pour détruire la palissade en bambou comme on coupe une paille.

— Hein ?

— Vous exagérez…

Devant cette conduite insolente, les hommes du clan Ashina qui se trouvaient à proximité s'étaient ressaisis et s'approchaient en courant.

— Vous osez souiller le chemin du cortège, bande d'impertinents !

Dans un brouillard de sang, les hommes d'armes les abattirent d'un seul coup de sabre. Les guerriers d'Ashina possédaient pourtant une solide technique au sabre, mais leurs adversaires étaient tous terriblement experts en la matière et les fauchèrent comme on tranche un radis blanc.

Yagyû Jûbei écarquilla les yeux.

Avant même d'avoir été témoin de l'adresse consommée de ces sabreurs, il avait été frappé de stupeur en voyant leurs visages.

— Kimura Sukekurô… Izubuchi Heibê… Shôda Kizaemon… Murata Yozô… Sagawa Shinzaemon…

C'étaient les traits sévères des dix meilleurs disciples de l'école Yagyû – ce qui n'alla pas sans lui inspirer une certaine nostalgie. Pourtant, d'habitude, ils habitaient tous à Yagyûtani, la vallée des Saules en pays Yamato, et ils se rendaient rarement à Edo. Comment se faisait-il qu'ils se montrent à Aizu ?

Quatre palanquins firent leur apparition, suivis de deux serviteurs à pied chargés de coffres à vêtements. C'était peu pour un cortège, mais quelle que soit la personnalité qui se faisait voiturer ainsi, elle avait bien l'escorte guerrière la plus imposante au monde.

— Voici donc ce Urushido Kôshichirô ? demanda une voix depuis le palanquin de tête. O-Chie ! O-Fue ! Sortez et tuez votre ennemi !

Les portes des deuxième et troisième palanquins coulissèrent et deux jeunes femmes se précipitèrent au-dehors, tels des oiseaux de paradis. Les manches magnifiques de leurs kimonos étaient retenues par des cordons de coton. C'étaient O-Chie, la fille de

Hori Mondo, et O-Fue, sa servante, qui étaient parties à Edo.

— Nous arrivons de justesse !

— Que le Ciel nous soit témoin !

Dégainant leurs sabres, elles s'approchèrent à la vitesse d'une bourrasque. Leurs cinq compagnes reprirent à ce moment-là leurs esprits.

Dans une rafale de pétales de cerisier qui fusa dans le bleu du ciel, puis se transforma en tourbillon de fleurs avant de s'éparpiller par terre, Kôshichirô tomba en arrière, transpercé de sept sabres, dans un ultime cri.

Mais au-delà même de cette scène, ce qui ahurit le plus Jûbei, ce fut le vieux *bushi* qui sortait du premier palanquin.

— Père ! s'écria-t-il.

Yagyû Tajima-no-kami, vénérable maître de sabre du shôgun, se contenta de braquer sur son fils un regard menaçant, avant de se tourner vers un Katô Akinari sur le point de s'évanouir de fureur, puis vers les hommes d'Ashina rassemblés à l'entrée du pont.

— Sur ordre du shôgun ! s'écria-t-il d'une voix sévère. Son Altesse la princesse Sen s'est déplacée exprès en Aizu afin de mettre en accusation Katô Akinari. Recevez-la avec respect !

La princesse Sen émergea en silence du dernier palanquin. Avec son kimono en soie blanc comme neige qui tombait jusque par terre, elle avait des allures d'aigrette.

Impressionnés par son courage altier, sa pureté et

sa beauté, les samouraïs du château se prosternèrent devant elle l'un après l'autre, sauf un homme, surgi en grande hâte. C'était Akinari, qui repoussa des mains ses hommes qui tentaient en vain de l'arrêter.

— Me mettre en accusation ? s'exclama-t-il en faisant les gros yeux, la gorge crispée. Pour quel motif ? Pour avoir châtié le clan Hori ? Concernant la mise à mort du rebelle Mondo, j'avais obtenu la permission du shôgunat au préalable. Quel crime pouvez-vous me reprocher si j'élimine ces renardes qui considèrent une exécution légitime comme un acte de guerre et qui se vengent du coup sur mes vassaux ? Si c'est là ce que vous me reprochez, comment les daimyôs devraient-ils punir les habitants de leur fief ici-bas ? Vous avez beau venir de la part du shôgun, je ne peux accepter un jugement aussi arbitraire !

La princesse Sen, indifférente à ces récriminations qui tenaient du cri de souffrance, avait levé les yeux vers les nuages et le ciel, aussi hiératique qu'une sculpture de glace.

Akinari se rendit compte de son désintérêt. Ses lèvres se figèrent.

— Sur ordre du shôgun ! jeta la princesse Sen d'une voix cristalline.

Malgré lui, Katô Akinari se prosterna à son tour.

— Par rancune, Akinari, alors que ce couvent de nonnes est interdit aux hommes, tu as forcé l'entrée du temple Tôkeiji de Kamakura et tué des bonzesses sans discernement. Le shôgun te trouve d'une insolence crasse.

— Hein ? gémit Akinari d'une voix chevrotante.

C'était une accusation fort inattendue. L'extermination du clan Hori l'obsédait tellement qu'il avait déjà oublié l'affaire du couvent bouddhiste.

La princesse Sen fixa un regard solennel sur le daimyô tout retourné.

— Par conséquent, ton domaine t'est confisqué et tu es condamné au bannissement au pays d'Iwami.

La princesse avança de quelques pas en silence sans prêter aucune attention à Akinari, qui avait enfoui son visage dans le sol comme si on lui avait ordonné de se faire seppuku.

Les sept femmes se blottissaient sous un poteau de crucifiement. Mis à part O-Chie et O-Fue, toutes étaient nues et paraissaient vouloir se cacher des lueurs aveuglantes du soleil. Mais du sang et des fleurs marquaient leurs peaux blanches comme neige ; on aurait dit des beautés ensorcelantes tout droit sorties d'un autre monde.

— Il va regretter qu'on ne lui ait pas ordonné de s'ouvrir le ventre. L'endroit où il sera banni est un enfer sur terre, souffla la princesse Sen tandis qu'une fossette ravissante, à donner le frisson, se dessinait sur sa joue. A mon avis, vivre lui sera désormais plus infernal que de mourir. J'ai ouï dire qu'il sera traîné jusqu'au pays d'Iwami sur des centaines de lieues avec une corde autour du cou.

C'est alors qu'un chant enroué s'éleva.

Combien de koku vaut le temple Tôkeiji ?
Combien de koku ?
Puisqu'il fait courir Aizu à sa ruine
C'est qu'il doit en valoir cinq cent mille
C'est qu'il doit en valoir cinq cent mille.

Des voix de femmes s'étaient mises à l'entonner en chœur sur l'air de la comptine de Takuan.

Le moine errant arrivait à la porte principale en battant la mesure avec les mains. Il dansait en tortillant des fesses. On aurait dit un épouvantail. O-Tone et les femmes délivrées de l'Enfer des Neiges chantaient en rythme.

Leur chant coulait comme de l'eau, il s'élargit comme une vague. La mélodie était lente et plaintive, et les paroles, aussi effrayantes qu'une Apocalypse. Les samouraïs d'Akinari, tourmentés, avaient beau se prosterner en se bouchant les oreilles, le chœur de femmes se transforma en déferlante qui les enveloppa.

— Lève-toi ! intima Tajima-no-kami.

Akinari bondit comme si on l'avait fouetté. Mais son regard était déjà absent, comme celui d'un fou.

— A propos, avez-vous des nouvelles des Sept Lances ? demanda la princesse Sen.

— Nous les avons tous tués, répondit Jûbei, quelque peu mal à l'aise.

— Ah, Jûbei, je m'y attendais. Mais vous ne pouvez pas savoir à quel point je me suis fait du souci pendant le voyage. Je me demandais si j'arriverais à temps. Au fait, qu'avez-vous fait de ce monstre qui se nomme Ashina Dôhaku ?

— Ben, celui-là aussi, je lui ai réglé son sort. Tant bien que mal…

Jûbei semblait dans la lune.

Il sentait le regard de son père qui le dévisageait, et il cherchait à l'esquiver en restant près de la princesse. Tandis qu'il regardait Akinari partir, traîné par les dix meilleurs disciples de l'école Yagyû vers la porte principale, Tajima s'avança précipitamment vers son fils, ainsi qu'on pouvait le redouter.

— Tajima ! appela en grande hâte Takuan, qui avait traversé le pont dans le sens opposé, croisant le seigneur d'Aizu déchu. Ne réprimande pas Jûbei. Tu n'as pas le droit de le faire, car tu l'as chassé de ta maison.

Il essayait de prendre les devants.

Tajima parut se renfrogner.

— Maître, si j'ai accompagné la princesse Sen, c'est que j'ai appris récemment que vous vous trouviez dans le fief d'Aizu. Je me fiche éperdument de ce vaurien de Jûbei, mais je me rongeais les sangs à votre sujet. Je trouve extravagant qu'il vous ait entraîné, vous, un maître zen de votre envergure, sur ces terres où de grands périls vous attendaient, c'était clair dès le départ…

— Mais non ! Tu te trompes. C'est moi qui ai entraîné Jûbei dans cette aventure.

— Alors, dans ce cas, il a eu tort de se laisser influencer par un vieux gâteux.

— Vieux gâteux ? Qu'est-ce que tu racontes ? Qui est le plus gâteux, à ton avis ? N'est-ce pas plutôt celui qui se braque à la moindre contrariété en prenant des airs guindés alors qu'il ne vaut que dix mille *koku* ? Ton fils est beaucoup plus avisé : muni de son seul sens de la justice et de son sabre, il s'est précipité sans ciller là où l'attendaient une montagne de cadavres et un fleuve de sang – et pour le bien des femmes, en plus. Sans compter que, Tajima, à franchement parler…

— Quoi encore ?

— Pour ce qui est de l'échange de vies, ton fils est beaucoup plus fort que toi, tu ne trouves pas ?

— Qu'est-ce que tu chantes ? Le sabre de Jûbei ne connaît que le meurtre. Dès que je lui laisse les mains libres, il fait tout et n'importe quoi. Je ne sais plus comment le dompter.

— La réponse est simple comme bonjour. Tu n'as qu'à lui permettre de revenir dans le giron familial. Il s'est donné un mal de chien. Il a même été enfermé dans la geôle de ce château.

— Ah ! Bon, alors je vais le laisser rentrer. Je le placerai de nouveau sous ma tutelle et je le remettrai aux entraînements rigoureux… Hé, Jûbei, où pars-tu comme ça ?

Jûbei avait beau essayer de se sauver à pas de loup tandis que le moine extraordinaire qu'était son maître et le prodige du sabre qu'était son père dialoguaient dans le vent du printemps, il fut stoppé net dans son élan, ce qui était bien embêtant.

— Oui ? Euh, comme vous pouvez le voir, les femmes sont nues. Je voulais aller leur chercher des vêtements…

— Quoi ? Ah bon, d'accord. Mais demande à O-Fue ou à quelqu'un d'autre de s'en occuper. Toi, je dois absolument te mettre à l'épreuve… A ce que j'ai compris, il y a bien une prison dans ce château ?

5

Yagyû Jûbei venait de passer l'étape de Fukura, ce qui signifiait qu'il se trouvait déjà à sept lieues environ au sud-est de Wakamatsu.

Chaque fois que les montagnes se découpaient vers le nord, il pouvait apercevoir les eaux bleu clair du lac Inawashiro. Des rossignols chantaient dans les prunus. Des papillons voltigeaient en folâtrant dans la brise.

Enivré par ce paysage printanier, Jûbei ralentit l'allure de son cheval fougueux, alors qu'il l'avait fait galoper jusqu'ici. Des bruits de sabots le poursuivaient au loin. Il n'y avait pas qu'une seule monture, sûrement sept ou huit.

S'il sentit frémir tous ses pores, c'était un réflexe conditionné par une année de combats à mort, mais il rit aussitôt en se disant que ce n'était pas possible et se retourna.

Malgré tout, il écarquilla l'œil.

L'autre resta fermé comme toujours, mais il présentait désormais une légère balafre verticale, marque du sabre fatal de Kôshichirô et de son ultime sursaut d'énergie.

Sept femmes étaient à sa poursuite. Non, une de plus se cramponnait au cou de son cheval. O-Tone. Huit femmes au total.

— Messire Jûbei !

— Pourquoi vous être mis en chemin à notre insu ?

— Sans même nous prévenir !

— Non, franchement, ce n'est pas gentil du tout, ça !

Une chaleur de feu monta aux joues du samouraï borgne.

— Effectivement, j'ai eu tort de m'enfuir du château sans même vous dire adieu. Mais c'est que si j'étais resté, mon père m'aurait flanqué en prison pour m'apprendre le respect, voyez-vous, s'esclaffa-t-il en les accueillant. Or, je connais un peu les terribles geôles du château Tsurugajô, et franchement je ne tiens pas à y retourner. Je me suis sauvé de justesse en profitant d'un moment où la princesse Sen, maître Takuan et mon père discutaient de je ne sais quoi... d'affaires délicates, sûrement. Je ne voulais pas revivre une expérience aussi pénible. Pardonnez-moi.

— Vous pardonner ? Mais non, c'est plutôt nous qui ne savons comment vous remercier.

Les huit chevaux, qui étaient venus entourer celui de Jûbei, avançaient sur sa droite et sur sa gauche. Les seize prunelles ardentes, quoique lourdes de reproches, se vissèrent dans celles de leur sauveur.

— Pas la peine de me remercier, je me suis bien amusé. Par contre, vous avez essuyé de bien dures épreuves pour des femmes. Maintenant, Aizu a retrouvé la paix. J'ai entendu dire que le frère cadet du shôgun, Hoshina Higo-no-kami, serait le prochain seigneur d'Aizu à la place de Katô. Hoshina est un excellent daimyô, connu aux quatre coins du pays. Aizu va devenir un vrai paradis... Quant à moi, je vous souhaite beaucoup de bonheur.

Ils passaient près du carrefour du village de Miyo, au pied du col. Jûbei leva les yeux vers sa destination. Le col de Seishi était déjà environné d'une ombre bleue sous ses nuages blancs.

Il jeta un regard alentour.

— La route rejoint le col, à partir d'ici. C'est bon, vous pouvez rentrer.

— Non, nous allons vous accompagner jusqu'à Edo.

— Jusqu'à Edo ? s'étonna Jûbei, rieur, mais les huit femmes avaient des visages tristes.

— Euh... ça vous embête ?

— Non, ce n'est pas ça... En fait, à partir de Miyo, je compte plutôt prendre vers le lac Inawashiro, longer sa rive est, puis franchir la frontière à Tsubo-oroshi pour continuer vers Mutsu au nord.

— Oh, vous ne vous rendez donc pas à Edo ?

— Mon père y retournera tôt ou tard. Rien de bon ne m'attend là-bas... Mais, et vous, qu'allez-vous faire à Edo ?

— Nous comptons nous rendre encore au-delà, à Kamakura, répondit O-Chie en baissant la tête.

— Toutes ont l'intention d'entrer au monastère Tôkeiji à Kamakura, précisa O-Tone. Et quand j'ai appris cela, je me suis décidée à les suivre.

— Vous toutes, dans ce couvent de nonnes ? lança Jûbei, encore plus interloqué. Mais pourquoi donc ?

— Nous souhaitons prier pour le repos de nombreuses âmes. Avant tout, celles des membres du clan Hori, dit O-Kei.

— Et celles des bonzes Tamon et Unrin, qui se sont sacrifiés l'automne dernier de l'autre côté du col de Seishi pour nous permettre d'entrer en Aizu, expliqua O-Fue. Et puis, pour les cinq bonzes qui ont combattu au péril de leur vie au début du printemps, entre ce village de Miyo et le lac, afin de nous permettre de nous enfuir vers Edo.

— Et puis aussi pour Tenkai, le grand prieur du temple Kan'eiji à Edo. Maître Takuan est certain qu'il a renoncé à la vie pour nous... D'ailleurs, en y réfléchissant bien, nous le lui avions demandé, sans nous en rendre compte... dit O-Chie.

Jûbei leva une main comme pour adresser une prière au Ciel, puis, sans rien dire, il fit avancer son cheval.

— Vous allez toutes vous faire nonnes ? dit-il d'une voix profonde.

Il regarda autour de lui. Des larmes brillaient sur les huit visages.

Il arrêta son cheval d'un air résolu.

— Bon, je vous quitte ici.

— Maître Jûbei, allez-vous vraiment vers le nord ? Qu'y a-t-il à Mutsu ?

— Je l'ignore. Enfin, j'espère qu'il y aura quelque chose pour moi, dit-il en souriant. De toute façon, où que j'aille, il est à prévoir que m'attendent des combats sanglants, ils semblent se déclencher où que je me trouve…

Puis il donna un coup de cravache, comme pour rompre quelque chose.

— Bon, adieu !

Il s'éloigna au galop sans même se retourner. Devant lui, au loin, les cumulonimbus brillaient comme de hautes vagues au-dessus du pays du Nord.

Les huit cavalières baissèrent la tête.

Allons, mon vieux ! Fini de rêver, holà !

Yagyû Jûbei se mit à galoper vers le nord. Mais toutes ses résolutions de détachement zen ne parvenaient pas à effacer le souvenir d'un visage dans son cœur.

… C'est qu'il en est une autre… Une autre dont moi seul porterai le deuil finalement…

Table des matières

LES SEPT LANCES D'AIZU

Imprimé en France par
CPI Bussière
en novembre 2024
N° d'impression : 2081551
Dépôt légal : janvier 2022